KB044193

다크타워 6

STEPHEN KING

다크타워 6

스티븐 킹 장편소설 | 장성주 옮김

수재나의 노래

황금가지

THE DARK TOWER VI:
Song of Susannah
by Stephen King

Korean translation edition is published by arrangement with
Stephen King c/o The Lotts Agency, Ltd. through Danny Hong Agency.

Grateful acknowledgement is made for permission to reprint excerpt from the following copyrighted work:
Excerpt from 'Peace Like a River' by Leif Enger. Used by permission.

차례

*

언제 완성될지 미리 알았던

아내 태비에게

*

"가세요, 그럼. 여기 말고 다른 세계도 있으니까요."

— 존 '제이크' 체임버스

*

"나는 언제나 슬픔에 잠긴 여자
평생을 풍파 속에 살았지
온 세상을 정처 없이 떠돌 운명
앞길을 가르쳐 줄 친구 한 명 없이……"

— 전래 민요

*

"공평함이란 하느님이 바라는 대로 되는 것이다."

— 레이프 엥거, 『강 같은 평화』에서

19

재생산

제1연

빔퀘이크

1

"그 마법은 언제까지 지속되는 거요?"

그 질문에 처음에는 아무도 대답하지 않았기에, 롤랜드는 다시금 물었다. 이번에는 사제관의 거실을 가로질러 건너편에 앉은 마니교도 헨칙을 향해서였다. 곁에는 헨칙의 수많은 손녀 가운데 한 명과 결혼한 칸타브가 앉아 있었다. 두 남자는 마니교 방식대로 손을 잡고 있었다. 헨칙은 이날 손녀 한 명을 잃었지만, 속으로는 슬퍼하는지 몰라도 딱딱하게 굳은 표정에는 감정이 비치지 않았다.

롤랜드 곁에는 섬뜩할 정도로 창백한 에디 딘이 누구의 손도 잡지 않은 채로 앉아 있었다. 에디 옆에는 제이크 체임버스가 책상다리를 하고 거실 바닥에 앉아 있었다. 제이크의 무릎에는 오이가 앉아 있었다. 개너구리가 사람 무릎에 앉아 있는 모습을 롤랜드는 그때껏 본 적이 없었고, 보지 않았다면 믿지도 않았을 터였다. 에디와 제이크 둘 다 피를 뒤집어쓴 몰골이었다. 제이크의 셔츠를 물들인 피는 친구 베니 슬라이트먼이 흘린 것이었다. 에디가 뒤집어쓴 피의 주인은 마거릿 아이젠하트, 일찍이 '레드패스 일족의 마거릿'으로 불리던 여인이었다. 바로 늙은 가부장 헨칙이 잃어버린 손녀였다. 에디와 제이크 둘 다 롤랜드만큼 지쳐 보였다. 그러나 롤랜드는 이날 밤 일행에게 쉴 틈이 없으리라고 확신했다. 멀리서 폭죽 터지는 소리와 노랫소리, 떠들썩한 환호성이 들려왔다. 칼라 마을 쪽이었다.

이곳 목사관은 축하하는 분위기가 전혀 아니었다. 베니와 마거릿은 죽었고, 수재나는 행방이 묘연했으므로.

"부탁이오, 헨칙, 가르쳐 주시오. 그 마법은 언제까지 지속되는 거요?"

노인은 심란한 듯 수염만 쓰다듬었다.

"총잡이…… 아니, 롤랜드여, 그건 나도 모르네. 그 동굴에 있는 문의 마법은 내 지식의 한계를 초월한 것이야. 그건 자네도 알 걸세."

"당신이 어떻게 생각하는지 가르쳐 주시오. 당신이 *확실히* 아는 것에 기초해서."

롤랜드의 말이 끝나고 에디가 애원하듯 양손을 내밀었다. 그의 손은 손톱 밑에 스며든 피가 말라붙어 지저분했고, 떨리고 있었다.

"가르쳐 주세요, 헨칙." 에디의 목소리는 공손하고 무력했다. 롤랜드가 그때껏 들어 본 적이 없는 목소리였다. "가르쳐 주세요, 부탁이에요."

캘러핸 신부의 만능 가사 도우미인 로잘리타가 쟁반을 들고 거실에 들어섰다. 쟁반에 놓인 것은 찻잔 여러 개와 김이 나는 커피 주전자였다. 로잘리타는 그나마 피와 흙으로 더러워진 청바지와 셔츠를 홈드레스로 갈아입을 짬은 있었지만, 눈빛에는 동요한 기색이 여전했다. 두 눈이 마치 굴에서 고개를 내민 조그만 짐승처럼 어쩔 줄을 모르고 흔들렸다. 로잘리타는 말없이 잔에 커피를 따라 사람들에게 돌렸다. 롤랜드가 잔을 받으면서 보니 로잘리타 역시 피를 다 지우지는 못한 모양이었다. 오른손 손등에 기다란 핏자국이 남아 있었다. 마거릿의 피일까, 아니면 베니의? 알 길이 없었다. 딱히 궁금하지도 않았다. 늑대들은 전멸했다. 놈들은 칼라 브린 스터지스 마을을 다시 습격할 수도, 안 할 수도 있었다. 그것은 *카*가 알아서 할 일이었다. 롤랜드 일행의 과제는 수재나 딘을 찾는 것이었다. 전투가 끝난 후에 '검은 13'을 들고 사라져 버린 수재나를.

"카벤 말인가?" 헨칙이 롤랜드에게 물었다.

"그렇소, 장로님. 마법의 지속력 말이오."

캘러핸 신부는 멍한 미소를 띤 채 고개를 끄덕이며 커피잔을 받아 들 뿐, 고맙다는 인사는 하지 않았다. 사람들과 함께 통로 동굴에서 돌아온 후로 신부는 입을 거의 열지 않았다. 신부의 무릎에는 이름도 못 들어 본 작가가 쓴 『살렘스 롯』이라는 제목의 책이 놓여 있었다. 그 책의 속표지에는 내용이 모두 허구의 산물이라고 적혀 있었건만, 책 속에는 신부의 이름이 나왔다. 도널드 캘러핸이. 캘러핸 신부는 소설 속 이야기의 배경이 되는 마을에 살며 이야기 속에 서술된 여러 사건에 참여했다. 뒤쪽 책날개와 뒤표지로 눈길을 옮기면서, 신부는 자기 얼굴 사진이(십중팔구 책 속의 이야기가 벌어진 시점, 즉 1975년경의 자기 사진이) 자신을 마주 보리라는 기이한 확신에 사로잡혔다. 그러나 사진은 어디에도 없었다. 책을 쓴 작가에 관한 짧은 소개 글뿐이었다. 작가는 메인 주에 살았다. 유부남이었다. 뒤표지에 적힌 말이 사실이라면 이전에 발표한 책으로 꽤 호평을 받은 작가였다.

"마법이 강하면 지속되는 시간도 길게 마련이지요."

칸타브는 그렇게 말하고는 확답을 구하는 표정으로 헨칙을 돌아보았다.

"그래. 마법과 주문은 하나인데, 둘 다 뒤쪽에서부터 펼쳐지게 마련이지." 헨칙은 잠시 입을 다물었다가 말을 이었다. "그러니까 과거 쪽에서부터 펼쳐진다는 말이야."

"동굴의 그 문은 내 친구들이 살던 세계의 여러 장소와 여러 시대를 향해 열리는 통로요. 나는 그 문을 다시 열 작정이오만, 목적지는 마지막 두 군데뿐이오. 가장 최근에 다녀온 두 곳 말이오. 그게 가능하겠소?"

롤랜드가 한 말을 헨칙과 칸타브가 골똘히 궁리하는 동안 다른 이들은 가만히 기다렸다. 마니교도들은 훌륭한 여행가였다. 롤랜드가 (그리고 그의 일행 모두가) 원하는 바를 아는 사람이 있다면, 그리고 이를 성취할 사람이 있다면, 바로 그들이었다.

칸타브는 칼라 레드패스의 딘인 늙은 헨칙 쪽으로 공손히 몸을 굽히고 있었다. 목소리는 속삭이듯 나지막했다. 헨칙은 무덤덤한 표정으로 가만히 듣다가 울퉁불퉁한 손으로 칸타브의 머리를 반대편으로 돌리고는 뭐라고 소곤거렸다.

에디는 안절부절못하는 눈치였다. 롤랜드는 에디가 침묵을 깨려고 준비한다는 느낌이 들었다. 어쩌면 빽 소리를 지를지도 몰랐다.

롤랜드는 에디의 어깨를 잡고 꾹 눌렀고, 그러자 에디는 얌전해졌다. 적어도 당분간은.

귓속말로 주고받는 대화가 5분 가까이 이어지는 동안 일행은 잠자코 기다렸다. 멀리서 들려오는 승전 파티 소리에 롤랜드는 심란해졌다. 에디의 기분이 어떨지는 상상하기도 힘들었다.

마침내 헨칙이 칸타브의 볼을 다독이고 롤랜드 쪽을 향해 돌아앉았다.

"잘하면 가능할 것도 같군."

"하느님, 감사합니다." 에디는 그렇게 중얼거리고는 목소리를 높였다. "예, *정말* 감사합니다! 이제 출발하죠. 이스트 로드에 모여서 같이 올라가면……."

에디의 말에 수염을 기른 마니교도 둘이 함께 고개를 저었다. 헨칙의 표정은 왠지 슬프면서도 딱딱해 보였고, 칸타브의 눈빛은 공포에 사로잡힌 것이나 다름없었다.

"날이 캄캄한 동안에는 목소리 동굴에 올라갈 수 없네."

"가야 돼요!" 에디가 헨칙에게 악을 썼다. "당신들은 몰라요! 마법이 언제까지 지속되는지는 중요하지 않아요, 중요한 건 저쪽 세계의 시간이에요! 저쪽에선 시간이 더 빨리 흐르는데, 한번 흘러가면 그걸로 끝이라고요! 젠장, 수재나는 지금 이 순간 애를 낳고 있을지도 몰라요, 그런데 그 애가 무슨 식인 괴물 같은 거면……."

"젊은 친구, 내 말을 들어 보게. 귀 기울여 잘 들어야 하네. 오늘 하루는 이미 다 갔으니까."

헨칙의 말은 사실이었다. 롤랜드는 이날처럼 하루가 손아귀 사이로 쏜살같이 빠져나가는 경험이 평생 처음이었다. 우선 날이 밝기가 무섭게 늑대들과 전투를 치렀고, 나중에는 전장이었던 도로변에서 이날 거둔 승리를 축하하고 희생을 애도했다(마을의 전력을 감안하면 믿기 힘들 만큼 작은 희생이었다.). 수재나가 사라진 것은 그 후에야 알아차렸다. 동굴로 올라가서, 그곳의 문이 닫힌 것을 발견한 후에. 마을 동쪽 이스트 로드의 전장으로 돌아와 보니 정오가 지난 후였다. 칼라의 주민들은 거의 다 마을로 돌아가고 없었다. 간신히 살린 자기 자식들을 소중히 안고서, 승리의 기쁨에 취해서. 헨칙은 이날의 회의에 참석해 달라는 요청을 쾌히 승낙했지만, 일행이 사제관에 들어섰을 무렵 해는 이미 서녘으로 기울어 있었다.

결국 오늘 밤은 쉬는 수밖에 없겠군. 그렇게 생각하면서도, 롤랜드는 기뻐해야 할지 실망해야 할지 갈피가 잡히지 않았다. 자고 싶은 마음은 굴뚝같았다. 그것만은 확실했다.

“잘 들을게요. 귀를 쫑긋 세우고.”

에디는 그렇게 말했지만, 롤랜드는 에디의 어깨에서 손을 거두지 않았다. 그 손에 젊은 에디의 몸이 떨리는 느낌이 전해졌다.

“우리야 간다고 쳐도, 다른 이들을 설득해서 함께 올라갈 방법이 없네.”

“당신은 당신네 일족의 *딘*이잖아요, 그런데 왜……”

“그래, 자네가 보기에는 그렇겠지. 나도 그렇게 생각하네, 비록 우리가 쓰는 말은 아니지만. 보통은 사람들이 내 말을 따르게 마련이야. 게다가 오늘 자네들 카텟의 활약에 빚진 바를 다들 아는 만큼, 할 수만 있으면 무슨 수로든 자네들에게 감사를 표하려 할 걸세. 허나 캄캄한 밤에 산길을 올라 그 동굴에 가는 것만큼은 사양할 게야.”

헨칙은 확신에 찬 표정으로 천천히 고개를 가로저었다.

"그래…… 그것만은 어림도 없어. 잘 듣게, 젊은 친구. 칸타브와 내가 우리 레드패스 일족의 본거지에 도착해도 밤이 깊어지려면 아직 한참 기다려야 할 걸세. 일단 도착하면 우리는 일족의 남자들을 *템파*로 불러 모을 생각이네. 우리에게 템파는 '망각된 자'들의 공회당 같은 곳이야. 일족을 떠난 죄로 영혼이 *나아르*에서 영원토록 방황할 자들 말일세." 헨칙은 캘러핸 신부를 흘끗 돌아보았다. "그 말이 당신의 믿음에 거슬렸다면 미안하오, 신부."

캘러핸은 두 손에 들고 자꾸만 뒤집어 보던 책에 시선이 못 박힌 채로 멍하니 고개를 끄덕였다. 값비싼 초판본이 간혹 그렇듯이, 그 책의 표지도 손때가 타지 않도록 비닐로 싸여 있었다. 속표지 앞의 백지에 연필로 살짝 쓴 가격은 *950달러*였다. 누군지 모를 젊은 소설가의 두 번째 소설인데도. 캘러핸은 도대체 뭣 때문에 그렇게 비싼지 알 수가 없었다. 만약 책 주인을, 그 캘빈 타워라는 남자를 만난다면 꼭 물어보고 싶었다. 그리고 이는 캘러핸이 준비한 수많은 질문 가운데 첫 번째에 지나지 않았다.

"자네들이 원하는 게 뭔지 설명하고 지원자를 모아 보겠네. 레드패스 일족의 남자 예순여덟 명 중에 너덧 명을 뺀 나머지 모두는 힘을 보태겠다고 나설 걸세. 그 정도면 강력한 *케프*가 될 게야. 자네들은 그렇게 부르지 않나? 케프라고 말이야. 공유하는 것."

"그렇소." 헨칙의 물음에 롤랜드가 대답했다. "생명의 원천인 물을 공유하는 것을 케프라고 하오."

"동굴 입구에는 그렇게 많은 사람이 서 있을 자리가 없어요." 제이크가 끼어들었다. "두 사람씩 짝을 지어서 목말을 타도 어림없을 거예요."

"그럴 것까진 없다. 동굴 안에는 능력이 가장 센 자들만 들여보낼 거니까. 우리가 쓰는 말로는 '전송자'라고 부르는 이들이지. 나머지는 산길을 따라 손을 잡고 길게 늘어서 있을 거야. 내일 정오 전까지 모두 동굴 앞에 집결해 있을 걸세. 약속하겠네."

"오늘 밤은 어차피 사람들을 모으면서 보내야 할 겁니다."

칸타브가 헨칙의 말을 거들었다. 에디를 보는 칸타브의 눈빛은 미안해하는 듯했고, 두려워하는 기색도 조금 보였다. 젊은 에디가 끔찍한 고뇌에 사로잡혀 있는 것은 누가 봐도 명백했다. 게다가 에디는 총잡이이기도 했다. 총잡이가 달려들기라도 하면 별일 없이 끝날 리는 없었다.

"그럼 너무 늦을지도 몰라요."

에디가 나지막이 중얼거리고 롤랜드를 돌아보았다. 그의 연갈색 눈은 이제 핏발이 서 있었고, 피로에 물들어 흐릿했다.

"내일은 너무 늦을지도 몰라, 설령 마법이 그때까지 남아 있다고 해도."

에디가 말했다. 그 말에 롤랜드가 대꾸하려는 찰나, 에디가 손가락 한 개를 쳐들었다.

"*카* 같은 소리는 꺼내지 마, 롤랜드. 한 번만 더 *카*라고 하면 난 머리가 확 돌아 버릴 거니까."

롤랜드는 말없이 입을 다물었다.

에디는 퀘이커 교도나 입을 법한 검은 망토를 두르고 턱수염을 기른 두 마니교도 남자 쪽으로 고개를 돌렸다.

"마법이 그때까지 지속될지 어떨지는 당신들도 모를 거예요, 안 그래요? 오늘 우리 앞에 열릴지도 모르는 문이 내일은 영영 닫혀 버릴 수도 있어요. 당신네 일족이 만든 자석이나 다림추(줄에 달아서 늘어뜨려 수직을 측정하는 금속 추 — 옮긴이)로도 뭐든 다 열지는 못할 거 아니에요."

"그렇지." 헨칙이 말했다. "허나 자네 부인은 마법의 구슬을 갖고 떠났네. 그건 중간 세계와 변경 지대를 위해서는 잘된 일이야, 자네가 어떻게 생각하든 간에."

"그걸 내 수중으로 다시 가져올 수만 있다면 난 영혼이라도 팔겠어요."

에디의 목소리는 단호했다. 그 자리에 있던 사람들은 모두, 제이크마저도, 충격을 받은 표정이었다. 롤랜드는 마음속 깊숙이서 에디에게 취소하라고 말하고 싶은 충동을 느꼈다. 탑으로 향하는 그들의 앞길에는 여행을 방해하는 불길한 힘이 존재했고, 검은 13은 그 힘의 가장 명확한 상징이었다. 유용한 물건은 한편으로 오용될 위험 또한 존재하는 법이었다. 그리고 저마다 마법을 지닌 무지개의 일곱 띠 중에서도 검은 13의 마법은 가장 강력했다. 어쩌면 일곱 띠를 모두 합한 만큼 강력한지도 몰랐다. 설령 검은 13을 손에 넣는다 하더라도, 롤랜드는 그것이 에디 딘의 손에 들어가지 않도록 싸워야 할 처지였다. 비탄에 빠져 중심을 잃어버린 지금의 에디는 검은 13의 힘 앞에 무너지거나, 순식간에 포로가 될 수도 있었다.

"이만큼 얘기했으면 석상도 말귀를 알아들을 텐데." 로잘리타의 쌀쌀맞은 목소리에 좌중이 일제히 흠칫했다. "에디, 마법은 제쳐 놓고 그 동굴까지 올라가는 길을 한번 생각해 봐요. 그다음엔 쉰 명이나 되는 남자들을 떠올려 봐요. 그중엔 헨칙만큼이나 나이가 많은 사람도 여럿이고, 장님이나 다름없는 사람도 한둘 있을 거예요. 그런 사람들이 밤중에 산길을 올라가야 한단 말이에요."

"바위도 있어요." 제이크가 끼어들었다. "스치듯이 피해 가야 하는 그 바위 기억나세요? 발을 벼랑 위로 들고 돌아가야 하잖아요."

에디는 내키지 않는 표정으로 고개를 끄덕였다. 롤랜드가 본 에디는 체험으로 어찌할 수 없는 현실을 받아들이려고 애쓰는 중이었다. 제정신을 유지하려고.

"수재나 딘 또한 어엿한 총잡이다." 롤랜드가 말했다. "아마 한동안은 자기 몸을 지킬 수 있을 거다."

"내가 보기에 수재나는 이미 주도권을 잃었을 것 같아. 그리고 그건 당신도 마찬가지야. 어쨌거나 수재나 배 속에 있는 건 미아의 자식이고, 그 아기…… 그 *어린것*이 태어날 때까지는, 주도권을 잡은 건 미아야."

에디의 말에 롤랜드는 문득 짚이는 데가 있었다. 그리고 오랜 세월 동안 여러 차례 그러했듯이, 이번에도 롤랜드의 통찰은 옳았다.

"이곳을 떠날 당시에는 미아가 주도권을 잡았을지도 모르지만, 그 상태로 오래 머물지는 못했을 거다."

롤랜드가 말했다. 그러자 책이 던져 준 충격에 한참 동안 빠져 있던 캘러핸이 마침내 고개를 들고 물었다.

"어째서 그럴 거라고 생각하십니까?"

"왜냐하면 그들이 향한 곳이 미아의 세계가 아니기 때문이오. 그곳은 수재나의 세계요. 만약 서로 힘을 합칠 방법을 찾지 못하면, 그 둘은 함께 죽을지도 모르는 운명이오."

2

헨칙과 칸타브는 레드패스 일족의 본거지로 돌아가서 먼저 연장자들을 (오로지 남자만) 집합시켜 이날 할 일을 설명했고, 다음으로 그들이 치러야 할 대가가 무엇인지 설명했다. 롤랜드는 로잘리타를 따라 그녀의 오두막으로 돌아갔다. 오두막이 있는 언덕 아래 기슭의 변소는 전에는 깔끔했지만 지금은 무너지다시피 한 상태였다. 변소 안에는 이제 쓸모가 없어진 파수꾼, 즉 메신저 로봇('외 다양한 기능') 앤디의 잔해가 서 있었다. 로잘리타는 롤랜드의 옷을 천천히, 남김 없이 벗겼다. 롤랜드가 태어날 때 그대로의 모습이 되자 로잘리타는 그를 자기 침대에 눕힌 다음, 나란히 누워 그의 몸에 특별한 기름을 발라 주었다. 통증으로 괴로워하는 곳에는 산고양이 기름을, 가장 연약한 곳에는 더 걸쭉하고 살짝 향기가 나는 기름을. 그런 다음 사랑을 나누었다. 두 사람은 칼라 마을의 큰길에서 들려오는 폭죽 소리와 주민들의 떠들썩한 환호성을 들으며 함께 절정에 이르렀다. 소리로 미루어 보아 마을에서는 다들 진탕 취한 모양이었다.

"푹 자요. 내일은 당신을 못 보겠군요. 나뿐 아니라 아이젠하트도, 오버홀저도, 칼라의 그 누구도."

"당신에게도 예지력이 있소?"

롤랜드는 긴장이 풀린 목소리로 물었다. 아예 흐뭇한 기색까지 느껴졌다. 그러나 한창 열에 들떠 몸을 움직일 때조차도 수재나에 대한 걱정은 그의 머릿속 한구석을 좀먹고 있었다. 수재나는 그의 *카텟* 가운데 한 명이었고, 이제는 종적을 알 수 없는 상태였다. 모든 것을 떠나 단지 그 이유만으로도 그는 진정한 휴식이나 평안을 얻을 수 없었다.

"아뇨. 하지만 다른 여자들이 그러는 것처럼 나도 가끔 감이 올 때가 있어요. 여자들은 자기 남자가 떠나려고 할 때 특히 예민해지죠."

"내가 당신한테 그런 존재요? '내 남자'라고 할 만한?"

롤랜드를 바라보는 로잘리타의 눈빛은 수줍으면서도 집요했다.

"그래요. 당신이 이곳에 머무는 얼마 안 되는 시간 동안은, 난 그렇게 생각하고 싶어요. 그 생각이 착각이라고 할 건가요, 롤랜드?"

롤랜드는 대번에 고개를 가로저었다. 다시 누군가의 남자가 되는 것은 좋은 일이었다. 잠깐 동안만이라고 해도.

로잘리타는 롤랜드가 진심인 것을 알고 표정을 누그러뜨렸다. 그러고는 롤랜드의 야윈 볼을 쓰다듬었다.

"우리가 만난 건 행운이었어요, 롤랜드. 안 그래요? 우리가 칼라에서 서로를 만난 건."

"아무렴."

로잘리타는 손가락 두 개가 달아난 롤랜드의 오른손을 어루만지다가 그의 오른쪽 엉덩이로 손을 옮겼다.

"통증은 좀 어때요?"

롤랜드는 그녀에게까지 거짓말을 하고 싶지는 않았다.

"죽을 것 같소."

로잘리타는 고개를 끄덕이고는 롤랜드의 왼손을 잡았다. 오래전 가재 괴물 떼가 습격했을 때 간신히 지킨 손이었다.

"이 손은요?"

"괜찮소."

말은 그렇게 했지만, 롤랜드는 어른거리는 통증을 느꼈다. 왼손의 통증은 깊숙이 도사리고 있었다. 다시 기어 나올 때를 기다리며. 롤랜드의 고향에서는 '마른 회오리'라고 부르는 관절염이었다.

"롤랜드!"

"음?"

로잘리타는 차분한 눈으로 롤랜드를 바라보았다. 손은 아직 롤랜드의 왼손을 붙잡고 어루만지는 중이었다. 그 손을 펼쳐서 안에 쥐고 있는 비밀을 확인하려는 듯이.

"할 일을 되도록 빨리 끝내는 게 좋을 거예요."

"충고하는 거요?"

"맞아요. 안 그러면 그 할 일이 당신을 끝장내 버릴 거예요."

3

에디가 사제관 뒤편의 포치에 앉아 있는 사이에 밤은 자정에 이르렀고, 이후 칼라 주민들이 '이스트 로드 전투의 날'로 부르게 될 하루는 역사 속으로 사라져 갔다(나중에는 전설의 영역으로 들어갈 이야기였지만…… 그것도 이 세계가 그만큼 오래 버틸 때의 이야기였다.). 칼라 마을에서 들려오는 환호성은 갈수록 커져서, 에디는 사람들이 마을 큰길을 다 불태우지나 않을지 진지하게 걱정하기 시작했다. 그런데 그게 대수일까? 천만의 말씀, 아무렴 그렇고말고. 롤랜드와 수재나, 제이크, 에디, 거기에 '오리자 자매단'이라고 자칭하는 여성 세 명이 늑대 무리에 맞서 싸우는 동안, 칼라 주민들은 겁에 질려 마을에 틀어박히거나 강둑의 논에 숨어 있었다. 그런 주제에 앞으로 10년쯤(어쩌면 고작 5년 후일지도!) 지난 후의 어느 가을날, 그들은 자신들이 그 전투에서 얼마나 치열하게 싸웠는지 서로에게 자랑할 터였다. 총잡이들과 어깨를 나란히 하고 싸웠노라며.

이는 옳은 일이 아니었고 에디 역시 머릿속 한구석으로는 옳지 않다는 것을 알았지만, 그는 평생 지금처럼 무력하고 막막한 기분을, 그래서 초라해진 기분을 느낀 적이 없었다. 에디는 수재나 생각은 하지 말라고 스스로를 타일렀다. 수재나가 어디에 있는지, 수재나 배 속의 어린 악마가 태어났는지 어떤지 궁금해할 것 없다고 되뇌었지만, 정신을 차려 보면 어느새 수재나 생각에 잠겨 있었다. 수재나는 뉴욕으로 떠났다. 그것만은 확실했다. 그런데 어느 시대로 갔을까? 가스등이 달린 마차가 돌아다니는 시대일까, 아니면 노스 센트럴 양자공학 주식회사의 로봇이 모는 제트 택시가 날아다니는 시대일까?

살아 있기는 한 걸까?

할 수만 있다면 떨쳐 버리고 싶은 생각이었지만, 잔인한 상상에는 끝이 없었다. 에디의 머릿속에는 이스트사이드 빈민가 어디쯤의 하수도에 쓰러져 있는 수재나의 모습이 자꾸만 떠올랐다. 수재나의 이마에는 하켄크로이츠가 새겨져 있었고, 목에는 미시시피주 옥스퍼드 타운의 친구들이 안부를 전하며라고 적힌 현수막이 감겨 있었다.

에디의 등 뒤에서 사제관 부엌으로 통하는 문이 열렸다. 맨발이 자박거리는 부드러운 소리(이제 에디의 귀는 예민했다. 살인자로서 훈련받은 다른 기관들과 마찬가지로), 그리고 발톱이 바닥에 부딪혀 잘그락거리는 소리가 들려왔다. 제이크와 오이였다.

제이크는 에디 곁에 있는 캘러핸 신부의 흔들의자에 앉았다. 옷을 갖춰 입고 겨드랑이에 총집까지 찬 차림새였다. 총집에는 집을 나오던 날 아버지의 서재에서 훔쳐 온 루거 권총이 들어 있었다. 이날 낮에 그 총이 흩뿌린 것은…… 글쎄, 피는 아니었다. 적어도 사람의 피는. 기름이었을까? 에디는 슬며시 웃음이 나왔다. 웃을 일이 전혀 아니었는데도.

"잠이 안 오니, 제이크?"

"에이크." 오이가 맞장구를 치며 제이크의 발치에 주저앉았다. 앞발 사이의 널빤지 바닥에 주둥이를 내려놓고서.

"예. 수재나 생각이 자꾸 나서요." 제이크는 입을 다물었다가 덧붙였다. "베니 생각도 나고요."

그러한 반응이 자연스러운 줄은 에디도 잘 알았다. 친구가 눈앞에서 갈가리 찢기는 광경을 목격했으니 당연히 그럴 만도 했다. 그러나 한편으로 에디는 불쑥 치솟는 질투심을 느꼈다. 제이크가 오로지 수재나만, 에디 딘의 아내만 걱정해야 마땅하다는 것처럼.

"태버리네 쌍둥이 때문이에요. 프랭크, 그 애가 제정신을 잃고 멋대로 달려가는 바람에. 안 그랬으면 베니는 지금도 살아 있을 텐데." 뒤이어 몹시도 부드럽게, 문제의 그 아이가 들었더라면 보나 마나 가슴이 철렁해졌을 법한 목소리로, 제이크가 중얼거렸다. "그 염병할…… 프랭크…… 태버리 때문에."

에디는 위로할 생각이 없는 손을 뻗어 아이의 머리를 쓰다듬었다. 머리카락이 길게 자라 있었다. 머리를 감아야 했다. 아니, 그 전에 먼저 잘라야 했다. 아이에게는 머리를 단장하도록 챙겨 줄 어머니가 필요했다. 다만 제이크를 돌봐 줄 어머니는 지금 이곳에 없었다. 그래도 조그만 기적은 있었다. 손으로 위안을 건네는 사이에 에디 자신의 마음이 가벼워졌던 것이다. 많이는 아니지만, 그래도 조금은.

"잊어버려. 다 지난 일이잖아."

"카로군요." 제이크가 씁쓸한 목소리로 중얼거렸다.

"키엣, 카." 오이가 주둥이를 들지 않고 따라 했다.

"아멘."

제이크가 그렇게 말하고 웃었다. 귀에 거슬리는, 싸늘한 웃음이었다. 뒤이어 제이크는 임시로 만든 총집에서 루거를 꺼내 들고 내려다보았다.

"이 총은 건너갈 수 있을 거예요. 저쪽 세계에서 온 물건이니까요. 롤랜드가 그랬어요. 어쩌면 다른 물건도 가져갈 수 있을지 몰라요, 우리가 토대시에 빠지는 일은 없을 테니까. 못 가져가면 헨칙이 동굴에 보관해 둘 테고, 그럼 나중에 돌아와서 챙기면 돼요."

"뉴욕에 도착하면 총은 얼마든지 있어. 거기서 구하면 돼."

"롤랜드의 총 같은 건 없을 거예요. 그 총이 저쪽 세계로 건너갈 수 있으면 더 바랄 게 없을 텐데. 그런 총은 어떤 세계에도 남아 있지 않아요. 제 생각은 그래요."

에디도 그렇게 생각했지만, 굳이 그 생각을 입 밖에 내지는 않았다. 마을 쪽에서는 폭죽 터지는 소리가 들려오다가 이내 조용해졌다. 떠들썩한 분위기가 가라앉는 중이었다. 드디어. 날이 밝으면 보나마나 공회당에서 하루 종일 잔치를 열고 전날의 분위기를 이어갈 터였지만, 그래도 전날보다는 덜 취해서 더 멀쩡하게 축하할 듯싶었다. 그 자리에서 롤랜드 카텟은 귀빈 대접을 받을 테지만 만약 세상을 창조한 신들에게 선의라는 것이 있어서 동굴의 문이 열린다면, 그들은 떠나야 할 처지였다. 수재나의 뒤를 쫓아서. 수재나를 찾기 위해. 그것을 사냥이라고 해도 상관없었다. 찾을 수만 있다면.

에디의 속을 읽기라도 한 듯(불가능한 일은 아니었다, 제이크는 '터치' 능력이 강했으므로), 제이크가 입을 열었다.

"수재나는 아직 살아 있어요."

"네가 어떻게 알아?"

"죽었으면 우리가 느꼈을 거예요."

"제이크, 너 수재나한테 터치를 쓸 수 있겠어?"

"아뇨, 그치만……"

제이크가 말을 다 맺기 전에 땅속 깊숙이서 우르릉거리는 진동이 느껴졌다. 포치가 갑자기 거친 바다 위의 조각배처럼 오르락내리락 했다. 널빤지가 신음하듯 삐걱거리는 소리가 들렸다. 부엌에서는 사기그릇이 이가 부딪히는 것처럼 달그락거렸다. 오이가 고개를 들고 낑낑거렸다. 여우처럼 생긴 조그마한 얼굴이 놀라서 기묘해진 표정을 짓고 있었고, 귀는 머리에 딱 붙어 있었다. 캘러핸 신부의 사제관 현관에서 뭔가 쓰러져 산산이 부서지는 기척이 났다.

이때 에디의 머릿속에 맨 먼저 떠오른 생각은, 황당무계하지만 강하게 치솟은 생각은, 아직 살아 있다는 제이크의 확언 때문에 수재나가 죽었다는 것이었다.

대지의 진동은 한동안 더욱 강해졌다. 창틀이 뒤틀려 부서지면서 유리창이 박살 났다. 캄캄한 바깥에서 우지끈 소리가 났다. 에디는 전날 부서진 변소가 이제 완전히 주저앉는 소리일 거라고 짐작했다(이는 사실이었다.). 에디는 자신도 모르는 사이에 일어서 있었다. 제이크는 곁에 서서 에디의 손목을 붙들었다. 에디가 롤랜드의 총을 뽑아 들자 이제 둘 다 금방이라도 총을 쏠 것 같은 모양새였다.

땅속 깊숙이서 우르릉거리는 소리가 한 번 더 들리는가 싶더니, 이내 두 사람이 딛고 선 포치가 스르르 내려앉아 잠잠해졌다. '빔의 길'에 있는 몇몇 요충지에서, 자다 깬 사람들이 황망하게 주위를 두리번거렸다. 언제인지 모를 시대의 뉴욕 거리에서는 차 몇 대의 도난 방지 장치가 경보를 울렸다. 이튿날 신문에는 경미한 지진 소식이 실릴 터였다. '창문 파손, 희생자는 알려진 바 없음.' 기반이 튼튼한 지층이 살짝 흔들렸을 뿐이라는 소식과 함께.

제이크가 동그래진 눈으로 에디를 올려다보고 있었다. 뭔가 아는 눈치였다.

두 사람 등 뒤의 문이 열리고 캘러핸 신부가 포치로 걸어 나왔다. 무릎까지 내려오는 얇은 속바지 차림이었다. 속바지를 빼면 몸에 걸친 것은 금으로 된 십자가 목걸이뿐이었다.

"지진이었어, 그렇지? 지진은 내가 캘리포니아 북부에 살 때 한 번 겪은 적이 있지만, 칼라에 온 후로는 처음인데."

"그냥 지진이면 다행이게요."

에디는 그렇게 말하고는 손을 뻗어 먼 곳을 가리켰다. 방충망이 쳐진 포치는 동쪽을 향해 나 있었고, 그쪽 지평선은 소리 없이 퍼붓는 포격 같은 초록색 번개로 환해져 있었다. 사제관 언덕 아래편에서 로잘리타네 오두막의 문이 삐걱거리며 열렸다가 다시 쾅 닫히는 소리가 들려왔다. 로잘리타와 롤랜드가 나란히 언덕을 올라왔다. 로잘리타는 슈미즈만 걸친 차림이었고 총잡이는 청바지 바람이었다. 둘 다 맨발로 이슬을 밟고 있었다.

에디와 제이크, 캘러핸은 두 사람을 향해 내려갔다. 롤랜드는 이미 깜박거리기 시작한 동쪽 지평선의 번개를 홀린 듯이 바라보았다. 동쪽은 그들을 기다리는 선더클랩이라는 곳과 크림슨 킹의 궁전이 있는 방향이었다. 거기서 더 나아가면 최종계의 끝, 바로 암흑의 탑이 있는 곳이었다.

있다면. 에디는 생각했다. 그 탑이 아직도 서 있다면 말이지.

"제이크가 방금 말하길, 만약 수재나가 죽었다면 우리가 알았을 거라고 했어요. 인장인가 뭔가 하는 게 나타났을 거라고 말이죠. 그런데 저걸 좀 봐요."

에디는 잔디가 깔린 사제관 마당을 가리켰다. 그곳에는 아까까지 없었던 야트막한 단층이 불쑥 솟아 있었다. 잔디밭에 3미터 길이로 쭉 이어진 단층을 따라 갈색 흙이 기다랗게 드러났다. 마을 쪽에서 개들이 다 함께 짖는 소리가 들려왔지만, 사람 목소리는 들리지 않았다. 적어도 아직은. 에디가 생각하기에 주민들 태반은 이 난리가 난 줄도 모르고 곯아떨어졌을 듯싶었다. 승전의 기쁨과 술에 함께 취해 잠들었을 테니.

"신부님, 저게 수재나하고 무슨 상관이 있진 않겠죠, 설마?"

"그래, 수재나하고 직접 관계된 징조는 아닐 걸세."

"우리하고 상관이 있는 것도 아니에요." 제이크가 끼어들었다. "우리를 노린 거였다면 피해가 훨씬 더 컸을 테니까요. 안 그래요?"

제이크의 말에 롤랜드는 고개를 끄덕였다.

로잘리타는 호기심과 두려움이 섞인 눈빛으로 제이크를 보았다.

"우리를 *노리다니*? 그게 무슨 소리야? 방금 그건 지진이 아니었어, 절대로!"

"아니, 그건 지진(earthquake)이 아니라 빔퀘이크(Beamquake)였소. 만물을 떠받치는 탑의 버팀대인 빔 가운데 하나가 방금 사라졌소. 뚝 부러져 버린 거요."

어렴풋이 흔들리는 포치의 등불 속에서도 에디는 로잘리타 무노스의 얼굴이 하얗게 질린 것을 알아보았다. 로잘리타가 가슴 앞에 성호를 그었다.

"*빔*이라고요? 탑의 *빔* 가운데 한 개가? 아니라고 말해요! 사실이 아니라고 해 줘요!"

에디는 자신도 모르게 오래전 어느 야구 선수가 일으킨 스캔들이 떠올랐다. 그 선수에게 애원하는 어느 남자아이의 모습도 떠올랐다. *사실이 아니라고 말해 줘요, 조.*

"그럴 수는 없소. 사실이니까."

"그 빔이라는 게 원래 몇 갭니까?" 캘러핸이 물었다.

롤랜드는 제이크를 돌아보고는 고개를 살짝 끄덕였다. 네가 배운 가르침을 말하거라, 뉴욕의 제이크여. 진실하게 말해야 한다.

"빔 여섯 개가 관문 열두 개를 연결해요. 열두 관문은 각각 대지의 끄트머리 열두 곳에 있고요. 롤랜드랑 에디랑 수재나는 원래 곰의 관문에서 여정을 시작했어요. 저는 거기하고 러드 사이에서 합류했고요."

"샤딕이었어요." 에디는 동쪽에서 마지막으로 깜박거리는 번개의 잔상을 바라보다가 중얼거렸다. "그 곰의 이름은."

"맞아요, 샤딕. 그러니까 우린 곰의 빔 위에 있어요. 모든 빔은 암흑의 탑에서 교차해요. 그러니까 우리가 있는 빔에서, 탑 건너편에는……?"

제이크는 대신 답해 달라는 표정으로 롤랜드를 돌아보았다. 그러자 롤랜드는 에디 딘에게로 눈을 돌렸다. 아무래도 카텟이 엘드의 길을 다 배우려면 아직 시간이 더 필요한 모양이었다.

에디는 롤랜드의 표정을 못 봤거나 보고도 무시하는 듯했지만, 롤랜드는 물러서지 않았다.

"에디?" 롤랜드가 중얼거렸다.

"우리가 있는 빔은 곰의 통로이자 거북이의 길이야." 에디는 정신이 딴 데 팔린 사람처럼 말했다. "어느 천년에 탑에 도착할지도 모르는 마당에 그게 뭐가 중요하겠냐만, 어쨌거나 탑 건너편은 거북이의 통로이자 곰의 길인 셈이지."

뒤이어 에디가 시를 암송하기 시작했다.

"보라, 거북이의 거대한 몸통을!
등딱지에 지고 있네 이 대지를.
머리는 느려도 항상 친절해,
모두를 품고 있어 그 마음속에."

여기까지 암송했을 때 로잘리타가 다음 구절을 이어받았다.

"등딱지 위에 진실을 싣고 가네
그 위에서 사랑과 의무는 하나가 되네.
거북이는 사랑해 땅과 바다를,
그리고 또 사랑해 나 같은 아이를."

"내가 요람에서 배워서 친구들에게 가르쳐 준 노래하고는 조금 다르군." 롤랜드가 말했다. "그래도 거의 비슷하오. 틀림없소."

"그 거대한 거북이의 이름은 머투린이에요. 중요한 건지는 잘 모르겠지만요." 제이크는 그렇게 말하고 어깨를 으쓱했다.

"빔의 어느 쪽이 부러졌는지는 알 방법이 없나 보군요."

캘러핸이 롤랜드의 표정을 가만히 살피다가 말했다. 롤랜드는 그 말을 듣고 고개를 끄덕였다.

"난 그저 제이크 말이 옳다는 것만 알 뿐이오. 방금 그건 우리를 노린 게 아니었소. 만약 우리 몫이었다면, 칼라 브린 스터지스의 반경 100킬로미터 안쪽에 온전히 서 있는 것은 하나도 없을 테니." 어쩌면 1000킬로미터일 수도 있었지만…… 그건 아무도 모를 일이었다. "아마 하늘을 날던 새들도 불타서 떨어졌을 거요."

"아마겟돈이로군요." 캘러핸은 괴로운 듯 나지막이 중얼거렸다.

롤랜드는 고개를 저었지만, 그 말에 반대하기 때문은 아니었다.

"그 아마겟돈이란 게 뭔지 나는 알지 못하오, 신부. 허나 내 말 속에 수많은 이의 죽음과 거대한 파괴가 담겨 있는 것은 분명한 사실이오. 그리고 어딘가…… 아마도 물고기와 쥐의 관문을 잇는 빔에서, 방금 그러한 일이 벌어졌소."

"그게 정말이에요?" 로잘리타가 나직이 물었다.

롤랜드는 고개를 끄덕였다. 전에도 한 번 겪은 적이 있는 일이었다. 길르앗이 무너지고 그가 그때껏 알던 문명이 막을 내렸을 때였다. 커스버트와 알레인, 제이미, 그 밖의 몇몇이 속했던 카텟과 함께 고향을 떠나 방황을 시작했을 때. 그때도 여섯 빔 가운데 한 개가 부러졌었고, 그때도 처음 일어난 일이 아닌 것만은 거의 확실했다.

"탑을 지탱하는 빔 중에 남은 게 몇 갭니까?" 캘러핸이 물었다.

에디는 그제야 비로소 사라진 아내의 운명 말고 다른 것에 흥미가 생긴 눈치였다. 롤랜드를 보는 에디의 눈빛에는 관심이라고 할 만한 것이 보였다. 하긴, 그럴 법도 했다. 어쨌거나 캘러핸의 질문이야말로 모든 것의 본질이었으므로. *만물은 빔을 섬기나니.* 사람들은 그렇게 말했다. 실제로는 만물이 탑을 섬기는 것이 진실이라 할지라도, 결국 탑을 지탱하는 것은 빔이었다. 그런데 만약 그 빔이 끊어진다면…….

"두 개요." 롤랜드가 대답했다. "적어도 두 개는 남아 있을 거요. 칼라 브린 스터지스를 지나는 것과 다른 하나. 허나 그 두 빔이 얼마나 버틸지는 하늘도 모르오. 설령 '파괴자'들, 그 '브레이커'라는 자들이 수작을 부리지 않는다 해도 빔이 오래 버틸 것 같지는 않소. 서둘러야 하오."

그 말을 들은 에디가 움찔했다.

"혹시라도 수재나 없이 우리끼리 가자는 얘기라면……"

롤랜드는 짜증스러운 듯이 고개를 저었다. 마치 에디에게 바보처럼 굴지 말라고 얘기하는 듯이.

"우리는 수재나 없이는 탑에 도착할 수 없다. 적어도 내가 아는 한, 우리는 미아의 어린것 없이는 탑에 닿을 수 없다. 성공 여부는 *카*의 손에 달렸는데, 내 고향에는 이런 말이 전해 내려온다. '*카*는 마음도 머리도 없다'라는 속담이."

"그 말에는 나도 동감이야."

"문제는 그게 다가 아닐지도 몰라요."

제이크의 말에 에디가 인상을 찌푸렸다.

"문제는 지금 있는 것만으로도 충분한데."

"알아요, 그치만…… 아까 그 지진 때문에 동굴 입구가 막혀 버렸으면 어떡해요? 아니면……." 제이크는 잠시 망설이다가, 속에 있는 진짜 걱정거리를 마지못해 털어놓았다. "아니면 동굴이 통째로 무너져 버렸다거나 하면요?"

에디가 손을 뻗어 제이크의 셔츠를 붙들었다. 그러고는 셔츠를 잡은 채 주먹을 꽉 움켜쥐었다.

"그런 말은 꺼내지 마. 아예 *생각*도 하지 마."

이제 마을 쪽에서 나는 목소리가 그들에게 들려왔다. 롤랜드는 주민들이 다시 공회당에 모이는 중이려니 하고 짐작했다. 더 나아가 이날 낮은(그리고 이제 이날 밤도) 칼라 브린 스터지스의 역사에서 천 년 동안 기억되리라 짐작했다. 만약 칼라 마을이 그때까지 남아 있기만 하면.

에디는 제이크의 셔츠를 놓고 방금 움켜잡았던 자리를 손으로 문질렀다. 주름을 펴기라도 하려는 듯이. 억지로 웃는 에디의 얼굴은 노인처럼 기운이 없어 보였다.

"마니교도들이 내일 나타날 것 같소? 그 사람들은 나보다 당신이 더 잘 알 것 아니오."

롤랜드가 묻자 캘러헨은 낸들 아냐는 듯이 어깨를 으쓱했다.

"헨칙은 한번 뱉은 말은 지키는 사람입니다. 하지만 방금 일어난 사태를 감안하면 다른 사람들까지 약속을 지키게 할 수 있을지는…… 그건 저도 모르겠습니다, 롤랜드."

"지키게 하는 게 좋을 거예요." 에디가 섬뜩한 목소리로 중얼거렸다. "그렇게 하는 게 좋을걸요."

“누구 나랑 ‘워치 미’ 게임 할 사람?”

그 말을 꺼낸 사람은 길르앗의 롤랜드였다.

에디는 자기 귀를 의심하는 표정으로 롤랜드를 돌아보았다.

“어차피 동틀 때까지 깨어 있을 것 아니냐. 시간을 때워야지.”

그리하여 그들은 워치 미 판을 벌였다. 로잘리타는 연승을 거두면서도 기뻐하는 기색은 전혀 없이 일행의 점수를 석판에 기록했다. 제이크의 눈에는 어떤 감정도 보이지 않았다. 적어도 처음에는 안 보였다. 터치를 쓰고 싶은 생각에 마음이 흔들렸지만, 제이크는 가장 중요한 목적을 제외하면 터치를 쓰는 것은 어떠한 경우에도 옳지 않다고 결론지었다. 로잘리타의 포커페이스를 꿰뚫어 보는 것은 그녀의 맨몸을 훔쳐보는 것이나 마찬가지였다. 또는, 그녀와 롤랜드가 사랑을 나누는 광경을.

그러나 게임을 계속하다가 어느새 동북쪽 하늘이 점점 밝아올 무렵, 제이크는 마침내 로잘리타의 생각을 알 것 같았다. 제이크 자신도 같은 생각을 했기 때문이었다. 마음속 한구석에서는 그들 모두 마지막 남은 빔 두 개를 생각하고 있을 터였다. 이제부터 영원토록.

둘 중 하나, 아니면 둘 다 무너지기를 기다리는 것이었다. 수재나의 뒤를 쫓아갈 롤랜드 일행도, 저녁을 짓는 로잘리타도, 본 아이젠하트의 목장에서 일하는 동안 아들을 잃은 슬픔에 애가 끓을 벤 슬라이트먼도, 이제 모두가 같은 생각을 품고 살아갈 운명이었다. 남은 빔은 고작 두 개라는 생각, 그리고 브레이커들이 밤낮으로 땀을 흘리고 있다는 생각이었다. 빔을 갉아먹으려고. 빔을 *죽이려고*.

모든 것이 끝날 때까지 얼마나 남았을까? 그리고 *어떻게* 끝날까? 탑의 검은 벽이 산산이 무너지는 굉음이 그들의 귀에까지 들려올까? 하늘이 엉성한 천 쪼가리처럼 찢어지면서 토대시의 암흑 속에 사는 괴물들이 몰려나올까? 절규할 시간은 있을까? 그들이 갈 내세는 존재할까, 아니면 암흑의 탑이 무너질 때 천국과 지옥도 함께 사라져 버릴까?

제이크는 롤랜드를 바라보며 생각을 전했다. 온 힘을 다하여 또렷하게. *롤랜드, 도와줘요.*

그러자 하나의 생각이 돌아와 제이크의 마음을 차가운 위안으로 채워 주었다(그러나 차갑게 식은 위안도 아예 위안이 없는 것보다는 나았다.). *그럴 거다, 할 수만 있다면.*

"워치 미." 로잘리타는 그 말과 함께 자신의 카드를 늘어놓았다. 곤봉 카드의 으뜸 패가 완성되어 있었다. 그리고 맨 위에 놓인 카드는 '죽음의 여신'이었다.

선창: 코말라 컴 컴
총을 든 청년이 있네.
청년은 연인을 잃었네
그 연인은 달아나 버렸네.

합창: 코말라 컴 컴!
연인은 달아나 버렸네!
청년은 혼자 버려졌고
아기가 태어나려면 멀었네.

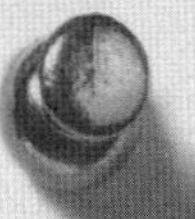

제2연

끈질긴 마법

1

마니교도들이 안 나타날지도 모른다는 걱정은 기우였다. 일족의 남자 마흔 명을 이끌고 집결 장소인 마을 공회당에 나타난 헨칙은 평소처럼 표정이 뚱했다. 그는 그 정도 인원이면 목소리 동굴의 '찾지 못한 문'을 너끈히 열 거라고 롤랜드에게 장담했다. 그가 '암흑의 유리구슬'이라고 부르는 물건이 사라진 지금 그 문이 정말로 열리기만 한다면, 말이었다. 노인은 약속한 인원보다 적은 수를 데려와서 미안하다는 말은 한마디도 없이 그저 자기 수염만 잡아당겼다. 가끔은 두 손으로 잡아당기기도 했다.

"저 할아버지 왜 저러는 거예요, 신부님? 혹시 아세요?"

제이크가 캘러핸에게 물었다. 헨칙의 부하들은 짐마차 열두 대에 나누어 타고 동쪽으로 향하는 중이었다. 그들 뒤를 하얀 백변종 당나귀 두 마리가 끄는 이륜마차가 따라갔다. 귀가 묘하게 기다랗고 눈은 분홍색으로 번들거리는 당나귀들이 끄는 그 마차는 하얀 캔버스 천으로 빈틈없이 덮여 있었다. 제이크가 보기에는 꼭 바퀴 달린 대형 팝콘 봉지 같았다. 헨칙은 그 마차에 혼자 앉아서 청승맞게 턱수염을 잡아당기고 있었다.

"내가 보기엔 안절부절못하는 것 같구나."

"왜 저러는지 모르겠어요, 사람이 저 정도 모인 것만 해도 놀랄 일인데. 빔퀘이크 같은 소동이 일어난 마당에."

"땅울림이 일어났을 때 깨달았던 거다, 일족 가운데 자신보다 그 현상을 더 두려워하는 자들이 있다는 걸. 그게 헨칙한테는 지키지 못한 약속이나 다름없었던 거야. 그것도 그냥 약속이 아니라 너희 *딘*한테 한 약속인데 말이야. 헨칙으로서는 체면이 땅에 떨어진 거지." 그러고나서 캘러핸은 태연한 목소리로, 상대가 다른 낌새를 전혀 못 채고 무심결에 대답하도록, 제이크에게 이렇게 물었다. "헌데 너희랑 같이 온 그 아가씨는, 아직 살아 있는 거냐?"

"예. 그치만 굉장히 겁에 질……."

제이크는 무심코 대답하려다 손으로 입을 가렸다. 그러고는 캘러핸을 쏘아보았다. 앞에 가던 이륜마차의 마부석에서 헨칙이 움찔하더니 뒤를 돌아보았다. 마치 뒤에 오던 두 사람이 큰소리로 말다툼을 벌이기라도 한 것처럼. 캘러핸은 혹시 이 빌어먹을 이야기 속에서 자신만 빼고 모든 등장인물에게 터치 능력이 있는 것은 아닌지 궁금했다.

이야기가 아니야. 이야기가 아니라고, 이건 내 삶이야!

그러나 좀처럼 믿기가 힘들었다. 판권 면에 소설이라고 적힌 책의 주요 등장인물 명단에 자신의 이름이 인쇄되어 있는 것을 본 이상은, 그럴 수가 없었다. 1975년 더블데이 출판사에서 발행한 책이었다. 흡혈귀가 나오는, 실제가 아니란 것을 누구나 아는 소설책. 다만 그 책의 내용은 실제로 일어난 일이었다. 게다가 적어도 이 세계와 이웃한 몇몇 세계에서는, 지금도 일어나는 일이었다.

"저한테 그러시면 안 되죠. 얼렁뚱땅 속일 생각 마세요. 우리가 같은 편인 이상은 안 돼요, 신부님. 아셨죠?"

"미안." 캘러핸은 한마디를 덧붙였다. "부디 용서를."

제이크는 힘없이 웃고는 오이를 쓰다듬었다. 이제는 판초 앞주머니가 오이의 자리였다.

"그 아가씨는……."

캘러핸이 말을 꺼내자 제이크는 고개를 저었다.

"지금은 수재나 이야기 안 할래요, 신부님. 아예 생각도 안 하는 게 제일이에요. 저한테는 느껴져요…… 진짜인지 아닌지는 모르겠지만, 뭔가 강력한 것이…… 수재나를 찾고 있어요. 사실이라면 우리 얘기를 엿듣게 해선 안 돼요. 충분히 그러고도 남을 테니까요."

"뭔가 강력한 것이라니……?"

제이크는 손을 뻗어 캘러핸이 목에 두른 손수건을 건드렸다. 카우보이가 두를 법한 그 손수건은 붉은색이었다. 그런 다음 손으로 왼쪽 눈을 짚었다가 뗐다. 캘러핸은 처음에는 무슨 뜻인지 몰랐지만 이내 깨달았다. 붉은 눈. 크림슨 킹의 눈이었다.

캘러핸은 마부석 등받이에 기대어 아무 말도 하지 않았다. 그들 뒤에는 롤랜드와 에디가 입을 꾹 다문 채 나란히 말을 타고 따라왔다. 둘 다 총과 짐을 함께 챙긴 차림새였고, 제이크 역시 마차 짐칸에 자기 짐을 미리 실어 두었다. 이날 이후 칼라 브린 스터지스로 돌아온다고 해도 그들이 그곳에 머물 시간은 길지 않았다.

겁에 질렸어요. 그것이 제이크가 캘러핸에게 하려던 말이었지만, 현실은 더 끔찍했다. 터무니없이 희미하게, 말도 안 될 만큼 아득하게, 그런데도 또렷하게, 제이크는 수재나가 지르는 비명 소리를 들었다. 부디 에디에게는 그 소리가 안 들리기만을 바랄 뿐이었다.

2

기쁨에 탈진한 나머지 땅울림이 덮쳤는데도 잠에서 깨지 않은 마을로부터 일행은 그렇게 멀어져 갔다. 날은 어느새 선선해져서 길을 나설 무렵에는 입김이 눈에 선히 보였고, 시든 옥수수 줄기에는 얇게 서리가 덮여 있었다. 데바테테 와이강을 뒤덮은 안개는 강이 내쉰 날숨 같았다. 롤랜드는 속으로 중얼거렸다. 이 앞은 겨울이구나.

일행은 말을 타고 한 시간쯤 가서 골짜기에 도착했다. 들리는 것은 짤랑거리는 고삐 소리와 삐걱거리는 바퀴 소리, 달가닥거리는 말발굽 소리, 이륜마차를 끄는 당나귀 중 한 마리가 이따금씩 시큰둥하게 힝힝거리는 소리, 까마귀를 닮은 커다란 검은 새 러스티가 멀리서 우짖는 소리뿐이었다. 어쩌면 새들은 남쪽으로 날아가는지도 몰랐다. 남쪽이 어느 쪽인지 지금도 찾을 수만 있다면.

오른편의 지면은 점점 가팔라져서 절벽과 낭떠러지와 메사로 변해 갔고, 그렇게 10분, 또는 15분 정도 더 나아간 끝에 일행이 도착한 곳은 불과 스물네 시간 전에 칼라의 아이들을 데려와 전투를 치른 바로 그 장소였다. 그곳에는 이스트 로드에서 갈라져 나온 길 한

갈래가 대략 서북쪽을 향해 구불구불 이어져 있었다. 그 길 건너편의 도랑 바닥은 맨흙이 드러나 있었다. 롤랜드와 그의 *카텟*, 그리고 오리자 자매단이 숨어서 늑대들을 기다리던 곳이었다.

그런데 그 늑대들은 어디로 갔을까? 전날 롤랜드 일행이 떠났을 때, 이 매복 장소에는 주검이 널려 있었다. 다 합치면 예순 구가 넘었다. 회색 바지에 초록색 망토를 입고 으르렁대는 늑대 얼굴 모양 가면을 쓰고 서쪽에서 말을 달려온, 인간 형상을 한 괴물들이었다.

헨칙이 늙어서 뻣뻣한 몸을 움찔거리며 이륜마차에서 내려오는 사이에 롤랜드는 말에서 내려 그 곁으로 다가갔다. 노인을 도와주려는 기미는 조금도 보이지 않았다. 헨칙은 도움을 바라기는커녕 누가 손을 내밀면 도리어 화를 낼 사람이었다.

총잡이는 노인이 검은 망토를 툭툭 털어 매무새를 가다듬을 때까지 기다렸다가 질문을 던졌고, 이내 괜한 질문이었다는 것을 깨달았다. 길 오른편으로 40미터가량 떨어진 곳에 옥수수 줄기를 뿌리째 뽑아 쌓아서 만들어 놓은, 전날에는 없었던 커다란 둔덕이 있었다. 롤랜드는 그곳이 무덤인 것을 알아차렸다. 어떠한 경의도 담지 않고 아무렇게나 만든 무덤이었다. 그때껏 롤랜드는 마을 사람들이 전날 오후를, 그러니까 지금 녹초가 되어 곯아떨어졌을 정도로 흥겨운 축하연을 벌이기 전까지의 시간을 어떻게 보냈을지 조금도 궁금하지 않았고 알아보려고도 안 했지만, 이제 그들의 노고가 눈앞에 보였다. 마을 사람들은 늑대들이 되살아날지도 모른다는 생각에 두려웠을까? 그 궁금증의 답을 롤랜드는 머릿속 한구석에서 이미 알고 있었다. 그것이야말로 사람들이 두려워한 것이었다. 그래서 축 늘어진 무거운 주검들을(회색 늑대뿐 아니라 회색 말들까지도) 옥수수밭까지 질질 끌고 와서 아무렇게나 쌓은 다음, 뽑아 둔 옥수수 줄기로 덮어 놓았던 것이다. 이 상여는 이날 화장용 장작더미로 바뀔 터였다. 혹시라도 세미논이 불어 닥친다면? 그렇다 해도 마을 사람들은 불을 지필 테고, 어쩌면 도로와 강 사이의 비옥한 땅에 큰불이 일어날지도 몰랐다. 왜 아니겠는가? 올해 농사는 이미 끝났고, 노인들 말에 따르면 비료로는 불타고 남은 재만 한 것이 없는데. 게다가 주민들은 저 언덕이 불타 사라지기 전에는 진정으로 안심하지 못할 것이다. 그러고 나서도 이곳을 찾아올 사람은 거의 없을 것이다.

"롤랜드, 저기 봐." 에디의 목소리는 슬픔과 분노 사이 어디쯤에 해당하는 감정으로 흔들렸다. "아, 젠장, 저길 좀 보라고."

길 끄트머리, 제이크와 베니 슬라이트먼과 태버리네 쌍둥이가 안전한 곳을 향해 마지막 질주를 시작하기에 앞서 기회를 엿보던 바로 그곳에, 긁히고 찌그러진 휠체어가 서 있었다. 크롬 도금된 표면은 햇살을 받아 눈부시게 윙크했고, 앉는 부분은 흙먼지와 피로 얼룩져 있었다. 왼쪽 바퀴는 엉망으로 찌그러져 원래 모양을 알아보기 힘들었다.

"어째서 화난 목소리로 말하는 건가?"

헨칙이 물었다. 곁에는 칸타브와 함께 에디가 '망토 패거리'로 부르는 원로 여섯 명이 서 있었다. 그중 둘은 헨칙보다 훨씬 나이가 많아 보였고, 이에 롤랜드는 전날 로잘리타에게서 들은 말이 떠올랐다. 그중엔 헨칙만큼이나 나이가 많은 사람도 여럿이에요, 그런 사람들이 밤중에 산길을 올라가야 한다고요. 비록 지금은 밤이 아니었지만 롤랜드는 그들 중 일부가 산꼭대기의 통로 동굴커녕 산기슭조차 올라갈 수 있을지 어떨지 의심스러웠다.

"마을 사람들은 자네 부인을 기리기 위해 저 바퀴 의자를 이곳까지 옮겨다 놓았네. 그리고 자네를 기리기 위해서. 그런데 어째서 화난 목소리로 말하는 건가?"

"왜냐면 저렇게 엉망으로 찌그러뜨리면 안 되기 때문이죠. 그리고 함께 있어야 할 의자 주인이 없기 때문이기도 하고." 에디는 노인에게 말했다. "무슨 말인지 알겠어요, 헨칙?"

"분노야말로 가장 무용한 감정일세." 헨칙이 나직이 읊조렸다. "정신을 파괴하고 마음에 상처를 내는 것이니까."

에디는 입술이 코 밑의 하얀 흉터처럼 보일 만큼 입을 앙다물었지만, 헨칙에게 쏘아붙이고 싶은 마음은 가까스로 억눌렀다. 그러고는 수재나의 망가진 휠체어 앞까지 걸어가서 울적하게 내려다보았다. 토피카에서 찾은 이후 머나먼 길을 함께한 물건이었건만, 이제 그 휠체어가 다시 굴러갈 일은 없었다. 캘러핸이 곁에 다가오려 하자 에디는 물러나라는 뜻으로 손을 내저었다.

제이크는 베니가 살해당한 도로 위의 한 지점을 바라보는 중이었다. 그 아이의 주검은 당연히 치워져서 없었고, 피가 쏟아진 자리는 누군가 뿌려 둔 새 황토로 덮여 있었다. 그럼에도 제이크의 눈에는 시커먼 핏자국이 보였다. 그리고 손바닥을 위로 향한 채 떨어져 있는 베니의 잘린 팔도. 제이크는 옥수수밭에서 비틀비틀 걸어 나와 길에 널브러진 아들을 발견한 친구 아버지의 모습을 떠올렸다. 그 5초 정도 되는 시간 동안 슬라이트먼은 어떤 소리도 내지 못했고, 이는 누군가 그에게 다가와 마을의 피해는 놀랄 만큼 적다고 얘기하기에 충분한 시간이었다. 사망자는 남자아이 한 명과 목장주의 아내, 그 밖에는 발목이 부러진 아이 한 명뿐이라고. 실은 피해라고 할 만한 것도 아니라고. 그러나 그렇게 말한 사람은 아무도 없었기에, 슬라이트먼은 비명을 질렀다. 제이크는 그 비명 소리를 영원토록 잊지 못하리라는 생각이 들었다. 피로 물들어 시커메진 이 흙길에 팔이 잘린 채 쓰러져 있던 베니의 모습과 마찬가지로.

베니가 쓰러진 자리 옆에 무언가 흙에 파묻힌 물건이 있었다. 겉으로 드러난 것은 조그맣게 반짝이는 금속 표면뿐이었다. 제이크가 한쪽 무릎을 꿇고 파내어 보니 늑대들이 던지던 죽음의 공, 이른바 '스니치'였다. 표면에 적힌 설명에 따르면 '해리 포터 모델'이었다. 전날 그 공 두 개를 손에 쥐었을 때 제이크는 부르르 떨리는 느낌을 받았다. 희미하게 윙윙대는 불길한 소리가 들렸다. 지금 이 공은 돌멩이처럼 꼼짝도 하지 않았다. 제이크는 일어서서 옥수수 줄기로 뒤덮인 늑대 무덤 쪽으로 그 공을 던져 버렸다. 팔이 저릿할 정도로 세게 던졌다. 자고 일어나면 팔이 욱신거릴 터였지만, 그러거나 말거나 상관없었다. 분노를 얕잡아보는 헨칙의 말 또한 개의치 않았다. 에디는 아내를 되찾고 싶었다. 제이크가 되찾고 싶은 것은 친구였다. 그런데 에디는 언젠가 원하는 것을 찾을 수 있을지도 몰랐지만, 제이크 체임버스는 그럴 가망이 없었다. 죽음은 멈추지 않고 퍼붓는 은총이기 때문이었다. 죽음은 영원히 변치 않는 것이었다. 다이아몬드처럼.

제이크는 그대로 떠나고 싶었다. 이스트 로드의 이 장소를 등진 채로. 주인을 잃고 만신창이가 된 수재나의 휠체어 또한 더는 보고 싶지 않았다. 그러나 마니 일족은 이미 전투가 벌어졌던 현장을 빙 둘러 서 있었고, 헨칙은 귀가 따가울 정도로 커다란 목소리로 빠르게 기도문을 외우는 중이었다. 기도 소리는 겁에 질린 돼지가 꿀꿀

거리는 소리와 꽤나 비슷했다. 헨칙은 '오버'라는 존재에게 일행 모두 동굴까지 무사히 도착하여 목숨과 제정신을 함께 보존한 채로 임무를 끝마치게 해 달라고 빌었다(제이크는 기도의 그 대목이 특히 거슬렸다. 제정신이 기도까지 해 가면서 유지해야 할 것이라고는 생각한 적이 없었으므로). 마니교도들의 대장은 오버에게 자석과 다림추에 생명을 불어넣어 달라고도 기도했다. 마지막은 *카벨*, 즉 마법의 지속력을 유지해 달라는 기도였다. 왠지 마니교도들에게는 특별한 힘을 지닌 구절 같았다. 헨칙이 기도를 마치자 그들은 한목소리로 '오버삼, 오버크라, 오버칸타'라고 외친 다음 맞잡은 손을 아래로 내렸다. 몇몇은 땅에 무릎을 꿇고 자신들의 *진짜* 대장과 짤막한 대화를 나누기도 했다. 한편 칸타브는 젊은이 너덧 명을 데리고 이륜마차로 향했다. 그들이 마차의 새하얀 포장을 벗겨 차곡차곡 개자 커다란 나무 상자 몇 개가 드러났다. 제이크는 상자 안에 다림추와 자석이 들어 있을 거라고, 마니교도들의 목에 걸린 것보다 훨씬 커다란 물건들일 거라고 짐작했다. 그들이 이날의 조촐한 모험을 위해 동원한 비장의 무기였다. 상자에는 저마다 갖가지 문양이 새겨져 있었다. 별과 달, 기묘한 기하학적 무늬들이 크리스트교보다는 신비주의 종교의 상징에 가까워 보였다. 그러나 제이크는 마니교도들을 크리스천으로 볼 근거가 전혀 없다는 것을 이내 깨달았다. 망토와 수염, 통이 둥그런 검은 모자를 보면 퀘이커파나 아미시파처럼 보였고 말투에도 이따금 고풍스러운 어휘가 섞여 있기는 했지만, 제이크가 아는 한 퀘이커파도 아미시파도 다른 세계로 여행을 다니는 취미를 계발한 적은 없었다.

다른 마차에서는 기다랗고 반질거리는 나무 막대 여러 개가 내려졌다. 막대는 문양이 새겨진 상자의 아래쪽에 달린 금속 대롱에 끼우는 손잡이였다. 그 상자를 '궤'라고 부르는 것을 제이크는 나중에야 알았다. 마니교도들은 궤를 중세 유럽의 거리를 누비던 종교 유물처럼 어깨에 메고 다녔다. 어떤 의미에서는 궤 역시 종교 유물이었다.

일행은 아이들의 머리띠와 옷 쪼가리, 조그만 장난감 따위가 여전히 흩어져 있는 산길을 오르기 시작했다. 전날 늑대들을 유인하려고 뿌린 미끼였다. 낚시는 성공이었다.

프랭크 태버리의 발이 빠졌던 곳에 이르렀을 때, 제이크의 머릿속에서 그 바보 같은 꼬맹이의 예쁜 쌍둥이 누이가 한 말이 떠올랐다. *도와주세요, 부탁이에요, 사이, 제발.* 제이크는 그 부탁을 들어주었다. 충분히 있을 법한 일이었다. 그랬는데 베니가 죽었다.

제이크는 찡그린 표정으로 눈을 돌렸고, 뒤이어 속으로 중얼거렸다. 넌 이제 총잡이야, 이러고 있으면 안 돼. 이내 제이크는 억지로 다시 눈을 돌려 앞서 그곳을 바라보았다.

캘러핸의 손이 제이크의 어깨를 감쌌다.

"얘야, 괜찮으냐? 얼굴이 백지장 같은데."

"전 괜찮아요."

목구멍에 무슨 덩어리가, 그것도 커다란 덩어리가 치밀어 오르는 느낌이 들었지만, 제이크는 그 덩어리를 꿀꺽 삼키고 방금 한 말을 되뇌었다. 신부가 아니라 자신에게 하는 거짓말이었다.

"예, 전 괜찮아요."

캘러핸은 고개를 끄덕이고 자기 몫의 짐을 왼쪽 어깨에서 오른쪽 어깨로 옮겨 멨다(건성으로 싼 그의 배낭은 내심 어디에도 갈 생각이 없는 도회지 사람의 짐이었다.).

“그런데 저 동굴에 도착하면 어떻게 되는 거냐? *만약* 우리가 도착할 수 있다면 말이야.”

캘러핸이 묻자 제이크는 고개를 저었다. 알 길이 없었으므로.

3

산길은 별문제가 아니었다. 부서진 돌조각이 잔뜩 흩뿌려져 있었고 경사 역시 궤를 떠멘 사람들에게는 힘에 부칠 만큼 가팔랐지만, 적어도 한 가지 면에서는 전에 오를 때보다 더 편했다. 꼭대기 근처의 길목을 막아서다시피 했던 거대한 바위가 지진으로 제자리에서 쫓겨났기 때문이었다. 에디가 고개를 빠끔히 내밀고 내려다보니 그 바위는 아득한 벼랑 아래로 떨어져 둘로 동강나 있었다. 바위 중심부는 바깥보다 더 무르고 반짝이는 암석으로 차 있어서, 에디의 눈에는 꼭 세상에서 가장 커다란 완숙 달걀처럼 보였다.

동굴은 전과 다름없이 제자리를 지켰지만, 이제는 입구 앞에 커다란 돌무더기가 버티고 있었다. 에디는 젊은 마니교도들과 함께 부서진 사암 덩어리를 휙휙 던져서 돌무더기를 입구 옆으로 치웠다(몇몇 사암 덩어리는 핏방울처럼 반짝거리는 석류석을 속에 품고 있었다.). 눈앞에 드러난 동굴 입구를 보니 마음을 옥죄던 테가 느슨해지는 느낌이 들었지만, 에디는 일전에 왔을 때에는 지독히도 시끄러웠던 동굴에 내려앉은 침묵이 영 거슬렸다. 동굴 밑바닥에 난 깊숙한 구멍 속에서 급류가 콸콸 소리를 내며 흘러갔고, 들리는 소리는 그것이 다였다. 헨리 형은 어디로 갔을까? 헨리 형은 지금쯤 발라자르의 부하들에게 살해당한 자기 신세를 한탄하며 다 에디 탓이라고 불평하고 있어야 했다. 어머니는? 헨리 형의 말에 (형과 똑같이 원통해 못 살겠다는 말투로) 맞장구를 치고 있어야 할 에디 어머니는, 어디 있을까? 마거릿 아이젠하트는, 자기를 왜 '망각된 자'로 낙인찍고 버렸냐고 할아버지 헨칙에게 따지고 있어야 할 마거릿은 어디에 있을까? 이곳은 통로 동굴이 되기에 앞서 오랫동안 '목소리 동굴'이었건만, 그 목소리들은 이제 침묵을 지켰다. 그리고 동굴 바닥에 서 있는 저 문은…… 에디의 머릿속에 맨 먼저 떠오른 수식어는 *바보 같은*이었다. 그다음은 *쓸모없는*이었다. 일찍이 이 동굴을 사람들에게 알리고 독특한 성격을 부여한 것은 바로 저 밑바닥에서 올라오는 목소리들이었다. 저 문을 소름끼치고 불가사의하고 강력한 존재로 만든 것은 유리구슬, 즉 그 문을 통해 칼라 브린 스터지스로 건너온 검은 13이었다.

하지만 이제는 올 때와 같은 길로 떠났어, 그러니까 저건 이제 어디로도……

에디는 그 생각을 지우고 싶었지만 그럴 수가 없었다.

……어디로도 통하지 않는 낡은 문에 지나지 않아.

에디는 헨칙에게로 돌아섰다. 갑자기 눈물이 차올라 역겨운 느낌이 들었지만, 그 눈물을 삼킬 방법은 없었다.

"마법은 다 사라졌어요." 에디의 목소리는 절망으로 가득했다. "저 망할 놈의 문짝 뒤에는 퀴퀴한 공기하고 부서져 내린 돌밖에 없다고요. 당신도 나도 바보 멍청이였어요."

그 말에 다들 놀란 듯 헉하는 소리가 여기저기서 들려왔지만, 에디를 바라보는 헨칙의 눈빛은 거의 기대감으로 반짝거리는 것처럼 보였다.

"루이스, 소니!" 헨칙은 왠지 신이 난 사람처럼 외쳤다. "'브래니 궤'를 가져와라!"

짧은 턱수염을 기르고 머리를 길게 땋아 뒤로 늘어뜨린 건장한 젊은이 둘이 앞으로 나섰다. 둘이 양옆에서 받쳐 든 단단한 나무 궤는 길이가 1.2미터 정도였고, 들고 오는 모양새로 보아 꽤 무거웠다. 그들이 헨칙 앞에 궤를 내려놓았다.

"열어 보게, 뉴욕의 에디여."

소니와 루이스는 궁금해하면서도 조금은 두려워하는 눈빛으로 에디를 바라보았다. 이와 달리 에디가 본 마니 원로들의 눈빛에는 탐욕스러운 호기심 같은 것이 비쳤다. 아마도 마니교도 특유의 기이한 풍모가 완전히 몸에 배려면 시간이 꽤 걸리는 모양이었다. 시간이 흐르면 루이스와 소니도 그 경지에 이를 테지만, 아직은 그저 유별난 정도였다.

헨칙은 살짝 조바심이 난 표정으로 고개를 끄덕여 재촉했다. 에디가 몸을 숙여 궤를 열었다. 힘들지는 않았다. 자물쇠가 달려 있지 않았으므로. 궤 속은 비단으로 덮여 있었다. 헨칙이 마법사 같은 손동작으로 비단을 젖히자 사슬에 묶인 다림추가 드러났다. 에디가 보기에 그 추의 모양은 구식 팽이 같았고, 예상했던 만큼 커다랗지도 않았다. 길이는 뾰족한 끄트머리에서 폭이 넓은 상단까지 약 45센티미터, 재질은 누렇고 미끄러워 보이는 나무였다. 추에 달린 은사슬은 궤의 뚜껑 안쪽에 붙은 수정 말뚝에 친친 감겨 있었다.

"꺼내게."

헨칙이 말했고, 에디는 그 말을 따르는 대신 롤랜드를 돌아보았다. 그러자 노인의 입을 덮은 수염이 스르륵 벌어지면서 눈부시게 하얀 치열이 드러나 섬뜩한 냉소로 바뀌었다.

"어째서 자네 딘의 눈치를 보는가, 철없는 젊은이여? 자네 입으로 말하지 않았나, 이곳의 마법은 이미 사라졌다고! 그런데도 혼자서는 어찌할 바를 모르겠나? 아니, 나이도 벌써…… 한…… 스물다섯은 돼 보이는데?"

그 농담이 들릴 만큼 가까이에 있던 마니교도들 사이에서 쿡쿡 웃는 소리가 들려왔다. 그중에는 아직 스물다섯이 안 된 젊은이도 몇 명 있었다.

노인뿐 아니라 스스로에게도 화가 난 에디는 상자 속으로 손을 뻗었다. 헨칙이 그 손을 잡았다.

"추의 본체는 건드리면 안 돼. 배 속이 온통 흐물흐물하게 곤죽이 돼 버리는 수가 있거든. 명심하게, 사슬을 잡아야 하네."

에디는 하마터면 막무가내로 추에 손을 댈 뻔했다. 이미 사람들 앞에서 바보가 된 마당에 바보짓을 멈출 이유는 없었다. 그러다가 몹시도 진지한 제이크의 회색 눈동자를 보고 나서 마음을 바꾸었다. 이곳까지 올라오면서 흘린 땀이 산꼭대기에 부는 센 바람에 싸늘하게 식어 갔다. 몸이 부르르 떨렸다. 에디는 다시 손을 뻗어 사슬을 잡았고, 조심조심 말뚝에서 풀기 시작했다.

"궤에서 꺼내게."

"꺼내면 어떻게 되는데요?"

에디가 묻자 헨칙은 이제야 머리가 좀 돌아가는구나 하는 표정으로 고개를 끄덕였다.

"보면 알아. 꺼내게."

에디는 헨칙의 말대로 했다. '브래니 추'는 젊은 남자 둘이 그토록 낑낑대며 지고 온 것치고는 놀랍도록 가벼웠다. 마치 가느다란 1.2미터 길이 사슬 끝에 붙은 깃털을 드는 것처럼 가뿐했다. 에디는 사슬을 손등에 감고 손을 눈앞으로 들어 올렸다. 어딘가 꼭두각시 인형극을 하는 사람처럼 보이기도 했다.

에디는 헨칙에게 이제 어떻게 되냐고 다시 물어볼 생각이었지만, 미처 입을 열기도 전에 다림추가 자그마한 호를 그리며 앞뒤로 흔들거리기 시작했다.

"내가 흔든 거 아니에요. 적어도 내가 아는 한은, 아니에요. 아마 바람 때문에 흔들리는 것 같은데."

"그럴 리가." 캘러핸이 말했다. "바람은 전혀 안 부는……"

"쉬잇!"

조용히 하라고 말하는 칸타브의 표정이 어찌나 서슬 퍼렜던지, 캘러핸은 순순히 입을 다물었다.

동굴 앞에 서 있는 에디의 발아래에는 협곡 지대 전체와 칼라 브린 스터지스의 거의 대부분이 펼쳐져 있었다. 저 멀리 보이는 몽롱한 청회색은 그들 *카텟*이 이곳까지 오느라 통과한 삼림 지대, 다시는 돌아가지 못할 중간 세계의 마지막 흔적이었다. 이마를 가린 머리카락이 거센 바람에 휙 젖혀진 순간, 에디의 귀에 느닷없이 윙윙거리는 소리가 들려왔다.

다만 귀로 들은 것은 아니었다. 윙윙 소리는 눈앞에 있는 손 안에서, 펼친 손가락 사이에 사슬이 늘어진 그 손을 통해 들려왔다. 팔을 통해 들려왔다. 그리고 무엇보다도, 머릿속에서 들려왔다.

사슬 끄트머리, 에디의 오른쪽 무릎 높이에서, 브래니 추가 그리는 호가 점점 또렷해지더니 흔들리는 진자의 호처럼 변했다. 에디는 기이한 사실을 깨달았다. 추는, 호의 양 끄트머리에 닿을 때마다 무거워졌다. 무언가 특이한 원심력이 추를 끌어당기기라도 하듯이.

호는 점점 더 기다래졌고, 추는 점점 더 빨리 움직였고, 호의 끄트머리에서 잡아당기는 힘도 점점 더 강해졌다. 그러다가……

"에디!" 제이크의 목소리에는 걱정과 즐거움 사이 어디쯤의 감정이 배어 있었다. "저거 보여요?"

물론 에디의 눈에도 보였다. 브래니 추는 이제 호의 끄트머리에 닿을 때마다 *희미해졌다*. 이와 동시에 에디의 팔에 걸리는 하중, 즉 추의 무게 또한 급속히 불어났다. 에디는 사슬을 놓치지 않으려고 왼손으로 오른팔을 떠받쳤고, 이제는 추가 흔들릴 때마다 허리가 같이 흔들릴 지경이었다. 머릿속에 문득 지금 있는 곳이 어디인지가 떠올랐다. 지면에서 대략 200미터가 조금 더 되는 높이였다. 추를 멈추지 않으면 머잖아 낭떠러지 너머로 휙 날아갈 판국이었다. 만약 이 은사슬을 손에서 풀지 못하면 어떻게 될까?

브래니 추는 허공에 빙그레 웃는 투명한 입을 그리며 오른쪽으로 출렁 흔들렸고, 투명한 입꼬리에 가까워질수록 점점 더 무거워졌다. 상자에서 가뿐하게 들어 올렸던 나무 조각이 느닷없이 20킬로그램, 30킬로그램, 40킬로그램은 나갈 것처럼 묵직해졌다. 그리고 추가 호의 끄트머리에서 잠시 정지하는 순간, 관성력과 중력 사이에서 균형을 잡은 그때, 에디는 알아차렸다. 추 너머로 이스트 로드가 보였다. 그저 또렷이 보이는 정도가 아니라 *확대되어* 보였다. 뒤이어 추가 다시 빠르게 하강 곡선을 그리며 가벼워지기 시작했다. 그러다가 다시 상승을 시작했을 때, 이번에는 에디의 왼편으로 올라왔을 때……

"그래, 이제 알았어! 이것 좀 풀어 줘요, 헨칙. 그냥 멈추기라도 해 봐요!"

헨칙이 내뱉은 말은 단 한 마디, 어찌나 걸걸하던지 진흙탕에서 튀어나온 맹꽁이를 연상케 하는 소리였다. 브래니 추는 점점 짧아지는 호를 그리다가 멈추는 대신 단번에 움직임을 멈추고는, 다시 에디의 무릎 높이에서 대롱거리며 뾰족한 끄트머리로 에디의 발을 가리켰다. 팔과 머릿속의 윙윙거리는 소리는 잠시 동안 계속됐다. 이내 그 소리도 멎었다. 그러자 추의 께름칙한 무게감이 사라졌다. 그 짜증스러운 물건은 다시 깃털처럼 가벼워졌다.

"나한테 할 말이 있지 않나, 뉴욕의 에디여?"

"예, 아까는 제가 잘못했습니다."

헨칙의 새하얀 이가 다시 한번, 북슬북슬한 수염 사이로 아주 잠깐 반짝이다가 사라졌다.

"자네도 아예 덜떨어진 친구는 아니었군, 안 그런가?"

"저도 아니었으면 좋겠네요."

마니 일족의 헨칙이 가느다란 은사슬을 손에서 푸는 동안, 에디는 나지막이 흘러나오는 안도의 한숨을 참을 수가 없었다.

4

헨칙은 먼저 연습부터 해야 한다고 고집했다. 의도는 충분히 이해가 갔지만, 에디는 뜸을 들이는 것이 짜증스럽기만 했다. 흘러가는 1초 1초가 이제는 형체를 지닌 것처럼, 마치 손바닥을 쓸고 지나가는 거칠거칠한 천처럼 느껴졌다. 그럼에도 에디는 입을 꾹 다물었다. 이미 헨칙의 화를 한 번 돋웠기 때문이었다. 그런 짓은 한 번이면 충분했다.

노인 헨칙은 일족의 원로 여섯 명을 데리고 동굴로 들어섰다(그 중 다섯은 에디의 눈에 하느님보다 더 늙어 보였다.). 그런 다음 세 명에게는 다림추를, 나머지 세 명에게는 조개껍데기 모양 자석을 나눠주었다. 마니 일족의 다림추 가운데 십중팔구 가장 강력한 브래니추는 헨칙 본인이 챙겼다.

그들 일곱 명은 동굴 입구에 둥그렇게 둘러섰다.

"문을 둘러싸야 하는 거 아니오?"

롤랜드가 헨칙에게 물었다.

"아직은 아니야."

노인들이 서로 손을 잡았다. 맞잡은 손마다 다림추나 자석이 쥐어져 있었다. 원이 완성되기가 무섭게 에디의 귀에 다시 윙윙 소리가 들려왔다. 출력을 너무 높인 스테레오 스피커에서 나오는 소리처럼 커다랬다. 제이크가 손으로 귀를 막는 모습이 눈에 띄었고, 롤랜드는 아주 잠깐 표정을 찡그렸다.

에디가 본 문은 아까의 컴컴하고 보잘것없는 모습이 아니었다. 문에 적힌 상형문자가 다시금 또렷이 도드라져 보였다. 찾지 못한을 뜻하는 망각된 문자였다. 수정으로 된 문손잡이가 빛을 발하면서 손잡이에 새겨진 장미가 하얀 선이 되어 빛나기 시작했다.

이제 열어도 될까? 에디는 궁금했다. 열고 안으로 들어가도 되는 걸까? 그럴 것 같지는 않았다. 아직은, 아니었다. 그러나 이 일을 해낼 수 있으리라는 자신감은 5분 전과 비교도 못 할 만큼 충만했다.

동굴 밑바닥에 깊숙이 뚫린 구멍 속의 목소리들이 느닷없이 되살아났지만, 이제 그 목소리들은 하나로 뒤섞여 으르렁거렸다. 에디는 어린 베니 슬라이트먼이 도건이라고 외치는 소리를 알아들었다. 어머니의 목소리, 에디에게 평생 엉망으로 살아온 끝에 이제는 아내까지 잃어버렸냐고 외치는 어머니의 목소리가 들렸고, 웬 남자(십중팔구 제이크의 아버지 엘머 체임버스)가 제이크에게 외치는 소리도 들렸다. 그는 자기 아들에게 미치광이라고, 너는 미스터 머리 뱅뱅이라고 악을 썼다. 다른 목소리들도 가세했다. 더 많이, 더욱 많이.

헨칙이 동료들에게 재빨리 고개를 끄덕였다. 이어져 있던 그들의 손이 풀어졌다. 그러자 저 밑에서 들려오던 왁자한 횡설수설이 뚝 끊겼다. 문 또한 즉시 눈에 띄지 않는 평범한 모습으로 되돌아갔지만, 에디는 이를 보고도 놀라지 않았다. 이제 동굴 안에 서 있는 문은 아무도 거들떠보지 않고 지나갈 길거리의 여느 문과 다르지 않았다.

"하느님 맙소사, 도대체 어떻게 된 겁니까?" 캘러핸이 아래쪽으로 경사진 동굴 바닥 저 너머의 어둠을 고갯짓으로 가리키며 물었다. "예전에는 저렇지 않았는데요."

"어제 그 땅울림 때문이든 아니면 마법 구슬이 사라진 것 때문이든, 동굴이 평정을 잃어버린 것 같소. 어느 쪽이든 우리가 지금 하려는 일하고는 상관없소만." 헨칙이 차분한 목소리로 말하고는 캘러핸의 배낭을 흘긋 보았다. "한때는 그대도 방랑자였구려."

"그랬지요."

헨칙이 다시금 하얀 이를 드러내며 짧게 웃었다. 에디는 이 늙은 악당이 지금 상황을 어느 정도 즐기고 있다고 결론지었다.

"보아하니 짐 싸는 요령을 잊어버린 모양이구려, 사이 캘러핸."

"아무래도 정말로 어딜 갈 것 같지는 않아서 말이지요." 캘러핸의 미소는 헨칙의 웃음에 비하면 기운이 없어 보였다. "이제 나이도 많이 먹었고요."

그 말에 헨칙은 무례한 웃음소리로 답했다. 파하!와 비슷하게 들리는 소리였다.

"헨칙, 오늘 새벽에 땅이 뒤흔들린 이유가 뭔지 아시오?"

롤랜드가 물었다. 늙은 헨칙의 파란 눈은 색이 바래기는 했지만 여전히 날카로웠다. 그는 고개를 끄덕였다. 동굴 입구 바깥에는 거의 서른 명은 되는 마니교도 남자들이 산길 아래쪽으로 기다랗게 늘어서서 참을성 있게 기다리는 중이었다.

"우리가 보기에는 빔이 무너지려 하는 것 같더군."

"내가 보기에도 그렇소. 우리 사정이 더 급박해졌다는 뜻이오. 당신만 괜찮다면 한담은 이쯤에서 끝내고 싶소만. 꼭 필요한 얘기만 하고 일을 시작합시다."

롤랜드를 향한 헨칙의 눈은 앞서 에디를 볼 때와 똑같이 차가웠지만, 롤랜드의 눈빛은 흔들리지 않았다. 헨칙은 이맛살을 찌푸렸다가 이내 다시 폈다.

"좋아. 그대 뜻대로 하겠네, 롤랜드. 그대는 마니 일족과 망각된 자들 모두에게 큰 은혜를 베풀었으니, 이제는 우리가 최선을 다해 보답할 차례야. 이곳에는 아직 마법이 남아 있네, 그것도 강하게. 필요한 건 불씨뿐이야. 그 불씨는 우리가 지필 수 있어. 암, 그 정도야 거뜬하지. 그대는 원하는 것을 얻을 거야. 허나 자칫하면 우리 모두 삶의 길 끝에 있는 공터로 직행하는 수가 있어. 아니면 그 너머의 암흑으로 빠져 버리든가. 무슨 뜻인지 알겠나?"

롤랜드가 고개를 끄덕였다.

"그래도 나아갈 작정인가?"

롤랜드는 고개를 숙이고 손은 총 손잡이에 얹은 채 잠시 우두커니 서 있었다. 그러다가 고개를 들었을 때, 그의 입가에는 특유의 미소가 번져 있었다. 매력적이면서도 피로해 보이는, 절박하고 위험한 미소였다. 그는 손가락이 온전한 왼손을 허공에서 두 번 빙빙 저었다. 시작합시다.

5

마니교도들은 궤를 땅바닥에 조심스레 내려놓은 다음(그들 일족이 크라 카먼이라고 부르는 동굴로 이어지는 산길이 좁았으므로), 궤 안에 든 내용물을 바깥으로 꺼냈다. 뒤이어 그들이 기다란 손톱이 붙은 손가락으로(마니교도는 손톱을 1년에 한 번만 깎는 관습이 있었으므로) 방금 꺼낸 자석을 두드리자 날카롭게 윙윙거리는 소리가 났고, 제이크는 그 소리에 머릿속이 칼로 저며지는 느낌이 들었다. 토대시에서 들은 차임벨 소리가 떠올랐다. 그럴 만도 했다. 그 차임벨 소리가 바로 카먼이었으므로.

"크라 카먼이 무슨 뜻이에요? 종루 같은 건가요?"

"'유령의 집'이라는 뜻이다." 제이크가 묻자 칸타브는 고개도 들지 않고 다림추의 사슬을 풀며 대답했다. "지금은 말을 걸지 마라, 제이크. 이건 정신을 집중해야 하는 일이니까."

제이크는 까닭을 알 수 없었지만 그래도 시키는 대로 했다. 롤랜드와 에디, 캘러핸은 동굴 입구 바로 안쪽에 서 있었다. 제이크도 그들 곁에 가서 섰다. 한편 헨칙은 가장 나이든 동료들을 모아 문 뒤편에 반원형으로 둘러섰다. 상형문자가 새겨지고 수정 손잡이가 달린 문 앞쪽은, 적어도 당분간은 무방비 상태였다.

장로 헨칙은 동굴 입구로 가서 칸타브와 짤막한 대화를 나눈 다음, 산길에서 기다리던 마니 일족에게 올라오라고 손짓했다. 줄의 맨 앞에 선 남자가 동굴에 들어서자마자 헨칙이 손을 들어 그 남자를 멈춰 세우고 롤랜드 쪽으로 돌아섰다. 그러고는 쭈그려 앉아서 롤랜드에게 똑같이 앉으라고 손짓했다.

동굴 바닥은 흙이 버석버석했다. 일부는 바위가 마모된 가루였지만 대부분은 어리석게 헤매다 이곳까지 들어온 작은 짐승들의 뼈가 삭은 가루였다. 헨칙은 흙바닥에 손톱으로 아래가 트인 네모꼴을 그린 다음, 그 주위로 반원을 그렸다.

"이건 저 문이야. 이쪽은 내 일족이고. 알아보겠나?"

헨칙의 말에 롤랜드는 고개를 끄덕였다.

"헨칙, 그대가 동료들과 함께 이 원을 완성할 모양이로군."

롤랜드가 반원을 원으로 완성하며 말했다.

"저 아이는 터치 능력이 강하다던데."

헨칙이 느닷없이 돌아보며 말하자 제이크는 화들짝 놀랐다.

"그렇소."

"그럼 저 아이를 문 정면에 세워야겠군. 허나 너무 바투 세우지는 않을 걸세, 문이 홱 열릴지도 모르는데 거기 부딪혀서 머리가 날아가 버리면 안 되니까. 그렇게 하겠는가, 소년?"

"할게요. 장로님이나 롤랜드가 그만 비키라고 할 때까지요."

"머릿속에 뭔가 느껴질 게다. 뭐가 빨아들이는 것 같은 느낌일 게야. 그다지 유쾌하지는 않아." 헨칙은 말을 멈추고 롤랜드 쪽을 돌아보았다. "그대는 저 문을 두 번 열겠지."

"그렇소. 두 번."

에디는 문을 여는 두 번째 이유가 캘빈 타워 때문이라는 것을 잘 알았다. 그 헌책방 주인은 이미 에디의 관심사가 아니었다. 에디가 보기에 캘빈 타워는 뼛속까지 겁쟁이는 아니었지만, 한편으로는 욕심 많고 고집 세고 자기만 아는 인간, 바꿔 말하면 완벽한 20세기 뉴욕 사람이었다. 그러나 가장 최근에 그 문을 통과한 사람은 수재나였기에, 에디는 문이 처음 열리는 순간 곧장 뛰어들 작정이었다. 만약 두 번째로 열린 문이 캘빈 타워와 그 친구 애런 디프노가 함께 숨어 지내는 메인주의 조그만 마을로 열린다면 더 바랄 것이 없었다. 그리하여 에디를 제외한 *카텟*의 나머지 동료들이 그곳에 머물며 타워를 보호하고 어떤 공터의 소유권과 어떤 분홍색 들장미 한 송이를 차지한다면, 그 또한 더 바랄 것이 없었다. 에디의 당면 과제는 수재나를 찾는 것이었다. 그 앞에서 다른 모든 것은 부차적일 뿐이었다.

심지어 암흑의 탑조차도.

6

"문이 열리면 맨 먼저 누구를 보낼 건가?"

헨칙이 물었다. 롤랜드는 그 말을 곱씹으며 캘빈 타워가 문을 통해 기어이 이쪽 세계로 보낸 책장을 멍하니 손으로 쓰다듬었다. 캘러핸 신부를 경악시킨 책이 꽂혀 있던 바로 그 책장이었다. 에디를 보내기는 영 마뜩잖았다. 애초에 성격이 충동적인 데다 지금은 사라진 아내를 향한 근심과 애정 때문에 가뜩이나 물불을 못 가리는 상태이기 때문이었다. 그런데 수재나 대신 타워와 디프노를 찾으라고 명령한다면, 에디가 순순히 따르려 할까? 롤랜드가 보기에는 그럴 성싶지 않았다. 그 말은 곧……

"총잡이여, 내 말 못 들었나?" 헨칙이 재촉했다.

"문이 열리면 우선 에디와 내가 들어갈 거요. 그러고 나면 저절로 닫히겠지, 안 그렇소?"

"그렇고말고. 꽁지에 불이 붙은 것처럼 서둘러야 하네, 안 그랬다간 몸이 두 동강 날 테니까. 절반은 이 동굴 바닥에 나뒹굴고 절반은 그 갈색 피부 여인이 달아난 곳에 떨어지겠지."

"물론, 부리나케 서두를 거요."

"아무렴, 그래야지."

헨칙은 다시 이를 보이며 씩 웃었다. 이는 머지않아 롤랜드가

(뭘 감추고 있는 거지? 자신이 아는 무언가? 아니면 그저 안다고 생각하는 것?)

떠올리게 될 웃음이었다.

"그대의 총은 여기 두고 가게. 차고 갔다가는 중간에 잃어버릴지

도 모르니까."

"제 총은 그냥 가져갈래요." 제이크였다. "이건 저쪽 세상에서 왔으니까 괜찮을 거예요. 혹시 중간에 사라지면 또 구하면 돼요. 방법이 있을 거예요."

"내 총도 무사히 통과할 거요."

롤랜드는 골똘히 생각한 끝에 커다란 리볼버를 그냥 차고 가기로 마음먹었다. 헨칙은 어깨만 으쓱할 뿐이었다. *알아서 하시게*라는 듯이.

"제이크, 오이는 어떡할 건데?"

에디가 묻자 제이크는 눈이 동그래지고 입이 딱 벌어졌다. 그때껏 자신의 개너구리 친구를 까맣게 잊고 있었다는 뜻이었다. 총잡이는 자신이 존 '제이크' 체임버스에 관한 기초적인 사실을 얼마나 쉽사리 잊어버리는지 곰곰이 되돌아보았다. 어쨌거나 제이크는, 아직 어린애였다.

"저번에 우리가 토대시에 들어갔을 땐, 오이도 같이……"

"이번엔 그때랑 달라, 총각."

제이크의 말을 끊고 나서, 에디는 수재나가 입버릇처럼 하던 말이 자기 입에서 나온 것을 알고 가슴이 미어지는 듯했다. 에디는 수재나를 다시는 못 볼지도 모른다는 사실을 처음으로 받아들였다. 이 악취 나는 동굴을 떠나고 나면 제이크가 오이를 다시는 못 볼지도 모르는 것과 마찬가지로.

"하지만……."

제이크가 말을 시작하자 오이는 나무라듯이 조그맣게 짖었다. 제이크가 너무 세게 끌어안았기 때문이었다.

“제이크, 이 친구는 우리한테 맡기렴.” 칸타브의 목소리는 다정했다. “우리가 잘 돌봐 줄게. 네가 친구랑 짐을 찾으러 돌아올 때까지 여길 지키도록 사람을 세워 놓을 거야.”

돌아올 수만 있다면이라는 말을 칸타브는 친절하게도 생략했다. 그러나 롤랜드는 그의 눈빛에서 그 말을 읽었다.

“롤랜드, 진짜예요? 오이랑…… 같이 가면…… 그래요. 알았어요. 이번엔 토대시가 아니군요. 알았어요.”

제이크는 판초 앞주머니에서 오이를 꺼내어 버석거리는 동굴 바닥에 내려놓았다. 그러고는 두 손을 무릎 바로 위에 얹은 채로 몸을 숙였다. 오이가 고개를 들고 목을 뻗자 둘의 얼굴이 거의 닿을 듯 가까워졌다. 뒤이어 롤랜드는 희귀한 광경을 목격했다. 눈물이, 제이크가 아니라 오이의 눈에 차올랐다. 개너구리가 울고 있었다. 길 떠나는 주인을 배웅하며 눈물을 흘리는 충성스러운 개너구리라니, 늦은 밤 술집에서 불콰하게 취해 풀어 놓는 이야기에나 나올 법한 광경이었다. 사람들은 그런 이야기를 믿지 않았지만 대놓고 안 믿는다고 말하지도 않았다. 싸움을(어쩌면 총질을) 피하기 위해서였다. 그런데 지금 그 광경이 실제로 눈앞에 펼쳐졌고, 롤랜드마저도 살짝 눈물이 날 것 같았다. 지금 이 광경 역시 그냥 개너구리의 흉내 내기일까? 아니면 지금 벌어지는 일을 오이가 실제로 이해하는 걸까? 롤랜드는 전자이기를 바랐다. 진심으로.

“오이, 넌 당분간 칸타브랑 같이 있어야 해. 괜찮을 거야. 칸타브는 우리 친구니까.”

“타브!”

오이가 제이크의 말을 따라했다. 주둥이를 타고 흐른 눈물이 버석버석한 동굴 바닥에 떨어져 동전 크기의 짙은 자국을 남겼다. 롤랜드는 이 개너구리의 눈물이 몹시도 께름칙했다. 어째선지 어린애가 울 때보다도 더 마음에 걸렸다.

"에이크! *에이크!*"

"안 돼, 난 가야 돼."

제이크가 손바닥으로 볼의 눈물을 닦았다. 원주민 전사들의 전투 화장 같은 지저분한 자국이 이마 옆까지 번졌다.

"안 돼! 에이크!"

"난 가야 돼. 넌 칸타브랑 있어. 오이, 널 만나러 돌아올게. 죽지만 않으면 난 꼭 돌아올 거야." 제이크는 오이를 한 번 더 안아 주고 일어서서 칸타브 쪽을 가리켰다. "칸타브한테 가. 저기 저 사람이야. 가, 어서. 내 말 들어."

"에이크! 타브!"

그 목소리에 밴 슬픔을 부정하기란 불가능했다. 한동안 오이는 제자리에 가만히 앉아 있었다. 그러다가 훌쩍임을 멈추지 않은 채로 (어쩌면 눈물 흘리는 제이크의 흉내를 내는지도 모른다고 롤랜드는 애써 자위했다.), 개너구리는 돌아서서 칸타브 쪽으로 총총 걸어간 다음, 젊은 칸타브의 먼지투성이 반장화 사이에 웅크리고 앉았다.

에디는 제이크의 어깨를 한 팔로 감싸려 했다. 제이크는 그 팔을 떨쳐 버리고 멀찍이 떨어진 곳에 가서 섰다. 에디는 당황한 눈치였다. 롤랜드는 태연한 표정을 유지했지만 속으로는 섬뜩한 쾌감을 느꼈다. 아직 열세 살도 안 된 아이였건만, 제이크의 뱃심은 두둑하기 그지없었다.

그리고 이제는 일을 시작할 때였다.

"헨칙?"

"그래. 먼저 기도부터 드리는 게 어떤가, 롤랜드? 누구든 그대가 믿는 신에게."

"나는 어떤 신도 믿지 않소. 내가 믿는 건 탑뿐이오. 그리고 탑에 기도를 드릴 생각은 추호도 없소."

그 말에 헨칙의 동료 몇은 충격을 받은 눈치였지만, 헨칙 본인은 다른 대답은 기대도 안 했다는 듯이 그저 고개만 끄덕였다. 뒤이어 그가 캘러핸 신부를 돌아보았다.

"신부는?"

"주님. 부디 주님의 손으로, 주님 뜻대로 하소서." 캘러핸이 허공에 성호를 긋고 나서 헨칙에게 고개를 끄덕였다. "갈 거면 지금 출발하지요."

헨칙은 앞으로 나서서 '찾지 못한 문'의 수정 문손잡이를 잡은 다음, 롤랜드 쪽을 돌아보았다. 그의 두 눈이 반짝였다.

"마지막으로 한마디 하겠네, 길르앗의 롤랜드여."

"경청하겠소."

"나는 마니 크라 레드패스 아 스터지스의 헨칙일세. 우리는 멀리 보는 자이자 멀리 여행하는 자야. *카*의 바람을 타는 항해자들이지. 그대도 그 바람을 타겠나? 그대 스스로의 의지로?"

"그렇소. 그 바람이 어디로 불든 간에."

헨칙이 브래니 추의 사슬을 손등 너머로 늘어뜨리자 롤랜드는 동굴 안에 어떤 힘이 퍼져 나가는 것을 대번에 느꼈다. 그 힘은 아직 미약했지만 점점 커져 갔다. 피어났다. 장미처럼.

"몇 번이나 갈 작정인가?"

롤랜드는 오른손에 남은 손가락을 들어 보였다.

"두 번이오. 엘드어로는 *트윔.*"

"둘이나 트윔이나, 다 같은 말이지. *코말라 컴* 둘." 헨칙이 목소리를 높였다. "오라, 마니 동지들이여! *컴 코말라,* 그대들의 힘을 내게 보태다오! 와서 그대들이 한 약속을 지킬지어다! 총잡이에게 진 빚을 갚을지어다! 그들의 길을 인도하도록 도와다오! *지금!*"

7

미리 세워 둔 계획이 *카*에 의해 뒤바뀐 것을 누구 한 명 알아차리기도 전에, *카*는 이미 스스로의 의지를 롤랜드 일행에게 관철시켰다. 그러나 처음에는 아무 일도 없는 것처럼 보였다.

마니교도 헨칙이 고른 전송자들, 즉 원로 일곱 명과 칸타브는 문 뒤쪽과 양옆에 반원형으로 나란히 섰다. 에디는 칸타브의 손을 잡고 손가락으로 깍지를 끼었다. 조개껍데기 모양 자석 때문에 손바닥은 맞닿지 않았다. 에디는 그 자석이 살아 있는 생물처럼 덜덜 떠는 느낌을 받았다. 아무래도 살아 있는 것 같았다. 캘러핸은 에디의 반대편 손을 잡고 꽉 쥐었다.

문 앞쪽에서는 롤랜드가 헨칙의 손을 잡고 서서, 브래니 추의 사슬을 손에 친친 감고 있었다. 이제 사람들로 이루어진 원은 문 바로 앞만 빼놓고 완성된 모양새였다. 제이크는 숨을 깊이 들이마신 후에 주위를 둘러보다가, 칸타브 뒤편으로 3미터쯤 떨어진 동굴 벽 앞에 앉아 있는 오이를 발견하고 고개를 끄덕였다.

오이, 여기서 기다려. 나 갔다 올게. 제이크는 그 생각을 오이에게 보내고 나서 자기 몫인 원의 빈자리로 들어선 다음, 캘러헨의 오른손을 잡고 잠깐 망설이다가, 롤랜드의 왼손을 잡았다.

윙윙거리는 소리가 느닷없이 다시 들려왔다. 브래니 추가 움직이기 시작했다. 이번에는 호가 아니라 조그맣고 선명한 원을 그리면서. 문은 환한 빛을 내며 그 자리에 있는 느낌이 더욱 강해졌다. 제이크는 이 광경을 눈으로 똑똑히 보았다. 선과 원으로 이루어진 상형문자 찾지 못한의 윤곽이 점점 또렷해졌다. 문손잡이에 새겨진 장미가 점점 환하게 빛났다.

그러나 문 자체는 닫힌 채 꼼짝도 하지 않았다.

(집중해라, 소년!)

헨칙의 목소리였다. 머릿속에 어찌나 우렁차게 울려 퍼졌던지 뇌에 물을 끼얹는 듯했다. 제이크는 고개를 숙이고 문손잡이를 주시했다. 그곳에 새겨진 장미가 보였다. 아주 또렷이 보였다. 제이크는 문손잡이가 돌아가면서 덩달아 회전하는 그 꽃을 상상했다. 그리 오래지 않은 과거에 제이크는 갖가지 문과 그중 하나의 뒤편에 분명히 존재하는 다른 세계

(중간 세계)

에 사로잡혀 있었다. 이제 다시 그때로 돌아가는 기분이 들었다. 제이크는 이제껏 살면서 알았던 문을 머릿속에 모조리(침실 문 화장실 문 주방 문 벽장 문 볼링장 문 물품보관소 문 극장 문 식당 문 출입 금지라고 적힌 문 직원 전용 문, 심지어 냉장고 문까지) 떠올렸고, 뒤이어 그 문들이 일제히 열리는 광경을 보았다.

열려라! 옛날이야기에 나오는 아라비아 왕자가 된 터무니없는 기

분을 느끼며, 제이크는 문을 향해 생각을 쏘아 보냈다. 열려라, 참깨! 열리라고, 들깨!

동굴 바닥의 구멍 깊숙이서, 또다시 목소리들이 웅얼거리기 시작했다. 휭 하는 바람소리, 무언가 묵직한 것이 떨어지는 쿵 소리가 들려왔다. 일행이 딛고 선 동굴 바닥이 부르르 떨렸다. 마치 또 한 차례 빔퀘이크가 일어나기라도 한 것처럼. 제이크는 눈도 깜짝하지 않았다. 이제 동굴 안에는 생명의 기운이 몹시도 강하게 느껴졌지만, 그 힘 때문에 살갗이 꼬집히는 느낌이 들고 콧속과 눈이 찡하고 머리털이 다 쭈뼛 섰지만, 그래도 문은 꼼짝하지 않았다. 롤랜드와 캘러핸 신부의 손을 더욱 힘주어 잡으면서, 제이크는 소방서 문과 경찰서 문과 파이퍼 스쿨의 교장실 문, 심지어 언젠가 읽었던 과학 소설의 제목인 『여름으로 가는 문』에까지 집중했다. 동굴의 냄새가, 퀴퀴한 곰팡내와 까마득히 오래된 뼈 냄새와 멀리서 흐르는 급류의 물 냄새가 갑자기 강해지는 듯했다. 지금이야, 바로 지금, 틀림없어. 그런 확신이 선명하고 힘차게 솟구쳤지만, 그래도 문은 닫힌 채 꼼짝도 하지 않았다. 이제 뭔가 다른 냄새가 느껴졌다. 동굴의 악취가 아니라 살짝 금속기가 도는 냄새. 뺨을 타고 흘러내리는 자기 땀의 냄새였다.

"헨칙, 안 되겠어요. 난 도저히……"

"아니, 포기하기엔 아직 이르다. 너 혼자서 다 해치우겠다는 생각은 마라, 소년. 느끼는 거다. 너와 저 문 사이에 있는…… 갈고리 같은…… 또는 가시 같은 것을……." 제이크에게 그렇게 말하면서, 헨칙은 지원대를 이끄는 마니교도에게 고갯짓을 했다. "헤드론, 앞으로 나와라. 소니, 너는 헤드론의 양어깨를 잡아라. 루이스, 너는 소니의 어깨를 잡고. 그 뒤로는 모두 소니를 따라 해라! 어서!"

줄지어 서 있던 지원대가 앞쪽으로 빠르게 이동했다. 오이는 불안한 듯 컹컹 짖었다.

"느끼는 거다, 소년! 갈고리를! 너와 문 사이에 있다! 그 존재를 감지하는 거다!"

그 어떤 꿈보다 더욱 선명하고 섬뜩할 정도로 생생한 상상이 머릿속을 순식간에 물들이는 사이, 제이크는 정신을 집중하여 앞쪽으로 확장시켰다. 48번가와 60번가 사이의 5번 대로 구간이 보였다(아버지가 '새해만 되면 내 연말 상여금이 증발하는 열두 블록'이라고 구시렁거리는 곳이었다.). 거리 양편의 수많은 문이 일제히 활짝 열렸다. 펜디! 티파니! 버그도프 굿먼! 카르티에! 더블데이 서점! 셰리 네덜란드 호텔! 그다음, 갈색 리놀륨이 깔린 복도가 끝도 없이 펼쳐진 곳은 펜타곤 건물 안이었다. 문이, 적게 잡아도 1000개는 될 법한 수많은 문이 한꺼번에 활짝 열리면서 태풍 같은 바람이 휘몰아쳤다.

그러나 제이크 눈앞의 문, 지금 중요한 단 하나의 문은, 여전히 닫힌 채였다.

그래, 하지만……

문이 문틀 안에서 덜컹거렸다. 제이크에게는 그 소리가 들렸다.

"힘내, 제이크!" 에디의 목소리가 딱딱 부딪히는 이 사이를 비집고 흘러나왔다. "못 열겠거든 그냥 부숴 버려!"

"도와주세요! 도와줘요, 젠장! 다 같이 도와줘요!"

동굴 안의 기운이 두 배로 강해지는 느낌이 들었다. 웡웡거리는 소리에 두개골까지 진동하는 듯했다. 이가 부딪혀 딱딱 소리가 났다. 제이크는 눈에 땀이 흘러들어 시야가 뿌예졌다. 자신의 등 뒤에 있는 사람에게 고개를 끄덕이는 헨칙이 두 명으로 보였다. 제이크 뒤쪽에 있는 사람은 헤드론이었다. 그 뒤는 소니였다. 그리고 소니 뒤는 동굴 바깥으로 구불구불 뻗어 나가 산길 아래로 10미터나 이어진 나머지 지원대의 줄이었다.

"준비해라, 소년." 헨칙의 목소리였다.

헤드론이 제이크의 셔츠 아래로 손을 넣어 청바지 허릿단을 틀어쥐었다. 그 손에서는 당기는 느낌이 아니라 미는 느낌이 들었다. 머릿속에서 무언가 앞을 향해 튀어 나갔고, 잠깐 동안 제이크는 수천 곳이나 되는 세계의 모든 문이 활짝 열리는 광경을 목격했다. 이로써 생성된 강풍은 태양마저 꺼트릴 것처럼 강력했다.

진전은 거기까지였다. 무언가 있었다…… 문 바로 앞에, 무언가……

갈고리야! 저게 그 갈고리야!

제이크는 그 갈고리를 향해 자신의 정신과 생명력을 올가미처럼 내던졌다. 이와 동시에 등 뒤에서 헤드론과 동료들이 잡아당기는 느낌이 들었다. 느닷없이 닥친 고통은 몸을 잡아 찢는 것처럼 무지막지했다. 뒤이어 뭔가 빠져나가는 듯한 충격이 덮쳐 왔다. 끔찍한 느낌, 누군가 내장을 한 움큼씩 파내는 듯한 느낌이었다. 그리고 귓속과 머릿속 깊숙한 곳에서는 여느 때처럼 요란하게 윙윙대는 소리가 났다.

제이크는 악을 쓰려고 했지만(*안 돼, 그만해, 놔줘, 더 못 견디겠어!*) 그럴 수가 없었다. 비명을 지르고 그 비명 소리를 듣기도 했지만, 모두 자신의 머릿속에서만 일어난 일이었다. 제이크는 꼼짝없이 걸리고 말았다. 갈고리에 걸려 둘로 찢어지는 중이었다.

제이크의 비명을 들은 생물이 하나 있었다. 매섭게 컹컹대면서 앞으로 뛰쳐나온 오이였다. 오이가 뛰쳐나오는 사이에 찾지 못한 문이 벌컥 열렸다. 문짝이 제이크의 코앞에서 휙 소리를 내며 빙 돌아갔다.

"봐라!" 이렇게 외친 헨칙의 목소리는 겁에 질린 동시에 기쁨에 들떠 있었다. "봐, 문이 열렸다! 오버 삼 카먼! 칸타, 칸 카바 카먼! 오버 칸 타!"

다른 이들도 헨칙의 말을 따라 했지만, 그때 제이크는 이미 오른손을 잡고 있던 롤랜드의 손에서 빠져나간 후였다. 그때 제이크는 이미 날고 있었지만, 혼자가 아니었다.

캘러핸 신부도 함께 날아갔다.

8

에디는 찰나의 순간에 뉴욕의 소리를 듣고 뉴욕의 냄새를 맡았고, 그리하여 그곳에서 무슨 일이 벌어지는지 알아차렸다. 어떤 의미에서는 바로 그 점 때문에 끔찍했다. 모든 일이 예상과 반대로 진행된다는 끔찍한 사실을 알면서도 아무것도 할 수 없기 때문이었다.

에디는 원에서 휙 뽑혀 나가는 제이크를 목격했고, 캘러핸의 손이 자기 손에서 빠져나가는 기척을 느꼈다. 그 둘이 문을 향해 허공을 날아가는 모습을, 공중제비에 실패한 두 곡예사처럼 둥그런 고리가 되어 날아가는 광경을 목격했다. 털이 복슬복슬하고 정신없이 컹컹 짖는 어떤 짐승이 머리 옆을 스치고 날아가는 기척도 느꼈다. 오이였다. 오이는 귀를 머리에 딱 붙이고 눈은 금방이라도 튀어나올 것처럼 부릅뜨고서 빙글빙글 돌며 날아갔다.

그게 다가 아니었다. 에디는 칸타브의 손을 놓고 문으로 돌진하는 자신을 느꼈다. 문은 그의 것이었고, 뉴욕은 그의 도시였으며, 그곳 어딘가에 그가 잃어버린 임신한 아내가 있었다. 자신을 뒤로 밀어내는 보이지 않는 손도 (유독 분명하게) 느껴졌고, 말이 아닌 말을 하는 목소리도 느껴졌다. 에디가 들은 것은 어떤 말보다도 훨씬 더 끔찍한 것이었다. 말이라면 대꾸라도 할 수 있었다. 그것은 뭐라 규정할 수 없는 부정이었고, 에디가 아는 한 암흑의 탑 자체에서 들려오는 소리였다.

제이크와 캘러핸 신부는 총구를 박차고 나가는 총알처럼 날아갔다. 그들이 향하는 곳은 빵빵거리는 경적 소리와 분주히 달려가는 자동차들의 소리가 가득한 어둠 속이었다. 아득히 멀지만 또렷하게, 꿈속에서 들리는 목소리처럼, 흥에 들떠 빠르게 지껄이는 길거리 전도사의 목소리가 에디의 귀에 들려왔다. '하느님의 이름을 외칩시다, 형제여, 바로 그겁니다, 2번 대로에서 하느님을 외칩시다, 이스트 빌리지에서 하느님을 외칩시다, 브롱크스에서 하느님을 외칩시다, 하느님의 폭탄을 찬양합시다, 하느님!' 에디가 아는 한 그 목소리는 진짜배기 뉴욕 미치광이의 목소리였고, 그래서 마음이 찡해졌다. 에디가 지켜보는 가운데 오이는 질주하는 차 뒤를 휙 따라가는 신문지처럼 쏜살같이 문을 통과했고, 뒤이어 문이 쾅 닫혔다. 너무나 빠르고 세게 닫히는 바람에 에디는 문이 일으킨 바람이 얼굴을 때리는 동안 실눈을 떠야 했다. 이 부패한 묘지의 뼛가루가 섞여 거칠거칠한 바람이었다.

분노의 함성을 채 지르기도 전에, 문이 다시 열렸다. 이번에는 새가 지저귀는 소리와 아련한 햇살이 에디를 황홀경에 빠뜨렸다. 소나무 향기가 풍겼고, 멀리서 커다란 트럭 같은 차의 엔진이 털털거리는 소리가 들려왔다. 뒤이어 에디는 그 빛 속으로 빨려 들어갔다. 미처 소리 지를 틈도 없이, 모든 것이 엉망진창이라고 외칠 틈도 없이……

무언가 에디의 옆통수에 부딪혔다. 찰나의 순간, 에디는 두 세계 사이를 건너온 것을 선명하게 알아차렸다. 총격전이 벌어진 것도 알아차렸다. 그리고 죽음도.

선창: 코말라 컴 쿠
바람이 그대를 데려다 주리
카의 바람이 부는 곳으로 가야 하네
길은 오직 그것뿐이니.

합창: 코말라 컴 둘!
길은 오직 그것뿐!
카의 바람이 부는 곳으로 가야 하네
길은 오직 그것뿐이니.

제3연

트루디와 미아

1

1999년 6월 1일이 올 때까지 트루디 다마스커스는 냉철한 여성, 즉 유에프오는 기상 관측용 풍선이고(그렇지 않은 경우는 십중팔구 텔레비전에 나오고 싶어 환장한 사람들의 속임수이고) 토리노의 성의(聖衣)는 14세기 사기꾼의 속임수이며, 『크리스마스 캐럴』에 나오는 제이컵 말리를 포함하여 유령이란 정신이 아프거나 소화가 안 돼서 보이는 환상이라고 말할 법한 사람이었다. 트루디는 그렇게 냉철했고, 냉철한 자신에게 긍지를 품었으며, 그래서 캔버스 가방과 핸드백을 어깨에 메고 2번 대로를 걸어 직장('구텐버그 퍼스 앤드 파텔'이라는 회계법인)으로 돌아가는 동안에도 머릿속에 영적인 것에 관한 생각은 눈곱만큼도 품고 있지 않았다. 트루디네 회사의 거래처 중 한 곳은 '키즈플레이'라는 장난감 가게 체인이었는데 이 회사는 트루디네 회사에 큰 빚이 있었다. 키즈플레이 사가 부도 직전이라는 사실 역시 냉철한 트루디에게는 별 의미가 없었다. 트루디가 원하는 것은 그 회사가 빚진 6만 9211달러 19센트였고, 그래서 점심시간 내내 (1994년까지 '칙칙폭폭 아줌마네 식당'이었던 '데니스 와플 앤드 팬케이크'라는 식당의 구석 자리에 앉아서) 어떻게 해야 그 돈을 돌려받을 수 있을지 궁리했다. 트루디에게 지난 2년은 '구텐버그 퍼스 앤드 파텔'을 '구텐버그 퍼스 파텔 앤드 다마스커스'로 바꾸는 몇 단계 작업을 진행하는 시간이었다. 키즈플레이 사가 빌린 돈을 뱉어내게 하면 이제껏 왔던 방향대로 한 걸음 더, 그것도 크게 한 걸음 더 내딛는 셈이었다.

그래서 46번가 도로를 건너 2번 대로와 46번가 교차점의 북쪽 모퉁이(한때는 어떤 식료품점과 어떤 공터가 있던 자리)에 높이 서 있는 검은 유리 빌딩 쪽으로 걸어가는 동안, 트루디의 머릿속에 신이나 유령이나 영계의 방문자 따위가 낄 자리는 손톱만큼도 없었다. 그저 리처드 골드먼이라는 남자, 즉 어떤 장난감 회사의 빌어먹을 최고경영자 생각에 여념이 없었는데……

바로 그 순간, 트루디의 인생은 통째로 변하고 말았다. 정확히는 미국 동부 표준시로 오후 1시 19분이었다. 시내 번화가 쪽 인도에 막 도착했을 때였다. 실은 인도에 올라서려는 참이었다. 그때 느닷없이 웬 여자가 트루디 앞에 나타났다. 눈을 휘둥그렇게 뜬 흑인 여성이었다. 뉴욕시에 차고 넘치는 것이 흑인 여성이었고 그중 눈을 휘둥그렇게 뜬 여성도 당연히 적지 않을 터였지만, 아무것도 없던 자리에 홀연히 나타난 흑인 여성은 난생처음이었다. 바로 이 여성처럼. 그리고 또 있었다. 훨씬 더 믿기 힘든 사실이. 10초 전까지만 해도 트루디 다마스커스는 미드타운 인도에서 자기 눈앞에 번쩍하고 나타난 여자보다 더 믿을 수 없는 것은 세상에 아무것도 없다고 웃으며 말했을 테지만, 실은 있었다. 틀림없이 있었다.

이제 트루디는 비행접시를 봤다고 신고한 사람들이 어떤 기분이었을지, 남들이 친 불신의 장벽 앞에서 그들이 얼마나 좌절했을지 이해가 갔다. 그 장벽을 친 사람들은…… 다름 아닌 6월 이날 오후 1시 18분까지의 트루디, 46번가 시내 쪽 인도에서 영원히 사라진 트루디 다마스커스 자신 같은 이들이었다. 사람들한테 당신이 몰라서 그래요, **진짜로** 일어난 일이에요!라고 해 봐야 헛수고였다. 돌아오는 답은 뭐, 버스 정류장 뒤에서 나왔는데 못 본 거겠지나 근처 어디 구멍가게에서 나왔는데 못 본 것뿐이야였다. 2번 대로와 46번가 교차점에는(적어도 번화가 쪽 방향에는) 버스 정류장이 없다고 반박할 수도 있지만, 통할 리가 없었다. 그 근방에는 구멍가게가 하나도 없다고, 적어도 '2 함마르셸드 플라자 빌딩'이 세워진 후로는 이때껏 하나도 없었다고 반박할 수도 있었지만, 이 역시 소용없었다. 트루디는 머잖아 이러한 사실을 스스로 깨닫고 이 때문에 미치기 일보 직전까지 갈 운명이었다. 자신의 통찰력이 기껏해야 머스터드 소스 자국이나 설익은 감자튀김 쪼가리처럼 무시당하는 데에 익숙하지 않은 탓이었다.

버스 정류장은 없었다. 구멍가게도 없었다. 함마르셸드 플라자 빌딩 입구로 이어지는 계단은 있었지만, 거기 앉아 갈색 종이봉투에서 꺼낸 점심 도시락을 뒤늦게 먹는 사람들의 모습도 똑똑히 보였지만, 그 유령 같은 여자는 그 계단으로 내려오지 않았다. 사실은 이러했다. 트루디 다마스커스가 왼발에 신은 운동화를 인도 턱에 올려놓는 순간, 트루디 눈앞의 인도 위는 완전히 비어 있었다. 그러다가 차도에 있는 오른발을 들려고 체중을 옮기는 순간, 눈앞에 웬 여자가 서 있었다.

찰나의 순간 동안 트루디는 그 여자 너머의 2번 대로를 보았고, 다른 것도 함께 보았다. 동굴 입구같이 생긴 어떤 것이었다. 뒤이어 그 이상한 것은 사라지고 그 여자의 형체가 또렷해졌다. 트루디가 짐작하기에 고작 일이 초 사이에 일어난 일이었다. 나중에 트루디는 눈 깜빡할 사이에 놓쳐 버리다라는 진부한 표현을 떠올리고 차라리 그때 눈을 깜박했더라면 좋았을 거라고 생각했다. 왜나면, 그 여자는 단지 난데없이 나타난 것이 다가 아니었으므로.

그 흑인 여성은 트루디 다마스커스가 보는 앞에서 두 다리가 자라났다.

그 말 그대로였다. 다리가 자라났다.

트루디의 관찰력은 지극히 멀쩡했고, 그래서 나중에 사람들한테 (귀담아들으려는 사람은 갈수록 줄었지만) 그 짧은 만남의 세부 사항 하나하나가 마치 문신처럼 뇌리에 새겨졌다고 말하곤 했다. 그 유령 같은 여자의 키는 120센티미터가 조금 넘었다. 트루디가 보기에 보통 여성의 키치고는 작은 편이었지만, 무릎 아래가 절단된 사람치고는 그리 작지도 않았다.

유령은 자주색 페인트 아니면 마른 피로 칠갑이 된 흰 셔츠에 청바지 차림이었다. 청바지의 허벅지 부분은 다리가 꽉 들어차서 둥그스름했지만, 무릎 아래쪽은 인도에 뱀 허물 같이 축 늘어진 모양새가 꼭 기묘하게 생긴 파란 운동화의 갑피가 벗겨진 것처럼 보였다. 그러다가 느닷없이, 그 늘어진 청바지가 불룩해지기 시작했다. 불룩해지다니, 표현 자체가 미친 소리 같았지만, 트루디는 분명히 목격했다. 이와 동시에 무릎 아래가 없어서 120센티미터였던 그 여자의 키는 165센티미터, 또는 170센티미터 정도로 커졌다. 영화에 나오는 카메라 기법을 보는 듯했지만 영화가 아니었다. 트루디의 삶에서 벌어지는 일이었다.

유령은 천으로 안감을 댄 갈대 바구니처럼 보이는 가방을 왼쪽 어깨에 메고 있었다. 그 안에는 크고 작은 접시처럼 보이는 물건이 여럿 들어 있었다. 오른손에는 낡은 빨간색 가방을 들었는데 입구에 여밈 끈이 달린 것이었다. 가방은 바닥에 뭔가 네모난 물건이 들어 있어서 앞뒤로 흔들거렸다. 트루디는 그 가방 옆면에 뭐라고 쓰여 있는지 다 알아보지는 못했지만, 중간 지대 볼링장이라는 글자는 읽을 수 있었다.

뒤이어 유령 여자가 트루디의 팔을 붙들고 물었다.

"그 가방에 뭐가 들었지? 혹시 신발도 있어?"

그 말에 트루디는 흑인 여자의 발을 내려다보았고, 이로써 또 한 가지 놀라운 사실을 알아차렸다. 그 흑인 여자의 발은 흰색이었다. 트루디 본인의 발만큼이나 하얬다.

트루디는 말문이 막혔을 때 어떤 기분인지 남들에게 들은 적이 있었다. 이제 그 일이 자신에게 일어나는 중이었다. 혀가 입천장에 딱 붙어서 내려올 줄을 몰랐다. 그런데도 눈은 멀쩡히 잘 보였다. 빠짐없이 다 보였다. 하얀 발도. 흑인 여자의 얼굴에 점점이 묻은, 십중팔구 마른 핏방울일 자국들도. 땀 냄새도 풍겼다. 마치 2번 대로에 이런 식으로 출현하는 일이 엄청난 노고의 결실이라는 듯이.

"이봐, 혹시 신발이 있거든 나한테 내놓는 게 좋아. 널 죽일 생각은 없어, 하지만 내 어린것을 도와줄 사람들한테 가야 하는데 맨발로는 갈 수가 없어."

2번 대로의 이쪽 귀퉁이에는 사람 그림자도 보이지 않았다. 그나마 2 함마르셸드 플라자 입구의 계단에는 사람이 몇 명 있었고 그중 둘은 트루디와 흑인(거의 흑인인) 여자를 똑바로 보고 있었지만, 그들은 경계하기는커녕 흥미조차 보이지 않았다. 저 사람들은 도대체 뭐가 문제인 걸까? 장님인가?

뭐, 일단은 자기들이 이 여자한테 안 붙잡혀서 그렇겠지. 또 죽이겠다고 위협당하는 것도 자기들 사정이 아니니……

사무실에서 신는 구두(실용적인 갈색 로힐이었는데)가 들어 있는 캔버스 가방이 트루디의 어깨에서 홱 벗겨졌다. 흑인 여자가 가방 속을 들여다보더니 고개를 들어 다시 트루디를 보았다.

"신발 치수는?"

입천장에 붙었던 혀가 간신히 떨어졌지만 별 도움은 되지 않았다. 곧장 입 바닥에 들러붙었으므로.

"됐어, 수재나가 그러는데 240 정도일 거래. 그거면……"

유령 여자의 얼굴이 갑자기 꿈지럭꿈지럭 움직이는 것처럼 보였다. 여자가 한쪽 손을 들어서(손은 느슨한 고리 모양을 그리며 올라왔고, 그 고리의 매듭에 해당하는 주먹 또한 느슨하기는 마찬가지였다. 손을 가눌 힘조차 없는 사람처럼) 자신의 이마를, 미간을 쳤다. 그러자 느닷없이 여자의 얼굴이 변했다. 트루디네 집의 유선 방송 기본 채널 중에는 코미디 센트럴 채널도 들어 있었기 때문에 눈앞의 여자와 똑같은 방식으로 얼굴을 바꾸는 것이 특기인 스탠드 업 코미디언은 전에도 본 적이 있었다.

흑인 여자가 다시 입을 열었을 때에는 목소리도 변해 있었다. 이제는 교양 있는 여성의 목소리였다. 그리고 (트루디가 보기에는 틀림없이) 겁에 질린 여성이었다.

"도와주세요. 제 이름은 수재나 딘인데 저…… 저는…… 아아, 안 돼…… 아아, 맙소사……."

여자의 얼굴이 이번에는 고통 때문에 일그러졌고, 두 손은 배를 감쌌다. 눈길은 아래로 향했다. 다시 고개를 들었을 때에는 앞서 본 여자, 신발 한 켤레 때문에 사람을 죽이겠다던 그 여자의 얼굴이 되돌아와 있었다. 여자는 트루디의 멋진 페라가모 로힐과 《뉴욕 타임스》가 든 가방을 붙잡고서 맨발로 한 걸음 물러섰다.

"젠장, 아파 죽겠다고, 이 여자야! 지금은 참아야 돼. 아직 나오면 안 돼, 이 길거리에서 나오면 안 된다고. 조금만 더 참아!"

트루디는 소리를 질러 경찰을 부르려 했다. 입에서 나온 것은 자그마한, 속삭임 같은 한숨뿐이었다.

유령 여자가 손을 뻗어 트루디를 가리켰다.

"썩 꺼져. 보안관한테 신고하거나 민병대를 부르면 찾아내서 네 젖을 잘라 버릴 거다."

여자가 갈대 바구니에서 접시를 한 개 꺼냈다. 가만히 보니 접시의 둥그런 테두리는 금속이었고, 정육점에서 쓰는 칼처럼 예리했다. 트루디는 문득 자신이 소변을 지리지 않으려고 무진 애를 쓰는 중인 것을 깨달았다.

찾아내서 젖을 잘라 버릴 거다. 눈앞에 보이는 예리한 날이라면 그렇게 하고도 남았다. 쓱싹, 즉석 유방 절제술. 하느님 맙소사.

"안녕히 계세요." 트루디의 귀에 들리는 자신의 목소리는 마취가 깨기 전에 치과의사에게 뭐라고 말하는 사람의 목소리 같았다. "신발 잘 신으시고요, 건강하시길."

유령 여자의 안색은 딱히 건강해 보이지는 않았다. 양다리와 눈부시게 새하얀 양발이 생겼는데도.

트루디는 걸음을 옮겼다. 2번 대로를 걸어갔다. 그렇게 걸으면서 2 함마르셸드 플라자 앞에, 안에서 일하는 사람들은 농담 삼아 '검은 탑'이라고 부르는 그 빌딩 앞에 난데없이 나타난 여자 따위는 본 적이 없다고 스스로를 타일렀다(마음은 조금도 놓이지 않았지만). 방금 그건 로스트비프와 감자튀김을 먹었기 때문에 생긴 일이라고 스스로를 타일렀다(이 역시 도움은 안 됐지만). 평소처럼 와플과 달걀을 먹었어야 했다, 데니스는 로스트비프와 감자튀김이 아니라 와플을 먹으러 가는 식당이니까. 그 말이 이해가 안 가면 방금 트루디에게 무슨 일이 일어났는지 보라. 흑인 유령을 목격했고, 그리고……

가방! 캔버스 가방! 그거야 분명 어디다 떨어뜨렸겠지!

그러나 트루디는 그 정도로 어리석지는 않았다. 경계를 늦출 수는 없었다, 그 여자가 파푸아뉴기니의 가장 깊고 캄캄한 밀림에 사는 식인종처럼 소리를 지르며 쫓아올 테니까. 트루디의 등에는 까뜸렁렁한(따끔얼얼이라고 표현하고 싶었지만 '까뜸렁렁'이 더 어울리는 듯싶었다, 왠지 멍하고 서늘하고 아득한 느낌이라서) 자리가 있었다. 그 미친 여자의 접시가 박힐 자리였다. 피를 흩뿌리며 파고든 접시가 채 멈추기도 전에 신장 한쪽을 결딴내고서, 허옇게 드러난 척추에 박혀 부들부들 떨릴 자리. 이제 곧 접시가 날아오는 소리가 들릴 터였다. 어째선지 훤히 알 수 있었다. 그 접시는 아이들이 갖고 노는 팽이처럼 휘파람 소리를 내며 날아와 몸에 박힐 테고, 그러면 뜨뜻한 피가 확 쏟아져서 엉덩이와 장딴지를 타고……

더는 버틸 수가 없었다. 방광의 힘이 빠지면서 소변이 뿜어 나왔고, 무지막지하게 비싼 노마 카말리 슈트 바지의 앞쪽에 비참하도록 짙은 얼룩이 번져 갔다. 2번 대로와 46번가 교차점에 거의 도착했을 때의 일이었다. 냉철한 여성이라 자부하던 과거의 자신으로 두 번 다시 돌아가지 못하게 된 트루디는 결국 멈춰 서서 뒤를 돌아보았다. 이제 까뜸렁렁한 느낌은 들지 않았다. 가랑이만 뜨뜻할 뿐.

그리고 그 여자는, 그 미친 유령은, 사라지고 없었다.

2

트루디의 사무실 캐비닛에는 소프트볼 연습용 운동복이 있었다. 티셔츠와 낡은 청바지 두 벌이었다. 구텐버그 퍼스 앤드 파텔 사에 도착한 트루디는 맨 먼저 옷부터 갈아입었다. 다음은 경찰에 신고할 차례였다. 신고를 받은 경찰은 폴 안타시 경관이었다.

"제 이름은 트루디 다마스커스고요, 방금 2번 대로에서 강도를 당했어요."

전화선 저편의 안타시 경관은 진심으로 동정하는 눈치였고, 트루디는 자신도 모르는 새에 이탈리아계 조지 클루니가 전화를 받는 광경을 상상했다. 선부른 억측은 아니었다, 안타시라는 이름과 함께 조지 클루니의 검은 머리와 눈을 감안하면. 나중에 직접 본 안타시는 조지 클루니를 조금도 닮지 않았지만, 뭐, 어차피 현실 세계에 살면서 기적이 일어나거나 영화배우가 나타나기를 기대하는 사람이 있을까? 다만…… 트루디가 동부 표준시로 1시 19분에 2번 대로와

46번가 교차점에서 겪었던 일을 생각하면…….

안타시 경관은 3시 30분경에 도착했고, 트루디는 어느새 자신에게 일어난 일을 정확히, 빠짐없이 이야기하고 있었다. 심지어는 따끔얼얼한 느낌이 아니라 까뜨렁렁한 느낌이 들었던 것, 또 그 여자가 자기 등에 접시를 던질 거라는 기묘한 확신이 들었던 것도 빼놓지 않았는데……

"테두리를 날카롭게 간 접시라고 하셨나요?"

안타시는 수첩에 뭐라고 끼적거리며 그렇게 물었고, 트루디가 맞다고 대답하자 딱하다는 표정으로 고개를 끄덕였다. 어딘가 눈에 익은 고갯짓이었지만 당장은 사건 이야기에 정신이 팔린 탓에 어디서 봤는지 떠오르지 않았다. 다만 나중에, 트루디는 자신이 왜 그렇게 멍청한 짓을 했는지 궁금해졌다. 그 고갯짓은 위노나 라이더가 나오는 「처음 만나는 자유」부터 멀리 거슬러 올라가면 올리비아 드 하빌랜드가 주연한 「스네이크 핏」까지, 미친 여자가 주인공인 영화에 빠지지 않고 나오는 몸짓이었다.

그러나 그때는 알아챌 겨를이 없었다. 트루디는 멋진 안타시 경관에게 그 유령의 청바지가 무릎 아래서부터 인도에 질질 끌렸다고 진술하느라 정신이 없었다. 그리고 진술이 다 끝났을 때, 트루디는 그 흑인 여자가 아마도 버스 정류장에서 나왔으리라는 말을 경관에게서 처음으로 들었다. 더 기가 막힌 반응, 즉 그 흑인 여자가 그 동네에 수없이 많은 구멍가게 중 한 군데서 나왔으리라는 말도 들었다. 트루디는 경관에게 그 길모퉁이에는 버스 정류장이 없다는 자기 몫의 대사를 처음으로 들려주었다. 버스 정류장은 번화가에 가까운 46번가 쪽에도, 그 반대편에도 없었다. 2 함마르셸드 플라자가 세워진 후로 번화가 쪽 구멍가게는 죄다 사라졌다는 대사도 빼놓지 않았다. 트루디의 가장 인기 있는 레퍼토리가 될 대사, 그 덕분에 언젠가 저 대단한 라디오 시티 뮤직홀의 무대에서 쏟아낼 날이 올지도 모를 대사였다.

트루디는 그 여자를 보기 직전에 점심으로 뭘 먹었냐는 질문을 처음으로 받았고, 이날 점심메뉴가 『크리스마스 캐럴』의 주인공 에버니저 스크루지가 (죽은 지) 오랜 동업자를 보기 직전에 먹었던 음식의 20세기판이라는 것을 처음으로 눈치챘다. 감자와 로스트비프. 말할 것도 없이 머스터드 소스 몇 방울도 함께.

트루디는 안타시 경관에게 같이 저녁 먹으러 가지 않겠냐고 물어보는 것을 까맣게 잊어버렸다.

실은 그를 사무실에서 쫓아내다시피 했다.

잠시 후, 미치 구텐버그가 문틈으로 고개를 빼꼼히 들이밀었다.

"어때, 트루디, 경찰이 가방 찾을 수 있을 것 같……"

"꺼져." 트루디는 고개도 들지 않았다. "당장."

구텐버그는 트루디의 창백한 뺨과 앙다문 입을 가만히 살펴보았다. 그러고는 한마디도 더 하지 않고 물러났다.

3

트루디는 평소보다 이른 시각인 4시 45분에 퇴근했다. 그러고는 그 길로 2번 대로와 46번가 교차점으로 되돌아갔다. 2 함마르셸드 플라자 빌딩에 가까워지는 동안 까뜨렁렁한 느낌이 다리 뒤쪽을 따라 아랫배로 슬금슬금 올라오는데도 결코 주저하지 않았다. 그렇게 걷다가 교차점에 도착해서는 하얀색 건너세요 신호등과 빨간색 멈추세요 신호등을 다 무시한 채 우뚝 섰다. 그러다가 조그만 원을 그리며, 흡사 발레리나처럼 빙빙 돌았다. 2번 대로의 보행자들은 무시하고서. 트루디 본인도 남들에게 무시당하면서.

"여기야. 바로 여기서 일어났어. 난 알아. 그 여자는 내 신발 치수를 물어봤어, 그리고 내가 미처 대답하기도 전에…… 아마 대답했을 거야, 내 속옷 색깔을 물어봤어도 대답했겠지, 그땐 놀라서 넋이 나간 상태였으니까…… 그런데 내가 대답하기도 전에, 그 여자가 말하길……"

됐어. 수재나가 그러는데 240 정도일 거래. 그거면 됐어.

아니, 실제로는 말을 다 끝맺지 않았지만 여자가 하려는 말이 뭔지는 분명했다. 다만 그때 여자의 얼굴은 앞서와 달랐다. 빌 클린턴이나 마이클 잭슨, 어쩌면 조지 클루니를 흉내 내려고 준비하는 코미디언처럼. 그리고 도와 달라고 했다. 도와 달라면서 자기 이름이…… 뭐라고 했더라?

"수재나 딘. 그게 자기 이름이랬어. 안타시 경관한테 그 얘기는 안 했는데."

뭐, 안 했지만, 안타시 경관 따위 알 바 아니었다. 버스 정류장이니 구멍가게니 하는 소리나 늘어놓는 안타시는 엿이나 먹으라지.

그 여자. 수재나 딘이든 영화배우 우피 골드버그이든, 아니면 마틴 루서 킹 목사 아내인 코레타 스콧 킹이든 간에, 그 여잔 자기가 임신한 줄 알았어. 아기가 곧 나올 줄 알았던 거야. 틀림없어. 트루디, 네가 보기에도 임신한 것 같던?

"아니."

트루디는 혼자 중얼거렸다.

번화가 쪽으로 향하는 46번가 횡단보도의 신호등이 다시 하얀 건너세요에서 빨간 멈추세요로 바뀌었다. 조금씩 차분해지는 느낌이 들었다. 그냥 그 자리에 서 있는 것만으로도, 2 함마르셸드 플라자 빌딩이 오른편에 버티고 있는 것만으로도 차분해졌다. 열이 나서 뜨거워진 이마에 닿은 서늘한 손처럼, 또는 다 괜찮을 거라고, 까뜨렁렁한 기분을 느낄 일은 아무것도 없다고 안심시키는 목소리처럼.

문득 허밍 소리가 들려왔다. 감미로운 허밍 소리가.

"허밍 소리가 아니야." 빨간 멈추세요 신호가 다시 하얀 건너세요 신호로 바뀌는 사이에 트루디가 중얼거린 말이었다(문득 대학 시절 데이트 상대가 했던 '내가 상상할 수 있는 최악의 업보는 신호등으로 환생하는 거야'라는 말이 떠올랐다.). "저건 허밍 소리가 아니야, 노랫소리야."

"맞아요."

바로 곁에서, 트루디를 놀라게는 했지만 겁을 주지는 않은 목소리로, 웬 남자가 한 말이었다. 그쪽으로 고개를 돌려보니 사십대 초반으로 보이는 신사가 서 있었다.

"난 툭하면 이곳에 들러요, 저 노랫소리를 들으려고. 그런데 말이에요. 우리는 그냥, 시적 표현을 빌리면 한밤에 스쳐가는 배들 같은 사이니까 하는 말인데…… 난 어렸을 때 여드름이 지독하게 많이 났었어요. 그런데 어째선지 여기 들른 덕분에 나았던 것 같아요."

"2번 대로하고 46번가 교차점에 서 있었더니 여드름이 사라졌다고 생각하는군요."

남자의 미소가, 희미하지만 몹시도 따뜻해 보였던 그 웃음이, 아주 살짝 식었다.

"정신 나간 소린 줄은 나도 알지만……"

"난 바로 여기서 난데없이 나타난 여잘 봤어요. 세 시간 반 전에, 그 여잘 봤다고요. 처음 나타났을 땐 무릎 아래쪽이 없었어요. 그러다가 다리가 자라났어요. 어때요, 이제 어느 쪽이 정신 나간 사람 같아요?"

남자는 동그래진 눈으로 트루디를 보고 있었다. 직장에서 농땡이나 피우다가 퇴근 시간에 맞춰 넥타이를 느슨하게 푼, 양복 차림의 평범한 회사원으로 보였다. 그리고 뺨과 이마에는 정말로 오래전에 사라진 여드름의 흔적이 군데군데 남아 있었다.

"진짜로요?"

남자가 묻자 트루디는 오른손을 들고 선서하는 시늉을 했다.

"내 목숨을 걸고 진짜예요. 그 나쁜 년이 내 신발을 훔쳐 갔다고요." 트루디는 잠시 망설이다 입을 열었다. "아니, 나쁜 년은 아니었어요. 내가 보기엔 아니에요. 그 여잔 겁에 질린 데다 맨발이었고, 자기가 곧 애를 낳을 거라고 생각했어요. 시간만 있었어도 그 멋진 구두 대신에 이 편한 운동화를 신으라고 줬을 텐데."

남자의 조심스러운 시선 앞에서 트루디 다마스커스는 갑자기 기운이 빠졌다. 앞으로는 그 시선에 익숙해져야 할 것 같아서였다. 신호등은 다시 건너세요로 바뀌었고, 방금 전까지 얘기를 나누던 남자는 서류가방을 덜렁거리며 길을 건너기 시작했다.

"저기요!"

남자는 멈춰 서지는 않았지만 고개를 뒤로 돌리기는 했다.

"이 자리에 뭐가 있었죠? 여드름 치료하러 들르던 시절에요."

"아무것도 없었어요. 그냥 판자 벽 뒤에 공터뿐이었어요. 공터에 빌딩을 짓기 시작하면 그 멋진 허밍 소리도 그칠 줄 알았는데, 안 그치더군요."

남자는 건너편 인도에 도착했다. 2번 대로 저편으로 휘적휘적 걸어갔다. 트루디는 제자리에 우두커니 서서 생각에 잠겼다. 그 멋진 허밍 소리도 그칠 줄 알았는데, 안 그치더군요.

"왜 안 그친 걸까?"

트루디는 혼자 중얼거리고는 돌아서서 2 함마르셸드 플라자 빌딩을 똑바로 바라보았다. 그 검은 탑을. 집중해서 귀를 기울이자 허밍 소리가 더욱 크게 들려왔다. 또한 전보다 더욱 감미로웠다. 목소리는 하나가 아니라 여럿이었다. 합창 소리처럼. 그러다 이내 사라졌다. 낮에 보았던 그 흑인 여자가 나타났을 때처럼, 느닷없이 사라져 버렸다.

아니야. 트루디는 생각했다. 내가 듣는 요령을 잊어버린 거야, 그게 다야. 여기 느긋하게 서 있으면 다시 들릴 거야. 맙소사, 이건 미친 생각인데. 내가 미쳤구나.

트루디는 정말로 자신이 미쳤다고 믿었을까? 실은 그러지 않았다. 문득 세상이 너무나 얄팍해 보였다. 실체가 아니라 하나의 상상처럼, 간신히 존재하는 곳처럼. 살면서 지금처럼 냉철함과 거리가 멀었던 적은 없다는 느낌이 들었다. 트루디는 그저 다리가 후들거리고 속이 메슥거리고, 머리는 금방이라도 기절할 것처럼 어질어질할 뿐이었다.

4

2번 대로 건너편에는 조그마한 공원이 하나 있었다. 공원 안에 분수가 있었다. 그 옆에는 분수의 물보라에 젖어 등딱지가 번들거리는 금속 거북이상이 서 있었다. 분수나 조각상은 트루디의 관심사가 아니었지만, 거기에는 벤치도 있었다.

건너세요 신호등이 다시 켜졌다. 트루디는 서른여덟 살 중년이 아니라 여든세 살 노파처럼 2번 대로를 건너가서 그 벤치에 앉았다. 길고 느리게 숨을 고르다 보니 3분쯤 지나자 조금은 몸이 편해졌다.

벤치 곁에는 쓰레기통이 하나 있었는데 옆면에 스텐실로 쓰레기는 쓰레기통에라고 적혀 있었다. 그 아래쪽에는 분홍색 스프레이 페인트로 기묘한 낙서가 적혀 있었다. 보라, 거북이의 거대한 몸통을. 트루디는 거북이상을 보았지만 몸통이 크다는 생각은 별로 들지 않았다. 그저 중간 정도 크기였다. 쓰레기통에 보이는 것은 또 있었다. 《뉴욕 타임스》 한 부, 트루디가 버릇처럼 마는 것과 똑같이 돌돌 말린 신문이었다. 신문을 조금 더 읽고 싶을 때, 또 넣어 둘 가방이 있을 때 그렇게 말아 두곤 했다. 물론 맨해튼에는 이날의 《뉴욕타임스》가 수도 없이 굴러다닐 터였지만, 그 《뉴욕 타임스》는 트루디의 것이었다. 쓰레기통에서 꺼내어 십자말풀이가 있는 면을 확인하기도 전에 이미 알 수 있었다. 그날 점심에 거의 다 푼, 평소 애용하는 라일락 색깔 잉크로 답을 적어 넣은 십자말풀이를 보기도 전에.

트루디는 신문을 쓰레기통에 다시 집어넣고 이제껏 알았던 세상의 이치가 바뀌어 버린 2번 대로 건너편의 그 자리를 바라보았다. 어쩌면 영원히 바뀌어 버렸을지도 몰랐다.

내 신발을 뺏어 갔어. 길을 건너서 여기 거북이 옆자리에 앉아 신발을 신었겠지. 내 가방은 챙겨 갔지만 신문은 버렸어. 가방은 왜 내놓으라고 했을까? 거기 넣을 신발은 원래부터 안 신고 있었으면서.

트루디는 그 이유가 짐작이 갔다. 여자는 뺏아간 가방에 자기 접시를 담았다. 혹시라도 경찰이 보면 잘못 잡았다가는 손가락이 잘릴 접시에 뭘 담아 드시냐고 물을지도 몰랐으므로.

좋아, 그런데 도대체 어디로 간 거야?

1번 대로와 46번가 교차점에 호텔이 하나 있었다. 예전에는 유엔 플라자 호텔이었다. 그 호텔이 지금은 무슨 이름으로 바뀌었는지 트루디는 알지 못했고, 관심도 없었다. 거기 가서 혹시 청바지에 흰 티셔츠를 입은 흑인 여자가 몇 시간 전에 이리 들어오지 않았냐고 물어볼 생각도 없었다. 스크루지에게 그랬듯이 자신에게 나타난 현대판 제이컵 말리의 유령이 바로 그곳으로 향했으리라는 직감이 강하게 들었지만, 그 유령의 뒤를 쫓고 싶지는 않았다. 그냥 내버려 두는 편이 더 나았다. 신발이라면 이 도시에 얼마든지 있었으므로. 하지만 제정신은, 잃어버린 제정신을 되찾으려면……

집에 가서 샤워할 것. 그런 다음…… 잊어버릴 것. 다만…….

"뭔가 잘못됐어." 트루디가 중얼거리자 인도를 걸어가던 남자가 그쪽을 힐긋 돌아보았다. "어디서 뭔가 굉장히 잘못됐어. 그게 지금……"

머릿속에 떠오른 말은 기울고 있어였지만, 소리 내어 말하지는 않았다. 입 밖에 내면 기울어지는 정도가 아니라 아예 쓰러져 버릴 것 같아서였다.

그해 여름 내내 트루디 다마스커스는 악몽에 시달렸다. 가끔은 난데없이 나타나서 다리가 자라난 여자가 나오는 꿈을 꾸었다. 그 꿈도 악몽이었지만, 최악은 아니었다. 최악의 악몽 속에서 트루디는 어둠 속에서, 끔찍한 차임벨 소리에 시달리며, 무언가 점점 기울어 가는 느낌을 받았다. 다시 일으켜 세울 수 없는 한계점을 향하여 기울어 가는 느낌을.

선창: 코말라 컴 키
뭐가 보이는지 말해 주겠나?
유령인가, 아니면 거울인가?
마주하기 두려워 달아나고 싶은 것은?

합창: 코말라 컴 셋!
부탁이야, 제발 가르쳐 줘!
유령인가, 아니면 그대 안의 암흑인가?
마주하기 두려워 달아나고 싶은 것은?

제4연

수재나의 도건

1

수재나의 기억은 비참할 정도로 구멍이 숭숭 뚫려서 도무지 신뢰할 수가 없었다. 흡사 반쯤 닳아버린 고물차의 변속기 같았다. 늑대 떼와 사투를 벌인 것은 기억이 났다. 그리고 전투가 벌어지는 동안 미아가 참고 기다려 준 것도 기억났는데……

아니, 그렇지 않았다. 그렇게 말하는 것은 옳지 않았다. 미아는 단지 참고 기다리는 것보다 훨씬 많은 일을 했다. 타고난 전사의 투지로 수재나(와 여러 동료)의 기운을 북돋아 주었다. 또한 자기 아기의 대리모가 접시 던지기로 살육에 몰두하는 동안 해산의 진통을 막아 주었다. 다만 늑대들은 알고 보니 로봇이었으므로 살육이라고 하기는……

아니, 그건 살육이었어. 놈들은 그냥 로봇이 아니었으니까. 그보다 더 지독한 놈들이었는데 우리가 죽인 거야. 정의롭게 들고일어나서 다 쓸어버린 거지.

그러나 지금에 와서는 아무래도 상관없는 일이었다. 이미 다 끝났으니까. 그리고 그 일이 끝나자마자 수재나는 다시 진통에 시달렸다. 그것도 강력한 진통에. 자칫하면 길가에서 애를 낳을 판이었고, 아기는 그 자리에서 죽을 운명이었다. 왜냐면 굶주렸으므로. 미아의 어린것은 굶주려 있었다. 그래서……

네가 날 도와줘야 해!

미아. 그 절규를 외면하고 버티기란 불가능했다. 미아가 자신을 밀어내려 할 때조차도(언젠가 롤랜드가 데타 워커를 밀어냈던 것처럼), 수재나는 그 거친 모성의 절규만큼은 무시할 수 없었다. 수재나가 생각하기에 이는 부분적으로 둘이 수재나의 몸을 공유했기 때문이었다. 그리고 그 몸은 스스로를 아기의 것으로 여겼다. 분명 달리 어쩔 도리가 없어서였을 것이다. 그래서 수재나는 돕기로 했다. 미아가 할 수 없는 일을 대신 했고, 진통을 조금이나마 더 오래 참고 견뎠다. 다만 너무 오래 계속했다가는 그 자체가 어린것에게 해를 끼칠 터였다(생각해 보면 우스웠다, 어린것이라는 말이 미아의 것에 머물지 않고 수재나의 머릿속까지 들어와 자리를 잡다니). 수재나는 예전 여자들만의 밤샘 파티에서 컬럼비아 대학교 학생에게 들었던 이야기가 떠올랐다. 여학생 대여섯이 파자마를 입고 둘러앉아 담배를 피우며(엄격히 금지되었기에 두 배로 달콤한) 싸구려 와인인 와일드 아이리시 로즈를 돌려 마시던 파티였다. 그 이야기에 나오는 그들 또래 여자애는 장거리 자동차 여행을 하다가 너무 창피한 나머지 친구에게 화장실에 들러야 한다는 말을 차마 하지 못했다. 그러다 결국은 방광이 터져서 죽었다고 했다. 터무니없다고 생각하면서도 한편으로는 철석같이 믿어 버리는 종류의 이야기였다. 그리고 지금 이 어린 것 때문에…… 이 아기 때문에 벌어지는 일 역시……

그러나 모든 위험을 감수하고, 수재나는 결국 진통을 참았다. 그렇게 할 수 있는 스위치가 있었던 덕분이었다. 어딘가.

(도건에)

다만 도건에 있는 기계들은 결코 수재나(그리고 미아)가

(우리가 바로 우리가)

하는 일을 거들 용도로 만들어진 것이 아니었다. 결국에는

(터져 버릴)

모조리 불이 붙어 타 버릴 운명이었다. 경보를 울리면서. 계기반과 모니터는 까맣게 변해 버릴 것이다. 그렇게 될 때까지 얼마나 남았을까? 수재나는 알 길이 없었다.

다른 사람들이 승리를 축하하고 전사자를 추모하느라 정신이 팔린 사이에 짐마차에서 휠체어를 꺼내던 일은 어렴풋이 기억이 났다. 무릎 아래가 없는 몸으로 산길을 기어 올라가기란 쉽지 않았지만, 어떤 이들이 생각하는 것만큼 힘들지도 않았다. 확실히 수재나는 일상적인 장애물에는 익숙했다. 변기에 올라갔다가 내려오는 일부터 전에는 거뜬히 손이 닿던 책장에서 책을 꺼내는 일까지(뉴욕의 아파트에는 방마다 그럴 때 쓸 사다리 의자가 비치되어 있었으므로). 그런 사정이 있건 없건, 어차피 미아는 고집을 굽힐 위인이 아니었다. 사실 미아는 수재나를 몰고 있었다. 집 없는 개를 모는 카우보이처럼, 능숙하게. 그래서 수재나는 몸을 짐마차 위로 끌어올려 휠체어를 내린 다음, 능숙하게 휠체어에 내려앉았다. 통나무 굴리기처럼 쉽지는 않았지만 몸을 30센티미터 남짓 잃고 나서 경험했던 가장 힘든 일보

다는 훨씬 쉬웠다.

휠체어가 데려다준 거리는 1.5킬로미터, 어쩌면 조금 더 될지도 몰랐다(누구의 딸도 아닌 미아에게는 애초에 다리가 없었다, 적어도 칼라에서는). 그러고 나서 휠체어는 툭 튀어나온 화강암 바위에 부딪혀 주인을 내동댕이쳤다. 다행히도 수재나는 굴러떨어지기 전에 고통스럽게 욱신거리는 배를 팔로 감쌌다.

몸을 일으킨 것은, 아니, 미아가 수재나 딘에게서 빼앗은 몸을 일으킨 것은 기억이 났다. 그러고 나서 산길을 기어 올라간 것도 기억났다. 그것 말고 칼라 쪽에서 또렷이 기억나는 것은 단 하나, 목에 건 가죽끈을 미아가 벗기려 할 때 말렸던 일뿐이었다. 그 끈에는 반지가 걸려 있었다. 에디가 수재나를 위해 깎아 준 가볍고 예쁜 나무 반지였다. 나중에 반지가 너무 큰 것을 알았을 때(깜짝 선물을 할 생각으로 손가락 굵기를 가늠해 보지 않은 탓이었다.), 에디는 풀이 죽어서 새로 깎아 주겠노라고 했다.

당신 하고 싶은 대로 해요. 그때 수재나는 그렇게 말했다. *이 반지는 내가 언제나 지니고 다닐 거니까.*

반지를 끈에 끼워 목에 걸고 다니는 동안, 수재나는 그 반지가 가슴 사이에 닿는 느낌이 좋았다. 그런데 정체를 알 수 없는 이 미아라는 망할 여자가 그 반지를 뺏으려 했다.

머릿속 깊숙이 숨어 있던 데타가 앞으로 나와 미아를 상대했다. 데타는 롤랜드에게서 주도권을 뺏는 데는 철저히 실패했지만, 미아는 길르앗의 롤랜드가 아니었다. 미아의 두 손이 가죽 끈을 스르륵 놓쳤다. 통제력도 약해졌다. 그러자 수재나는 또다시 밀려오는 진통에 몸을 숙이고 신음했다.

풀어야 해! 미아가 외쳤다. 안 그러면 놈들이 네 냄새뿐 아니라 그 남자의 냄새까지 맡을 거야! 네 남편 냄새를! 그건 너도 원하지 않겠지, 그러니 내 말 들어!

놈들이라니? 수재나가 물었다. 누구 말이야?

됐어, 설명할 시간 없어. 하지만 그 남자가 널 찾으러 오면, 네가 속으로 그럴 거라고 기대하는 거 다 알아, 그렇게 되면 놈들이 그 남자의 냄새를 맡을지도 몰라! 반지는 여기다 둘게, 그 남자가 찾을 수 있게. 나중에 카가 허락하면 그때 다시 찾아서 걸면 돼.

반지를 씻으면 된다고, 에디의 냄새를 씻어 내면 된다고 말할까 했지만, 미아가 가리키는 것이 단지 체취가 아니라는 것쯤은 수재나도 알았다. 그 반지는 사랑의 정표였다. 그런 냄새는 영원히 남는 법이었다.

그런데 누가 냄새를 맡는다는 걸까?

수재나가 보기에는 늑대들 같았다. 진짜 늑대들. 뉴욕에 사는 놈들. 캘러핸이 얘기했던 그 흡혈귀들, 그리고 '하인'들. 아니면 다른 놈들이 또 있을까? 더 지독한 놈들?

도와줘! 미아가 외쳤다. 그리고 수재나는 그 외침을 저버릴 수 없다는 것을 새삼 깨달았다. 배 속의 아기는 미아의 자식일 수도, 아닐 수도 있었다. 어쩌면 괴물일 수도, 아닐 수도 있었다. 그러나 수재나의 몸은 그 아기를 낳고 싶어 했다. 아기의 정체가 뭐든 눈으로 직접 보고 싶었고, 울음소리를 귀로 듣고 싶었다. 설령 그 울음소리가 으르렁대는 소리라 할지라도.

수재나는 반지를 끈에서 풀어 입을 맞춘 다음, 에디의 눈에 잘 띄도록 산길 아래쪽에 놓아두었다. 에디가 적어도 그곳까지는 따라올 줄 알았기 때문이었다.

그다음은? 어떻게 됐는지 기억나지 않았다. 가파른 길을 오르는 동안 거의 내내 뭔가 탈것을 타고 이동한 기억이 났다. 분명 통로 동굴로 이어지는 길이었다.

그다음은, 암흑이었다.

(아니 암흑은 아니었어)

아니, 완전히 캄캄하지는 않았다. 깜박거리는 빛이 있었다. 텔레비전 화면의 희미한 빛이었다. 당장은 영상이 나오지 않고 은은한 회색빛만 흘러나왔다. 나직이 윙윙거리며 돌아가는 모터 소리, 찰칵거리는 계전기 소리도 들렸다. 이곳은

(도건 제이크가 말했던 그 도건이라는 곳)

일종의 조종실이었다. 어쩌면 수재나가 머릿속으로 만든 곳, 일찍이 제이크가 와이강 서쪽 기슭에서 발견했던 퀀셋 건물을 수재나가 자기 식으로 상상하여 만든 곳일 수도 있었다.

그다음으로 또렷한 기억은 뉴욕으로 돌아온 것이었다. 미아가 겁에 질린 웬 가엾은 여자에게서 구두를 뺏는 동안, 수재나의 눈은 곧 바깥세상을 내다보는 창문이었다.

수재나는 다시 앞으로 나서서 도와 달라고 했다. 그 여자에게 계속 말할 작정이었다. 병원에 가야 한다고, 진료를 받아야 한다고, 이제 곧 아기가 나올 텐데 뭔가 문제가 있다고. 이런저런 말을 시작하기도 전에 또 한 차례 진통이 몰려왔다. 이번에는 평생 느껴 본 적이 없을 만큼 터무니없이 깊은 통증, 무릎 아래의 두 다리를 잃었을 때보다 더 큰 고통이었다. 다만 이 진통은, 이 고통은……

"아, 맙소사."

더 뭐라고 말하기도 전에 미아가 다시 의식을 차지했다. 그런 다음 수재나에게 진통을 멈추라고 얘기했고, 눈앞의 여자에게는 혹시라도 경찰에 신고하면 구두보다 훨씬 소중한 것 한 쌍을 잃게 될 거라고 협박했다.

미아, 내 말 좀 들어 봐. 수재나가 머릿속의 미아에게 말을 전했다. 진통은 다시 멈출 수 있어. 할 수 있을 것 같아. 하지만 네가 도와줘야 해. 일단 좀 앉아. 네가 잠깐 진정하지 않으면 하느님이 와도 네 진통을 못 막을 거야. 무슨 말인지 알아? 내 말 들려?

미아는 그 말을 따랐다. 잠시 제자리를 지키며 방금 자신에게 구두를 빼앗긴 여자를 지켜보았다. 그러다가, 거의 기죽은 목소리로, 이렇게 물었다. 이제 어디로 가야 하지?

수재나는 눈치챘다. 자신의 몸을 납치한 여자가 당장은 난데없이 도착한 이 거대한 도시를 파악하느라 정신이 없다는 것을. 밀물처럼 몰려오는 보행자와 홍수처럼 흘러가는 쇳덩어리 수레(세 대 중 한 대는 노란색을 어찌나 환하게 칠했는지 색깔이 비명을 지르는 듯했다.), 그리고 흐린 날은 꼭대기도 보이지 않을 만큼 높다란 탑들이 그제야 여자의 눈에 들어왔다는 것을.

두 여인은 한 쌍의 눈을 통해 낯선 도시를 보고 있었다. 수재나에게 뉴욕은 고향 같은 곳이었지만, 여러 면에서 이제는 그렇지 않았다. 뉴욕을 떠난 때는 1964년이었다. 눈앞의 도시는 얼마나 먼 미래의 뉴욕일까? 20년 후? 30년 후? 상관없었다. 당장은 그런 걱정을 할 때가 아니었다.

하나로 합쳐진 둘의 시선은 길 건너편의 조그만 공원에 머물렀다. 진통은 한동안 잠잠했다. 그래서 신호등이 건너세요로 바뀌었을 때, 트루디 다마스커스가 만난 (딱히 임신한 티는 안 나던) 흑인 여자는 길을 건넜다. 천천히, 그러나 걸음을 멈추지는 않으면서.

길 건너편 공원의 분수대와 금속 조각상 옆에는 벤치가 하나 있었다. 수재나는 그 거북이상을 보고 마음이 조금 편해졌다. 롤랜드가 자신을 위해 남겨 놓은 징표, 총잡이의 표현대로라면 '인장' 같아서였다.

그 사람도 내 뒤를 쫓아올 거야. 수재나가 미아에게 말했다. 너, 그 사람은 조심하는 게 좋아. 아주 조심해야 해.

내 앞가림은 내가 알아서 해. 너 저 여자가 갖고 있는 종이가 보고 싶은 모양인데, 왜지?

지금이 언제인지 알고 싶어. 저 신문에 나와 있을 거야.

갈색 손 한 쌍이 캔버스 가방에서 둘둘 말린 신문을 꺼내어 펼친 다음, 이날 아침에는 손과 마찬가지로 갈색이었던 파란색 눈 앞쪽으로 들어올렸다. 수재나는 '1999년 6월 1일'이라고 적힌 날짜를 보며 감탄했다. 20년도 30년도 아닌 35년 후였다. 이쪽 세상이 이토록 오래 버틸 거라고는 손톱만큼도 생각 못 했던 기억이 그제야 떠올랐다. 수재나가 과거의 삶에서 알던 이들, 학교 친구, 흑인 민권 운동의 동지들, 술친구, 포크 음악 동호회 사람들은…… 이제 장년기의 끄트머리에 들어섰을 터였다. 이미 세상을 떠난 이들도 분명 있을 터였다.

이 정도면 됐어. 미아는 신문을 원래 모양대로 둘둘 말아 쓰레기통에 던졌다. 그런 다음 발바닥의 때와 먼지를 꼼꼼히 닦고서(지저분한 먼지 때문에 수재나는 발의 피부색이 변한 것을 알아차리지 못했다.), 아까 훔친 구두를 신었다. 구두가 살짝 작은 데다 양말도 없어서 빨리 걸으면 발에 물집이 잡힐 테지만, 그래도……

상관없겠지, 안 그래? 수재나가 물었다. 어차피 네 발도 아니니까. 하지만 그렇게 말하고 나서(롤랜드 식으로 말하자면 이 역시 '대화'였으므로) 곧바로 틀렸을지도 모른다는 생각이 들었다. 틀림없이 미아의 발이기 때문이었다. 오데타 홈스의(때로는 데타 워커의) 몸을 떠받치고 주인의 뜻에 따라 삶을 헤쳐나가던 두 발은, 이미 오래전에 사라지고 없었으므로. 그 두 발은 썩었거나, 아니면 어느 시립 소각로에서 타 버렸을 공산이 더 컸으므로.

그러나 발의 색깔이 달라진 것은 알아차리지 못했다. 다만 나중에 가서는 이렇게 생각했다. 아니, 그때도 알아차렸어. 알아차렸는데 곧바로 그 생각을 차단해 버린 거야. 그것까지 생각하기는 너무 벅찼으니까.

이 발이 누구의 발인가 하는 철학적인 동시에 물질적인 문제를 곰곰이 따져 볼 틈도 없이, 또다시 진통이 수재나를 덮쳤다. 허벅지의 힘이 스르르 풀리는 와중에도 배는 욱신거리다 못해 돌로 변한 느낌이 들었다. 이제는 분만을 해야 한다는 경악과 공포를, 수재나는 처음으로 실감했다.

참아야 해! 미아가 악을 썼다. 참아, 이 여자야! 내 어린것을 위해, 또 우리를 위해서도!

그랬다, 참아야 했다. 하지만 어떻게?

눈을 감아. 수재나가 미아에게 말했다.

뭐? 방금 내 말 못 들었어? 참으라고 했잖……

들었어. 그러니까 눈 감아.

공원이 사라졌다. 세상은 캄캄해졌다. 수재나는 흑인 여성이었다. 여전히 젊고 누가 봐도 아름다운 흑인 여성의 모습으로, 분수대와 금속으로 된 등딱지가 물에 젖어 번들거리는 거북이상 옆의 벤치에 앉아 있었다. 1999년 초여름의 이날 오후를 한가로이 즐기는 사람 같기도 했다.

나 잠깐 갈 데가 있어. 수재나가 말했다. 다시 올 거야. 그동안 넌 여기 가만있어. 얌전히 있어야 해. 진통은 다시 가라앉을 거야, 하지만 곧바로 가라앉지 않더라도 넌 가만히 앉아 있어. 돌아다니면 더 아프기만 할 테니까. 내 말 알아들었어?

미아는 겁을 먹었는지도 몰랐지만, 또 틀림없이 자기 내키는 대로 할 터였지만, 그래도 어리석지는 않았다. 그저 딱 한 가지 질문만 던질 뿐이었다.

어딜 가는데?

도건으로 돌아갈 거야. **내 도건**으로. 내 안에 있는.

2

제이크가 중간 세계의 와이강 건너편에서 발견한 건물, 즉 도건은 일종의 오래된 통신 및 감시 초소였다. 제이크는 일행에게 도건의 세세한 특징을 어느 정도 설명해 주었지만, 수재나의 상상 속에 재현된 도건을 제이크가 알아볼지 어떨지는 미지수였다. 수재나가 상상 속에서 구현한 기계들은 제이크가 뉴욕을 떠나 중간 세계로 온 시점인 13년 후에는 이미 구닥다리였기 때문이었다. 수재나가 살던 시대에 미국 대통령은 린든 존슨이었고 컬러텔레비전은 아직 진귀한 물건이었다. 컴퓨터는 건물 한 채를 다 채울 만큼 거대했다.

그러나 수재나는 일찍이 기계 도시 러드에서 신기한 장치들을 목격한 적이 있었기에, 제이크는 어쩌면 자신이 벤 슬라이트먼과 메신저 로봇 앤디의 눈을 피해 숨었던 그 건물을 수재나의 상상 속에서 알아볼지도 몰랐다.

검은색과 붉은색 사각형이 잇달아 그려진 먼지투성이 리놀륨 바닥, 깜박이는 전구와 은근한 조명이 켜진 다이얼이 가득한 계기반, 그 앞의 회전의자 여러 개는 금세 알아보았을 것이다. 한쪽 구석에서 너덜너덜한 군복 상의의 칼라 위로 씩 웃고 있는 해골도.

수재나는 조종실을 가로질러 가서 회전의자에 앉았다. 위편의 흑백텔레비전 수십 대에 화면이 떠 있었다. 일부는 칼라 브린 스터지스 마을의 영상(마을 공회당과 캘러핸의 교회, 잡화점, 마을에서 동쪽으로 나가는 도로 등)이었다. 일부는 스튜디오에서 찍은 사진처럼 정지된 화면이었다. 하나는 롤랜드, 하나는 오이를 팔에 안고 웃는 제이크, 차마 보기 힘들었던 하나는 카우보이처럼 모자를 뒤로 젖혀 쓰고 한 손에 조각용 칼을 든 에디였다.

또 다른 화면 속에는 거북이상 옆의 벤치에 날씬한 흑인 여성 한 명이 양 무릎을 붙인 채로, 두 손은 붙인 무릎 위에 모으고서, 눈을 감고, 발에는 훔친 구두를 신고 앉아 있었다. 이제 그 여성의 가방은 세 개였다. 2번 대로에서 훔친 어떤 여자의 가방, 오리자 자매단의 접시가 든 갈대 바구니, 그리고…… 볼링 가방 한 개. 색이 바랜 그 붉은 가방 속에는 귀퉁이가 각이 진 물건이 들어 있었다. 상자였다. 텔레비전 화면 속의 그 가방을 보며 수재나는 화가 치솟고 배신당한 기분이 들었지만, 왜 그런지는 알 수 없었다.

저쪽 세계에선 분홍색 가방이었어. 우리가 건너올 때 색이 변한 거야,

살짝.

계기반 위의 흑백텔레비전 화면에 보이는 여자가 얼굴을 찡그렸다. 수재나는 미아가 겪는 고통의 메아리를 느꼈다. 다만 희미하고 아득하게.

진통을 멈춰야 해. 그것도 빨리.

문제는 여전히 해결되지 않은 채였다. 어떻게 멈출 것인가?

저쪽 세계에서 했던 것처럼 하면 돼. 그 여자가 내 몸을 끌고 동굴까지 죽을힘을 다해 허겁지겁 올라갔을 때처럼.

그러나 이제는 먼 과거의 일, 다른 생에서 일어난 일 같았다. 왜 아니겠는가? 실제로 다른 생에서, 다른 세계에서 일어난 일이었는데. 만약 그 세계로 다시 돌아갈 마음이 조금이라도 있다면, 지금은 미아를 도와야 할 때였다. 그런데 그때는 어떻게 했더라?

넌 그때 이 장치들을 사용했어, 그게 네가 한 일이야. 어차피 다 네 머릿속에만 있는 것들이야. 심리학 입문 강의에서 오버마이어 교수가 '시각화 기법'이라고 했잖아. 자, 눈을 감아.

수재나는 그 말대로 했다. 이제 두 쌍의 눈이 감겼다. 뉴욕의 미아가 조종하는 눈 한 쌍, 그리고 수재나의 머릿속에 있는 눈 한 쌍이었다.

시각화하는 거야.

수재나는 그렇게 했다. 적어도 하려고 애썼다.

눈을 떠.

수재나는 눈을 떴다. 눈앞의 계기반에서 가변 저항기와 깜박이는 전구가 있던 자리에 이제 커다란 다이얼 두 개와 위아래로 젖히는 텀블러스위치 한 개가 있었다. 다이얼은 어린 시절 고향 집에서 어머니가 요리를 만들던 오븐의 다이얼과 마찬가지로 베이클라이트 합성수지로 만든 것처럼 보였다. 놀랄 일은 아니었다. 상상이란 아무리 터무니없어 보일지라도 결국에는 이미 아는 지식을 위장한 것에 지나지 않았으므로.

왼쪽 다이얼은 아래쪽에 감정 온도라는 설명이 붙어 있었다. 다이얼에 새겨진 눈금은 32에서 212까지였다(32는 파란색, 212는 선홍색이었다.). 당장은 160에 맞춰진 상태였다. 중앙에 있는 다이얼 아래에는 진통력이라고 적혀 있었다. 다이얼 가장자리에 동그랗게 새겨진 눈금은 0에서 10까지였고, 당장은 9에 맞춰져 있었다. 텀블러스위치 아래에는 어린것이라고만 적혀 있었고 조절할 수 있는 상태는 단 두 가지, 깨우기와 재우기였다. 당장은 깨우기에 맞춰져 있었다.

고개를 들어 텔레비전을 보니 화면 한 곳에 자궁 속의 아기가 보였다. 남자 아기였다. 잘생긴 남자 아기. 느슨하게 엉킨 탯줄 아래에서 조그마한 성기가 바닷말처럼 흔들거렸다. 두 눈은 뜨고 있었고, 화면의 다른 부분은 온통 흑백이었지만 눈만큼은 선명한 파란색이었다. 아기의 시선은 수재나의 몸을 꿰뚫을 듯이 형형했다.

저건 롤랜드의 눈이야. 수재나는 어이가 없어서 정신이 멍할 지경이었다. 어떻게 이럴 수가 있지?

물론 말도 안 되는 소리였다. 모든 것은 그저 상상의 소산, 시각화 기법에 지나지 않았다. 하지만 그렇다 한들, 어째서 롤랜드의 파란 눈을 상상한단 말인가? 에디의 연갈색 눈이 아니라? 어째서 남편의 연갈색 눈이 아니란 말인가?

지금은 그런 걸 따질 때가 아니야. 할 일부터 해야 해.

아랫입술을 깨문 채로(그러자 공원 벤치를 비추는 모니터 화면 속의 미아 또한 아랫입술을 깨물었다.), 수재나는 감정 온도 다이얼에 손을 뻗었다. 잠시 망설이다가, 다이얼을 72로 돌렸다. 오븐 온도계의 다이얼을 조절할 때와 똑같았다. 실제로 똑같은 다이얼이 아니던가?

마음이 순식간에 차분해졌다. 수재나는 의자에 편히 몸을 기대고 깨물었던 아랫입술을 놓았다. 공원 모니터 화면 속의 흑인 여자도 똑같이 했다. 성공. 순조로웠다. 아직까지는.

수재나는 진통력 다이얼을 차마 건드리지 못하고 잠시 머뭇거리다가, 어린것 스위치로 손을 옮겼다. 그러고는 스위치를 깨우기에서 재우기로 젖혔다. 화면 속의 아기가 대번에 눈을 감았다. 이를 보며 수재나는 안도감 비슷한 느낌이 들었다. 그 파란 눈이 마음에 걸렸으므로.

자, 이제 다시 진통력 차례였다. 이거야말로 중요한 부분, 에디의 표현을 빌리면 '큰판'이라는 생각이 들었다. 수재나는 구식 다이얼을 잡고 시험 삼아 살짝 돌려 보았고, 그 투박한 다이얼이 소켓 안에서 꼼짝 않고 버티는 것을 보고도 그리 놀라지 않았다. 다이얼은 돌아갈 기미가 보이지 않았다.

하지만 돌아갈 거야. 우리가 원하니까. **우리**가.

수재나는 다이얼을 꽉 잡고 시계 반대 방향으로 천천히 돌렸다. 통증이 머릿속을 스치자 얼굴이 찌푸려졌다. 또 다른 통증이 목구멍에 솟구치자 잠시 목이 꽉 막힌 듯한, 생선뼈가 걸린 듯한 느낌이 들었지만, 이내 둘 다 사라졌다. 계기반 오른쪽의 전구 한 줄에 일제히 불이 켜졌다. 대부분 노란색이었고 몇몇은 선홍색이었다.

"경고." 외줄 블레인과 섬뜩할 정도로 비슷한 목소리가 들려왔다. "이 조작을 통해 안전 범위를 벗어날 위험이 있습니다."

어련하시겠어, 셜록 홈스 씨. 이제 진통력 다이얼은 6으로 낮춰진 상태였다. 다이얼을 5 너머로 돌리자 다시금 황색과 주황색 불이 일제히 켜졌고, 칼라 마을을 비추는 모니터들 가운데 세 개가 바지직 소리를 내며 꺼졌다. 투명한 손가락이 머리를 옥죄는 듯한 두통이 또다시 엄습했다. 발 아래쪽 어딘지 모를 곳에서 모터 아니면 터빈이 돌아가기 시작했는지, 윙윙거리는 소리가 느껴졌다. 소리로 보아 커다란 기계였다. 그 진동이 느껴지는 발은, 물론 맨발이었다. 구두는 미아가 차지했으므로. 뭐, 이 모든 일이 시작되기 전에는 발이 아예 없었으니까. 어쩌면 수지맞은 건 내 쪽인지도.

"경고." 기계 목소리가 말했다. "뉴욕의 수재나, 당신은 위험한 행동을 하고 있습니다. 부디 제 말을 따르십시오. 어머니 대자연을 속이는 것은 어리석은 짓입니다."

수재나는 전에 롤랜드가 했던 말이 문득 떠올랐다. '넌 네 할 일을 해라, 난 내 할 일을 하마. 거위를 차지하는 사람이 누군지는 두고 보면 알 거다.' 뜻은 알 수 없었지만 그래도 이 상황에 들어맞는 말 같았다. 그래서 그 말을 소리 내어 따라 하면서 천천히, 그러나 멈추지 않고 진통력 다이얼을 돌렸다. 눈금은 4를 지나, 다시 3을 넘어……

1까지 단번에 돌릴 생각이었지만, 이 기괴한 다이얼이 2를 지날 때 머릿속을 휩쓴 통증은 너무나 거대했다. 너무나 역겨웠다. 수재나는 결국 다이얼을 놓고 말았다.

통증은 한동안 계속됐다. 심지어 점점 더 강해지기까지 해서, 수재나는 이러다 죽겠다는 생각마저 들었다. 미아는 지금 앉아 있는 벤치에서 쓰러질 판이었고, 둘은 함께 공유하는 몸이 거북이상 앞의 콘크리트 바닥에 널브러지기도 전에 나란히 숨을 거둘 터였다. 이튿날 아니면 그다음 날에, 수재나의 유해는 무연고자 묘지로 직행할 판이었다. 사망 진단서에는 뭐라고 적힐까? 뇌졸중? 심장마비? 아니면 격무에 시달리는 의사들이 애용하는 사인(死因), 자연사?

그러나 통증은 잦아들었고 수재나는 여전히 살아 있었다. 기묘한 다이얼 두 개와 텀블러스위치 한 개가 달린 계기반 앞에 앉아서, 숨을 몰아쉬며 두 뺨에 흐르는 땀을 양손으로 닦고 있었다. 맙소사, 시각화 기법이라면 수재나야말로 세계 챔피언급이었다.

이건 단순한 시각화가 아니야…… 너도 알잖아, 안 그래?

알 듯한 느낌이 들었다. 무언가가 수재나를 바꾸어 버렸다. 그들 카텟 모두를 바꾸어 놓았다. 제이크는 텔레파시와 비슷한 터치 능력이 생겼다. 에디는 강력한 부적 같은 물건을 만드는 능력이 생겼다(그 능력은 지금도 점점 더 강해지는 중이었다.). 에디의 작품 중 하나는 이미 두 세계 사이의 문을 열었다. 그렇다면 수재나는?

나는…… 그래. 바로 이거야. 뭔가 집중해서 보면 실제가 되는 거야. 데타 워커가 실제가 됐던 것처럼.

수재나가 만든 이 도건의 내부에는 온통 황색 전구가 깜박거렸다. 수재나가 지켜보는 동안에도 그 전구들 가운데 일부는 붉은색으로 변했다. 발아래에서는(왠지 특별 출연한 발이라는 생각이 들었는데) 바닥이 우르릉거리며 덜덜 떨렸다. 이대로 가다가는 오래된 바닥 표면에 금이 가기 시작할 판이었다. 금이 점점 깊숙이 벌어질 터였다. 신사 숙녀 여러분, 어서 저택에 잘 오셨습니다.

수재나는 의자에서 일어나 주위를 둘러보았다. 이제 돌아가야 했다. 혹시 이곳을 떠나기 전에 해야 할 일이 있을까?

떠오르는 것이 한 가지 있었다.

3

수재나는 눈을 감고 녹음용 마이크를 상상했다. 눈을 떴을 때 그곳에는 마이크가 있었다. 계기반 위, 다이얼 두 개와 텀블러스위치의 오른쪽이었다. 마이크 아래쪽에는 제니스 사의 로고인 번개 모양 알파벳 제트(Z)가 붙어 있을 거라 상상했지만, 그 자리에는 제트 대신 노스 센트럴 양자공학이라는 상표가 새겨져 있었다. 이는 곧 수재나의 시각화 기법을 방해하는 것이 있다는 뜻이었다. 수재나는 이 점이 몹시도 께름칙했다.

마이크 바로 뒤의 계기반에는 눈금 부분이 세 가지 색으로 나뉜 반원형 아날로그 표시창이 있었고, 표시창 바로 아래에 수재나-미오라는 글자가 보였다. 표시창의 바늘은 녹색 부분을 벗어나 황색 부분으로 들어서 있었다. 황색 다음은 적색이었고, 거기에는 검은색으로 한 단어가 적혀 있었다. 위험.

수재나는 마이크를 들었지만 어떻게 작동시켜야 할지 몰라 다시 눈을 감았고, 깨우기와 재우기라고 적힌 텀블러스위치와 똑같은 스위치를 상상했다. 다만 이 스위치는 마이크 옆에 붙어 있었다. 눈을 떠 보니 정말로 그 자리에 스위치가 있었다. 수재나는 그 스위치를 눌렀다.

"에디." 말하고 보니 조금 바보 같다는 느낌이 들었지만, 그래도 계속하기로 했다. "에디, 내 목소리가 들릴지 모르겠는데, 난 무사해요. 당장은요. 미아랑 같이 있어요, 뉴욕에. 지금은 1999년 6월 1일이고요, 난 미아가 아기를 낳도록 도와줄 거예요. 그것 말고는 어떻게 할 방법이 없어요. 적어도 내 손으로 그 아길 떼어내야 하니까요. 몸조심해요, 에디. 난…….”

수재나의 눈에 눈물이 차올랐다.

“사랑해요, 자기. 아주 많이.”

눈물이 볼을 타고 흘러내렸다. 수재나는 눈물을 닦으려다 손을 멈췄다. 적어도 사랑하는 남자를 생각하며 울 자격은 있지 않을까? 다른 여자들이 다 그렇듯이?

수재나는 답신이 오기를 기다렸다. 마음만 먹으면 스스로 답신을 받을 수도 있었지만, 꾹 참았다. 지금은 에디의 목소리를 흉내 내어 스스로에게 떠들어 댈 때가 아니었다.

느닷없이 눈앞의 풍경이 두 겹으로 보이기 시작했다. 도건은 본래 성질대로 비현실적인 색채를 띠었다. 도건의 벽 너머는 와이강 동쪽 기슭의 황량한 벌판이 아니라 자동차가 강물처럼 흘러가는 뉴욕의 2번 대로였다.

미아가 눈을 떴다. 몸 상태가 호전된 미아는(내 덕인 줄 알아, 이 여자야, 내 덕인 줄 알라고.) 다시 움직일 채비를 하는 중이었다.

수재나는 다시 미아에게 돌아갔다.

4

1999년 봄, 뉴욕 시의 어느 벤치에 흑인 여성(지금 시대에도 스스로를 '검둥이 여자'로 여기는 흑인 여성) 한 명이 앉아 있었다. 그 여성 주위에는 들고 다니는 가방(짐) 몇 개가 널려 있었다. 그중 하나는 빛바랜 붉은색 가방이었다. 옆면에 중간 지대 볼링장에는 언제나 스트라이크뿐이라고 적혀 있었다. 저쪽 세계에서는 분홍색 가방이었다. 장미의 색을 닮은.

미아가 벤치에서 일어섰다. 수재나는 즉시 앞으로 나서서 미아를 다시 앉혔다.

무슨 짓거리야? 미아가 놀라서 물었다.

나도 몰라, 내가 왜 그랬는지 도무지 모르겠어. 하지만 잠깐 얘기 좀 해. 우선 네가 가려는 곳이 어딘지 가르쳐 주지 않겠어?

전화기가 있는 곳. 나 전화할 데가 있어.

전화라. 수재나가 말했다. 근데 있잖아, 너 셔츠에 피가 묻었어. 마거릿 아이젠하트의 피야. 오래 못 가서 사람들한테 핏자국이란 걸 들킬 거야. 그럼 어디로 가게 될 것 같아?

응답은 소리 없이 번지는 경멸의 미소로 돌아왔다. 수재나는 화가 치밀었다. 수재나의 몸을 훔쳐 간 이 악질은 5분 전만 해도(어쩌면 15분 전일 수도 있었다, 흥분에 빠지면 시간 감각이 희미해지므로) 도와 달라고 악을 질러 댔다. 그래서 도와줬더니 이제는 실실 웃으며 도와준 사람을 비웃고 있었다. 더 짜증스러운 점은 이 악질이 상황을 제대로 파악했다는 것이었다. 지금 이 몰골로 미드타운을 종일 쏘다녀도 셔츠에 묻은 것이 마른 핏자국인지 아니면 초콜릿 에그 크림을 흘린 자국인지 십중팔구 아무도 물어보지 않을 테니.

좋아, 하지만 핏자국 때문에 귀찮게 하는 사람이 없다고 해도 이 짐은 다 어디다 보관할 건데? 뒤이어 또 다른 의문이 수재나의 머릿속에 떠올랐다. 진작 떠올렸어야 할 의문이었다.

미아, 너 전화가 뭔지는 어떻게 알아? 네가 있던 곳에서도 전화를 썼다는 소리 같은 건 꺼낼 생각도 마.

응답이 없었다. 경계심이 감도는 침묵뿐이었다. 그래도 악질 도둑의 얼굴에 맴돌던 미소는 씻은 듯이 사라졌다. 수재나가 거둔 작은 성공이었다.

친구들이 있는 거지, 그렇지? 아니면 네 멋대로 친구일 거라고 넘겨짚은 자들이거나. 나 몰래 쑥덕거리던 자들. 너를 도와줄 사람들. 어쩌면 너 혼자만의 기대일 수도 있지만.

그래서, **너**는 어쩔 건데. 날 도와줄 거야, 말 거야? 미아는 다시 처음으로 돌아갔다. 화를 내면서. 그러나 그 분노 아래에 도사린 것은, 뭘까? 두려움? 두려움은 아무래도 억측 같았다. 적어도 당장은. 그래도 불안한 기색은 또렷했다. 진통이 다시 시작될 때까지 얼마나 남은 것 같아? 나한테, 아니 우리한테?

수재나가 짐작하기에는 여섯 시간에서 열 시간 사이였다. 자정을 지나 6월 2일로 넘어가기 전이라는 것만은 확실했지만, 이는 혼자만 알아 둬야 할 사실이었다.

나도 몰라. 그렇게 길진 않아.

그럼 시작해야겠군. 난 저나기가 필요해. **전화기** 말이야. 남의 방해를 안 받을 만한 곳에서.

수재나는 1번 대로와 46번가 교차로에 있는 호텔을 떠올렸고, 이 생각이 흘러나가지 않도록 주의했다. 시선은 다시 가방으로, 전에는 분홍색이었지만 이제는 붉은색인 가방으로 향했다. 그러다 문득 깨달았다. 모조리 깨달은 것은 아니었지만 절망과 분노를 일으키기에는 충분했다.

'여기다 둘게.' 앞서 미아는 그렇게 말했다. 에디가 수재나에게 준 반지를 가리키며. '여기다 둘게, 그 남자가 찾을 수 있게. 나중에 카가 허락하면 그때 다시 찾아서 걸면 돼.'

딱히 약속을 한 것은 아니었다. 적어도 대놓고 한 약속은, 아니었다. 그러나 미아는 분명 은연중에……

묵직한 분노가 수재나의 마음속에 치밀었다. 아니었다, 미아는 약속을 한 적이 없었다. 그저 수재나를 특정한 방향으로 이끌었을 뿐, 나머지는 수재나가 알아서 한 일이었다.

이 여잔 날 속이지 않았어. 내가 알아서 속아 넘어간 거야.

미아가 다시 일어서자 수재나는 다시금 앞으로 나서서 미아를 벤치에 앉혔다. 이번에는 거칠게.

무슨 짓이야? 수재나, 너 약속했잖아! 내 어린것을……

어린것은 도와줄 거야. 서늘한 목소리였다. 수재나는 몸을 숙여 붉은 가방을 들었다. 속에 상자가 든 그 가방을. 그런데 상자 속에는 뭐가 들었을까? 찾지 못한이라는 상형문자가 새겨진 그 고스트우드 상자 속에는? 신비로운 나무판자와 안에 덧댄 천을 뚫고 흘러나오는 불길한 파동이 느껴졌다. 가방 속에는 검은 13이 들어 있었다. 미아는 그 구슬을 지니고 문을 통과했다. 그런데 문을 연 것이 바로 그 구슬이라면, 이제 에디는 무슨 수로 수재나를 찾아올까?

나도 어쩔 수 없었어. 미아의 목소리는 떨렸다. 내 아기야, 내 어린것이라고. 그런데 이제 온 세상이 나를 거부하고 있어, 너만 빼고 온 세상이. 실은 너도 다른 수가 없으니까 나를 돕는 것뿐이지만. 내가 한 말 명심해…… 만약 카가 허락한다면, 난……

"카 같은 소리 처하고 있네!"

미아의 말을 받아친 사람은 데타 워커였다. 앙칼지고 거친, 대꾸를 용납하지 않는 목소리였다.

"명심해라, 난 카 나부랭이는 개뿔도 신경 안 쓴다는 거. 너 제대로 걸렸어, 이것아. 애새끼가 금방이라도 나올 판인데 그게 사람 새낀지 괴물인지 알 수가 없잖아. 도와주겠다는 놈들이 있는데 그것도 누군지 알 수가 없고. 웬걸, 전화기가 뭐에 쓰는 물건인지 어디 가면 찾을 수 있는지, 그것마저 알 길이 없지. 자, 이제 우린 여기 앉아서 기다릴 거야. 넌 나한테 지금부터 뭘 어떻게 할 속셈인지 털어놓을 거고. 대화를 하잔 말이야, 이것아. 사실대로 털어놓지 않으면 이 짐을 다 끌어안고 밤까지 앉아서 버티는 거야. 그럼 넌 그 애지중지하는 어린것을 이 벤치에서 낳아서 저 분수대에서 씻기겠지."

벤치에 앉아 이를 드러내며 섬뜩한 미소를 짓는 흑인 여성은 다름 아닌 데타 워커였다.

"너야 그 어린것 때문에 애가 타겠지…… 수재나도 그 어린것 걱정을 조금은 할 테고…… 하지만 나는 이 몸뚱이 속에서 내내 따돌림당하는 신세였어, 그러니까 난…… 개뿔도…… 신경 안 써."

유모차(수재나의 망가진 휠체어하고는 비교도 안 될 만큼 가벼워 보이는 유모차)를 밀고 지나가던 여성이 벤치에 앉은 흑인 여성을 불안한 표정으로 흘깃 보고는, 자기 아기가 탄 유모차를 힘주어 밀었다. 어찌나 빨리 밀던지 달려가는 것만 같았다.

"자, 그럼!" 데타의 목소리가 밝아졌다. "날씨 한번 끝내주는군, 안 그래? 두런두런 얘기하기 참 좋은 날씨야. 내 말 알아들었어, 애기 엄마?"

누구의 딸도 아니면서 한 아기의 어머니인 미아는, 말이 없었다. 데타는 동요하지 않았다. 입가의 미소만 더 크게 번질 뿐.

"그래, 알아들었나 보군. 아주 똑똑히 알아들은 것 같아. 그럼 대화를 시작해 볼까. 이야기꽃을 피워 보자고."

선창: 코말라 컴 코
내 파티에 와서 뭘 하는 거지?
어이, 당장 대답하지 않으면
흠씬 패 버릴 거야.

합창: 코말라 컴 넷!
너 따위는 나한테 한 주먹 거리야!
너처럼 덤빈 놈들이 지금 어떤 몰골인지
모르고 살 때가 행복한 줄 알아.

제5연

거북이

1

미아가 말했다. 정면승부라면 말로 하는 게 더 쉽겠지. 더 빠르고, 깔끔하고.

어떻게? 수재나가 물었다.

대화는 성에서 하면 돼. 미아가 제깍 대답했다. 나락 위에 서 있는 성 말이야. 연회장이 있는. 그 연회장 기억나?

수재나는 고개를 끄덕였지만 내키지 않았다. 연회장의 기억은 최근에야 떠올랐고, 따라서 어렴풋했다. 그렇다고 해서 아쉽지는 않았다. 그곳에서 포식하는 미아의 모습은…… 아무리 좋게 얘기해도 걸신들린 사람 같았다. 미아는 여러 접시의 음식을 (주로 손으로 집어서) 먹었고 여러 잔의 술을 마셨으며, 빌린 남의 목소리 여럿으로 여러 유령과 얘기했다. 빌렸다고? 아니, 훔친 목소리였다. 그중 둘은 수재나의 귀에도 익은 목소리였다. 하나는 오데타 홈스의 긴장한(게

다가 꽤 거만 떠는) '사교용' 목소리였다. 다른 하나는 데타 특유의 거칠고 호탕한 고성이었다. 미아는 수재나의 인격을 속속들이 훔친 모양이었다. 그러니 만약 데타 워커가 돌아와 기세등등하게 행패를 부리려 한다면, 이 달갑지 않은 손님 때문이라고 봐도 무방할 듯했다.

총잡이는 내가 그 연회장에 있는 걸 봤어. 미아가 말했다. 그 소년도 나를 봤고.

잠시 침묵이 흘렀다. 그러다가.

실은 둘 다 전에 만난 적이 있어.

누구 말이야? 제이크랑 롤랜드?

그래, 그자들.

어디서? 언제? 미아, 네가 어떻게 그 둘을……

여기선 말 못 해. 제발. 더 조용한 곳으로 가야 해.

전화가 있는 곳 말이겠지? 네 친구들과 연락할 수 있게.

내가 아는 건 아주 조금이야, 뉴욕의 수재나. 하지만 내가 보기에 넌 아무리 조금이라도 듣고 싶을 것 같은데.

수재나도 그렇게 생각했다. 또한 미아가 눈치채기를 바라지는 않았지만, 2번 대로를 벗어나기가 께름칙하기는 수재나도 마찬가지였다. 행인들의 눈에는 셔츠에 묻은 것이 초콜릿 에그 크림이나 커피 자국처럼 보일지도 몰랐으나 수재나 본인은 똑똑히 알았다. 그것은 그냥 피가 아니라 마을 아이들을 지키기 위해 분연히 일어선 용감한 여성의 피였다.

발치에 줄줄이 놓인 가방도 문제였다. 물론 뉴욕은 가방을 주렁주렁 메고 다니는 사람들 천지였다. 이제는 자신 역시 그중 한 명이 된 기분이었지만, 수재나는 그 기분이 마음에 들지 않았다. 어머니

말마따나 본때 있는 집안 출신이기 때문이었다. 인도를 지나가거나 조그만 공원을 질러가는 행인들은 어김없이 이쪽을 쳐다보았고, 그때마다 수재나는 이래 봬도 미친 사람은 아니라고 말하고 싶었다. 셔츠는 얼룩졌고 얼굴은 지저분했고 너무 긴 머리는 헝클어졌고, 손가방도 없이 발치에 가방 세 개만 늘어놓고 있기는 했지만. 행색을 보면 영락없는 부랑자였다. 수재나만 한 부랑자가 또 있을까? 집뿐아니라 살던 시대조차 잃어버렸는데? 하지만 정신만은 말짱했다. 지금은 미아와 대화를 나누고 지금 이게 다 어떻게 된 일인지 파악할 때였고, 이는 의심할 바 없는 진실이었다. 수재나가 원하는 바는 훨씬 더 단순했다. 씻고, 깨끗한 옷으로 갈아입고, 잠깐이라도 좋으니 사람들의 눈을 피해 숨는 것이었다.

차라리 캄캄해질 때까지 기다리는 게 나을 거야, 이 여자야. 수재나는 스스로에게…… 또 혹시 듣고 있을지 모를 미아에게 말했다. 조용한 곳에 들어가려면 돈이 들어. 네가 있는 뉴욕은 햄버거 한 개에 1달러는 내야 할지도 모르는 곳이야. 미친 소리 같겠지만 말이야. 그런데 너한텐 땡전 한 닢도 없잖아. 테두리가 날카로운 접시 여남은 개하고 무슨 사악한 마법에나 쓸 법한 구슬 한 개뿐이지. 그걸로 뭘 어쩔 건데?

생각의 타래를 더 풀 겨를도 없이, 눈앞의 뉴욕이 썰물처럼 사라지고 수재나는 다시 통로 동굴 안에 있었다. 처음 왔을 때에는 미아가 몸의 주도권을 쥐었던 데다 문으로 빠져나가기에 급급해서 둘러볼 겨를도 없었지만, 이제는 주위가 눈에 또렷이 들어왔다. 캘러핸 신부가 있었다. 에디도 있었다. 어떤 의미에서는 에디의 형도 함께 있었다. 수재나의 귀에는 동굴 깊숙이서 들려오는 헨리 딘의 목소리가 들렸다. 낙심한 와중에도 욕을 지껄여 대는 목소리가. '난 지옥에

있다, 동생아! 지옥에 있는데 작대기 한 개 구할 수가 없어 이게 다 네 탓이야!'

툴툴거리며 으름장을 놓는 그 목소리 때문에 느낀 분노에 비하면, 갑자기 동굴로 이동한 탓에 느낀 당혹감은 새 발의 피였다.

"에디가 저렇게 된 건 다 당신 탓이에요!" 수재나가 헨리 딘을 향해 외쳤다. "헨리, 당신은 차라리 일찍 죽어 버렸으면 모두에게 도움이 됐을 거라고요!"

동굴 안에 있던 사람들은 돌아보지도 않았다. 이게 어떻게 된 일일까? 혹시 수재나는 뉴욕에서 토대시 상태로 이리 돌아온 걸까? 그냥 돌아오는 걸로는 부족해서? 만약 그렇다면, 왜 차임벨 소리가 안 들렸던 걸까?

쉿. 진정해요, 내 사랑. 머릿속에서 에디의 목소리가 들려왔다. 햇살처럼 쨍하게. 가만히 보기만 해요.

그이 목소리 들려? 수재나가 미아에게 물었다. 너한테도……

들려! 들리니까 닥치고 있어!

"우리 언제까지 여기 있어야 돼요?" 에디가 캘러핸에게 물었다.

"아무래도 시간이 좀 걸리겠는데."

캘러핸이 대답했다. 이로써 수재나는 자신이 보는 광경이 과거에 이미 일어난 일인 것을 알아차렸다. 에디와 캘러핸은 헌책방 주인 캘빈 타워와 그의 친구 디프노가 어디에 있는지 확인하러 통로 동굴에 와 있었다. 지금 벌어지는 일은 늑대들과 전투를 벌이기 직전의 상황이었다. 문을 통과한 사람은 캘러핸이었다. 신부가 자리를 비운 사이에 검은 13은 에디의 정신을 사로잡았다. 그리고 에디를 죽기 직전까지 몰고 갔다. 캘러핸은 에디가 절벽 위에서 협곡으로 몸을 던지기 직전에 돌아와 그의 목숨을 구했다.

그런데 바로 지금, 에디가 말썽쟁이 타워의 초판본 책장 밑에서 가방을 꺼내고 있었다. 분홍색 가방, 수재나의 기억대로 칼라 마을이 있는 세계에서 그 가방은 분홍색이었다. 두 사람은 미아와 똑같은 이유로 그 가방 속에 든 구슬이 필요했다. 그 구슬에는 '찾지 못한 문'을 여는 힘이 있기 때문이었다.

에디는 가방을 들고 돌아서려다 우뚝 멈춰 섰다. 표정을 일그러뜨린 채로.

"왜 그러나?"

"여기 뭔가 있어요."

"그야 상자가……"

"아뇨, 가방 속에요. 안감에 꿰매져 있어요. 조그만 돌이나 뭐 그런 것 같은데요."

느닷없이 에디의 시선이 이쪽을 똑바로 향하는 느낌이 들면서, 수재나는 자신이 공원 벤치에 앉아 있는 것을 알아차렸다. 이제 동굴 밑바닥에서 올라오는 목소리들이 아니라 공원 분수대의 물이 튀는 소리가 귀를 때렸다. 동굴은 점점 희미해져 갔다. 에디와 캘러핸 신부의 모습도 희미해졌다. 에디의 마지막 말이 아득히 멀리서 들리는 소리처럼 수재나의 귓가를 스쳤다.

"무슨 비밀 주머니 같은 게 있나 봐요."

그 말을 끝으로 에디는 사라졌다.

2

방금 그 경험은 수재나가 애초에 토대시 상태에 빠지지 않았다는 증거였다. 잠시 다녀온 통로 동굴은 일종의 환각이었다. 에디가 보낸 환각이었을까? 그렇다면 에디는 수재나가 도건에서 보내려고 애쓴 메시지를 받은 걸까? 수재나로서는 풀 길이 없는 의문들이었다. 다시 만나면 에디에게 물어볼 작정이었다. 물론 보자마자 키스부터 한 1000번쯤 퍼부은 다음에.

미아가 붉은 가방을 집어 들고 옆면을 손으로 천천히 쓸었다. 속에 든 상자의 윤곽이 선명했다. 그러나 중간쯤에, 무언가 볼록하게 튀어나와 있었다. 에디가 옳았다. 그 도드라진 부분은 돌멩이 같은 느낌이 들었다.

미아는(아마 수재나도 함께였을 테지만 그런 것은 이제 중요하지 않았으므로) 가방을 상자 밑동까지 끌어 내렸다. 상자 안에서 뿜어 나오는 강력한 파장이 께름칙했지만, 꾹 참았다. 가방 속에는 구슬이 있었다, 틀림없이 있었고…… 그리고 꿰맨 자국처럼 보이는 흔적도 있었다.

고개를 숙여 가까이서 보니 꿰맨 자국이 아니라 봉인 같은 것이었다. 수재나는 알 길이 없었고 제이크 역시 마찬가지였지만 에디라면 한눈에 알아보았을 그 물건은, 바로 벨크로였다. 물론 지지 톱인가 하는 밴드가 그 발명품을 기리며 부른 「벨크로 청바지」라는 노래는 분명히 들어 본 적이 있었지만. 수재나는 그 봉인 사이로 손톱을 넣어 손가락으로 당겼다. '칙' 소리와 함께 봉인이 풀리면서 가방 안감의 조그만 주머니가 드러났다.

뭐야, 그게? 미아가 호기심을 다 지우지 못한 목소리로 물었다.

글쎄, 일단 보면 알겠지.

수재나가 주머니에 손가락을 넣어 꺼낸 것은 돌멩이가 아니라 자그마한 거북이 조각상이었다. 보아하니 상아를 깎아서 만든 것 같았다. 등딱지는 무늬 하나하나까지 세밀하게 새겼는데 꼭 물음표처럼 생긴 긁힌 자국이 조그맣게 나 있었다. 거북이의 머리는 반쯤 내민 상태였다. 눈은 타르 같은 것을 찍어 놓은 미세한 검은 점이었으나 놀랍도록 생생해 보였다. 주둥이에도 작은 흠이 있었다. 긁힌 자국이 아니라 깨진 자국이었다.

"오래된 물건이야." 수재나가 소리 내어 중얼거렸다. "굉장히 오래됐어."

맞아. 미아도 나지막이 맞장구쳤다.

거북이 조각상을 쥐고 있으니 기분이 놀랍도록 좋아졌다. 수재나는 어째선지…… 안전해진 기분이 들었다.

거북이를 보라. 머릿속에 떠오른 문구였다. 보라, 거북이의 거대한 몸통을, 등딱지에 지고 있네 이 대지를. 그런 내용이었던가? 조금은 비슷하다는 생각이 들었다. 이는 물론 그들이 탑을 향해 따라가는 빔을 가리키는 문구였다. 빔의 한쪽 끝에는 곰, 샤딕이 있었다. 반대쪽 끝에는 거북이, 머투린이 있었다.

수재나는 가방 안감에서 찾은 자그마한 거북이 토템에서 눈을 돌려 공원 분수대 옆의 거북이상을 바라보았다. 재료를 빼면(벤치 옆의 거북이상은 연한 구릿빛을 띠고 번들거리는 금속 재질이었으므로) 두 조각상은 등딱지의 긁힌 자국부터 주둥이의 미세한 쐐기꼴 흠집까지, 빼다 박은 듯이 똑같았다. 수재나는 잠시 숨을 멈췄다. 심장마저 함께 멈춘 듯했다. 지금까지의 여정은 별 생각 없이 그저 연이은 사건에 휘말리거나 롤랜드가 입버릇처럼 말하는 카에 휘둘리며 한순간 또 한순간, 때로는 하루 또 하루 닥치는 대로 나아가는 나날이었다. 그러다가 이런 물건이 나타나자 수재나의 머릿속에 잠깐이나마 더 큰 그림이 어렴풋이 떠올랐다. 두려움과 경이감에 젖어 꼼짝도 못할 만큼 큰 그림이. 자신의 능력으로는 헤아릴 수도 없이 거대한 힘이 느껴졌다. 어떤 힘은 고스트우드 상자 안에 든 구슬처럼 사악했다. 그러나 이 힘은…… 이것에 깃든 힘은…….

"우와." 누군가 말했다. 거의 한숨처럼.

수재나가 고개를 들어 보니 벤치 옆에 웬 회사원 같은 남자가 서 있었다. 입고 있는 양복으로 보아 지위가 꽤 높은 회사원 같았다. 그 남자는 공원을 지름길 삼아 질러가는 중이었다. 아마도 본인만큼이나 중요한 장소에 모임이나 회의가 있어서 가는 중인 듯싶었다. 어쩌면 아예 여기서 가까운 국제연합 건물에 가는 길인지도 몰랐다 (국제 연합마저 다른 곳으로 옮겨가지 않았다면 말이지만). 고급 서류 가방이 남자의 오른손에서 대롱거렸다. 두 눈은 수재나 - 미아가 쥐고 있는 거북이상에 못 박혀 있었다. 얼굴은 뭐에 홀리기라도 한 양 헤벌쭉 웃고 있었다.

빨리 숨겨! 미아가 경계하는 목소리로 악을 썼다. 이놈이 훔쳐가려고 하잖아!

어디 한번 해 보라지. 대꾸한 사람은 데타 워커였다. 태평한, 아예 즐거워하는 목소리였다. 마침 해가 구름 바깥으로 얼굴을 내밀고 있었고, 그 덕분에 수재나(의 인격을 구성하는 모두)는 문득 깨달았다. 뭐가 어떻게 됐든 간에 이날의 날씨만은 아름다웠다. 귀중했다. 그리고 근사했다.

"아름답고 귀중하고 근사하군요."

회사원(어쩌면 외교관)으로 보이는 남자가 자기 일은 까맣게 잊고 그렇게 말했다. 날씨 이야기를 한 걸까, 아니면 거북이상 이야기?

둘 다야. 수재나가 보기에는 그랬다. 그리고 문득 그 까닭을 알 것 같다는 생각이 들었다. 제이크도 이해했을 것이다. 누구보다 잘 알겠지! 수재나는 웃음을 터뜨렸다. 머릿속에서 데타와 미아도 덩달아 웃었다. 미아는 터지는 웃음을 살짝 참는 느낌이 들기는 했지만. 그리고 회사원인지 외교관인지 모를 그 남자도 함께 웃었다.

"맞아요, 둘 다예요." 남자는 북유럽 쪽 억양이 희미하게 섞인 목소리로 말했다. "정말 멋진 걸 갖고 계시군요!"

그랬다, 정말로 멋진 물건이었다. 멋지고 조그마한 보물이었다. 그리고 언젠가 그리 오래지 않은 과거에, 제이크 체임버스 역시 묘하게 비슷한 것을 발견한 적이 있었다. 제이크는 캘빈 타워의 헌책방에서 베릴 에번스가 쓴 『칙칙폭폭 찰리』라는 그림책을 발견했다. 어째서? 그 책이 제이크를 불렀기 때문이었다. 나중에(실은 롤랜드 카텟이 칼라 브린 스터지스 마을에 도착하기 직전에) 그 책을 쓴 사람의 이름은 클로디아 이네즈 바크먼으로 바뀌었고, 이로써 클로디아는 끝없이 불어나는 19의 카텟 가운데 한 명이 되었다. 제이크는 그 책에 열쇠를 끼워 넣었고 에디는 중간 세계에서 그 열쇠의 복사본을 깎았다. 제이크의 열쇠를 본 사람들은 그것에 매료됐을 뿐 아니라 더없이 고분고분해졌다. 제이크의 열쇠와 마찬가지로, 이 자그마한 거북이상도 복사판이 있었다. 그것도 수재나가 앉아 있는 자리 바로 옆에. 문제는 이 거북이가 다른 면에서도 제이크의 열쇠와 똑같은가

하는 것이었다.

홀린 듯이 거북이상을 내려다보는 북유럽 출신 회사원의 모습으로 미루어보아 그 질문의 답은 '그렇다'라고, 수재나는 확신했다. 머릿속에 문득 떠오르는 노래가 있었다. 대드 어 척, 대드 어 처틀, 걱정 마, 아가씨, 아가씨한텐 거북이가 있잖아! 가재 괴물이 부를 법한 우스꽝스러운 노래에 하마터면 웃음이 터질 뻔했다.

수재나가 미아에게 말했다. 여긴 나한테 맡겨.

맡기라니, 뭐를? 무슨 말인지 모르……

네가 모른다는 거 알아, 그러니까 나한테 맡겨. 알았지?

수재나는 미아의 대답을 기다리지 않았다. 그러는 대신 회사원 쪽으로 돌아앉아 환하게 웃으며 그에게 더 잘 보이도록 거북이상을 높이 들었다. 오른쪽에서 왼쪽으로 슥 옮기면서, 남자의 눈이 거북이상을 따라 움직이는 것을 놓치지 않았다. 그러는 동안에도 숱이 많고 하얀 남자의 머리는 꿈쩍도 하지 않았다.

"성함이 어떻게 되시죠?" 수재나가 물었다.

"매티센 반 웍입니다." 남자는 흔들리는 거북이상을 따라 천천히 눈만 움직이며 대답했다. "국제 연합 스웨덴 대사의 차석 보좌관입니다. 제 아내한테 애인이 생겼어요. 그래서 슬픕니다. 요즘 화장실에 가기가 다시 편해졌는데, 호텔의 마사지사가 추천해 준 차를 마신 덕분입니다. 그건 기쁜 일이에요." 잠시 침묵. 그리고. "당신의 솔드파다를 보니 기분이 좋아지는군요."

수재나는 그의 대답에 매료되었다. 만약 이 남자에게 바지를 내리고 요즘 보기 편해진 볼일을 지금 이곳에서 보라고 하면, 남자는 그 말을 따를까? 당연히 그럴 터였다.

주위를 재빨리 둘러보니 근처에는 아무도 없었다. 다행이었지만, 그래도 수재나는 이곳에서 하려는 일을 빨리 해치워야 했다. 제이크의 경우에는 열쇠로 적잖이 주위의 이목을 끌었기 때문이었다. 수재나는 그러고 싶은 마음이 조금도 없었다. 피할 수만 있으면 피하고 싶었다.

"매티센, 방금 당신이 말하길……"

"매츠예요."

"뭐라고요?"

"괜찮으시다면 매츠라고 불러 주세요. 전 그게 더 좋습니다."

"알았어요, 매츠, 방금 당신이 뭐랬냐면……"

"스웨덴어 할 줄 아십니까?"

"아뇨."

"그럼 영어로 얘기하도록 하지요."

"그래요, 나도 영어가 더……"

"저는 꽤 중요한 직책을 맡고 있습니다." 그렇게 말하는 동안에도 매츠의 눈은 거북이상을 절대로 떠나지 않았다. "높은 사람들을 아주 많이 만나지요. 예쁜 여자들이 '블랙 미니 드레스'를 입고 나오는 칵테일 파티에도 자주 갑니다."

"그것 참 재미있겠네요. 매츠, 부디 그 입 다물고 내가 물어보는 말에만 대답해 주면 좋겠어요. 그렇게 할 수 있겠어요?"

매츠가 입을 다물었다. 입술 위로 지퍼를 채우는 시늉까지 했지만, 그러는 동안에도 시선은 거북이상에서 떠나지 않았다.

"아까 호텔 얘기를 했죠. 지금 호텔에 묵고 있나요?"

"예, 뉴욕 플라자 파크 하얏트 호텔입니다. 1번 대로와 46번가 교차점에 있는. 좀 있으면 콘도미니엄에 입주할 예정인데…….”

매츠는 자기가 또 말을 너무 많이 한 것을 알아차렸는지 다시 입을 다물었다.

수재나는 맹렬하게 생각의 가닥을 끌어모았다. 거북이상은 새로 사귄 친구가 잘 볼 수 있도록 가슴 앞에 든 채로.

“매츠, 내 말 잘 들어요. 알았어요?”

“잘 듣고 있습니다, 아가씨. 잘 듣고 따르겠습니다.”

그 말에 수재나는 가슴이 몹시도 철렁했다. 매츠의 귀여운 북유럽식 억양을 처음 들었을 때처럼 가슴이 두근거렸다.

“신용 카드 있어요?”

그 말에 매츠는 자랑스러운 듯이 빙그레 웃었다.

“많지요. 아메리칸 익스프레스 카드, 마스터 카드, 비자 카드. 유로 골드 카드도 있습니다. 그리고 또……”

“그래요, 좋겠네요. 그럼 지금부터…….” 수재나는 잠시 머릿속이 멍해졌지만, 이내 생각이 떠올랐다. “……플라자 파크 호텔로 가서 방을 하나 빌려요. 일주일 예정으로. 직원이 혹시 무슨 일이냐고 물어보면 친구가 묵을 방이라고 해요. 여성인 친구가.”

뒤이어 불쾌한 예감이 들었다. 이곳은 뉴욕에서도 북쪽이었고 때는 1999년이었으며 수재나는 세상이 좋은 쪽으로 진보한다고 믿는 사람이었지만, 그래도 조심해서 나쁠 것은 없었다.

“혹시 내가 검둥이라는 것 때문에 문제가 될까요?”

“아뇨, 그럴 리가요.” 매츠는 놀란 눈치였다.

“그럼 당신 이름으로 방을 빌려서 호텔 직원한테 수재나 미아 딘이라는 여자가 그 방에 묵을 거라고 해요. 알았어요?”

"예, 수재나 미아 딘 씨."

이제 남은 것은? 당연히 돈이었다. 수재나는 현금이 있냐고 물었다. 새 친구 매츠는 지갑을 꺼내어 수재나에게 건넸다. 수재나는 한 손으로 값비싼 로드 벅스턴 지갑을 뒤지는 동안에도 다른 손으로는 매츠가 볼 수 있게 거북이상을 들고 있었다. 지갑 속에는 두툼한 여행자 수표와 함께(정신없이 구불구불한 필치로 서명한 그 수표는 수재나에게는 무용지물이었지만) 정겨운 양배추색 달러 지폐도 200달러쯤 들어 있었다. 그 돈은 방금 전까지 구두를 넣었던 캔버스 가방으로 들어갔다. 고개를 든 수재나는 걸스카우트 소녀 둘을 보고 가슴이 철렁했다. 열네 살쯤 되어 보이는 여자애 둘이 똑같은 배낭을 메고서 회사원 옆에 서 있었다. 아이들은 눈을 반짝이고 침을 흘리며 거북이상을 바라보았다. 수재나는 그 아이들을 보며 엘비스 프레슬리가 「에드 설리번 쇼」에 나왔을 때 환호하던 소녀 팬들의 모습이 떠올랐다.

"완전 끝내준다." 한 아이가 거의 탄식하듯 중얼거렸다.

"진짜 멋져." 옆에 있던 아이가 말했다.

"너흰 그냥 가던 길 가."

수재나의 말에 아이들은 시무룩해졌다. 풀 죽은 표정이 쌍둥이처럼 똑같았다. 칼라 마을에서 온 쌍둥이인가 싶을 정도로.

"꼭 가야 돼요?" 먼저 중얼거렸던 아이가 물었다.

"그래!"

"생키 사이, 기나긴 나날과 즐거운 밤들을 보내시길."

나중에 말한 아이가 인사했다. 뺨에는 벌써 눈물이 흘러내리고 있었다. 아이의 친구도 울고 있었다.

"나를 본 기억 자체를 지워 버려!"

수재나는 멀어지는 아이들 쪽을 향해 외쳤다. 그러고는 아이들이 2번 대로로 나가서 번화가 쪽으로 향하는 것을 확인한 다음, 다시 매츠 반 윅에게 주의를 돌렸다.

"당신도 서둘러야 해요, 매츠, 당장 호텔로 행차해서 방을 빌려요. 거기 있는 친구들한테 수재나가 곧 도착할 거라고 해요."

"행차하라고요? 무슨 말인지 잘……"

"빨리 가라는 말이에요."

현금을 꺼낸 지갑을 매츠에게 돌려주면서 수재나는 그 많은 플라스틱 카드를 더 자세히 보지 못해 아쉬웠다. 카드가 왜 그렇게 많이 필요한지도 궁금했다.

"방을 잡으면 원래 가던 곳으로 가요. 나를 본 건 잊어버리고."

이제는 매츠도 초록색 걸스카우트 제복을 입은 소녀들처럼 흐느끼기 시작했다.

"솔드파다를 본 것도 잊어버려야 하나요?"

"그래요." 수재나는 문득 텔레비전 쇼에서, 어쩌면 「에드 설리번 쇼」에서 봤을 최면술사가 떠올랐다. "거북이는 기억 못 하겠지만, 그래도 오늘은 남은 하루 내내 기분이 좋을 거예요. 내 말 알아듣겠어요? 오늘 당신은 꼭……."

눈앞의 남자에게 100만 달러는 그리 큰 액수가 아닐 듯싶었고, 스웨덴 돈 100만 크로네로는 머리나 깎을 수 있을지 어떨지 짐작도 가지 않았다.

"오늘 당신은 꼭 본인이 스웨덴 대사인 것 같은 기분이 들 거예요. 아내의 애인 때문에 걱정하지도 않을 테고. 불륜남 따위는 엿이나 먹으라고 해요, 알았죠?"

"예, 불륜남 따위는 엿이나 먹어라!"

매츠가 외쳤다. 여태 흐느끼면서도 입가에는 미소가 떠올라 있었다. 몹시도 천진한 구석이 보이는 미소였다. 그 미소를 보며 수재나는 기쁜 동시에 슬퍼졌다. 매츠 반 윅에게 뭔가 더 해 주고 싶었다. 할 수만 있다면.

"그리고 볼일 보는 건 말이죠."

"예?"

"남은 평생 시계처럼 규칙적일 거예요." 수재나가 거북이상을 더 높이 들었다. "매츠, 보통 화장실 가는 시간이 언제죠?"

"아침 먹고 바로 갑니다."

"그럼 그때가 볼일 볼 시간이에요. 남은 평생 내내. 다른 일로 바쁘지만 않으면요. 혹시 약속 시간에 늦을 것 같거나 하면, 음…… 머투린이라고 말해요. 그럼 볼일 보고 싶은 생각이 이튿날로 미뤄질 거예요."

"머투린이군요."

"맞아요. 자, 이제 가요."

"그 숄드파다 제가 가져가면 안 됩니까?"

"안 돼요. 이제 가요, 어서."

매츠는 가던 걸음을 멈추고 수재나 쪽을 돌아보았다. 뺨은 눈물로 젖어 있었지만, 표정은 동화에 나오는 말썽쟁이 요정과 비슷해 보였다. 아주 살짝 교활했다.

"내가 가져가야겠어요. 아무래도 내 것 같아서."

어디 한번 해 보시지, 흰둥이 양반. 그렇게 생각한 장본인은 데타였다. 그러나 당분간이나마 이 괴상한 삼두마차의 고삐를 잡았다는 책임감을 점점 더 강하게 느끼던 수재나는 데타의 생각을 틀어막았다.

"왜 그런 말을 하는 거죠, 친구? 가르쳐 줘요, 부탁이에요."

수재나가 물었지만, 매츠의 교활한 표정은 사라지지 않고 남아 있었다. 약장수 앞에서 약 팔 생각 마라. 매츠의 얼굴에는 그렇게 적혀 있었다. 적어도 수재나가 보기에는 그랬다.

"매츠, 머투린. 머투린, 매츠. 당신도 눈치챘을 텐데요?"

매츠가 대답했고, 수재나는 그 대답이 이해가 갔다. 그래도 단순한 우연이라고 말해 주려다가 문득 떠오르는 것이 있었다. 칼라, 캘러핸.

"알겠어요. 하지만 이 숄드파다는 당신 게 아니에요. 내 것도 아니고."

"그럼 누구 건데요?"

몰라서 묻는 말이 아니었다. 한번 따져 보자는 말처럼 들렸다.

의식이 제지할 틈도 없이(또는 검열할 틈도 없이), 수재나는 마음과 영혼으로 아는 진실을 말해 버렸다.

"사이, 이 물건의 주인은 탑이에요. 암흑의 탑. 내가 이 물건을 다시 돌려놓을 곳도 탑이고요. 카의 뜻에 따라서."

"신들의 가호가 함께하기를, 레이디 사이."

"당신도요, 매츠. 기나긴 나날과 즐거운 밤들을 보내시길."

수재나는 멀어지는 스웨덴 외교관을 가만히 보다가, 다시 조그마한 거북이상을 내려다보며 중얼거렸다.

"당신도 만만한 상대는 아니군요, 매츠 씨."

미아는 거북이상에 전혀 관심이 없었다. 미아의 관심사는 오로지 하나뿐이었다. 그 호텔이란 곳 말이야, 전화도 있어?

3

수재나-미아는 청바지 주머니에 거북이상을 넣고서 공원 벤치에 억지로 앉아 20분 동안 기다렸다. 그러는 동안 내내 무릎 아래에 새로 생긴 두 다리를 감상하면서(주인이야 누구든 간에 꽤나 늘씬한 다리였다.) 새로 생긴

(훔친)

구두 속의, 새로 생긴 발가락을 꼼지락거렸다. 한번은 눈을 감고 도건의 조종실을 불러내기도 했다. 이제는 불이 켜진 경고등이 전보다 더 많았고 지하의 기계 장치도 훨씬 더 요란하게 윙윙거렸지만, 수재나-미오라고 적힌 아날로그 표시 장치의 바늘은 여전히 노란색 구역에 살짝 진입한 정도였다. 바닥에는 짐작대로 금이 가 있었으나 그리 심각해 보이지 않았다. 썩 양호한 상황은 아니어도 당분간은 버텨 줄 것 같았다.

뭘 기다리는 거야? 미아가 물었다. 왜 우두커니 앉아만 있는 거냐고?

그 스웨덴 사람이 호텔에서 우리 대신 일을 처리하고 사라질 때까지 시간을 주려고 이러는 거야. 수재나가 대답했다.

시간이 흘러 매츠가 너끈히 예약을 끝냈겠다 싶은 생각이 들었을 때, 수재나는 가방을 모아 들고 벤치에서 일어나 2번 대로를 건넌 다음, 46번가를 따라 플라자 파크 호텔로 향했다.

4

호텔 로비는 초록색 창문에 반사된 아늑한 오후 햇살로 가득했다. 수재나는 성 패트릭 교회를 빼면 그토록 아름다운 공간을 본 적이 없었지만, 어딘가 이질적인 느낌도 함께 받았다.

미래니까 그렇겠지. 수재나는 속으로 중얼거렸다.

그렇게 믿을 근거는 차고 넘칠 만큼 많았다. 차들은 과거보다 더 작고 모양도 전혀 딴판이었다. 길에 보이는 젊은 여자들 중 여럿은 배꼽이 다 보이거나 브래지어 끈이 드러난 옷차림으로 활보했다. 46번가를 걷는 동안 그런 여자들을 너덧 명 보고 나서야 수재나는 후자의 옷차림이 실수가 아니라 기괴한 유행이라고 확신했다. 수재나가 살던 시절에 브래지어 끈을 내놓고 다니는(또는 이른바 '남부에 눈이 내리는', 즉 치마 밑에 하얀 슬립 끝단이 보이는) 여자는 제일 가까운 공중변소로 끌려가 옷매무새를 교정당해야 했다. 그것도 대번에. 배꼽을 내놓고 다니는 여자의 경우는……

코니아일랜드 해수욕장만 빼고 어디서든 곧바로 경찰에 체포당했겠지. 꼼짝없이.

그러나 가장 인상 깊은 점은 한편으로 가장 형용하기 힘든 점이기도 했다. 바로 도시 자체가 더 커진 것 같은 느낌이었다. 온 사방에서 우르릉거리는 소리와 윙윙대는 소리가 들려왔다. 부르르 떨리는 느낌도 들었다. 숨을 들이쉴 때마다 도시 특유의 냄새가 느껴졌다. 호텔 바깥에서 택시를 기다리는 여자들은 (브래지어 끈을 내놨든 안 내놨든 간에) 뉴욕 여자일 수밖에 없었다. (한 명도 아니고 두 명이나 서 있는) 호텔 현관의 안내인들도 뉴욕 사람일 수밖에 없었고,

택시 기사들도 뉴욕 택시 기사일 수밖에 없었다(그들 중 흑인이 얼마나 많았는지 깜짝 놀랄 지경이었고, 한 명은 머리에 터번까지 두르고 있었다.). 그러나 그들 모두가…… 달랐다. 세상은 변질해 버렸다. 수재나가 살던 뉴욕, 1964년의 그 뉴욕은, 동네 야구팀 같았다. 눈앞의 뉴욕은 메이저리그였다.

수재나는 로비에 들어서자마자 멈춰 서서 주머니 속의 거북이상을 꺼내어 쥐고 주위를 둘러보았다. 왼쪽은 휴게 공간이었다. 그곳에 앉아 담소를 나누는 두 여성을 수재나는 잠시 바라보았다. 치마 밑단 아래로 다리가 훤히 보인다는 사실을 믿기가 힘들어서였다(하, 저게 치마라고?). 심지어 그 둘은 십대 여자애도 대학생도 아니었다. 적게 잡아도 삼십대로 보이는 여자들이었다(어쩌면 예순이 넘을지도 몰랐다, 지난 35년간 과학이 얼마나 발달했는지 알 길이 없었으므로).

로비 오른쪽에는 조그만 기념품 상점이 있었다. 상점 너머의 그늘에서 피아노로 연주하는 몹시도 익숙한 멜로디, 재즈곡인 「나이트 앤드 데이」의 영롱한 멜로디가 들려왔다. 그 소리를 따라가면 틀림없이 가죽 의자가 여러 개 놓여 있고 반짝이는 병이 즐비한 가운데 하얀 재킷을 입은 남자가 대낮인데도 기꺼이 술을 내줄 공간이 나올 터였다. 그 모두가 수재나에게는 확실한 구원이었다.

바로 앞쪽은 이 호텔의 안내 데스크였고, 그곳에는 수재나가 평생 처음 보는 이국적인 여성이 서 있었다. 백인과 흑인, 중국인을 한데 섞어 놓은 사람처럼 보였다. 1964년이었더라면 아무리 미인인들 잡종으로 불렸을 여자였다. 그런데 이곳에서는 끝내주게 멋진 여성용 정장 차림으로, 으리으리한 최고급 호텔의 안내 데스크를 맡고 있었다. 암흑의 탑이 점점 더 위태롭게 흔들리고 세상이 변질했는지는 모르지만, 수재나가 보기에 이 세상이 통째로 무너지거나 잘못된 방향으로 가지 않는다는 증거는(혹시라도 누가 그런 증거를 대라고 한다면), 바로 이 아름다운 데스크 직원이었다. 그 여성 직원은 뭔지 모를 '유료 채널 이용료 청구서'라는 것에 대해 따지는 투숙객을 상대하는 중이었다.

신경 쓸 것 없어, 여긴 미래니까. 수재나는 다시금 스스로를 타일렀다. 에스에프 같은 거야, 전에 들렀던 러드처럼. 그냥 그렇게 생각하고 넘어가는 게 좋아.

여기가 어디든, 언제든, 그딴 건 관심 없어. 미아가 대꾸했다. 난 전화가 있는 곳에 가야 해. 내 어린것을 내 눈으로 봐야 한다고.

수재나는 삼각대 위에 놓인 표지판 앞을 지나 걸어갔다가 다시 돌아와 그 표지판을 자세히 살펴보았다.

1999년 7월 1일부터
뉴욕 플라자 파크 하얏트 호텔이
유엔 플라자 호텔로 바뀝니다
솜브라/ 노스 센트럴이 선보이는
또 하나의 프로젝트, 기대해 주십시오!

솜브라라면 터틀베이 콘도미니엄을 짓겠다던 그 회사인가 본데……. 수재나는 곰곰이 생각했다. 그 콘도는 결국 세우지 못했나 보군. 교차점에 서 있는 저 뾰족한 검정 유리 빌딩을 보면. 그리고 노스 센트럴은 노스 센트럴 양자공학일 거야. 일이 재미있게 돌아가는데.

느닷없이 찌릿한 두통이 엄습했다. 찌릿하다고? 아니, 벼락이 치는 것 같았다. 수재나는 눈물이 그렁그렁했다. 누가 보낸 선물인지는 뻔했다. 솜브라 코퍼레이션이니 노스 센트럴 양자공학이니 따위에는 관심이 없는, 심지어 암흑의 탑조차도 제 알 바 아닌 미아가, 슬슬 조바심을 내는 중이었다. 수재나는 미아를 달래야 했다. 적어도 시도는 해야 했다. 미아는 오로지 어린것에만 맹목적으로 집착했지만, 정작 그 어린것을 지키려면 시야를 조금은 더 넓혀야 할 처지였다.

저 여잔 사사건건 네 발목을 잡을 거야. 데타가 말했다. 교활하고 억세고 기세등등한 목소리로. 너도 알잖아, 안 그래?

그 말은 사실이었다.

수재나는 앞서 항의하던 남자 손님이 자신은 실수로 성인용 영화를 틀었으며 계산서에서 그 비용을 빼면 순순히 체크아웃하겠다는 이야기를 끝낼 때까지 기다린 다음, 안내 데스크로 다가섰다. 가슴이 방망이질하듯 두근거렸다.

"제 친구 매티센 반 윅이 예약한 방이 있을 거예요." 수재나는 접수 직원이 셔츠의 얼룩을 티 나지 않게 훔쳐보는 기색을 느끼고 떨리는 웃음을 터뜨렸다. "빨리 가서 씻고 갈아입어야겠어요. 살짝 흘렸지 뭐예요. 점심을 먹다가."

"그러셨군요. 바로 확인해 드리겠습니다."

접수 직원은 타자기가 달린 조그만 텔레비전 화면 같은 기계 쪽으로 다가갔다. 그러고는 자판을 몇 번 두드리고 화면을 보다가 물었다.

"수재나 미아 딘 고객님, 맞으십니까?"

맞아요, 세이 생키가 입술을 비집고 나오려 했지만 수재나는 그 말을 꿀꺽 삼켰다.

"예, 맞아요."

"신분증을 좀 보여 주시겠습니까?"

수재나는 한순간 멈칫했다. 그러다 이내 갈대 바구니에서 오리자 접시를 꺼냈다. 가장자리의 뭉툭한 부분을 조심스레 잡고서. 롤랜드가 칼라의 대농장주 웨인 오버홀저에게 했던 말이 자신도 모르게 떠올랐다. 우리는 총알로 먹고사는 자들이오. 오리자 접시는 총알이 아니었지만, 그래도 총알에 맞먹는 물건이었다. 수재나는 한 손으로 접시를 들고 다른 손으로는 자그마한 거북이상을 들었다.

"이거면 될까요?" 수재나의 목소리는 상냥했다.

"무슨 말씀이신지 모르……"

아름다운 접수 직원이 접시에서 거북이상으로 시선을 옮기다가, 말끝을 흐렸다. 두 눈이 커지면서 살짝 반짝였다. 분홍색으로 반들거리는 입술도 슬며시 벌어졌다(수재나가 보기에는 립스틱을 바른 것이 아니라 사탕을 빨아먹은 흔적 같았다.). 벌어진 입술 사이로 나직한 소리가 새어 나왔다. 아아…….

"이건 내 운전면허증이에요. 보이죠?"

주위에는 다행히 아무도 없었다. 사환 한 명 보이지 않았다. 오후 느지막이 체크아웃한 투숙객들은 바깥에서 앞다투어 택시를 잡느라 바빴지만, 이곳 로비는 한산했다. 기념품 상점 너머의 바에서는 「나이트 앤드 데이」에 이어 나른하고 잔잔하게 연주하는 「스타더스트」의 멜로디가 흘러나왔다.

"운전면허증이군요."

직원은 아까처럼 한숨 어린, 감탄하는 목소리로 동의했다.

"맞아요. 장부에 꼭 적어 둬야 할 거라도 있나요?"

"아뇨…… 반 웍 씨께서 예약하셨으니까…… 저는 그냥…… 고객님의…… 저기, 그 거북이상을 좀 만져 봐도 될까요?"

"안 돼요."

그 말에 접수 직원이 울먹이기 시작했다. 그 모습을 지켜보며 수재나는 곤혹스러워졌다. 열두 살 때 끔찍하게 망쳐 버린 (처음이자 마지막이었던) 바이올린 연주회 이후로 오늘처럼 많은 사람을 울리는 날이 올 거라고는 생각지도 못했기 때문이었다.

"안 되는군요. 저는 만질 수가 없는 거군요." 접수 직원은 아예 흐느끼며 말했다. "안 돼요, 저는. 만질 수가 없어요, 만지면 안 돼요. 아아, 디스코디아, 저는……."

"뚝 그쳐요." 수재나의 말에 접수 직원이 대번에 울음을 그쳤다. "자, 이제 방 열쇠를 줘요."

그러나 유라시아계 여성 직원이 건넨 것은 열쇠가 아니라 봉투에 든 플라스틱 카드였다. 아마도 절도범이 못 보게 하려는 생각에서인지, 객실 번호 1919는 봉투 안쪽에 적혀 있었다. 수재나는 19가 겹친 이 번호를 보고도 전혀 놀라지 않았다. 물론 미아 역시 태연하기 그지없었다.

수재나의 다리가 조금 휘청거렸다. 몸이 살짝 비틀거렸다. 균형을 잡느라 한쪽 손('운전면허증'을 든 손)을 휘휘 저어야 했다. 이대로 바닥에 쓰러질 거라는 생각이 얼핏 들었지만, 이내 괜찮아졌다.

"고객님?" 접수 직원이 조금(아주 조금) 근심스러운 표정으로 물었다. "괜찮으신가요?"

"그럼요. 그냥…… 다리의 균형을 잃었어요. 아주 잠깐."

방금 무슨 일이 일어난 거지? 궁금했지만, 수재나는 답을 이미 알고 있었다. 다리의 주인은 미아였다. 미아. 미스터 '그 숄드파다 제가 가져도 될까요'와 마주친 이후로 내내 몸의 주도권을 쥔 사람은 수재나였다. 그래서 몸이 다시 무릎 아래가 없는 예전의 상태로 슬슬 돌아가려 했다. 수재나의 몸이 수재나로 돌아가는 중이었다.

미아, 이리 나와. 여기서부턴 네가 맡아.

안 돼. 아직 일러. 우리 둘만 남으면 내가 맡을게.

그런데 젠장, 수재나는 그 목소리에 밴 감정을 간파했다. 그것도 아주 속속들이. 미아, 그 망할 것이 수줍음을 탈 줄이야.

"이게 뭐죠? 열쇤가요?" 수재나가 접수 직원에게 물었다.

"예…… 그럼요, 사이. 방문뿐 아니라 승강기에서도 사용하는 카드예요. 화살표가 가리키는 자리에 꽂기만 하면 됩니다. 꽂았다가 바로 빼세요. 문에 붙은 전구의 불빛이 녹색으로 변하면 들어가실 수 있습니다. 이 금전 등록기에 들어 있는 현금은 8000달러가 조금 넘어요. 다 드릴 테니까 저한테 주세요, 그 어여쁜 것, 당신의 거북이를요, 당신의 숄드파다를, 당신의 토르투가, 당신의 카비트, 당신의 그……"

"안 돼요."

대꾸하기가 무섭게 몸이 다시 휘청거렸다. 수재나는 접수대의 모서리를 붙잡고 버텼다. 도무지 균형을 잡을 수가 없었다.

"난 이제 방으로 올라갈 거예요."

우선은 기념품 상점에 들러서 매츠가 준 돈으로 깨끗한 셔츠를(혹시 셔츠도 판다면) 사 입을 생각이었지만, 그 전에 할 일이 있었다. 무엇보다 먼저 해야 할 일이었다.

"예, 사이."

이제 고객님이라는 말은 나오지 않았다. 거북이가 직원에게 힘을 발휘하는 중이었다. 두 세계 사이의 틈을 메우는 식으로.

"나를 본 기억 자체를 지워 버려요. 알겠어요?"

"예, 사이. 전화도 연결하지 말라고 메모해 놓을까요?"

미아가 대번에 악을 질렀다. 수재나는 꿈쩍도 하지 않았다.

"아뇨, 그건 됐어요. 연락 올 데가 있어서."

"알겠습니다, 사이."

접수 직원의 시선은 거북이상에 못 박혀 있었다. 아주 단단히.

"플라자 파크 호텔에서 즐거운 시간 보내시기 바랍니다. 직원을 불러서 짐을 들어 드리라고 할까요?"

내가 이 코딱지만 한 가방 세 개도 못 들까 봐? 데타는 그렇게 생각했지만, 수재나는 그저 가만히 고개만 저었다.

"알겠습니다."

수재나는 그대로 돌아서려 했지만, 접수 직원의 그다음 말을 듣고 부리나케 다시 앞을 돌아보았다.

"이제 곧 왕께서 오실 겁니다. 붉은 눈의 왕께서."

수재나는 입을 떡 벌리고 여자를 바라보았다. 충격은 거의 경악에 가까웠다. 소름이 팔을 타고 오소소 돋아 오르는 느낌이 들었다. 반면에 접수 직원의 아름다운 얼굴은 평온하기만 했다. 까만 눈은 거북이상에 못 박혀 있었다. 벌어진 입술은 이제 립글로스뿐 아니라 침으로도 번들거렸다. 여기 조금만 더 서 있으면 저 여자가 침 흘리는 것까지 구경하겠는걸.

수재나는 왕과 붉은 눈에 관해 따져 묻고 싶은 마음이 굴뚝같았다(그것은 남의 일이 아니라 수재나 자신의 일이었으므로). 또한 지금 앞에 나서서 주도권을 쥔 인격은 자신이었으니 마음만 먹으면 그럴 수도 있었지만…… 한 번 더 몸이 휘청하고 나서, 수재나는 그럴 수 없다는 것을 알았다. 무릎 아래의 다리통이 비어서 축 늘어진 청바지를 질질 끌며 승강기까지 기어가고 싶지 않다면, 참아야 했다. 나중에 기회가 있겠지. 그럴 기회가 없으리란 것을 알면서도 수재나는 그렇게 생각했다. 지금은 모든 일이 너무 빨리 벌어지고 있었다.

"사이, 왕께서 강림하시어 탑이 무너지면 당신의 그 물건처럼 아름다운 것들은 모조리 부서질 겁니다. 그다음은 암흑, 그리고 디스코디아의 포효와 칸 토이의 절규뿐이겠지요."

그 말에 소름이 목까지 올라오고 머리 피부가 당기는 느낌이 들었지만, 수재나는 대꾸하지 않았다. 다리는(누구의 다리이든 간에) 빠르게 감각이 사라져 갔다. 만약 맨살이 드러나 있었다면 새로 생긴 멋진 다리가 점점 투명해지는 것이 보였을까? 혈관에 흐르는 피가, 발 쪽으로 향하는 선홍색 피와 심장으로 돌아가는 검붉고 지친 피가 눈에 보였을까? 복잡하게 꼬인 근육도?

수재나는 그럴 거라고 생각했다.

승강기의 위쪽 화살표 버튼을 누르고 오리자 접시를 다시 바구니에 넣은 다음, 수재나는 부디 쓰러지기 전에 승강기 세 대 가운데 한 대의 문이 열리기를 기도했다. 바의 피아노 연주자는 이제 재즈곡 「스토미 웨더」를 연주하는 중이었다.

중앙에 있는 승강기의 문이 열렸다. 수재나-미아는 안에 들어서서 19 버튼을 눌렀다. 문이 닫혔지만 승강기는 꿈쩍도 하지 않았다.

플라스틱 카드. 수재나는 머릿속으로 중얼거렸다. 아까 그 카드를 꽂아야 해.

슬롯을 찾은 수재나는 화살표 방향에 주의하며 카드를 꽂았다. 다시 19를 누르자 이번에는 버튼에 불이 들어왔다. 다음 순간 수재나는 우악스럽게 한쪽으로 떠밀렸고, 미아가 앞으로 나섰다.

자신의 의식 뒤편에 웅크린 수재나는 피로가 섞인 안도감 같은 감정을 느꼈다. 하긴, 남한테 맡기면 그만이었다, 안 그런가? 운전대는 당분간 남의 손에 맡기기로 했다. 두 다리에 다시 힘과 무게감이 느껴졌다. 당장은 그걸로 충분했다.

5

미아는 낯선 땅에 떨어진 이방인 신세였는지는 몰라도 눈치 하나는 빨랐다. 19층 로비에서 1911-1923이라는 숫자가 적힌 화살표를 발견한 미아는 복도를 성큼성큼 걸어가 1919호실로 향했다. 두툼한 초록색 직물로 만든 카펫은 마음에 쏙 들게 폭신했고, 미아가

(그들이)

훔친 구두를 신은 발을 내디딜 때마다 자박자박 소리가 났다. 미아는 카드 열쇠를 꽂아서 문을 열고 방으로 들어섰다. 방 안에는 침대가 두 개 있었다. 미아는 그중 한 침대에 가방을 내려놓고 휘 둘러본 다음, 전화기에 시선을 집중했다.

수재나! 다급한 목소리.

왜 그래?

저 물건이 울리게 하려면 어떻게 해야 하지?

수재나는 진심으로 즐거워하며 웃었다. 있잖아, 그걸 궁금해 한 사람은 네가 처음이 아니야, 정말이야. 마지막도 아닐 테고. 전화기는 울리든가 말든가 둘 중 하나야. 자기가 울리고 싶을 때 울릴 뿐이지. 그러니까 저게 울릴 때까지 방이나 둘러보는 게 어때? 짐을 보관할 데가 있는지 확인할 겸.

가시 돋친 대꾸가 돌아올 줄 알았건만, 아니었다. 미아는 방을 여기저기 뒤지고(커튼을 젖히지는 않았다. 수재나는 이 높이에서 내려다보이는 뉴욕을 보고 싶었건만) 욕실을 들여다본 다음(욕조는 대리석이고 사방에 거울이 붙어서 궁궐 같았다.), 옷장을 열었다. 옷장 안의 선반에, 세탁물을 맡길 때 쓰는 비닐봉지와 함께, 금고가 있었다. 금고 위에는 안내판이 있었지만 미아는 읽지 못했다. 롤랜드도 비슷한 문제를 겪었지만 그의 경우에는 영어 알파벳과 그가 살던 중간 세계의 '대문자'가 달랐기 때문이었다. 수재나가 추측하기에 미아의 문제는 그보다 훨씬 단순했다. 수재나를 납치한 이 어린것의 어머니는 숫자는 읽을 줄 알았지만, 글은 까막눈인 모양이었다.

수재나가 앞으로 나섰다. 다만 아예 전면으로 나선 것은 아니었다. 잠시 두 쌍의 눈으로 안내판 두 개를 바라보았다. 그 느낌은 너무나 기묘해서 속이 울렁거릴 정도였다. 이내 시야가 하나로 합쳐지자 안내판에 적힌 문구가 눈에 들어왔다.

고객의 개인 물품을 보관하는 금고입니다.
플라자 파크 하얏트 호텔은 금고 보관품에 대해
어떤 책임도 지지 않습니다.
현금 및 귀금속류는 1층 호텔 금고에 맡겨 주십시오.

비밀번호를 설정하려면 네 자리 숫자를 누른 후 **입력**을,
금고를 열려면 비밀번호 입력 후 **열림**을 누르십시오.

수재나는 물러나고 미아가 숫자를 골랐다. 알고 보니 1과 9 세 개였다. 올해가 1999년이었으니 도둑이 맨 먼저 눌러볼 숫자였지만, 그나마 객실 문에 적힌 숫자는 아니었다. 게다가 올바른 숫자였다. 힘을 지닌 숫자였다. 인장이었다. 이는 둘 다 아는 사실이었다.

미아는 비밀번호를 정한 후에 금고가 단단히 잠기는지 확인한 다음, 안내문을 따라 열어 보았다. 안쪽에서 윙윙대는 소리가 들리더니 금고 문이 덜컥 열렸다. 미아는 빛이 바랜 붉은색 중간 지대 볼링장 가방을 금고 속에 넣은 다음(가방 속의 상자는 금고 속 선반에 딱 맞는 크기였다.), 오리자 접시가 들어 있는 갈대 바구니도 함께 넣었다. 그러고는 금고 문을 닫고 다시 잠그고서 단단히 잠긴 것을 확인한 후에 고개를 끄덕였다. 캔버스 가방은 침대 위에 그대로 있었다. 미아는 그 가방에서 지폐 뭉치를 꺼내어 거북이 조각상이 든 청바지 오른쪽 앞주머니에 넣었다.

깨끗한 셔츠가 필요해. 수재나가 불청객에게 일깨워 주었다.

누구의 딸도 아닌 미아는 대꾸하지 않았다. 셔츠가 깨끗하든 지저분하든 상관하지 않는 기색이 뚜렷했다. 미아는 전화기를 보고 있었다. 진통이 멎은 지금, 미아의 관심은 온통 전화기에 쏠려 있었다.

이제 우리가 대화를 나눌 시간이야. 수재나가 말했다. 네가 약속했잖아, 그러니까 약속을 지켜. 하지만 그 연회장에서는 안 돼. 오싹한 기분에 몸이 떨렸다. 바깥에서 얘기해, 부탁이야. 난 맑은 공기를 쐬고 싶어. 그 연회장에선 죽음의 냄새가 나.

미아는 반박하지 않았다. 수재나는 어렴풋이 느꼈다. 머릿속에 머무는 다른 여자가, 갖가지 기억을 넘겨보는 중이었다. 훑어보고, 넘기고, 훑어보고, 다시 넘기는 느낌이었다. 그러다 마침내 적당한 기억을 찾은 모양이었다.

거기로 가려면 어떡해야 하지? 미아가 심드렁하게 물었다.

이제 (다시) 두 여자가 된 흑인 여자는 객실 안의 한쪽 침대에 앉아 무릎 위에 손을 포갰다. 썰매를 타는 거랑 비슷해. 그 여자 머릿속의 수재나 부분이 말했다. 내가 밀 테니까 네가 방향을 잡아. 그리고 명심해, 수재나 미오, 내가 도와주길 바란다면 넌 내 질문에 솔직히 대답해야 해.

알았어. 머릿속의 다른 부분이 대답했다. 마음에 드는 대답을 기대하진 마. 그 대답을 네가 이해할 거라는 기대도 하지 말고.

그게 무슨……

됐어! 젠장, 이렇게 궁금한 게 많은 인간은 정말 처음이야! 시간이 없다고! 저 전화기가 울리면 우리 대화는 끝이야! 그러니까 대화가 하고 싶거든……

수재나는 미아에게 끝까지 말할 틈을 줄 생각이 없었다. 그래서 눈을 감고 뒤로 쓰러졌다. 침대는 추락을 막아 주지 못했다. 수재나의 몸은 침대를 그대로 통과했다. 그리고 실제로 추락했다. 공간을 초월하여. 토대시의 차임벨이 쨍그랑거리는 소리가 희미하게, 아득하게 들려왔다.

또 시작이군. 수재나는 속으로 중얼거렸다. 그리고 뒤이어. 에디, 사랑해요.

선창: 코말라 진 자이브
살아 있다는 것, 참 멋지지 않아?
악마의 달이 뜬 밤
디스코디아를 내다볼 때 말이야.

합창: 코말라 컴 다섯!
시커먼 형상들이 땅에서 일어설 때조차도!
세상을 거닐며 구경하다 보면
살아 있어 기쁘다는 생각이 절로 들지.

제6연

디스코디아 성의 회랑

1

수재나는 순식간에 다시금 자신의 몸을 되찾았고, 그 충격 때문에 눈부시게 찬란한 기억이 되살아났다. 열여섯 살 난 오데타 홈스가, 네모난 햇살이 내리쬐는 자기 침대에 슬립 차림으로 앉아서, 실크 스타킹을 신고 있었다. 그 기억이 지속되는 짧은 시간 동안 수재나는 화이트 숄더스 향수와 폰즈 뷰티바 비누의 향기를, 그러니까 어머니한테서 빌린 향수와 어머니가 쓰는 비누의 향기를 맡으며, 향수를 써도 좋다는 허락을 받을 만큼 자란 자신을 보며, 생각했다. 봄맞이 무도회 때야! 네이선 프리먼이랑 같이 갔던 무도회!

그 기억은 이내 사라졌다. 폰즈 비누의 달착지근한 향기는 청량한(그러나 왠지 눅눅한) 밤바람에 밀려 사라졌고 남은 것은 오로지 그 느낌, 너무나 이상하면서도 완벽한, 새로운 몸의 속을 자신이 꽉 채우는 듯한 느낌이었다. 마치 그 몸이 종아리와 무릎을 지나 위로 끌어올리는 스타킹인 것처럼.

수재나가 눈을 떴다. 바람이 불어 닥쳐 얼굴에 고운 알갱이를 뿌렸다. 수재나는 눈을 찡그리고 신음을 흘리며 팔을 들었다. 날아드는 주먹을 떨쳐 내려는 사람처럼.

"이쪽이야!"

웬 여자가 외쳤다. 예상과 다른 목소리였다. 단호하고 당당하고 우렁찬 목소리가 아니었다.

"이쪽이야, 바람을 피해서 이리로 와!"

소리가 나는 쪽을 돌아보니 늘씬하고 예쁜 여자가 수재나 쪽을 보며 손짓하고 있었다. 육신이 있는 미아를 처음으로 목격하고서, 수재나는 경악했다. 그 어린것의 어머니가 백인이기 때문이었다. 과거에 그토록 백인 행세를 하던 오데타가 이제 정말로 백인 같은 구석을 갖춘 셈이었다. 인종에 민감한 데타 워커가 이 모습을 보면 얼마나 질겁할까!

수재나 자신은 다리를 잃은 모습으로 되돌아간 상태였고, 조잡하게 만든 1인용 수레 같은 것에 앉아 있었다. 수레가 세워진 곳은 야트막한 벽에 움푹 들어간 자리였다. 눈앞에 펼쳐진 널따란 들판은 수재나가 그때껏 본 적이 없을 만큼 섬뜩하고 스산했다. 하늘을 찌를 듯이 높이 솟은 거대한 바위 지대가 아득히 멀리까지 거칠게 이어졌다. 바위산들은 초승달의 살벌한 빛 아래서 낯선 짐승의 뼈처럼 번들거렸다. 씩 웃는 것처럼 빛나는 달 말고도 수십억 개는 될 법한 별들이 뜨거운 얼음처럼 반짝였다. 바위산의 비뚤배뚤한 능선과 깊숙이 벌어진 골짜기 사이로 가느다란 길 한 가닥이 멀리까지 구불구불 이어졌다. 그 길을 보며 수재나는 여럿이서 함께 지나가려면 일렬로 늘어서야 할 거라는 생각이 들었다. 식량도 잔뜩 챙겨와야겠지. 가는 길에 따먹을 버섯이 하나도 없으니까. 산딸기도 없고. 그리고 저 멀리, 지평선 어디쯤에서 희끄무레하고 불길하게, 진홍색 불빛이 깜박거렸다. 장미의 심장이야. 수재나는 생각했다. 그리고 뒤이어. 아니, 그게 아니야. 저건 왕의 대장간이야. 음침하게 깜박거리는 불빛을 보며 수재나는 섬뜩한 매혹에 속수무책으로 빠져들었다. 몸이 뻣뻣해졌다가…… 나른해졌다. 그리고 붉은 빛이 번득이다가…… 꺼졌다. 하늘의 한 자락이 그 빛으로 또렷하게 물들었다.

"이쪽으로 와, 뉴욕의 수재나여. 올 마음이 조금이라도 있다면."

그렇게 말한 미아는 두툼한 어깨 담요를 걸치고 무릎 바로 아래까지 오는 길이의 가죽 재질로 보이는 바지를 입고 있었다. 정강이는 상처투성이였고 딱지가 앉아 있었다. 발에 신은 것은 가죽 샌들이었다.

"왕은 너를 매혹할 힘이 있어, 아득히 멀리서도. 우리가 있는 곳은 성의 디스코디아 쪽이야. 그 벽 아래의 뾰족뾰족한 바위로 몸을 던져서 삶을 끝장내고 싶어? 왕이 너를 매혹시켜서 뛰라고 명령하면 넌 그렇게 하는 수밖에 없어. 여기엔 너를 구해줄 잘나신 총잡이 나리들이 안 계시잖아, 안 그래? 아무렴, 그렇고말고. 넌 혼자야, 외톨이 신세지."

수재나는 끈질기게 깜박이는 빛에서 시선을 돌리려 했지만, 몸이 말을 듣지 않았다. 그래서 마음속에 번져가는 당혹감을

(왕이 너를 매혹해서 뛰라고 명령하면)

연장 삼아 붙들었고, 그 감정을 모서리가 불거져 나오도록 꽉 쥔 다음, 그 모서리로 자신을 꼼짝 못 하게 옭아맨 두려움을 잘라 버렸

다. 잠시 아무 일도 일어나지 않았다. 그러다 이윽고 수재나가 조그맣고 허름한 수레에 앉은 채로, 뒤쪽을 향해 몸을 날렸다. 어찌나 세게 움직였던지 자갈이 깔린 땅바닥에 떨어지지 않으려고 수레 모서리를 단단히 잡아야 했다. 또다시 강풍이 불어 닥치자 돌가루와 모래 알갱이가 머리와 얼굴에 날아와 부딪혔다. 수재나를 조롱하려는 것처럼.

그러나 수재나를 끌어당기던 그 힘은…… 그 매혹은…… 매력은…… 정체가 무엇이었든 간에, 사라지고 없었다.

수재나는 이륜마차(적당한 이름인지는 알 수 없었지만 아무튼 그런 것 같았다.)를 내려다보고 그것이 움직이는 방식을 대번에 알아차렸다. 꽤 간단했다. 앞에서 끌 나귀가 없으니 탄 사람이 직접 나귀가 되어야 했다. 토피카에서 일행이 찾아 준 가볍고 편안한 휠체어와 비교하면 턱없이 불편했고, 튼튼한 다리로 작은 공원에서 호텔까지 걸어갈 때하고는 비교조차 할 수 없었다. 아아, 다리가 있던 시절은 얼마나 아름다웠던가. 수재나는 벌써부터 그때가 그리웠다.

그러나 당장은 이미 가진 것으로 헤쳐나가는 수밖에 없었다.

수재나는 수레의 나무 바퀴를 붙잡고 밀었다. 꿈쩍도 하지 않자 더 세게 밀어 보았다. 그러다 결국 수레에서 내려 미아가 기다리는 곳까지 수치스럽게 기어가기로 마음먹었을 때, 수레바퀴가 신음하듯 삐걱거리며 느릿느릿 움직이기 시작했다. 수재나는 굵다란 돌기둥 뒤에 서 있는 미아를 향해 덜컹덜컹 다가갔다. 수많은 돌기둥이 굽은 길을 따라 어둠 속으로 줄줄이 서 있었다. 수재나가 보기에 오래전(세계가 변질하기 전)에는 그 돌기둥 뒤에 궁수들이 숨어서 침략군의 화살을, 또는 불타는 공성추 같은 무기를 피했을 법했다. 그러다가 기둥 사이의 틈으로 나서서 자신들의 화살을 발사했을 터였다. 그때가 언제였을까? 이곳은 어떤 세계일까? 그리고 암흑의 탑에는 얼마나 가까울까?

어쩌면 탑까지 지척일지 모른다는 생각이 들었다.

수재나는 투박하고 답답하고 뻣뻣한 수레를 밀어 바람에서 벗어난 다음, 어깨 담요를 걸친 여인을 바라보았다. 고작 대여섯 걸음 남짓 되는 거리를 움직이고 기진맥진하다니 창피했지만, 헐떡거리는 숨을 참을 수가 없었다. 수재나는 축축하고 왠지 돌가루가 버석거리는 듯한 공기를 깊이 들이마셨다. 늘어선 돌기둥은 오른편에 있었다. 그 기둥을 아마도 '성가퀴'라고 부를 거라는 생각이 들었다. 왼편은 허물어져 가는 돌 벽으로 둘러싸인 원형의 어둠이었다. 맞은편에 보이는 바깥 성벽 위로 탑 두 기가 높다랗게 솟아 있었는데 그중 한 기는 벼락을 맞았거나 강력한 폭탄에 파괴된 것처럼 부서진 몰골이었다.

"우리가 서 있는 곳은 회랑이야. 나락 위에 서 있는 성, 한때는 '디스코디아'로 불리던 성의 성벽 위를 도는 길이지. 네가 바람을 쐬고 싶다고 했잖아. 칼라식으로 말하자면, '아무쪼록 마음에 들었으면' 좋겠군. 여긴 칼라에서 멀리 떨어진 곳이야, 수재나. 최종계 깊숙한 곳, 너희 여정이 끝나는 장소에서 가까운 곳이지. 그 끝이 좋든 나쁘든 간에." 미아는 잠시 말이 없다가 다시 입을 열었다. "십중팔구 나쁘게 끝나겠지. 하지만 그건 내가 알 바 아니야, 아무렴, 아니고말고. 나는 누구의 딸도 아닌 자, 한 아이의 어머니인 미아니까. 나는 내 어린것 말고는 무엇에도 관심이 없어. 나는 이 어린것만 있으면 돼, 그렇고말고! 대화가 하고 싶다고 했지? 좋아. 내가 할 수 있는 얘기라면 솔직히 들려주지. 못할 게 뭐 있겠어? 어차피 나하고는 상관없는 일인데."

수재나는 주위를 둘러보았다. 성의 중심부, 아마도 중정(中庭)일 법한 곳으로 얼굴을 돌리자 케케묵은 부패의 냄새가 풍겨왔다. 미아는 수재나의 찌푸린 표정을 보고 빙그레 웃었다.

"그래, 모두 오래전에 죽었어. 뒤에 온 자들이 남긴 기계도 대부분 작동을 멈췄지만 그것들이 죽어가며 풍기는 냄새는 아직도 남아 있지, 안 그래? 죽음의 냄새란 원래 그런 법이야. 네 친구인 총잡이한테 물어봐. 그 진짜 총잡이한테. 그자는 알 거야, 이제껏 신물이 나도록 맡아 봤으니까. 그자가 저지른 짓은 결코 만만치 않아, 뉴욕의 수재나여. 여러 세계의 죄업이 그자의 목에 썩어가는 시체처럼 걸려 있어. 그런데도 매정하고 탐욕스럽게 머나먼 길을 지나서, 결국에는 위대한 왕의 눈을 뽑으려 하고 있지. 그자는 멸망할 거야, 그래, 곁에 서서 함께 싸우는 자들 모두 멸망하겠지. 나는 그자의 최후를 내 배 속에 담고 있어. 하지만 그런 건 내가 알 바 아니야."

별빛이 총총한 하늘을 향해 미아가 턱을 치켜들었다. 어깨 담요 아래에서 가슴이 들썩거렸고…… 수재나는 보았다. 미아의 불룩한 배를. 적어도 이 세계에서는, 미아는 임신한 기색이 완연했다. 실은 금방이라도 해산을 시작할 모양새였다.

"자, 이제 궁금한 걸 물어봐. 하지만 명심해, 우리는 다른 세계에도 동시에 존재하고 있어, 우리가 하나로 엮인 세계에 말이야. 우리 몸은 그 여관의 침대에 꼭 잠든 것처럼 누워 있지만…… 실은 잠든 게 아니야. 안 그래, 수재나? 그리고 전화기가 울리면, 내 친구들이 전화를 하면, 우린 이곳을 떠나 그들한테 갈 거야. 만약 네가 나한테서 답을 얻는다면, 잘된 일이야. 얻지 못한다고 해도 상관없고. 그러니 물어봐. 아니면…… 그러고 보니 너, 총잡이 아니었나?"

미아의 입술이 조롱하듯 웃는 모양으로 비틀어졌다. 수재나는 미아가 당돌하다고 생각했다. 정말로 당돌했다. 특히 곧 돌아가야 할 세계에서는 46번가에서 47번가로 가는 길도 제대로 못 찾을 사람치고는 더없이 당돌했다.

"총잡이한테는 물어보라는 말 대신 쏴!라고 얘기해야 할까?"

수재나는 다시금 완만하게 파인 성의 중심부를 바라보았다. 컴컴하고 황폐한 우물 같은 그곳은 아성(牙城)과 막벽(幕壁), 망루와 함정, 그 밖에 알 수 없는 온갖 것들을 품고 있었다. 수재나는 중세사 강의를 들은 적이 있어서 그런 용어들을 조금은 알았지만 그것도 이제는 오래전 일이었다. 저 아래 어딘가 분명 연회장이, 수재나 자신이 음식을 먹은 곳이 있었다. 적어도 잠깐 동안은. 그러나 지금은 먹고 마실 때가 아니었다. 만약 미아가 너무 세게 또는 너무 멀리 밀어 버리기라도 하면, 수재나는 직접 그 어둠 속을 눈으로 확인할 판이었다.

한편으로는 비교적 쉬운 일부터 시작할 수도 있었다.

"여기가 나락 위의 성이라면, 그 나락이란 건 어디에 있지? 저쪽에는 바위투성이 벌판밖에 안 보이는데. 지평선 위의 붉은 불빛하고."

미아는 어깨 길이의 검은 머리칼을 뒤로 휘날리며(그 머리칼은 수재나와 달리 곱실거리는 부분이 한 군데도 없었다, 마치 실크처럼) 그들 발아래의 암흑 너머 외벽 쪽을 손으로 가리켰다. 두 탑이 서 있는 곳, 성벽 위의 회랑이 구불구불 이어진 곳이었다.

"저기는 성 안쪽의 아성이야. 저 너머에 지금은 버려진 페딕 마을이 있어. 까마득히 오래전에 적사병이 돌아서 사람들이 모두 죽었거든. 그리고 그 너머는……."

"적사병이라고?" 수재나가 물었다(그러면서 자신도 모르게 흠칫 겁을 먹었다.). "포가 쓴 『붉은 죽음의 가면』에 나오는 적사병 말이야? 그 이야기처럼 모두 죽었다고?"

왜 아니겠는가? 그들은 이미 라이먼 프랭크 바움이 창조한 오즈의 세계에도 들어갔다가 나오지 않았던가? 그렇다면 다음은 뭘까? 흰 토끼와 붉은 여왕?

"아가씨, 난 그런 건 몰라. 내가 말해 줄 수 있는 건 단지 저 버려진 마을 너머에 성의 외벽이 있고 그 벽 너머에는 거대한 구덩이가 있는데, 그 구덩이 속에 사는 괴물들은 서로 속이고, 교미를 하고, 새끼를 까고, 구멍에서 탈출할 계략을 꾸미느라 바쁘다는 거야. 한때는 그 구덩이 위를 가로지르는 다리가 있었지만 이미 오래전에 무너졌어. 흔히 말하는 '헤아릴 수도 없을 만큼 오래전'에 말이지. 그 괴물들은 평범한 인간이라면 흘깃 보기만 해도 미쳐 버릴 만큼 소름 끼치는 것들이야."

미아는 그렇게 말하며 수재나를 흘깃 쳐다보았다. 단단히 빈정거리는 눈빛으로.

"하지만 총잡이라면 끄떡없겠지. 너 같은 총잡이라면 말할 것도 없고."

"왜 날 비웃는 거지?"

수재나가 차분한 목소리로 묻자 미아는 당황한 듯했지만, 이내 씩 웃었다.

"여기 오자고 한 사람이 나였나? 왕의 눈이 지평선을 더럽히고 지분거리는 붉은 빛으로 달의 뺨을 희롱하는 이 우울하고 싸늘한 땅에 서 있자고 한 게, 나였어? 아니야, 아가씨! 여기 오자고 한 건 너야, 그러니 내 앞에서 혓바닥 함부로 놀리지 마!"

수재나는 애초에 악마의 씨를 잉태하자고 한 것이 자기 생각이 아니라고 맞받아칠 수도 있었지만, 당장은 네 탓이니 내 탓이니 따지고 있을 때가 아니었다.

"널 나무랄 생각은 없었어. 그냥 물어봤을 뿐이야."

미아는 대뜸 손을 총 모양으로 만들어 쏘는 시늉을 하고는 반쯤 돌아섰다. 모습이 마치 시시콜콜 따지지 마라고 말하는 듯했다. 그러고는 나지막이 중얼거렸다.

"나는 모어하우스커녕 어떤 대학도 다닌 적이 없어. 그러거나 말거나 난 이 어린것을 낳고 말 거야, 알았어? 무슨 일이 벌어지든 간에. 낳아서 내 젖을 먹일 거야!"

문득 수많은 궁금증이 한꺼번에 풀렸다. 미아가 수재나를 조롱하는 까닭은 두려워서였다. 아는 것이 아무리 많다 한들, 미아는 결국 수재나의 일부였다.

나는 모어하우스커녕 어떤 대학도 다닌 적이 없어도 그래서 나온 말이었다. 그 말은 랠프 엘리슨의 소설 『보이지 않는 인간』에 나오는 구절이었다. 수재나의 몸에 들어왔을 때 미아는 적어도 두 개의 인격을 한 개 값에 산 셈이었다. 데타 워커를 은퇴 생활에서(또는 깊은 동면 상태에서) 불러낸 사람은 결국 미아였고, 방금 미아의 입에서 나온 말은 데타가 특히 좋아할 법한 구절이었다. 거기에는 흑인들이 '2차 대전 이후에 개선된 흑인 교육'에 품은 깊은 경멸과 의구심이

여실히 드러나기 때문이었다. '모어하우스커녕 어떤 대학도'라는 말은 바꾸어 말하면 '이래 봬도 알 건 다 안다'라는 뜻이었다. 풍문으로 깨우쳤다, 길거리에서 잔뼈가 굵었다, 세상이 곧 내 학교였다, 어쩌고저쩌고.

"미아, 네 배 속에 있는 어린것은 누구의 자식이지? 아버지가 어떤 악마인지 알기는 하는 거야?"

미아가 씩 웃었다. 수재나는 그 웃음이 마음에 들었다. 정말이지 데타가 지을 법한 웃음이었다. 쓰라린 진실이 재미나서 못 견디겠다는 듯이.

"그래, 아가씨. 난 알아. 그리고 네 말이 맞아. 그자를 네 위에 올라타게 한 건 악마였어. 그것도 아주 강한 악마였지, 아무렴! 인간의 탈을 쓴 악마거든! 그건 필연이었어. 왜냐면 프림이 쇠퇴한 후에 탑의 주위를 도는 여러 세계의 변두리에 남은 진짜 악마들은, 번식 능력이 없으니까. 물론 다 이유가 있어서 그런 거지만."

"그럼 아기는 어떻게……?"

"내 어린것의 아비는 너희 카텟의 딘이야. 맞아, 길르앗의 롤랜드, 바로 그자야. 스티븐 디세인이 마침내 손자를 볼 날이 온 거지. 지금은 무덤 속에서 썩어가느라 알 길이 없겠지만."

수재나는 디스코디아의 폐허에서 불어오는 차가운 바람에도 아랑곳없이 휘둥그레진 눈으로 미아를 바라보았다.

"롤랜드라고? 말도 안 돼! 그 사람은 악마가 내 안에 들어왔을 때 내 곁에 있었어, 제이크를 더치힐의 그 집에서 끌어내느라 딴짓을 할 겨를 같은 건 없었을……."

수재나는 도건에서 본 아기가 떠올라 말끝을 흐렸다. 그 아기의 눈이 떠올라서. 그 눈은 폭격수의 눈처럼 날카로운 파란색이었다.

아니야, 아니야, 믿을 수 없어.

"믿거나 말거나 이 어린것의 아버지는 롤랜드야." 미아는 주장을 굽히지 않았다. "그리고 이 어린것이 태어나면 나는 네 머릿속에 있는 이름을 줄 거야, 뉴욕의 수재나여. 네가 성가퀴와 중정과 투석기와 망루 같은 말들을 배울 때 함께 배웠던 이름을. 안 될 것도 없잖아? 좋은 이름이니까. 정당한 이름이고."

머레이 교수의 중세사 입문 강의. 그 얘기를 하는 거야.

"나는 이 어린것에게 모드레드라는 이름을 줄 거야. 내 사랑스러운 아들, 눈 깜짝할 사이에 자라겠지. 악마의 본성에 따라 인간보다 훨씬 더 빨리, 더 강하게 자랄 거야. 이 땅에 존재했던 모든 총잡이들의 현신으로서. 그리고 네가 아는 이야기에 나오는 모드레드처럼, 제 아비를 죽일 거야."

그 말과 함께 누구의 딸도 아닌 미아는 별이 총총한 하늘을 향해 두 팔을 들고 포효했다. 울부짖는 이유가 슬퍼서인지 두려워서인지, 아니면 기뻐서인지, 수재나는 알 길이 없었다.

2

"이리 와서 앉아. 내가 챙겨 온 게 있어."

미아가 어깨 담요 안쪽에서 포도 한 송이와 자기 배만큼이나 포동포동한 주황색 덤불 열매가 든 종이봉투를 꺼냈다. 수재나는 궁금했다. 저 과일은 어디서 났을까? 둘이 공유하는 몸이 무슨 몽유병 환자처럼 플라자 파크 호텔에 다녀오기라도 했을까? 아까는 미처 못 본 과일 바구니가 방에 있었던 걸까? 아니면 저 과일은 순전히 상상일까?

어느 쪽이든 상관없었다. 혹시 있었을지도 모르는 입맛은 미아가 한 말을 듣고 나서 싹 달아나 버렸다. 말도 안 되는 소리라는 사실 때문에 어쩌선지 더욱 기괴하게 느껴지는 이야기였다. 게다가 도건의 텔레비전 화면에서 본 자궁 속에 있는 아기의 눈이 자꾸만 떠올랐다. 그 파란 눈이.

아니야. 그럴 순 없어, 내 말 알아들어? 그럴 수는 없다고!

성가퀴의 움푹한 홈을 통해 불어오는 바람은 뼈가 시릴 정도로 차가웠다. 수재나는 수레에서 내려와 미아 곁의 벽에 몸을 기댄 채로, 쉬지 않고 울부짖는 바람 소리를 들으며 낯선 별들을 올려다보았다.

미아는 포도를 한입 가득 우물거리는 중이었다. 한쪽 입가에서 기관총처럼 씨가 튀어나오는 동안 반대쪽 입가에서는 과즙이 주르륵 흘러내렸다. 우물거리던 포도를 꿀꺽 삼키고 턱을 닦은 미아가 입을 열었다.

"있어. 그럴 수 있다고. 그리고 그게 다가 아니야. 지금도 여기 오길 잘했다고 생각해, 뉴욕의 수재나? 아니면 호기심을 채우지 않고 그냥 묻어 둘 걸 하고 후회하는 중이야?"

"만약 내가 떡을 친 적도 없이 아기를 낳아야 하는 신세라면, 난 그 아기에 관해 알 수 있는 건 다 알아야겠어. 무슨 말인지 알아?"

미아는 수재나가 일부러 내뱉은 상스러운 말에 당황한 듯 눈을 깜박거리다가, 이내 고개를 끄덕였다.

"네가 그러고 싶다면."

"그 애가 어떻게 롤랜드의 아이일 수가 있는지 얘기해 봐. 내가 네 말을 믿길 바란다면 우선 그것부터 믿게 해야 할 거야."

미아는 덤불 열매의 껍질에 손톱을 박아서 단번에 벗긴 다음, 게걸스럽게 열매를 먹어 치웠다. 그런 다음 한 개를 더 까서 먹을까 하다가 그냥 양 손바닥(기이할 정도로 하얀 손바닥) 사이에서 데굴데굴 굴렸다. 열매가 따뜻하게 데워지도록. 수재나는 열매가 충분히 따뜻해지면 저절로 껍질이 벗겨지리란 것을 눈치챘다. 이윽고 미아가 입을 열었다.

3

"빔이 몇 개인지 알아, 뉴욕의 수재나?"

"여섯 개. 적어도 전에는 그랬지. 아마 지금은 두 개만……."

미아가 한 손을 불쑥 내밀어 휘휘 저었다. 시간 낭비하지 마라고 말하듯이.

"그래, 여섯 개야. 그런데 저 드넓은 디스코디아, 즉 어떤 이들은 (마니교도들도 포함해서) '오버'라고 하고 어떤 이들은 프림이라고 하는 생명의 정수에서 빔이 만들어졌을 때, 그걸 만든 이는 과연 누구였을까?"

"나야 모르지. 네 생각은 어때, 혹시 신이었을까?"

"어쩌면 신이 존재할지도 모르지. 하지만 수재나, 빔은 마법의 힘에 의해 프림에서 솟아올랐어. 그 마법은 이미 오래전에 사라졌고.

그 마법을 만든 게 신일까? 아니면 마법이 신을 만들었을까? 나도 몰라. 그건 철학자들이 궁리할 일이고, 내 일은 어린것을 낳아 기르는 거니까. 하지만 먼 옛날 우주는 곧 디스코디아였고, 그곳으로부터 단 하나의 통합점에서 교차하는 강대한 빔 여섯 개가 태어났어. 그 빔들을 영원토록 단단히 붙잡아 줄 마법이 존재했지만 그 마법이 사라졌을 때 남은 것은 암흑의 탑뿐이었지. 어떤 이들은 칸 칼릭스, 즉 '재생의 전당'이라 부르는 탑 말이야. 절망한 자들이 붙인 이름이지. 그 마법의 시대가 끝나고 나서 찾아온 건 기계의 시대였어."

"노스 센트럴 양자공학 말이군." 수재나가 중얼거렸다. "이극 컴퓨터. 슬로 트랜스 엔진⋯⋯ 그리고 모노레일 블레인. 하지만 내가 살던 세계는 그렇지 않아."

"그렇지 않다고? 너희 세계는 예외라는 거야? 그럼 그 호텔 로비에 있던 표지판은?"

덤불 열매의 껍질이 툭 벌어졌다. 미아는 껍질을 벗기고 열매를 우적우적 씹어 먹었다. 다 안다는 듯 히죽 올라간 입꼬리에서 과즙을 질질 흘리면서.

"넌 글을 못 읽는 줄 알았는데."

수재나가 말했다. 요점에서 벗어난 말이었지만, 떠오르는 말은 그것뿐이었다. 정신은 자꾸만 텔레비전 화면에서 본 아기의 모습으로 돌아갔다. 그 눈부시게 파란 눈으로. 총잡이의 눈으로.

"그래, 하지만 숫자는 읽을 줄 알아. 그리고 네 머릿속이라면 훤히 읽을 수 있지. 호텔 로비에서 본 표지판이 기억 안 난다고 할 작정이야? 정말로?"

물론 수재나는 기억했다. 그 표지판에 따르면 플라자 파크 호텔은 한 달만 있으면 솜브라/노스 센트럴이라는 회사가 인수할 예정이었다. 그리고 내가 살던 세계는 그렇지 않아라고 했을 때, 수재나가 떠올린 시대는 당연히 1964년이었다. 그곳은 흑백텔레비전과 방 한 칸을 차지할 만큼 거대한 컴퓨터, 투표권을 요구하며 행진하는 흑인 시위대에 서슴없이 개를 풀던 경찰의 세계였다. 35년은 강산이 변하고도 남을 시간이었다. 유라시아계 혼혈 직원이 사용하던 텔레비전과 타자기가 결합된 기계가 좋은 예였다. 그 기계가 슬로 트랜스 엔진으로 작동하는 이극 컴퓨터가 아닌 것을 수재나가 어떻게 알았을까? 알 방법이 없었다.

"계속 얘기해 봐."

수재나의 말에 미아는 못 말리겠다는 듯 어깨를 으쓱했다.

"수재나, 넌 네 손으로 네 목을 조르는 인간이야. 자신을 괴롭히기를 즐기는데, 이유는 늘 똑같아. 믿음 때문에 좌절하고 나서 그 믿음을 이성적인 사고로 대체하기 때문이지. 하지만 사고에는 사랑이 없어. 추론 끝에 남는 건 아무것도 없고 합리주의의 끝에는 죽음뿐이니까."

"그게 네 어린것하고 무슨 상관인데?"

"몰라. 내가 모르는 건 한둘이 아니니까." 미아는 수재나가 뭐라고 말하기 전에 한 손을 들어 제지했다. "그리고 시간을 벌려고 꼼수를 쓰거나 네 주의를 딴 데로 돌리려고 이러는 것도 아니야. 난 내 마음이 시키는 대로 말하고 있어. 계속 들을 거야, 말 거야?"

수재나는 고개를 끄덕였다. 적어도 당분간은…… 더 듣고 싶었다. 그러나 조만간 아기 이야기로 돌아가지 않으면 억지로라도 그 이야기를 꺼내게 할 작정이었다.

"마법은 사라져 버렸어. 한 세계에서는 멀린이 자기 동굴에 틀어박혔고, 다른 세계에서는 엘드 일족의 검이 총잡이들의 총에 밀려났지. 마법은 그렇게 사라졌어. 그리고 세월이 흐르면서 위대한 연금술사와 위대한 과학자, 또 위대한…… 뭐였더라? 기술자? 아무튼, 머리가 좋은 사람들 있잖아. 추론을 잘하는 사람들. 그런 사람들이 모여서 빔을 작동시키는 기계를 창조했어. 기계들은 훌륭했지만 필멸할 운명이었지. 기계로 마법을 대신했는데, 그 기계가 망가진 거야. 어떤 세계에서는 전염병이 돌아서 인간의 씨가 마르기도 했고."

"그런 세계를 본 적이 있어." 수재나가 고개를 끄덕이며 나직이 중얼거렸다. "그 전염병을 슈퍼 독감이라고 하더군."

"크림슨 킹의 브레이커들은 이미 시작된 과정을 따라 서두르고 있을 뿐이야. 기계들은 슬슬 미쳐가는 중이고. 그건 너도 직접 봐서 알겠지. 인간들은 자기네 같은 인간들이 계속 나타나서 기계를 더 만들 거라고 믿었어. 아무도 나중에 벌어질 일을 미리 내다보지 못한 거지. 지금 벌어지는 이…… 온 우주가 고갈되는 사태를 말이야."

"세계가 변질해 버렸으니까."

"맞았어, 아가씨. 바로 그거야. 그런데 마지막 남은 창조의 마법을 지탱하는 기계는, 대체할 것이 없어. 프림은 까마득히 오래전에 사라져 버렸고 말이지. 마법은 사라졌는데 기계들이 망가지고 있는 거야. 암흑의 탑이 무너지는 것도 시간문제야. 어쩌면 암흑의 영원한 지배가 시작되기 전에 온 우주가 이성적으로 사고하는 빛나는 순간이 잠시나마 올지도 모르지. 멋지지 않아?"

"탑이 무너지면 크림슨 킹도 함께 쓰러지지 않을까? 부하들도 다 함께? 이마에 뚫린 구멍에서 피를 흘리는 자들 말이야."

"왕에게는 자신만의 왕국이 보장되어 있어. 자신만의 특별한 쾌락을 맛보며 영원토록 다스릴 왕국이."

미아의 목소리에는 혐오감이 묻어났다. 어쩌면 두려움도.

"보장됐다고? 누가 보장하는데? 크림슨 킹보다 더 강한 존재가 누군데?"

"나도 몰라, 아가씨. 어쩌면 자기가 자기한테 보장한 건지도."

미아가 어깨를 으쓱했다. 수재나의 시선을 피하면서.

"탑이 무너지지 않게 막을 방법은 전혀 없는 거야?"

"너의 총잡이 친구조차도 그걸 막을 생각은 하지 않아. 그저 브레이커들을 해방시켜서 붕괴를 늦출 수 있으면…… 그리고 어쩌면, 크림슨 킹을 처치할 수 있으면 하고 바랄 뿐이지. 하지만 탑을 지킨다니! 지킨다, 그러면 얼마나 좋을까! 그자가 탑을 지키는 게 자기 목표라고 얘기한 적 있어?"

수재나는 미아의 말을 곰곰이 생각하다가 고개를 저었다. 롤랜드가 어떤 식으로든 그런 이야기를 한 적이 있는지 기억이 나지 않았다. 했다면 틀림없이 기억날 터였다.

"그랬겠지. 그자는 피치 못할 경우가 아니면 자기 카텟한테 거짓말을 할 위인이 아니니까. 그게 그자의 긍지야. 그자가 원하는 건 탑을 보는 것뿐이야." 미아는 내키지 않는 말투로 덧붙였다. "아, 어쩌면 탑에 들어가서 꼭대기까지 올라가려고 할지도 몰라. 그 정도 야망은 가질 만한 인간이니까. 우리가 기대고 있는 이런 난간 벽에 기대서서, 먼저 떠난 동료들의 이름과 아서 엘드까지 거슬러 올라가는 족보를 읊조릴지도 모르지. 하지만 탑을 지킨다고? 아서, 어림도 없어! 탑을 지키려면 마법이 돌아오게 하는 길밖에 없는데, 너도 잘 알다시피 너희 딘이 할 줄 아는 건 총질뿐이잖아."

수재나가 여러 세계를 오가기 시작한 후로 롤랜드의 직업을 그토록 하찮게 말하는 사람은 미아가 처음이었다. 그 말에 슬픔과 분노가 치솟았지만, 수재나는 가까스로 자신의 감정을 감추었다.

"네 배 속의 어린것이 어떻게 롤랜드의 아들일 수가 있는지 가르쳐 줘. 난 들을 준비가 됐어."

"좋아, 말솜씨가 아주 그럴듯하군. 보나마나 강넘이 마을의 늙은 이들이 가르쳐 줬겠지만."

수재나는 그 말을 듣고 흠칫 놀랐다.

"나에 관해 어떻게 그렇게 잘 아는 거야?"

"왜냐면 넌 사로잡힌 신세니까. 널 사로잡은 건 물론 나고. 난 너의 기억을 내키는 대로 들여다볼 수 있어. 네 눈이 보는 것도 훤히 볼 수 있고. 자, 이제 궁금증을 풀고 싶거든 입을 다물어. 시간이 얼마 안 남은 것 같으니까."

4

수재나의 몸에 깃든 악마가 들려준 이야기는 이러했다.

"네 말마따나 빔은 여섯 개가 있지만, 빔의 지킴이는 열둘이야. 저마다 빔 하나하나의 양쪽 끝을 지키고 있었지. 지금 우리가 있는 곳은 샤딕의 빔이야. 탑 너머로 가면 등딱지 위에 세계를 지고 있는 머투린의 빔이고.

그런데 이와 비슷하게 각각의 빔에 하나씩, 악마의 본령(本靈)이

여섯 개 있어. 그 아래에는 보이지 않는 세계가 가득 펼쳐져 있지, 프림이 빠져나간 후에 현실의 바닷가에 남겨진 피조물들과 함께. 말하는 악마, 버려진 저택에 거하며 유령으로 불리기도 하는 악마, 기계의 창조자와 가짜 신화의 숭배자 무리가 '역병'으로 부른 병마 같은 것들 말이야. 자잘한 악마는 많지만 본령은 여섯 개야. 하지만 여섯 개 빔의 지킴이가 열둘이다 보니 악마의 현신 또한 열둘이지. 본령들이 저마다 암컷과 수컷의 성질을 함께 지니거든."

수재나는 이야기가 흘러가는 방향을 눈치채고 가슴이 철렁했다. 성벽 난간 너머로 비죽비죽 솟은 황량한 바위 벌판, 미아가 디스코디아라고 한 그곳에서, 카랑카랑하게 킬킬대는 소리가 들려왔다. 보이지 않는 그 웃음소리의 주인에게 한 명, 두 명, 세 명, 네 명이 가담했다. 갑자기 온 세상이 이쪽을 보며 웃는 듯했다. 실은 웃을 만도 했다, 지금 펼쳐지는 이야기는 충분히 우스웠으므로. 그러나 수재나에게 이를 알아차릴 방법이 있기는 했을까?

하이에나 떼인지 뭔지 모를 것들이 킬킬대는 사이에 수재나가 물었다.

"그러니까 네 얘기는 악마의 본령들이 양성구유라는 말이군. 그래서 번식을 못 하는 거야, 두 가지 성을 다 갖고 있어서."

"맞아. 신탁의 땅에서 너희 딘은 정보를 얻으려고 그 본령 가운데 하나와 관계를 맺었어. 귀족어로는 예언의 영이라 불리는 본령이었지. 그 신탁이 몽마에 지나지 않는다는 걸 너희 딘으로서는 알 방법이 없었기 때문이야. 인적 없는 곳에 깃들곤 하는 잡스러운……"

"그래, 흔해 빠진 음란 마귀란 말이지."

"그렇게 부르고 싶다면."

미아가 그렇게 말하며 덤불 열매를 내밀자 수재나도 이번에는 열매를 받아 들고 손바닥 안에서 살살 굴렸다. 껍질이 따뜻해지도록. 배는 고프지 않았지만 입안이 말랐다. 아주 바짝.

"악마는 암컷의 몸을 하고 총잡이에게서 씨를 받았어. 그리고 나중에 수컷의 몸이 되어 그걸 너에게 전한 거야."

"우리가 예언의 원에 있었을 때 말이지."

수재나의 목소리는 침통했다. 떠올랐기 때문이었다. 그때 하늘을 향한 얼굴에 따갑게 쏟아지던 비가, 어깨를 더듬던 투명한 손의 감촉이, 뒤이어 악마의 충혈된 돌기가 몸속을 채우면서 온몸이 갈기갈기 찢어지는 듯했던 느낌이. 무엇보다 끔찍한 것은 몸속에 들어온 거대한 음경의 냉기였다. 그때 수재나는 고드름에 겁탈당하는 기분을 느꼈다.

거기서 어떻게 빠져나올 수 있었을까? 물론 데타를 불러낸 덕분이었다. 그 싸움꾼, 고속도로 휴게소와 변두리 싸구려 술집 수십 곳의 주차장에서 벌어진 전쟁 같은 섹스의 승리자 데타 워커를. 그때 데타는 악마를 자기 몸속에 가두고서……

"그 악마는 빠져나가려고 했어." 수재나가 미아에게 말했다. "자기 물건이 끈끈이주걱 같은 데타에게 붙잡힌 걸 알아차렸어, 그래서 빠져나가려고 했단 말이야."

"만약 달아날 마음을 먹었다면." 미아의 목소리는 나지막했다. "그 악마 놈은 달아나고도 남았을걸."

"그놈이 왜 굳이 나를 속이려고 한 거지?"

그렇게 묻기는 했지만, 수재나는 이제 미아의 대답을 들을 필요가 없었다. 당연히 악마에게 수재나가 필요했기 때문이었다. 아이를 잉태할 수재나가.

롤랜드의 아이를.

롤랜드가 맞이할 파멸의 씨앗을.

"이제 어린것에 관해서는 알 만큼 알았겠지. 안 그래?"

미아의 말에 수재나는 마음속으로 수긍했다. 악마가 여자의 형상을 띠고 롤랜드의 씨를 받았고, 뭔지 모를 방법으로 보관하다가, 다시 남자의 형상을 띠고 수재나 딘의 몸에 그 씨를 심은 것이었다. 미아의 말이 옳았다. 수재나는 알아야 할 것을 다 알았다.

"난 약속을 지켰어, 그러니까 이제 돌아가자. 이렇게 추운 곳은 어린것한테 안 좋아."

"잠깐만."

수재나가 덤불 열매를 높이 들었다. 주황색으로 반들거리는 열매의 껍질에 이제 갈라진 틈이 여기저기 보였다.

"열매가 이제 막 터졌어. 이것부터 좀 먹을게. 더 물어볼 것도 있고."

"먹는 것도 좋고 물어보는 것도 좋으니까 둘 다 빨리 해."

"너는 정체가 뭐야? 진짜 정체 말이야. 너도 그 악마 같은 거야? 그나저나 그 여자 악마, 이름이 뭐야? 여자든 남자든 간에 이름이 있기는 해?"

"아니. 본령은 이름이 필요치 않아. 그냥 그 자체로 존재할 뿐이지. 나도 악마냐고? 그게 궁금해? 그래, 아마 나도 그럴 거야. 아니면 전에 그랬든가. 지금은 다 아스라할 뿐이야. 꿈처럼."

"그리고 넌 내가 아니야…… 아니면, 나인가?"

미아는 대답하지 않았다. 수재나가 보기에는 십중팔구 몰라서 대답을 못 하는 모양새였다.

"미아?"

미아를 부르는 수재나의 목소리는 나직했다. 흐뭇했다.

미아는 어깨 담요를 무릎 사이에 끼우고 벽에 기대어 웅크려 앉아 있었다. 수재나는 미아의 부어오른 발목을 보고 언뜻 가엾다는 생각이 들었다. 그러다 이내 마음을 다잡았다. 당장은 동정심 따위에 젖을 때가 아니었다. 동정심에는 진실이 없었으므로.

"넌 고작 보모에 지나지 않아, 이 여자야."

그 말에 대한 미아의 반응은 수재나가 기대한 것 이상이었다. 미아의 표정은 충격으로 굳었다가 분노로 물들었다. 아니, 그 감정은 격노였다.

"거짓말! 난 이 어린것의 엄마야! 그리고 이 어린것이 태어나면 브레이커들을 찾아 온 세상을 뒤질 필요가 없을 거야, 수재나. 왜냐면 이 어린것이 가장 훌륭한 브레이커가 될 테니까, 남아 있는 빔을 혼자 힘으로 모조리 부숴 버릴 만큼." 미아의 목소리는 듣기가 불안할 정도로 광기에 가까운 자부심으로 가득했다. "나의 모드레드가 말이야! 내 말 알아들어?"

"아, 그래. 무슨 말인지 알겠어. 넌 탑을 무너뜨리는 걸 사명으로 삼은 자들에게 쪼르르 달려갈 거야, 그렇지? 그자들이 부르면 냉큼 달려가는 거지." 수재나는 잠시 입을 다물었다가 일부러 꾸며낸 부드러운 목소리로 말을 이었다. "그리고 네가 도착하면 그자들은 네 어린것을 빼앗을 거야. 그다음엔 고맙다는 인사와 함께 널 원래 있던 곳으로 돌려보내겠지."

"아니야! 난 내 아들을 맡아서 키울 거야, 그러기로 약속했으니까!" 미아는 자신의 배를 지키려는 듯이 두 팔로 감쌌다. "이 어린것은 내 아기야, 난 엄마로서 이 아기를 키울 거야!"

"이봐, 이제 정신 차릴 때도 됐잖아? 그자들이 약속을 지킬 것 같아? 그자들이? 뭐든 다 꿰뚫어보는 네가 왜 그건 못 보는 거지?"

답은 이미 아는 바였다. 모성(母性)이 미아의 눈을 흐리게 했기 때문이었다.

"왜 못 키우게 한다는 거야?" 미아의 목소리는 날카로웠다. "누가 더 잘 키우는데? 오로지 두 가지 일을 위해, 아들을 낳아서 기르기 위해 태어난 이 미아보다 더 나은 게 누군데?"

"하지만 넌 혼자가 아니잖아. 넌 칼라의 아이들과 같은 신세야. 내가 친구들과 함께 여행하면서 부닥친 거의 모든 존재들과 마찬가지지. 미아, 넌 쌍둥이야! 내가 너의 절반이자 생명선이라고. 넌 내 눈을 통해 세상을 보고 내 허파를 통해 숨을 쉬어. 어린것은 내가 배 속에 품고 있어, 넌 그렇게 할 수 없으니까. 안 그래? 넌 사내들이나 마찬가지로 애를 낳지 못해. 그리고 브레이커 중의 브레이커인 네 아들을 차지하고 나면 그자들은 널 없애 버릴 거야, 그래야만 나를 없앨 수 있으니까."

"난 그자들한테서 약속을 받았어."

미아가 고개를 숙였다. 특유의 고집스러운 표정을 하고서.

"다시 생각해 봐. 입장을 바꿔서 생각해 보라고, 제발. 만약 네가 지금 내 처지라면, 넌 내 입에서 나온 그 약속 이야기를 듣고 무슨 생각을 할 것 같아?"

"개소리 집어치우라고 하겠지!"

"네 진짜 정체가 뭐야? 그자들은 널 어디서 찾은 거지? 네가 지원한 거야? 신문에 실린 '대리모 구함, 후한 사례금에 단기 일자리' 같은 광고를 보고? 넌 도대체 정체가 뭐야?"

"닥쳐!"

수재나는 앉은 채 몸을 앞으로 숙였다. 보통은 몹시도 불편한 자세였지만, 당장은 불편함도 손에 든 반쯤 먹은 열매도 전혀 신경이 쓰이지 않았다.

"정신 차려!" 수재나가 데타 워커의 카랑카랑한 목소리로 말했다. "정신 차리고 눈가리개를 벗어, 이 여자야. 네가 내 눈가리개를 벗긴 것처럼! 악마들 따위는 엿이나 먹으라고 하고 진실을 말해! 네 진짜 정체가 뭐야?"

"나도 몰라!"

미아가 악을 쓰자 바위 너머에 숨은 들개 떼도 포효로 응답했다. 다만 그 짐승들의 포효는 웃음소리였다.

"난 몰라, 내가 누군지 모른다고. 이제 속이 후련해?"

속은 후련하지 않았지만, 수재나는 더욱 거세게 몰아붙일 작정이었다. 바로 그때 데타 워커가 입을 열었다.

5

수재나의 몸에 깃든 또 다른 악마가 들려준 이야기는 이러했다.

내가 보기엔 잘 생각해 봐야 할 것 같아, 아가씨. 저 여자는 무식쟁이야. 까막눈에다, 말귀도 통 못 알아들어. 모어하우스커녕 어떤 대학에도 가 본 적이 없다고. 하지만 넌 달라. 미스 오데타 홈스께선 컬럼비아 대학교 출신이시지, 짜잔. 바다의 보석 컬럼비아, 뭐 그런 노래도 있고 말이야.

우선 저 여자가 어떻게 애를 뱄는지부터 생각해 볼 필요가 있어. 저 여자가 말하길 롤랜드랑 붙어먹으면서 씨를 받은 후에 남자로 변해서 예언의 원에 거하는 악마가 된 다음, 그 씨를 너한테 뿌렸다고 했어. 그래서 넌 애를 밴 몸으로 저 여자가 네 목구멍으로 쑤셔 넣는 온갖 지저분한 것들을 먹어치우는 신세가 됐지. 그런데 그 개판의 와중에 정작 저 여자는 지금 어디에 있느냐, 이 데타는 그것이 알고 싶다, 이 말씀이야. 어떻게 멕시코 놈들이나 걸칠 담요 밑에 불룩해진 배를 하고 저기 저렇게 앉아 있을 수가 있지? 혹시 저것도 그…… 뭐더라, 네가 말한 그…… 시각화 기법이란 건가?

수재나는 도무지 알 수가 없었다. 그저 미아가 갑자기 도끼눈을 뜨고 이쪽을 쳐다본다는 것만 알 뿐이었다. 이는 분명 수재나의 머릿속에서 이루어지는 독백이 미아에게도 들린다는 뜻이었다. 얼마만큼 들었을까? 수재나 생각에 그리 많이 들었을 것 같지는 않았다. 아마 한두 단어씩 띄엄띄엄 들었겠지만, 대부분 꽥꽥거리는 소리에 지나지 않았다. 어쨌거나 미아는 자기 배 속에 있는 아기의 어머니처럼 행세했다. 내 아기 모드레드라니! 공포 만화 『애덤스 패밀리』의 대사에나 어울릴 소리였다.

바로 그거야. 데타가 생각에 잠긴 채 중얼거렸다. 저 여잔 엄마 행세를 하고 있어. 두 팔로 배를 단단히 감싸고 있잖아, 그거 하난 네가 제대로 본 거야.

그러나 어쩌면 미아의 행동은 수재나 안의 본성일 수도 있었다. 본능적인 모성애를 빼놓고 보면 미아라는 존재는 아예 없는지도 몰랐다.

차가운 손이 뻗어 와 수재나의 손목을 잡았다.

"누구야? 입이 험한 그 여자? 그렇다면 쫓아 버려. 난 그 여자 무서워."

수재나는 지금도 미아가 살짝 두려웠다. 이는 틀림없는 사실이었지만, 그래도 데타 워커가 실제로 존재한다는 것을 처음으로 인정했을 때만큼은 아니었다. 수재나와 데타는 친해지지 못했고 십중팔구 영영 그럴 일이 없을 터였지만, 데타 워커가 수재나의 든든한 우군이 되리라는 것은 분명했다. 데타는 단지 비열한 정도가 아니었다. 영화배우 버터플라이 맥퀸처럼 답답한 억양에만 익숙해지면 교활하기 이를 데 없는 우군이었다.

이 미아라는 여자도 아주 든든한 동지가 될 수 있어, 네가 우리 편으로 끌어들이기만 하면 말이야. 성난 어미처럼 강력한 건 세상에 또 없으니까.

"이제 돌아가야 해." 미아가 말했다. "난 네 질문에 이미 대답했어. 추운 곳은 아기한테 안 좋아, 그리고 이곳엔 못된 놈도 있고. 대화는 이걸로 끝이야."

그러나 수재나는 미아의 손을 뿌리치고 살짝 물러섰다. 미아가 더럭 손을 뻗어도 닿지 않을 곳으로. 성벽의 총안을 통해 불어오는 차가운 바람이 얇은 셔츠를 칼처럼 찌르고 들어왔지만, 그 덕분에 머리가 맑아지고 생각도 또렷해지는 느낌이 들었다.

나는 미아의 일부야, 그래서 미아가 내 기억에 접근할 수 있는 거야. 에디가 준 반지, 강넘이 마을의 노인들, 모노레일 블레인 같은 기억에. 하지만 미아는 나를 넘어서야 해, 왜냐면…… 왜냐하면……

계속해, 아가씨, 잘하고 있어. 조금 굼떠서 그렇지.

왜냐면 미아가 아는 건 그게 다가 아니기 때문이야. 미아는 악마들에 관해서도 알아. 하찮은 악마와 본령, 양쪽 다. 빔이 어떻게 만들어졌는지도 대강은 알아, 프림이라는 창조의 바다에 관해서도 알고. 내가 알기로 '프림(Prim)'이라는 말은 치마로 무릎을 덮느라 바쁜 얌전빼는 여자애들을 가리키는 단어였어. 미아는 내 기억에서 그 다른 뜻까지는 미처 알아차리지 못했어.

수재나는 머릿속에서 나누는 이 대화가 무엇과 비슷한지 문득 알아차렸다. 부모가 갓난아기를 찬찬히 살펴보며 나누는 대화였다. 그들의 어린것을. 코가 당신 닮았네, 그래 하지만 눈은 당신을 쏙 뺐는걸, 그런데 맙소사, 머리 색깔은 도대체 누굴 닮은 거지?

데타가 말했다. 저 여자는 뉴욕에도 친구들이 있어, 그걸 잊으면 안 돼. 적어도 저 여자는 친구로 여기는 패거리가.

그러니까 미아는 우리 둘의 일부가 아니라 다른 존재란 말이군. 집에 붙어사는 악령과 병을 퍼뜨리는 악마가 존재하는 세계에서 온. 그런데 도대체 정체가 뭐지? 정말로 그 본령이란 것들 중에 하나일까?

수재나의 말에 데타가 웃음을 터뜨렸다. 말이야 그렇게 하겠지, 하지만 거짓말이야, 이 아가씨야! 난 다 알아!

그럼 정체가 뭘까? 뭐였을까? 미아가 되기 전에는?

느닷없이 전화벨 소리가, 고막을 찢을 듯이 우렁차게, 울리기 시작했다. 탑이 있는 이 황량한 성에서는 너무 뜬금없는 소리라 수재나는 처음에는 무슨 소리인지 알아차리지 못했다. 저 바깥의 디스코디아에 있는 것들, 이때껏 조용하던 자칼인지 하이에나인지 모를 것들이 그 소리에 다시금 킬킬대고 으르렁거리기 시작했다.

그러나 누구의 딸도 아니며 모드레드의 어머니인 미아는 그 소리의 정체를 대번에 알아차렸다. 그리하여 앞으로 나섰다. 수재나는 순식간에 자신이 있는 세계가 흔들리면서 현실성이 엷어지는 느낌이 들었다. 세계가 정지하여 그림으로 변하는 듯했다. 게다가 썩 보기 좋은 그림도 아니었다.

"안 돼!"

수재나가 그렇게 외치며 미아에게 덤벼들었다.

그러나 미아의 힘은, 임신한 몸이든 아니든, 다쳤든 안 다쳤든, 발목이 부었든 안 부었든 간에, 수재나를 가뿐히 능가했다. 롤랜드는 일찍이 카텟에게 맨손 격투 기술을 몇 가지 가르쳐 주었지만(수재나 안의 데타는 그 악랄한 기술에 기뻐서 환호했지만), 미아 앞에서는 모두 무용지물이었다. 미아는 수재나의 공격을 몸에 닿기도 전에 모조리 차단했다.

그래, 당연하지, 네 기술쯤은 훤히 들여다보고 있을 테니까, 강넘이 마을의 탈리사 할멈이나 러드의 뱃사람 톱시를 아는 것처럼 말이야. 이 여잔 네 기억에 들락거릴 수 있으니까, 그리고 적어도 어느 정도는 너 자신이기도 하니까…….

수재나의 사고는 거기서 끊겼다. 미아가 두 팔을 등 뒤로 꺾어 올렸기 때문에. 게다가 맙소사, 정말로 끔찍하게 아팠기 때문에.

너도 참, 세상에서 제일 약해 빠진 계집애라니까. 머릿속의 데타가 숨을 헐떡이면서도 왠지 상냥한 목소리로 말했고, 수재나가 그 말에 뭐라고 대꾸하기도 전에, 놀라운 일이 벌어졌다. 그들이 있던 세계가 얄따란 종이처럼 찢어졌던 것이다. 균열은 회랑의 지저분한 자갈 바닥에서 시작하여 가장 가까운 총안을 지나 하늘까지 이어졌다. 기다랗게 이어진 틈새가 별빛이 초롱초롱한 하늘까지 뻗어 나가 초승달을 둘로 쪼갰다.

한순간 수재나는 이제 다 끝이라고, 마지막 남은 빔이 둘 다, 또는 둘 중 하나가 끊어져 탑이 무너진 거라고 생각했다. 그러다 이내 균열의 틈새 너머로, 플라자 파크 호텔 1919호의 트윈 베드 한쪽에 나란히 누워 있는 두 여성이 보였다. 둘은 서로를 끌어안은 채 눈을 감고 있었다. 둘 다 똑같이 피 묻은 셔츠에 청바지 차림이었다. 생김새도 똑같았지만 둘 중 한 명은 양 무릎 아래에 종아리가 붙어 있었고 머릿결은 비단처럼 찰랑거렸으며, 살갗도 하얬다.

"나를 방해할 생각은 버려!"

미아가 귓가에서 헐떡거렸다. 수재나는 분무기처럼 미세하게 튀는 침을 느꼈다.

"나를, 내 어린것을 방해할 생각은 하지 마. 내가 너보다 더 강해, 알아? 내가 너보다 더 세다고!"

이는 분명한 사실이라고, 수재나는 점점 더 넓어지는 틈새를 향해 떠밀려 가면서 생각했다. 적어도 당장은, 사실이었다.

수재나는 갈라진 현실의 틈새로 떠밀렸다. 잠깐 동안 살갗이 불타는 동시에 얼음으로 뒤덮인 느낌이 들었다. 어딘가 멀리서 토대시의 차임벨 소리가 들려왔고, 뒤이어……

6

……침대에 앉아 있었다. 여자는 두 명이 아니라 한 명이었지만, 그래도 다리는 붙어 있었다. 앞서 수재나는 세게 떠밀려 비틀거리다가 뒤로 넘어졌다. 주도권은 이제 미아의 손에 있었다. 미아는 전화기로 손을 뻗어 처음에는 수화기를 거꾸로 들었다가 다시 돌려 잡

았다.

"여보세요? 여보세요!"

"안녕, 미아. 내 이름은……"

미아가 수화기 저편에 있는 남자의 말을 막았다.

"내가 아기를 돌볼 수 있게 해 줄 거야? 내 머릿속에 있는 여자는 당신이 안 그럴 거라고 하던데!"

대답이 없었다. 침묵은 길었고, 점점 더 길어졌다. 수재나에게는 미아의 불안이 느껴졌다. 처음에는 개울물 같다가 나중에는 홍수 같았다. 그렇게 걱정할 것 없어. 수재나는 미아에게 말하려고 했다. 넌 저자들이 원하는 걸 갖고 있잖아, 저자들한테 필요한 걸. 보면 모르겠어?

"여보세요, 내 말 들려? 젠장, 내 말 들리냐고? 내 말이 들리면 대답을 해!"

"잘 들려." 남자의 목소리는 차분했다. "이야기를 다시 시작해 볼까, 누구의 딸도 아닌 미아? 아니면 전화를 끊는 게 나을까, 당신이 조금…… 진정될 때까지?"

"안 돼! 안 돼, 끊지 마, 제발!"

"내 말을 또 잘라먹지는 않겠지? 꼴사납게 굴 것까진 없잖아."

"알았어, 약속할게!"

"내 이름은 리처드 P. 세이어야." 수재나도 아는 이름이었다. 그런데 어디서 들었을까? "어디로 가야 하는지는 알지?"

"당연하지!" 미아는 안달하고 있었다, 세이어의 비위를 맞추려고. "딕시 피그라는 식당이잖아, 61번가와 렉싱워스 교차점에 있는."

"렉싱턴이야. 가는 길은 오데타 홈스가 알려 줄 거야. 아무렴."

수재나는 악이라도 지르고 싶었다. 그건 내 이름이 아니야! 그러나 그렇게 하는 대신 입을 꾹 다물었다. 이 세이어라는 자는 수재나가 악을 지르면 좋아할 테니까, 그렇지 않은가? 수재나가 평정을 잃으면 기뻐할 테니까.

“거기 있나, 오데타?” 능글맞게 도발하는 목소리였다. “거기 있냐고, 참견꾼 아가씨.”

수재나는 대꾸하지 않았다.

“내 머릿속에 있어.” 미아가 대답했다. “왜 대답을 안 하는지 모르겠군, 지금은 내가 붙잡고 있지도 않은데.”

“아, 이유는 대충 알 것 같아. 우선은 오데타라는 이름이 마음에 안 들어서일 거야.” 세이어는 짓궂은 목소리로 대답하고 뒤이어 수재나가 이해할 수 없는 이야기를 덧붙였다. “‘이제 더는 나를 클레이로 부르지 마시오, 클레이는 노예 시절의 이름이오, 이제 내 이름은 무하마드 알리요!’ 그렇지, 수재나? 아니면 네가 살던 시대에는 아직 미래의 이야긴가? 어쩌면 살짝 미래일 수도 있겠군. 미안해. 시간이란 게 워낙 헷갈려서 말이야, 그렇지? 너무 신경 쓰진 마. 우리 수재나, 너한테 잠깐 할 얘기가 있어. 별로 흐뭇한 소식은 아니겠지만, 그래도 네가 꼭 알아야 할 것 같아서 말이야.”

수재나는 말이 없었다. 침묵을 지키기가 점점 힘들어졌다.

“미아, 네 어린것이 당면한 미래에 관해서 말하자면, 난 네가 걱정하는 것 자체가 놀라워.”

정체가 뭐든 간에 세이어는 말주변이 그럴싸했다. 그의 목소리에는 딱 적당한 수위의 분노가 담겨 있었다.

“내가 이름을 댈 수도 있는 몇몇 작자들과 달리 우리 왕은 약속을 지키시는 분이야. 게다가 말이지, 우리 사이의 신뢰 문제는 제쳐 놓고 일단 현실적인 문제를 생각해 봐! 그리스도를 포함해서, 붓다를 포함해서, 예언자 무함마드까지 포함해서…… 아마도 역사상 가장 중요한 아기가 태어날 판인데, 그 아기를 누구한테 맡기겠어? 상스럽게 표현하자면, 그 아기한테 누구의 젖을 물려 줘야 할까?"

미아의 비위를 맞추려고 저러는 거구나. 수재나는 치가 떨렸다. 하나같이 미아가 듣고 싶어 하는 말뿐이야. 왜냐고? 미아가 그 아기의 어머니이니까.

"나한테 맡겨야지! 당연히 나뿐이지! 고마워! 고마워!"

미아의 그 말에 수재나가 마침내 입을 열었다. 미아에게 그자를 믿지 말라고 말했다. 그리고 당연히, 깨끗이 무시당했다.

"너한테 거짓말을 할 생각은 없어. 그건 내 어머니한테 한 약속을 깰 생각이 없는 것과 마찬가지야." 전화선 저편의 목소리가 말했다(이봐, 너한테 어머니가 있기는 해? 데타는 그렇게 묻고 싶었다.). "진실은 가끔 우릴 상처 입히곤 하지만, 그렇다고 해서 거짓말을 해 버리면 대가를 치를 때가 오는 법이잖아? 미아, 이 문제의 진실은 네가 아이와 오랫동안 함께할 수 없다는 거야. 네 아이의 유년기는 다른 아이들과 다를 테니까. 평범한 아이들하고는 아주 많이……"

"알아! 나도 알아!"

"……하지만 5년 동안은 함께할 수 있어…… 어쩌면 7년이 될 수도 있지. 길면 아마도 7년, 그 시간 동안 네 아이는…… 오로지 최고의 것만을 받아들일 거야. 물론 너한테서겠지만, 우리도 한몫할 거야. 우리의 개입은 최소한으로……"

그때 데타 워커가 앞으로 나섰다. 지글거리며 타는 기름처럼 빠르게, 가차 없이. 데타는 수재나 딘의 성대를 잠깐 차지했을 뿐이지만, 그 잠깐은 귀중한 시간이었다.

"옳은 말씀이야, 옳은 말씀이고말고." 데타가 킬킬대며 말했다. "저 작자가 너한테 입으로 해 달라고 하진 않을 거야, 네 머리카락으로 닦아 달라는 말도 안 할 테고."

"닥치라고 해!" 세이어가 버럭 화를 냈고, 수재나는 미아가 모두 함께 공유하는 의식의 뒤편으로 데타를 머리부터 거꾸로 처박는 기척을 느꼈다(그러는 동안에도 데타는 웃음을 그치지 않았다.). 데타는 다시금 감방에 갇혔다.

그래도 할 말은 했다, 이거야, 빌어먹을! 데타가 악을 썼다. 저 흰둥이 놈한테 확실히 가르쳐 줬다고!

수화기에서 나오는 세이어의 목소리는 차갑고 또렷했다.

"미아, 주도권을 제대로 잡고 있는 건가?"

"그래! 그래, 내가 잡고 있어!"

"그럼 방금 같은 일이 다시 일어나지 않도록 주의해."

"주의할게!"

뒤이어 어디선가, 철컹하며 닫히는 소리가 났다(여럿이 공유하는 의식의 뒤편에서는 소리의 출처를 가늠할 수 없었지만 머리 위쪽에서 들려오는 듯했다.). 쇳덩어리가 내는 소리 같았다.

우리 정말로 감방에 갇힌 거구나. 수재나가 말했지만 데타는 그저 낄낄대며 웃을 뿐이었다.

수재나는 생각했다. 어쨌거나 미아의 정체가 뭔지 알 것 같아. 나를 제외한 부분의 정체 말이야. 진실은 자명해 보였다. 수재나를 제외하면, 또 크림슨 킹의 명령을 받고 공허의 세계에서 소환된 어떤 것을 제외하면…… 남는 것은 분명 신탁의 악마였다. 그것이 본령이든 아니든 간에. 처음에는 제이크를 홀리려고 했다가 제이크 대신 롤랜드에게 들러붙은 암컷 몽마. 슬픔에 젖은, 애정을 갈구하는 정령. 그 정령이 마침내 원하던 몸을 손에 넣었던 것이다. 아기를 잉태할 수 있는 몸을.

"오데타?" 세이어의 목소리는 잔인하게 희롱하는 것처럼 들렸다. "아니면 수재나라고 불러 주는 게 더 좋은가? 내가 새 소식을 들려주겠다고 약속했지, 안 그래? 미안하지만 좋은 소식과 나쁜 소식 둘 다 있어. 듣고 싶은가?"

수재나는 굳게 침묵을 지켰다.

"나쁜 소식은 미아의 어린것이 끝내는 아비를 죽이지 못해서 자기 이름에 깃든 운명을 실현하는 데에 실패할 수도 있다는 거야. 좋은 소식은, 앞으로 몇 분 안에 롤랜드가 거의 틀림없이 죽으리라는 거고. 에디의 경우는 말할 것도 없지. 그 친구는 반사 신경도 실전 경험도 너희 딘의 발끝에도 못 미치니까. 우리 수재나가 얼마 안 있으면 과부가 된다는 뜻이지. 그게 바로 나쁜 소식이야."

더는 침묵을 지킬 수가 없었다. 미아 또한 수재나가 입을 열도록 내버려두었다.

"거짓말쟁이! 네 말은 다 거짓말이야!"

"전혀 그렇지 않아."

세이어의 차분한 목소리를 듣는 동안 수재나는 그 이름을 어디서 들었는지가 떠올랐다. 캘러핸 신부의 이야기 가운데 결말 부분에 나오는 이름이었다. 디트로이트에서. 캘러핸이 자기가 속한 가톨릭교회의 가장 성스러운 가르침을 저버렸을 때, 다시 말해 흡혈귀들의 손에 붙잡히지 않으려고 스스로 목숨을 끊었을 때. 캘러핸은 그

숙명을 피하려고 고층 빌딩의 창문에서 몸을 던졌다. 그리하여 먼저 중간 세계에 도착한 다음, '찾지 못한 문'을 통해 그곳을 떠나 변경 지대의 칼라에 도착했다. 그리고 신부는 자신이 추락하는 동안 놈들이 이기게 놔둘 수는 없어, 그럴 수는 없어를 되뇌었다고 했다. 그의 생각은 옳았다. 옳았다, 젠장. 하지만 만에 하나 에디가 죽기라도 하면…….

"우리는 너희 카텟의 딘과 네 남편이 도착할 공산이 가장 큰 곳이 어딘지 이미 알았어. 그들이 특정한 문을 통해 떨어질 경우에 말이야. 그리고 엔리코 발라자르라는 애송이부터 시작해서 특정한 패거리한테 전화를 걸었지. 분명히 말해 두는데 수재나, 그건 아주 식은 죽 먹기였어."

수재나는 세이어의 목소리에서 진심을 느꼈다. 방금 한 말이 진실이 아니라면 그는 세상에서 제일가는 거짓말쟁이였다.

"그런 걸 다 어떻게 알아냈지?"

수재나가 물었다. 대답이 돌아오지 않자 수재나는 한 번 더 물으려고 입을 열었다. 그러나 질문을 시작하기도 전에 다시 떠밀려 의식 뒤편으로 처박히고 말았다. 과거의 정체가 무엇이었든 간에, 미아는 수재나 안에서 엄청나게 강한 존재로 성장해 있었다.

"그 여자는 치웠나?" 세이어가 물었다.

"그래, 치웠어. 저 뒤로." 비굴한 목소리. 환심을 사려 안달하는.

"그럼 이제 우리한테 와, 미아. 서두르면 서두를수록 네 아기의 얼굴을 보는 순간이 앞당겨지니까!"

"알았어!"

미아는 기쁨에 들떠서 외쳤고, 그 순간 수재나는 무언가 환하게 반짝이는 것을 언뜻 목격한 느낌이 들었다. 서커스 천막의 틈새로 멋진 광경을 훔쳐보는 것과 비슷한 느낌이었다. 아니면 으스스한 광경이든가.

수재나가 본 것은 단순하면서도 끔찍했다. 캘러핸 신부가 어느 가게의 점원한테서 살라미 소시지를 사는 광경이었다. 북부 억양을 쓰는 점원이었다. 1977년 메인 주의 이스트 스토넘이라는 마을에 있는 잡화점이었다. 캘러핸은 칼라의 사제관에서 롤랜드 일행에게 그 이야기를 들려주었고…… 그때 미아도 함께 듣고 있었다.

깨달음은 수천 명이 도륙당한 전쟁터에 떠오르는 붉은 해처럼 찾아왔다. 수재나는 다시 의식의 전면으로 달려나갔다. 미아가 힘껏 제지하는데도 아랑곳하지 않고서, 목청껏 외치고 또 외쳤다.

"이 못된 것! 배신자! 이 살인자야! 문이 그 사람들을 어디로 보낼지 저 자들한테 알려 줬지! 문이 에디와 롤랜드를 어디로 보낼지, 네가 가르쳐 준 거지! 이 나쁜 년아!"

7

미아의 힘은 강력했지만, 이번 공격은 예상치 못한 것이었다. 또한 데타가 수재나의 편을 들어 자신의 독살스러운 힘을 보태 주었기에 유독 매서웠다. 침입자인 미아는 한순간 눈이 동그래진 채 의식의 뒤편으로 훅 밀쳐졌다. 호텔 방에서는 미아가 쥐고 있던 전화기가 손에서 툭 떨어졌다. 카펫 위에서 정신없이 비틀거리던 미아는 한쪽 침대에 부딪혀 하마터면 쓰러질 뻔하다가, 술 취한 무용수처럼 비틀비틀 돌기 시작했다. 수재나가 따귀를 갈기자 뺨에 붉은 느낌표처럼 생긴 손자국이 새겨졌다.

내 손으로 내 뺨을 치다니. 고작 이런 짓이나 하고 있다니. 수재나는 생각했다. 기계가 말을 안 듣는다고 두들기는 꼴이잖아, 이게 무슨 멍청한 짓이람? 그러나 달리 어쩔 도리가 없었다. 미아가 저지른 끔찍한 짓은, 그 끔찍한 배신행위는……

한편 머릿속의 형체 없는(그러나 온전히 정신으로만 이루어진 것도 아닌) 격투장에서는, 미아가 마침내 수재나/데타의 멱살을 틀어잡고 뒤편으로 끌어낸 참이었다. 미아의 두 눈은 표독스러운 공격에 놀라 아직도 동그랬다. 어쩌면 수치심 때문일 수도 있었다. 수재나는 미아가 부끄러워하기를 바랐다. 그조차도 못 느낄 만큼 타락하지는 않았기를.

난 할 일을 했을 뿐이야. 미아가 수재나를 다시 감방에 억지로 밀어 넣으며 거듭 중얼거렸다. 이 아기는 내 어린것이니까, 모두가 나를 방해하니까, 그래서 내 할 일을 했을 뿐이야.

넌 네 배 속의 괴물을 위해 에디와 롤랜드를 팔아넘겼어, 그게 네가 한 짓이야! 수재나가 악을 썼다. 네가 우리 얘길 훔쳐 듣고 고자질했잖아, 그래서 우리 카텟이 문을 통해 타워를 찾아가는 걸 세이어가 알아차린 거잖아, 안 그래? 세이어가 그 사람들을 죽이려고 부하를 몇 놈이나 보냈어?

돌아온 대답은 쇠가 부딪히는 '철컹' 소리뿐이었다. 다만 이번에는 두 번째 철컹 소리가 이어졌다. 그리고 세 번째도. 미아는 자신에게 몸을 내준 여인의 두 손으로 그 여인의 목을 단단히 틀어잡은 채로, 조금도 방심하지 않았다. 이번에는 머릿속 감방의 문에 자물쇠가 세 개나 채워졌다. 감방이라고? 웬걸, 차라리 햇빛 한 줌 안 들어오는 토굴이라고 해야 할 곳이었다.

여기서 나가면 도건으로 돌아가서 스위치를 죄다 내려 버릴 거야! 수재나가 악을 썼다. 너 같은 걸 도와주려 했다니! 집어치워, 집어치우라고! 애는 길바닥에서 싸지르든가 해, 난 어떻게 되든 상관없으니까!

넌 거기서 못 나와. 미아는 그렇게 대꾸했다. 사과하는 거나 다름없는 목소리로. 나중에 풀어 줄게, 그럴 수 있으면. 지금은 거기서 혼자 진정하고……

에디가 죽을 판인데 내가 진정하게 생겼어? 그래, 그이가 준 반지를 버리라고 했던 것도 당연해! 네가 무슨 염치로 그 반지를 낄 수가 있겠어? 스스로 무슨 짓을 저질렀는지 다 아는데.

미아가 수화기를 들고 귀에 갖다 댔지만, 리처드 P. 세이어는 이미 전화를 끊은 후였다. 수재나는 필시 그가 다른 곳에 가서 악행을 저지르느라 바빠서일 거라고 생각했다.

수화기를 전화기의 거치대에 되돌려놓고서, 미아는 살풍경한 호텔 방 안을 휘 둘러보았다. 그 모습이 꼭 다시 돌아오지 않을 곳을 떠나기에 앞서 빠뜨린 것이 없는지 확인하는 사람 같았다. 청바지 주머니를 두드려 보니 도톰한 지폐 뭉치가 느껴졌다. 반대쪽 주머니를 만져 보니 볼록 튀어나온 것이 만져졌다. 거북이. 숄드파다였다.

미안해, 내 어린것을 지켜야 해서 그래. 지금은 세상 모두가 내 적이야.

그렇지 않아. 미아에게 떠밀려 갇힌 감방 속에서 수재나가 말했다. 그런데 그 감방이란 실제로 어디일까? 나락 위에 서 있는 성의 가장 깊고 캄캄한 지하 감옥? 아마도. 그게 중요하기는 할까? 난 네 편이야. 널 도와줬잖아, 진통을 멈춰야 할 때 내가 멎게 해 줬잖아. 그런데 네가 무슨 짓을 했는지 봐. 어떻게 그렇게 비겁하고 치사할 수가 있어?

미아는 문손잡이에 얹은 손을 우뚝 멈췄다. 뺨이 불그레하게 달아올랐다. 그랬다, 수치심 때문이었다. 그러나 수치심으로는 미아를 막을 수 없었다. 아무것도 막을 수 없었다. 나중에 세이어 일당에게 배신당한 후라면 다르겠지만.

그 피할 수 없는 미래를 떠올린다고 해서 수재나의 마음이 흡족해지는 것은 아니었다.

네 앞길에는 파멸뿐이야. 너도 알잖아, 안 그래?

"상관없어. 내 어린것의 얼굴을 한 번만 볼 수 있다면 난 지옥에서 영원히 썩는다고 해도 상관없어. 내 말 명심해."

그 말을 남기고 미아는 수재나와 데타를 머릿속에 가둔 채 호텔 방의 문을 열고 다시 복도로 나섰고, 딕시 피그로 향하는 길의 첫 걸음을 내디뎠다. 소름 끼치는 의사들이 똑같이 소름 끼치는 어린것의 분만 수술을 준비하는 그곳으로.

선창: 코말라 괜찮아 상관없어!
거 아주 된통 걸렸어!
배신자의 장갑을 낀 손과 악수하는 건
몽둥이를 한 다발 움켜쥐는 거와 똑같지!

합창: 코말라 컴 여섯!
가시와 몽둥이밖에 없어!
어느새 손에 배신자의 장갑이 끼워져 있으면
걸려도 아주 된통 걸린 거지.

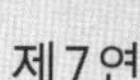

제7연

매복 작전

1

롤랜드 디셰인이 길르앗의 위대한 전사들 가운데 마지막 생존자였던 데에는 그럴 만한 이유가 있었다. 유별나게 낭만적인 기질과 모자란 상상력과 치명적인 총 솜씨, 그것이 롤랜드가 언제나 그들 무리의 으뜸인 비결이었다. 그런 그도 이제는 관절염에 시달리는 신세였지만, 그의 귀와 눈은 '마른 회오리'에 조금도 영향을 받지 않았다. 에디와 나란히 '찾지 못한 문' 속으로 빨려 들어가는 동안 롤랜드는 에디의 머리가 문 옆면에 부딪히면서 난 '쾅' 소리를 놓치지 않았다(그리하여 위쪽 문설주에 자신의 머리가 부딪혀 박살 나는 사태를 간발의 차로 피했다.). 새들이 지저귀는 소리도 들려왔다. 처음에는 꿈속에 들은 소리처럼 기묘하고 아득했지만, 이내 지척에서 들리듯 익숙하고 분명한 새소리로 바뀌었다. 눈부신 햇살이, 캄캄한 동굴 속에서 나오는 길에 곧바로 직시했다가는 눈이 멀 것 같은 햇살이 얼굴에 쏟아졌다. 그러나 롤랜드는 환한 빛을 감지하자마자 곧바로 눈을 찡그려 실눈을 떴다. 생각을 거치지 않고 이루어진 동작이었다. 그러지 않았다면 기름으로 짙게 물든 단단한 흙 땅에 에디와 나란히 착지한 순간, 두 시 방향에서 깜박이는 동그란 빛을 놓치고 말았을 것이다. 그랬다면 에디는 꼼짝없이 죽고 말았을 것이다. 어쩌면 둘 다 죽었을지도. 롤랜드가 경험한 바로는 그토록 완벽하게 동그랗고 환한 빛을 내는 물건은 두 가지뿐이었다. 바로 안경과 총의 조준경이었다.

총잡이는 쏟아지는 햇빛 속에서 눈을 찡그렸을 때와 똑같이 생각을 거치지 않고 에디의 겨드랑이를 덥석 끌어안았다. 젊은 에디의 두 다리는 돌멩이와 짐승 뼈가 널린 통로 동굴의 바닥을 박찼을 때에는 팽팽한 힘이 느껴졌지만, 찾지 못한 문에 머리를 부딪치는 순간 힘이 풀리는 느낌이 들었다. 그러나 에디는 신음하는 와중에도 말을 하려고 애썼다. 의식이 조금은 남아 있다는 뜻이었다.

"에디, 나를 따라와라!"

롤랜드가 부리나케 일어서며 외쳤다. 오른쪽 엉덩이에서 폭발한 찌릿한 통증이 순식간에 무릎 근처까지 번졌지만, 조금도 내색하지 않았다. 실은 거의 알아차리지도 못했다. 그렇게 롤랜드는 에디를 끌고서, 이쪽 세계에 익숙지 않은 그의 눈에도 가솔린펌프처럼 보이는 장치를 지나서, 뭐 하는 곳인지 모를 건물 쪽으로 향했다. 가솔린펌프에는 총잡이에게 익숙한 시트고나 수노코가 아니라 모빌이라는 이름이 적혀 있었다.

에디의 의식은 고작 반쯤 깨어 있는 상태였다. 왼뺨은 찢어진 머리에서 흐른 피로 물들어 있었다. 그럼에도 에디는 필사적으로 다리에 힘을 주어 롤랜드가 뒤늦게 잡화점인 것을 알아차린 건물의 나무 계단을 비틀거리며 세 단 올라갔다. 칼라에 있는 투크 잡화점보다 조금 작은 가게였지만 크기만 빼면 그다지 다를 것은……

그 순간 경쾌한 파열음이 등 뒤 살짝 오른쪽에서 울려 퍼졌다. 저격수는 지근거리에 있었다. 롤랜드가 라이플의 발사음이 들린 것은 곧 저격이 실패했다는 뜻이라고 확신할 만큼 가까이에.

귀에서 손가락 한 마디쯤 떨어진 허공을 무언가 지나갔다. 더없이 또렷한 찌잉! 소리를 내면서. 앞쪽에 있는 조그마한 잡화점의 앞문 유리가 박살 나 안쪽으로 쏟아졌다. 문에 걸려 있던 팻말(영업중 어서 오세요)이 휙 날아올라 팔랑거렸다.

"롤랜……" 에디의 목소리는 옥수수 죽을 한입 가득 머금고 말하는 것처럼 어눌하고 희미했다. "롤랜드 무슨 일…… 누가…… 커헉!"

마지막의 신음은 롤랜드가 에디를 가게 안쪽으로 떠밀어 쓰러뜨리고 그 위에 엎드렸을 때 터져 나왔다.

경쾌한 파열음이 한 번 더 울려 퍼졌다. 위력이 매우 강한 라이플을 지닌 저격수가 바깥에 있다는 뜻이었다. 누군가 '어휴, 잭!'이라고 외치는 소리가 롤랜드의 귀에 들려왔고, 뒤이어 연발총이 불을 뿜는 소리가 터져 나왔다. 에디와 제이크가 '기관총'으로 부르는 무기의 발사음이었다. 가게 출입문 양옆의 유리창이 반짝이는 조각들로 박살 나 쏟아졌다. 유리창 안쪽에 붙은 서류들, 분명 마을 회의 공지문일 종이들이 펄럭이며 떨어졌다.

잡화점 통로의 손님은 여성 둘과 늙수그레한 남자 한 명뿐이었다. 세 명 다 입구 쪽의 롤랜드와 에디를 보고 있었고, 얼굴은 하나같이 총에 익숙하지 않은 민간인 특유의 멍한 표정으로 물들어 있었다. 롤랜드는 그 표정이 풀을 뜯는 초식 동물 같다고 생각하곤 했다. 인간이 아니라 양 같다고, 칼라 브린 스터지스의 주민들 역시 대개는 이들과 같고.

"엎드리시오!" 롤랜드가 반혼수 상태에 빠진(이제는 숨쉬는 기척도 없는) 동료 위에 엎드린 채로 외쳤다. "살고 싶으면 엎드리란 말이오, 당장!"

따뜻한 실내 온도에 맞지 않게 체크무늬 플란넬 셔츠를 입은 늙수그레한 남자는 들고 있던 통조림(토마토 그림이 그려진)을 놓고 바닥에 엎드렸다. 두 여성은 엎드리지 않았고, 그래서 또다시 불을 뿜은 연발총에 둘 다 목숨을 잃었다. 한 명은 가슴에 구멍이 뚫렸고 한 명은 머리 위쪽이 날아갔다. 가슴에 총을 맞은 여성은 곡물이 든 자루처럼 풀썩 쓰러졌다. 머리가 날아간 여성은 롤랜드가 있는 쪽으로 주춤거리며 두 발짝 걸어왔다. 머리카락이 있던 자리에서 활화산의 용암처럼 피가 뿜어 나왔다. 가게 바깥에서는 두 번째와 세 번째 연발총이 불을 뿜기 시작했다. 한낮의 대기는 총성으로 가득했고, 그들 머리 위의 허공은 어지럽게 날아가는 총알로 가득했다. 머리 위쪽이 사라진 여성은 마지막 한 걸음을 내딛고 춤을 추듯 두 번 빙빙 돌더니, 팔을 너울거리며 털썩 쓰러졌다. 롤랜드는 총집으로 손을 뻗어 리볼버가 있는 것을 확인하고 안도했다. 백단향 총손잡이의 감촉이 든든했다. 그것 하나는 다행이었다. 도박을 건 보람이 있었다. 게다가 에디와 롤랜드는 토대시 상태에 빠지지도 않았다. 그 증거로 바깥에 있는 저격수들에게는 두 사람이 보였다. 그것도 아주 똑똑히.

그게 다가 아니었다. 저격수들은 두 사람을 기다리고 있었다.

"안으로 진입해!" 누군가 고함을 질렀다. "들어가, 안으로 들어가라고, 놈들한테 총 뽑을 틈을 주면 안 돼, 들어가란 말이야, 이 겁쟁이들아!"

"에디!" 롤랜드가 외쳤다. "에디, 도와다오!"

"으음……?"

가냘픈 목소리. 어리둥절한 상태라는 뜻이었다. 에디는 한쪽 눈, 즉 오른쪽 눈만 뜨고 롤랜드를 올려다보았다. 왼쪽 눈은 찢어진 머리에서 흐른 피에 젖어 당장은 뜨지도 못했다.

롤랜드가 손을 뻗어 에디의 머리카락에 맺힌 피가 흩날릴 만큼 세게 뺨을 갈겼다.

"적이다! 우리를 죽이러 왔단 말이다! 몰살하려고!"

에디의 멀쩡한 눈이 또렷해졌다. 순식간에 일어난 일이었다. 롤랜드는 그것이 얼마나 힘든 일인지 잘 알았다. 단지 의식을 되찾은 것만이 아니라 그토록 빠르게 되찾다니. 분명 머리가 끔찍이도 지끈거리는 상태일 텐데도. 롤랜드는 한순간 에디가 자랑스러웠다. 에디는 다시금 롤랜드의 옛 동료 커스버트 올굿이 되어 있었다. 그야말로 커스버트의 현신이었다.

"이게 다 웬일이에요?" 누군가 당황해서 갈라진 목소리로 외쳤다. "도대체 뭐가 어떻게 된 거죠?"

"엎드리시오." 롤랜드는 돌아보지도 않고 말했다. "살고 싶으면 바닥에 납작 엎으리란 말이오."

"칩, 저 사람 말 들어."

다른 사람이 말을 보탰다. 롤랜드 생각에 앞서 토마토가 그려진 통조림을 들고 있던 플란넬 셔츠 차림의 남자인 듯했다.

롤랜드는 바닥에 널린 문 유리창의 파편 위로 기어갔다. 무릎과 주먹이 유리 조각에 긁혀 따끔거렸지만 아랑곳하지 않았다. 총알 하나가 따닥 소리를 내며 관자놀이 옆을 스쳐 날아갔다. 롤랜드는 이 역시 아랑곳하지 않았다. 바깥은 화창한 여름날이었다. 가게 앞마당에는 모빌이라고 적힌 가솔린펌프 두 대가 서 있었다. 그중 한 대 옆에 서 있는 낡은 차는 보나마나 (다시는 차를 탈 일이 없을) 두 여성 고객, 아니면 미스터 플란넬 셔츠의 차였다. 가솔린펌프와 기름 자국이 있는 흙 땅 너머는 포장된 시골 도로였고, 그 길 건너편에 하나같이 회색으로 칠한 조그만 건물들이 옹기종기 서 있었다. 그중 한 채는 주민 센터, 다른 한 채는 스토넘 소방서라는 표지판이 붙어 있었다. 두 건물 앞의 주차 공간 역시 포장되어 있었고(롤랜드식 표현을 빌리면 반지르르하게), 자동차 몇 대가 주차되어 있었다. 그중 한 대는 대형 짐마차처럼 커다랬다. 그 차들 뒤편에서 남자 대여섯 명이 이쪽을 향해 있는 힘껏 달려왔다. 뒤에 남은 남자 한 명은 롤랜드도 아는 사람이었다. 엔리코 발라자르의 못생긴 심복, 잭 안돌리니였다. 총잡이는 그 남자가 죽는 광경을 전에 목격했다. 그는 총에 맞은 채 서쪽 바다의 얕은 물에 사는 가재 괴물 떼에게 산 채로 잡아먹혔다. 그런데 살아서 다시 눈앞에 나타났다. 무수히 많은 세계가 암흑의 탑이라는 축을 중심으로 회전하기 때문이었고, 이곳 역시 그중 한 세계이기 때문이었다. 그러나 진짜 세계는 한 곳뿐이었다. 사건이 끝나면 끝난 상태로 유지되는 곳은 단 한 곳뿐이었다. 그곳은 지금 이 세계일 수도 있었고, 아닐 수도 있었다. 어느 쪽이든 간에 당장은 그런 생각에 빠져 있을 때가 아니었다.

무릎을 꿇고 앉은 채로, 롤랜드가 리볼버를 발사했다. 먼저 연발

총을 들고 돌격해 오는 남자들을 겨누고 왼손으로 리볼버 방아쇠를 당겼다. 적들 가운데 한 명이 목에서 피를 뿜으며 도로의 흰색 중앙선 위로 나동그라졌다. 두 번째 적은 미간에 구멍이 뚫린 채 뒤로 날아가 길 가장자리의 흙 땅에 널브러졌다.

어느새 에디가 곁에 있었다. 롤랜드와 마찬가지로 무릎을 꿇고 앉아서, 롤랜드에게서 받은 리볼버를 쉬지 않고 발사했다. 표적 가운데 두 명은 빗맞혔지만 몸 상태를 생각하면 그럴 만도 했다. 나머지 표적 셋은 도로에 나동그라졌다. 둘은 즉사했고 한 명은 악을 지르고 있었다.

"나 맞았어! 잭, 살려줘, 나 배를 맞았어!"

누군가 롤랜드의 어깨를 잡았다. 그것이 얼마나 위험한 짓인지 모르고 한 짓이었다. 특히 전투 중에는 더더욱.

"이봐요, 지금 뭐가 어떻게 된……"

롤랜드가 흘깃 돌아보니 넥타이를 매고 가슴까지 덮는 앞치마를 걸친 마흔쯤 돼 보이는 남자였다. 가게 주인이군, 필시 캘러핸 신부에게 우체국 가는 길을 가르쳐 준 친구겠지. 얼핏 그렇게 생각하고 나서 롤랜드는 그 남자를 거칠게 뒤로 떠밀었다. 다음 순간 남자의 머리 왼쪽 뒤편에서 피가 튀었다. 총잡이가 보기에 총알이 스친 증거였지만 중상은 아니었다. 적어도 아직은. 그러나 롤랜드가 남자를 떠밀지 않았더라면…….

에디는 리볼버를 재장전하는 중이었다. 롤랜드도 장전을 시작했지만 손가락 몇 개가 부족한 오른손 때문에 시간이 더 걸렸다. 한편 적들 가운데 살아남은 두 명은 도로 이쪽 편에 서 있는 낡은 차 뒤에 자리를 잡고 반격하는 중이었다. 거리가 너무 가까웠다. 상황이 좋지 않았다. 이쪽으로 다가오는 자동차의 엔진 소리가 들려왔다. 롤랜드는 뒤쪽에 있는 남자를 돌아보았다. 엎드리라고 외쳤을 때 말귀를 알아듣고 지시에 따랐던, 그래서 두 여성과 같은 꼴이 되지 않았던 그 남자를.

"거기 당신! 혹시 총이 있소?"

롤랜드가 묻자 플란넬 셔츠를 입은 남자가 고개를 저었다. 눈 색깔이 눈부시게 파랬다. 겁을 먹기는 했어도 롤랜드가 보기에 어쩔 줄 모르는 기색은 아니었다. 그 남자 손님 앞쪽에는 가게 주인이 다리를 벌린 채 우두커니 앉아서, 하얀 앞치마에 떨어져 번져가는 핏방울을 진저리나는 표정으로 멍하니 내려다보고 있었다.

"주인장, 여기 총이 있나?"

주인이 미처 대답하기도 전에(대답할 정신이 있었다면) 에디가 롤랜드의 어깨를 붙들었다.

"경기병 부대 돌격 중."

웅얼거리는 목소리라 '엉이벙 부애 도어 웅'처럼 들렸지만, 똑바로 발음했다고 해도 어차피 롤랜드가 알아듣지는 못할 말이었다. 중요한 것은 에디가 도로를 건너 돌격해 오는 적 여섯 명을 목격했다는 사실이었다. 이번에 몰려오는 적들은 넓게 퍼져서 갈지자형으로 회피 기동을 했다.

"돌격, 돌격, 돌격!"

적들 뒤편에서 안돌리니가 고함을 질렀다. 양손을 흔들면서.

"미치겠네, 롤랜드, 저놈은 트릭스 포스티노야!"

에디가 말했다. 트릭스는 이번에도 엄청나게 큰 총을 들고 달려오는 중이었지만, 그 총이 트릭스가 예전에 '끝내주는 람보 총'이라고 부르던 M16 소총인지 아닌지는 확인할 수 없었다. 어쨌거나 트릭스는 예전 '사탑'에서 벌어진 총격전에서 그랬듯이 이번에도 운이 없었다. 에디가 리볼버를 발사하자 트릭스는 도로에 이미 널브러져 있던 남자 위로 쓰러졌고, 쓰러지는 와중에도 이쪽을 향해 총을 갈겨 댔다. 그 영웅적인 행위는 십중팔구 손가락이 일으킨 경련, 즉 죽어가는 뇌의 마지막 명령에 지나지 않았지만, 그래도 롤랜드와 에디는 다시 바닥에 납작 엎드렸고, 그 틈에 남은 악당 다섯 명은 도로 이쪽 편에 서 있는 차들 뒤에 도착하여 몸을 숨겼다. 전황은 악화일로였다. 도로 건너편의 자동차, 롤랜드 생각에 틀림없이 적들이 타고 왔을 그 차에서 퍼붓는 엄호 사격에 힘입어, 돌격 부대가 조만간 별 피해도 입지 않고서 이 조그마한 잡화점을 사격장으로 바꾸어 놓을 참이었다.

모든 것이 예리코 언덕에서 벌어졌던 일과 너무나 비슷했다.

퇴각 명령을 내려야 할 때였다.

이쪽으로 다가오는 자동차의 엔진소리가 멈추지 않고 점점 더 커졌다. 소리로 미루어보아 커다란 차, 무거운 짐을 실은 차였다. 가게 왼편의 오르막길에 집채만 한 트럭이 아름드리 통나무를 가득 실은 채 올라오고 있었다. 롤랜드가 지켜보는 사이에 트럭 운전사의 눈이 동그래지고 입이 떡 벌어졌다. 당연한 일이었다. 그 운전사가 숲에서 길고 무더운 하루를 보낸 후에 보나 마나 맥주 한 병을 사러 들렀을 이 조그만 시골 마을 잡화점 앞에, 흡사 전쟁터에 널브러진 군인들처럼 피투성이가 된 시체 대여섯 구가 널려 있었으므로. 그러나 롤랜드가 아는 한 이곳은 다른 어떤 곳도 아닌 전쟁터였다.

대형 트럭의 전륜 브레이크가 날카로운 소리를 냈다. 트럭 뒤편의 에어 브레이크는 울부짖는 용처럼 치익 소리를 내뿜었다. 여기에 거대한 고무 타이어가 가세하여 날카로운 비명과 함께 회전을 멈추고는, 매끈한 도로에 연기가 나는 시커먼 자국을 남겼다. 몇 톤은 될 법한 통나무들이 이쪽저쪽으로 흔들리기 시작했다. 그러거나 말거나 도로 건너편의 적들은 여전히 무턱대고 총을 갈겨 댔고, 롤랜드는 총에 맞은 통나무의 파편이 하늘로 튀어 오르는 모습을 지켜보았다. 눈앞의 광경에는 어딘가 정신이 멍해지는 구석이 있었다. 마치 태곳적에 사라진 맹수가 불붙은 날개를 펼치고 하늘에서 떨어지는 모습을 보는 것처럼.

짐말 대신 기계가 끄는 트럭의 전면부가 첫 번째 시체 위로 지나갔다. 내장이 붉은 밧줄처럼 터져 나와 길가의 흙 땅에 흩뿌려졌다. 다리와 팔이 끊어져 나뒹굴었다. 한쪽 바퀴가 트릭스 포스티노의 머리를 짓뭉개면서 모닥불 속에서 밤이 터지는 듯한 소리가 들려왔다. 짐칸의 통나무가 이리저리 흔들리며 휘청거리기 시작했다. 롤랜드의 어깨높이에 올 만큼 커다란 트럭 바퀴들이 노면을 붙들고 버티면서 핏빛 구름이 피어올랐다. 트럭은 몹시도 느리게 잡화점 앞을 미끄러졌다. 이제 차 안의 운전사는 보이지도 않았다. 잡화점과 그 안에 있는 사람들은 도로 건너편의 압도적인 화력으로부터 잠시 동안 안전해졌다. 이름이 '칩'인 가게 주인과 살아남은 손님, 즉 '미스터 플란넬 셔츠'는 휘청거리는 트럭을 당황한 표정으로 바라보는 모습이 쌍둥이처럼 똑같았다. 주인은 머리에 흐르는 피를 손으로 멍하니 닦아서 물을 털듯이 바닥에 휙 털었다. 롤랜드가 보기에 그는 에디보다 더 크게 다친 듯했지만, 정작 본인은 아무것도 모르는 눈치였다. 차라리 다행인지도 몰랐다.

"뒤쪽으로 나가자." 총잡이가 에디에게 말했다. "당장."

"좋은 생각이야."

롤랜드가 미스터 플란넬 셔츠의 팔을 붙들었다. 그 늙수그레한 남자는 곧장 트럭에서 롤랜드에게로 눈을 돌렸다. 롤랜드가 고갯짓으로 가게 뒤편을 가리키자 남자도 고개를 끄덕였다. 이것저것 따지지 않고 제꺽 움직이는 남자의 반응이 롤랜드에게는 생각지도 못한 선물이었다.

바깥에서는 트럭에 실린 짐이 마침내 아래로 떨어져서 주차되어 있던 차 한 대를 짓뭉갰다(롤랜드는 그 뒤에 숨은 적들도 함께 뭉개졌기를 간절히 바랐다.). 처음에는 위쪽 통나무만 떨어져 흩어지다가, 이내 짐칸의 모든 통나무가 굴러떨어졌다. 멈추지 않고 귀를 찌르는 철판 우그러지는 소리에 비하면 아까의 총소리는 하찮을 뿐이었다.

2

에디도 롤랜드와 마찬가지로 가게 주인 칩을 붙들었지만, 칩은 자기 가게 손님만큼의 주의력이나 생존 본능을 조금도 보여 주지 못했다. 그저 놀라고 겁에 질려 동그래진 눈으로, 유리창이 있던 자리의 너덜너덜한 구멍을 통해 바깥을 내다볼 뿐이었다. 그러는 동안 펄프 트럭은 자살 발레의 마지막 단계에 들어서서, 결국에는 트럭 운전석이 짐을 너무 많이 실은 짐칸에서 분리되어 가게 건너편의 내리막길을 따라 굴러떨어지다가 숲속으로 모습을 감추었다. 짐칸의 통나무들은 도로 오른편을 따라 구르면서 거대한 먼지구름을 일으켰고, 통나무가 지나간 자리에는 깊이 팬 자국과 납작해진 쉐보레 세단, 그리고 찌부러진 악당 둘이 보였다.

그러나 적의 병력은 아직 많이 남아 있었다. 적어도 이쪽에서 보기에는 그랬다. 총격은 계속 이어졌다.

"일어나요, 칩, 당장 달아나야 된다고요."

에디가 재촉하자 이번에는 칩도 에디를 따라 가게 뒤편으로 향했지만, 그러면서도 칩은 뺨의 피를 닦으며 연방 등 뒤를 돌아보았다.

가게 뒤편 왼쪽은 증축한 휴게실이었는데 안에 카운터와 누덕누덕 기운 의자 몇 개, 테이블 서너 개, 주로 소녀들이 보는 오래된 잡지가 놓인 가판대가 있었고, 가판대 위에는 가재 잡는 통발이 놓여 있었다. 롤랜드 일행이 그곳에 도착하자 바깥에서 쏟아지는 총알 세례가 더욱 거세졌다. 그러다 다시 잠잠해지더니 이번에는 폭발음이 울려 퍼졌다. 에디가 짐작하기에 펄프 트럭의 연료 탱크가 폭발한 모양이었다. 총알이 벌의 날갯짓 소리를 내며 날아가는 느낌이 들더니 벽에 걸린 등대 그림에 검은 구멍이 보였다.

"저 사람들 누구요?" 칩이 일상적인 대화를 나눌 때처럼 평온하기 그지없는 목소리로 물었다. "당신은 누구고? 나 총 맞은 거요? 실은 우리 아들이 베트남 참전 용산데. 아까 그 트럭 봤소?"

에디는 쏟아지는 질문을 모조리 무시하고 그저 빙그레 웃는 표정으로 고개만 끄덕이며 칩을 롤랜드가 간 쪽으로 떠밀었다. 어디로 가는지, 이 수라장에서 어떻게 빠져나갈지 도무지 알 수가 없었다. 확실한 것은 단 하나, 캘빈 타워가 지금 이곳에 없다는 사실이었다. 다행이었다. 지금 이 지옥불과 유황 세례를 초래한 장본인은 타워일 수도 있고 아닐 수도 있었지만, 어쨌거나 이 수라장이 타워를 노리고 벌어진 것만은 의심할 여지가 없었다. 혹시라도 타워가……

뜨거운 바늘이 팔을 찌르는 느낌에 에디는 놀라고 아파서 비명을 질렀다. 뒤이어 다른 바늘이 장딴지를 찔렀다. 오른쪽 종아리에 불 같은 통증이 번지면서 또다시 비명이 터졌다.

"에디!" 롤랜드가 힐끗 뒤를 돌아보았다. "너 설마……."

"아, 괜찮아, 빨리 가, 빨리!"

이제 그들 앞에 보이는 싸구려 파이버보드 뒷벽에는 문이 세 개 있었다. 문에는 저마다 신사용, 숙녀용, 직원 전용이라고 적혀 있었다.

"직원 전용으로!"

에디가 외쳤다. 아래를 보니 오른쪽 무릎 아래로 손가락 한 개쯤 되는 곳의 청바지에 피로 동그랗게 물든 구멍이 나 있었다. 총알에 무릎이 박살나지 않은 것은 다행이었지만, 그래도 맙소사, 조물주에게 욕을 퍼붓고 싶을 만큼 아팠다.

머리 위에서 전구 한 개가 폭발했다. 유리 조각이 에디의 머리와 어깨로 쏟아져 내렸다.

"보험을 들어 놓긴 했는데, 이런 난장판도 적용이 될지는 모르겠구먼."

이렇게 중얼거리는 칩의 목소리는 태연하기 그지없었다. 칩은 얼굴에 흐르는 피를 다시 닦아 바닥에 휙 털었고, 바닥에 떨어진 피는 로르샤흐 테스트의 반점 같은 얼룩을 남겼다. 총알이 그들 주위로 어지럽게 날아다녔다. 총알이 스치며 칩의 셔츠 목깃이 휙 뒤집히는 것이 에디의 눈에 띄었다. 뒤쪽 어디에서 잭 안돌리니가, 그 '늙다리 못난이'가 이탈리아어로 뭐라고 고함을 지르고 있었다. 왠지 퇴각 명령처럼 들리지는 않았다.

롤랜드와 플란넬 셔츠를 입은 손님이 직원 전용 문으로 들어갔다. 에디는 뿜어 나오는 아드레날린에 취한 채 칩을 끌고 그 뒤를 따랐다. 문 안쪽은 창고, 그것도 꽤 널따란 창고였다. 갖가지 곡물과 톡 쏘는 박하향, 무엇보다 커피 냄새가 에디의 코를 찔렀다.

이제 미스터 플란넬 셔츠가 맨 앞에서 달려갔다. 롤랜드는 그 뒤를 따라 통조림이 높다랗게 쌓인 창고의 중앙 통로를 재빨리 통과했다. 에디도 가게 주인을 붙든 채 두 사람 뒤를 따라 열심히 절룩절룩 뛰었다. 나이가 지긋한 칩은 옆통수에 난 상처에서 피가 너무 많이 흐른 탓에 기절하지 않을까 불안했지만, 실제로는…… 오히려 말수가 더 많아졌다. 이제는 에디에게 루스 비머 자매가 어떻게 됐는지 묻는 중이었다. 만약 칩이 가게에 있던 두 여성을 말하는 거라면(분명 그럴 듯싶었는데), 에디는 그가 잃어버린 기억을 되찾지 않기를 바랐다.

창고 뒤편에 문이 한 개 더 있었다. 미스터 플란넬 셔츠가 그 문을 열고 뛰쳐나가려 했다. 롤랜드는 그의 셔츠 뒷덜미를 잡고 끌어낸 다음 자신이 직접 몸을 숙이고 바깥으로 나섰다. 에디는 칩을 미스터 플란넬 셔츠 곁에 세워 놓고 두 사람 앞으로 나섰다. 뒤편에서 총알이 직원 전용 문을 뚫고 들어오자 동그랗게 뜬 눈 같은 총구멍으로 하얀 햇살이 파고들었다.

"에디! 이쪽으로!"

에디가 절룩거리며 문을 나섰다. 뒤편은 화물 하역장이었고, 그 너머로 펼쳐진 땅바닥은 살풍경하고 지저분했다. 하역장 오른편에는 쓰레기통 여러 개가 비뚤배뚤 놓여 있고 왼편에는 뚜껑이 덮인 커다란 폐기물 보관함이 두 개 있었지만, 에디 딘이 보기에 쓰레기를 제자리에 버릴 생각을 하는 사람은 아무도 없는 모양이었다. 고고학 발굴 장소라고 해도 믿을 만큼 커다란 맥주 깡통 더미도 몇 군데 눈에 띄었다. 힘든 가게 일을 마치고 뒷마당에서 한숨 돌리는 맛이란, 최고지. 에디가 속으로 중얼거렸다.

롤랜드는 가게 뒤편에 있는 가솔린펌프를 총으로 가리키고 있었다. 이곳의 펌프는 가게 앞쪽에 있는 것보다 더 심하게 녹이 슬고 낡아 보였다. 펌프에는 한 단어만 적혀 있었다.

"디젤. 저것도 연료라는 뜻이냐? 그렇지, 안 그러냐?"

"그래. 칩, 저 디젤 펌프 작동하는 거예요?"

"아, 그럼." 칩의 목소리는 심드렁했다. "주유하러 이쪽으로 오는 사람들도 많으니까."

"내가 가서 하는 게 좋겠소, 형씨." 미스터 플란넬 셔츠가 끼어들었다. "나한테 맡기는 게 좋을 거요. 조작하기가 까다로운 물건이라. 당신 친구랑 같이 엄호해 주겠소?"

"좋소. 저 안에다 연료를 퍼부으시오." 롤랜드가 손짓으로 창고 쪽을 가리켰다.

"이봐요, 그게 무슨 소리요!" 칩이 화들짝 놀라서 말했다.

그러는 사이에 시간이 얼마나 흘렀을까? 에디는 알 수가 없었다. 확신이 서지 않았다. 느껴지는 것은 오로지 전에 딱 한 번 경험했던 생생한 느낌뿐이었다. 모노레일 블레인과 수수께끼 시합을 할 때의 느낌이었다. 그 눈부신 감각은 모든 것을, 심지어 장딴지의 통증마저 압도했다. 어쩌면 총알이 정강이뼈를 스쳤을지 모르는데도. 에디는 가게 뒤편에서 풍기는 냄새가 얼마나 심란한지 느낄 수 있었다. 고기 썩는 냄새와 곰팡이 냄새, 무수히 많은 맥주 깡통의 시큼한 효모 냄새, 게으른 무관심의 냄새였다. 이 지저분한 도로변 잡화점의 울타리 바로 너머에 있는 침엽수림의 거룩할 정도로 달콤한 향기도 함께 느껴졌다. 하늘 저 멀리서 지나가는 비행기 소리도 들렸다. 자신이 미스터 플란넬 셔츠에게 반했다는 생각도 문득 들었다. 미스터 플란넬 셔츠가 이곳에, 그들과 함께 있었기 때문이었고, 이 몇 분 동안 더없이 강한 유대감으로 자신들과 맺어졌기 때문이었다. 그러나 시간은? 아니, 시간이 제대로 흐르는 느낌은 들지 않았다. 그래도 롤랜드가 퇴각 명령을 내리고 나서 90초가 넘게 지났을 리는 없었다. 그렇게 긴 시간이 지났다면 그들은 이미 전멸했을 터였다. 트럭이 뒤집혔든 안 뒤집혔든 간에.

롤랜드가 에디를 보며 왼쪽을 가리키더니 본인은 오른쪽으로 돌아섰다. 이제 둘은 약 2미터 간격을 두고 서로에게 등을 돌린 채 하역장에 서 있었다. 총을 뺨 옆으로 들고 있는 모양새가 지금부터 결투를 시작하려는 사람들 같았다. 미스터 플란넬 셔츠는 하역장 한쪽 가장자리에서 귀뚜라미처럼 가볍게 폴짝 뛰어내린 다음, 낡은 디젤 펌프 옆에 달린 크롬 크랭크 손잡이를 붙잡았다. 그러고는 손잡이를 재빨리 돌리기 시작했다. 펌프의 조그만 유리 표시창 속에 보이는 숫자가 거꾸로 돌아갔지만, 모두 0으로 바뀌지는 않고 0019에서 정지했다. 미스터 플란넬 셔츠가 다시 크랭크 손잡이를 돌려 보았다. 그러다가 손잡이가 끄떡도 않자 어깨를 으쓱하고는 녹슨 거치대에 놓인 주유기를 냉큼 뽑아 들었다.

"존, 안 돼!"

칩이 외쳤다. 그는 아직도 자기 창고 문간에 서서 두 손을 쳐들고 있었다. 한쪽 손은 깨끗했고 반대쪽 손은 팔뚝까지 피로 물들어 있었다.

“거기서 비켜요, 칩, 안 그러면……”

에디가 그렇게 말하는 순간, 남자 두 명이 에디가 지키는 쪽의 이스트 스토넘 잡화점 모퉁이를 돌아서 달려왔다. 둘 다 청바지에 플란넬 셔츠 차림이었지만 칩이 입은 셔츠와 달리 새것처럼 보였다. 소매에는 접힌 자국까지 그대로 남아 있었다. 에디가 보기에 틀림없이 오늘의 임무를 위해 산 옷이었다. 게다가 두 악당 중 한 명은 에디가 잘 아는 얼굴이었다. 지난번에 맨해튼 마음의 양식 레스토랑, 즉 캘빈 타워의 서점에 들렀을 때 본 자였다. 심지어 전에 한 번 죽인 적이 있는 남자이기도 했다. 믿기 힘들겠지만 10년 후의 미래에서였다. 발라자르의 소굴인 ‘사탑’에서, 바로 지금 손에 들고 있는 그 총으로. 오래된 밥 딜런 노래의 가사 한 자락이 머릿속에 떠올랐다. ‘같은 잘못을 두 번 되풀이하지 않으려면 어떤 대가를 치러야 하는가’에 관한 노래였다.

“야, 코주부 조지!” 에디가 외쳤다(어쩐지 이 징그러운 악당 놈을 볼 때마다 그렇게 외쳤던 것 같았다.). “잘 지냈냐, 자식아!”

사실 ‘코주부’ 조지 비온디는 전혀 잘 지내는 것 같지 않았다. 조지의 얼굴은 어머니조차도 겨우 남한테 소개할 정도, 그것도 가장 상태가 좋은 날에 그렇게 할 정도였다(그 거대한 코라니). 그런데 지금 그의 얼굴은 통통 부은 데다 멍 자국도 다 빠지지 않은 상태였다. 가장 짙은 멍은 정확히 미간에 새겨져 있었다.

저거 내가 만들어 준 멍이잖아. 에디가 속으로 중얼거렸다. 타워네 헌책방 창고에서. 사실이었지만, 한편으로는 1000년 전의 일처럼 아득하게 느껴졌다.

"너." 조지 비온디는 너무 놀라서 총을 겨눌 생각도 못 하는 모양이었다. "네가. 여기에."

"그래, 나 여기 있어." 에디가 맞장구를 쳤다. "그러는 너야말로 뉴욕에 있지 그랬어."

그 말과 함께 에디는 총알로 조지 비온디의 얼굴을 날려 버렸다. 그리고 조지 친구의 얼굴도 함께.

미스터 플란넬 셔츠가 주유기 손잡이의 방아쇠 모양 레버를 당기자 노즐에서 구릿빛 경유가 뿜어져 나왔다. 칩은 기름을 뒤집어쓰고 화가 났는지 꽥 소리를 지르더니, 창고에서 하역장으로 비틀비틀 걸어 나왔다.

"어이쿠, 냄새! 기름 냄새 한번 지독하구먼! 존, 그만해!"

칩이 외쳤지만, 존은 그만하지 않았다. 다른 남자 세 명이 롤랜드가 있는 쪽 모퉁이를 돌아 달려오더니, 총잡이의 차분하고 무시무시한 얼굴을 보기가 무섭게 달아나려고 돌아섰다. 그들은 새로 산 하이킹화를 한 발 내딛기도 전에 주검이 되어 쓰러졌다. 에디는 도로 건너편에 주차되어 있던 승용차 대여섯 대와 대형 캠핑카를 떠올리고 발라자르가 이 날의 조촐한 소풍을 위해 인원을 몇 명이나 보냈을지 잠시 생각해 보았다. 자기 부하만 보내지 않은 것은 틀림없었다. 외부 인력을 동원하느라 돈을 얼마나 썼을까?

자기 주머니는 털 필요도 없었을 거야. 누군가 돈을 잔뜩 쥐여 주고서 죽으러 갈 놈들을 사 모으라고 했을 테니까. 다른 동네 깡패들을 있는 대로 모으라고. 거기다 오늘 추적할 놈들은 그만한 인원이 필요할 만큼 센 놈들이라고 설득까지 했을 테고.

가게 안쪽에서 묵직한 충격음이 들려왔다. 건물의 굴뚝에서 검은 연기가 피어오르더니, 부서진 펄프 트럭에서 솟아오르는 더 검고 짙은 구름에 겹쳐 사라졌다. 에디는 누가 가게 안에 수류탄을 던졌나 보다 하고 생각했다. 창고 문이 경첩에서 떨어져 날아가서 연기가 자욱한 통로 가운데까지 쿵쿵 튄 다음, 바닥에 떨어져 꼼짝도 하지 않았다. 이윽고 앞서 수류탄을 던진 적이 또다시 수류탄을 던졌고, 이제 바닥이 경유로 흥건히 젖은 창고 안은…….

"에디, 할 수 있거든 저 친구를 좀 진정시켜라. 바닥이 다 기름에 젖으려면 아직 멀었다."

"안돌리니를 진정시키라고? 내가 무슨 수로?"

"네 불굴의 주둥이로!"

롤랜드가 외쳤고, 에디는 놀랍고도 감동적인 광경을 목격했다. 롤랜드가, 빙그레 웃고 있었다. 금방이라도 껄껄 웃을 것처럼. 그러면서 롤랜드는 이름이 존인 미스터 플란넬 셔츠를 보며 오른손을 빙빙 돌렸다. 기름을 계속 퍼부으시오.

"잭!"

에디가 외쳤다. 안돌리니가 지금 어디에 있는지는 알 길이 없었기에 그저 목청껏 외칠 뿐이었다. 브루클린의 험한 길거리를 누비며 잔뼈가 굵은 에디의 목청은 몹시도 우렁찼다.

잠시 침묵이 흘렀다. 총소리는 차츰 사그라지다가 멈췄다.

"어이."

잭 안돌리니가 응답했다. 놀란 목소리였지만 언짢은 기색은 없었다. 에디는 안돌리니가 정말로 놀랐을지 의심스러웠다. 한편으로 안돌리니가 무엇보다도 복수를 원한다는 것은 전혀 의심스럽지 않았다. 안돌리니는 타워의 헌책방 뒤편 창고에서 에디에게 부상을 입었지만, 그것이 다가 아니었으므로. 안돌리니는 에디에게 모욕까지 당했다.

"어이, 뺀질이! 너 나한테 골통을 뉴저지까지 날려 버리겠다며 총으로 내 턱을 쑤셔 댄 그놈이지? 어휴, 턱에 총구 자국이 아직도 남아 있다고!"

이 짧고 우울한 연설을 하는 동안 안돌리니가 두 손을 쉬지 않고 움직여 신호를 보내 남아 있는 부하들을 배치하는 모습이 에디의 눈앞에 선히 그려졌다. 적은 몇 명이나 될까? 여덟 명? 어쩌면 열 명? 이미 해치운 적만 해도 꽤 여럿이었다. 그런데 나머지는 다 어디에 있을까? 가게 건물 왼편에 두 명. 오른편에 두 명 더. 나머지는 미스터 유탄 발사기와 함께. 그리고 잭이 명령을 내리면 모두 한꺼번에 돌격해 올 터였다. 방금 막 생긴 야트막한 경유 연못을 향해 똑바로 뛰어들 터였다.

적어도 에디는 그러기를 바랐다.

"그 총 오늘도 갖고 왔지롱!" 에디가 잭에게 들으라고 외쳤다. "오늘은 그걸로 네 뒷구멍을 쑤셔 줄 거야, 기대되지?"

그 말에 잭 안돌리니가 껄껄 웃었다. 태평한, 느긋한 웃음소리였다. 연기였지만 훌륭한 연기였다. 안돌리니 마음속의 계기판 바늘은 빨간 구역을 넘나들 듯싶었다. 심박수는 분당 130회가 넘을 테고 혈압은 170을 돌파했을 터였다. 잭에게는 이날이 기회였다. 자신을 기습한 정체 모를 건방진 애송이에게 복수하는 데서 그치지 않고 지저분한 악당 경력의 정점을 찍을 기회, 깡패 리그의 슈퍼볼이었다.

명령을 내린 사람은 볼 것도 없이 발라자르였지만 현장에 있는 사람, 즉 야전 지휘관은 잭 안돌리니였다. 그리고 이번 임무는 빌린 돈의 이자를 안 갚는 약쟁이 바텐더를 손봐 주거나 레녹스 대로의 유대계 보석상 주인에게서 보호료를 뜯는 것하고는 달랐다. 이번 임무는 진짜 전투였다. 안돌리니는 에디가 형 헨리와 함께 약에 취해 일하던 시절에 만난 여느 길거리 깡패들보다는 그래도 영리한 편이었지만, 그런 안돌리니조차도 지능지수하고는 별개의 면에서 근본적으로 멍청한 구석이 있었다. 그는 지금 자신을 조롱하는 이 애송이에게 전에도 당한 적이 있었다. 그것도 아주 흠씬. 그런데 그 기억을 용케도 까맣게 잊어버렸던 것이다.

하역장 바닥에 소리 없이 번져 나간 경유가 이제 잡화점 창고의 휘어진 판자 바닥 위에서 물결쳤다. 사이 양키 플란넬 셔츠, 즉 존은 이제 어떡하느냐는 표정으로 롤랜드를 돌아보았다. 롤랜드는 먼저 고개를 젓고 다음으로 오른손을 빙빙 돌리는 것으로 대답을 대신했다. 기름을 더 퍼부으라는 뜻이었다.

"뺀질이, 그 서점 주인은 어디다 숨긴 거냐?"

안돌리니의 목소리는 전과 다름없이 태평했지만, 이제 더 가까이서 들려왔다. 도로 이쪽 편으로 건너왔다는 뜻이었다. 에디가 안돌리니를 가게 바로 앞쪽에 세워 놓은 셈이었다. 경유의 폭발력이 더 강하지 않은 것이 아쉬울 따름이었다.

"타워는 어디에 있지? 놈을 우리한테 넘겨라, 그러면 너랑 네 친구는 다음에 만날 때까지 건드리지 않을 거다."

어련하시겠어. 에디는 속으로 중얼거리며 수재나가 도저히 못 믿겠다는 뜻을 표현할 때 가끔 (데타 워커의 걸걸한 목소리를 한껏 흉내 내어) 하던 말을 떠올렸다. 그래, 내 입에다는 안 하겠다고 하겠지, 머리카락에 튀기지도 않겠다고 할 거고.

이날의 매복 작전은 안돌리니가 총잡이 손님들을 위해 특별히 마련한 것이라고, 에디는 거의 확신했다. 악당들은 캘빈 타워가 어디에 있는지 알 수도 있고 모를 수도 있었다(잭 안돌리니의 입에서 나오는 소리는 숨소리조차 믿을 수 없었으므로). 그런데 누군가, '찾지 못한 문'이 에디와 롤랜드를 데려다 줄 목적지가 어느 시대의 어느 장소인지 아는 사람이 있었다. 그리고 그 사람이 발라자르에게 그 정보를 넘겨주었다. 미스터 발라자르, 부하들한테 망신을 준 그 애송이를 잡고 싶소? 타워가 당신이 원하는 것을 내놓기 직전에 잭 안돌리니와 조지 비온디를 밟아 버린 그놈을? 좋소. 여기가 바로 놈이 나타날 곳이오. 한 놈이 더 오기로 돼 있소. 자, 이 돈이면 동네 깡패들을 모아 군대도 만들 수 있을 거요. 어쩌면 부족할지도 모르겠소, 그 애송이는 보통내기가 아니고 같이 오는 놈은 그보다 더 세니까. 하지만 운이 좋을지도 모르지. 만에 하나 실패해서 그 롤랜드라는 놈을 놓치고 용병들이 몰살당한다고 해도…… 뭐, 우선은 애송이를 잡는 것부터 시작하면 되니까. 또 총알받이는 얼마든지 구할 수 있는 거고. 안 그렇소? 당연하지. 세상에 널린 게 총알받이니까. 어떤 세상이든.

그렇다면 제이크와 캘러핸 신부는? 두 사람이 도착하는 곳에도 기다리는 자들이 있을까? 그들의 목적지는 지금 이곳의 시간대로부터 22년 후일까? 장미가 피어 있는 공터의 널빤지 벽에 적힌 짤막한 시에 따르면 그럴 터였다. 수재나 미오, 나의 분열된 여인. 시에는 그렇게 적혀 있었다. 딕시 피그에 트럭을 주차했네, 1999년 그해에. 그런데 그쪽에도 환영단이 숨어서 기다리고 있다면, 두 사람이 아직 살아 있을 가능성이 있을까?

에디는 하나의 생각에 매달렸다. 만일 그들 *카텟*의 구성원 가운데 누구라도, 수재나와 제이크, 캘러핸, 심지어 오이라도 숨을 거두었다면, 롤랜드와 자신이 알아차렸을 거라는 생각이었다. 그것이 낭만적인 착각에 굴복하여 스스로를 기만하는 짓이라고 해도 상관없었다.

3

롤랜드는 이름이 존인 '미스터 플란넬 셔츠'와 눈을 맞추고 손날로 자기 목을 긋는 시늉을 했다. 그 신호에 존이 고개를 끄덕이고 가솔린펌프의 손잡이를 곧바로 놓았다. 이제 하역장 가장자리에 서 있는 가게 주인 칩의 얼굴은 피로 얼룩진 곳을 빼면 심상치 않은 회색빛이었다. 롤랜드가 보기에는 금방이라도 기절할 사람 같았다. 전력상의 손해는 전혀 아니었다.

"잭!" 롤랜드가 외쳤다. "잭 안돌리니!"

이탈리아계 이름을 외치는 총잡이의 발음은 정확하면서도 높낮이가 있어서 꽤나 듣기 좋았다.

"넌 뭐야, 그 뺀질이 놈의 형이냐?"

안돌리니가 물었다. 즐거워하는 목소리였다. 그리고 아까보다 더 가까이서 들려왔다. 안돌리니가 롤랜드의 공격에 부딪혀 멈춰 선 곳은 가게 정면, 아마도 롤랜드와 에디가 도착한 자리인 모양이었다. 그가 다음번 공세까지 시간을 끌 리는 없었다. 이곳은 시골이었지만, 그래도 근처에 사람이 살았다. 전복된 목재 트럭에서 솟아오르는 시커먼 연기 기둥이 이미 눈에 띄었을 것이다. 머잖아 사이렌 소리가 들릴 판이었다.

"형보다는 감독관이라고 보면 될 거다."

롤랜드가 그렇게 대답하더니 에디의 총을 손으로 가리켰다. 그다음은 창고를, 마지막으로 자신을 가리켰다. 내가 신호할 때까지 기다려라. 에디는 고개를 끄덕였다.

"뺀질이를 이쪽으로 보내지 그래, 미 아미고(친구)? 이건 네가 끼어들 일이 아니야. 그 녀석만 데려가고 넌 보내줄게. 난 뺀질이 쪽에 용건이 있어서 말이지. 이것저것 불게 만들다 보면 아주 즐거울 것 같아."

"넌 우릴 절대 못 잡을 거다." 롤랜드의 목소리는 즐거워하는 것처럼 들렸다. "넌 아버지의 얼굴을 잊은 놈이니까. 넌 그저 다리가 달린 똥주머니일 뿐이다. 발라자르라는 놈을 카텟의 두목으로 모시면서 그놈 엉덩이를 핥는 신세지. 네 동료들도 그걸 다 알면서 널 비웃고 있다. 그 친구들은 아마 이렇게 말할 거다. '잭을 좀 봐, 두목 엉덩이를 하도 핥아서 갈수록 얼굴이 못생겨지잖아.'"

잠시 침묵이 흘렀다. 그리고 뒤이어.

"입이 꽤 거치시군, 선생."

잭 안돌리니의 목소리는 태연했지만, 꾸며낸 익살은 깨끗이 사라지고 없었다. 웃음기도 함께.

"하지만 몽둥이에 맞아 죽은 놈은 있어도 말에 맞아 죽은 놈은 없다는 말 정도는 들어 봤을 텐데."

멀리서, 마침내, 사이렌 소리가 들려왔다. 롤랜드는 먼저 (주의깊게 그를 지켜보던) 존에게 고갯짓을 한 다음, 에디에게 고개를 끄덕였다. 그 몸짓에 담긴 뜻은 이러했다. 이제 시작이다.

"잭, 발라자르는 네가 묘비도 없는 무덤 속에서 뼈다귀가 된 후에도 오랫동안 카드로 탑을 쌓을 거다. 어떤 꿈은 숙명이지만, 네 꿈은 그렇지 않다. 너의 꿈은 그저 꿈일 뿐이다."

"닥쳐!"

"저 사이렌 소리가 들리나? 너한테 남은 시간은 이제……"

"바이!" 잭 안돌리니가 느닷없이 외쳤다. "바이! 놈들을 덮쳐! 저 늙은 놈의 목을 잘라 와라, 알았나? 저놈의 목을 가져와!"

직원 전용 문이 있던 자리에 뻥 뚫린 구멍을 통해 동그랗고 까만 물체가 완만한 호를 그리며 날아들었다. 이번에도 수류탄이었다. 롤랜드가 예상한 대로였다. 그가 허벅지 높이에서 총을 발사하자 수류탄은 공중에서 폭발했고, 창고와 휴게실 사이의 얄따란 벽은 무시무시한 나뭇조각 폭풍으로 변하고 말았다. 충격과 비탄으로 물든 비명이 터져 나왔다.

"지금이다, 에디!"

롤랜드가 외치며 디젤 펌프에 총을 발사했다. 에디도 함께 거들었다. 처음에는 별 기대 없이 한 일이었지만, 이내 파란 화염이 솟구쳐 중앙 통로에 느릿느릿 퍼져 나가다가, 뒷벽이 있던 자리를 향해 구불구불 번져 갔다. 조금만 더! 맙소사, 이곳 사람들이 가솔린이라고 부르는 연료였더라면 얼마나 좋았을까!

롤랜드는 리볼버의 원통형 탄창을 젖혀 꺼낸 다음 탄피를 발치에 쏟아 버리고 재장전했다.

"오른쪽이오, 선생."

존이 말했다. 거의 잡담을 나눌 때처럼 태연하게. 롤랜드는 납작 엎드렸다. 방금 전까지 서 있던 자리를 총알 한 개가 스치고 지나갔다. 두 번째 총알은 길게 자란 머리 끄트머리를 자르고 날아갔다. 여섯 발들이 탄창에 세 발을 채울 시간밖에 없었지만 롤랜드에게 필요한 것은 두 발뿐이었다. 적 두 명은 똑같이 이마 한복판, 머리 선 바로 아래에 구멍이 뚫린 채 뒤로 날아갔다.

에디 쪽 모퉁이를 돌아서 나타난 악당 한 명이 그곳에서 피투성이 얼굴에 미소를 띤 채 기다리던 에디를 발견했다. 악당은 대번에 총을 던지고 두 손을 들려고 했다. 에디는 그 손이 어깨까지 올라오기도 전에 악당의 가슴에 구멍을 냈다. 슬슬 깨우쳐 가는구나. 롤랜드는 속으로 중얼거렸다. 아직은 운이 좀 필요하겠지만, 그래도 깨우치고 있어.

"형씨들, 난 저 불길이 영 성에 안 차는구먼."

존이 그렇게 말하고는 하역장 위로 뛰어 올라갔다. 이제 가게 건물은 롤랜드가 터뜨린 수류탄에서 피어오른 연기에 가려 안 보이다시피 했지만, 그 연기를 뚫고 총알이 빗발치고 있었다. 존은 총알이 날아오든 말든 아랑곳하지 않는 눈치였다. 롤랜드는 *카*에 감사했다. 그들 앞에 이토록 훌륭한 사람을 준비해 준 *카*에. 이토록 든든한 사람을.

존이 주머니에서 네모난 은빛 물체를 꺼내어 뚜껑을 휙 젖혀 열더니, 엄지손가락으로 조그마한 바퀴를 찰칵 돌려서 단번에 불을 피웠다. 그러고는 불이 붙은 그 조그만 양철 상자를 창고 안으로 휙 던져 넣었다. 화륵 소리와 함께 상자 주위로 불길이 거세게 일었다.

"뭘 꾸물거리는 거냐!" 안돌리니가 악을 썼다. "다 죽여!"

"네가 직접 와서 죽이지 그래!"

롤랜드가 그렇게 외치며 존의 바짓단을 잡아당겼다. 존은 하역장 위에서 비틀거리다 뒤로 떨어져 내렸다. 롤랜드가 아래에서 그를 받아 주었다. 잡화점 주인 칩은 하필 그 순간을 골라 정신을 잃었고, 거의 한숨처럼 가냘픈 신음을 흘리며 쓰레기가 널린 땅바닥에 쓰러졌다.

"그래, 어디 한번 와 봐!" 에디도 거들었다. "와 봐, 이 뺀질아, 넌 도대체 뭐가 문제냐, 이 뺀질아, 어른들 일에 애들 보내지 말라는 말도 못 들어 봤냐? 그쪽에 몇 놈이나 있는데, 한 스무 놈? 봐, 우리 아직 팔팔하잖아! 와 봐! 와서 네가 직접 죽여 보라고! 아니면 뭐야, 남은 평생 얌전히 엔리코 발라자르의 엉덩이나 핥겠다, 이거야?"

연기와 불길을 뚫고 총알이 또 날아왔지만, 가게 안의 적들은 점점 커지는 불길을 뚫고 돌격할 생각이 전혀 없는 모양이었다. 건물 모퉁이를 돌아 나타나는 적도 더는 보이지 않았다.

롤랜드는 에디의 오른쪽 장딴지를 손짓으로 가리켰다. 앞서 관통상을 입은 자리였다. 에디는 엄지손가락을 척 들어 보였지만 청바지 무릎 아래쪽은 곧 터질 것처럼 꽉 끼어 보였고(퉁퉁 부었으므로), 걸음을 옮길 때면 목 짧은 장화에서 절벅거리는 소리가 났다. 통증은 이미 익숙해져서 심장 박동에 맞추어 묵직하게 불끈거리는 듯했다. 그럼에도 에디는 총알이 뼈를 건드리지는 않았다고 굳게 믿었다. 어쩌면. 속으로는 스스로에게 그렇게 인정했다. 그냥 그렇게 믿고 싶은 건지도.

처음에는 한 줄기였던 사이렌 소리가 둘로, 셋으로 불어났다. 그리고 점점 가까워졌다.

"공격해!" 그렇게 외치는 안돌리니의 목소리는 금방이라도 발광을 일으킬 것 같았다. "어서 가, 이 겁쟁이 새끼들아, 가서 저것들을 죽여!"

롤랜드가 보기에 안돌리니가 앞장서서 지휘했더라면 남은 적들은 이미 몇 분 전에, 어쩌면 30초 전에라도 일제히 돌격했을 듯싶었다. 그러나 이제 전면 돌격이라는 선택지는 봉쇄됐고, 안돌리니도 잘 아는 모양이었다. 만약 부하들을 이끌고 건물 한쪽 모퉁이를 돌아 나타났다가는 롤랜드와 에디의 총구 앞에서 축제날 사격 시합의 원반 표적 신세가 되리라는 것을. 안돌리니에게 남아 있는 쓸 만한 작전은 포위전, 아니면 전력을 기다랗게 배치하여 숲을 통해 좁혀 들어오는 것뿐이었지만, 그로서는 둘 다 실행할 시간이 부족했다. 그러나 롤랜드 일행 역시 이 자리를 계속 지키고 있다가는 그들 나름의 문제에 부닥칠 처지였다. 예컨대 그 지역 치안관들을, 아니면 소방대가 먼저 도착할 경우에는 그쪽을 상대해야 했다.

롤랜드가 존을 속삭이는 소리도 들릴 만큼 가까이 잡아당기고 나서 물었다.

"여기서 당장 벗어나야겠소. 우릴 좀 도와주시겠소?"

"아, 그럼, 당연히 그래야지."

바람이 불어왔다. 서늘한 바람이 잡화점의 산산조각 난 앞쪽 창문을 통해, 뒷벽이 있던 자리를 지나, 뒷문으로 흘러나왔다. 디젤 연기가 시커멓고 진득해 보였다. 존이 쿨룩거리며 손을 휘저어 연기를 쫓았다.

"따라오시오. 서둘러야 하니까."

존은 그렇게 말하고는 쓰레기가 가득 널린 가게 뒷마당을 부리나케 가로질러 달려갔다. 부서진 상자를 폴짝 뛰어넘은 다음, 녹슨 소각로와 그보다 더 벌겋게 녹이 슨 기계 부품 무더기 사이를 요리조리 빠져나갔다. 그중 가장 큰 부품에는 롤랜드가 중간 세계에서 방랑을 시작하기 전에 익히 보았던 이름이 적혀 있었다. 존 디어였다.

롤랜드와 에디는 뒷걸음으로 걸으며 존의 후방을 엄호했다. 발이 걸려 넘어질지도 모르는 판국이었지만 등 뒤는 거의 돌아보지도 않았다. 롤랜드는 안돌리니가 최후의 돌격에 나서리라는, 그래서 놈을 처치할 수 있으리라는 희망을 완전히 거두지는 못했다. 전에 한 번 그랬던 것처럼. 그때는 서쪽 바다의 모래톱 위였다. 그런데 놈이 다시 눈앞에 있었다. 그냥 돌아온 것이 아니라 10년이나 젊어진 모습으로.

그런데 나는 천 년은 더 늙어 버린 기분이구나.

그러나 실제로는 그렇지 않았다. 하긴, 롤랜드는 이제 노인이라면 으레 받아들일 법한 고통을 (마침내) 겪는 중이었다. 그러나 그에게는 다시금 지켜야 할 *카텟*이 있었다. 심지어 그냥 *카텟*이 아니라 총잡이들로 이루어진 *카텟*이었다. 그리고 그들은 롤랜드의 삶을 전혀 예상치 못한 방식으로 바꾸어 놓았다. 이 모든 것이 그의 삶에서 다시금 의미를 지녔다. 단지 암흑의 탑만이 아니라, 모든 것이. 그래서 롤랜드는 안돌리니가 돌격하기를 바랐다. 만약 이 세계에서 안돌리니를 죽이면 영영 죽은 채로 남으리라는 생각이 들었다. 이 세계는 다르기 때문이었다. 이곳에는 다른 모든 세계, 심지어 롤랜드의 세계에도 없는 공명(共鳴)이 존재했다. 그 공명은 뼈 하나하나와 신경 한 줄기 한 줄기에서 느껴졌다. 롤랜드가 올려다본 하늘에는 그가 기대했던 것이 정확히 보였다. 한 줄로 늘어선 구름이었다. 황량한 가게 뒷마당 끄트머리에는 숲속으로 이어진 오솔길이 있었고, 길 어귀에 큼지막한 화강암 두 덩어리가 표지판 삼아 놓여 있었다. 그리고 그 길 어귀에서, 총잡이는 생선 뼈처럼 생긴 그림자를 보았다.

그림자들은 어지럽게 겹쳐 있었지만 모두가 한 방향을 가리켰다. 그 방향을 알아보려면 주의 깊게 봐야 했지만, 한번 보면 결코 놓칠 수 없는 표식이었다. 앞서 그들 *카텟*이 공터에서 빈 가방을 발견하고 수재나가 죽은 유랑자들을 목격했던 뉴욕과 마찬가지로, 이곳은 진짜 세계였다. 시간이 언제나 한 방향으로 흐르는 세계였다. 일단 문을 찾기만 하면 롤랜드와 에디는 제이크와 캘러핸이 그랬듯이 미래로 뛰어들 수 있을지도 몰랐다(롤랜드는 공터의 판자벽에 적혀 있던 시를 떠올렸고, 이제는 일부나마 그 시의 의미를 이해할 수 있었다.). 그러나 과거로는 두 번 다시 돌아갈 수 없었다. 이곳은 진짜 세계, 한번 굴린 주사위는 두 번 다시 거둬들일 수 없는, 암흑의 탑에 가장 가까운 세계였다. 그리고 그들은 여전히 빔의 길 위에 있었다.

존은 롤랜드와 에디를 숲길로 인도하고는 재빨리 길을 따라 나아갔다. 기둥처럼 굵직하게 피어오르는 시커먼 연기와 점점 더 요란하게 울려 퍼지는 사이렌 소리를 뒤로 하고서.

4

일행이 채 500미터도 전진하기 전에, 나무 사이로 반짝이는 파란 빛이 에디의 눈에 띄었다. 오솔길은 솔잎이 깔려서 미끄러웠고, 길 끄트머리의 내리막에는 자작나무 난간이 만들어져 있었다. 그곳을 내려가면 몹시도 아름다운 호수가 길고 가느다랗게 이어졌다. 호수의 수면 위로 짤따란 선착장이 툭 튀어나와 있었다. 선창에 밧줄로 묶인 것은 모터보트였다.

"저건 내 보트요. 저걸 타고 점심거리를 사러 온 길이었지. 방금 그 난리굿을 구경할 줄은 까맣게 모르고서."

"뭐, 횡재한 셈 치세요."

"아무렴, 목숨은 건졌으니 횡재했지. 내리막 끄트머리에서 조심하시오, 까딱하면 엉덩방아를 찧는 수가 있으니까."

존은 난간에 의지하여 균형을 잡으면서 걷는 게 아니라 미끄러지듯이 재빨리 내려갔다. 그가 신은 낡고 헤진 작업화는 에디가 보기에 중간 세계에서도 전혀 튀어 보이지 않을 물건 같았다.

에디는 다친 다리를 조심하며 존의 뒤를 이어 내리막을 내려갔다. 롤랜드는 후미에서 경계를 맡았다. 뒤쪽 저편에서 느닷없이 폭발음이 들려왔다. 맨 처음에 들은 고성능 라이플의 발사음처럼 쨍한 소리였지만, 그보다 훨씬 더 커다랬다.

"칩네 가게의 프로판 통이 터졌나 보군."

"방금 뭐라고 했소?"

"프로판가스야, 롤랜드. 가스통이 폭발했다고."

"바로 그거요. 가스레인지하고 연결된 통이지."

존은 나직한 목소리로 설명한 에디에게 맞장구를 친 다음, 보트에 올라 엔진의 시동용 줄을 잡고 냉큼 당겼다. 재봉틀처럼 조그맣지만 우직한 20마력짜리 엔진은 단번에 시동이 걸렸다.

"냉큼 타시오, 당장 여길 떠야 하니까."

존이 부루퉁한 목소리로 말했다. 에디가 보트에 올랐다. 롤랜드는 도중에 멈춰 서서 목을 세 번 두드렸다. 에디는 전에도 물을 건너기에 앞서 같은 동작을 하는 롤랜드의 모습을 본 적이 있었고, 그래서 나중에 그 손짓의 의미를 물어봐야겠다고 생각했다. 그럴 기회는 찾아오지 않았다. 에디가 그 생각을 다시 떠올리기 전에 죽음이 그들 사이를 비집고 들어왔으므로.

5

보트는 더없이 화창한 여름날의 파란 하늘 아래 수면에 비친 자기 모습 위를 미끄러지듯 나아가며, 엔진이 달린 어떤 탈것보다도 더 조용하고 우아하게 물 위를 누볐다. 일행 뒤쪽 멀리서 시커먼 연기 기둥이 파란 하늘을 더럽히며 뭉게뭉게 피어올라 점점 더 넓게 번져 갔다. 조그만 호수의 가장자리에는 대부분 반바지나 수영복 차림인 사람들 수십 명이 손차양으로 햇빛을 가리고 서서, 연기가 피어오르는 쪽을 바라보는 중이었다. 쉬지 않고(또한 조금도 눈에 띄지 않고) 나아가는 모터보트를 눈여겨보는 사람이 설령 있었다 해도 그 수는 얼마 되지 않았다.

"여긴 키웨이딘 호수요. 혹시 궁금해할까 해서."

존이 앞쪽 멀리 회색 혀처럼 툭 불거진 선착장을 가리켰다. 이쪽 선착장 옆에는 조그만 보트 하우스가 있었다. 가장자리를 초록색으로 칠한 하얀 보트 하우스는 위쪽으로 여닫는 문이 열린 채였다. 보트가 그곳에 가까이 다가가는 동안 롤랜드와 에디는 문 안쪽에 카누와 카약이 각각 한 척씩 밧줄에 묶인 채 나란히 떠 있는 것을 발견했다.

"저 보트 하우스는 내 거요."

'미스터 플란넬 셔츠' 존이 말했다. 보트 하우스의 보트는 글자로 쓰기도 힘든, 아마도 브우트가 가장 가까울 법한 소리로 들렸지만, 동행들은 모두 알아들었다. 칼라 마을 사람들의 발음 그대로였기 때문이었다.

"관리를 잘한 것 같네요."

에디가 말했다. 무슨 말이든 해야 할 것 같아서 한 말이었다.

"아, 당연하지. 난 집수리도 하고 야영장 관리도 하고, 목공 일도 두루두루 하니까. 내 보트 하우스가 다 쓰러져 가는 꼴을 하고 있으면 일거리가 들어올 리 없지, 안 그렇소?"

그 말에 에디가 싱긋 웃었다.

"그렇겠네요."

"여기 물가에서 한 1킬로미터 가면 우리 집이오. 내 이름은 존 컬럼이올시다."

존이 롤랜드에게 오른손을 내밀었다. 그러면서도 왼손으로는 엔진의 방향타를 잡고 있었다. 보트가 뭉게뭉게 솟는 연기 기둥으로부터 똑바로 멀어져 보트 하우스 쪽을 향하도록.

롤랜드는 맞잡은 존의 손이 거칠거칠해서 마음에 들었다.

"나는 길르앗의 롤랜드 디셰인이오. 기나긴 낮과 즐거운 밤이 오래도록 이어지기를 바라오, 존."

다음은 에디가 손을 내밀 차례였다.

"저는 에디 딘, 브루클린 출신이에요. 반갑습니다."

존은 선선히 악수를 하면서도 눈으로는 에디를 유심히 살폈다. 손을 놓고 나서 존이 한 말은 이러했다.

"젊은 친구, 방금 무슨 일 있지 않았소? 있었지?"

"모르겠는데요."

에디가 말했다. 완전히 솔직한 대답은 아니었다.

"자네 브루클린에 가 본 지 꽤 오래됐지. 안 그런가?"

"안 가 보기는 모어하우스커녕 어떤 하우스에도 안 가 봤죠." 에디는 그렇게 대꾸하고 나서 재빨리, 머릿속에 떠오른 말이 사라지기 전에 이렇게 덧붙였다. "미아가 수재나를 가뒀어요. 1999년에 가둬 놨어요. 수재나는 도건에 갈 수 있지만 가 봤자 소용없어요. 미아가 계기판을 다 잠갔으니까. 수재나는 아무것도 못해요. 납치당했어요. 수재나…… 수재나는……."

에디의 말은 거기서 멈췄다. 한순간 모든 것이, 잠에서 깨어나는 순간의 꿈처럼, 너무도 분명했다. 그러다가 꿈이 으레 그렇듯이 희미해졌다. 에디는 방금 그 말이 수재나에게서 온 진짜 메시지인지, 아니면 순전히 자신의 공상인지조차 분간할 수 없었다.

젊은 친구, 방금 무슨 일 있지 않았소?

이는 존 컬럼도 느꼈다는 뜻이었다. 그렇다면 공상이 아니었다. 그보다는 모종의 터치인 듯싶었다.

존은 잠시 기다리다가 에디가 말이 없자 롤랜드를 돌아보았다.

"이 친구 이렇게 이상한 소리를 할 때가 자주 있소?"

"자주 이러진 않소, 사이…… 아니, 선생. 컬럼 선생, 위기에 빠진 우리를 도와줘서 고맙소. 진심으로 감사하오. 여기서 더 신세를 지는 건 뻔뻔하기 그지없는 짓일 거요, 하지만……"

"하지만 져야겠다는 말씀이군. 알았소, 무슨 말인지."

존은 네모난 입처럼 열려 있는 보트 하우스 입구를 향해 보트의 진로를 살짝 수정했다. 롤랜드가 보기에 5분 정도면 보트 하우스에 도착할 듯싶었다. 그 정도면 괜찮았다. 엔진으로 움직이는 이 조그만 배를 타고 가는 데에는 조금도 불만이 없었지만(심지어 성인 남자 셋의 무게 때문에 흘수선이 적잖이 올라왔는데도), 키웨이딘 호수는 너무 탁 트인 곳이라 영 마뜩잖았다. 잭 안돌리니(또는 잭을 대신한 후임자)가 호숫가의 구경꾼들을 샅샅이 탐문하다 보면 결국에는 남자 셋이 탄 조각배를 기억하는 사람이 몇 명 나타날 터였다. 그리고 가장자리가 초록색으로 깔끔하게 칠해진 보트 하우스를 아는 사람도. 아, 존 컬럼의 브우트 하우스 말이군요. 목격자들은 그렇게 말할 터였다. 그렇게 되기 전에 존 컬럼을 안전한 곳으로 피신시키고 빔의 길을 따라 되도록 멀리까지 나아가는 것이 최선이었다. 이 경우에 '안전한 곳'이란 지평선까지 3루크 거리, 또는 100휠 떨어진 곳이었다. 롤랜드에게 컬럼은 생판 남인데도 절체절명의 순간에 의연히 나서서 그들의 목숨을 구해 준 사람이었다. 그런 사람이 정작 자기 목숨을 잃는 사태만은 무슨 일이 있어도 막아야 했다.

"뭐, 힘닿는 데까지는 돕겠소. 그럴 마음은 이미 먹었으니까. 하지만 먼저 물어볼 게 있소. 아직 시간이 있는 동안에."

그 말에 에디와 롤랜드는 흘깃 눈길을 주고받았다.

"할 수 있는 데까지는 대답하리다. 그 말은 곧 우리가 판단하기에 당신이 알아도 다치지 않을 대답만 하겠다는 뜻이오, 이스트 스토넘의 존 선생."

존이 고개를 끄덕였다. 그러면서 마음을 다잡는 눈치였다.

"당신들이 유령이 아니란 건 알겠소. 아까 가게에 있던 사람들 모두 당신들을 목격했고, 난 방금 악수까지 했으니까. 그림자도 똑똑히 보이고." 존이 보트 옆면에 드리운 두 사람의 그림자를 가리켰다. "사람인 건 분명해. 그러니 물어보겠소. 당신들, 방문자요?"

"방문자라."

에디가 그렇게 되뇌며 롤랜드를 돌아보았지만, 롤랜드의 표정은 멍하기만 했다. 에디는 배 뒤쪽에 앉아 보트 하우스 입구를 향해 배의 진로를 조정하는 존 컬럼에게로 시선을 돌렸다.

"죄송한데요, 무슨 말씀인지 통……"

"이 근방에 방문자가 꽤 자주 출몰했소. 요 몇 년 동안. 워터퍼드, 스토넘, 이스트 스토넘, 러벨, 스위든…… 브리지턴이랑 그 옆의 덴마크에까지 나타났다고 하더군."

마지막 마을 이름은 덴마아아크처럼 들렸다.

존이 본 두 사람은 여전히 영문을 모르겠다는 표정이었다.

"방문자들은 어느 날 갑자기 나타났소. 개중에는 유행이 지난 옷을 입은 치도 있었지. 꼭…… 뭐랄까, 과거에서 온 인간처럼. 한 놈은 아예 홀딱 벗은 채 5번 국도 한복판을 걸어갔다지 뭐요. 앵스트롬네 아들이 목격했소. 작년 11월에 그랬지. 개중에는 외국 말을 하는 놈도 있다더군. 한번은 워터퍼드에 있는 도니 러서트의 집 안에 들어온 적도 있소. 방문자 한 놈이 그 집 부엌 식탁에 버젓이 앉아 있었다는 거요! 도니는 밴더빌트 대학교에서 역사 교수를 하다 퇴직한 친군데, 그 광경을 비디오카메라로 촬영했소. 놈은 한참을 뭐라 뭐라 떠들다가 세탁실로 들어가 버렸지. 화장실로 착각하고 들어갔을 거라 생각한 도니가 놈을 붙잡으려고 따라 들어갔는데, 그새 사라져 버렸소. 나갈 문도 없는 곳에서, 그냥 사라져 버린 거요.

도니가 그 비디오를 밴더빌트 대학 언어학과('어너하까') 친구들한테 빠짐없이 보여 줬는데, 놈의 말을 알아들은 사람은 한 명도 없었소. 어떤 사람은 에스페란토어처럼 새로 만든 언어라고 했다더군.

할 줄 아시오, 에스페란토어?"

롤랜드가 고개를 저었다. 에디는 (조심스레) 입을 열었다.

"들어 본 적은 있어요. 하지만 뭔지는 잘……"

"그런데 가끔은 말이오." 배가 보트 하우스의 그늘로 스르르 들어서자 존의 목소리가 나지막해졌다. "가끔은 다친 놈도 있었소. 아니면 불구이거나. 룬트였던 거지."

그 순간 롤랜드가 느닷없이 휘청거리는 바람에 보트가 쿵 소리를 내며 흔들렸다.

"뭐라고? 방금 뭐라고 했소? 다시 말해 보시오, 존, 똑똑히 들어야겠소."

존은 롤랜드가 단순히 자기 발음을 못 알아들어서 그러는 거라고 생각한 모양이었다. 그래선지 이번에는 더 똑똑히 발음하려고 애를 썼다.

"루인드(Ruined), '망가진 인간들'이라고. 핵전쟁에서 살아남았든가, 낙진을 맞았든가, 뭐 그런 식으로."

"느림보 돌연변이 말이로군. 에디, 내 생각엔 이 사람이 느림보 돌연변이들 얘기를 하는 것 같다. 놈들이 이 마을에 온 거다."

그 말에 고개를 끄덕이는 동안 에디의 머릿속에는 러드의 백발이와 어린둥이 패거리가 떠올랐다. 이와 동시에 기괴하게 생긴 벌집과 그 위로 기어 다니던 괴물 같은 벌레들도 떠올랐다.

존이 보트에 달린 소형 에빈러드 엔진을 정지시킨 후에도, 세 사람은 한동안 가만히 앉아 호수 물이 뱃전을 때리는 공허한 소리에 귀를 기울였다.

"느림보 돌연변이라." 존 노인이 그 말의 의미를 음미하듯 중얼거렸다. "그래, 그만큼 잘 어울리는 이름도 없을 것 같구먼. 헌데 그게 다가 아니오. 짐승들, 이 근방에선 아무도 본 적 없는 새들도 나타났거든. 하지만 사람들이 걱정하면서 수군거리는 건 주로 방문자들이었소. 도니 러서트가 듀크 대학교의 지인한테 전화를 걸어 문의했는데, 그 지인이 다시 심령학 연구소에 있는 아무개한테 물어봤소. 번듯한 대학교에 그런 데가 다 있다니 놀랄 일이지만, 아무래도 사실인 것 같소. 거기서 심령학을 연구하는 여자가 말하길 자기네는 그렇게 부른다고 했소. 방문자라고. 그리고 그렇게 찾아왔다가 다시 사라지면 이탈자라고 한다더군. 다들 그렇게 사라졌소, 이스트 콘웨이에 나타났다가 죽은 녀석 한 놈만 빼고. 그 여자 말에 따르면 그런 현상을 연구하는 과학자들은…… 과학자라고 할 수도 있겠지, 그러면 안 된다는 사람들도 많겠지만…… 아무튼 그런 과학자들 중에는, 방문자가 다른 행성에서 온 외계인이라고 믿는 사람도 있다고 했소. 우주선이 놈들을 떨어뜨렸다가 다시 주워 간다는 거요. 하지만 보통 과학자들은 방문자를 시간 여행자로 여긴다고 했소. 아니면 우리 지구와 평행으로 존재하는 다른 지구에서 온 존재이거나."

"언제 시작된 거죠? 그 방문자들이 언제부터 나타난 거예요?"

"아, 한 이삼 년 됐지. 그리고 갈수록 빈번해지는 중이오. 두세 놈은 내 눈으로 직접 본 적이 있소. 한번은 대머리 여자였는데, 이마 한복판에 피가 흐르는 눈이 달린 것처럼 보이더군. 하지만 그땐 다 멀리서 본 거였소. 댁들은 지금 내 눈앞에 있고."

존이 앙상한 무릎 위로 몸을 숙여 두 사람을 바라보았다. (롤랜드의 눈처럼 새파란) 두 눈이 번들거렸다. 호숫물이 뱃전에 부딪히는 소리가 공허하게 들려왔다. 에디는 다시금 존 컬럼의 손을 잡고 싶은 충동이 불쑥 치솟았다. 또다시 자신에게 무슨 일이 일어나는 것은 아닌지 확인하고 싶어서였다. 밥 딜런의 노래 중에는 「환상 속의 조애나」라는 곡도 있었다. 에디가 보고 싶은 환상 속의 얼굴은 조애나는 아니었지만, 적어도 이름만은 비슷했다.

"아무렴, 댁들은 바로 내 눈앞에 이렇게 앉아 있지. 자, 내가 같이 가면서 힘닿는 데까지 도와 드리겠소, 두 사람 다 께름칙한 구석은 눈곱만큼도 보이질 않으니까(아까 목격했던 귀신같은 총 솜씨는 생전 처음이라는 말은 꼭 해 두고 싶소만). 그래도 이거 하나는 물어봐야겠소. 당신들, 방문자요, 아니오?"

롤랜드와 에디는 다시금 눈길을 주고받았고, 이번에는 롤랜드가 대답했다.

"그렇소. 아무래도 방문자인 것 같구려."

"젠장할."

존이 나직이 중얼거렸다. 경외감에 사로잡힌 그의 얼굴은 자글자글한 주름에도 불구하고 어린애처럼 보였다.

"방문자라니! 대관절 어디서 온 거요, 가르쳐 줄 수 있겠소? 아무래도 브루클린은 아닌 것 같은데."

존이 에디를 돌아보며 낄낄 웃었다. 사람들이 멋진 속임수였다고 인정할 때 터뜨리는 웃음이었다.

"하지만 전 정말로 브루클린 출신이에요."

에디가 말했다. 다만 지금 이 세계의 브루클린이 아니라는 것은 에디도 아는 바였다. 에디가 살던 세계에서 『칙칙폭폭 찰리』라는 그림책의 작가는 베릴 에번스라는 여성이었다. 지금 이 세계에서 그 책을 쓴 사람의 이름은 클로디아 이 이네스 바크먼이었다. 베릴 에번스는 진짜 같았고 클로디아 이 이네스 바크먼은 3달러짜리 지폐만큼이나 엉터리 같았지만, 그럼에도 에디는 바크먼이 진짜라는 믿음 쪽으로 점점 더 기울었다. 어째서일까? 그 이름이 이 세계의 일부로서 나타났기 때문이었다.

"전 진짜 브루클린 출신이에요. 그냥…… 단지…… 거기가 거기가 아닐 뿐이죠."

존 컬럼은 여전히 놀라서 눈이 동그래진 아이 같은 표정으로 두 사람을 응시하고 있었다.

"다른 놈들은? 댁들을 기다리던 놈들 말이오. 그놈들도……?"

"아니, 놈들은 아니오. 존, 지금은 이러고 있을 때가 아니오. 시간이 없소."

롤랜드가 조심스레 일어서서 머리 위의 서까래를 잡고 나직한 신음을 흘리며 배에서 내렸다. 존이 그 뒤를 따랐고 에디는 맨 나중에 내렸다. 먼저 내린 두 사람이 에디를 부축해야 했다. 지겹게 욱신거리던 오른쪽 장딴지는 조금 잠잠해졌지만, 다리는 뻣뻣하게 마비돼서 뜻대로 움직이기가 힘들었다.

"존, 당신 집으로 갑시다. 우리가 찾아야 할 사람이 있소. 운이 좋으면 당신이 도와줄 수도 있을 거요."

도울 일은 그것 말고도 많을 거예요. 에디는 속으로 중얼거리며 두 사람을 따라 양지로 나왔다. 불편한 다리로 절뚝거리느라 이를 갈면서.

그 순간 에디는 아스피린 열 개만 얻을 수 있다면 성자라도 죽일 수 있을 것만 같았다.

선창: 코말라 빵 누룩!
지옥에 떨어지든가, 천국에 올라가든가!
총이 발사되고 불꽃이 이글거리면
오븐에 처넣을 때가 된 거지.

합창: 코말라 컴 일곱!
소금과 누룩을 너에게!
불을 지피고 두들겼으니
이제 오븐에 처넣을 시간이야.

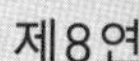

제8연

캐치볼 게임

1

1984년에서 1985년으로 이어진 겨울, 그러니까 에디의 헤로인 투약 습관이 여가용 마약 지대의 경계를 넘어 진짜 해악의 왕국으로 슬금슬금 기어들 무렵에, 에디의 형 헨리 딘은 어떤 여자를 만나 짧은 연애를 했다. 에디가 보기에 그 실비아 골도버라는 여자는 구린내 대마왕이었지만(겨드랑이에서는 암내를 풍기고 믹 재거처럼 두툼한 입술 사이로는 입구린내가 뿜어 나왔으므로) 그 생각을 입 밖에 내지는 않았는데 왜냐면 헨리 형이 실비아를 미인으로 여겼기 때문이었다. 에디는 그런 형의 마음에 상처를 내고 싶지 않았다. 그 겨울에 두 젊은 연인은 삭풍이 몰아치는 코니아일랜드 해변을 산책하거나, 타임스스퀘어의 극장에서 영화를 보며 오랜 시간을 함께 보냈다. 극장에서는 맨 뒷줄에 앉아서 팝콘과 땅콩 초콜릿이 다 떨어지기가 무섭게 서로를 주물럭거리곤 했다.

에디는 헨리 형의 인생에 새로 등장한 인물을 대해 냉철하게 분석했다. 만약 헨리 형이 끔찍한 입구린내를 극복하고 실비아와 진한 키스를 나눌 수 있다면, 잘된 일이었다. 대개 회색빛으로 기억되는 그 석 달 동안 에디는 거의 늘 아파트에 틀어박혀 혼자서 약에 취해 지냈다. 그래도 괜찮았다. 실은 그 시간을 즐겼다. 만약 헨리가 집에 있었다면 텔레비전을 보겠다고 고집을 피우며 에디를 오디오북이나 듣는 녀석이라고 줄창 놀렸을 테니까('어머나, 세상에! 우리 에디가 요정이랑 오루쿠랑 쪼그맣고 귀여운 난쟁이가 나오는 재미난 이야기를 듣고 싶어 하는구나!'). 『반지의 제왕』에 나오는 오르크를 매번 '오루쿠'라고, 엔트는 '걸어 다니는 무서운 나무'라고 부르면서. 헨리는 지어낸 이야기는 다 괴상한 거짓부렁으로 치부했다. 에디는 이따금 한낮의 텔레비전 드라마보다 더 쓰레기 같은 거짓부렁은 없다고 형을 설득하려 했지만, 헨리에게는 그런 말이 전혀 통하지 않았다. 헨리는 「제너럴 호스피탈」의 못된 쌍둥이에 관해서도, 또 그들만큼이나 못돼 먹은 「가이딩 라이트」의 계모에 관해서도 모르는 것이 없는 드라마광이었다.

헨리 딘 일생일대의 연애는 여러 면에서 에디에게 구원이었다(실비아 골도버가 헨리의 지갑에서 90달러를 빼내고 그 자리에 미안해, 헨리라고 적힌 쪽지를 남긴 채 전 남자친구와 아무도 모를 곳으로 달아나며 끝나 버리기는 했지만.). 에디는 거실 소파에 앉아 배우 존 길구드가 낭독하는 『반지의 제왕』 삼부작 오디오북을 틀어 놓고서, 오른팔 안쪽에 헤로인 주사기를 콕콕 쑤셔 댄 다음, 스르르 잠들어 프로도와 샘과 함께 어둠숲이나 모리아의 지하를 누볐다.

에디는 호빗을 어찌나 좋아했던지 여생을 기꺼이 호빗골에서 보내고 싶을 정도였다. 구할 수 있는 최악의 마약은 담배이고 동생을 못살게 구는 일로 하루를 보내는 형들도 없는 그곳에서. 그런데 지금, 숲속에 있는 존 컬럼의 조그만 오두막집이 에디 앞에 1980년대의 그 시절과 그 음산한 이야기의 추억을 생생하게 불러냈다. 오두막집에서 호빗골의 분위기가 풍겼기 때문이었다. 거실의 가구는 자그마했지만 완벽했다. 소파가 한 개, 푹신해 보이는 의자 두 개는 팔걸이에 하얀 덮개가 있고 머리 받침까지 달려 있었다. 한쪽 벽에 걸린 금색 액자 속 흑백사진의 인물들은 컬럼의 부모님 같았고 맞은편 벽의 사진 속 사람들은 조부모일 터였다. 이스트 스토넘 의용 소방대에서 받은 감사장도 액자에 들어 있었다. 새장 속에서는 앵무새가 사근사근하게 지저귀고 난롯가에는 고양이가 엎드려 있었다. 고양이는 사람들이 들어서는 소리에 고개를 들고 낯선 얼굴들을 빤히 바라보다가, 다시 잠드는 것처럼 보였다. 틀림없이 칼럼의 자리일 안락의자 옆에 긴 다리가 달린 재떨이가 서 있고 그 안에 파이프 두 개가 놓여 있었다. 한 개는 옥수숫대 파이프, 한 개는 브라이어 파이프였다. 고풍스러운 에머슨 전축 한 대(라디오용 주파수 눈금판과 크고 둥그런 볼륨 손잡이가 붙어 있었다.)가 보일 뿐 텔레비전은 없었다. 실내에는 담배 냄새와 말린 꽃 냄새가 기분 좋게 감돌았다. 기막히게 단출한 살림살이는 한눈에 봐도 집주인이 홀몸이라는 증거였다. 존 컬럼의 거실은 독신남의 즐거운 삶에 바치는 조촐한 송가였다.

"다리는 좀 어떠신가? 다행히 피는 멎은 것 같지만, 걸을 때 보니까 엄청 절뚝거리던데."

존의 말에 에디가 웃음을 터뜨렸다.

"아파 죽겠어요. 그래도 걸을 순 있으니 행운으로 여겨야죠."

"화장실은 저쪽이오. 씻을 생각이라면." 컬럼이 한쪽을 가리키며 말했다.

"아무래도 그래야겠네요."

씻는 일은 고통스러우면서도 한편으로 위안이었다. 다리의 총상은 깊었지만, 뼈는 멀쩡해 보였다. 팔의 상처는 아예 사소한 문제였다. 천만다행히도 총알이 팔을 깨끗이 뚫고 나갔고, 컬럼의 화장실 약장에는 과산화수소도 있었다. 에디는 이를 악 물고 통증을 참으며 팔의 총알구멍에 약을 부은 다음, 용기가 사그라지기 전에 서둘러 다리와 장딴지의 찢어진 자리에도 약을 부었다. 그러면서 프로도와 샘이 총 맞은 자리에 과산화수소를 붓는 것만큼 끔찍한 곤경의 근처에라도 간 적이 있는지 떠올려 봤지만 아무것도 생각나지 않았다. 하긴, 애초에 그들에게는 부상을 치료해 줄 요정이 있었으니까. 안 그런가?

"나한테 쓸 만한 게 있소."

컬럼이 화장실에서 나온 에디를 보고 한 말이었다. 노인은 옆방으로 들어갔다가 처방약을 보관하는 갈색 병을 들고 돌아왔다. 병 속에 알약 세 개가 들어 있었다. 컬럼이 에디의 손바닥에 그 알약을 놓으며 말했다.

"내가 지난겨울 얼음장에 미끄러져서 빗장뼈가 부러졌을 때 받은 거요. 이름이 퍼코단이라더군. 약효가 아직 남았는지 어떤지는 모르겠지만, 그래도……."

"예? 퍼코단이라고요?"

에디가 환한 표정으로 물었다. 그러고는 컬럼이 뭐라고 대꾸하기도 전에 알약을 입에 털어 넣었다.

"물이랑 같이 먹어야 하는 거 아닌가, 젊은 양반?"

"아뇨." 에디가 알약을 우적우적 씹으며 대답했다. "이렇게 먹어야 직방이에요."

벽난로 옆 탁자 위의 유리장에 야구공이 가득 들어 있었다. 에디는 구경할 생각에 그쪽으로 어슬렁어슬렁 걸어갔다.

"세상에, 멜 파넬이 사인한 공이잖아요! 레프티 그로브가 사인한 것도 있고! 끝내주는데!"

"그 정도 가지고 뭘. 맨 위 칸을 한번 보시구려."

컬럼은 브라이어 파이프를 집으며 그렇게 말하고는 소파 옆의 작은 테이블에서 프린스 앨버트 살담배 쌈지를 꺼내어 파이프에 담배를 채우기 시작했다. 그러는 사이에 이쪽을 유심히 보는 롤랜드의 모습이 컬럼의 눈에 띄었다.

"선생도 담배 태우시오?"

롤랜드가 고개를 끄덕였다. 그러고는 셔츠 주머니에서 담뱃잎을 한 장 꺼냈다.

"나도 한 개비 말아야겠구려."

"저런, 손님이 그런 걸 피우시게 놔둘 수야 없지."

컬럼은 그 말을 남기고 다시 거실을 떠났다. 안쪽의 방은 크기가 벽장보다 살짝 큰 정도였다. 방에 있는 양서랍책상은 크기가 조그마했는데도 컬럼은 옆걸음으로 그 책상 뒤를 지나갔다.

"환장하겠네." 에디가 컬럼이 언급한 바로 그 야구공을 보며 중얼거렸다. "베이브 루스가 사인한 공이라니!"

"아무렴, 게다가 양키스 시절에 사인한 것도 아니라오. 나야 양키스 선수가 사인한 야구공 같은 건 줘도 안 받으니까. 그 공은 루스가 아직 레드삭스에서 뛸 때 사인한 건데…… 옳지, 여기 있었구먼. 내 기억은 틀림없다니까. 푸석푸석하겠지만 그래도 없는 것보다야 낫지, 우리 어머니 말씀대로 말이야. 받으시오, 선생. 우리 조카가 두고 간 거요. 아직 담배 태울 나이가 안 된 녀석이기는 하지만, 뭐.”

컬럼이 3분의 2쯤 남은 담뱃갑 한 개를 총잡이에게 건넸다. 롤랜드는 그 담뱃갑을 이리저리 살펴보다가 상표명을 가리켰다.

“단봉낙타가 그려져 있군. 여기 적힌 이름은 다를 것 같소만.”

컬럼은 경계심과 호기심이 섞인 표정으로 빙긋 웃었다.

“그렇소. ‘카멜’이라고 적혀 있지. 뜻은 똑같다오.”

“음.”

롤랜드가 짐짓 알아들었다는 표정을 지었다. 그러고는 담배 한 개비를 꺼내어 필터를 살펴보고 반대쪽 끄트머리를 입에 물었다.

“아니, 그쪽 말고 반대쪽을 입에 무는 거요.”

“정말이오?”

“아무렴.”

“맙소사, 롤랜드! 여기 바비 도어가 사인한 공도 있어…… 테드 윌리엄스 사인 볼은 두 개나…… 거기다 조니 페스키…… 프랭키 멀존…….”

“선생한테는 아무 의미 없는 이름들이겠지, 안 그렇소?”

“그렇소, 허나 내 친구는…… 고맙구려.” 롤랜드는 사이 컬럼이 내민 성냥으로 담배에 불을 붙였다. “내 친구는 이쪽 세계를 한동안 떠나 있었다오. 그동안 많이 그리웠던 것 같소.”

“나, 참. 방문자라니! 방문자들이 우리 집에 와 있다니! 정말이지 믿을 수가 없구먼!”

"듀이 에번스 거는 어딨어요?" 에디가 물었다. "듀이 에번스 사인볼은 안 보이는데요."

"뭐라고 하셨소?" 컬럼의 말은 '머라고 혔소'처럼 들렸다.

"아직은 그 이름으로 안 부르나 보네요." 에디가 혼잣말을 하듯 중얼거렸다. "드와이트 에번스 말이에요. 레드삭스의 우익수."

"아아. 거기는 최고의 선수들만 모시는 자리라서 말이지."

"듀이는 돈값을 제대로 하는 선수예요. 제가 장담한다고요. 아직은 존 컬럼 선정 명예의 전당에 못 들어갈 수준인지 몰라도, 몇 년만 기다려 보세요. 1986년까지만요. 그건 그렇고 존, 야구팬으로서 딱 한 마디만 해도 될까요?"

"되고말고."

컬럼이 발음한 그 말은 칼라 마을의 방언과 정확히 일치했다. 대고말고.

한편 롤랜드는 이제 막 담배를 한 모금 빨아들인 참이었다. 그는 연기를 내뿜고는 눈살을 찌푸리며 담배를 내려다보았다.

"로저 클레멘스. 그 이름을 기억하세요."

"클레멘스라."

존 컬럼의 목소리에는 미심쩍어하는 빛이 묻어났다. 희미하게, 키웨이딘 호수 건너편에서 사이렌 소리가 다시금 들려왔다.

"로저 클레멘스. 알았소, 명심하리다. 그런데 그게 누구요?"

"그냥 이곳에 모시고 싶어질 선수라고만 해 둘게요." 에디가 유리장을 톡톡 두드리며 말했다. "아마 베이브 루스랑 같은 칸에 모시고 싶어질걸요."

그 말에 컬럼의 눈이 반짝거렸다.

"젊은 양반, 하나만 물어봅시다. 레드삭스가 우승하는 날이 오기는 하는 거요? 언제가 돼야……"

"이건 담배도 뭣도 아니군. 그냥 탁한 공기일 뿐." 그렇게 말하며 컬럼을 나무라듯이 보는 롤랜드의 모습이 어찌나 그답지 않았던지, 에디는 씩 웃고 말았다. "맛은 말할 것도 없고. 이곳 사람들은 정말로 이딴 걸 피우고 사는 거요?"

컬럼은 롤랜드가 든 담배를 집어서 필터를 떼고 돌려주었다.

"다시 피워 보시오." 그 말을 남기고 컬럼은 다시 에디 쪽으로 관심을 돌렸다. "자, 언제요? 아까 호수 건너편에서 내가 도와줬잖소. 그 정도면 빚이 있다고 해도 좋을 것 같은데. 레드삭스가 월드 시리즈에서 우승하기는 하는 거요? 적어도 선생이 살던 시대에서는?"

에디는 웃음기가 걷힌 얼굴로 노인을 진지하게 마주 보았다.

"존, 정 궁금하다면 알려 드릴게요. 그런데 진짜 알고 싶어요?"

존 컬럼은 파이프를 빼끔거리며 곰곰이 생각하다 입을 열었다.

"관둡시다. 미리 알면 김이 빠질 테니."

"그래도 이거 하나는 가르쳐 드릴게요."

에디의 목소리는 기운이 넘쳤다. 존이 준 알약이 효과를 내면서 기운이 돌았던 것이다. 적어도 조금은.

"1986년이 오기 전에 돌아가시면 안 돼요. 아주 끝내주는 시즌이 될 테니까요."

"그런가?"

"그렇고말고요." 뒤이어 에디가 총잡이 쪽을 돌아보았다. "롤랜드, 우리 짐은 어떡하지?"

롤랜드는 그때껏 짐 생각은 까맣게 잊고 있었다. 얼마 안 되는 그들의 소지품, 즉 에디가 투크 잡화점에서 새로 산 멋진 조각칼, 그리고 롤랜드가 시간의 지평 너머에서 아버지에게 받은 마법 주머니는, 두 사람이 동굴의 문을 통해 이쪽 세계로 건너왔을 때 도착한 자리에 남겨졌다. 그들이 문을 통해 날려 왔을 때. 총잡이는 자신들의 물건이 이스트 스토넘 잡화점 앞의 흙바닥에 떨어져 있을 거라 추측했지만, 정확히는 기억나지 않았다. 저격수의 라이플총에 머리가 날아가기 전에 에디와 함께 안전한 곳으로 피해야 한다는 생각에 너무 몰두한 탓이었다. 오랜 여정을 함께한 그 물건들이 지금쯤 가게를 다 태워 버렸을 것이 뻔한 불길 속에서 재가 되었으리라 생각하니 가슴이 미어졌다. 그것들이 잭 안돌리니의 손에 들어갔을 거라 생각하면 더욱 가슴이 아팠다. 마법 주머니가 안돌리니의 허리띠에 담배쌈지처럼 (또는 적의 머리 가죽처럼) 달려 있는 모습이 머릿속에 얼핏 떠오르자 롤랜드는 움찔했다.

"롤랜드? 우리 짐 말이야, 어떻게……"

"우리한테는 총이 있다. 필요한 짐은 이게 다다." 롤랜드의 목소리는 마음과 달리 무뚝뚝하기 그지없었다. "칙칙폭폭 찰리 그림책은 제이크가 갖고 있고, 나침반이 필요하면 내가 만들면 된다. 아니면……"

"그래도 말이야……"

"소지품이 걱정돼서 그러는 거면 내가 나중에 한번 수소문해 보겠소. 하지만 당장은 이쪽 친구분 말씀이 옳은 것 같소만."

컬럼이 말했다. 롤랜드의 말이 옳다는 것은 에디도 아는 바였다. 롤랜드의 말은 거의 언제나 옳았고, 그것이야말로 에디가 아직도 롤랜드를 싫어하는 이유 중 하나였다. 에디는 짐을 되찾고 싶었다. 그것도 간절히. 단지 깨끗한 청바지와 깨끗한 셔츠 두 장 때문만은 아니었다. 여분의 탄약 때문도, 멋지든 안 멋지든 조각칼 때문도 아니었다. 가죽 걸낭 속에 조그마한 수재나의 머리카락 한 타래가 들어 있기 때문이었고, 그 머리카락에서 아직 수재나의 체취가 희미하게 느껴졌기 때문이었다. 그것이 에디가 아쉬움을 느끼는 대상이었다. 그러나 이미 엎질러진 물이었다.

"존, 오늘이 며칠이죠?"

노인의 뻣뻣한 회색 눈썹이 쫑긋 올라갔다.

"진지하게 묻는 거요?" 에디가 고개를 끄덕이자 컬럼이 말을 이었다. "7월 9일이오. 기원후 1977년."

에디가 입술을 오므려 휘파람 부는 시늉을 했다.

롤랜드는 창가로 가서 손가락 사이의 단봉낙타 담배가 다 타는 줄도 모른 채 바깥구경에 여념이 없었다. 집 뒤편에는 나무, 그리고 컬럼에 따르면 이름이 '키웨이딘'인 호수의 윙크하듯 점점이 반짝이는 푸른 수면뿐이었다. 그러나 이런 풍경이 주는 안도감은 그저 환상일 뿐이라고 일깨워 주듯이, 하늘에는 검은 연기 기둥 두 개가 여전히 솟아 있었다. 그들은 이곳을 벗어나야 했다. 또한 롤랜드가 수재나 딘의 안부를 아무리 걱정한다고 해도, 이제 이쪽 세계에 도착한 이상 그들은 캘빈 타워를 찾아 볼일을 끝마쳐야만 했다. 그것도 서둘러서. 왜냐면……

그 순간 롤랜드의 속을 읽고 그를 대신하여 생각을 마무리 지으려는 것처럼, 에디가 입을 열었다.

"롤랜드, 더 빨라졌어. 이쪽 세계의 시간이 더 빨라졌다고."

"나도 안다."

“그렇다면 이제 뭘 어떻게 하든 단번에 성공해야 해, 이쪽 세계에선 시간을 되돌릴 방법이 없으니까. 재도전 같은 건 없어.”

이 또한 롤랜드가 아는 사실이었다.

2

“우리가 찾는 사람은 뉴욕에서 왔어요.”

에디가 존 컬럼에게 한 말이었다.

“그래, 여름철에는 그쪽에서 건너오는 사람이 많지.”

“이름은 캘빈 타워예요. 애런 디프노라는 친구랑 같이 지내요.”

컬럼은 야구공이 든 유리장의 문을 열더니 빨간 실밥 사이에 오직 프로 선수만이 쓸 수 있는 기묘한 필치로 칼 야스쳄스키라고 사인한 공을 꺼낸 다음(에디의 경험에 따르면 선수들은 대개 자기 이름의 철자를 제대로 적지 못해 애를 먹었다.), 이 손에서 저 손으로 공을 휙휙 주고받았다.

“일단 6월이 시작되면 외지 사람들이 몰려들지…… 그 정도는 알 텐데, 안 그렇소?”

“알죠.”

에디는 벌써부터 풀이 죽은 표정이었다. 늙다리 못난이 안돌리니가 이미 캘빈 타워를 처리했을 가능성도 없지 않다는 생각이 들었다. 어쩌면 잡화점 매복 공격은 잭 안돌리니식의 디저트였을지도.

“그럼 존, 당신도 타워를 찾을 방법이……”

“사람 하나 찾는 것도 못 한다면 난 진작 은퇴했을 거요.”

컬럼은 살짝 신이 난 목소리로 말하고는 야스쳄스키의 사인 볼을 에디에게 던져 주었고, 에디는 오른손으로 공을 받은 다음 왼손 손가락 끝을 빨간 실밥에 대고 공을 감싸 쥐었다. 손에 쥔 야구공의 감촉 때문에 뜬금없이 목이 멨다. 고향에 온 느낌을 주는 물건이 야구공 말고 또 있을까? 다만 이쪽 세계는 이제 고향이 아니었다. 존의 말이 옳았다. 에디는 이곳에서 방문자였다.

"그게 무슨 말이오?"

롤랜드가 물었다. 에디가 야구공을 던져 주자 롤랜드는 존 컬럼에게서 눈길을 떼지 않은 채 그 공을 받았다.

"난 이름은 귀찮아서 잘 못 외우지만, 이 마을의 외지 사람이 누군지는 거의 다 기억한다는 말이오. 얼굴을 보면 딱 알거든. 품삯 값을 하는 잡일꾼이라면 다들 마찬가지일 거요. 내 구역에 누가 사는지는 알아야 하니까."

롤랜드는 더 물을 것이 없다는 표정으로 고개를 끄덕였다.

"어디, 그 타워라는 양반이 어떻게 생겼는지 얘기해 보시구려."

"키는 175센티미터 정도고요, 몸무게는…… 한 130킬로그램?"

"그럼 살집이 꽤나 푸짐하겠구먼."

"맞아요. 그리고 이마 양쪽으로 머리가 거의 벗어졌어요." 에디는 양손을 머리에 대고 머리카락을 뒤로 훑어서 관자놀이를 드러냈다 (찾지 못한 문을 통과할 때 치명상에 가까운 상처를 입은 한쪽 관자놀이에 여전히 피가 배어 있었다.). 왼팔 상박의 통증 때문에 살짝 움찔하기는 했지만, 팔의 출혈은 이미 멎은 후였다. 그보다는 다리의 총상 쪽이 걱정스러웠다. 당장은 컬럼이 준 퍼코단이 통증을 막아 주었지만, 만약 에디가 걱정하는 대로 총알이 다리 속에 박혀 있다면 결국에는 빼내는 수밖에 없었다.

"나이는?"

컬럼이 묻자 에디가 롤랜드를 돌아보았지만, 총잡이는 고개만 가로저을 뿐이었다. 롤랜드가 캘빈 타워를 본 적이 있기는 할까? 이 순간 에디는 기억이 나지 않았다. 아무래도 없을 듯싶었다.

"오십 대일 것 같은데요."

"책 수집하러 돌아다니는 그는 양반이로군. 안 그렇소?"

그렇게 물은 컬럼은 화들짝 놀란 에디를 보고 껄껄 웃었다.

"말했잖소, 나는 여름에 찾아오는 외지 사람들을 유심히 본다고. 누가 품삯을 떼먹고 달아날지는 아무도 모르거든. 개중에는 아예 날강도 같은 인간들도 있소. 한 팔구 년 전이던가, 뉴저지 주에서 온 여자 하나는 알고 보니 방화범이더구먼." 컬럼이 고개를 설레설레 저었다. "생긴 건 어디 시골 도서관의 사서 같아 가지고, 거위 새끼를 보고 꽥꽥 놀리는 것도 못 할 것처럼 얌전한 여자였소. 그런데 스토넘뿐 아니라 러벨, 워터퍼드까지 돌아다니면서 온 사방의 창고에 불을 질렀단 말이지."

"그 사람이 책 판매상인 걸 어떻게 알았소?"

롤랜드가 그렇게 묻고는 컬럼에게 야구공을 던졌고, 컬럼은 그 공을 받아서 다시 에디에게 넘겼다.

"그건 나도 몰랐소, 그저 책을 수집하는 줄만 알았지. 그 사람이 제인 사거스한테 그렇게 말했으니까. 제인은 5번 국도하고 디미티 로드 분기점 근처에서 조그만 가게를 하고 있소. 여기서 남쪽으로 한 1킬로미터 가면 나오는 곳이지. 그 타워라는 사람이 친구랑 같이 머무는 곳이 바로 디미티 로드요, 우리가 얘기하는 사람이 타워가 맞다면. 아무래도 맞는 것 같은데."

"그 사람 친구 이름은 디프노예요."

에디가 야스쳄스키의 사인 볼을 롤랜드에게 던지며 말했다. 총잡이는 그 공을 받아서 컬럼에게 던져 주고 벽난로로 가서는, 거의 다 탄 꽁초를 난로 바닥에 조그맣게 쌓인 장작에다 떨어뜨렸다.

"말했다시피 이름은 잘 못 외우지만, 그 친구란 사람은 빼빼 말랐고 나이가 일흔은 돼 보였어. 걷는 모양을 보면 골반이 아파서 고생 좀 하는 것 같더군. 철테 안경을 썼고."

"맞아요, 그 사람이에요."

"제인이 하는 조그만 가게는 이름이 '컨트리 컬렉터블'이오. 창고에 서랍장이나 장식장 같은 가구가 조금 있긴 한데, 전문 분야는 누비이불하고 그릇, 오래된 책이오. 가게 앞 간판에도 그렇게 적혀 있지."

"그럼 캘빈 타워는…… 거기서 뭘 했을까요? 그냥 들어가서 이것저것 구경한 건가?"

에디가 보기에는 그럴 리 없었지만, 한편으로는 그럴 법도 했다. 타워는 잭 안돌리니와 조지 비온디가 목숨 같은 책들을 눈앞에서 태워 버리겠다고 협박한 후에도 뉴욕을 떠나지 않겠노라고 버텼다. 그러다가 일단 디프노와 함께 이곳으로 숨어든 후에는 멍청하게도 우체국에 가서 우편물 수취 등록을 했다. 어쩌면 친구인 디프노가 등록했을지도 모르지만, 악당들이 보기에는 그놈이 그놈이었다. 앞서 캘러핸 신부가 타워에게 이스트 스토넘에 숨어 있다고 광고하는 짓을 그만두라는 쪽지를 남겼는데도. 어디까지 멍청하게 굴 작정이오??? 그것이 신부가 남긴 마지막 말이었는데도 이러고 다닌 걸 보면, 타워는 아무래도 구제불능의 벽창호인 모양이었다.

"웬걸, 그냥 구경만 한 정도가 아니었소." 컬럼의 눈, 롤랜드의 눈만큼이나 새파란 그 두 눈이 반짝였다. "100달러나 하는 책을 두 권 샀다더군. 값은 여행자 수표로 치렀고. 그다음엔 제인한테 이 근방의 헌책방 목록을 얻었다고 했소. 헌책방이 몇 군데 있거든, 노르웨이 마을에 있는 노션스 서점하고 프라이버그에 있는 유어 트래시 마이 트레저 서점까지 해서 말이지. 게다가 제인한테 이 근방 주민들 중에 값나가는 책을 갖춰 놓고 이따금 자기 집에서 파는 사람들의 이름을 적어 달라고 했다지 뭐요. 제인한테는 아주 신나는 일이었지. 온 마을에 떠들고 다니더구먼."

에디는 이마에 손을 짚고 끙 소리를 냈다. 컬럼의 이야기에 나오는 사람은 에디가 전에 만난 그 남자였다, 틀림없이. 그야말로 캘빈 타워가 할 법한 짓이었다. 도대체 무슨 생각으로 그랬을까? 일단 보스턴 북쪽까지만 오면 안전할 줄 알았을까?

"그 사람을 찾을 방법을 가르쳐 줄 수 있겠소?"

"무슨, 그보다는 더 성의를 보여야지. 아예 그 양반들이 묵는 곳까지 직접 안내하리다."

그때껏 롤랜드는 야구공을 양손으로 던졌다 받았다 하는 중이었다. 그러다가 컬럼의 말에 손을 우뚝 멈추고 고개를 저었다.

"아니, 당신은 어디 다른 곳에 가 있으시오."

"어디로 가라는 말이오?"

"어디든 안전한 곳으로. 그 이상은 나도 알고 싶지 않소, 사이. 우리 둘 다 모르는 게 나을 거요."

"뜬금없이 '사이'라니, 나 원. 무슨 말인지 모르겠군."

"상관없소. 이제 서둘러야 하오." 롤랜드가 잠시 생각하다가 물었다. "여기 혹시 자동 마차가 있소?"

컬럼은 잠시 의아한 표정을 하다가 씩 웃었다.

"암, 자동 마차하고 자동 트럭, 둘 다 있지. 기름도 꽉 찼고."

"그럼 둘 중 한 대를 몰고 타워가 사는 디미티 로드라는 곳까지 우리를 인도해 주시오. 한 대는 에디가……." 롤랜드는 잠시 말을 멈추었다가 덧붙였다. "에디, 너 자동 마차를 모는 법 아직 기억하느냐?"

"롤랜드, 그렇게 말하면 나 상처 받잖아."

일이 잘 풀릴 때조차도 익살하고는 거리가 멀었던 롤랜드는 이번에도 역시 웃지 않았다. 그는 에디에게 대꾸하는 대신 *카*가 그들 앞에 보내 준 단 테테(작은 구세주)에게 관심을 돌렸다

"존, 일단 우리가 타워를 찾으면 당신은 갈 길을 가시오. 우리의 경로와 겹치지만 않으면 어디든 상관없소. 마음이 내키거든 잠시 휴가를 떠나는 것도 괜찮소. 이틀이면 충분할 거요, 그다음엔 평소에 하던 일로 돌아가시오."

롤랜드는 이곳 이스트 스토넘에서 할 일이 이날 해가 지기 전에 다 끝나기를 바랐지만, 그 바람을 입 밖에 내서 족쇄로 삼고 싶지는 않았다.

"나한테는 지금이 성수기란 걸 모르시는구먼." 컬럼이 양손을 앞으로 뻗으며 롤랜드에게 야구공을 던졌다. "보트 하우스에 페인트칠하는 일이 한 건 있고, 창고 지붕 수리하는 일도……"

"우리하고 같이 움직이면 다시는 창고 지붕 수리를 맡을 기회가 없을지도 모르오."

그 말에 컬럼이 눈을 동그랗게 뜨고 롤랜드를 바라보았다. 롤랜드의 표정이 얼마나 진지한지 가늠하려는 눈치였다. 그리고 컬럼은 그 표정이 별로 마음에 들지 않았다.

두 사람이 대화를 나누는 동안 에디는 롤랜드가 캘빈 타워를 실제로 본 적이 있느냐 하는 문제로 다시 돌아가 있었다. 그리고 마침내 깨달은 사실은 처음 떠올렸던 답이 틀렸다는 것이었다. 롤랜드는 타워를 본 적이 있었다.

당연히 본 적이 있지. 초판본이 가득한 타워의 책장을 통로 동굴로 끌어당긴 장본인이 바로 롤랜드잖아. 그때 롤랜드는 타워를 똑바로 보고 있었어. 문 건너편에 있어서 일그러져 보였겠지만, 그래도…….

생각은 꼬리에 꼬리를 물고 이어졌고, 어찌 보면 필연적인 연상 작용에 의해 에디의 머릿속에 타워가 애지중지하는 책들이 다시금 떠올랐다. 벤저민 슬라이트먼 주니어가 지은 『도건』, 스티븐 킹이 쓴 『살렘스 롯』 초판본 같은 희귀본 책들이었다.

"차 열쇠만 챙겨서 바로 출발합시다."

컬럼이 말했다. 그러나 그가 자리를 채 뜨기도 전에 에디가 먼저 입을 열었다.

"잠깐 기다려요. 아직 할 얘기가 더 있을 것 같아요."

컬럼이 영문을 모르겠다는 표정으로 에디를 보았다. 에디는 컬럼에게 공을 던지라는 뜻으로 두 손을 들었다.

"시간이 없다, 에디."

"나도 알아." 댁보다는 내가 더 잘 알 거야, 지금 절체절명의 위기에 빠진 사람은 내 아내니까. "나도 마음 같아선 타워 같은 말썽꾼은 잭 안돌리니한테 맡기고 수재나를 찾는 일에 집중하고 싶다고. 하지만 *카*

는 내가 그러게 놔두지 않겠지. 당신이 그렇게 좋아하는 그 카가."

"우리는 지금 당장……"

"닥쳐."

에디는 이때껏 롤랜드에게 그런 식으로 말한 적이 없었지만, 그 말은 생각할 것도 없이 저절로 튀어나왔다. 그리고 에디는 취소할 생각이 없었다. 에디의 머릿속에서는 칼라 마을 사람들의 노랫소리가 희미하게 들려왔다. 코말라 컴 컴, 대화는 아직 끝나지 않았다네.

"무슨 얘기를 하자는 거요?" 컬럼이 물었다.

"스티븐 킹이라는 남자요. 그 사람 누군지 아세요?"

에디가 본 컬럼은 눈빛으로 안다고 대답하고 있었다.

3

"에디."

롤랜드가 말했다. 에디가 이제껏 들은 적이 없는, 뜨악할 정도로 머뭇거리는 목소리였다. 나만큼이나 당황한 모양이군. 에디는 그 짐작이 마음에 들지 않았다.

"안돌리니가 아직 우리를 찾고 있을지도 모른다. 한 술 더 떠서 아예 타워를 찾아다닐 수도 있다. 우리가 놈의 손아귀에서 이렇게 빠져나왔고…… 앞서 사이 컬럼께서 정확히 짚었다시피, 타워가 자기를 찾아 달라고 소문을 내고 다니는 중이니까."

"롤랜드, 내 말 좀 들어 봐. 이건 직감을 믿고 하는 말이지만, 직감이 전부가 아니야. 우린 벤 슬라이트먼이라는 남자를 알아. 그런데 그 남자는 다른 세계에서 어떤 책의 저자였지. 타워가 사는 세계, 바로 이 세계에서 말이야. 또 도널드 캘러핸이라는 사람도 만났는데 그 사람은 다른 세계의 책에 등장하는 인물이야. 그곳 역시 바로 이 세계지."

에디가 컬럼에게서 받은 공을 언더스로 투구법으로 롤랜드에게 세게 던졌다. 총잡이는 그 공을 가뿐하게 받았다.

"어쩌면 별일 아닌 걸로 치부했을지도 몰라, 우리가 책에 홀려서 지금 이러고 있는 게 아니었다면 말이야. 안 그래? 『도건』. 『오즈의 마법사』. 『칙칙폭폭 찰리』. 심지어 제이크가 쓴 기말 작문 숙제까지. 그리고 이제는 『살렘스 롯』이야. 내 생각에 그 스티븐 킹이라는 사람이 진짜라면……"

"아, 진짜요. 진짜고말고."

컬럼이 대답했다. 그가 흘낏 돌아본 키웨이딘 호수 쪽 창문을 통해 호수 건너편의 사이렌 소리가 들려왔다. 이제는 흩어지기 시작한 연기 기둥이 파란 하늘에 남긴 흉한 검댕 자국도 보였다. 뒤이어 컬럼이 공을 달라는 신호로 손을 들었다. 롤랜드가 던진 공은 천장에 닿을락 말락 할 정도로 완만한 포물선을 그리며 날아갔다.

"당신들이 열을 올리는 그 책은 나도 읽어 봤소. 시내에 있는 북랜드 서점에서 샀지. 읽는 재미가 쏠쏠하더구먼."

"흡혈귀가 나오는 이야기라던데요."

"암, 그 킹이라는 사람이 라디오에 나와서 이야기하는 것도 들었소. 『드라큘라』에서 아이디어를 따왔다고 하더군."

"작가가 라디오에서 하는 이야기를 들으셨단 말이군요."

에디는 거울 속 저 너머를 들여다보는 기분을, 토끼 굴로 떨어지는 기분을, 혜성을 타고 날아가는 기분을 다시금 느꼈고, 그 기분을 아까 먹은 펴코단 탓으로 돌리려 했다. 그러나 헛수고였다. 느닷없이 스스로가 비현실적으로 느껴지는 묘한 기분이 들었다. 투명하게 비쳐 보이는 껍데기가 된 기분, 마치…… 마치 책 속의 종잇장처럼 얄팍해진 기분이었다. 이 세계가, 시간의 축 위에서 1977년 여름에 놓여 있는 이 세계가, (에디 자신의 세계까지 포함하여) 다른 모든 세계 및 시대와 똑같이 진짜처럼 보인다는 생각도 별 도움이 되지 않았다. 그런데 그 기분은 철저히 주관적이지 않은가? 가만히 생각해 보면 스스로가 어느 작가의 이야기 속 등장인물이 아니라고, 또는 버스를 타고 가는 어느 얼간이의 머릿속에 스쳐 지나가는 생각이 아니라고, 또는 조물주의 눈에 어쩌다 들어간 티끌이 아니라고 누가 확신할 수 있을까? 그런 것들을 생각하는 자체가 미친 짓이었고, 그런 생각을 너무 많이 하다 보면 돌아 버리는 수가 있었다.

하지만 그렇다 해도…….

대드 어 첨, 대드 어 치, 걱정 마, 너한텐 열쇠가 있으니까.

열쇠. 그거야 내 주특기지. 에디는 속으로 중얼거렸다. 그리고 뒤이어. 스티븐 킹이 바로 열쇠야. 안 그래? 칼라, 캘러핸. 크림슨 킹, 스티븐 킹. 스티븐 킹이 이 세계의 크림슨 킹인 건가?

롤랜드는 이미 평정을 되찾은 상태였다. 에디가 보기에 쉬운 일은 결코 아니었지만, 힘든 일을 해내는 것은 언제나 롤랜드의 주특기였다.

"물어볼 게 있거든 마음껏 물어봐라."

롤랜드는 그렇게 말하고 나서 오른손을 휘휘 저었다.

"롤랜드, 어디서부터 시작해야 할지 도통 모르겠어. 내 머릿속에 떠오른 생각이 너무 거대해서…… 너무…… 뭐랄까, 너무 근본적으로 섬뜩해서 말이지…….”

“그럼 힘닿는 데까지 간단하게 말해 봐라.” 롤랜드는 에디가 던진 공을 받기는 했지만 이제는 캐치볼 게임에 살짝 싫증이 난 눈치였다. “이제 정말로 시간이 없다.”

에디가 모를 리가 없지 않은가. 차를 타고 이동하는 동안 물어볼 수도 있었다, 셋이서 한 차를 타고 갈 수만 있다면. 그러나 그럴 수는 없는 노릇이었고, 롤랜드는 엔진이 달린 탈것을 몰아 본 적이 없으니 에디와 컬럼이 한 차에 타고 가는 것도 불가능했다.

“좋아, 우선 누군지부터 알아보자. 스티븐 킹이 누구죠?”

“작가요.” 에디를 보는 컬럼의 표정은 자네 바본가, 젊은 양반?이라고 묻는 듯했다. “가족이랑 함께 브리지턴에 살고 있지. 소문으로는 꽤 괜찮은 사람이라던데.”

“여기서 브리지턴까지 거리가 얼마나 되죠?”

“한…… 삼사십 킬로미터쯤.”

“그 사람 나이는요?”

존 컬럼은 한쪽 눈을 찡그린 표정으로 보아 킹의 나이를 가늠하는 모양이었다.

“내가 보기엔 꽤 젊은 축이오. 혹시 서른을 넘겼다면, 아직 삼십대 초반일 거요.”

에디는 필사적으로 머리를 굴렸다. 적당한 질문이 어딘가 있을 거라는 짐작에 필사적으로 매달렸지만, 그 질문이 뭔지는 도무지 감이 잡히지 않았다.

“그 책……『살렘스 롯』이라는 책은…… 베스트셀러였나요?”

"글쎄. 이 근방에 사는 사람들이 많이 읽은 건 확실하지. 왜냐면 이야기의 배경이 메인 주였거든. 게다가 텔레비전에서 광고도 했고. 그 사람이 처음 발표한 책은 영화로도 만들어졌는데, 나는 그 영화는 안 봤소. 유혈이 낭자한 영화는 별로라서."

"그 영화 제목이 뭔데요?"

컬럼은 곰곰이 생각하다가 고개를 저었다.

"기억이 안 나는구먼. 한 단어로 된 제목이고 분명 여자 이름이었을 텐데, 거기까지밖에 기억이 안 나. 나중에 생각이 날지도 모르지."

"혹시 그 사람도 방문자인 건 아닐까요?"

에디의 말에 컬럼이 껄껄 웃었다.

"여기 메인 주에서 나고 자란 토박이요. 그 정도면 방문자가 아니라 원주민이라고 해야 할걸."

에디를 바라보는 롤랜드의 표정에는 초조한 기색이 짙어졌고, 이에 에디는 그만 포기하기로 결심했다. 이런 식의 질문은 스무고개보다 더 끔찍했다. 하지만 젠장, 캘러핸 신부는 진짜인 동시에 그 킹이라는 자가 쓴 책의 등장인물이었고, 킹은 컬럼이 말한 '방문자'라는 것들을 자석처럼 끌어당기는 지역에 살고 있었다. 그 방문자들 중 하나는 에디가 보기에 크림슨 킹의 부하일 공산이 컸다. 머리가 벗어지고 이마 한복판에 피를 흘리는 눈이 달린 것처럼 생긴 여자. 존 컬럼은 그렇게 설명했다.

이제 뜬구름 잡기는 그만두고 타워를 찾아 나설 때였다. 영 거슬리는 인간이기는 했지만, 캘빈 타워는 전 우주에서 가장 소중한 장미가 돌보는 손길도 없이 자라고 있는 어떤 공터의 소유주였다. 한편으로는 희귀본 서적과 그 서적의 작가들에 관해 모르는 것이 없는 사람이기도 했다. 분명 『살렘스 롯』에 관해서도 사이 컬럼보다는 아는 것이 많을 터였다. 이제 포기할 때였다. 하지만…….

"좋아요." 에디가 야구공을 주인에게 던져 주었다. "공은 제자리에 돌려놓고 디미티 로드로 출발하죠. 괜찮으시다면 마지막으로 두세 가지만 더 물어볼게요."

컬럼은 알아서 하라는 듯이 어깨를 으쓱하고는 야스쳄스키의 사인 볼을 장식장에 되돌려 놓았다.

"좋을 대로 하시오."

"예."

에디는 그렇게 대꾸했고…… 느닷없이, 동굴의 문을 통해 이 세계로 들어온 후 두 번째로, 수재나가 기이할 정도로 가까이 있는 기분이 들었다. 골동품처럼 낡아 보이는 감시 장비가 가득한 방에 앉아 있는 수재나의 모습이 떠올랐다. 분명 제이크가 갔다 온 도건이라는 곳일 텐데…… 다만 지금 보이는 방은 틀림없이 수재나의 상상 속 공간이었다. 마이크에 대고 말을 하는 수재나가 보였고, 뭐라고 하는지는 알 수 없었지만, 불룩해진 배와 겁에 질린 얼굴 표정은 알아볼 수 있었다. 어디에 있든 간에, 이제 수재나는 임신한 기색이 완연했다. 임신한 상태일 뿐 아니라 해산이 코앞이었다. 수재나가 무슨 말을 하는지는 짐작이 가고도 남았다. 빨리 와요, 에디, 날 구해 줘요, 에디, 우리 둘 다 구해 줘요, 너무 늦기 전에.

"에디? 너 얼굴이 잿빛이 됐다. 다리 때문에 그런 거냐?"

"응."

이제 다리는 전혀 아프지 않았지만 에디는 그렇게 대답했다. 속으로는 나무로 열쇠를 깎을 때의 기억을 다시 떠올렸다. 그 열쇠가 한 치의 오차도 없이 딱 맞아야 한다는 사실 때문에 느꼈던 소름 끼치는 사명감을. 그런데 지금, 똑같은 상황이 또다시 펼쳐졌다. 에디는 무언가 알고 있었다. 그것만은 확실했는데…… 그런데 대체 무엇을?

"맞아, 다리 때문에 그래."

에디는 팔로 이마의 땀을 훔쳤다.

"존, 그 책 제목 말인데요. 『살렘스 롯』이오. 그거 사실 예루살렘스 롯이죠, 맞죠?"

"그렇지."

"책 속에 나오는 마을 이름이잖아요."

"아무렴."

"스티븐 킹의 두 번째 책이고요."

"그렇고말고."

"그 사람의 두 번째 장편 소설이죠."

"에디, 그 정도면 됐다."

에디는 가만있으라는 뜻으로 롤랜드에게 손을 내젓다가 팔이 아파서 움찔했다. 그의 관심은 온통 존 컬럼에게 쏠려 있었다.

"그런데 예루살렘스 롯이라는 곳은 실제로는 없어요, 그렇죠?"

컬럼은 미친 사람을 보는 듯한 표정으로 에디를 보았다.

"당연하지. 그 책은 지어낸 마을에 사는 지어낸 사람들의 지어낸 이야기니까. 흡혈귀가 나오는 이야기잖소."

그렇죠. 에디는 생각했다. 그런데 만약 흡혈귀를 진짜로 믿을 만한 근거가 나한테 있다고 하면…… 보이지 않는 악마나 마법의 수정 구슬, 마녀 같은 것은 말할 것도 없고…… 그러면 당신은 내가 미쳤다고 확신하겠죠, 안 그래요?

"스티븐 킹이 평생 이곳 브리지턴에 살았나요, 혹시 아세요?"

"아니, 그렇진 않소. 그 집 식구들은 이삼 년 전에 이리로 이사 왔거든. 원래는 메인 주 북부에서 내려와 윈덤에 자리를 잡고 살았다더군. 아니면 레이먼드였든가. 어느 쪽이든 세바고 호수 근처였을 거요."

"아까 말씀하신 그 방문자들요, 스티븐 킹이 이곳에 이사 온 후에 나타나기 시작했다고 봐도 될까요?"

컬럼의 뻣뻣한 양 눈썹이 위로 올라가더니 한일자로 뭉쳤다. 호수 수면 쪽에서 우렁찬 '뿌우' 소리가 운율을 띠고 들려왔다. 안개 경적에서 날 법한 소리였다.

"거 참, 그 말이 옳을지도 모르겠소, 젊은 양반. 그저 우연일 수도 있지만, 어쩌면 아닐지도."

컬럼의 말에 에디는 고개를 끄덕였다. 마음이 너덜너덜해진 기분이 들었다. 꼭 길고 힘든 반대신문을 끝마친 변호사처럼.

"이제 출발해야겠어." 에디가 롤랜드에게 말했다.

"좋은 생각이오." 컬럼은 안개 경적이 신나게 울려퍼지는 쪽을 고갯짓으로 가리켰다. "저건 테디 윌리슨의 배거든. 이 동네 보안관이지. 수렵 감시관도 겸하고 있고."

뒤이어 컬럼이 에디에게 야구공 대신 차 열쇠를 던졌다.

"자동 변속기가 달린 차요. 그 몸으론 운전하기가 불편할지도 모르니까. 트럭 쪽은 수동이거든. 내 뒤에서 따라오시오, 혹시 문제가 있으면 경적을 울리시고."

"그럴게요, 걱정 마세요."

컬럼의 뒤를 따라 집을 나서는 사이에 롤랜드가 말을 꺼냈다.

"또 수재나를 본 거냐? 그래서 낯빛이 그렇게 창백해졌느냐?"

에디가 고개를 끄덕였다.

"때가 되면 구하러 갈 거다. 허나 지금은 이 길이 수재나에게 닿는 유일한 길인지도 모른다."

에디는 그 말이 옳다는 것을 알았다. 그리고 어쩌면, 자신들이 수재나를 찾아냈을 때는 이미 다 끝난 후일지도 모른다는 것도.

선창: 코말라 카 카테
네 목숨은 운명의 손안에.
네가 진짜든 헛것이든
날은 점점 저물어 가네.

합창: 코말라 컴 여덟!
날은 점점 저물어 가네!
네가 드리운 그림자가 어떤 모양이든
네 목숨은 운명의 손안에.

제9연

에디, 이를 악물다

1

캘러핸 신부는 칩 매커보이의 잡화점에서 총격전이 벌어지기 약 보름 전에 이스트 스토넘을 짧게 방문했다. 그리고 한때 예루살렘스 롯 교구의 사제였던 그는 이곳에서 황급히 편지 한 장을 적었다. 에런 디프노와 캘빈 타워 두 사람 앞으로 쓰기는 했지만 봉투 속에 든 그 편지의 진짜 수신인은 타워였고, 거기에 적힌 내용은 그리 우호적이지 않았다.

1977년 6월 27일

타워 씨

나는 당신을 안돌리니에게서 구해 준 남자의 친구요. 지금 어디에 있든 간에 당장 달아나시오. 창고, 문을 닫은 캠핑장, 하다못해 버려진 헛간이라도 찾아보시오. 편하지는 않겠지만 다른 길은 죽음뿐이라는 걸 명심하시오. 여기 적힌 말은 한 자도 빠짐없이 진실이오! 지금 머무는 집을 떠날 때에는 전등을 몇 군데 켜 놓고 차는 차고나 진입로에 세워 놓으시오. 새 은신처로 가는 길은 쪽지에 적어서 차 운전석 바닥 깔개 밑에, 아니면 집 뒤쪽 포치 계단 밑에 숨겨 두시오. 우리가 연락하겠소. 당신이 진 멍에를 벗겨 줄 사람은 우리뿐이라는 걸 명심하시오. 하지만 우리가 당신을 도우려면 당신도 우리를 도와야 하오.

엘드의 캘러핸

우체국에 들르는 건 이번이 **마지막**인 줄 아시오! 어디까지 멍청하게 굴 작정이오???

캘러핸은 자기 목숨을 걸면서까지 그 편지를 남겼고, 에디 또한 검은 13의 마법에 걸려 하마터면 목숨을 잃을 뻔했다. 그런데 그렇게 위험을 감수하고 목숨을 잃을 뻔한 노고의 결과는? 이런, 메인 주 서부의 전원 풍경을 신나게 쏘다니는 캘빈 타워였다. 희귀본과 절판본 책을 산답시고.

조수석에 말없이 앉은 롤랜드와 함께 존 컬럼이 모는 차의 뒤를 따라 5번 국도를 이동하는 동안, 뒤이어 컬럼을 따라 디미티 로드로 운전대를 꺾으면서, 에디는 분노 표시창의 바늘이 치솟다 못해 빨간 눈금 칸으로 들어서는 기분이 들었다.

두 손은 주머니에 꽂고 이는 악물고 참아야겠지. 속으로 그렇게 중얼거리기는 했지만, 이번만큼은 오래전부터 의지해 온 그 두 가지 방법이 통할지 어떨지 자신이 없었다.

2

컬럼의 포드 F150 픽업트럭은 5번 국도를 나와서 3킬로미터쯤 가다가 우회전하여 디미티 로드를 벗어났다. 녹슨 기둥에 달린 표지판 두 개가 곧 진입로의 표시였다. 위쪽 표지판에는 로켓 로드라고 적혀 있었다. 아래쪽의 (더 심하게 녹슨) 표지판은 호변 오두막집 주/ 월/ 계절 단위 임대 가능을 보장했다. 로켓 로드는 수풀 속으로 난 오솔길이나 다름없었던 탓에 에디는 새로 만난 친구의 낡은 트럭이 일으키는 자욱한 흙먼지를 피해 멀찍이 떨어져서 따라갔다. '자동마차' 역시 포드 차였는데 에디로서는 트렁크의 크롬 장식이나 사용 설명서를 보지 않는 이상 이름도 짐작 못 할 문 두 개짜리 쿠페였다. 그러나 다시 차를 모는 기분, 말 한 마리에 올라타는 대신 오른발로 페달만 까딱하면 말 수백 마리의 힘이 즉시 발휘되는 기분은, 거의 성스러울 만큼 흐뭇했다. 뒤쪽으로 점점 멀어지는 사이렌 소리를 듣는 기분도 흐뭇하기는 마찬가지였다.

높이 자란 나무들의 그늘이 차 두 대를 집어삼켰다. 침엽수와 수정란풀의 냄새가 향긋하면서도 알싸했다.

"풍경이 멋지구나. 이곳에서라면 느긋하게 쉴 수 있겠다."

롤랜드가 입 밖에 낸 말은 그것뿐이었다.

컬럼이 탄 픽업트럭은 번호가 적힌 진입로 여러 곳을 그냥 지나쳤다. 번호마다 아래쪽에 조그맣게 재퍼즈 렌터카라는 문구가 새겨져 있었다. 에디는 롤랜드에게 칼라 마을에도 재퍼즈 집안이 있다고, 분명히 만났다고 지적하려다가, 생각을 바꾸었다. 말해 봤자 입만 아플 뿐이었다.

그들은 15번과 16번, 17번 진입로를 지나쳤다. 컬럼은 18번 진입로 앞에 멈춰 잠시 생각하다가, 운전석 창 바깥으로 팔을 뻗어 계속 가자고 신호했다. 에디는 그 손짓을 보기도 전에 다시 출발할 준비가 되어 있었다. 18번 오두막집이 목적지가 아니라는 것은 뻔했으므로.

컬럼의 픽업트럭이 다음번 진입로로 들어섰다. 에디가 그 뒤를 따르면서 쿠페의 타이어는 이제 두툼하게 깔린 솔잎 위로 소리 없이 굴러갔다. 나무 사이로 윙크하듯 반짝이는 수면이 다시 보였지만, 19번 오두막집 앞에 도착해서 보니 키웨이딘 호수와 달리 이곳의 수면은 별로 넓지 않았다. 미식축구 경기장보다 그리 넓어 보이지 않을 정도였다. 오두막집 자체는 방 두 개짜리로 보였다. 물가 쪽으로 난 포치는 방충망 창이 달려 있고 허름하지만 편안해 보이는 안락의자가 두 개 놓여 있었다. 지붕에 솟은 양철 굴뚝도 보였다. 차고는 없었고 오두막집 앞에 차도 세워져 있지 않았지만, 에디는 차 한 대가 주차돼 있던 흔적을 놓치지 않았다. 썩은 낙엽에 가려져 한눈에 알아보기는 힘든 흔적이었다.

컬럼이 픽업트럭의 엔진을 정지시켰다. 에디도 똑같이 했다. 이제 들리는 것은 호수의 물결이 바위에 부딪히는 소리와 소나무 사이로 지나가는 한숨 같은 바람 소리, 얌전하게 지저귀는 새소리뿐이었다. 오른편 조수석을 돌아본 에디의 눈에 기다랗고 재주 많은 두 손을 무릎 위에 포갠 채 평온하게 앉아 있는 총잡이가 보였다.

"당신이 보기엔 어때?"

"조용하구나."

그 대답은 칼라 방언처럼 들렸다. '조영허구나.'

"사람이 있는 것 같아?"

"그래, 그런 것 같다."

"위협은?"

"음. 내 옆에 있다."

에디가 찡그린 표정으로 롤랜드를 보았다.

"위협은 바로 너다, 에디. 너는 그를 죽일 작정이다, 아니냐?"

잠시 후, 에디는 그렇다고 인정했다. 감춰진 자기 본성의 한 부분, 흉포하면서도 단순한 그 부분 때문에 에디는 이따금 불안했지만, 그것이 존재하지 않는다고 부인할 수는 없는 노릇이었다. 그런데 그 부분을 끄집어내 날카롭게 벼려 놓은 장본인은 대관절 누구였던가?

롤랜드가 고개를 끄덕였다.

"어느 날, 내가 여느 은둔자처럼 홀로 외로이 몇 년 동안 사막을 떠돈 끝에, 입만 열면 우는소리에다 자기밖에 모르는 주제에 야망이라고는 맞으면 코를 훌쩍이고 졸음에 빠지는 것이 고작인 주사약을 쉬지 않고 맞는 것밖에 없는 애송이 하나가 내 삶에 들어왔다. 으스대고, 이기적이고, 수다쟁이에 막돼먹은 데다 칭찬할 구석이라고는 하나도 없는 그 애송이는……"

"그래도 얼굴은 잘생겼잖아. 그걸 빼먹으면 안 되지. 그 애송이가 진정한 섹스 머신이라는 거."

롤랜드는 웃음기 없는 표정으로 에디를 빤히 보았다.

"뉴욕의 에디여, 내가 그때 용케도 너를 죽이지 않고 참아 넘겼으니, 너도 오늘 캘빈 타워를 죽이지 않고 참을 수 있을 거다."

그 말을 끝으로 롤랜드는 조수석 문을 열고 차에서 내렸다.

"흠, 과연 그럴까."

에디는 컬럼의 차 안에서 혼자 그렇게 중얼거렸다. 그러고는 자신도 차에서 내렸다.

3

처음에는 롤랜드, 뒤이어 에디마저 합류할 때까지, 컬럼은 픽업트럭의 운전석에 그대로 앉아 있었다.

"아무도 없는 것 같은데, 부엌에는 불이 켜져 있구먼."

"그러게요. 존, 저 말이죠……"

"말 안 해도 다 알아, 물어볼 게 또 있다, 이거지. 선생보다 질문을 더 많이 하는 사람은 내 종손자 에이든뿐이요. 얼마 전에 막 세 살이 됐지. 자, 물어보시오."

"지난 몇 년 동안 이 일대에서 방문자들이 제일 많이 출현한 곳이 어딘지 정확히 짚으실 수 있겠어요?"

그런 것을 왜 묻는지는 스스로도 알 수 없었지만, 에디가 보기에는 그것이야말로 결정적으로 중요한 질문 같았다.

컬럼이 곰곰이 생각하다가 입을 열었다.

"터틀백 레인이오. 러벨에 있는."

"되게 자신있게 말씀하시네요."

"아무렴. 내가 도니 러서트라는 친구 얘기했던 거 기억나시오, 밴

더빌트 대학 역사학과 교수였다는?"

에디가 고개를 끄덕였다.

"도니는 놈들 가운데 한 명을 직접 만나고 나서 그 현상에 흥미가 생겼소. 그 주제로 글도 몇 편 썼는데, 도니 말로는 아무리 사실을 정확히 기록해 봤자 이름난 잡지에는 실릴 가망이 없을 거라더군. 그 친구가 말하길 메인주 서부에서 방문자에 관해 글을 쓰다 보니, 다 늙어서 배울 거라고는 상상도 못 했던 걸 배웠다고 했소. 바로 세상에는 사람들이 아예 안 믿으려 하는 게 있다는 사실이었소. 실제로 증명할 수 있는 것이라고 해도 말이오. 그러면서 웬 그리스 시인의 시를 인용하곤 했지. '진실의 기둥에는 구멍이 뚫려 있나니'라던가.

아무튼, 도니는 자기 서재 한쪽 벽에다 마을 일곱 곳이 그려진 지도를 붙여 놨소. 스토넘하고 이스트 스토넘, 워터퍼드, 러벨, 스위든, 프라이버그, 이스트 프라이버그까지. 각 마을에서 방문자가 보고될 때마다 핀을 꽂아 표시했고. 무슨 말인지 알겠소?"

"잘 알겠어요, 고맙습니다."

"그러니까 나로서는…… 그래, 터틀백 레인이 그 중심이라고 하는 수밖에. 웬걸, 거기 꽂힌 핀이 여섯 갠가 여덟 갠가 그랬다오, 고작 3킬로미터 될까 말까 하는 도론데. 거긴 그냥 7번 국도에서 갈라져 나온 순환 도로요. 케자 호수를 돌아서 다시 7번 국도로 이어지지."

롤랜드는 오두막집을 바라보고 있었다. 그러다 왼편을 돌아보고 몸이 굳더니, 왼손을 리볼버의 백단향 손잡이에 얹었다.

"존, 복된 만남이었소. 허나 당신은 이제 가는 게 좋겠소."

"음? 진담이오?"

그 말에 롤랜드가 고개를 끄덕였다.

"우리가 찾으러 온 자들은 바보요. 이곳엔 아직도 바보들의 냄새가 남아 있소. 그것만 봐도 그자들이 아직 깨우치지 못한 걸 알 수 있지. 당신은 그자들과 다를 거라 생각하오만."

존 컬럼의 얼굴에 엷은 미소가 번졌다.

"다르면 좋겠군. 어쨌거나 칭찬 고맙소." 컬럼이 하얗게 센 머리를 긁적이다 말을 이었다. "칭찬이었다면, 말이오."

"큰길로 다시 나가지 마시오. 그리고 내가 한 말은 다 헛소리로 여기시오. 아예 우리를 만난 적이 없다고, 다 꿈이었다고 생각하시오. 집으로 돌아가서 갈아입을 셔츠를 챙길 생각일랑 접어 두시오. 거긴 이제 안전하지 않소. 어디 다른 곳으로 떠나시오. 지평선을 향해 적어도 3루크 정도는 가야 하오."

컬럼은 한쪽 눈을 질끈 감고 골똘히 생각하는 듯했다.

"난 1950년대의 10년 동안을 메인 주립 교도소에서 교도관으로 일하며 비참하게 보냈소. 하지만 거기서 아주 괜찮은 친구를 만났는데, 그 친구 이름이……."

롤랜드는 고개를 가로저으며 오른손에 남은 손가락 중 두 개를 세워 입술 앞에 댔다. 컬럼은 알았다는 듯이 고개를 끄덕였다.

"음, 이름이 뭔지는 까먹었지만, 버몬트주에 사는 친구요. 나중에, 아마 뉴햄프셔주 경계를 넘을 때쯤엔 기억이 날 것 같구먼. 집 주소까지 포함해서."

에디가 듣기에 컬럼의 말에는 어딘가 살짝 틀린 부분이 있었지만, 어딘지 정확히 짚이지는 않았다. 그래서 그냥 자신이 과민한 탓이라고 여기기로 했다. 존 컬럼은 곧이곧대로 말하고 행동하는 사람이었으므로…… 그렇지 않은가?

"부디 몸조심하세요." 에디가 노인의 손을 잡으며 말했다. "기나긴 나날과 즐거운 밤들을 누리시길."

"댁들도 그러기를."

컬럼은 롤랜드하고도 악수를 나누었다. 그는 손가락이 두 개 부족한 총잡이의 오른손을 조금 더 오래 잡았다.

"선생이 보기엔 아까 내 목숨을 구한 게 하늘에 계신 그분이었을 것 같소? 맨 처음 총알이 쏟아졌을 때 말이오."

"물론이오, 당신이 그렇게 믿는다면. 앞으로도 그분이 함께하시기를 바라겠소."

"내가 빌려 준 저 고물 포드 차는……"

"여기 아니면 이 근처 어디에 세워 둘게요. 나중에 찾으실 수 있을 거예요, 아니면 다른 사람이 찾을 테고요. 걱정 마세요."

에디의 말에 컬럼이 씩 웃었다.

"내가 하려던 말을 대신 해 주는구먼."

"바야 콘 디오스(안녕히 가세요.)."

컬럼은 에디의 에스파냐어 작별 인사에 다시금 씩 웃었다.

"그 인사는 두 배로 돌려 드리리다, 젊은 양반. 방문자 놈들을 조심하시오…… 개중에는 거친 놈들도 있으니까. 목격자 증언에 빠짐없이 나오는 얘기요."

컬럼은 픽업트럭의 변속기를 1단으로 바꾸고 출발했다. 롤랜드는 멀어지는 트럭을 보며 중얼거렸다.

"단 테테가 떠나는구나."

에디는 고개를 끄덕였다. 단 테테. 작은 구세주. 존 컬럼을 묘사하기에 더없이 어울리는 말이었다. 이제는 그들의 삶에서 사라진 강님이 마을의 노인들과 마찬가지로. 그리고 컬럼은 이제 사라졌다, 아닌가? 컬럼이 말한 버몬트주에 사는 친구 이야기가 마음에 걸리기는 했지만…….

과민한 반응이었다.

그저 과민한 것뿐이었다.

에디는 머릿속에서 그 생각을 지웠다.

4

당장은 오두막집 앞에 차가 없었고 뒤집어 볼 운전석 바닥 깔개도 없었기에, 에디는 뒤쪽 포치 계단 아래를 살펴보기로 했다. 그러나 집 뒤쪽을 향해 채 한 걸음도 내딛기 전에, 롤랜드가 한 손으로 에디의 어깨를 붙들고 다른 손으로 어딘가 가리켰다. 에디가 그쪽을 보니 덤불이 우거진 비탈이 물가로 이어지는 곳이었고, 아마도 보트 창고일 법한 건물의 지붕도 보였다. 초록빛 지붕이 마른 솔잎으로 뒤덮여 있었다.

"저기 누군가 있다." 롤랜드는 입술을 거의 움직이지 않고 소곤거리듯 말했다. "필시 그 두 바보 중에 한 놈일 텐데, 우리를 지켜보고 있다. 양손을 위로 올려라."

"롤랜드, 당신이 보기엔 안전할 것 같아?"

"그래."

롤랜드는 그렇게 말하고 양손을 들었다. 에디는 도대체 뭘 믿고 그러냐고 묻고 싶었지만, 굳이 묻지 않아도 답은 뻔했다. 직감이었다. 그것이야말로 롤랜드의 특기였으므로. 한숨과 함께 에디는 양손을 어깨 위로 들어 올렸다.

"디프노!" 롤랜드가 보트 창고 쪽을 향해 외쳤다. "애런 디프노! 우리는 같은 편이오, 시간이 없소! 당신이 디프노가 맞다면 이리 나오시오! 할 얘기가 있소!"

잠시 정적이 흐르다가, 웬 늙은 남자가 외쳤다.

"그쪽은 성함이 어떻게 되십니까?"

"길르앗의 롤랜드 디셰인, 엘드의 혈통이오. 이미 알 거라고 생각하오만."

"직업은?"

"총알로 먹고사는 몸이오!"

롤랜드가 외치는 소리를 들으며 에디는 팔에 오소소 소름이 돋는 느낌이 들었다.

한참 동안 대꾸가 없었다. 그러다가.

"놈들이 캘빈을 죽인 겁니까?"

"아니에요, 우리가 아는 한은." 에디가 큰소리로 대답했다. "혹시 우리가 모르는 걸 아신다면 이리 나와서 가르쳐 주시는 게 어떨까요?"

"혹시 캘빈이 그 안돌리니라는 망나니하고 흥정을 할 때 도와주신 분들인가요?"

에디는 흥정이라는 말에 또다시 벌컥 화가 치밀었다. 그것은 타워의 가게 뒤 창고에서 실제로 벌어진 일에 비하면 몹시도 편향된 표현이었다.

“홍정이라고요? 그 양반이 그렇게 말하던가요?” 이어서 에디는 에런 디프노의 대답을 기다리지 않고 말을 이었다. “맞아요, 제가 그 사람이에요. 이리 나와서 얘기 좀 하시죠.”

아무 답도 돌아오지 않았다. 20초가 흘렀다. 에디가 다시 디프노를 부르려고 숨을 들이마셨다. 롤랜드는 그런 에디의 팔을 잡고 고개를 저었다. 다시 20초가 흘렀고, 방충망 문을 여는지 녹슨 스프링이 삐걱거리는 소리가 들려왔다. 키가 훌쭉하고 깡마른 남자가 보트 창고에서 걸어 나오더니, 올빼미처럼 눈을 끔벅거렸다. 남자는 한쪽 손으로 시커멓고 커다란 자동 권총의 총열 쪽을 잡고 있었다.

“베레타 권총인데, 장전은 안 했습니다. 한 개뿐인 탄창은 방에 있어요. 제 양말 밑에. 장전된 총을 들고 있으면 불안해서요. 무슨 말인지 아시죠?”

에디는 어이가 없다는 듯이 하늘을 올려다보았다. 헨리 형이 살아 있었다면 이 화상들은 스스로가 자기네 인생의 가장 큰 골칫덩이라고 표현할 법했다.

“좋소. 어서 이리 나오기나 하시오.”

그러자 놀랍게도, 디프노가 총잡이의 말대로 했다.

5

디프노가 만든 커피는 에디가 칼라 브린 스터지스에서 마셨던 어떤 커피보다도 맛있었고, 롤랜드에게는 변경 지대인 메지스의 드롭

평원에서 말을 달리던 시절 이후로 최고의 커피였다. 그 집에는 딸기도 있었다. 디프노는 가게에서 산 온실 재배 딸기라고 했지만 에디는 그 달콤한 맛에 넋이 나갈 지경이었다. 세 사람은 재퍼즈 렌터카에서 임대하는 19번 오두막집의 주방 식탁에 앉아 커피를 마시며 딸기를 설탕에 찍어 먹었다. 대화가 막바지에 이르렀을 즈음에는 세 남자 모두 방금 해치운 표적에게서 흐른 피를 손끝에 찍어 확인하는 암살자처럼 보였다. 장전도 안 된 디프노의 권총은 잊어버린 물건처럼 창틀에 덩그러니 놓여 있었다.

디프노는 산책을 하러 로켓 로드에 나갔다가 커다랗고 또렷한 총소리와 뒤이은 폭발음을 들었다고 했다. 그는 서둘러 오두막집으로 돌아왔고(지금 몸 상태로는 서두르는 것도 그리 쉽지 않다고 했지만), 남쪽에서 피어오르는 연기가 보이자 결국에는 보트 창고로 돌아가는 것이 낫겠다고 마음먹었다. 생각이 거기까지 미치자 틀림없이 그 이탈리아계 깡패, 그 안돌리니라는 자의 짓인 듯싶었고, 그래서……

"그게 무슨 말이에요, 보트 창고로 돌아가다니오?"

에디가 묻자 디프노는 식탁 아래의 발을 움찔거렸다. 그는 눈 밑의 보라색 다크서클을 빼면 안색이 몹시도 해쓱했고, 머리카락은 민들레 씨의 털처럼 가느다란 몇 올뿐이었다. 에디는 디프노가 몇 년 전 암 선고를 받았다고 한 타워의 말을 떠올렸다. 이날 디프노는 혈색이 좋아 보이지 않았지만 에디는 그보다 훨씬 더 아파 보이는 사람도 (특히 러드에서 많이) 본 적이 있었다. 제이크의 옛 친구 개셔도 그중 하나였다.

"에런? 아까 그게 무슨 말이냐고……"

"예, 질문은 들었습니다." 디프노의 목소리에서 짜증이 살짝 배어

났다. “우리는 유치 우편을 통해 편지를 받았습니다. 캘빈이 받았지요. 우리더러 이곳을 떠나 근처 다른 곳으로 가서 납작 엎드려 있으라고 한 그 편지 말입니다. 캘러핸이라는 사람이 보냈더군요. 아는 사람입니까?”

롤랜드와 에디가 고개를 끄덕였다.

“그 캘러핸이란 사람은…… 캘빈을 꾸짖은 거나 마찬가집니다.”

캘빈, 칼라, 캘러핸. 에디는 속으로 생각하며 한숨을 쉬었다.

“캘빈은 여러모로 점잖은 친구지만, 남한테 꾸지람을 듣는 건 좋아하지 않습니다. 그래도 둘이서 같이 보트 창고로 내려가 며칠 숨기는 했는데…….”

디프노가 잠시 입을 다물었다. 그렇게 잠시 양심의 가책에 시달리는 듯하더니, 이내 다시 입을 열었다.

“실은 이틀이었습니다. 딱 이틀. 캘빈은 그게 미친 짓이라고 하더군요. 습기 찬 곳에 있으니 관절염이 더 심해졌다고도 했고, 제가 숨을 쉴 때 쌕쌕거리는 소리가 난다고도 했습니다. ‘다음번에 노르웨이 마을의 그 병원에 가서 진찰을 받아 보면 암에다 폐렴까지 걸려 있을 거야’라더군요. 안돌리니가 여기 있는 우리를 찾아낼 리 없다고 했습니다. 그 젊은이, 그러니까 당신이…….” 디프노는 딸기 물이 들어 빨개진 울퉁불퉁한 손가락으로 에디를 가리켰다. “입을 꾹 다물고 있으면요. ‘뉴욕의 그 깡패 놈들은 웨스트포트 북쪽으로 올라오면 나침반 없이는 길도 못 찾아’라면서.”

에디의 입에서 끙 소리가 새어 나왔다. 예감이 들어맞았을 때 오히려 혐오감을 느끼기는 생전 처음이었다.

“캘빈은 우리가 충분히 조심했다고 했습니다. ‘글쎄, 우릴 찾은 사람이 있잖아. 그 캘러핸이라는 사람.' 내가 그렇게 말했을 때 캘빈은 별일 아니라고 했지요." 디프노가 다시 손가락으로 에디를 가리켰다. "캘빈은 틀림없이 당신이 캘러핸 씨한테 우편 번호 찾는 방법을 가르쳐 줬을 거라고, 그래서 식은 죽 먹기였을 거라고 했습니다. 그러고는 이렇게 말했지요. '그런데도 기껏 우체국을 찾아가는 게 고작이었어, 안 그래? 날 믿어, 에런, 여기 있으면 우린 안전해. 부동산 중개인을 빼면 우리가 어디 있는지는 아무도 몰라, 그런데 중개인은 뉴욕에 있잖아.'"

디프노는 무성한 눈썹 털 아래의 눈으로 두 사람을 빤히 보다가 딸기를 집어서 절반을 베어 물었다.

"두 분께 이곳을 알려 준 게 그 사람입니까? 부동산 중개인?"

"아뇨, 이 동네 주민이에요. 에런, 이 마을에 사는 사람이 우릴 여기까지 단숨에 데려다줬다고요."

디프노는 힘이 빠진 듯 의자 등받이에 몸을 기댔다.

"어이쿠."

"어이쿠다마다요. 그래서 둘이 이 집으로 다시 돌아왔고, 캘빈은 또다시 책을, 여기 숨어서 읽는 것도 아니고 아예 바깥에 나가 사러 돌아다니는 거군요. 맞나요?"

디프노는 눈을 내리깔고 식탁보만 보았다.

"캘빈이 정말로 헌신적인 사람이란 걸 알아주셔야 합니다. 책은 그 친구의 목숨이에요."

"아뇨." 에디의 목소리는 무덤덤했다. "그건 헌신적인 게 아니에요. 집착이죠. 캘빈은 그런 사람이에요."

"당신이 증서사(證書士)라는 걸 알고 있소."

디프노를 따라 오두막집에 들어온 이후 처음으로 롤랜드가 꺼낸 말이었다. 롤랜드는 컬럼이 준 담배를 또 한 대 피우는 중이었다(컬럼이 가르쳐 준 대로 필터를 뽑아 버린 후에). 에디가 보기에는 담배 맛에 전혀 만족을 못 하는 눈치였다.

"증서사요? 그게 무슨……"

"율사 말이오."

"아아. 예, 그렇습니다. 하지만 현업에서 은퇴한 지 벌써……"

"잠시 현업으로 돌아와 우리한테 증서 한 장만 써 줘야겠소."

롤랜드는 자신이 원하는 증서가 어떤 것인지 설명했다. 디프노는 롤랜드가 설명을 제대로 시작하기도 전에 고개를 끄덕였고, 이로써 에디는 타워가 자기 친구에게 이미 사정을 설명한 것을 눈치챘다. 그나마 다행이었다. 다만 노인의 얼굴에 떠오른 표정이 마음에 들지 않았다. 그럼에도 디프노는 롤랜드가 설명을 마칠 때까지 잠자코 기다렸다. 고객이 될지도 모르는 사람을 상대하는 기본 태도는 잊지 않은 모양이었다. 은퇴를 했든 안 했든 간에.

디프노는 롤랜드의 말이 끝난 것을 확인하고 나서 입을 열었다.

"아무래도 캘빈이 그 공터의 소유권을 조금 더 유지하기로 마음먹었다는 얘기를 두 분께 전해야 할 것 같군요."

에디는 다치지 않은 쪽 이마를 손으로 탁 쳤다. 이 짤막한 연기를 위해 용의주도하게도 오른손을 사용했다. 왼팔은 점점 뻣뻣해지는 중이었고, 다리는 또다시 무릎과 발목 사이 전체가 욱신거리기 시작했으므로. 에디는 에런이 여행에 나서면서 강력한 진통제를 챙겼으리라 짐작하고는 혹시 있으면 몇 개만 달라고 부탁할 것을 머릿속에 새겨놓았다.

"죄송한데요, 제가 이 멋진 시골 마을에 도착할 때 머리를 부딪치는 바람에 귀가 좀 어두워진 것 같거든요. 듣자 하니까 방금…… 타워 씨께서 저희한테 그 공터를 안 팔기로 했다고 하신 것 같은데요."

디프노가 빙그레 웃었다. 왠지 슬퍼 보이는 웃음이었다.

"제대로 알아들으신 겁니다."

"하지만 팔기로 돼 있다고요! 슈테판 토런의 유언장이 있어요, 그 사람 오대조 할아버지요, 거기 그렇게 적혀 있단 말이에요!"

"캘빈 말은 다르던데요." 디프노의 목소리는 부드러웠다. "딸기 한 개 더 드시지요, 딘 씨."

"됐어요!"

"한 개 더 먹어라, 에디."

롤랜드는 그렇게 말하며 에디에게 딸기를 건넸다. 에디는 그 딸기를 받아 들었다. 그러고는 키다리 못난이의 주둥이에 대고 짓뭉개 버릴까 하다가, 이내 딸기를 크림 그릇에 한 번 찍고 다음으로 설탕 그릇에 찍었다. 그러고는 먹기 시작했다. 젠장, 그토록 달콤한 맛이 입안에 휘몰아치는데 모진 마음을 먹고 있기란 힘든 일이었다. 롤랜드는 이를 틀림없이 알았을 터였다(그 점은 디프노도 마찬가지였다.).

"캘빈이 말하길, 슈테판 토런이 남긴 봉투 속에는 이분 성함 말고는 아무것도 없었다더군요." 디프노가 거의 벗어진 머리를 까딱해서 롤랜드를 가리켰다. "토런의 유언장…… 옛날 옛적에는 '죽음의 편지'라고도 했던 그 편지는…… 사라진 지 오래였다고 했습니다."

"그 봉투 속에 뭐가 들었는지 난 이미 알고 있었어요. 그 사람이 나한테 물어봤어요, 그런데 내가 맞혔다고요!"

"그랬다고 들었습니다." 에디를 보는 디프노의 표정은 담담했다. "길거리 마술사들도 간단히 할 수 있는 속임수였다더군요."

"내가 그 이름을 맞히면 우리한테 공터를 팔기로 약속했다는 말도 하던가요? 염병할 약속을 했다는 말도?"

"극도의 불안감에 시달리는 상황에서 한 약속이라고 주장하더군요. 제 생각에도 틀림없이 그랬을 겁니다."

"그 개 같은 인간이 우리가 자길 속일 거라고 생각하던가요?"

에디는 화가 치밀다 못해 머리가 다 욱신거렸다. 이토록 분노한 적이 전에도 있었던가? 한 번, 있었던 것 같았다. 뉴욕에 가서 약 한 대만 맞겠다고 하는데 롤랜드가 막았을 때였다.

"그런 거예요? 그렇다면 잘못 짚은 거예요. 우린 그 인간이 달라고 하는 돈은 동전 한 개까지 다 챙겨 줄 거예요, 더 얹어 줄 수도 있어요. 내 아버지의 얼굴을 걸고 맹세할게요! 우리 딘의 심장을 걸고!"

"제 말 잘 들으십시오, 젊은 양반. 중요한 얘기를 할 거니까요."

디프노의 말에 에디가 롤랜드를 흘긋 보았다. 롤랜드는 고개를 살짝 끄덕이고 담배를 장화 뒷굽에 비벼 껐다. 에디는 다시 디프노 쪽으로 눈을 돌렸다. 차분한, 그러나 이글거리는 눈을.

"캘빈은 바로 그게 문제라고 했습니다. 당신들이 땅값으로 터무니없이 적은 돈을, 그런 경우 보통은 1달러를 거는데, 그걸로 거래를 끝내고 자길 옭아맬 거라고 했지요. 당신들이 자기한테 최면을 걸어 믿게 하려고 했다더군요. 당신들이 초현실적인 존재라고, 또는 초현실적인 존재와 통하는 사람들이라고…… 그리고 홈스 덴탈에서 수백만 달러를 끌어올 수 있다고…… 하지만 자기는 속지 않았다고 했습니다."

디프노의 말에 에디는 입이 떡 벌어졌다.

"캘빈이 그렇게 말했다는 겁니다." 디프노는 시종 차분한 목소리로 말을 이었다. "그렇다고 해서 캘빈이 실제로도 그렇게 믿는다고 보기는 힘들지요."

"지금 도대체 무슨 소릴 하는 거예요?"

"캘빈의 문제는 포기할 줄을 모르는 겁니다. 아시다시피 그 친구는 오래된 희귀본 서적을 구하는 재주가 뛰어나지요. 전형적인 책벌레 셜록 홈스인 겁니다. 게다가 그런 책을 구하는 데에 강박적으로 집착합니다. 한번은 원하는 책의 소유주가 두 손 들고 책을 팔 때까지 물고 늘어지는 것도 봤습니다. 정말이지 물고 늘어졌다는 말밖에 표현할 길이 없을 정도였지요. 개중에는 분명 캘빈의 전화에 더 시달리기 싫다는 이유만으로 책을 파는 사람도 있을 겁니다.

그런 재능에다 지리적 이점, 마음껏 쓰도록 스물여섯 살 생일에 상속받은 거액의 돈까지 감안하면 캘빈은 마땅히 뉴욕에서, 어쩌면 온 미국에서 가장 성공한 희귀 서적 거래상이 돼야 했습니다. 그런데 캘빈의 문제는 사는 게 아니라 파는 거였습니다. 정말로 공들여 구매한 책이 일단 손에 들어오면, 다시 내놓기를 끔찍이도 싫어했던 겁니다. 샌프란시스코에서 왔던 수집가가 생각나는군요. 거의 캘빈만큼이나 집착이 강한 사람이었는데, 조르고 조른 끝에 마침내 작가가 서명한 『모비 딕』 초판본을 캘빈한테서 넘겨받기로 했습니다. 캘빈은 그 거래 한 건으로 7만 달러가 넘는 돈을 벌었지만, 일주일 동안 잠을 못 이뤘습니다.

2번 대로와 46번가 교차점의 공터에 대해서도 똑같은 감정일 겁니다. 책을 빼면 캘빈한테 남은 재산은 그게 다니까요. 게다가 캘빈은 당신들이 그 공터를 자기한테서 훔쳐갈 거라고 철석같이 믿고 있습니다."

짧은 침묵이 이어졌다. 그러다 롤랜드가 입을 열었다.

"머릿속 한구석에서는 당신 친구도 잘 알 텐데?"

"디셰인 씨, 무슨 말씀을 하시는 건지 잘 이해가……"

"아니, 딴청부리지 마시오. 그 사람도 잘 알지 않소?"

"예." 디프노는 결국 인정했다. "아마 알 겁니다."

"그 사람도 머릿속 한구석에서는 잘 알지 않소, 우리가 자기 재산에 정당한 값을 치르겠다는 약속을 지킬 사람이라는 걸? 우리가 목숨이 붙어 있는 한은?"

"예, 아마 그럴 겁니다. 하지만……"

"혹시 이것도 알고 있소? 만약 그가 공터의 소유권을 우리에게 이전하면, 그리고 우리가 그 이전 계약을 안돌리니의 딘에게…… 그러니까 보스 말이오, 그 발라자르라는 남자에게 제대로 이해시키면……"

"그 사람 이름은 저도 압니다." 디프노의 목소리는 담담했다. "계약서에서 가끔 봤습니다."

"그렇게 하면 그 발라자르라는 자가 자기를 건드리지 않으리라는 것도 알고 있소? 만약 우리가 발라자르에게 그 공터가 더는 타워 씨의 소유물이 아니라는 것을 이해시킨다면, 또 타워 씨를 해치려고 손가락만 까딱해도 발라자르 본인이 끔찍한 대가를 치른다는 것을 이해시킨다면, 말이오."

디프노는 앙상한 가슴팍 위로 팔짱을 끼고 롤랜드의 다음 말을 기다렸다. 롤랜드를 보는 그의 표정은 조금 불안하면서도 매료된 듯했다.

"한마디로 우리에게 그 공터를 팔면, 당신 친구 캘빈 타워의 걱정은 끝난다는 말이오. 당신이 보기에는 그 친구가 머릿속 한구석에서 그 사실을 아는 것 같소?"

"예. 캘빈은 그저…… 자기 걸 포기할 줄 모르는 별난 습관이 있을 뿐입니다."

"그럼 우리에게 증서를 한 장 써 주시오. 대상은 앞서 말한 두 도로의 교차점에 있는 쓰레기투성이 공터. 판매자는 타워. 구매자는 우리요."

"구매자는 텟 코퍼레이션이야."

에디가 끼어들었다. 디프노는 고개를 저었다.

"계약서는 제가 만들 수 있지만, 여러분이 그 땅을 팔라고 캘빈을 설득하진 못할 겁니다. 시간을 일주일쯤 들이면서 달군 쇠꼬챙이로 그 친구 발을 지지는 방법까지 서슴지 않는다면 또 모르겠지만요. 어쩌면 불알을 지져야 할지도."

에디가 나직이 뭐라고 중얼거렸다. 디프노는 그런 에디에게 방금 뭐라고 했냐고 물었다. 에디는 대답하지 않았다. 에디가 중얼거린 말은 거 괜찮은 방법이네였다.

"타워는 우리가 설득할 거요."

"저 같으면 그렇게 자신하진 않을 겁니다, 선생."

"타워는 우리가 설득할 거요."

롤랜드가 되풀이해 말했다. 낼 수 있는 가장 냉랭한 목소리로.

바깥에서 모델명을 알 수 없는 소형차 한 대가(에디가 자기 시대에 본 적이 있었다면 허츠 렌터카인 것을 알아보았을 테지만) 주차장으로 들어와 멈춰 섰다.

이 악물고 참아, 이 악물고 참는 거야. 에디는 그렇게 스스로를 타일렀지만, 씩씩한 모습으로 차에서 내려서는(그러면서 문간에 서 있는 낯선 차를 더없이 아무렇지도 않게 힐긋 보는) 캘빈 타워가 눈에 띈 순간, 관자놀이가 뜨거워지는 느낌이 들었다. 두 손은 불끈 쥔 주먹으로 변했고 손톱은 손바닥을 파고들었고, 에디는 손바닥의 그 아픔을 음미하며 쓰디쓴 웃음을 지었다.

타워가 쉐보레 렌터카의 트렁크를 열고 큼지막한 봉지를 꺼냈다. 이제 막 수확한 물건인가 보군. 에디는 속으로 생각했다. 타워는 연기가 피어오르는 남쪽 하늘을 흘긋 보더니 영문을 모르겠다는 듯 어깨를 으쓱하고는 오두막집으로 걸음을 옮겼다.

그래, 바로 그거야, 이 개 같은 남창 새끼야, 어디 불이 난 모양이구나 하겠지, 너랑은 아무 상관도 없는 줄 알겠지? 다친 팔이 욱신거려 아팠는데도, 에디는 주먹을 더 꽉 쥐었다. 손톱이 손바닥에 더욱 깊이 박히도록.

죽이면 안 돼요, 에디. 수재나가 말했다. 죽이면 안 되는 거 당신도 알잖아요, 그렇죠?

에디가 알았을까? 설령 안다고 한들, 수재나의 말을 따를 수 있었을까? 누구의 말이든 따를 마음이 들었을까? 에디는 알 수 없었다. 아는 것은 그저 현실의 수재나가 사라지고 없다는 것, 미아라는 이름의 원숭이가 등에 달라붙은 탓에 미래라는 구렁텅이로 빠져 버렸다는 것뿐이었다. 반면에 타워는, 이곳에 있었다. 어찌 보면 말이 되는 상황이었다. 전에 어디서 읽은 글에 따르면 핵전쟁 이후에 살아

남을 공산이 가장 큰 생물은 바퀴벌레라고 했으니까.

신경 쓸 것 없어요, 에디, 이 악 물고 참으면서 여기 일은 롤랜드한테 맡기면 그만이에요. 그 사람을 죽이면 안 돼요!

아니, 에디는 죽이지 않을 작정이었다.

적어도 타워가 계약서에 점선으로 표시된 서명란에 서명을 하기 전까지는, 참을 작정이었다. 그러나 그다음에는…… 서명을 다 하면…….

6

"에런!" 타워가 포치 계단을 올라서며 외쳤다.

롤랜드는 디프노의 시선을 자신에게 잡아 둔 채 손가락을 세워 입술에 댔다.

"에런, 어이, 에런!"

사는 재미가 쏠쏠해서인지, 타워의 목소리는 기운차게 들렸다. 도망 다니는 사람이 아니라 무슨 재택근무를 하는 사람 같았다.

"에런, 나 이스트 프라이버그에 있는 그 과부네 집에 갔었는데, 세상에, 허먼 워크의 소설이 죄다 있지 뭐야! 허먼 워크의 책이 전부 다 있어! 심지어 북클럽판도 아니야, 끽해야 그런 판본일 줄 알았는데, 웬걸……."

방충망 문의 녹슨 스프링에서 나는 끼리릭! 소리에 이어 포치에 발을 올리는 쿵 소리가 들렸다.

"……더블데이 출판사에서 낸 초판본들이야! 『마저리 모닝스타』!

『케인 호의 반란』! 그나저나 호수 건너편에 누구네 집인지 모르지만 화재보험은 꼬박꼬박 냈어야 할 텐데 말이지, 왜냐면……."

타워가 집 안으로 들어섰다. 그는 먼저 친구 에런을 보았다. 다음으로 에런 디프노의 맞은편에 앉아 있는 롤랜드를, 눈가에 깊게 팬 주름 사이에서 이쪽을 지그시 바라보는 그의 오싹한 파란 눈 한 쌍을 보았다. 그리고 마지막으로, 에디를 보았다. 그러나 에디는 타워를 보지 않았다. 마지막 순간에 에디 딘은 불끈 쥔 두 주먹을 무릎 사이로 내리고 고개를 숙였고, 그래서 시선이 두 주먹과 그 아래의 판자 바닥에 고정되어 있었다. 에디는 말 그대로 이를 악 물고 있었다. 오른손 엄지 옆에 핏방울 두 개가 맺혀 있었다. 에디는 그 핏방울에 눈길을 집중했다. 온 정신을 오로지 거기에 집중했다. 왜냐하면 방금 들렸던 들뜬 목소리의 주인에게 눈길을 돌렸다가는, 틀림없이 죽여 버릴 것이기 때문이었다.

우리 차를 봤어. 봤는데 가서 살펴볼 생각도 안 했어. 자기 친구한테 집에 누가 와 있냐고, 무슨 일 있는 거 아니냐고 큰소리로 물어보지도 않았어. 에런이 괜찮은지 확인도 안 했다고. 허먼 워크인가 뭔가 하는 놈팡이한테, 북클럽판이 아니라 초판본이라는 데에 정신이 팔려서. 걱정 마, 친구. 왜냐면 넌 잭 안돌리니만큼이나 단기 상상력이 부족한 놈이니까. 너랑 잭, 둘 다 지저분한 바퀴벌레 같은 새끼들이지. 우주의 밑바닥을 발발거리고 기어 다니는 바퀴벌레. 먹이에 온 정신이 다 팔려서 말이야, 안 그래? 염병할 먹이에 정신이 팔려서.

"당신은." 사는 재미와 기운이 다 사라진 목소리로 타워가 중얼거렸다. "그때 그……."

"난데없이 나타났던 그 인간 맞아요." 에디는 고개도 들지 않고 불쑥 말했다. "타워 씨가 바지에 똥을 지리기 약 2분 전에 잭 안돌리니를 처리해 줬던 그 인간요. 그런데 이런 식으로 은혜를 갚으시는군요. 대단하신 분이세요, 참."

말을 끝맺기가 무섭게 에디는 다시 이를 악물었다. 불끈 쥔 두 주먹이 부들부들 떨렸다. 롤랜드가 끼어들 거라는 생각이 들었다. 틀림없이 그럴 터였다, 에디는 자기 눈앞에 있는 이기적인 인간쓰레기를 혼자 힘으로 곱게 타이를 위인이 아니었으므로. 그럴 능력이 없었으므로. 그러나 롤랜드는 아무 말도 하지 않았다.

타워가 껄껄 웃었다. 그 웃음소리에서는 앞서 자기가 임대한 오두막집의 부엌에 앉아 있는 사람이 누군지 깨달았을 때의 목소리처럼 초조하고 불안한 기색이 묻어났다.

"나, 원…… 딘 선생…… 그때 상황을 너무 심각하게 과장하시는 것 같은데……"

"난 지금도 똑똑히 기억해요." 에디는 여전히 고개를 숙인 채 말을 이었다. "그때 맡았던 휘발유 냄새를요. 내가 우리 딘의 권총을 발사했던 거, 기억나요? 그때 창고에서 우린 운이 좋았어요. 휘발유가 증발해서 공기에 섞여 있지도 않았고, 내가 총을 엉뚱한 데다 쏘지도 않았으니까요. 그 자식들은 당신 책상이 붙어 있는 창고 구석에 온통 휘발유를 끼얹었어요. 홀라당 태워 버리려고 말이에요. 당신이 애지중지하는 책들을…… 아니, 당신이 사랑해 마지않는 친구들, 식구들이라고 해야 할까요? 왜냐면 당신한텐 그 책들이 그런 존재니까요, 안 그래요? 그리고 에런 디프노, 이 사람은 또 뭐 하는 인간일까요? 암에 걸려 골골거리면서도 당신한테 같이 도망갈 친구가 필요해지니까 같이 북쪽으로 달아나 준 노인네죠. 그런데도 당신은 누가 셰익스피어 초판본이나 어니스트 헤밍웨이 한정판 같은 걸 주겠다고 하면 이 양반이 도랑에 처박혀 죽어가도 나 몰라라 할걸요."

"말도 안 되는 소리!" 타워가 외쳤다. "내 서점은 불이 나서 홀랑 타 버렸소, 사소한 실수로 화재 보험금도 못 받는데! 내가 빈털터리가 된 건 다 당신들 탓이오! 이 집에서 썩 나가시오!"

"보험료를 체납한 건 작년에 클레런스 멀퍼드의 유족한테서 호퍼롱 캐시디 컬렉션을 구매하느라 돈이 모자랐기 때문이잖아." 에런 디프노가 점잖게 말했다. "자넨 보험료를 체납하는 건 잠깐뿐이라고 했지만……"

"잠깐이었어!"

타워의 목소리는 놀란 한편으로 기분이 상한 것처럼 들렸다. 마치 자기편한테 배신당할 줄은 몰랐다는 사람처럼. 필시 몰랐을 터였다.

"정말로 잠깐이었다고, 젠장!"

"……그걸 이 젊은 친구 탓으로 돌리는 건." 디프노는 앞서와 마찬가지로 점잖지만 안타까워하는 목소리로 말을 이었다. "아무리 봐도 옳지 않아."

"당장 나가란 말이오!" 타워가 에디를 향해 사납게 소리쳤다. "당신도 당신 친구도, 다 나가시오! 난 당신들한테 아무 볼일도 없소! 내가 상대해 줄 거라고 생각했다면 그건, 그…… 오해요!"

타워는 상금에 집착하는 사람처럼 마지막의 '오해'라는 말에 집착했다. 그래서 거의 외치다시피 내뱉었다.

에디는 주먹을 더욱 꽉 쥐었다. 허리에 찬 권총이 이토록 머릿속을 가득 차지한 적은 이때껏 한 번도 없었다. 총의 무게감이 사악할 정도로 생생하게 느껴졌다. 온몸에서 땀 냄새가 진동했다. 그 냄새가 에디 자신의 코를 찔렀다. 그리고 이제, 손바닥에서 배어난 피가 방울져 바닥에 똑똑 떨어졌다. 입안에서는 이가 서서히 혀를 파고드는 느낌이 들었다. 확실히, 다리의 통증을 잊는 데에는 효과가 있었다. 에디는 한창 고통받는 혀에게 가석방을 허락하기로 마음먹었다.

"저번에 당신을 찾아갔을 때 일어난 일 중에 제일 또렷하게 기억나는 건……"

"당신들 내 책을 갖고 있을 텐데." 타워가 에디의 말을 끊었다. "돌려주시오. 난 그 책들 꼭 돌려받아야겠……"

"입 다물어, 캘빈." 디프노가 끼어들었다.

"뭐라고?" 이제 타워의 목소리는 기분이 상한 것 같지 않았다. 깜짝 놀란 목소리였다. 거의 숨이 턱 막힌 것 같았다.

"우는소리 그만해. 자넨 야단 좀 맞아도 싸, 실은 자네도 알잖아. 운이 좋으면 야단만 맞고 끝나겠지. 그러니 죽기 전에 한 번이라도 그 입 다물고 남자답게 굴어."

"참으로 옳은 말씀이오." 롤랜드가 담담하게 맞장구를 쳤다.

"제일 또렷하게 기억나는 건." 에디가 말을 이었다. "내가 잭 안돌리니한테 한 말을 듣고 겁에 질려 핏기가 싹 가신 당신 얼굴이에요. 내가 잭한테 썩 꺼지지 않으면 친구들이랑 같이 네놈 식구들을 다 죽여서 그랜드 아미 플라자 광장에다 그 시체들을 쌓아 놓을 거라고 했을 때 말이죠. 그중에는 여자와 아이들 시체도 있을 거라고 했을 때. 당신도 그 말을 듣고 속이 불편해졌겠죠. 그런데 그거 알아요, 캘빈? 잭 안돌리니가 여기 와 있어요. 바로 지금, 이스트 스토넘에."

“거짓말!” 타워는 그 말을 하면서 숨을 헉 들이쉬었다. 튀어나오던 말이 들이켜는 비명으로 바뀌었다.

“미치겠네.” 에디는 그렇게 대꾸했다. “나도 거짓말이면 좋겠어요. 캘빈, 아무 죄도 없는 여자 둘이 내 눈앞에서 죽었어요. 잡화점에 물건 사러 왔다가요. 안돌리니의 매복 공격에 걸려서. 그런데 당신이 혹시 기도할 줄 아는 사람이라면, 물론 귀한 초판본을 못 구할까 봐 불안할 때가 아니라면 기도 같은 거 안 할 사람으로 보이지만, 그래도 혹시 기도를 할 줄 안다면 말이죠, 이기적이고 맹목적이고 욕심 많고 덜렁거리고 속이 시커먼 헌책방 주인들의 신한테 무릎 꿇고 기도하는 게 좋을 거예요. 발라자르의 보스한테 우리가 도착할 곳을 알려 준 게 당신이 아니라 미아라는 여자이게 해 달라고 말이에요. 왜냐면 캘빈, 그놈들이 당신 뒤를 밟은 거라면, 그렇다면 그 두 여자는 당신 때문에 죽은 거니까!”

에디의 목소리는 점점 더 커졌고, 시선은 여전히 바닥에 못 박혀 있었지만, 어느새 온몸이 부들부들 떨리고 있었다. 눈알이 눈구멍 속에서 부풀어 오르는 느낌과 함께 목에 힘줄이 불끈 솟는 느낌이 들었다. 고환마저 쪼그라들어 단단해졌다. 복숭아씨처럼. 무엇보다 용수철처럼 단숨에 뛰어올라 발레 무용수처럼 우아하게 거실 저편으로 날아가고 싶은, 그리하여 살이 뒤룩뒤룩한 캘빈 타워의 허연 목을 두 손으로 조르고 싶은 충동이 생생하게 느껴졌다. 에디는 롤랜드가 끼어들기를 기다렸다. 롤랜드가 말려 주기를 바랐다. 그러나 총잡이는 개입하지 않았고, 그래서 에디의 목소리는 점점 커지다가 어쩔 도리 없이 분노의 함성으로 바뀌고 말았다.

“그 둘 중 한 명은 곧장 바닥에 자빠졌지만 다른 한 명은…… 잠깐 머뭇거렸어요. 총에 맞아서 머리 위쪽이 날아가 버렸죠, 아마 기관총이었을 텐데. 그러고는 한 2초 정도 가만히 서 있었는데, 무슨 화산이 폭발한 줄 알았어요. 용암이 아니라 피가 뿜어 나온 거였지만. 뭐, 십중팔구 미아가 고자질했을 거예요. 내 감이 그래요. 앞뒤가 딱딱 맞지는 않지만, 그런 감이 강하게 들어요. 당신한테는 다행이죠. 미아는 수재나가 가진 정보를 이용해서 수재나의 아기를 지키는 중이에요."

"미아라고? 젊은 양반…… 아니, 딘 선생…… 도대체 무슨……"

"닥치라고!" 에디가 악을 썼다. "닥쳐, 이 쥐새끼 같은 놈아! 이 거짓말쟁이, 배은망덕한 협잡꾼 새끼! 욕심에 눈이 먼 돼지 같은 인간 쓰레기야! 아예 간판을 달지 그랬어? 안녕하세요, 캘빈 타워입니다! 지금 이스트 스토넘의 로켓 로드에 있어요! 저랑 제 친구 에런을 만나러 오세요! 총도 들고 오세요!"

천천히, 에디가 고개를 들었다. 분이 어린 눈물이 볼을 타고 흘러내렸다. 타워는 현관문 옆의 벽 쪽으로 주춤 물러섰다. 넙데데한 얼굴의 둥그레진 눈에 물기가 어린 채로. 이마에 땀이 맺혀 있었다. 가슴에는 새로 구한 책이 든 봉지를 방패처럼 안고 있었다.

에디가 타워를 지그시 바라보았다. 단단히 움켜쥔 양 주먹에서 피가 뚝뚝 떨어졌다. 셔츠 소매 위쪽에 또다시 핏자국이 동그랗게 번져 나갔고, 이제는 입 왼쪽에서도 가느다란 핏줄기가 흘러내렸다. 에디는 이제 롤랜드가 침묵하는 이유를 알 듯싶었다. 이것은 에디 딘이 처리할 임무였다. 왜냐하면 에디는 캘빈 타워의 겉과 속을 모두 알았으므로. 그렇지 않은가? 에디는 타워를 속속들이 꿰뚫어 보았다. 그리 오래지 않은 과거의 한 시절에 헤로인을 제외한 세상 모든 것을 시큰둥하게 여긴 사람이 바로 에디 아니었던가? 그 시절 에디는 헤로인만 빼고 뭐든 다 물물교환을 하거나 팔 수 있다고 믿지 않았던가? 그러다가 헤로인 주사 한 대만 맞을 수 있다면 정말이지 어머니도 팔아먹을 단계에 이르지 않았던가? 에디가 지금 이토록 분을 못 이기는 까닭이 바로 그것 아니던가?

"2번 대로하고 46번가 교차점에 있는 그 공터는 처음부터 당신 소유가 아니었어. 당신 아버지 것도, 할아버지 것도, 애초에 슈테판 토런의 것도 아니었어. 당신은 그저 관리인이었을 뿐이야. 내가 지금 차고 있는 이 총의 관리인인 것처럼."

"난 인정할 수 없어!"

"인정할 수 없다고?" 에런이 물었다. "이상하군. 내 기억에 자넨 그 땅에 관해 이분과 정확히 똑같은 이야기를 한 적이……"

"조용히 해, 에런!"

"……여러 번 있는데." 디프노는 담담하게 말을 끝맺었다.

'딱' 소리가 났다. 에디가 놀라서 몸을 움찔하는 바람에 총구멍이 난 정강이부터 다리를 타고 새로운 통증이 번쩍 치솟았다. 성냥불을 켜는 소리였다. 롤랜드가 새 담배에 불을 붙이고 있었다. 담배의 필터는 오일클로스 식탁보 위에 다른 필터 두 개와 나란히 놓여 있었다. 담배 필터 세 개가 꼭 알약 같았다.

"그때 당신이 나한테 뭐라고 했는지 들려줄게."

에디의 목소리가 갑자기 차분해졌다. 분노는 어느새 사라지고 없었다. 뱀에게 물린 자리에서 독을 빼낸 것처럼. 거기까지 이른 것은 롤랜드 덕분이었기에, 혀와 손바닥에서 피를 흘리는 와중에도 에디는 그에게 고마움을 느꼈다.

"그때 무슨 말을 했든 간에…… 그때 나는, 너무 심한 압박감에 시달려서…… 그땐 당신이 날 죽일 줄 알고 겁에 질렸었다고!"

"당신은 1846년 3월이라고 적힌 봉투를 갖고 있다고 했어. 그 봉투 안에는 종이가 한 장 들어 있고, 그 종이에는 어떤 이름이 적혀 있다고 했지. 그리고……"

"난 인정할 수 없……"

"종이에 적힌 이름을 내가 알아맞히면, 나한테 그 공터를 팔겠다고 했어. 1달러에. 그보다 훨씬 큰 금액, 한 수백만 달러를, 나중에 받는다는 조건으로. 기한은 대략…… 1985년까지."

에디의 말에 타워가 거친 웃음을 터뜨렸다.

"말을 꺼낸 김에 아예 브루클린 대교를 주겠다고 하지, 왜?"

"당신은 약속을 했어. 그리고 이제 그 약속을 깨는 꼴을 당신 아버지가 저세상에서 지켜보는 중이지."

"난 한 글자도 인정 못 해!" 캘빈 타워가 악을 질렀다.

"인정 못 하겠으면 그냥 뒈지시든가. 그런데 캘빈, 당신한테 해 줄 말이 있어. 만신창이가 됐지만 그래도 아직 뛰고 있는 내 심장이 들려주는 말이야. 당신은 지금 쓰디쓴 음식을 먹고 있어. 그걸 모르는 까닭은 누군가 당신한테 그게 다디단 음식이라고 가르쳐 줬기 때문이고, 당신의 혀가 맛이 가 버렸기 때문이야."

"도대체 무슨 소릴 하는 건지 모르겠군! 당신은 미쳤어!"

"아니." 에런이 끼어들었다. "안 미쳤어. 만약 저 사람이 하는 말을 안 듣는다면 미친 사람은 바로 자네야. 내가 보기엔…… 내가 보기에 저 사람은 지금 자네가 삶의 목표를 되찾도록 기회를 주려고 저러는 거야."

"이제 그만해." 에디가 말했다. "딱 한 번만 당신 본성의 선한 반쪽이 하는 말을 들어, 그 반대쪽이 하는 말이 아니라. 캘빈, 그 반대쪽 놈은 당신을 미워해. 당신을 죽일 생각만 하는 놈이라고. 내 말 믿어, 나도 겪어 봐서 아니까."

오두막집 안은 쥐 죽은 듯 고요했다. 호수 쪽에서 실성한 사람의 웃음소리 같은 아비새 울음소리가 들려왔다. 호수 건너편에서는 그보다 덜 감미로운 사이렌 소리가 들려왔다.

캘빈 타워가 마른 입술을 혀로 핥고는 말을 꺼냈다.

"안돌리니 얘기, 사실이오? 정말로 이 마을에 와 있는 거요?"

"그래."

이제 이쪽을 향해 날아오는 헬리콥터의 탓 탓 탓 탓 소리가 에디의 귀에 들려왔다. 방송국 헬리콥터일까? 텔레비전 방송국이 그 정도 장비를 갖추는 것은 한 5년 후의 일이 아닐까? 이런 시골에서라면 더더욱?

서점 주인의 시선이 롤랜드에게로 향했다. 앞서 타워는 뜻밖의 사태에 당황했고, 복수심에 불타는 에디 때문에 죄의식마저 느꼈지만, 이제 조금은 평정을 되찾은 상태였다. 에디는 이를 눈치챘다. 그래서 사람들이 원래 타고난 분수대로 살아가면 세상이 얼마나 살기 쉬울지에 관하여 곰곰이 생각했다(그런 생각을 한 것은 처음이 아니었다.). 에디는 캘빈 타워를 용감한 사람으로 여기느라 시간을 낭비하고 싶지 않았다. 그러기는커녕 착한 사람 비슷한 것으로도 봐 주고 싶지 않았지만, 어쩌면 타워는 그 둘 다 해당되는 사람인지도 몰랐다. 빌어먹을 노릇이었다.

"당신, 진짜 길르앗의 롤랜드요?"

얇은 막처럼 피어오르는 담배 연기 너머로 롤랜드가 타워를 바라보았다.

"당신 말이 맞소."

"엘드의 롤랜드요?"

"그렇소."

"스티븐의 아들이고?"

"그렇소."

"알라릭의 손자요?"

롤랜드의 눈에 십중팔구 놀라움인 듯한 빛이 퍼뜩 스쳤다. 놀라기는 에디도 마찬가지였지만, 에디가 느낀 감정의 대부분은 기진맥진한 안도감 같은 것이었다. 타워가 던지는 질문들이 뜻하는 바는 단 두 가지였다. 첫째, 타워 집안에 전해 내려온 것은 롤랜드의 이름과 토지 양도 계약만이 아니었다. 둘째, 타워는 지금 마음을 고쳐먹는 중이었다.

"그렇소, 알라릭의 손자요. 붉은 머리 알라릭의."

"난 그 사람 머리가 무슨 색인지는 모르지만, 그 사람이 갈란에 무슨 일로 갔는지는 알고 있소. 당신도 아시오?"

"용을 죽이러 갔지."

"그래서 죽였소?"

"아니, 그는 너무 늦게 도착했소. 그쪽 땅에 마지막으로 남은 용은 이미 다른 왕이 처치한 후였소. 나중에 살해당한 왕이었지."

뒤이어 에디는 아까보다 더욱 놀랐는데, 타워가 쭈뼛거리며 롤랜드에게 질문을 하면서 기껏해야 영어의 팔촌쯤 되어 보이는 낯선 언어로 말을 했기 때문이었다. 에디의 귀에는 하드 히이트 롤러, 파 히트 건, 파 히트 하크, 파하드 건?처럼 들렸다.

롤랜드는 고개를 끄덕이고 같은 언어로 대답했다. 천천히, 신중하게. 그의 대답이 끝나자 타워는 벽에 기대어 스르륵 주저앉았고, 봉지에 든 책들은 바닥에 우수수 흩어졌다.

"내가 이때껏 바보짓을 했군."

타워의 말에 반박한 사람은 없었다.

"롤랜드, 나랑 바깥에 좀 나갑시다. 내가…… 확인할 게……."

타워가 울음을 터뜨렸다. 울면서 영어가 아닌 아까 그 언어로 뭔가 더 말했다. 이번에도 말끝이 올라갔다. 뭔가 묻는 것처럼.

롤랜드는 대답하지 않고 자리에서 일어났다. 에디도 그와 함께 일어서려다가 다리의 통증 때문에 움찔했다. 정강이에 총알이 박혀 있었다. 확실히 느껴졌다. 에디는 총잡이의 팔을 잡고 아래로 당겨 귀에 대고 소곤거렸다.

"명심해, 타워하고 디프노는 터틀베이 빨래방에서 누굴 만나야 해, 지금으로부터 4년 후에. 1번 대로하고 2번 대로 사이의 47번가 블록에 있는 곳이라고 가르쳐 줘야 해, 타워는 어딘지 알 거야. 타워하고 디프노는 예전에…… 아니, 장차…… 캘러핸 신부의 목숨을 구하는 은인들이야. 내가 보기엔 거의 확실해."

롤랜드는 고개를 끄덕이고는 타워에게로, 앞서 잔뜩 움츠러들었다가 이제는 기를 쓰고 꼿꼿이 앉아 있는 그에게로 다가갔다. 롤랜드는 칼라 마을 사람들의 예의에 따라 그의 손을 잡고 바깥으로 인도했다.

두 사람이 자리를 뜨자 에디가 디프노에게 말을 건넸다.

"계약서를 만드세요. 타워는 그 공터를 팔 거예요."

디프노는 미심쩍어 하는 표정으로 에디를 건너다보았다.

"진짜로 그럴 것 같소?"

"예. 진짜 그럴 것 같아요."

7

계약서를 만드는 일은 오래 걸리지 않았다. 디프노는 부엌에서 찾은 메모장에(종이 위쪽에 댐 쌓기의 명수인 비버가 그려져 있고 '잊어버리면 안 댐'이라는 문구가 적힌 메모장이었다.) 계약 내용을 적다가, 걸핏하면 펜을 멈추고 에디에게 질문을 던졌다.

디프노가 계약서를 다 쓰고 나서 돌아본 에디의 얼굴은 땀에 젖어 번들거렸다.

"나한테 진통제인 퍼코셋이 있는데. 좀 드릴까?"

"얼른 주세요."

에디는 지금 그 약을 먹어 두면 나중에 롤랜드가 돌아왔을 때 부탁하기로 마음먹은 일이 더 쉬워질 거라고 생각했다. 아니, 그러면 좋겠다고 기대했다. 총알은 아직 정강이에 박혀 있었다. 확실히. 그러므로 빼내야 했다.

"네 개 주실래요?"

디프노가 에디의 표정을 찬찬히 살폈다.

"알아요, 한꺼번에 다 먹으면 어떻게 되는지." 에디는 입을 다물었다가 한마디 덧붙였다. "안타깝게도."

8

에런 디프노는 총알에 관통된 에디의 팔에 소독약을 바른 다음, 오두막집에 비치된 구급약 상자에서 찾은 아동용 일회용 밴드 두 개(한 개는 백설공주, 한 개는 밤비가 그려져 있었다.)를 총알이 들어간 자리와 나간 자리에 각각 붙였다. 그러고는 진통제를 삼킬 때 마실 물을 잔에 따르면서 에디에게 집이 어디냐고 물었다.

"총을 찬 모습이 제법 폼이 나긴 하지만, 말하는 걸 들어 보면 저 사람보다는 나나 캘빈하고 더 비슷한 부류 같아서 말이지."

에디는 디프노의 말을 듣고 씩 웃었다.

"다 이유가 있어서 그런 거죠. 전 브루클린 출신이에요. 코옵 시티 아파트 단지요."

에디는 그렇게 말하고는 속으로 생각했다. 실은 지금도 거기 살고 있다고나 할까요. 세상에서 제일 엉큼한 열다섯 살 소년 에디 딘, 길거리의 무법자로 말이죠. 그 에디 딘은 여자애들을 어떻게 꼬실까 궁리하느라 여념이 없어요. 무너져 가는 암흑의 탑이나, 크림슨 킹인가 뭔가 하는 악당계의 끝판 왕한테는 눈곱만큼도 관심이 없……

이윽고 에디는 자신을 보는 에런 디프노의 표정을 눈치채고 서둘러 혼자만의 생각에서 빠져나왔다.

"왜요? 제 콧구멍에 코딱지라도 삐져나왔어요?"

"코옵 시티가 있는 곳은 브루클린이 아니야." 디프노는 어린애를 가르치는 듯한 말투로 얘기했다. "코옵 시티는 브롱크스에 있어. 예나 지금이나."

"그게 무슨……."

에디는 말도 안 되는 소리예요라고 대꾸할 생각이었지만, 말을 채 끝맺기도 전에 세상의 축이 흔들리는 느낌이 들었다. 에디는 또다시 아슬아슬한 느낌에, 온 우주가(또는 여러 우주의 연속체가 통째로) 단단한 강철이 아니라 수정으로 만들어진 것 같은 느낌에 압도당했다. 그 기분을 조리 있게 설명하기란 불가능했다. 지금 일어나는 일들 가운데 조리 있는 것은 하나도 없었으므로.

"여기 말고 다른 세계도 있어." 에디가 중얼거렸다. "제이크가 죽기 전에 롤랜드한테 한 말이야. '가세요, 그럼. 여기 말고 다른 세계도 있으니까.' 그리고 제이크가 제대로 본 게 분명해, 왜냐면 다시 살아서 돌아왔으니까."

"딘 선생?" 디프노는 걱정스러워 하는 표정이었다. "무슨 말인지는 모르겠지만 안색이 너무 창백한데. 일단 좀 앉아야겠어."

에디는 디프노에게 부축을 받은 채 오두막집의 부엌 겸 응접실로 돌아갔다. 방금 한 말이 무슨 뜻인지 에디 본인은 알았을까? 또 에런 디프노는, 아마도 평생 뉴욕에서 살았을 그는, 에디가 아는 한 브루클린에 있는 코옵 시티가 브롱크스에 있다고 어떻게 그토록 태연하게 딱 잘라 말할 수가 있을까?

완전히 이해하지는 못했지만, 에디는 겁에 질릴 만큼은 충분히 이해했다. 다른 세계들. 어쩌면 무한히 많은 세계들, 그 모두가 탑이라는 축 위에서 회전하고 있었다. 그 모든 세계는 서로 비슷하면서도 다른 점이 있었다. 지폐에 그려진 정치인의 얼굴이 달랐다. 자동차, 예컨대 닷선이 아니라 타쿠로 스피리츠처럼 다른 차가 존재했고, 메이저리그의 야구팀 이름도 달랐다. 그 세계들 가운데 한 곳은 슈퍼 독감이라는 전염병 때문에 멸망했고, 그곳에서는 시간을 건너

뛰어 과거와 미래를 오갈 수 있었다. 왜냐하면……

왜냐하면 근원적인 부분에서 진짜 세계가 아니기 때문이야. 또는 진짜라고 해도 열쇠가 되는 세계가 아니기 때문이지.

그랬다, 그 편이 더 그럴싸하게 여겨졌다. 에디는 자신이 그 다른 세계들 가운데 한 곳에서 왔다고 확신했다. 수재나도 마찬가지였다. 제이크 1호와 제이크 2호, 즉 낭떠러지에서 떨어졌던 제이크와 말 그대로 괴물의 아가리에서 끄집어내 구출한 제이크도.

그러나 지금 있는 이 세계는 열쇠가 되는 세계였다. 에디는 타고난 열쇠 기술자였기에 이를 알 수 있었다. 대드 어 첨, 대드 어 치, 걱정 마, 너한텐 열쇠가 있으니까.

베릴 에번스는? 진짜라고 하기가 힘들었다. 클로디아 이 이네스 바크먼은? 진짜였다.

코옵 시티가 브루클린에 있는 세계는? 진짜 같지 않았다. 코옵 시티가 브롱크스에 있는 세계는? 진짜였다, 비록 받아들이기는 힘들었지만.

뒤이어 에디는 캘러핸이 비밀 고속도로를 따라 방랑에 나서기 한참 전에 진짜 세계에서 다른 세계들 중 한 곳으로 건너갔으리라는 생각을 떠올렸다. 캘러핸은 자신도 모르는 사이에 다른 세계로 건너갔을 터였다. 그가 전에 얘기하길 어떤 아이의 장례식을 집전한 적이 있는데, 그러고 나서……

"그러고 나서 모든 게 변해 버렸다고 했어." 에디는 의자에 앉으며 그렇게 중얼거렸다. "모든 게 변해 버렸다고."

"그래, 그래." 에런 디프노가 에디의 어깨를 다독였다. "자, 가만히 앉아 있게."

"신부님은 보스턴에 있는 신학교를 졸업하고 로웰로 부임했어, 그건 진짜야. 살렘스 롯, 그건 진짜가 아니야. 소설가가 지어낸 이야기인데 그 작가 이름이……."

"차가운 물수건을 가져다 이마에 얹어 주겠네."

"그거 좋은 생각이네요."

에디는 그렇게 말하고 눈을 감았다. 머릿속이 빙빙 돌았다. 진짜일까, 진짜가 아닐까. 라이브일까, 메모렉스일까. 존 컬럼의 친구라는 은퇴한 교수의 말이 옳았다. 진실의 기둥에는 정말로 구멍이 뚫려 있었다.

에디는 그 구멍의 깊이를 아는 사람이 과연 있을지 궁금했다.

9

15분 후에 롤랜드를 따라 오두막집으로 돌아온 캘빈 타워는 이전과 다른 사람, 즉 풀이 죽어 얌전해진 캘빈 타워였다. 타워는 디프노에게 부동산 매도 계약서를 작성했냐고 물었고, 디프노가 고개를 끄덕이자 자신도 말없이 고개만 끄덕였다. 그러고는 냉장고로 가서 블루 리본 맥주를 몇 캔 가져와 사람들에게 돌렸다. 에디는 퍼코셋을 먹은 상태에서 알코올을 섭취하고 싶지 않아 거절했다.

타워는 건배하자는 말도 없이 혼자서 캔 맥주의 절반을 단숨에 들이켰다.

"나더러 지상 최악의 인간쓰레기라고 욕해 놓고서는 나를 백만장자로 만들어 주는 동시에 내 마음속의 가장 무거운 짐을 덜어 주겠다고 하는 사람을 만나는 건 흔치 않은 경험이지. 에런, 이 계약서, 법적 효력이 있는 건가?"

에런 디프노가 고개를 끄덕였다. 에디가 보기에는 애석해하는 표정 같았다.

"좋아, 그럼." 타워는 잠시 입을 다물었다가 말을 이었다. "알았어, 해치우자고."

그러나 타워의 손은 여전히 움직일 줄을 몰랐다.

롤랜드가 예의 그 낯선 언어로 타워에게 무언가 말했다. 타워는 움찔 놀라더니, 펜을 재빨리 휘갈겨 서명했다. 한일자로 굳게 다문 입술이 너무나 가늘어서 입이 사라진 것처럼 보였다. 에디는 '텟 코퍼레이션'의 명의로 서명을 하며 손에 쥔 펜의 감촉에 놀라움을 금치 못했다. 마지막으로 펜을 쥐었던 것이 언제인지 기억조차 나지 않았다.

양쪽의 서명이 다 끝나자 타워 씨는 원래 모습으로 돌아갔다. 에디를 보며 거의 비명 같은 갈라진 목소리로 외쳤던 것이다.

"봤지! 난 이제 거지요! 내 1달러 내놓으시오! 1달러 받기로 약속했으니까! 금방이라도 똥이 나올 것 같은데 그거라도 있어야 뒤를 닦을 거 아니오!"

그러고는 두 손에 얼굴을 묻었다. 타워가 그렇게 몇 초 동안 가만히 앉아 있는 사이에 롤랜드는 서명이 끝난(디프노가 공증까지 마친) 계약서를 접어 자기 주머니에 넣었다.

다시 고개를 들었을 때, 타워는 눈물이 그치고 표정도 차분해진 상태였다. 앞서 창백했던 볼에 혈색까지 돌아온 듯했다.

"나 말이야, 실은 마음이 좀 편해진 것 같기도 해." 타워가 디프노

쪽을 돌아보았다. "이 멋쟁이 친구들 말이 맞는 것 같아?"

"내가 보기엔 그럴 가능성이 높아." 디프노가 빙그레 웃었다.

한편 에디는 히틀러 형제에게서 캘러핸 신부를 구해 준 두 사람이 눈앞의 두 친구가 맞는지 확인할 방법을 떠올렸다. 어쩌면 거의 확실한 방법이었다. 그때 그 둘 중 한 명이 말하길…….

"저기요, 제가 전에 어떤 말을 들은 적이 있는데요. 제 생각엔 이디시어 같아요. 가이 코크니프 엔 욤. 그게 무슨 뜻인지 아세요? 두 분 중에 아무나요."

에디의 말에 디프노가 고개를 젖히고 껄껄 웃었다.

"맞아, 그건 이디시어요. 우리 어머니가 자식들 때문에 화가 났을 때 항상 하시던 말씀이지. 바다에 가서 똥이나 싸라는 뜻이오."

에디가 롤랜드를 돌아보며 고개를 끄덕였다. 이로부터 몇 년 후에 이 둘 중 한 명, 아마도 캘빈 타워는, 엑스 리브리스라고 새겨진 반지를 살 터였다. 그렇게 할 생각을 캘빈 타워의 머릿속에 심어 넣은 사람은, 말도 안 되는 생각이지만, 어쩌면 에디 딘인지도 몰랐다. 그리고 어쩌면 타워는, 이기적이고 욕심 많고 인색하고 책밖에 모르는 캘빈 타워는, 그 반지를 손가락에 낀 채 캘러핸 신부의 목숨을 구할지도 몰랐다. 똥줄이 당기게 겁을 먹을 테지만(디프노도 마찬가지일 테지만), 그래도 해낼 터였다. 그리고……

생각이 거기까지 미쳤을 때, 타워가 계약서에 서명할 때 사용했던 볼펜이 마침 에디의 눈에 들어왔다. 어디서나 흔히 보이는 빅 클릭 볼펜이었다. 그러자 방금 일어난 일에 깃든 거대한 진실이 생생하게 느껴졌다. 이제 그들의 것이었다. 그 공터는 그들 소유였다. 그들 텟의 것이었다, 솜브라 코퍼레이션이 아니라. 그 장미는 그들의 것이었다!

에디는 방금 막 머리를 세게 두들겨 맞은 기분이었다. 장미는 롤랜드 디셰인과 에디 딘, 수재나 딘, 제이크 체임버스, 오이로 이루어진 텟 코퍼레이션의 소유였다. 이제 좋든 싫든 그들이 책임져야 했다. 이번 판은 그들의 승리였다. 그렇다고 해서 다리에 총알이 박혔다는 사실까지 변하지는 않았지만.

"롤랜드, 나 부탁 하나만 할게."

10

5분 후, 에디는 칼라 브린 스터지스 마을 특산품인 무릎까지 오는 우스꽝스러운 속바지 차림으로 리놀륨 바닥에 누워 있었다. 한 손에 쥔 허리띠는 에런 디프노의 이런저런 바지에 묶인 채로 보내던 삶을 방금 막 끝마친 참이었다. 곁에 놓인 큼지막한 대접에는 짙은 갈색 액체가 가득했다.

다리의 총상은 무릎 아래로 7센티미터쯤, 정강이뼈 오른쪽에 나 있었다. 구멍 주위의 살이 부어올라 조그맣고 단단한 원뿔 모양을 이루었다. 이 초소형 화산의 분화구는 당장은 자줏빛 피딱지로 막혀 있었다. 에디의 종아리 밑에는 접은 수건 두 장이 깔려 있었다.

"나한테 최면을 걸어 줄 거야?" 에디는 롤랜드에게 그렇게 묻고는, 자기 손에 쥔 허리띠를 내려다보고 스스로 답을 깨우쳤다. "어휴, 젠장. 안 걸어 줄 거구나, 맞지?"

"그럴 시간이 없다."

롤랜드는 개수대 왼편에 있는 수납장 서랍을 뒤지다 온 참이었다. 이제 그는 한 손에 펜치를, 다른 손에는 과일칼을 들고 에디에게 다가왔다. 에디의 눈에 그 도구들은 끔찍이도 못생긴 한 쌍으로 보였다.

총잡이가 에디 곁에 한쪽 무릎을 꿇었다. 타워와 디프노는 응접실 쪽에 나란히 서서 동그래진 눈으로 두 사람을 지켜보았다.

"내가 어렸을 적에 스승이었던 코트가 해 준 말이 있다. 네게 들려줘도 되겠느냐, 에디?"

"좋아, 도움이 될 말이라면."

"고통은 위쪽으로 올라간다. 가슴에서 머리로, 위로 올라가는 거다. 사이 에런의 허리띠를 반으로 접어 입에 꽉 물어라."

에디는 롤랜드가 시키는 대로 했다. 몹시도 우스꽝스럽고 몹시도 두려운 기분을 느끼면서. 이런 장면이 나오는 서부 영화를 얼마나 많이 보았던가? 어떤 영화에서는 존 웨인이 막대기를 물었고 어떤 영화에서는 클린트 이스트우드가 총알을 물었으며, 어떤 텔레비전 드라마에서는 로버트 컬트가 실제로 허리띠를 입에 문 장면이 나왔던 것도 같았다.

그래도 총알은 빼내야 하니까. 에디는 속으로 생각했다. 이런 식의 이야기에 적어도 한 번은 꼭 나오는 장면이 있는데 그게 뭐였더라…….

문득 기억 속의 장면 하나가 놀랍도록 선명하게 머릿속에 떠올랐고, 에디는 물고 있던 허리띠를 그만 놓치고 말았다. 입에서는 실제로 탄성이 터져 나왔다.

롤랜드는 조잡한 수술 도구를 소독약이 차 있는 대접에 담그고 기다리는 중이었다. 그러던 그가 걱정스러운 표정으로 에디를 돌아보았다.

"무슨 일이냐?"

잠시 동안 에디는 대답하지 못했다. 말 그대로 숨이 막혔고, 허파는 오래된 타이어의 속 튜브처럼 납작했다. 머릿속에는

(브루클린에 있는)

(브롱크스에 있는)

코옵 시티 아파트에 살던 어린 시절, 어느 날 오후에 헨리 형과 함께 텔레비전으로 보았던 영화 한 편이 떠올랐다. 채널 선택권은 헨리가 독차지하다시피 했는데 이는 헨리가 형이고 덩치도 더 크기 때문이었다. 에디가 형에게 대든 적은 드물었고 대들 때의 태도 역시 그리 사납지 않았다. 에디에게 헨리 형은 우상이기 때문이었다(에디가 작정하고 사납게 대들 때면 헨리는 동생의 팔에 양손 꼬집기를 자행하거나 주먹 쥔 양손에 목덜미를 끼우고 비벼 주었다.). 헨리는 서부 영화라면 사족을 못 썼다. 이르든 늦든 간에 등장인물 중 누가 막대기나 허리띠, 또는 총알을 이로 악 무는 장면이 나오는 영화들이었다.

"롤랜드." 에디가 꺼낸 말은 희미하게 쌕쌕거리는 숨소리로 시작했다. "롤랜드, 내 말 좀 들어 봐."

"잘 듣고 있다."

"이런 영화가 있어. 영화가 뭔지는 내가 가르쳐 줬지, 그렇지?"

"움직이는 그림으로 들려주는 이야기지."

"헨리 형이랑 난 집에 틀어박혀 텔레비전으로 영화를 보곤 했어. 텔레비전은 기본적으로 집에서 영화를 보도록 만든 상자야."

"어떤 사람들은 바보상자라고도 하지."

타워가 끼어들어 한 말이었다. 에디는 그 말을 무시했다.

"내가 형이랑 본 영화 중에 멕시코 농민들이 나오는 영화가 있었어. 당신네 식으로는 민중이라고 해도 될 텐데, 영화에서 그들은 해마다 마을을 덮쳐 작물을 빼앗아 가는 도적 떼를 퇴치하려고 총잡이들을 고용해. 여기까지 듣고 뭐 떠오르는 거 없어?"

에디를 보는 롤랜드의 표정은 진중하면서 어딘가 슬픔에 가까운 기색이 돌았다.

"그래. 확실히 뭔가 떠오른다."

"티안이 사는 마을의 이름을 같이 떠올려 봐. 난 전부터 쭉 비슷한 이름이라고 생각했는데, 이유가 뭔지는 몰랐어. 하지만 이젠 알아. 그 영화의 제목은 「황야의 7인」이야. 그런데 말이야, 롤랜드, 그날 도랑에 매복한 사람이 몇 명이었지? 늑대들이 쳐들어오기를 기다리면서?"

"무슨 얘긴지 우리한테도 가르쳐 주면 안 되겠소?"

디프노가 물었다. 예의 바르게 꺼낸 질문이었지만, 롤랜드와 에디 둘 다 들은 척도 하지 않았다.

롤랜드는 잠시 기억을 더듬다가 입을 열었다.

"너와 나, 수재나, 제이크, 마거릿, 잘리아, 로사. 그리고 더 있었다. 태버리네 쌍둥이와 벤 슬라이트먼의 아들…… 하지만 전사는 일곱이었지."

"맞아. 그리고 내가 좀처럼 떠올리지 못한 연결 고리는, 그 영화의 감독이었어. 영화를 만들 땐 사람들을 지휘할 감독이 필요해. 감독이 곧 딘인 거지."

롤랜드가 고개를 끄덕였다.

"「황야의 7인」의 딘은 존 스터지스라는 남자였어."

롤랜드는 잠시 생각에 빠져 가만히 앉아 있다가 입을 열었다.

"카로구나."

그 말에 에디는 웃음을 터뜨리고 말았다. 도저히 참을 수가 없었다. 롤랜드는 어떤 상황에서도 답을 내놓는 남자였다.

11

"고통을 붙잡아 누르려면, 그것이 느껴지는 순간 즉시 허리띠를 악물어야 한다. 내 말 알겠느냐? 한순간이다. 이로 꽉 물어라."

"알았어. 빨리만 끝내 줘."

"최선을 다해 보마."

롤랜드는 먼저 펜치를, 다음으로 과일칼을 소독약에 담갔다. 에디는 허리띠를 가로로 길게 문 채 기다렸다. 과연, 기본적인 패턴이란 한번 파악하면 보지 않으려 해도 눈에 들어오는 것이 아니던가? 롤랜드는 지금 벌어지는 이야기의 주인공, 즉 헐리우드 영화라면 폴 뉴먼이나 클린트 이스트우드처럼 머리는 희끗해도 활력이 넘치는 배우가 맡아서 연기할 만한 노장 전사였다. 에디 자신은 당대에 한창 뜨는 젊은 인기 배우가 연기할 젊은 전사였다. 톰 크루즈나 에밀리오 에스테베스, 롭 로 같은 배우가. 그리고 이곳은 너무나 익숙한 영화 세트, 다름 아닌 숲속의 오두막집이었고, 지금 이 장면은 전에도 여러 영화에 나왔지만 아직도 모두가 사랑하는 명장면, 바로 '총알 뽑기'였다. 빠진 것이 있다면 멀리서 들려오는 불길한 북소리뿐이었다. 그리고 에디는 깨달았다. 북소리가 빠진 까닭은 그들이 이미 '불길한 북소리' 장면을 지나왔기 때문이었다. 다름 아닌 신들의 북소리였다. 나중에 알고 보니 실은 러드 시내의 길모퉁이에 설치된 스피커를 통해 우렁차게 울려 퍼진 지지톱의 노래 반주였지만. 그들의 상황은 점점 더 부정하기 힘든 쪽으로 흘러갔다. 그들 일행은 누군가 꾸며낸 이야기 속의 등장인물이었다. 지금 이 세계는 통째로……

난 믿을 수 없어. 고작 웬 작가의 실수 때문에, 결국에는 책의 교정쇄에서 바로잡을 사소한 실수 때문에 내가 브롱크스에서 자랐다니, 그딴 건 믿을 수 없어. 이봐요, 캘러핸 신부님, 저도 신부님이랑 동감이에요. 제가 남이 지어낸 이야기의 **등장인물**이라니 믿을 수 없어요. 이건 내 **삶**이라고요, 젠장!

"시작해, 롤랜드." 에디가 말했다. "그 총알 뽑아 버려."

총잡이는 대접에 담긴 소독약을 에디의 정강이에 조금 부은 다음, 과일칼 끄트머리로 상처의 피딱지를 살짝 들췄다. 그러고는 펜치를 아래쪽으로 향했다.

"이 악물고 버틸 준비를 해라, 에디."

롤랜드는 그렇게 중얼거렸고, 잠시 후 에디는 그 말대로 했다.

12

롤랜드는 무엇을 어떻게 해야 할지를 잘 알았다. 전에도 해 본 일이었고, 총알이 깊이 박혀 있지도 않았다. 모든 일이 90초 만에 끝났지만 에디에게는 평생 가장 길었던 1분 하고도 30초였다. 마침내 롤랜드가 에디의 꽉 쥔 주먹을 펜치로 톡톡 두드렸다. 에디가 가까스로 주먹을 폈을 때, 총잡이가 그 손바닥에 떨어뜨린 것은 납작해진 총알이었다.

“기념품으로 보관해라. 뼈 바로 앞에서 멈췄다. 뭔가 긁는 소리가 들린 건 그래서였다.”

에디는 찌그러진 납덩어리를 흘깃 보더니 구슬치기라도 하듯 리놀륨 바닥 저쪽으로 휙 던져 버렸다.

“사양할게.” 에디는 그렇게 말하고 이마의 땀을 훔쳤다.

타고난 수집가였던 타워가 버려진 총알을 집어 들었다. 한편 디프노는 자기 허리띠에 새겨진 잇자국을 뭐에 홀린 듯한 표정으로 말없이 살펴보았다.

“캘빈.” 에디가 팔꿈치를 짚고 몸을 일으키며 말했다. “당신 책장에 있던 책들 중에……”

“그 책들 돌려주시오.” 타워가 냉큼 말을 끊었다. “내 책들이 무사하길 바라는 게 좋을 거요, 젊은 양반.”

“보나마나 잘 있을 거예요.”

에디는 한 번 더 이를 악물고 참으라고 스스로를 타일렀다. 아니면 에런의 허리띠라도 다시 물어. 맨입으로는 못 참겠다면.

“그래야 할 거요, 젊은 양반. 나한테는 이제 그 책들뿐이니까.”

“그래, 이런저런 은행의 대여 금고에 있는 마흔 권쯤 되는 책이랑 같이 말이지.” 에런 디프노는 자신을 쏘아보는 친구의 살벌한 표정을 깨끗이 무시하며 말했다. “최고는 아마 작가 서명이 들어 있는 『율리시스』일 테지만 상태가 훌륭한 셰익스피어 전집 초기 판본도 몇 권 있고, 서명이 들어 있는 포크너 전집 한 질에다……”

“에런, 조용히 좀 해 줄 수 없을까?”

“……팔겠다고 광고만 내면 주중이든 주말이든 상관없이 벤츠 세단 한 대 값은 즉시 받을 만한 『허클베리 핀』의 희귀 판본도 있고.” 디프노는 그렇게 말을 맺었다.

“아무튼 간에, 당신이 나한테 맡긴 책 중에 한 권은 제목이 『살렘스 롯』이었어요. 작가 이름이……”

“스티븐 킹이지.” 타워는 에디의 말을 대신 끝맺고 찌그러진 총알을 마지막으로 한 번 힐긋 보고는, 식탁 위의 설탕 그릇 옆에 내려놓았다. “그 사람 집이 이 근방이라는 말을 들었소. 그래서 『살렘스 롯』 두 권하고 첫 장편소설인 『캐리』를 챙겼지. 브리지턴으로 건너가서 사인을 받을 생각으로 말이오. 이제 그럴 일은 없을 것 같지만.”

“사인 같은 게 뭐 그리 대단한지 모르겠군요.” 에디가 그렇게 말하고는 이내 덧붙였다. “아야! 롤랜드, 아프다고!”

“가만히 있어라.”

롤랜드는 에디의 다리 상처에 임시로 감은 붕대를 살펴보는 중이었다.

타워는 두 사람의 대화를 귓등으로도 듣지 않았다. 에디가 그의 관심을 다시금 가장 몰두하는 주제로, 집착의 대상으로, 평생의 사랑으로 돌려놓았기 때문이었다. 에디가 보기에 톨킨의 책에 나오는 골룸이라면 그것을 ‘타워의 보물’이라고 부를 듯싶었다.

“딘 선생, 우리가 『호건』이라는 책을 놓고 이야기할 때 내가 했던 말 기억나시오? 선생한테는 『도건』이라고 해야 더 편하시려나? 그때 나는 희귀한 화폐나 우표가 그렇듯이 희귀본 책에 가치를 부여하는 요소 또한 여러 가지가 있다고 했소. 가끔은 그냥 저자의 사인 덕분에……"

"당신이 맡긴 『살렘스 롯』은 사인이 돼 있더군요."

"아니, 그 스티븐 킹이라는 작가는 너무 젊은 데다 별로 유명하지도 않소. 언젠가는 거물이 될지도 모르지만, 안 그럴지도 모르지." 어깨를 으쓱하는 타워의 모습은 그것도 다 카에 달린 일이라고 말하고 싶은 듯했다. "그런데 그 책 자체는…… 음, 초판이 7500부였는데 거의 다 뉴잉글랜드 지방에서만 팔렸지."

"왜요? 책을 쓴 작가가 뉴잉글랜드 출신이라서요?"

"그렇지. 흔히 그렇듯이 그 책의 가치 또한 순전히 우연 때문에 생겨났소. 처음에 지역 서점 체인 한 곳이 책 광고를 거창하게 해 보기로 결정했소. 심지어 텔레비전 광고까지 만들었는데, 지역 체인 수준에서는 전례가 없는 일이었지. 그런데 그 시도가 성공한 거요. 메인주의 북랜드 서점 체인이 초판 1쇄 중에 5000부를 주문해서 거의 모조리 팔아 버렸소. 1쇄 총 부수의 70퍼센트나 되는 물량을 말이오. 게다가 『호건』이 그런 것처럼, 그 책 또한 표지에 인쇄 오류가 있었소. 제목은 아니고, 책날개에. 『살렘스 롯』의 초판본이 진짜인지 아닌지는 앞쪽 책날개의 잘려나간 자국을 보면 알 수 있소. 더블데이 출판사가 책을 출시하기 직전에 가격을 7달러 95센트에서 8달러 95센트로 고치기로 결정했거든. 그리고 책날개에 나온 신부 이름도."

그 말에 롤랜드가 고개를 들었다.

"신부의 이름이 어쨌다는 거요?"

"책 속에 나오는 신부의 이름은 캘러핸이오. 그런데 책날개에 누가 코디 신부라고 적어 놓은 거요. 사실 책 속에 나오는 마을 의사의 이름인데."

"고작 그런 것 때문에 책값이 9달러에서 950달러로 치솟는단 말이군요."

에디는 어안이 벙벙했다. 타워가 고개를 끄덕였다.

"그게 다요. 희소성, 귀퉁이 잘린 책날개, 오탈자. 하지만 희귀 판본 수집에는 투기의 요소도 있는데, 내가 보기에는 그게…… 꽤 짜릿하지."

"그렇게 표현할 수도 있겠군." 디프노의 말투는 담담했다.

"예컨대 이 스티븐 킹이라는 작가가 유명해지거나 비평가들의 찬사를 받게 된다고 가정해 봅시다. 그럴 가망이 희박한 건 나도 인정하지만, 만에 하나 그렇게 된다면? 킹의 두 번째 장편소설인 『살렘스 롯』의 초판본은 구하기가 너무나 힘들어질 테고, 내가 가진 책은 950달러가 아니라 그 열 배에 팔릴 수도 있소." 타워가 찡그린 표정으로 에디를 보았다. "그러니 내 책이 부디 잘 있기를 바라는 게 좋을 거요."

"틀림없이 잘 있을 거예요."

에디는 그 책이 지금 책 속의 등장인물이 거주하는, 어쩌면 가상의 공간일지도 모르는 사제관의 책장에 꽂혀 있는 것을 캘빈 타워가 알면 어떻게 생각할지 궁금했다. 그 사제관이 있는 마을은 율 브리너가 롤랜드의 쌍둥이로, 또 호스트 부콜츠가 에디의 쌍둥이로 나오는 영화 속의 마을의 쌍둥이 같은 곳이었다.

나보고 미쳤다고 하겠지. 내가 미친 사람인 줄 알 거야.

에디는 일어서려다가 살짝 비틀거리는 바람에 식탁을 붙잡았다. 세상이 빙빙 돌다가 잠시 후에 제자리를 찾았다.

"에디, 그 다리로 걸을 수 있겠느냐?"

"전에도 걸었잖아. 안 그래?"

"그때는 다리에 뚫린 구멍을 쑤셔댄 건 아니었잖느냐."

에디는 시험 삼아 몇 걸음 걸어 보고는 고개를 끄덕였다. 오른쪽 다리에 체중을 실을 때마다 정강이에 불같은 통증이 치솟았지만, 그래도 괜찮았다. 그 정도면 걸을 수는 있었다.

"나한테 남은 퍼코셋을 드리겠소. 나는 또 사면 되니까."

에런의 말에 에디는 '예, 좋죠, 다 주세요'라고 대답할 생각으로 입을 열었다가, 자신을 바라보는 롤랜드의 낌새를 눈치챘다. 설령 에디가 디프노의 제안에 '예'라고 대답한다 해도 총잡이가 대놓고 망신을 주지는 않을 터였지만…… 그렇다 해도, 지금 에디를 지켜보는 사람은 그들 카텟의 딘이었다.

에디는 앞서 자신이 캘빈 타워 앞에서 늘어놓은 일장연설, 즉 타워가 쓰디쓴 음식을 먹고 있네 어쩌네 했던 시적인 표현을 떠올렸다. 시적이든 아니든, 그 말은 사실이었다. 그러나 사실이라고 한들 정작 에디 본인이 그 음식 앞에 다시 앉지 못하게 막을 수 있는 것은 결코 아니었다. 처음에는 퍼코단 몇 알, 다음에는 퍼코셋 몇 알. 둘 다 평안을 향해 질주하는 말이나 다름없었다. 그렇다면 에디가 애들 장난을 그만두고 진짜 진통제를 찾아 나설 때까지 과연 얼마나 걸릴까?

"퍼코셋은 됐어요. 우린 그냥 브리지턴으로………"

에디의 말에 롤랜드는 놀란 표정으로 그를 돌아보았다.

"우리라니?"

"같이 갈 거야. 난 가는 길에 아스피린이나 좀 먹으면 돼."

"아스틴 말이구나."

롤랜드는 유난히 흐뭇한 목소리로 그 이름을 말했다.

"약이 필요 없다는 말, 진심이오?" 디프노가 물었다.

"예, 진심이에요." 에디는 잠시 입을 다물었다가 한마디 덧붙였다. "안타깝게도."

13

5분 후, 네 사람은 솔잎이 깔린 오두막집 문 앞에 서서 사이렌 소리를 들으며 이제는 희미해져 가는 연기를 바라보고 있었다. 에디는 존 컬럼이 주고 간 포드 차의 열쇠를 한 손으로 초조하게 던졌다 받았다 했다. 롤랜드는 그런 에디에게 브리지턴에 꼭 가야 하냐고 두 번 물었고, 에디는 두 번 다 십중팔구 그래야 한다고 대답했다. 두 번째 대답할 때에는 롤랜드에게 카텟의 딘으로서 자신의 말을 무시할 권리가 있다고 (내심 그러기를 바라는 사람처럼) 덧붙이기도 했다. 꼭 그러고 싶다면.

"아니다. 네 생각에 우리가 그 이야기 짓는 사람을 꼭 만나러 가야 한다면, 그렇게 하자. 다만 네가 그 이유를 알았으면 할 뿐이다."

"이유는 거기 도착하면 우리 둘 다 알게 될 거야."

롤랜드는 고개를 끄덕였지만 여전히 마뜩잖은 표정이었다.

"네가 나만큼이나 간절하게 이 세계를 떠나고 싶어 하는 걸 안다. 탑의 이 층을 말이다. 네가 그 마음을 거스르려 한다는 건 그만큼 너의 직감이 강하기 때문일 거다."

그 말은 사실이었지만, 다른 이유도 있었다. 에디가 수재나의 목소리를 또다시 들었던 것이다. 수재나가 자신의 도건에서 보낸 메시지였다. 그녀는 자기 몸 안에 갇힌 신세였다. 적어도 에디 생각에는 그것이 수재나가 전하고자 하는 바였다. 그러나 그녀는 1999년에 있었고, 아직은 무사했다.

그 일은 롤랜드가 타워와 디프노에게 도와줘서 고맙다고 인사하는 사이에 일어났다. 에디가 화장실에 들어가 있을 때였다. 원래는 소변을 보러 들어간 그곳에서 에디는 갑자기 요의를 잊고 닫힌 변기 덮개 위에 앉아 고개를 숙인 다음, 눈을 감았다. 그러고는 수재나에게 답신을 보내려고 애썼다. 할 수만 있으면 미아가 날뛰지 못하게 막으라는 말을 전하려 했다. 수재나에게서는 한낮의 느낌이, 뉴욕의 오후 느낌이 났고, 이는 불길한 징조였다. 제이크와 캘러핸 신부가 찾지 못한 문을 통해 뉴욕으로 건너간 때는 밤이었다. 에디는 그것을 두 눈으로 똑똑히 목격했다. 어쩌면 그 두 사람이 수재나를 구할지도 몰랐지만, 그것도 수재나가 미아를 제압했을 때의 이야기였다.

하루만 버텨요. 에디가 수재나에게 전한…… 또는, 전하려 한 메시지였다. 미아가 아기를 낳으려는 곳으로 당신을 데려가기 전까지 하루만 버텨요. 내 말 들려요? 수재나, 내 말 들려요? 들리면 대답해요! 제이크하고 캘러핸 신부님이 가고 있어요 그러니까 버텨야 돼요!

6월. 한숨 섞인 목소리가 대답했다. 1999년 6월. 젊은 여자들이 배가 다 드러난 옷차림으로 돌아다니는……

뒤이어 화장실 문을 두드리는 소리가 났고, 롤랜드가 에디에게 출발할 준비가 됐냐고 묻는 소리가 들렸다. 날이 바뀌기 전에 그들은 러벨이라는 곳에 있는 터틀백 레인에 도착할 터였다. 존 컬럼의 말에 따르면 방문자들이 흔히 눈에 띄는, 이 때문에 현실의 힘이 미약할 그곳에. 그러나 그 전에 먼저 브리지턴으로 향할 참이었고, 그곳에서 도널드 캘러핸과 살렘스 롯이라는 마을을 만들어낸 남자를 만날 생각이었다.

스티븐 킹이 영화 시나리오 같은 걸 쓰려고 캘리포니아에 가 있다면 아주 웃기겠군. 에디는 그 생각을 떠올리면서도 진심으로 그리 될 거라 믿지는 않았다. 그들은 아직 빔의 길 위에, 카의 경로 위에 있었다. 그리고 아마도, 사이 킹 역시 마찬가지였다.

"몸을 잔뜩 사리는 게 좋을 겁니다." 디프노가 말했다. "근방에 경찰이 쫙 깔렸을 테니까요. 잭 안돌리니하고, 몇이나 남았을지 모를 그놈 부하들은 말할 것도 없고."

"안돌리니 얘기가 나왔으니 말인데, 이제 당신 둘은 놈이 모르는 다른 곳으로 떠날 때가 된 것 같소."

롤랜드의 말에 타워가 발끈했다. 에디가 예상한 반응이었다.

"지금 떠나라고? 농담이겠지! 나한텐 이 근방의 책 수집가 열 명의 명단이 있소. 사는 사람, 파는 사람, 교환할 사람까지. 몇 명은 책의 가치를 아는 사람들이지만, 나머지는 나한테……."

타워가 손가락으로 가위질하는 시늉을 했다. 마치 투명한 양의 털을 깎는 사람처럼.

"버몬트주에도 자기 집 창고에 처박힌 헌책을 파는 사람은 있을 거예요. 그리고 우리가 당신들을 얼마나 쉽게 찾아냈는지 명심하는 게 좋을걸요. 그렇게 하도록 도와준 건 바로 당신이에요, 캘빈."

"젊은 양반 말이 맞아." 에런은 그렇게 말하고는 캘빈 타워가 대꾸 없이 부루퉁한 표정으로 발끝만 내려다보자 다시 에디를 돌아보았다. "그래도 캘빈하고 나는 이 마을 경찰이나 주 경찰에 걸렸을 때 보여 줄 운전면허증은 있소. 내가 보기에 두 분 다 신분증 같은 건 없을 것 같은데."

"제대로 보셨어요."

"그리고 보나마나 그 무시무시하게 커다란 권총의 소지 허가증도 없기는 마찬가질 것 같소만."

에디는 허벅지에 찬 커다랗고 믿기 힘들 만큼 오래된 리볼버를 흘깃 내려다보고는, 고개를 들어 흐뭇한 표정으로 디프노를 다시 마주 보았다.

"그것도 제대로 보셨네요."

"그럼 조심들 하시오. 두 분 다 이스트 스토넘을 떠날 테니 그다음은 무사할 거라고 생각하지만."

"고맙습니다." 에디가 손을 내밀었다. "기나긴 나날과 즐거운 밤들을 보내시길."

디프노는 그 손을 잡고 악수했다.

"참 멋진 인사말이긴 하지만, 난 요즘 들어 즐거운 밤을 보낸 적이 없다오. 의학의 최전선에서 승전보가 들려오면 모를까, 남은 나날도 그리 길지 않을 것 같고."

"생각보다는 더 길걸요. 앞으로 적어도 4년은 너끈히 누리실 거라고 장담할게요."

디프노가 손가락을 입술에 댔다가 하늘로 향했다.

"사람의 입에서 나온 기도가 하느님의 귀에 닿기를."

롤랜드가 디프노와 악수하는 사이에 에디는 캘빈 타워 쪽으로 빙글 돌아섰다. 서점 주인이 악수를 안 할 거라는 생각이 언뜻 머리를 스쳤지만, 결국에는 그도 에디의 손을 잡고 흔들었다. 마지못해서.

"기나긴 나날과 즐거운 밤들을 보내시길, 사이 타워. 당신은 옳은 일을 했어요."

"강요 때문에 한 일이라는 거 다 알잖소. 가게도 사라지고…… 땅도 잃고…… 결국에는 한 십 년 만에 진짜 휴가를 떠나야 할 신세가 됐지……."

"마이크로소프트." 에디가 불쑥 그렇게 내뱉고는 한마디 덧붙였다. "레몬들."

타워는 영문을 몰라 눈만 껌벅거렸다.

"뭐라고 했소?"

"레몬들."

에디는 그 말을 되뇌고는 자지러지게 웃었다.

14

평생 보잘것없다시피 했던 삶의 막바지에서, 위대한 현자이자 못 말리는 약쟁이였던 헨리 딘은 무엇보다 두 가지 즐거움에 빠져 지냈다. 다름 아닌 약에 취해 해롱거리기, 그리고 약에 취해 해롱거리는 동안 주식 시장에서 끝내주게 성공할 거라고 떠들기였다. 투자에 관해서라면 헨리는 자신이 전설의 투자가 에드워드 허튼과 동급이라고 자부했다.

"동생아, 내가 절대로 돈을 안 처박을 종목이 있는데 말이지."

어느 날 옥상에서 헨리가 에디에게 건넨 말이었다. 에디가 코카인 운반책이 되어 바하마로 떠나기 얼마 전의 일이었다.

"내가 죽어도 돈을 안 처박을 종목이 뭐냐면 바로 컴퓨터 관련주 나부랭이야. 마이크로소프트, 매킨토시, 산요, 산쿄, 펜티엄, 뭐 그딴 것들."

"요즘 꽤 인기 있는 것 같던데."

에디가 조심스레 말을 꺼냈다. 딱히 주식에 관심이 있지는 않았지만 아무튼, 말이 오고가야 대화였으므로.

"특히 마이크로소프트. 그게 쑥쑥 올라간대."

에디의 말에 헨리는 껄껄 웃으며 자위하는 시늉을 했다.

"쑥쑥 올라가는 건 내 거시기 이야기고."

"그치만……"

"그래, 그래, 알아, 어중이떠중이 다 그 쓰레기 주식에 덤비는 중이지. 거래가를 있는 대로 올려놓으면서. 근데 그 꼴을 보고 있으면 내 머릿속에 뭐가 떠오르는지 아냐?"

"아니. 뭔데?"

"레몬들!"

"레몬?"

에디는 헨리 형의 이야기를 제대로 파악했다고 생각했지만, 아무래도 중간에 놓친 부분이 있는 모양이었다. 물론 그날 저녁노을이 기막히게 아름답고 약 기운이 머리끝까지 뻗친 점을 감안하면 그럴 만도 했다.

"못 알아들은 척하기는!" 헨리는 점점 이야기에 열을 올렸다. "미친 레몬들이야! 학교에서 안 배웠냐, 동생아? 레몬은 스위스인가 그 근처에 사는 쪼그만 짐승들이야. 그놈들은 한 번씩, 그러니까 한 십 년에 한 번씩인가 그런데 확실하진 않아, 그렇게 한 번씩 자살 충동에 휩싸여서 절벽에 올라가 다 같이 투신을 해."

"아하." 에디는 터져 나오는 폭소를 참으려고 입안의 볼 살을 깨물었다. "그 레몬 말이었구나. 난 레모네이드 만드는 레몬인 줄 알았지."

"뭐래, 미친놈이." 말은 그렇게 했지만 헨리의 목소리에는 위대하고 못 말리는 자가 보잘것없고 무지한 자에게 가끔 보여 주는 관용이 듬뿍 담겨 있었다. "아무튼, 내 말의 요점은, 마이크로소프트니 매킨토시니, 그 뭐냐, 염병할 노부스 스피드 다이얼 칩이니 하는 종목에 돈을 쏟아붓는 놈들은, 기껏해야 빌 게이츠나 스티브 잡놈인가 뭔가의 지갑만 불려 줄 뿐이다, 이거야. 그 컴퓨터 나부랭이들은 1995년까지 다 망해서 잿더미가 될 거다, 전문가들 의견이 하나같이 그래. 그럼 거기다 투자한 사람들은 뭐다? 염병할 레몬이지, 절벽에서 바다로 뛰어드는."

"염병할 레몬이구나."

에디는 그렇게 맞장구치고는, 금방이라도 웃음이 터지려는 얼굴을 헨리가 못 보도록, 낮의 열기가 아직 식지 않은 지붕에 등을 쭉 펴고 누웠다. 썬키스트 레몬 수억 개가 높다란 절벽 위로 빨빨거리며 올라가는 광경이 눈앞에 선하게 그려졌다. 모두 빨간 조깅 반바지에 하얗고 조그마한 운동화를 신은 레몬들이었다. 텔레비전에서 본 엠앤엠즈 초콜릿 광고처럼.

"맞아, 그래도 1982년에 그 망할 마이크로소프트 주식을 샀으면 좋았을걸. 그때 한 주에 15달러였던 게 지금 35달러인 거 아냐? 어휴, 젠장!"

"레몬들이구나."

에디는 점점 어두워져 가는 노을을 바라보며 나른한 목소리로 중얼거렸다. 그때는 에디가 자신의 세계에서, 그러니까 코옵 시티가 전에도 앞으로도 브루클린에 있을 그 세계에서 보낼 날이 채 한 달도 안 남은 시점이었고, 헨리는 어느 세계에서든 살날이 채 한 달도 안 남은 시점이었다.

"그래." 헨리가 동생 곁에 드러누우며 말했다. "그래도 말이지, 1982년에 사 놨으면 참 좋았을 거야."

15

이제 타워의 손을 잡은 채로, 에디가 말했다.

"전 미래에서 왔어요. 알고 계셨죠, 안 그래요?"

"음, 저 사람 말로는 그렇다고 하더구먼."

타워는 고갯짓으로 롤랜드 쪽을 가리켰고, 이내 악수한 손을 풀려고 했다. 에디는 그 손을 놓아주지 않았다.

"내 말 잘 들어요, 캘빈. 내 말 잘 듣고 그대로 하면, 당신이 그 공터로 부동산 시장에서 벌 수 있는 돈의 다섯 배, 어쩌면 열 배도 벌 수 있을 거예요."

"양말도 안 신고 다니는 사람치고는 꽤 화통한 얘기를 하는군."

타워는 그렇게 말하고는 다시금 악수한 손을 풀려 했다. 이번에도 에디는 그 손을 놓아주지 않았다. 이번에는 손에 힘이 없어 놓치지 않을까 싶었지만, 에디의 두 손은 아까보다 더 힘이 셌다. 그의 의지 역시 마찬가지였다.

“미래를 이미 목격한 사람이 하는 화통한 얘기예요.” 에디가 타워의 말을 바로잡았다. “그리고 캘빈, 컴퓨터가 곧 미래예요. 마이크로소프트가 미래라고요. 기억할 수 있겠어요?”

“내가 해 두지.” 에런이 말했다. “마이크로소프트.”

“난 처음 듣는 회산데.”

“그렇겠죠. 아직은 생기지도 않았을 테니까. 하지만 생길 거예요, 그것도 곧. 그리고 어마어마하게 커져요. 컴퓨터예요, 알았죠? 세상 모든 사람에게 컴퓨터 한 대씩, 적어도 포부는 그랬어요. 그렇게 될 거예요. 총책임자 이름은 빌 게이츠예요. 그냥 빌이라고 써요, 윌리엄의 애칭이 아니라.”

이 세계는 자신과 제이크가 자란 세계, 즉 베릴 에번스가 아니라 클로디아 이 이네스 바크먼의 세계이므로, 컴퓨터업계의 천재 거물 역시 빌 게이츠가 아닐지도 모른다는 생각이 에디의 머릿속을 스쳤다. 어쩌면 치노 퍼크 같은 이름일 수도 있었지만 에디로서는 알 길이 없었다. 그러나 그럴 성싶지는 않았다. 이 세계는 에디가 살던 세계와 비슷했다. 차도 똑같았고, 상표명도 같았고(노잘라 콜라가 아니라 코카콜라와 펩시콜라처럼), 지폐에 그려진 인물 초상도 같았다. 그래서 때가 되면 빌 게이츠(스티브 잡스는 말할 것도 없고)가 나타나리라 믿어도 될 것 같았다.

한편으로는 어찌 되든 상관없었다. 캘빈 타워는 여러 면에서 못 말리는 골칫덩이였으므로. 그럼에도, 타워는 안돌리니와 발라자르에 맞서 온 힘을 다해 저항했다. 그 공터를 포기하지 않았다. 그리고 지금 롤랜드의 주머니 속에는 공터 매도 계약서가 들어 있었다. 그들은 타워에게서 넘겨받은 것의 대가를 치를 의무가 있었다. 그들로서는 타워가 마음에 들든 안 들든 지켜야 할 의무였고, 이는 캘빈 타워에게 십중팔구 다행스러운 일이었다.

"그 마이크로소프트 말인데요, 1982년에는 한 주에 15달러면 살 수 있어요. 그러다 내가 무기한 휴가 비슷한 걸 떠나는 1987년이 되면, 한 주에 35달러까지 오를 거예요. 무려 100퍼센트가 오른다, 이 말이죠. 100퍼센트 조금 더 되겠네."

"당신이야 그렇게 말하겠지."

타워는 마침내 악수를 푸는 데에 성공하고 그렇게 말했다.

"이 친구가 그렇게 말한다면, 정말로 그렇게 될 거요."

"고마워."

에디가 롤랜드에게 인사했다. 문득 타워에게 약쟁이의 전망을 믿고 꽤나 큰 모험을 하도록 부추겼구나 싶었지만, 이 경우에는 그래도 된다는 생각이 들었다.

"가자." 롤랜드가 손을 빙빙 돌리는 시늉을 하며 에디에게 말했다. "그 작가를 만날 거라면 지금 가야 한다."

컬럼이 두고 간 차의 운전석에 앉고 나서, 에디는 타워와 디프노를 다시는 못 보리라는 예감이 퍼뜩 들었다. 캘러핸 신부를 빼면 롤랜드와 에디, 둘 다 마찬가지였다. 작별은 이미 시작된 일이었다.

"잘 지내세요, 두 분 다."

"젊은 양반도 잘 지내게." 디프노가 말했다.

"동감이오." 타워는 처음으로 떨떠름한 기색 없는 목소리로 말했다. "두 분 다 행운을 빌겠소. 기나긴 나날과 행복한 밤, 뭐 그런 것도 같이."

집 앞 주차 공간은 딱 후진하지 않고 차를 뺄 만큼만 여유가 있었고, 에디는 그 덕분에 기분이 좋아졌다. 몸을 틀어 뒤를 보며 차를 후진시키기가 버거워서였다. 적어도 아직은.

에디가 모는 차가 로켓 로드로 돌아가는 동안, 롤랜드는 어깨 너머로 뒤를 돌아보며 손을 흔들었다. 롤랜드로서는 몹시도 드문 행동이었기에 에디는 놀란 기색을 숨기지 못했다.

"이제 결판을 지을 때가 왔다. 내가 그 오랜 세월 애쓰며 기다려온 모든 것을. 이제 끝이 눈앞에 있는 거다. 내게는 느껴진다. 너는 안 그러냐?"

에디가 고개를 끄덕였다. 노래로 치면 지금은 모든 악기가 이미 정해진 요란한 절정 부분을 향해 속주를 시작하는 지점이었다.

"수재나는 어떠냐?"

"아직 살아 있어."

"미아는?"

"아직 주도권을 쥐고 있고."

"아기는?"

"아직 기다리는 중이야."

"그리고 제이크는? 캘러핸 신부는?"

에디는 도로 위에서 잠시 차를 세우고 양쪽을 살핀 다음, 차를 한쪽으로 돌렸다.

"몰라. 그쪽한테서는 아무것도 못 들었어. 당신은 어때?"

롤랜드도 고개를 저었다. 제이크에게서는, 언제인지 모를 미래에 전직 가톨릭 사제 한 명과 보살펴야 할 개너구리 한 마리와 함께 있는 그 아이한테서는, 오로지 침묵만이 전해졌다. 롤랜드는 아이가 무사하기만을 바랐다.

당장은 그것만이 롤랜드가 할 수 있는 일이었다.

선창: 코말라 미 마인
네가 걸어 갈 길은 위태로운 외길.
원하는 것을 마침내 얻었을 때
네가 느끼는 것이 크나큰 기쁨이길.

합창: 코말라 컴 여덟!
네가 느끼는 것은 크나큰 기쁨!
하지만 원하는 것을 얻으려면
네가 걸어 갈 길은 위태로운 외길.

제10연

수재나 미오,
나의 분열된 여인이여

1

“존 피츠제럴드 케네디가 오늘 오후 파크랜드 기념 병원에서 숨을 거두었습니다.”

이 목소리, 이 애통한 목소리. 월터 크롱카이트의 목소리였다. 꿈속에서 들리는.

“미국의 마지막 총잡이가 사망했습니다. 아아, 디스코디아!”

2

미아가 뉴욕 플라자파크 호텔(머잖아 리걸 유엔플라자 호텔이 되는 그곳, 솜브라/노스 센트럴 프로젝트의 일부인 곳, 아아, 디스코디아)의 1919호실을 나서는 사이에, 수재나는 기절했다. 기절한 상태에서 수재나는 흉흉한 소식으로 가득한 흉흉한 꿈에 빠져들었다.

3

다음으로 들려온 소리는 시사 프로그램인 「헌틀리 브링클리 리포트」의 공동 진행자 쳇 헌틀리의 목소리이다. 그것은 또한 그녀가 이해할 수 없는 방식으로, 그녀의 전용 운전사인 앤드루의 목소리이기도 하다.

"베트남 공화국의 응오딘지엠 대통령과 응오딘뉴 정무 수석 보좌관이 죽었습니다. 이제 군견을 풀어 참혹한 이야기를 시작할 때입니다. 이곳에서 예리코 언덕에 이르는 길은 피와 죄로 물들어 있습니다. 아아, 디스코디아! 번제 나무! 오라, 수확제여!"

여긴 어디지?

주위를 둘러보니 콘크리트 벽에 한가득 어지럽게 새겨진 이름과 구호, 음란한 그림 낙서 따위가 눈에 들어온다. 그 벽 한복판, 반대편 벽에 붙은 이층 침상 아래쪽에 앉아 있으면 눈에 들어올 수밖에 없는 그 자리에, 이런 인사가 적혀 있다. 검둥이 안녕 옥스퍼드에 잘 왔다 해가 지기 전에 여기서 나가는 게 좋을 거다!

입고 있는 바지의 가랑이가 축축하다. 바지 속의 속옷은 흠뻑 젖었고, 이제 그 이유가 떠오른다. 보석 보증인과 한참 전에 연락을 취했는데도 경찰은 그들을 최대한 오랫동안 붙잡아 두었다. 화장실에 보내 달라고 입을 모아 요청하는 소리가 점점 더 커지는데도 벙글벙글 웃는 낯으로 무시하면서. 감방에는 변기가 없다. 세면대도 없다. 양동이 한 개조차 없다. 왜 없는지는 텔레비전 쇼에 나간 퀴즈 신동이 아니라도 알 수 있다. 그들은 강요당했다. 바지를 입은 채 용변을 보도록, 자신들의 피치 못할 동물적 본성과 마주하도록. 그래서 결국 그녀는, 그녀, 오데타 홈스는……

아니야. 그녀는 생각한다. 난 수재나야. 수재나 딘이야. 나는 다시 붙잡혔어, 다시 갇혔어, 하지만 그래도 나는 나야.

구치소 복도 너머 저편에서 여러 목소리가 들려온다. 그녀를 위해 지금 이 시대를 압축해서 들려주는 목소리들이다. 그녀는 당연히 교도관 사무실에서 들려오는 텔레비전 소리라고, 그럴 거라고 짐작하지만, 이는 틀림없이 속임수이다. 아니면 어떤 사악한 자가 농담이랍시고 지어낸 것이든가. 그렇지 않고서야 「나이틀리 뉴스」의 프랭크 맥기가 케네디 대통령의 동생 로버트의 부고를 전할 리가 없지 않은가? 「투데이 쇼」의 데이브 개러웨이가 케네디 대통령의 어린 아들, 그러니까 존 케네디 주니어가 비행기 사고로 죽었다는 소식을 전할 리가 없지 않은가? 축축한 속옷이 몸에 들러붙은 채 남부의 더러운 구치소에 앉아 저딴 거짓말을 듣고 있다니, 이런 끔찍한 일이 어디 있단 말인가? 「하우디 두디 쇼」의 진행자인 버펄로 밥 스미스는 왜 '코와붕가, 어린이 친구들, 마틴 루서 킹 목사가 죽었대요'라고 외치고 있을까? 또 아이들은 왜 한목소리로 '코말라 컴 예이! 참 기쁜 소식이네요! 좋은 검둥이는 죽은 검둥이뿐이죠, 그러니까 오늘도 한 놈 죽여요'라고 목청껏 대답하는 걸까?

보석 보증인이 이제 금방 도착할 것이다. 그녀가 의지할 것은 그 사실뿐, 오로지 그것뿐이다.

그녀는 감방 문으로 다가가 창살을 붙잡는다. 그렇다, 이곳은 미시시피주 옥스퍼드 타운, 그곳이다, 또다시 옥스퍼드였고, 달빛 아래 남자 둘이 죽었으며, 누군가 어서 그들의 죽음을 조사해야 한다. 그러나 그녀는 여기서 나갈 것이고, 훨훨 날아갈 것이다, 훨훨, 훨훨 날아 집으로 돌아갈 것이며, 그러고 나서 얼마 후에는 눈앞에 펼쳐진 완전히 새로운 세계를 탐험할 것이다, 새로운 연인과 함께, 새로운 사람이 되어. 코말라 컴 컴, 여행은 이제 막 시작되었다.

아아, 하지만 그것은 거짓말. 여행은 거의 끝났다. 그녀는 마음속으로 이를 안다.

복도 저편에서 문이 열리고 뚜벅거리는 발소리가 점점 커진다. 그녀가 발소리 쪽으로 눈길을 돌린다, 간절하게, 보석 보증인이기를, 아니면 열쇠 꾸러미를 든 교도관이기를 바라며. 그러나 나타난 사람은 훔친 신발을 신은 흑인 여성이다. 그녀의 옛 자아. 오데타 홈스. 모어하우스 대학교는 안 갔지만 컬럼비아 대학교는 확실히 간. 그리고 그리니치빌리지의 그 많은 커피숍에도. 그리고 나락 위의 성에도, 그 집에도.

"내 말 잘 들어." 오데타가 말한다. "널 여기서 빼내 줄 사람은 오로지 너 자신뿐이야."

"그 두 다리가 붙어 있는 동안 마음껏 즐기도록 해, 아가씨!"

그녀의 입에서 나오는 목소리는 그녀 스스로 듣기에 겉으로는 거칠고 도발적이지만, 속으로는 겁에 질려 있다. 데타 워커의 목소리이다.

"조금 있으면 잃어버릴 다리니까! 에이선 지하철에 치여 잘려나갈 거야! 그 유명한 에이선 지하철에! 크리스토퍼 스트리트역의 플랫폼에서 잭 모트라는 놈이 너를 선로로 밀어 버릴 거야!"

데타의 말에 오데타가 차분한 표정으로 말한다.

"에이선 지하철은 그 역을 지나가지 않아. 그 역에 선 적이 한 번도 없어."

"그게 무슨 개소리야, 이 잡년아!"

오데타는 데타의 화난 목소리나 추잡한 욕설에 속지 않는다. 그녀는 자신이 누구에게 말하는지를 안다. 그리고 자신이 무슨 이야기를 하는지도 안다. 진실의 기둥에는 구멍이 있다. 지금 들리는 목소리들은 전축에서 나는 소리가 아니라 죽은 친구들의 음성이다. 폐허의 방에는 유령들이 산다.

"도건으로 돌아가, 수재나. 그리고 내 말을 기억해. 오직 너만이 너를 구할 수 있어. 오직 너만이 스스로를 디스코디아에서 구출할 수 있어."

4

이제 목소리의 주인은 「헌틀리 브링클리 리포트」의 다른 진행자 데이비드 브링클리이다. 브링클리는 스티븐 킹이라는 사람이 메인 주 서부의 러벨이라는 작은 마을에 있는 자기 집 근처에서 산책을 하다가 미니밴에 치여 사망했다는 소식을 전하고 있다. 브링클리에 따르면 스티븐 킹은 쉰두 살이었고 장편 소설을 여럿 쓴 작가였으며, 잘 알려진 책으로는 『스탠드』와 『샤이닝』, 『살렘스 롯』이 있다. 아아, 디스코디아. 브링클리가 말한다. 세상은 더욱 어두워져 갑니다.

5

오데타 홈스, 한때 수재나의 자아였던 그녀가, 감방 철창 사이로 손을 뻗어 수재나 너머를 가리킨다. 그러면서 같은 말을 되뇐다.

"오직 너만이 너를 구할 수 있어. 그러나 총의 길은 구원의 길이면서 몰락의 길이기도 해. 결국에는 똑같은 길이지."

수재나는 몸을 돌려 오데타의 손가락이 가리키는 곳을 보고, 눈앞에 보이는 것에 더럭 겁을 먹는다. 피! 하느님 맙소사, 피가! 그곳에는 피가 가득한 그릇이 있고, 그릇 안에는 기괴하게 생긴 주검이, 인간이 아닌 어린 짐승의 주검이 있는데, 혹시 수재나가 제 손으로 죽였을까?

"아니야!" 수재나가 외친다. "아니야, 난 그런 짓 안 해! 절대 안 해!"

"네가 안 하면 총잡이는 죽고 암흑의 탑은 무너질 거야." 복도에 서 있는 무서운 여자, 트루디 다마스커스의 신발을 신은 그 여자가 말한다. "정말로 디스코디아가 되는 거지."

수재나는 눈을 감는다. 고의로 기절해 버릴 수도 있을까? 자기 의지로 기절하여 이 감방으로부터, 이 끔찍한 세계로부터 당장 벗어날 수는 없을까?

수재나는 실행에 나선다. 앞으로 고꾸라져 칠흑 같은 어둠과 나직하게 삑삑거리는 기계음 속으로 추락하면서 수재나가 마지막으로 들은 월터 크롱카이트의 목소리는 이렇게 말한다, 응오딘지엠과 응오딘뉴가 죽었다고, 우주 비행사 앨런 셰퍼드가 죽었다고, 린든 존슨 대통령이 죽었다고, 리처드 닉슨 대통령이 죽었다고, 엘비스

프레슬리가 죽었다고, 록 허드슨이 죽었다고, 길르앗의 롤랜드가 죽었다고, 뉴욕의 에디가 죽었다고, 뉴욕의 제이크가 죽었다고, 세계가 죽었다고, 세계들이 죽었다고, 탑이 무너진다고, 무한히 많은 세계들이 합쳐진다고, 그 모두가 디스코디아라고, 모두 폐허라고, 모두 끝났다고.

6

수재나는 눈을 뜨고 허겁지겁 주위를 두리번거리며 숨을 헐떡였다. 그러다 앉아 있던 의자에서 하마터면 떨어질 뻔했다. 의자는 다이얼과 스위치와 깜박거리는 전구가 가득 달린 계기판 앞에서 이리저리 움직일 수 있도록 바퀴가 달려 있었다. 천장에는 흑백 화면 텔레비전이 붙어 있었다. 수재나는 다시 도건에 돌아와 있었다. 옥스퍼드는

(응오딘지엠과 응오딘뉴는 죽었습니다)

그저 꿈에 지나지 않았다. 달리 말하면 꿈속의 꿈이었다. 이곳 역시 꿈이었지만 그래도 조금은 나은 꿈이었다.

지난번에 이곳에 왔을 때 칼라 브린 스터지스 마을을 중계하던 텔레비전들은 이제 대부분 방송이 끝난 회색 화면이나 영상 조정용 테스트 패턴을 보여 주었다. 그런데 그중 한 대의 화면에 플라자 파크 호텔의 19층 복도가 보였다. 카메라는 복도를 훑으며 승강기 쪽으로 향했고, 수재나는 자신이 지금 미아의 눈을 통해 보고 있음을 깨달았다.

내 눈이야. 수재나는 생각했다. 분노는 미약했지만 더 키울 수 있을 거라는 느낌이 들었다. 더 키워야 했다, 꿈속에서 본 그 끔찍한 것을 생각하면. 옥스퍼드의 구치소 감방 구석에 있던 그것. 피가 담긴 그릇 속의 그것.

지금 이건 내 눈이야. 그 여자가 가로챘어, 그게 다야.

다른 텔레비전 화면에 보이는 미아는 승강기 로비에 도착하여 버튼을 살펴보다가, 이내 아래층 화살표가 그려진 버튼을 눌렀다. 산파를 만나러 가는 거구나. 수재나는 텔레비전 화면을 매서운 눈초리로 올려다보다가 짧고 담담한 웃음을 터뜨렸다. 그래, 산파를 만나러 가는 거야, 오즈의 위대한 산파를. 왜냐면 왜냐면 왜냐하면…… 왜냐하면 그 산파는 위대한 일을 해내니까!

계기판에는 수재나가 갖은 애를 써가며, 아니, 죽을 고생을 하며 조정해 놓은 다이얼이 여럿 있었다. 감정 온도의 수치는 아직 72였다. 어린것이라고 적힌 토글스위치는 여전히 수면중 쪽으로 젖혀져 있었고, 그 위의 모니터 속에 있는 어린것은 다른 화면 속 사람들이 다 그렇듯이 흑백으로 보였다. 께름칙한 파란색 눈은 전혀 보이지 않았다. 진통력이라는 황당무계한 말이 적힌 동그란 다이얼의 눈금은 아직 2에 있었지만, 수재나는 지난번에 여기 왔을 때 대부분 노란색이었던 표시등이 이제 빨간색으로 바뀐 것을 알아차렸다. 바닥에는 갈라진 자국이 더 많이 눈에 띄었고 구석의 군인 해골은 머리가 사라지고 없었다. 기계의 진동이 점점 강해진 탓에 척추에서 분리되어 떨어진 두개골은, 이제 천장의 형광등 불빛을 향해 입을 쩍 벌리고 웃고 있었다.

수재나-미오라고 적힌 표시창의 바늘이 황색 영역 끄트머리에 닿아 있었다. 수재나가 지켜보는 사이에 그 바늘은 적색 영역으로 슥 넘어갔다. 위험, 위험, 응오딘지엠과 응오딘뉴 사망. 프랑수아 뒤발리에 사망. 재클린 케네디 사망.

수재나는 계기판의 조정 장치를 하나하나 만져 보고 이미 아는 사실을 새삼 확인했다. 조정 장치가 모두 잠겨 있었다. 미아는 원래 조정 장치의 설정을 바꿀 능력이 없었는지도 모르지만, 설정이 마음에 드는 상태로 바뀐 후에 그대로 고정시키는 능력이라면? 그 정도는 미아도 할 수 있었다.

천장 스피커에서 지지직거리는 소리에 이어 악을 쓰는 소리가 났다. 소리가 어찌나 컸던지 수재나는 놀라서 펄쩍 뛰었다. 뒤이어 심한 잡음 속에서, 에디의 목소리가 들려왔다.

"수재나! ……보세요! ……려요? 시간…… 어요! 놈들이…… 전에…… 해요! 내 말 들려요?"

수재나가 보기에 미아의 시야에 해당하는 텔레비전 화면 속에서, 중앙 승강기의 문이 양쪽으로 열렸다. 수재나의 몸을 탈취한 못된 임신부가 승강기에 들어섰다. 수재나는 그 화면을 무시하다시피 했다. 그러고는 마이크를 홱 집어 들고 옆에 있는 토글스위치를 반대쪽으로 젖혔다.

"에디! 난 1999년에 있어요! 젊은 여자들이 배가 다 드러난 옷차림으로 돌아다니는데 브래지어 끈까지 보이……."

맙소사, 지금 도대체 무슨 소리를 지껄이는 걸까? 수재나는 온 힘을 다해 마음을 가라앉혔다.

"에디, 당신 말이 잘 안 들려요! 다시 말해 줘요!"

잠깐 동안 다른 소리는 전혀 들리지 않고 잡음만이 이어졌다. 그

외에는 이따금 섬뜩한 울음소리만 되돌아올 뿐이었다. 수재나가 마이크에 대고 다시 말하려 하는 순간, 에디의 목소리가 들려왔다. 이번에는 조금 더 또렷하게.

"하루…… 버텨요! 제이크…… 캘러핸 신부…… 버텨야 돼요! 미아가 아기를 낳으…… 데려가기 전까지…… 해요!"

"들려요, 방금 그 말은 알아들었어요!" 마이크를 어찌나 꽉 붙들었던지 손이 덜덜 떨렸다. "난 1999년에 있어요! 1999년 6월이에요! 하지만 에디, 이것만으론 부족해요! 다시 말해 줘요, 그리고 잘 있다는 말도 같이 해 줘요!"

그러나 에디는 가 버리고 없었다.

에디의 이름을 대여섯 번 불러 봐도 탁한 잡음밖에 돌아오는 것이 없자, 수재나는 마이크를 내려놓고 에디가 무슨 말을 하려 했는지 열심히 추측했다. 그러면서 에디가 아직 뭔가 말할 수 있는 상태라는 기쁜 소식은 마음속 한구석에 치워 놓으려고 애썼다.

"버티라고 했어." 적어도 그 부분은 크고 또렷하게 들려왔다. "하루만 버티라고. 시간 때우기랑 비슷한 뜻으로."

거의 제대로 파악한 느낌이 들었다. 에디는 수재나가 미아에 맞서 시간을 끌기를 바랐다. 혹시 제이크와 캘러핸 신부가 오는 중이기 때문에? 그 점은 별 확신이 들지 않았고, 어차피 그러기를 바라지도 않았다. 물론 제이크는 총잡이였지만, 한편으로는 어린아이에 지나지 않았다. 그리고 수재나가 보기에 딕시 피그라는 곳은 끔찍한 악당들이 우글거리는 소굴이었다.

한편 미아의 시야를 보여 주는 화면 속에서 승강기 문이 다시 열렸다. 수재나의 몸을 탈취한 못된 임신부가 호텔 로비에 도착했다.

수재나는 일단 에디와 제이크와 캘러핸 신부를 머릿속 한쪽으로 치워 놓았다. 그러고는 앞으로 나서기를 거부하던 미아의 모습을 떠올렸다. 그때는 둘이 공유한 수재나-미오의 두 다리가 수재나-미오의 몸 아래쪽에서 깨끗이 사라질 위기였는데도 그러했다. 왜냐하면 그때 미아는, 오래된 시구절을 조금 비틀어 인용하자면, 자신이 만든 적이 없는 세계에서 홀로 두려움에 떨었으므로.

왜냐하면 부끄러움을 느꼈으므로.

그런데 맙소사, 플라자 파크 호텔의 로비는 수재나의 몸을 탈취한 못된 임신부가 위층에서 전화를 기다리는 사이에 달라져 있었다. 그것도 무척 달랐다.

수재나는 몸을 숙여 도건의 중앙 계기판 가장자리에 양 팔꿈치를 짚고 두 손으로 턱을 받쳤다.

어쩌면 재미있는 광경이 펼쳐질지도 몰랐다.

7

미아는 승강기를 나섰다가 곧장 다시 들어가려 했다. 그러다가 승강기 안으로 들어서는 대신 머리로 문을 들이받았다. 어찌나 세게 받았던지 위아래 이가 맞부딪혀 맑은 '딱' 소리가 날 정도였다. 미아는 허둥지둥 주위를 두리번거렸다. 자신을 아래쪽으로 데려다준 조그만 방이 어디로 사라졌는지 처음에는 이해가 가지 않았다.

수재나! 그 방이 어디로 간 거야?

미아가 지금 덮어쓴 얼굴의 주인인 갈색 피부의 여성에게서는 아무 답도 돌아오지 않았지만, 알고 보니 굳이 답을 들을 필요가 없었다. 양쪽으로 열리는 문이 스르륵 나왔다가 다시 들어가는 자리가 눈에 띄었기 때문이었다. 버튼을 누르면 그 문이 다시 열릴 터였지만, 미아는 1919호실로 다시 올라가고 싶은 강렬한 욕구를 억눌러야만 했다. 그곳에는 이제 할 일이 없었다. 진짜 용건은 호텔 정문 너머 어딘가에서 기다리고 있었다.

낭패감을 숨기려 안달하는 미아의 표정은 다른 이의 거친 말 한마디나 성난 눈길 한 번만으로도 어쩔 줄 모르는 상태에 빠져들 것처럼 보였다.

미아가 위층에서 한 시간 남짓 머무르는 사이, 한산했던 로비의 이른 오후 시간은 막을 내렸다. 라과디아 공항과 JFK 공항에서 온 택시들이 거의 동시에 대여섯 대씩 호텔 앞에 멈춰 섰다. 뉴어크 공항에서 오는 일본계 관광회사 버스 역시 마찬가지였다. 삿포로에서 출발한 부부 여행객 50쌍은 모두 플라자 파크 호텔에 방을 예약한 손님들이었다. 이제 로비는 왁자하게 떠드는 사람들로 순식간에 가득 찼다. 대부분 눈꼬리가 길고 검은 눈에 반들거리는 머리카락 역시 검은색이었고, 목에는 직사각형 상자가 달린 끈을 걸고 있었다. 이따금 한 사람씩 그 상자를 손에 들고 다른 사람을 가리키곤 했다. 번쩍이는 섬광이 터지고 웃음소리와 함께 도모! 도모! 하고 외치는 소리도 들렸다. 안내 데스크 앞에 사람들이 세 줄로 늘어서 있었다. 더 한산하던 시간대에 미아의 체크인을 도와준 아름다운 여성 옆에 직원 둘이 더 서 있고, 모두 허겁지겁 업무를 처리하느라 바빴다. 천장이 높다란 로비에 웃음소리와 함께 메아리치는 낯선 언어의 대화 소리는 미아가 듣기에 새들이 짹짹거리는 소리 같았다. 혼잡하기 그지없는 로비는 사방에 둘러친 거울 유리 때문에 실제보다 두 배로 북적거리는 듯했다.

미아는 잔뜩 움츠러들어서 어찌해야 좋을지 알 수가 없었다.

"프런트!" 안내 데스크의 직원이 외치며 종을 울렸다. 종소리는 미아의 얽히고설킨 머릿속을 관통하는 은빛 화살 같았다. "프런트, 빨리요!"

웬 남자가 싱글벙글 웃으며 미아에게 서둘러 다가왔다. 검은 머리를 매끈하게 빗어 넘기고 피부는 노란빛이 도는, 동그란 안경알 너머의 눈이 가느다란 그 남자는, 미아가 앞서 보았던 섬광을 터뜨리는 직사각형 상자를 손에 들고 있었다. 미아는 남자가 공격하면 죽여 버리려고 자세를 잡았다.

"저랑 제 아내의 사진을, 좀 찍어 주시겠스므니까?"

남자가 섬광 상자를 내밀었다. 자기한테서 받아 달라는 뜻이었다. 미아는 흠칫 물러섰다. 혹시 그 상자에서 방사능이라도 나올까 봐서, 번쩍이는 불빛에 배 속의 아기가 다칠까 봐서.

수재나! 나 어떡해야 돼?

답은 돌아오지 않았다. 당연한 반응이었다, 아까 일을 생각하면 수재나가 도와주리라 기대할 수는 없었다. 하지만, 그래도…….

남자는 여전히 싱글벙글 웃는 얼굴로 미아에게 섬광을 터뜨리는 장치를 내밀고 있었다. 살짝 당황한 표정이었지만, 그럼에도 의지는 꿋꿋했다.

"사진 좀, 부탁하므니다."

그러고는 직사각형 상자를 미아의 손에 쥐여 주었다. 남자가 뒤로 물러나 한 팔로 안은 여성은 반들거리는 검은 머리카락만 빼면 동행과 생김새가 흡사했는데, 한일자로 자른 앞머리 때문에 미아의 눈에는 소녀처럼 보였다. 심지어 알이 동그란 안경까지 남자와 똑같았다.

"안 돼." 미아가 말했다. "안 돼, 미안하지만…… 안 되겠어."

이제 정신을 놓을 것 같은 느낌이 코앞까지 닥쳐와 온 세상이

(사진 찍어 주시겠스므니까, 우리가 아기 죽일 것이므니다)

웅성거리며 빙빙 도는 듯했고, 미아는 섬광이 터지는 그 직사각형 상자를 바닥에 던져 버리고 싶은 충동을 느꼈다. 그러나 그렇게 했다간 상자가 부서지고 그 속에서 섬광을 터뜨리던 악마가 풀려날 터였다.

상자를 던지지 않고 조심스레 바닥에 내려놓으면서, 미아는 놀란 일본인 관광객 부부에게 사과의 뜻으로 미소를 지은 다음(남자는 아직도 한 팔로 아내를 감싸고 있었다.), 잰걸음으로 로비를 가로질러 조그만 기념품 가게 쪽으로 향했다. 피아노가 연주하는 음악마저 아까하고는 달랐다. 전에 들었던 잔잔한 음률 대신 날카로운 불협화음이, 음악으로 표현한 두통 같은 소리가 쏟아져 나왔다.

새 셔츠가 필요해, 이 옷에는 피가 묻었으니까. 셔츠를 산 다음에 딕시 피그로 갈 거야, 61번가하고 렉싱워스…… 아니, 렉싱턴이지, 렉싱턴가 교차점…… 그리고 거기서 아기를 낳을 거야. 아기를 낳으면 지금 이 혼돈은 다 끝날 거야. 그때가 되면 아까 여기서 얼마나 겁을 먹었는지 떠올리고 깔깔 웃겠지.

그러나 기념품 가게 역시 붐비기는 마찬가지였다. 일본인 여성들은 각자의 남편이 체크인하는 사이에 기념품을 고르며 새의 노랫소리 같은 언어로 끼리끼리 재잘거렸다. 셔츠가 놓인 진열대가 미아의

눈에 띄었지만, 그 진열대는 옷을 집어 들고 살피는 여성들로 포위된 상태였다. 계산대 앞에도 줄이 길게 서 있었다.

수재나, 나 어떡하면 좋아? 나 좀 도와줘!

답은 돌아오지 않았다. 수재나는 분명 그곳에 있었지만, 미아에게는 느껴졌지만, 도와주려 하지 않았다. 하긴. 미아는 생각했다. 내가 그 여자 처지라면 도와주려고 하겠어?

글쎄, 어쩌면 도와줄지도. 그러려면 물론 이쪽에서 적절한 보상을 제시해야 할 텐데……

내가 너한테서 원하는 건 진실뿐이야. 그렇게 말하는 수재나의 목소리는 싸늘했다.

기념품 가게 문간에 서 있는 미아를 누군가 스치고 지나갔다. 미아의 양손이 불쑥 올라왔다. 혹시라도 자신을 노리는 적이었다면, 또는 배 속의 어린것을 위협하는 적이었다면, 미아는 상대의 눈을 뽑았으리라.

"실례하므니다."

까만 머리 여성이 빙그레 웃는 얼굴로 말했다. 아까 그 남자가 그랬듯이, 이 여성 역시 섬광이 터지는 직사각형 상자를 내밀었다. 상자 한복판에 붙은 동그란 유리 눈이 미아를 물끄러미 올려다보았다. 그 유리 눈에 비친 자신의 얼굴이 미아의 눈에 띄었다. 조그맣고 까맣고 당황한 표정을 한 얼굴이.

"사진 좀, 찍어 주시겠스므니까? 저랑 제 친구의?"

미아는 그 여자가 무슨 말을 하는지, 그 여자가 뭘 원하는지, 또 섬광을 터뜨리는 그 상자가 무엇에 쓰는 물건인지 당최 알 수가 없었다. 그저 사람이 너무 많다는 것, 온 사방에 우글거린다는 것, 이곳이 광기의 도가니라는 것만 알 뿐이었다. 가게 창문을 통해 보이는 호텔 정문 앞도 마찬가지로 북적거렸다. 그곳에는 노란색 자동차와 차체가 기다랗고 (안에 탄 사람들은 바깥을 볼 수 있지만) 안이 보이지 않는 유리창이 달린 검은색 승용차가 늘어서 있었고, 인도와 차도의 경계 위에서는 커다란 은빛 화물용 컨베이어가 돌아갔다. 초록색 제복을 입은 남자 둘이 도로에 서서 은빛 호루라기를 불고 있었다. 어딘가 멀지 않은 곳에서 무언가 시끄럽게 땅땅거리기 시작했다. 착암기 소리를 들어 본 적이 없는 미아의 귀에는 그 소리가 연발총 발사음처럼 들렸지만, 바깥에 보이는 사람들 가운데 인도 위로 몸을 날려 피하는 이는 한 명도 없었다. 심지어 놀란 표정을 한 사람조차 보이지 않았다.

미아가 혼자 힘으로 딕시 피그까지 갈 수 있을까? 리처드 P. 세이어는 수재나가 도와줄 테니 찾을 수 있을 거라고 했지만 수재나는 입을 굳게 다문 채 버티는 중이었고, 미아 본인은 금방이라도 평정을 잃고 완전히 무너질 판이었다.

그러다 이내 수재나가 다시 입을 열었다.

내가 지금 살짝 도와주면…… 네가 한숨 돌릴 만큼 조용한 곳으로 데려다주고, 갈아입을 셔츠를 사는 것 정도는 도와준다면…… 내가 묻는 말에 똑바로 대답할 용의가 있어?

뭐가 궁금한데?

그 아기 말이야, 미아. 그리고 그 어머니에 관해서도. 바로 너.

똑바로 대답했잖아!

내 생각은 달라. 내가 보기에 넌 결코 본령 따위가 아니야, 절대로. 난 진실을 알고 싶어.

무엇 때문에?

난 진실을 알고 싶어. 수재나는 그렇게 되뇌고는 입을 다물었다. 미아가 묻는 말에 더 대답하기를 거부한 채로. 그러다가 또다시 키 작은 남자 한 명이 아까와 똑같은 섬광 상자를 들고 빙그레 웃으며 다가왔을 때, 미아는 머릿속이 하얗게 변하고 말았다. 당장은 호텔 로비를 통과하는 것조차도 혼자서는 해내지 못할 과업 같았다. 그런데 딕시 피그인지 뭔지 하는 곳까지 무슨 수로 간단 말인가? 일찍이 그토록 오랜 세월을

(페딕)

(디스코디아)

(나락 위의 성)

에서 보낸 후에 이토록 혼잡한 인파 속에 부대끼려니, 미아는 비명이 터질 것만 같았다. 그런데 살갗이 갈색인 저 여자에게 자신이 아는 것을 조금만 가르쳐 주면 안 될 이유가 있을까? 지금 주도권을 쥔 쪽은 미아, 누구의 딸도 아니며 단 하나의 어머니인 그녀였다. 진실을 조금만 가르쳐 준다고 무슨 해가 될까?

좋아. 네 부탁을 들어주마, 수재나, 또는 오데타, 또는 누구든 간에. 그러니까 도와주기나 해. 내가 여기서 벗어나게 해 줘.

수재나 딘이 전면으로 나섰다.

8

호텔 바 옆, 피아노가 놓인 모퉁이를 돌아서면 여성용 화장실이

었다. 노란빛이 도는 피부에 머리가 검은 여성 두 명이 세면대 앞에서 저마다 손을 씻고 머리를 매만지며 새가 지저귀는 소리 같은 언어로 대화를 나누는 중이었다. 둘 중 누구도 자신들 뒤를 지나 변기 칸으로 향하는 고쿠진(흑인) 여성에게 눈길을 주지 않았다. 잠시 후 두 여성이 떠나자 축복 같은 정적이 내려앉았고, 들려오는 소리는 천장 스피커에서 희미하게 흘러나오는 음악뿐이었다.

미아는 문의 걸쇠가 어떻게 작동하는지 확인하고 문을 잠갔다. 변기에 막 앉으려는 찰나에 수재나의 목소리가 들려왔다. 뒤집어서 입어.

뭐라고?

셔츠 말이야, 이 여자야. 뒤집어서 입으라고, 어서!

잠깐 동안 미아는 꼼짝도 하지 않았다. 너무 당황한 탓에.

그 셔츠는 거칠게 짠 '칼룸카'로, 쌀농사를 짓는 지역에서 서늘한 날씨에 남녀 모두가 즐겨 입는 윗옷이었다. 오데타 홈스라면 보트넥 셔츠라고 부를 법했다. 단추가 달려 있지 않아서 쉽게 뒤집어 입을 수 있었지만……

수재나는 안달하는 기색이 뚜렷했다. 그렇게 멍하니 하루 종일 서 있을 거야? 셔츠를 뒤집으라고! 입은 다음엔 아랫단을 청바지 속에 넣어.

왜…… 왜 그렇게 하라는 건데?

그래야 네 인상이 아까하고 달라 보일 테니까. 수재나는 제꺽 그렇게 대답했지만, 목적은 따로 있었다. 허리 아래쪽의 몸을 보고 싶어서였다. 만약 다리가 미아의 것이라면 십중팔구 하얀색일 터였다. 수재나는 자신이 두 가지 피부색을 함께 지닌 혼혈이 되었다는 생각에 매료되었다(조금은 거북하기도 했지만).

미아는 셔츠의 왼쪽 가슴 부분, 즉 피 얼룩이 가장 진하게 남은 자리의 거칠거칠한 천을 손가락으로 문지르며 조금 더 시간을 끌었다. 심장이 있는 자리를 문지르면서. 셔츠를 뒤집어 입으라니! 대여섯 가지 섣부른 대책이 머릿속을 스쳤지만(거북이 조각상을 이용하여 기념품 가게의 손님들을 홀리는 방법이 그나마 그럴듯해 보였다.), 망할 놈의 셔츠만 뒤집어 입는 것은 생각지도 못한 방법이었다. 그렇게 했다가는 자신이 얼마나 경황이 없는지만 보여 줄 뿐이었다. 하지만 당장은……

이 혼잡하고 정신없는 도시, 디스코디아 성의 조용한 방과 페딕 마을의 고요한 거리하고는 너무나 다른 이곳에 머무는 짧은 시간 동안, 미아는 수재나에게 꼭 도움을 받아야 할까? 단지 지금 이곳에서 61번가와 렉싱워스가 교차점까지 가기 위해서?

렉싱턴가야. 미아 안에 갇힌 여인이 말했다. 렉싱턴이라고. 너 자꾸 잊어버리는구나, 안 그래?

그랬다. 사실이었다, 미아는 번번이 잊어버렸다. 그토록 단순한 것을 잊어버릴 이유가 없는데도 그랬다. 그리고 미아는 모어하우스 커녕 어떤 하우스에도 가 본 적이 없었지만, 결코 어리석지는 않았다. 그런데 어째서……

뭐야? 미아가 불쑥 물었다. 왜 실실 웃는 건데?

아무것도 아니야. 안에 갇힌 여인은 그렇게 말했으나…… 미소를 지우지는 않았다. 아예 싱글벙글 웃다시피 했다. 미아는 이를 느낄 수 있었고, 그 웃음이 거슬렸다. 저 높은 층의 1919호실에 있을 때 수재나는 공포와 분노가 뒤섞인 비명을 내질렀고, 자신이 사랑하고 의지하는 남자를 배신했다는 이유로 미아를 비난했다. 이는 심지어 미아조차도 부끄러워하는 진실이었다. 그럴 때면 기분이 편치 않았지만, 그래도 미아는 자기 안의 여인이 악을 쓰고 울부짖고 발을 동동 구를 때 더 흐뭇했다. 여인의 미소는 미아에게 불안감을 선사했다. 살갗이 갈색인 이 여인은 자기한테 유리하게 판을 뒤집으려 하는 중이었다. 어쩌면 판을 이미 역전시켰다고 생각하는지도 몰랐다. 물론 불가능한 일이었다, 미아는 왕에게 보호받는 몸이었으므로. 하지만……

왜 실실 웃는지 말해!

아, 별거 아니야. 대답은 그렇게 했지만, 수재나의 목소리는 이제 그녀의 다른 반쪽처럼 들렸고, 그 반쪽의 이름은 데타였다. 미아는 그 반쪽이 그저 싫은 정도가 아니었다. 조금은 두려웠다. 별건 아니고, 예전에 지그문트 프로이트라는 작자가 있었어. 빌어먹을 흰둥이 놈이었지만 바보는 아니었지. 그놈이 뭐라고 했냐면 말이지, 어떤 사람이 뭘 뻔질나게 잊어버린다면, 아마도 그 사람은 그 무언가를 잊어버리고 싶어서 일부러 그러는 거라고 했어.

바보 같은 소리. 미아가 차갑게 쏘아붙였다. 미아가 정신의 대화를 나누는 이 좁은 칸 너머에서는 화장실 문이 열리고 여성 둘이, 아니, 적어도 셋 또는 넷이 더 들어와서 새소리와 비슷한 언어로 재잘대고 깔깔댔고, 그 소리에 미아는 이를 악물었다. 아기를 낳게 도와줄 사람들이 기다리는 곳을 내가 왜 잊어버리고 싶어 한다는 거야?

음, 그 프로이트라는 작자가, 그러니까 시가를 즐겨 피우는 그 영리한 비엔나 출신 흰둥이 놈이 주장하길, 우리는 의식 아래에 또 의식이 있다고 했어. 그게 무의식이었나 잠재의식이었나, 하여튼 무슨 염병할 의식이라고 했지. 난 여기서 그런 게 있다고 주장할 생각은 없어, 그냥 그놈이 그런 말을 했다는 거야.

('하루만 버텨요.' 에디는 그렇게 말했다. 그것 하나는 확실했고, 그래서 수재나는 안간힘을 써 볼 작정이었다. 다만 그렇게 애쓴 끝에 제이크와 캘러핸을 죽음으로 인도하는 꼴이 되지는 않기를 바라면서.)

프로이트, 그 흰둥이 자식이 뭐랬냐면. 데타의 목소리가 계속 이어졌다. 잠재의식인가 무의식인가 하는 놈은 그 위의 의식보다 여러 가지 면에서 더 영리하다고 했어. 위쪽에 있는 의식보다 더 빠르게 본질을 파악한다고 했지. 그래서 아마도 너의 숨은 의식은 내가 지금껏 했던 이야기를 이미 간파했을 거야, 그러니까 실은 거짓말쟁이에 지나지 않는 네 친구 세이어가 네 아기를 훔쳐서는, 글쎄, 어쩌면 전에 본 그 그릇에 담아 난도질해서 흡혈귀들한테 먹이로 줄지도 모른다는 걸 말이야. 흡혈귀 놈들은 개새끼 떼거리고 네 아기는 기껏해야 개새끼 사료……

닥쳐! 거짓말만 지껄이는 그 입 닥치라고!

바깥의 세면대 앞에서 새 떼처럼 재잘거리는 여자들의 웃음소리가 어찌나 날카로웠던지, 미아는 눈알이 부르르 떨리다가 눈구멍 속에서 그대로 녹아 버릴 것만 같았다. 칸막이를 박차고 나가서 그 여자들의 머리를 붙잡아 거울에 찍어 버리고 싶었다. 찍고 또 찍어서 여자들의 피가 천장까지 튀고 뇌수가 온통……

진정, 진정해. 미아 안의 여인이 말했다. 그 목소리는 다시 수재나의 음성처럼 들렸다.

거짓말! 그년 말은 거짓말이야!

아니. 수재나가 대꾸했다. 그 짧은 한마디에 깃든 확신은 화살처럼 날카로운 두려움이 되어 미아의 심장을 거뜬히 꿰뚫었다. 데타는 머릿속에 떠오르는 대로 말할 뿐, 거짓말은 안 해. 그건 의심할 여지가 없어. 서둘러, 미아, 셔츠를 뒤집어서 입어.

눈물을 쏙 빼는 웃음소리를 마지막으로 한 번 더 남기고서, 새처럼 지저귀던 여성들이 화장실에서 나갔다. 미아는 셔츠를 머리 위로 끌어올려 수재나의 맨가슴을, 우유를 아주 조금 탄 커피의 색인 가슴을 드러냈다. 산딸기처럼 자그맣던 유두가 이제 훨씬 더 커 보였다. 젖을 물릴 아기를 기다리고 있었기에.

셔츠 안쪽에는 희미한 적갈색 얼룩이 몇 군데 조그맣게 보일 뿐이었다. 미아는 뒤집은 셔츠를 다시 걸치고 나서 밑자락을 허리춤에 넣으려고 청바지의 앞단추를 풀었다. 수재나는 홀린 듯이 멍한 눈으로, 배꼽 아래 음모가 짙어지는 부분 바로 위쪽을 내려다보았다. 그곳의 피부는 커피를 아주 조금 탄 우유처럼 색이 옅었다. 그 아래의 하얀 두 다리는 앞서 성의 회랑에서 만난 여자의 것이었다. 수재나는 알 수 있었다. 만약 미아가 청바지를 발목까지 내리면 긁히고 딱지가 앉은 정강이가 보이리라는 것을. 미아가, 그러니까 진짜 미아가, 디스코디아 너머 저 멀리 왕의 성을 나타내는 붉은 광채를 바라볼 때 수재나가 이미 목격한 적 있는 그 정강이가.

그 생각에는 어딘가 몹시도 섬뜩한 구석이 있었고, 수재나는 잠깐(아주 잠깐) 생각한 끝에 그 이유를 깨달았다. 만약 미아가 차지한 몸의 일부가 일찍이 오데타 홈스가 잭 모트에게 떠밀려 지하철 선로에 떨어졌을 때 기관차에 치어 잃어버린 부분뿐이라면, 그렇다면 무릎 아래쪽만 흰색이어야 했다. 그런데 허벅지 피부 역시 흰색이었고, 아랫배 부근도 색이 옅게 변하는 중이었다. 이건 무슨 늑대인간 같은 괴담일까?

몸을 훔치는 중이라서 그런 거지. 데타가 신이 나서 대답했다. 넌 이제 곧 온통 하얗게 변할 거다, 배도…… 가슴도…… 목도…… 뺨도…….

그만해. 수재나가 경고했지만, 데타가 어디 경고에 순순히 따른 적이 있던가? 비단 수재나뿐 아니라 누구의 경고라도?

그러다 마지막에는, 뇌까지 하얗게 변할 거야, 이 여자야! 미아의 뇌를 갖게 되는 거지! 그러면 멋지지 않겠어? 당연히 멋지지! 그때가 되면 넌 완전히 미아가 되는 거야! 그땐 버스 앞자리에 앉아도 아무도 뭐라고 안 할 거다, 이거지!

이윽고 셔츠가 허리춤에 들어와 엉덩이를 덮었고, 청바지 단추가 다시 채워졌다. 미아는 그렇게 옷을 다 입고 변기에 앉았다. 미아의 눈앞, 칸막이 문에, 이런 낙서가 적혀 있었다. 뱅고 스캥크가 왕을 기다리나이다!

뱅고 스캥크가 누구지? 미아가 물었다.

난 금시초문이야.

아무래도……. 말을 꺼내기가 힘들었지만, 미아는 억지로 말을 이었다. 아무래도 너한테 고맙단 말을 해야 할 것 같군.

수재나의 반응은 차갑고 즉각적이었다. 인사는 됐으니까 진실을 들려줘.

먼저 왜 나를 도와줬는지부터 말해, 내가 그런 짓을…….

미아는 이번에는 말을 다 끝맺지 못했다. 용감하다고 자부하기를 좋아하는 미아였지만, 적어도 자신의 어린것을 지키는 일에서는 남부끄럽지 않게 용감했지만, 이번에는 말을 끝맺을 수가 없었다.

그런 짓이라니 뭘 말하는 거야, 네가 내 연인을 배신하고 결국에는 크림슨 킹의 졸개에 불과한 놈들한테 붙은 거? 네 어린것만 지킬 수 있다면 내가 사랑하는 남자는 놈들 손에 죽어도 상관없다고 결론지은 거? 그런 짓을 한 너를, 내가 왜 도와주는지 알고 싶다는 거야?

미아는 자신이 하려던 말을 그런 식으로 듣고 싶지 않았지만, 꾹 참았다. 참는 수밖에 없었다.

그래, 맞아. 네가 말해 주고 싶다면.

다음으로 입을 연 사람은 다른 여자, 다른 목소리의 주인이었다. 거칠고 사납게 낄낄대는, 의기양양한, 증오가 담긴 목소리. 그 목소리는 새처럼 지저귀던 여자들의 섬뜩한 웃음소리보다 더 지독했다. 훨씬 더.

왜냐면 내 친구들이 이제 위기를 벗어났기 때문이지, 그래서 도우려는 거야! 그 흰둥이 악당 놈들을 아주 골로 보내 버렸거든! 총에 맞아 죽지 않은 놈들은 전부 불에 타서 죽었어!

미아는 깊은 불안에 빠졌다. 방금 그 말이 사실이든 아니든, 불길하게 낄낄거리는 이 여인은 사실로 믿고 있었다. 그리고 만약 롤랜드와 에디 딘이 아직 살아 있다면, 크림슨 킹은 미아가 들은 얘기처럼 막강하거나 전능한 존재가 아닐 수도 있지 않은가? 그렇다면 미아는 속아서 길을 잘못 들어섰을지도……

그만해, 그만, 그런 잡생각은 집어치워!

내가 도와준 이유는 그게 다가 아니야. 거친 여인은 사라지고 다른 여자가 돌아왔다. 적어도 당장은.

뭐라고?

네 배 속의 아기는 내 아기이기도 해. 수재나가 말했다. 난 그 아기가 죽게 놔두지 않을 거야.

그딴 소리 난 안 믿어.

그러나 미아는 믿었다. 자기 안의 여인이 옳았기 때문이었다. 길르앗과 디스코디아의 모드레드 디셰인은 그들 두 사람 모두의 아기였다. 낄낄거리는 못된 여인은 아랑곳하지 않을지 몰라도 다른 반쪽은, 수재나는, 강하게 끌어당기는 아기의 힘을 또렷이 느꼈다. 그러므로 세이어와 딕시 피그에서 기다리는 알 수 없는 패거리를 수재나가 제대로 보았다면…… 그자들이 거짓말쟁이이자 사기꾼이라면…….

그만해. 그만. 내가 갈 곳은 거기뿐이야.

다른 곳도 있어. 수재나가 재빨리 대꾸했다. 검은 13이 있으면 어디든 갈 수 있다고.

그건 네가 몰라서 하는 말이야. 그가 따라올 거야. 왕이 검은 13을 따라올 거야.

네 말이 맞아, 난 잘 몰라. 수재나의 말은 사실이었다. 적어도 스스로는 그렇게 생각했다. 하지만…… '하루만 버텨요.' 그것이 에디가 전한 말이었다.

미아가 입을 열었다. 좋아, 네가 궁금해하는 걸 가르쳐 줄게. 나도 다 알진 못해. 내가 모르는 부분이 있어. 그래도 할 수 있는 데까진 해 볼게.

그래 주면 고맙……

말을 다 끝맺지도 못한 채로, 수재나는 다시 아래로 떨어지기 시작했다. 토끼 굴 속으로 떨어지는 앨리스처럼. 변기 속으로, 화장실 바닥 아래로, 그 바닥 아래의 파이프 속으로, 그리하여 다른 세계로.

9

떨어져서 도착한 곳에 성은 보이지 않았다. 이번에는. 일찍이 롤랜드는 방랑 시절의 이야기 몇 자락을 동료들에게 들려준 적이 있었다. 엘루리아의 흡혈귀 간호사들과 난쟁이 의사 이야기, 이스트 다운의 걸어 다니는 물 이야기, 그리고 물론, 그의 저주받은 첫사랑 이야기도. 그런데 이제 그 이야기 속으로 떨어지는 기분이 살짝 들었다. 또는, 어쩌면, 아직은 신생 방송사인 ABC 방송국의 오트 오페라(흔히 '성인 대상 서부극'으로 부르는 드라마) 속으로 떨어지는 것하고도 비슷한 기분이었다. 타이 하딘이 출연한 「슈거풋」이나 제임스 가너가 나온 「매버릭」, 또는 오데타 홈스가 가장 좋아했던 클린트 워커가 나온 「샤이엔」 같은 드라마 속으로(언젠가 오데타는 ABC 방송국에 편지를 써서 남북 전쟁 직후의 떠돌이 흑인 카우보이를 주인공으로 드라마를 만들면 서부극의 신기원을 여는 동시에 새 시청자층까지 확보할 수 있다고 제안하기도 했다. 답장은 온 적이 없었다. 생각해 보면 애초에 편지를 쓴 것 자체가 터무니없는 짓이자 시간 낭비였다.).

간판에 **승마용품 염가 수리**라고 적힌 마차 대여점이 보였다. 호텔 위에 걸린 간판은 **조용한 방, 고급 침대**를 보장했다. 술집은 적어도 다섯 군데가 있었다. 그중 한 가게의 바깥에는 삐걱거리며 돌아가는 무한궤도가 다리 대신 달린 녹슨 로봇이 전구 같은 머리를 이쪽저쪽으로 돌리면서, 조잡한 얼굴 한복판에 붙은 뿔 모양 스피커를 통해 텅 빈 마을을 상대로 호객행위를 하는 중이었다.

"아가씨 있어요, 아가씨! 인간 아가씨 사이보그 아가씨, 무슨 상관입니까, 아무도 구분 못 합니다! 원하는 건 뭐든 다 들어줍니다,

아가씨들 사전에 '노'란 말은 없습니다, 손길 하나하나에 만족을 선사! 아가씨 있습니다, 아가씨 있어요! 사이보그 아가씨 인간 아가씨, 일단 빠져들면 구분이 안 갑니다! 원하는 건 다 들어줍니다! 손님의 기쁨이 곧 아가씨의 기쁨!"

수재나와 나란히 걷는 사람은 젊고 아름다운 백인 여성으로, 배가 불룩했고 다리에 긁힌 상처가 있었으며 검은 머리칼은 어깨까지 내려왔다. 이제 겉만 번지르르하게 꾸민 **페딕 굿 타임 주점**, **바**, **댄스홀**의 천박한 간판 아래를 걸어가는 지금, 임신 막바지에 이른 그녀의 배는 입고 있는 빛바랜 플레이드 드레스 덕분에 섬뜩하게, 거의 종말의 징조처럼 보였다. 신발은 성의 회랑을 걸을 때 신었던 가죽끈 샌들이 아니라 흠집투성이인 낡은 반장화였다. 두 사람 다 반장화를 신고 있었고, 그 뒤축이 널빤지 보도에 부딪혀 공허한 쿵쿵 소리를 냈다.

저 앞쪽의 텅 빈 술집 한 곳에서 쿵작거리는 재즈 피아노 연주가 들려오는가 싶더니, 오래된 시의 한 구절이 수재나의 귀를 스쳤다. 소년들 한 무리가 맬러뮤트 주점에서 신나는 시간을 보내고 있었네!(미국 시인 로버트 서비스의 시 「댄 맥그루 총격 사건」의 첫 행이다. — 옮긴이)

그 술집의 야트막한 용수철 문 위쪽을 올려다본 수재나는 **서비스의 맬러뮤트 주점**이라는 간판을 보고도 전혀 놀라지 않았다.

수재나가 걸음을 늦추고 용수철 문 너머를 지그시 바라보고 있자니, 저절로 연주되는 크롬 피아노가 눈에 띄었다. 먼지 낀 건반이 오르락내리락하는 그 피아노는 역시나 저 유명한 노스 센트럴 양자공학이 만든 기계식 주크박스였고, 그 장치가 흥을 돋우는 주점 실내에는 망가져 꼼짝도 않는 로봇 한 대, 그리고 한쪽 구석에서 뼈를 먼지로 변화시킬 부패의 마지막 단계에 여념이 없는 해골 두 구뿐이었다.

길 앞쪽 멀리, 마을에 하나뿐인 큰길의 끄트머리쯤에, 희끄무레한 성벽이 보였다. 벽이 어찌나 높고 널찍한지 하늘을 다 가리다시피 했다.

수재나는 느닷없이 주먹으로 자기 머리 옆을 쳤다. 그러더니 두 손을 앞으로 뻗어 손가락으로 딱 소리를 냈다.

"뭐 하는 거야?" 미아가 물었다. "가르쳐 줘, 부탁이야."

"내가 여기 있는 게 맞는지 확인하는 중이야. 내 몸이."

"여기 있는 거 맞아."

"그런 것 같네. 그런데 어떻게 그럴 수가 있지?"

미아는 자신도 모른다는 뜻으로 고개를 가로저었다. 적어도 그것만큼은, 수재나는 미아를 믿고 싶었다. 데타 또한 거기에 토를 달지 않았다.

"내가 예상했던 거하곤 다른데." 수재나가 주위를 둘러보며 말했다. "내 예상하곤 전혀 달라."

"그래?"

수재나의 동행은 (별 관심 없는 말투로) 그렇게 물었다. 미아는 해산이 코앞인 임신부 특유의 어색하지만 묘하게 귀여워 보이는 걸음걸이로 뒤뚱뒤뚱 걷는 중이었다.

"그럼 넌 뭘 예상했는데, 수재나?"

"이보다는 더 중세에 가까운 풍경이랄까. 저기 저것처럼."

수재나가 성을 가리키며 말했다. 미아는 마음에 안 들어도 어쩌겠냐는 듯이 어깨를 으쓱했다.

“다른 여자도 지금 너랑 같이 있어? 입이 지저분한 그 여자.”

미아가 말하는 그 여자란 데타였다. 말할 것도 없이.

“언제나 같이 있어. 그 여잔 나의 일부야, 네 아기가 너의 일부인 것처럼.”

다만 스톤 서클의 악마와 몸을 섞은 장본인은 자신이었는데 어떻게 미아가 임신을 했는지는, 여전히 수재나가 간절히 풀고 싶은 수수께끼였다.

“난 이제 곧 내 일부를 세상에 내보낼 거야.” 미아의 말이었다. “넌 그 여자를 내보낼 수가 없는 건가?”

“전에는 내보낸 줄 알았어.” 수재나는 솔직히 말했다. “그런데 돌아왔지. 내 생각엔 십중팔구 널 상대하러 돌아온 것 같아.”

“난 그 여자 싫어.”

“알아.”

수재나가 아는 것은 더 있었다. 미아는 데타를 싫어할 뿐 아니라 두려워했다. 그것도 몹시 두려워했다.

“그 여자가 입을 열면 우리의 대화는 끝인 줄 알아.”

미아의 말에 수재나는 알 바 아니라는 듯이 어깨를 으쓱했다.

“그 여잔 내킬 때 나타나서 내키는 대로 말해. 내 허락 따위는 구하지도 않고.”

그들 앞의 거리 저편에 아치가 서 있었고, 그 위에 표지판이 붙어 있었다.

페딕 역

모노레일 퍼트리샤 운행 중지

지문 인식기 작동 불능

차표를 보여 주십시오

협조에 감사 드립니다 — 노스 센트럴 양자공학

수재나는 그 표지판보다 아치 너머의 지저분한 기차역 플랫폼에 놓인 두 가지 물건에 더 신경이 쓰였다. 하나는 아이들이 갖고 노는 인형이었는데 다 썩어서 머리와 축 늘어진 팔 한 짝만 남은 상태였고, 뒤쪽에 놓인 다른 하나는 입이 헤벌쭉 벌어진 표정의 가면이었다. 가면은 강철로 만든 물건 같았지만 상당 부분 살덩이처럼 부패한 상태였다. 벌어진 입술 사이로 튀어나온 이는 갯과 짐승의 송곳니였다. 눈은 유리였다. 수재나가 보기에는 분명 렌즈였고, 이 또한 의심할 것도 없이 노스 센트럴 양자공학의 작품이었다. 가면 주위에 점점이 떨어져 있는 초록색 천 쪼가리는 분명 한때 그 가면 위쪽을 덮는 후드였을 듯싶었다. 수재나는 인형의 잔해와 늑대의 잔해를 연관 짓는 데에 조금도 어려움을 겪지 않았다. 데타가 이따금 사람들에게(특히 도로변 휴게소 주차장의 발정한 백인들에게) 말했듯이, 수재나의 어머니는 딸을 바보로 키우지 않았다.

"여기가 바로 놈들이 아이들을 데려온 곳이군. 늑대들이 칼라 브린 스터지스 마을에서 납치한 쌍둥이들을 데려온 곳. 놈들이 그 아이들한테…… 뭐랄까, 수술을 한 곳이야."

"아이들을 칼라 브린 스터지스에서만 데려온 건 아니야." 미아가 심드렁한 목소리로 말했다. "하지만 네 말이 맞아. 그리고 이곳에 도착한 아이들은 저기로 끌려갔어. 저기도 네가 아는 곳일 거야, 틀림없이."

미아가 손가락을 뻗어 페딕에 하나뿐인 거리의 맞은편 저 멀리를 가리켰다. 마을 끄트머리에 난데없이 우뚝 솟은 성벽 바로 앞의 건물은 기다란 퀀셋 막사로, 측면은 물결 모양 함석판이고 둥그런 지붕은 녹이 슨 상태였다. 수재나의 눈에 보이는 측면의 창문들은 널빤지로 막혀 있었다. 그 측면을 따라 기다란 강철 가로대가 설치되어 있었다. 거기에는 일흔 마리쯤 돼 보이는 말들이 묶여 있었는데 하나같이 회색 말이었다. 일부는 땅에 쓰러져서 다리를 쭉 뻗은 채였다. 한두 마리는 두 사람의 목소리를 듣고 고개를 돌리더니 그 상태로 굳어 버린 것처럼 보였다. 전혀 말 같지 않은 행동이었지만, 물론 이들은 진짜 말이 아니었다. 로봇이거나, 사이보그이거나, 그도 아니면 롤랜드가 자기 식대로 부르는 어떤 것이었다. 말들은 대부분 정지했거나 고장 난 상태 같았다.

그 건물 앞에 녹슨 철판으로 된 표지판이 서 있었다. 거기에 적힌 말은 이러했다.

노스 센트럴 양자공학 주식회사

페딕 본부

아크 16 실험 기지

보안 등급 '최고'

출입 암호 음성 제시

홍채 인식 필요

"여기도 도건이었군. 안 그래?" 수재나가 물었다.

"뭐, 그렇기도 하고 안 그렇기도 해. 사실 여긴 모든 도건의 도건이야."

"늑대들이 아이들을 데려온 곳이기도 하고."

"맞아, 그리고 앞으로도 데려올 거야. 네 친구 총잡이가 일으킨 소란이 끝난 후에도 왕의 대업은 계속될 테니까. 보나 마나."

수재나는 진심으로 흥미로워하며 미아를 돌아보았다.

"어떻게 그렇게 잔인한 소리를 그렇게 평온하게 할 수가 있지? 놈들은 어린아이들을 이리로 끌고 와서 그 애들의 뇌를 헤집어 놨어, 무슨…… 무슨 열매의 속을 파내는 것처럼. 아이들이었어, 아무한테도 해를 끼친 적이 없는 어린애들! 놈들이 돌려보낸 아이들은 굼뜬 바보 거인이 돼서 고통 속에 한계까지 자라다가 똑같은 고통 속에서 죽어가곤 했어. 미아, 혹시라도 네 자식이 저 말의 안장에 걸쳐져 버둥거리면서 너한테 살려 달라고 소리쳤다면, 네가 지금 그렇게 느긋한 목소리로 말할 수 있을 것 같아?"

미아는 얼굴이 붉어졌지만, 수재나의 시선을 피하지는 않았다.

"우리는 저마다 *카*가 준비한 길을 따라가게 마련이야, 뉴욕의 수재나. 내 길은 배 속의 이 어린것을 낳고, 기르고, 그럼으로써 너희 *딘*의 여행을 끝내는 거야. 그리고 그의 목숨도."

"멋지군, 모두들 자신의 *카*가 뭘 의미하는지 안다고 생각하는 것 같으니 말이야. 당신이 보기에도 멋지지 않아?"

"내 생각에 넌 나한테 겁을 먹었기 때문에 나를 조롱하려고 해." 미아의 목소리는 담담했다. "그렇게 해서 기분이 좋아진다면, 좋아, 계속해 봐."

양팔을 벌리고 불룩한 배 위로 고개를 숙이는 미아의 몸짓은 조금은 비꼬는 듯했다.

그들은 여성용품 및 모자 전문점이라는 간판이 붙은 가게 앞의 널빤지 보도 위에 멈춰 섰다. 그 맞은편은 페딕 도건이었다. 수재나는 속으로 생각했다. 하루를 버텨야 해, 여기서 할 일의 절반이 그거라는 사실을 잊으면 안 돼. 시간을 끄는 거야. 우리가 공유하는 그 이상한 몸을 아까 그 여자 화장실에 최대한 오랫동안 붙잡아 둬야 해.

"널 놀리고 싶은 마음은 없어. 그저 네가 다른 어머니들의 처지에서 생각해 보길 바랄 뿐이야."

그 말에 미아는 성난 표정으로 고개를 저었다. 잉크처럼 까만 머리가 귀를 감싸고 흔들리며 어깨를 쓰다듬었다.

"그들의 운명을 결정지은 건 내가 아니야, 이 여자야. 내 운명을 결정지은 것도 그들이 아니고. 고맙지만 눈물은 아껴 둘게. 내 이야기를 듣고 싶은 거야, 안 듣고 싶은 거야?"

"들려줘, 부탁이야."

"그럼 앉아. 난 다리가 아파 죽겠으니까."

10

왔던 길을 되돌아가 지저분한 가게 몇 군데를 지나서 발견한 '진퍼피 주점'에는 아직 그들의 체중을 견딜 만큼 튼튼한 의자가 있었지만, 주점 자체에 감도는 텁텁한 죽음의 냄새는 두 사람 다 견디기 힘들었다. 둘은 의자를 들고 널빤지 보도로 나왔고, 미아는 안도하는 기색이 또렷한 한숨을 내쉬며 의자에 앉았다.

“이제 금방이야. 넌 이제 금방 아기를 낳을 거야, 뉴욕의 수재나. 그리고 나도.”

“어쩌면 그럴지도. 하지만 난 지금 상황이 하나도 이해가 가질 않아. 무엇보다 그 세이어라는 자가 크림슨 킹의 부하인 걸 뻔히 아는 네가 그자한테 가려 하는 이유를 모르겠어.”

“말조심해!” 미아는 두 다리를 벌리고 앉아 불룩한 배를 쑥 내민 채로, 인적 없는 거리를 바라보았다. “*카*가 남겨 준 하나뿐인 운명을 실현하도록 나에게 기회를 준 사람은, 왕의 부하였어. 세이어가 아니라 그보다 훨씬 더 대단한 사람이지. 세이어가 보고를 올리는 사람. 그 사람의 이름은 월터야.”

수재나는 롤랜드의 숙적의 이름을 듣고 움찔했다. 미아는 그런 수재나를 보며 섬뜩한 미소를 지었다.

“오호, 너도 그 이름을 아는군. 뭐, 그렇다면 이야기가 조금은 짧아질지도 모르겠네. 내 성미에 안 맞게 이미 너무 긴 이야기를 구구절절 늘어놨으니까 말이지. 난 이야기를 하려고 태어나지 않았어. 내가 태어난 목적은 어린것을 낳아 기르는 거고, 그게 다야. 그 이상도 이하도 아니야.”

그 말에 수재나는 아무 대꾸도 하지 않았다. 무언가 죽이는 것은 수재나에게 천직 같은 일이었고 당장은 시간을 죽이는 것이 임무였지만, 사실 수재나는 미아의 맹목적인 태도에 슬슬 질려 가던 참이었다. 두려운 것은 말할 것도 없었다.

그 생각을 눈치채기라도 한 듯, 미아가 입을 열었다.

“나는 나야, 그리고 난 내가 나인 게 마음에 들어. 남들이야 좋아하든 싫어하든 무슨 상관이야? 다 꺼지라고 해!”

기운이 뻗쳤을 때의 데타 워커처럼 말하는걸. 수재나는 속으로만 생각할 뿐, 소리 내어 대꾸하지 않았다. 입을 다물고 있는 편이 안전할 듯싶었다.

잠시 후에 미아가 다시 말을 이었다.

"그래도…… 이곳에 돌아왔는데 나한테 아무런 추억도 떠오르지 않는다고 하면 거짓말이겠지. 아무렴!"

뒤이어 놀랍게도, 미아가 깔깔 웃었다. 그 웃음소리가 음악처럼 아름다운 것 또한 놀랍기는 마찬가지였다.

"네 이야기를 듣고 싶어." 수재나가 입을 열었다. "이번엔 남김없이 다 들려줘. 진통이 다시 시작되려면 아직 멀었으니까."

"진심이야?"

"그래. 듣고 싶어."

한동안 미아는 흙먼지에 뒤덮인 채 오랫동안 슬픔 속에 방치되었던 거리를 가만히 바라볼 뿐이었다. 이야기가 시작되기를 기다리는 동안 수재나는 그늘 한 점 없이 환하고 고요한 페딕의 분위기를 처음으로 감지했다. 주위의 모든 것이 몹시도 선명하게 보였고, 성의 회랑 위로 보이던 하늘과 마찬가지로 이곳의 하늘에도 달이 떠 있지 않았건만, 그래도 수재나는 지금이 낮이라고 확신할 엄두가 나지 않았다.

이곳에는 시간이란 게 없어. 머릿속에서 웬 목소리가 소곤거렸다. 누구의 목소리인지는 알 길이 없었다. 여기는 중간에 낀 곳이야, 수재나. 그림자가 존재를 허락받지 못하고 시간도 숨을 죽이는 곳이지.

이윽고 미아가 자기 이야기를 시작했다. 수재나가 예상한 것보다는 짧았지만(하루만 버티라던 에디의 마지막 말을 생각하면 성에 안 차게 짧았지만), 그래도 그 덕분에 갖가지 궁금증이 해결되었다. 실은 기대했던 것보다는 더 긴 이야기였다. 듣는 동안 수재나는 점점 더 화가 치밀었는데, 당연히 그럴 만했다. 알고 보니 오래전 그날 뼈가 널려 있던 스톤 서클에서 수재나는 몸만 빼앗긴 것이 아니었다. 다른 것 또한 강탈당했다. 이는 어떤 여성도 당한 적이 없는 기괴한 방식의 강탈이었다.

그리고 그 일은 아직도 진행 중이었다.

11

“저길 좀 봐. 너한테 그럴 마음이 있다면.” 수재나 옆의 널빤지 보도 위에 앉은, 배가 불룩한 여인이 말했다. “미아가 자기 이름을 얻기 전에 어떤 모습이었는지 보라는 말이야.”

수재나는 거리를 찬찬히 살폈다. 처음에는 버려진 마차 바퀴와 갈라진(그리고 물이 마른 지 오래된) 말구유, 그리고 카우보이의 박차에서 떨어져 나온 톱니바퀴인 듯 반짝이는 물체밖에 보이지 않았다.

그러다가, 서서히, 희끄무레한 형체가 모습을 갖추기 시작했다. 벌거벗은 여성의 몸이었다. 똑바로 보기도 힘들 만큼 아름다웠다. 그 점은 형체가 또렷이 눈에 들어오기도 전에 이미 알 수 있었다. 나이는 가늠하기 힘들었다. 검은 머리칼이 어깨를 스치며 찰랑거렸다. 배는 날씬했고, 배꼽은 여성과 사랑을 나눈 적이 있는 남자라면 누구나 기꺼이 입을 맞추고 싶을 만큼 예쁘고 조그마한 홈이었다. 수재나(어쩌면 데타)는 생각했다. 젠장, 나까지 키스하고 싶은걸. 유령 같은 그 여성의 허벅지 사이에는 섬세한 틈이 감춰져 있었다. 또 다른 인력이 흘러나오는 곳이었다.

"저건 내가 이곳에 도착했을 때의 모습이야."

수재나 곁에 앉은 임신한 상태의 미아가 말했다. 말투가 꼭 휴가 때 찍은 슬라이드 사진을 설명해 주는 사람 같았다. 저건 그랜드 캐니언에서 찍은 내 사진이야, 저건 시애틀에서 찍은 거고, 저건 그랜드쿨리 댐에서 찍었어. 저건 페딕 마을의 큰길에서 찍은 건데, 잘 나왔는지 모르겠네. 임신한 미아는 거리에 서 있는 형상과 마찬가지로 아름다웠지만, 그 형상과 달리 으스스한 느낌은 없었다. 나이는 이십 대 후반으로 보였고 얼굴에도 살아온 나날의 흔적이 엿보였다. 대부분 고통스러운 경험일 듯싶었다.

"전에 내가 본령이었다고 얘기한 적 있지. 너희 딘과 몸을 섞은 그 본령. 실은 거짓말이었어. 너도 짐작은 했겠지만. 무슨 이득을 보려고 거짓말을 한 건 아니야, 단지…… 뭐랄까…… 내가 간절히 바랐기 때문이었을 거야. 한편으론 이 아기가 그런 식으로 내 몸에 깃들었으면 하는 마음도 있었고……."

"처음부터 네 아기였으면, 했던 거로군."

"그래, 처음부터…… 그랬어."

두 사람이 지켜보는 가운데, 그 벌거벗은 여자 형상이 거리를 거닐었다. 두 팔을 하늘거리며, 등의 기다란 근육들을 꿈틀거리며, 영겁의 시간 동안 운동하는 시계추처럼 엉덩이를 양옆으로 숨 막히게 흔들며. 그녀가 밟고 지나간 흙바닥에는 아무 자국도 남지 않았다.

"전에 너한테 얘기했지, 프림이 사라진 후에 보이지 않는 세계의 피조물은 자기들끼리만 남겨졌다고. 해변에 떠밀려 와서 낯선 공기

속에 숨이 막힌 물고기와 바다짐승이 그렇듯이, 그들 대부분은 숨을 거뒀어. 하지만 적응하는 것들은 언제나 있게 마련이고, 나도 그 불운한 것들 가운데 하나였어. 나는 아득히 먼 곳까지 떠돌다가 황무지에서 남자가 보일 때면 네가 보고 있는 저 모습으로 변신했어."

무대 위를 걷는 모델처럼(파리 패션계의 최신 작품을 깜빡 잊고 안 입은 모델처럼), 거리의 그 여인이 발끝을 딛고 빙그르르 돌아섰다. 아름다운 곡선을 그리며 팽팽해진 엉덩이 옆에 한순간 초승달 모양의 홈이 생겼다가 사라졌다. 여인이 왔던 길로 다시 걷기 시작했다. 한일자로 자른 앞머리 아래의 두 눈은 아득히 먼 지평선을 향해 고정되어 있었고, 머리칼은 장신구가 안 달린 양쪽 귀 옆으로 찰랑거렸다.

"물건이 달린 남자면 누구든 상대를 가리지 않고 했어. 그 점에선 처음에 너희 카텟의 어린애를 유혹했다가 결국 너희 *딘*과 몸을 섞었던 사악한 본령과 비슷했지. 그러니까 내가 전에 그런 거짓말을 했던 이유도 설명이 될 거야. 너희 *딘*이 꽤 탐나는 사냥감이기도 했고."

그 말을 하는 동안 미아의 목소리는 미세한 욕망 때문에 거칠어졌다. 수재나 속의 데타는 그 목소리가 섹시하다고 느꼈다. 수재나 속의 데타는 미아의 마음을 이해하고 이가 다 보이도록 섬뜩하게 히죽 웃었다.

"난 그자들의 몸을 덮쳤어, 그리고 빠져나가지 못하는 자는 죽을 때까지 정기를 빨아먹었지."

사실을 서술하듯 건조한 말투였다. 그랜드쿨리 댐을 다 보고 나서, 다음으로 요세미티 국립 공원에 갔어.

"너희 딘한테 내 안부 좀 전해 주겠어, 수재나? 네가 그 사람을 다시 만날 일이 있다면."

"그래, 원한다면."

"예전에 너희 딘이 아는 사람 중에 에이모스 디페이프라는 자가 있었어. 악당이었지. 메지스에서 엘드레드 조너스와 한 패였던 로이 디페이프의 형제였고. 너희 딘은 에이모스 디페이프가 뱀에 물려 죽은 줄 알아. 어떻게 보면 맞는 말이지만…… 사실 그 뱀은 나였어."

수재나는 아무 대꾸도 하지 않았다.

"내가 남자들을 덮친 건 섹스가 하고 싶어서도, 죽이고 싶어서도 아니었어. 뭐, 죽어 버린 놈들의 물건이 녹은 고드름처럼 쪼그라들어 빠져나갈 땐 아쉽기도 했지만. 사실 나는 이곳, 페딕에 오고 나서야 비로소 내가 왜 남자들을 덮쳤는지를 깨달았어. 오래전에는 이곳에도 사람이 살았어. 적사병이 이곳을 덮치기 전에는. 그때에도 마을 너머에는 땅이 갈라진 틈이 있었지만, 그 틈 위로 세워진 다리는 아직 튼튼했지. 그 시절 사람들은 고집이 세서 떠나려 하지 않았어, 디스코디아 성에 유령이 나온다는 소문이 돌기 시작했는데도 말이야. 그 시절엔 아직 열차도 다녔어, 운행 시간표를 잘 지키지는 못했지만……."

"아이들이 탄 열차였어? 쌍둥이들?" 수재나는 잠시 입을 다물었다가 다시 물었다. "늑대들도?"

"아니, 그건 다 2000년은 지난 후의 일이야. 어쩌면 더 나중일지도. 그런데 잘 들어 봐, 이곳 페딕에는 아기가 있는 부부 한 쌍이 살았어. 넌 상상도 못 할 거야, 뉴욕의 수재나. 인간들 대부분이 본령들과 마찬가지로 생식 능력이 없던 시절에, 게다가 생식 능력이 있는 자들은 툭하면 느림보 돌연변이나, 너무 끔찍해서 첫 숨도 제대로 쉬기 전에 부모 손에 목숨을 잃는 괴물을 낳던 그 시절에, 아기가 있다는 게 얼마나 드물고 멋진 일이었을지 말이야. 다른 사람들은 거의 그러지 못했는데. 그런데 그 아기는!"

미아가 두 손을 마주 잡았다. 눈을 반짝이면서.

"그 아기는 통통했고, 분홍색이었고, 점 같은 잡티 하나도 없이 완벽했어. 나는 그 아이를 보자마자 내가 태어난 이유를 깨달았어. 나는 섹스를 하려고 남자를 덮친 게 아니었어. 섹스를 할 때에만 인간과 비슷하기 때문도 아니었고, 상대하는 남자들 태반에게 죽음을 안겨 주기 때문도 아니었어. 그 부부의 아이 같은 아기를 갖기 위해서였어. 그들의 아기, 마이클 같은."

미아는 고개를 살짝 숙이고 말을 이어 갔다.

"난 그 아기를 빼앗으려고 했어. 아버지한테 접근해서 머리가 돌 때까지 해 준 다음, 귀에 대고 아내를 죽이라고 속삭이려고 했어. 그래서 아기 엄마가 숨을 거두면 아버지가 죽을 때까지 한 다음에 아기를, 그 조그맣고 아름다운 분홍빛 아기를, 내 걸로 삼으려고 했어. 무슨 말인지 알아?"

"그래."

수재나는 속이 살짝 거북해졌다. 그들 앞쪽의 거리 한복판에서 그 유령 같은 여자가 또 다시 돌아서서 왔던 길을 되돌아가는 중이었다. 그보다 더 먼 곳에서는 바람잡이 로봇이 영원히 끝나지 않을 장광설을 목청껏 떠드는 중이었다. 아가씨 있습니다, 아가씨 있어요! 인간 아가씨 사이보그 아가씨, 무슨 상관입니까 아무도 구분 못 합니다!

"그랬는데 알고 보니 나는 그 부부에게 가까이 갈 수가 없었어.

그들 주위로 무슨 마법진이라도 쳐진 것처럼. 아마 그 아기 때문이었을 거야.

그러다가 역병이 돌았어. 적사병 말이야. 어떤 사람들은 성에 있는 무슨 물건이 열렸을 거라고 했어. 마물이 들어 있어서 영원히 닫혀 있어야 하는 항아리 같은 게. 또 어떤 이들은 땅의 틈새에서 역병이 새 나왔다고 했지. 그들이 '악마의 뒷구멍'이라고 부르는 그 틈새에서. 어느 쪽이든 페딕의 운명은 그걸로 끝이었어. 디스코디아의 끝자락이 종말을 맞은 거지. 많은 이들이 걸어서, 또는 마차를 타고 떠났어. 아기 마이클과 그 부모는 열차가 올 거라는 희망을 품고 이곳에 남았고. 나는 그들이 병에 걸리기를, 아기의 귀여운 볼과 통통한 팔에 붉은 점들이 나타나기를 기다리며 하루하루를 보냈지만, 그런 일은 결코 일어나지 않았어. 셋 중 아무도 병에 안 걸렸던 거야. 어쩌면 그들은 정말로 마법진 속에 있었는지도 몰라. 아마 틀림없이 그랬을 거야. 그러다가 어느 날 열차가 도착했어. 퍼트리샤라는 열차가. 모노레일 말이야. 그게 뭔지는 너도……"

"그래, 알아."

블레인의 동료인 모노레일 열차 퍼트리샤라면 수재나도 알 만큼 알았다. 먼 옛날 퍼트리샤의 철로는 러드뿐 아니라 이곳 페딕까지도 이어졌던 모양이었다.

"아는군. 그 집 식구들은 열차에 올랐어. 나는 역 플랫폼에서 그들을 지켜보며 보이지 않는 눈물을 흘리고 들리지 않는 울음을 토했지. 부부는 자기들의 귀여운 아기를 데리고 열차에 올랐는데…… 그때 마이클은 세 살 아니면 네 살쯤 돼서, 걷기도 하고 말도 했어. 그렇게 그들은 가버렸어. 나도 따라가려고 했는데, 그런데 수재나,

나는 갈 수가 없었어. 난 여기 갇힌 몸이었던 거야. 내가 살아 있는 목적을 깨닫는 바람에 그렇게 돼 버렸지.”

수재나는 그 말이 무슨 뜻인지 이해가 가지 않았지만, 그 생각을 입 밖에 내지는 않기로 했다.

“1년이 가고 10년이 지나고 수백 년이 흘렀어. 그 무렵 페딕에 남은 거라곤 로봇 아니면 적사병에 걸려 죽었는데 매장되지 못한 시체뿐이었지. 먼저 해골로, 나중에는 먼지로 변할 시체.

그러다 사람들이 다시 도착했지만, 난 그들에게 다가갈 엄두가 안 났어. 왜냐면 그분의 부하들이었으니까.”

“크림슨 킹의 부하 말이지.”

“그래, 이마에 영원토록 피가 흐르는 구멍이 뚫린 자들. 그자들은 저기로 갔어.” 미아가 손가락으로 가리킨 곳은 페딕 도건, 즉 아크 16 실험 기지였다. “그리고 얼마 안 돼서 그 저주받은 기계들을 다시 돌리기 시작했어, 그 기계들이 아직 세상을 지탱할 수 있다고 믿기라도 하는 것처럼. 너도 알겠지만 그렇지 않아, 그자들이 원한 건 세상을 지탱하는 게 아니었어! 아니야, 절대로, 절대로 아니었어! 그자들은 기지에 침대를 들여놓고……”

“침대를!”

수재나는 소스라치게 놀랐다. 그들 앞의 거리에서는 유령 같은 여인이 다시 한번 발끝을 오뚝 딛고 우아하게 빙그르르 돌아섰다.

“그래, 아이들을 위해서 갖다 놓은 거였어, 비록 늑대들이 아이들을 납치해 이리로 데려오기 시작한 건 그로부터 한참 후의 일이지만. 네가 너희 *딘*의 이야기에 등장한 것도 마찬가지로 한참 후의 일이고. 하지만 결국에는 그때가 가까워졌고, 바로 그때 월터가 내 앞에 나타났어."

"길에 있는 저 여자 좀 사라지게 할 수 없어?" 수재나가 불쑥(그리고 상당히 퉁명스럽게) 그렇게 물었다. "저 여자가 너의 다른 모습이라는 건 나도 알아, 하지만 난 저 여자 때문에…… 뭐랄까…… 불안해. 네 힘으로 사라지게 할 수 있어?"

"그래, 네가 원한다면."

미아가 입술을 오므리고 휘파람을 불었다. 으스스할 정도로 아름다운 그 여인, 그 이름 없는 정령은, 연기처럼 사라졌다.

미아는 몇 초 동안 침묵을 지키며 다시금 실낱같은 자신의 사연을 한 올 한 올 모았다. 그러다가 이내 입을 열었다.

"월터는…… 나를 봤어. 다른 남자들하고는 다른 방식으로. 남자들은 나한테 홀려서 죽을 때까지 몸을 섞은 자들조차도 내게서 자기들이 보고 싶은 것만 봤지. 또는, 내가 그들에게 보여 주고 싶었던 것만." 미아는 불쾌한 추억을 떠올리며 빙그레 웃었다. "어떤 놈들한테는 자기 어머니와 정사를 하는 환상 속에서 죽어가도록 해 줬어! 그놈들의 얼굴을 네가 봤어야 하는데!"

그 미소는 이내 사라졌다.

"하지만 월터는 나를 봤어."

"어떻게 생긴 남자였어?"

"그건 설명하기 힘들어, 수재나. 후드를 쓰고 있었는데, 그 밑으로 씩 웃는 입이 보였어. 정말이지 툭하면 웃는 남자였지. 그는 나와 대화를 나눴어. 저기서."

미아가 살짝 떨리는 손가락으로 페딕 굿타임 주점을 가리켰다.

"그 사람 이마에 무슨 표식 없었어?"

"없었어, 확실해. 왜냐면 월터는 캘러핸 신부가 말한 '하인'이라는 부류가 아니니까. 하인들의 임무는 '브레이커'야. 기껏해야 브레이커에 지나지 않아."

이제 수재나는 슬슬 화가 치밀었지만, 이를 내색하지 않으려 애썼다. 화가 난 까닭은 미아가 자신의 기억 전체에 발을 들여놓은 것을 알았기 때문이었다. 이는 곧 그들 카텟의 내밀한 교류와 비밀을 미아가 고스란히 읽었다는 뜻이었다. 알고 보니 자기 집에 도둑이 살면서 주인의 속옷을 입어보고 돈을 훔치고, 가장 사적인 기록들을 훔쳐보고 있었던 것과 비슷한 느낌이었다.

끔찍했다.

"내 생각에 월터는, 크림슨 킹이라는 왕을 섬기는 총리 같은 존재야. 가끔 변장을 하고 여행에 나서는데 다른 세계에서는 다른 이름으로 알려져 있지만 언제나 빙그레 웃는 얼굴이고, 가끔은 껄껄 웃기도 하는……"

"나도 그를 잠깐 만난 적이 있어." 수재나가 말했다. "그때는 플랙이라는 이름을 썼어. 다시 만날 수 있으면 좋을 텐데."

"그의 본모습을 알면 그런 생각은 절대 못 할걸."

"네가 말한 그 브레이커라는 자들…… 그들은 어디에 있지?"

"어디긴, 선더클랩이지…… 거기 몰라? 어둠의 땅 말이야. 그런데 그건 왜 묻지?"

"그냥 궁금해서."

수재나는 그렇게만 대답했다. 그러자 이내 에디의 목소리가 들리는 듯했다. 미아가 대답을 할 만한 건 뭐든 다 물어보면서 시간을 끌어요. 하루만 버티면 돼요. 우리가 따라잡을 수 있게. 수재나는 지금처럼 서로 갈라져 있는 동안에는 미아가 이쪽의 생각을 읽지 못하기를 바랐다. 만약 생각을 읽혔다가는 그들 카텟이 다 함께 곤경에 처할 것이므로.

“다시 월터 얘기로 돌아가 보자. 그 사람 얘기 좀 더 해 줄래?”

미아는 우울한 표정으로 알았다는 뜻을 표했고, 수재나는 그 표정을 믿지 않았다. 미아가 자신의 이야기를 들려줄 상대를 얻은 것이 과연 얼마 만일까? 수재나가 보기에는 필시 한 번도 없었다. 그리고 수재나가 던지는 질문들, 조금씩 밝혀지는 의심들은…… 그중 일부는 분명 미아도 머릿속에 떠올린 적이 있는 것들이었다. 불경한 생각인 만큼 금세 사라졌을 테지만, 그럼에도, 미아는 어리석지 않았다. 집착 때문에 어리석어지지 않았다면 말이지만. 수재나가 보기에는 그렇게 믿는 것이 최선이었다.

“수재나? 왜 꿀 먹은 벙어리처럼 말이 없어?”

“그냥, 네가 월터를 만나서 얼마나 안심했을지 생각하느라.”

미아는 그 말을 곰곰이 생각하다가 빙그레 웃었다. 그 미소 덕분에 미아는 변했다. 순진하고 꾸밈없고 수줍어 보였다. 수재나는 그 표정에 속아서는 안 된다고 스스로를 다잡았다.

“맞아! 바로 그거야! 당연히 안심했고말고!”

“네가 자신이 존재하는 목적과 그 목적 때문에 이곳에 갇힌 걸 깨닫고 나서…… 늑대들이 아이들을 잡아다가 수술하려고 준비하는 걸 목격하고 나서…… 그 모든 게 끝나고 나서, 월터가 도착했겠지. 실은 악마 같은 자였지만, 적어도 그는 너를 봐 줬어. 적어도 너의 슬픈 사연을 들어 준 거야. 그리고 너한테 제안을 했고.”

“그는 크림슨 킹께서 나한테 아기를 주실 거라고 했어.” 미아는 그렇게 말하며 불룩한 배 위에 두 손을 살포시 얹었다. "나의 모드레드가 세상의 빛을 볼 날이 마침내 온 거야."

12

미아가 다시금 아크 16 실험 기지를 가리켰다. 앞서 도건 중의 도건이라고 지칭한 곳이었다. 미아의 입술에는 아직 미소의 흔적이 남아 있었지만, 이제 행복이나 진정한 기쁨 같은 감정은 조금도 보이지 않았다. 두 눈에 반짝이는 빛은 두려움과, 어쩌면 경외심이었다.

"그들은 저기서 나를 바꿔 놨어. 날 인간으로 만든 거야. 전에는 저런 곳이 많았어. 틀림없이 많았을 테지만, 장담컨대 지금 남아 있는 건 내륙계와 중간계와 최종계를 통틀어 저기뿐일 거야. 저긴 멋지고도 무시무시한 곳이야. 그리고 내가 붙잡힌 곳이기도 하고."

"무슨 말인지 모르겠어."

수재나는 그렇게 말하고는 자신의 도건을 떠올렸다. 물론 제이크의 도건을 토대로 상상한 곳이었다. 깜빡거리는 전구와 텔레비전 화면이 즐비해서 분명 이상하기는 했지만, 그래도 무시무시하지는 않았다.

"저곳 아래에는 성의 지하로 뻗은 통로들이 있어. 그중 한 통로의 끝에 있는 문은 칼라 마을 쪽의 선더클랩 땅으로 열리는데, 거긴 암흑 끝자락의 바로 밑이야. 늑대들이 습격에 나설 때 이용하는 문이 바로 거기야."

미아의 말에 수재나는 고개를 끄덕였다. 이로써 많은 궁금증이 풀렸다.

"아이들을 마을에 다시 돌려줄 때에도 같은 통로로 갔어?"

"아니, 그게 아니야. 수많은 문이 그렇듯이, 늑대들이 페딕에서 출발해서 칼라 마을 쪽 선더클랩으로 나가는 문도 오로지 한쪽으로만 열려. 일단 건너편으로 나가고 나면 그 문은 더 이상 존재하지 않아."

"마법의 문이 아니라서 그렇구나, 맞지?"

미아는 빙그레 웃으며 고개를 끄덕이고 손으로 자기 무릎을 두드렸다.

수재나는 그런 미아를 보며 점점 흥미가 돋았다.

"그것도 또 하나의 쌍둥이구나."

"그런가?"

"그래. 다만 이 경우에는 과학과 마법이 한 쌍이야. 합리와 비합리. 정상과 비정상. 뭐라고 표현하든, 만약 실제로 존재한다면 그건 이중으로 저주받은 한 쌍이야."

"그래? 네가 보기엔 그런 것 같아?"

"그럼! 마법의 문은 양쪽 방향으로 통해. 에디가 찾은 문, 그러니까 네가 나를 뉴욕으로 데려갈 때 통과한 그 문처럼. 그런데 프림이 사라지고 마법이 약해졌을 때 마법의 문을 대신하려고 노스 센트럴 양자공학이 만든 문은…… 그런 문은 오로지 한쪽으로만 통하는 거야. 내가 제대로 이해한 거 맞아?"

"그래, 맞는 것 같아."

"어쩌면 세계가 변질하기 전에 텔레포테이션의 양방향 작동법을 발견하기에는 시간이 모자랐는지도 모르지. 그렇다면 늑대들은 문을 통해 칼라 쪽 선더클랩으로 나갔다가, 열차를 타고 이곳 페딕으로 돌아왔을 거야. 맞아?"

그 질문에 미아가 고개를 끄덕였다.

수재나는 이제 지금 하는 일이 단순히 시간을 죽이는 것 이상이라는 생각이 들었다. 방금 들은 정보는 요긴하게 써먹을 날이 올지도 몰랐다.

"크림슨 킹의 부하들, 그러니까 신부님이 말한 그 하인들 말이야. 그자들은 아이들의 뇌를 헤집어 놓은 후에 뭘 했어? 내 생각엔 다시 문으로 돌아갔을 것 같아. 성 아래의 통로를 지나서 나오는 문. 거길 통해 늑대들이 출발하는 곳으로 돌아갔겠지. 그리고 그곳에서 열차가 아이들을 태우고 집으로 데려다줬을 거야."

"맞아."

"왜 굳이 아이들을 다시 돌려보낸 거야?"

"그건 나도 몰라, 이 아가씨야." 뒤이어 미아의 목소리가 나직해졌다. "디스코디아 성 밑에는 또 다른 문이 있어. 폐허의 방 안에 다른 문이 있는 거야. 그 문은……."

미아는 입술을 핥고 나서 말을 이었다.

"그 문은 토대시로 이어져."

"토대시……? 그건 나도 들어 본 이름이야, 그런데 왜 그렇게 불길한 것처럼……"

"세계는 무한히 많이 존재해. 그건 너희 *딘*의 말이 옳아. 하지만 수많은 뉴욕 가운데 일부가 그렇듯이, 세계들이 서로 가까이 있을 때조차도 그들 사이에는 무한한 공간이 있어. 집의 내벽과 외벽 사이의 공간을 상상해 봐. 언제나 캄캄한 그 공간 말이야. 하지만 어떤 공간이 언제나 캄캄하다고 해서 그곳이 비어 있다고 할 수는 없지. 안 그래, 수재나?”

토대시의 암흑 속에는 괴물들이 산다.

그 말을 누가 했던가? 롤랜드? 정확히는 기억나지 않았고, 딱히 중요한 문제도 아니었다. 수재나는 미아가 하는 말을 이해할 수 있었다. 그리고 그 말이 사실이라면 실로 끔찍했다.

“벽 속의 쥐 떼를 말하는 거야, 수재나. 벽 속의 박쥐 떼. 벽 속에 살면서 사람을 물고 피를 빠는 온갖 벌레들.”

“그만해, 뭔지 알겠으니까.”

“성 아래의 그 문은…… 그건 틀림없이 실수로 만들어진 거야…… 그 문은 어디로도 통하지 않아. 세계들 사이의 암흑을 향해 열릴 뿐이야. 토대시 공간으로. 하지만 빈 공간은 아니야.” 미아의 목소리가 더욱 작아졌다. “그 문은 붉은 왕의 숙적들을 위해 마련된 거야. 암흑 속으로 던져진 그 적들은 오랜 세월 동안 눈이 멀고 정신이 나간 채 떠돌 테지만, 죽지는 않아. 하지만 결국에는 무언가 나타나서 그들을 찾아내고 집어삼켜 버려. 우리 같은 존재는 머릿속에 차마 떠올리지도 못하는 괴물들이지.”

수재나는 자신도 모르는 새에 상상하려 애쓰는 중이었다. 그런 문과 그 문 너머에서 기다리는 어떤 것을. 상상하고 싶지 않았지만 어쩔 도리가 없었다. 입안이 바싹 말라갔다.

여전히 나직하면서도 왠지 비밀 이야기를 하듯 섬뜩한 목소리로, 미아가 말했다.

“옛사람들이 마법과 과학을 결합시키려 한 장소는 많이 있었지만, 이제 남은 곳은 저기뿐일 거야.” 미아가 고갯짓으로 도건을 가리켰다. "월터는 나를 저곳으로 데려갔어. 나를 필멸의 존재로 만들고 내게서 프림의 힘을 영원히 빼앗아가려고.

나를 너처럼 만들려고."

13

미아는 모든 것을 다 알지는 못했지만, 수재나가 파악한 내용만 놓고 보면 월터/플랙은 나중에 미아라는 이름을 얻게 된 본령에게 『파우스트』의 악마나 할 법한 궁극의 거래를 제안했다. 만약 미아가 거의 영생에 가깝지만 육체가 없는 상태를 기꺼이 버리고 필멸의 존재인 인간 여자가 된다면, 임신해서 아이를 낳을 수 있도록 해 주겠다는 것이었다. 월터는 미아에게 모든 것을 포기하고 받는 대가가 실제로는 얼마나 미미한지를 솔직히 밝혔다. 아기는 여느 아기들처럼, 예컨대 미아가 실체는 없지만 경건한 시선으로 지켜보았던 아기 마이클처럼 평범하게 자라지는 못할 처지였고 그나마도 7년이 지나면 미아의 품을 떠나야 했지만, 그 7년은 얼마나 행복한 시간이겠는가!

그 말을 끝으로, 월터는 교활하게 침묵을 지키며 미아로 하여금 머릿속에 자신만의 그림을 그리도록 했다. 미아 자신이 아기에게 젖을 먹이고 무릎 뒤와 귀 뒤의 보드랍게 접히는 부분까지 세심하게 씻기는 모습. 아직 밋밋한 어깨뼈 사이의 점에 입을 맞추는 모습. 함께 걷는 모습, 아장아장 걷는 아기의 두 손을 자신의 두 손으로 잡고서. 아기에게 동화책을 읽어 주며 하늘의 노인성과 노모성을 가리키는 모습, 또 러스티 샘이 과부의 가장 맛있는 빵을 물고 날아가 버린 이야기를 아기에게 들려주는 모습. 그리고 아기가 처음 말문이 터졌을 때, 당연히 엄마라는 말을 들려주었을 때, 끌어안고 고마움의 눈물로 아기의 두 볼을 적시는 미아 자신의 모습도.

황홀감에 들뜬 미아의 설명을 듣는 동안 수재나는 연민과 냉소가 섞인 기분을 느꼈다. 분명 월터는 그 상상을 미아의 머릿속에 멋들어지게 심어 놓았고, 다른 일이 다 그렇듯이 사기를 칠 때에도 최고의 방법은 언제나 표적이 스스로를 팔아넘기도록 하는 것이었다. 월터는 심지어 적당한 소유 기간을 제안할 정도로 사악했다. 7년이라는 시간을. 점선 위에 서명만 하시면 됩니다, 부인, 그리고 어디서 유황 냄새가 나도 신경 쓰지 마십시오. 제 옷에 밴 냄새인데 도무지 지울 방법이 없네요.

수재나는 그 거래의 내용을 이해하면서도 이를 받아들이기가 힘들었다. 눈앞의 괴물이 영생을 포기하고 얻은 것은 입덧과 부어서 욱신거리는 가슴, 그리고 임신 마지막 6주 동안에는 대략 15분에 한 번씩 소변을 봐야 하는 고역이었다. 그런데 잠깐, 이게 다가 아니었다! 2년 반 동안 똥오줌으로 축축해진 아기 기저귀를 갈아야 하지 않던가! 첫 번째 이가 잇몸을 뚫고 나오는 통증 때문에 아이가 밤중에 울 때마다 잠에서 깨야 하는 고통도 있었다(기운 내시길, 어머니, 이제 겨우 서른한 개 남았으니.). 아기가 젖을 먹고 처음 토했을 때의 마법 같은 느낌! 묵직한 기저귀를 갈아 주는 동안 콧등 위로 분수처럼 솟아오르는 첫 번째 오줌 줄기의 가슴 훈훈한 느낌!

그랬다, 거기에는 마법이 있었다. 직접 아기를 낳은 경험은 없었지만, 수재나는 만약 아기가 사랑의 결합으로 태어난 결과물이라면 더러운 기저귀와 배앓이의 고통 속에도 마법이 존재한다는 것을 알았다. 그런데 아기를 낳아서 기르다가 한창 귀여울 때에, 즉 세상 사람들이 보기에 사리 판단을 하고 책임감과 의무감을 알아 가는 나이에 가까워질 때에 그 아기를 빼앗겨야 한다면? 그리하여 아기가 크림슨 킹의 핏빛 지평선 너머로 날아가 버린다면? 끔찍한 생각이었다. 그런데 미아는 곧 어머니가 된다는 생각에 너무나 들뜬 나머지, 원래 약속했던 그 짧은 기간마저 깎여 나갈 판인 것을 눈치채지 못했을까? 월터/플랙은 적사병이 휩쓸고 간 후 초토화된 페딕에서 미아에게 접근했고, 아들과 7년을 함께 보낼 수 있을 거라고 보장했다. 그러나 플라자 파크 호텔에서 전화선 너머의 리처드 세이어가 말한 시간은 고작 5년이었다.

어쨌거나 미아는 검은 옷의 남자가 내건 조건에 동의했다. 그런데 따지고 보면, 미아에게서 동의를 이끌어내는 데에 과연 얼마만큼의 노력이 필요했을까? 미아는 어머니가 되려고 태어났다. 그 사명을 띠고 프림 속에서 태어났고, 완벽한 인간 아기인 마이클을 처음으로 보았을 때부터 줄곧 자신의 숙명을 알고 있었다. 그런 미아가 과연 거절할 수 있었을까? 설령 약속한 시간이 3년이었다고 해도, 고작 1년이었다고 해도, 과연 거절했을까? 차라리 평생 약에 찌든 약쟁이가 눈앞에 준비된 주사기를 거절할 거라고 기대하는 편이 나았다.

미아는 아크 16 실험 기지로 인도되었다. 히죽히죽 웃으면서도 냉소적인(말할 것도 없이 섬뜩한) 월터는 미아에게 기지를 안내해 주면서 가끔 스스로를 '최종계의 월터'로, 또 가끔은 '모든 세계의 월터'로 지칭했다. 미아가 목격한 널따란 방에는 침대가 가득 놓인 채 그 위에 누울 아이들이 도착하기를 기다렸다. 각각의 침대는 머리맡에 스테인리스스틸 후드가 붙어 있었고 후드에는 여러 마디로 이루어진 강철 호스가 연결되어 있었다. 그 장치의 용도가 무엇인지는 상상하고 싶지도 않았다. 미아는 나락 위의 성 지하에 있는 통로 몇 곳도 구경했고, 죽음의 냄새가 숨이 막힐 듯이 진동하는 곳도 몇 군데 돌아보았다. 그곳에는 붉은 어둠이 있었고 미아는……

"그때 넌 인간의 몸이었어?" 수재나가 물었다. "꼭 인간이었던 것처럼 들리는데."

"그때 난 인간이 되어 가는 중이었어. 월터 말로는 전이라는 과정이었지."

"알았어. 계속 이야기해."

그러나 이 대목에서 미아의 기억은 캄캄한 맴돌이에 빠져 길을 잃고 말았다. 토대시 상태는 아니었지만 꽤나 불쾌한 기분이었다. 그것은 일종의 기억 상실이었고, 붉은색이었다. 수재나가 더는 믿지 못하게 된 색이었다. 이 임신부는 어떤 통로를 통해 영(靈)의 세계에서 육(肉)의 세계로 옮겨 오는 과정을, 다시 말해 미아가 되는 여정을 끝마친 걸까? 이는 미아 본인조차도 모르는 모양이었다. 다만 그 중간에 암흑의 시간이, 아마도 혼수상태일 시간이 있었고, 이 시간을 거친 후에 미아는 깨어나서……

"……이런 모습이 되어 있었어. 물론 임신은 아직 안 한 채로."

월터에 따르면 미아는 인간 여성이면서도 실제로 아기를 잉태하지는 못하는 몸이었다. 배 속에 아기를 품고 기를 수는 있었다. 그러나 잉태하지는 못했다. 그래서 사악한 본령 하나가 크림슨 킹을 위해 큰 공을 세우기로 했다. 여성의 형상으로 롤랜드의 씨를 받아 다시 남성의 형상으로 그 씨를 수재나에게 전했던 것이다. 그렇게 한 이유는 또 있었다. 월터는 그 이유를 밝히지 않았지만, 미아는 알고 있었다.

"예언 때문이야."

미아가 페딕의 황량하고 환한 거리를 바라보며 말했다. 길 건너 편에는 칼라 마을의 앤디와 비슷하게 생긴 로봇이 간판에 저렴하고 맛난 식사라고 적힌 '페딕 카페' 앞쪽에 우두커니 서서 녹슬어 가는 중이었다.

"예언이라니?" 수재나가 물었다.

"엘드의 혈통을 끝내는 자는 자기 누이나 딸과 정을 통하여 아이를 낳을 것이고 그 아이는 징표를 타고 날 것인데, 발뒤꿈치가 붉은 색이라 누가 봐도 알 수 있으리라. 그 아이가 바로 마지막 전사의 숨을 멈추게 할 자이니라."

"이것 봐, 난 롤랜드의 누이도, 딸도 아니야! 너 아무래도 피부색이라는 사소하지만 기본적인 차이를 아직 못 알아차린 모양인데, 그 사람은 백인이고 난 흑인이라고."

말은 그렇게 했지만, 수재나는 그 예언의 의미를 정확히 알 것 같았다. 가족이란 여러 가지 방식으로 만들어지게 마련이었다. 핏줄은 그중 한 가지 방식에 지나지 않았다.

"딘이 뭘 뜻하는지 롤랜드가 너한테 안 가르쳐 줬어?"

"당연히 가르쳐 줬지. 그건 우두머리라는 뜻이야. 애송이 총잡이 셋이 아니라 한 나라를 책임지는 경우에는 왕을 의미하고."

"맞아, 우두머리이자 왕. 그럼 수재나, 넌 우두머리나 왕 같은 말이 다른 말의 빈약한 대체어가 아니라고 부정할 수 있어?"

수재나는 아무런 대답도 하지 않았다.

미아는 수재나의 대답을 듣기라도 한 듯 고개를 끄덕거리더니, 이내 또다시 찾아온 진통에 표정을 찡그렸다. 진통이 가라앉자 미아가 다시 입을 열었다.

"그 정자는 롤랜드 거였어. 내 생각에 사악한 본령은 스스로 몸을 바꾸어 여자에서 남자로 변하는 동안 옛사람들의 과학을 이용해 그 정자를 보관했던 것 같지만, 그건 중요하지 않아. 중요한 건 그 정자가 살아서 나머지 부분을 찾았다는 거야, *카*가 예정한 대로."

"내 난자 말이군."

"네 난자 말이지."

"내가 스톤 서클에서 당했을 때."

"바로 그거야."

수재나는 골똘히 생각했다. 그러다 마침내 고개를 들었다.

"그건 내가 전에 했던 얘기랑 똑같은 것 같은데. 넌 그때도 그 얘기를 안 좋아했고, 아마 지금도 안 좋아할 테지만…… 그래도 다시 말하자면, 넌 기껏해야 그 아기의 유모에 지나지 않아."

이번에는 벌컥 화를 내는 기색이 없었다. 미아는 그저 빙긋이 웃을 뿐이었다.

"입덧을 하면서도 계속 월경을 했던 사람이 누구지? 너야. 지금 배가 불룩해진 사람은? 나지. 그러니까 유모 같은 게 있다면 그건 바로 너야, 뉴욕의 수재나."

"어떻게 그럴 수가 있지? 넌 알아?"

미아는 알았다.

14

월터는 미아에게 말했다. 그 아기는 미아에게 전송될 거라고. 팩스가 한 줄 한 줄 전송되는 것과 마찬가지로, 세포 하나하나가 미아에게 보내질 거라고.

수재나는 팩스가 뭔지 모른다는 말을 하려고 입을 열었다가 그대로 다물었다. 미아가 하는 말의 요지는 이해가 갔고, 그 정도면 두려움과 분노의 끔찍한 화합물이 마음속 가득 차오르기에 충분했다. 수재나는 일찍이 임신한 상태였다. 실재적 의미에서 보면 지금 이 순간에도 임신한 상태였다. 그런데 그 아기는

(팩스를 보내듯이)

미아에게 보내지는 중이었다. 이 과정은 원래 빠르게 시작해서 느려졌을까, 아니면 느리게 시작해서 빨라졌을까? 수재나 생각에는 후자 같았다. 왜냐면 시간이 흐를수록 아기를 가진 느낌이 강해지지 않고 약해졌으므로. 볼록하게 불렀던 배는 다시금 거의 평평해진 상태였다. 그리고 이제는 어떻게 자신과 미아가 동시에 아기에게 똑같은 애착을 느낄 수 있는지 이해가 갔다. 실제로 아기가 둘 모두에게 속해 있었기 때문이었다. 아기는 한쪽에서 다른 쪽으로 전해졌던 것이다, 마치…… 피를 수혈하는 것처럼.

다만 사람들이 내 피를 뽑아서 누구한테 주려고 할 땐 나한테 허락을 받는다는 점이 다르지. 물론 그 사람들은 캘러핸 신부님이 말한 흡혈귀가 아니라 의사여야 하고. 미아, 넌 그 흡혈귀 쪽에 훨씬 더 가까운 존재야, 안 그래?

"과학이야, 아니면 마법이야?" 수재나가 물었다. "네가 내 아기를

훔치게 도와준 힘은 어느 쪽이지?"

그 말에 미아는 얼굴이 살짝 붉어졌지만, 수재나 쪽으로 고개를 돌렸을 때에는 그녀의 눈을 똑바로 마주보았다.

"나도 몰라. 아마 그 둘을 합친 힘이었을 거야. 그리고 너, 그렇게 잘난 척하지 마! 아기는 내 안에 있어, 네가 아니라. 그 애는 내 골수와 내 피를 빨아먹는 중이야, 네가 아니라."

"그래서 뭐? 그런다고 뭐가 달라질 것 같아? 넌 내 아기를 훔쳤어, 비열한 마법사에게 도움을 받아서."

미아가 거세게 고개를 가로저었다. 머리카락이 얼굴을 감싸고 회오리처럼 흔들렸다.

"아니라고? 그럼 늪의 개구리와 축사의 새끼 돼지, 그것 말고도 온갖 것들을 잡아먹은 장본인이 어떻게 네가 아니라 나일 수가 있지? 네가 먹는 척하면서 돌아다닌 성의 그 많은 연회장은 또 왜 필요했던 건데? 간단히 말하자면, 네 어린것의 영양분이 왜 내 목구멍을 지나서 들어가야 하는 거야?"

"왜냐면…… 왜냐면……." 수재나가 바라본 미아의 눈에는 눈물이 그렁그렁했다. "왜냐면 이곳은 독에 물든 땅이니까! 저주받은 땅이라고! 적사병의 땅이자 디스코디아의 가장자리란 말이야! 난 내 어린것에게 이 땅에서 난 것을 먹일 수는 없어!"

수재나 생각에는 옳은 답이었지만, 완전한 답은 아니었다. 그리고 미아도 이를 알았다. 왜냐하면 아기 마이클은, 그 완벽한 아기는, 이곳에서 잉태되어 이곳에서 자랐고 미아의 눈에 띄었을 때에도 무럭무럭 자라는 중이었으므로. 게다가 미아가 자신의 말을 철석같이 믿는다면, 눈에 눈물이 맺힐 이유가 뭐란 말인가?

"미아, 그자들은 네 아기에 관해 거짓말을 했어."

"네가 뭘 안다고 그래, 못된 소리 지껄이지 마!"

"난 알아."

수재나의 말은 사실이었다. 그러나 젠장, 증거가 없지 않은가! 심증이 아무리 강하다 한들 느낌을 무슨 수로 입증할까?

"플랙은…… 월터라고 할게, 네가 그 이름을 더 좋아한다면…… 그자는 너한테 7년을 약속했어. 세이어는 5년을 보장했고. 만약 네가 그 딕시 피그라는 곳에 도착했을 때 거기 있는 자들이 너한테 카드를 내밀었는데, 그 카드에 3년 만기 아기 양육 허가증이라고 적혀 있으면? 그것도 그냥 받아들일 거야?"

"그런 일은 일어나지 않아! 너도 그 다른 여자랑 똑같이 못돼 처먹었어! 그 입 다물어!"

"나더러 못돼 처먹었다니, 배짱 한번 두둑한데! 자기 아버지를 죽일 운명인 아기를 어서 낳고 싶어서 못 견디겠나 보군."

"난 그딴 건 몰라!"

"넌 지금 혼란스러워서 어쩔 줄을 모르는 상태야, 일어나기를 바라는 일과 실제로 일어날 일 사이에서. 혹시 알아, 그자들이 아직 첫 숨도 못 내쉰 아기를 죽여서 갈아 버린 다음 그 망할 브레이커 놈들한테 먹이로 줄지?"

"그 입…… 다물어!"

"어찌 보면 슈퍼 영양제잖아? 임무를 단번에 해치울 수 있는."

"말했잖아, 닥치라고, 닥쳐!"

"중요한 건 네가 모른다는 사실이야. 넌 아무것도 몰라. 넌 그냥 애 보는 사람이야, 입주 돌보미일 뿐이라고. 넌 그자들이 거짓말하는 걸 알아, 그자들이 속이기만 하고 보상은 절대 안 주는 걸 안단 말이야, 그런데도 넌 그만두질 않아. 그리고 나한테 닥치라는 소릴 하고 있지."

"그래! 닥쳐!"

"안 닥칠 거야."

수재나가 단호하게 말하며 미아의 양어깨를 붙잡았다. 드레스 아래의 어깨는 놀랍도록 앙상했지만 뜨거웠다. 몸에 열이 펄펄 끓는 것처럼.

"난 안 닥칠 거야, 그 애는 내 아기이고 너도 그걸 아니까. 배 속에 뭘 품고 있다고 해서 자동으로 엄마가 되는 건 아니야."

결국에는 그 한마디가 다시금 거대한 분노에 불을 붙였다. 미아의 얼굴은 혐오와 슬픔을 함께 담은 표정으로 일그러졌다. 수재나는 미아의 눈 속에서 일찍이 미아가 되기 전에 끝없이 갈망하고 슬퍼하던 괴물을 본 것 같았다. 그리고 무언가 더 있었다. 믿음으로 타오를 수도 있을 법한 불씨였다. 시간만 충분하다면.

"내가 닥치게 해 주지."

미아가 말했고, 앞서 디스코디아 성의 회랑이 그랬던 것처럼 느닷없이 페딕의 큰길이 쩍 갈라졌다. 그 너머에 있는 것은 꿈틀거리는 어둠이었다. 그러나 비어 있지는 않았다. 아니, 결코 비어 있지 않았다. 수재나는 똑똑히 느낄 수 있었다.

둘은 그 암흑을 향해 추락했다. 미아가 자신과 수재나를 떠밀었기 때문이었다. 수재나는 떨어지지 않으려 버텼지만 소용이 없었다. 암흑 속으로 굴러떨어지는 수재나의 머릿속에서는 단조로운 노랫소리 같은 생각 하나가 걱정의 고리를 타고 끊이지 않고 반복되었다.

오 수재나 미오, 나의 분열된 여인, 딕시 피그에 트럭을

15

주차했네. 그해는 바로……

이 거슬리는(그러나 몹시도 중요한) 노랫소리가 수재나 미오의 머리 안쪽에서 마지막 순환을 끝마치기 전, 그 문제의 머리는 어딘지 모를 곳에 세게 부딪쳤다. 충격은 눈앞에서 환한 별들이 은하수처럼 폭발할 정도로 강력했다. 별빛이 어둑해지자 앞쪽의 커다란 글자가 눈에 들어왔다.

캥크가 왕을

뒤로 물러서서 보니 뱅고 스캥크가 왕을 기다리나이다!였다. 그것은 호텔 화장실 변기 칸의 문 안쪽에 적힌 낙서였다. 수재나는 평생 온갖 문에 시달렸다. 미시시피주 옥스퍼드의 유치장 문이 등 뒤에서 닫히는 순간부터 내내 그랬던 것 같았지만, 이때 눈앞의 문은 닫혀 있었다. 다행이었다. 이제 수재나는 닫힌 문 쪽이 문제를 덜 일으킨다는 믿음 쪽으로 기울어 갔다. 머잖아 이 문이 열리면 또다시 문제가 생길 터였다.

미아: 난 내가 아는 걸 다 얘기했어. 이제 내가 딕시 피그까지 가도록 도와줄 거야, 아니면 나 혼자 가게 놔둘 거야? 꼭 그래야 한다면 난 그렇게 할 거야, 날 도와줄 거북이만 챙기면 되니까.

수재나: 내가 도와줄게.

다만 수재나가 미아를 얼마나 도와줄 수 있을지는 지금이 몇 시인가에 달린 문제였다. 그들이 이곳에 머무는 동안 시간이 얼마나 흘렀을까? 수재나는 무릎 아래쪽이 완전히 마비된 느낌이 들었고, 엉덩이도 마찬가지였다. 이는 좋은 조짐 같았지만, 화장실의 형광등 불빛 아래서는 시간을 얼마나 끌었는지 종잡기가 힘들었다.

그게 뭐가 중요한데? 미아가 미심쩍은 듯이 물었다. 지금이 몇 시인지가 뭐가 중요하다는 거야?

수재나는 설명할 말을 필사적으로 궁리했다.

아기 때문이야. 아기가 못 나오게 내가 막아 놓은 건 임시방편일 뿐이야, 그건 너도 알지?

당연하지. 내가 출발하려고 하는 이유가 바로 그건데.

좋아. 그 매티센이라는 친구가 주고 간 돈이 얼마인지 보자.

미아는 얄팍한 지폐 다발을 꺼내어 어쩔 줄 모르는 표정으로 내려다보았다.

지폐 중에 이름이 잭슨인 남자가 그려진 걸 뽑아.

난……. 당황한 목소리. 난 글 못 읽어.

내가 앞으로 나설게. 내가 읽을게.

안 돼!

알았어, 알았으니까 진정해. 잭슨은 하얗고 긴 머리를 엘비스 프레슬리처럼 뒤로 빗어 넘긴 남자야.

엘비스는 또 누구……

됐어, 맨 위에 있는 그거야. 다행이네. 이제 나머지 지폐를 주머니에 넣어, 안 빠지게 깊숙이. 방금 뽑은 20달러짜리는 손에 쥐고 있어. 좋아, 이제 여길 뜨자.

뜨자니, 공중에 무슨 수로 뜨자는 거야?

입 다물어, 미아.

16

바늘에 찔리는 듯 따끔거리는 다리로 천천히 걸어 다시 로비로 나섰을 때, 수재나는 바깥이 황혼녘인 것을 보고 조금이나마 용기가 생겼다. 하루를 꼬박 버티지는 못했지만, 그래도 거의 성공한 것처럼 보였다.

로비는 붐비기는 해도 정신을 못 차릴 정도는 아니었다. 수재나/미아가 체크인할 때 도와주었던 유라시아계 미인 직원은 교대조의 근무 시간이 끝나서 보이지 않았다. 현관 차양 아래에는 낮에 보지 못한 초록색 제복 차림의 남자 두 명이 서서 호루라기를 불며 손님이 탈 택시를 부르는 중이었다. 손님들은 대부분 턱시도나 길고 반짝이는 드레스 차림이었다.

파티에 가나 보군. 수재나가 말했다. 아니면 극장이나.

그런 건 내가 알 바 아니야, 수재나. 우리도 저 녹색 옷을 입은 남자가 안내하는 노란 탈것에 타야 해?

아니. 우린 저 모퉁이에서 택시를 잡을 거야.

정말이야?

어휴, 의심 좀 그만해. 네가 장차 너 자신이나 네 아이를 죽음으로 몰아넣으리라는 건 의심할 여지가 없지만, 네 의도가 선하다는 건 나도 알아.

그러니까 정말이야.

알았어.

더는 한마디도, 사과의 말조차 하지 않고서, 미아는 호텔을 나선 다음 오른쪽으로 꺾어 다시 2번 대로를 따라 돌아갔다. 2 함마르셸드 플라자 빌딩이 있는 곳으로, 그리고 장미가 부르는 아름다운 노래가 들리는 곳으로.

17

2번 대로와 46번가 교차점의 인도 가장자리에 빛바랜 붉은색 금속 마차가 세워져 있었다. 이곳의 인도 연석은 노란색으로 칠해져 있었는데 파란색 제복 차림의 남자(허리에 찬 권총으로 보아 이 도시의 경비대원 같았다.)가 연석 앞에 서서, 키가 크고 턱수염이 하얀 남자를 상대로 그 붉은 마차에 관해 이야기를 나누는 중이었다.

미아는 머릿속에서 동요하는 기척을 느꼈다.

수재나? 왜 그래?

저 남자!

경비대원? 저 남자가 왜?

아니, 턱수염을 기른 남자 말이야! 헨칙하고 똑같이 생겼어! 마니교 우두머리 헨칙 말이야! 네 눈엔 안 보여?

미아는 보지도, 관심을 갖지도 않았다. 다만 노란색 연석 앞에 마차를 세우면 안 된다는 것과 턱수염을 기른 남자가 이를 알면서도 마차를 이동시키지 않으려 하는 것은 쉽게 알 수 있었다. 그 남자는 묵묵히 이젤을 세우고 그 위에 무슨 그림을 올려놓을 뿐이었다. 미아는 두 남자 사이의 이런 실랑이가 하루 이틀 일이 아닌 것을 알아차렸다.

"이러시면 딱지를 끊을 수밖에 없어요, 목사님."

"그러십시오, 벤직 경관님. 하느님은 경관님을 사랑하십니다."

"다행이네요, 덕분에 저도 기분이 좋아졌어요. 그나저나 제가 발부할 딱지 말인데요, 이번에도 받고 나서 찢어 버리시겠죠?"

"카이사르의 것은 카이사르에게 돌리고, 하느님의 것은 하느님께 돌려라. 성서에는 그렇게 적혀 있습니다. 성서에 감사합시다."

"저는 다음에 할게요."

경비대원 벤직은 그렇게 말하고는 바지 뒷주머니에서 두툼한 종이 뭉치를 꺼내어 뭐라고 휘갈겨 적기 시작했다. 이 또한 둘 사이의 오랜관행처럼 보였다.

"그래도 이거 하나는 분명히 얘기해 둘게요, 해리건 목사님. 조만간 시청에서 목사님의 활동을 제지하러 나설 텐데, 그쪽에선 이런 식의 상습적인 불법 종교 활동을 법으로 처리하려고 할 거예요. 그 현장에 저도 함께 있으면 좋겠네요."

벤직은 종이 뭉치에서 한 장을 뜯어 금속 마차 쪽으로 간 다음, 마차 앞쪽의 유리 위에 놓인 검은색 창문 닦개 아래에 그 종이를 끼웠다.

수재나는 슬며시 흥미가 동했다. 범칙금 딱지를 떼였어. 이야기를 들어 보니까 처음도 아닌가 본데.

미아도 잠시 자기 처지를 잊고 그 둘에게 정신이 팔렸다. 수재나, 저 마차 옆면에 뭐라고 적힌 거야?

수재나가 일부만 전면으로 나서면서 미아는 살짝 교대하는 느낌이 들었고, 눈이 사시가 된 느낌도 함께 찾아왔다. 미아에게는 낯선 느낌이었다. 마치 머릿속 깊숙한 곳을 간지럽히는 듯했다.

수재나는 여전히 신이 난 목소리였다. '성스러운 하느님 폭탄 교회, 얼 해리건 목사'라고 적혀 있어. '당신의 헌금은 천국에서 보상으로 돌아옵니다'라고도 적혀 있는데.

천국이 뭐야?

삶의 길 끝에 있는 공터를 가리키는 다른 이름이야.

아아.

임무를 끝마친 경비대원 벤직은 두 손을 허리 뒤로 맞잡고 파란색 제복 바지 속의 거대한 엉덩이를 씰룩거리며 멀어져 갔다. 한편 해리건 목사는 이젤을 고쳐 세우는 중이었다. 한쪽 이젤 위의 그림에는 하얀 로브 차림의 남자에게 이끌려 감방을 나서는 남자가 그려져 있었다. 다른 그림에서는 하얀 로브 차림 남자가 가죽이 붉고 머리에 뿔이 난 괴물에게서 돌아서서 떠나는 중이었다. 뿔이 난 괴물은 하얀 로브 차림 남자에게 꽤나 화가 난 것처럼 보였다.

수재나, 저 빨간 괴물은 이쪽 세계 사람들이 상상한 크림슨 킹의 모습이야?

그런 것 같아. 정확히 말하면 저건 사탄이야. 저승의 왕이지. 신을 좋아하는 저 남자한테 택시를 잡아 달라고 시키는 건 어때? 거북이의 힘을 이용해서.

미아는 또다시 미심쩍어하는 목소리로 물었다(스스로도 어쩔 도리가 없는 모양이었다.). 진심으로 하는 말이야?

그래! 진심이야! 맙소사, 작작 좀 해!

알았어, 알았어. 살짝 당황한 목소리였다.

미아는 해리건 목사 쪽으로 걸어간 다음, 주머니에서 거북이 조각상을 꺼냈다.

18

한편 수재나는 자신이 할 일이 무엇인지를 대번에 알아차렸다. 그래서 일단 미아에게서 떨어져 나온 다음(만약 마법 거북이상의 도움을 받으면서도 혼자서 택시 한 대 못 잡는다면 미아는 구제불능이었다.), 눈을 질끈 감고 상상 속에 도건을 시각화했다. 다시 눈을 떴을 때 수재나는 그곳에 있었다. 에디에게 연락할 때 쓰던 마이크를 손에 쥐고, 수재나는 토글스위치를 위로 올렸다.

"해리건!" 수재나가 마이크에 대고 말했다. "얼 해리건 목사님! 여보세요? 내 말 들려요? 내 말 들리냐고요!"

19

해리건 목사는 하던 일을 잠시 멈추고 웬 흑인 여성이 택시에 올라타는 광경을 지켜보았다. 맙소사, 사뿐사뿐 멋지게도 걷는 여성이었다. 택시가 시동을 걸고 출발했다. 목사는 저녁 설교를 시작하기 전에 할 일이 산더미 같았다. 벤직 경관과 벌인 작은 실랑이는 시작에 지나지 않았다. 그럼에도 목사는 그 자리에 우두커니 서서, 택시의 미등이 반짝이다가 점점 어두워지는 광경을 가만히 지켜볼 뿐이었다.

방금 해리건 목사에게 일어난 일은 뭐였을까?

설마……? 그런 일이 가능하기는 할까……?

해리건 목사는 스쳐 가는 행인들을 전혀 아랑곳하지 않고서(어차피 행인들도 대개는 그를 아랑곳하지 않았다.), 인도 위에 털썩 무릎을 꿇었다. 그는 큼지막한 두 손을 모아 기도하는 손으로 만들고 턱 앞까지 들어 올렸다. 성서에 적혀 있기를 기도란 골방에서 혼자 하는 것이 가장 좋다고 했기에 해리건 목사도 오랜 시간 혼자 무릎을 꿇고 기도했지만, 하느님 맙소사, 하느님께서 기도하는 사람의 모습을 가끔은 남들에게 보여 주려 하신다는 것도 그의 믿음 가운데 일부였다. 왜냐하면 사람들은(주여!) 기도하는 이의 모습이 어떤 것인지 잊어버렸으므로. 또한 하느님과 대화하기에 바로 이곳, 2번 대로와 46번가 교차점보다 더 나은 곳은, 더 멋진 곳은 어디에도 없었다. 이곳에는 노랫소리가 들렸다. 맑고 감미로운 소리였다. 그 소리는 영혼을 고양시키고 정신을 정화했고…… 아마도 이건 그냥 우연이겠지만, 피부도 더 깨끗하게 만들어 주었다. 그것은 하느님의 목소리는 아니었다. 해리건 목사는 그런 착각을 할 정도로 불경하고 어리석지는 않았지만, 그래도 그 노랫소리가 천사의 목소리 같다는 생각은 들었다. 그랬다, 하느님, 하느님 폭탄, 대천사의 목소리!

“하느님, 방금 소형 폭탄을 제게 투하하신 것입니까? 감히 여쭙나이다, 방금 들린 그 목소리는 당신의 목소리입니까, 아니면 제 목소리입니까?”

답은 돌아오지 않았다. 전에도 기도의 답을 듣지 못한 적은 많고도 많았다. 목사는 찬찬히 생각해 보기로 했다. 한편으로 그는 설교 준비를 해야 했다. 상스럽게 말하자면, 이제 한바탕 쇼를 시작할 시간이었다.

해리건 목사는 여느 때처럼 노란색 연석 앞에 주차해 둔 밴으로 돌아가 뒷문을 열었다. 그런 다음 전도용 팸플릿 뭉치, 인도에 서서 설교하는 동안 옆에 놔둘 헌금함, 또 실크를 두른 튼튼한 나무 상자 한 개를 꺼냈다. 원래 비누 상자였던 그 상자를 딛고 서서, 목사는 외칠 터였다. 두 손을 높이 들고 할렐루야 하시겠습니까?

그리고 물론, 형제여, 그 설교를 지켜보면서 함께 아멘 하시겠습니까?

선창: 코말라 컴 켄
다시 다른 사람의 차례가 돌아왔네.
그녀의 이름과 얼굴을 안다 해서
그녀와 친구가 되는 것은 아니라네.

합창: 코말라 컴 텐!
그녀는 네 친구가 아니야!
너무 가까이 오게 놔뒀다간
또다시 갈가리 찢기고 말걸.

제11연

소설가

1

슈퍼마켓과 세탁소와 터무니없이 커다란 약국 겸 잡화점으로 이루어진 브리지턴의 쇼핑센터에 도착할 즈음, 롤랜드와 에디는 똑같이 어떤 느낌을 받았다. 그곳에는 단지 노랫소리만이 아니라 어떤 힘이 모여들고 있었다. 그 힘은 끝내주게 폭주하는 승강기처럼 두 사람을 고양시켰다. 에디는 자신도 모르게 팅커벨의 마법 가루약과 아기코끼리 덤보의 마법 깃털을 떠올렸다. 그 느낌은 공터의 장미에 가까이 다가갈 때와 비슷하면서도 한편으로는 달랐다. 뉴잉글랜드 지방의 이 조그마한 마을은 거룩하거나 성스러운 구석이 조금도 없었지만, 무언가 일어나고 있었다. 그것도 강렬하게.

차를 몰고 이스트 스토넘에서 이곳까지 오면서 브리지턴행 표지판을 따라 줄곧 외진 도로를 달리는 동안, 에디가 느낀 것은 또 있었다. 이 세계의 놀라운 상쾌함이었다. 여름을 맞아 더욱 깊어진 솔숲의 초록색은 이때껏 본 적이 없을 만큼, 있으리라고 짐작해 본 적도 없을 만큼 생생했다. 하늘을 가로질러 날아가는 새들을 볼 때면 경이감에 숨이 막혔다. 흔해 빠진 참새조차도 그러했다. 땅에 드리워진 그림자들마저도 벨벳처럼 보드랍고 두툼해 보였다. 손을 뻗으면 집어 들어서 카펫처럼 겨드랑이에 끼고 갈 수 있을 듯싶었다. 그럴 마음만 있다면.

도중에 에디는 롤랜드에게 그중 하나라도 느껴지냐고 물었다.

"그래. 나한테도 느껴지고, 보이고, 들린다…… 에디, 꼭 내 손에 만져지는 것 같다."

에디가 고개를 끄덕였다. 그 역시 마찬가지였다. 이 세계는 현실을 능가하는 현실이었다. 이 세계는…… 토대시의 반대였다. 에디가 할 수 있는 최상의 표현은 그 정도였다. 그리고 그들은 다름 아닌 빔의 한가운데에 있었다. 에디는 폭포를 향해 협곡을 콸콸 흘러내려가는 강물처럼 자신들을 품고 가는 빔을 느낄 수 있었다.

"하지만 두렵구나. 나는 만물의 중심을 향해 다가가는 느낌이 든다. 어쩌면 탑 그 자체를 향해서. 그건 마치, 그 오랜 세월이 지나고 보니 나에게는 여정 자체가 목표가 됐고, 그래서 그 끝을 두려워하는 것 같은 기분이다."

롤랜드의 말에 에디가 고개를 끄덕였다. 롤랜드의 기분이 이해가 갔다. 그는 분명 두려워했다. 만약 그토록 어마어마한 힘을 뿜어내는 것의 정체가 탑이 아니라면, 그렇다면 장미에 버금가는 무언가 강력하고 무시무시한 것이었다. 그러나 똑같지는 않았다. 장미의 쌍둥이일까? 그럴지도 몰랐다.

롤랜드는 바깥의 주차장을, 그리고 통통한 구름이 느긋하게 흘러

가는 여름 하늘 아래 오가는 사람들을 내다보았다. 그 사람들은 모르는 모양이었다. 온 세상이 그들을 둘러싼 힘과 더불어 노래하는 것을, 그리고 모든 구름이 천상의 오래된 길을 따라 같은 방향으로 흘러가는 것을. 그들은 스스로의 아름다움을 알지 못했다.

총잡이가 입을 열었다.

"나는 암흑의 탑에 도착해 보니 꼭대기의 방이 비어 있는 것이야말로 무엇보다 끔찍할 거라 생각하곤 했다. 모든 우주의 신이 죽었거나, 아예 존재하지 않는 것 말이다. 헌데 지금은…… 그곳에 누군가 있을 거라고 상상해 봤느냐, 에디? 탑의 주인이 알고 보니……."

총잡이는 말을 끝맺지 못했다. 에디가 그를 대신했다.

"알고 보니 그저 흔해 빠진 얼간이일 뿐이라고? 그 말이야? 죽지는 않았는데 옹졸하고 못돼 처먹은 신이라고?"

롤랜드가 고개를 끄덕였다. 사실 그의 두려움과 정확히 일치하는 표현은 아니었지만, 에디가 비슷하게나마 맞혔다는 생각이 들어서였다.

"롤랜드, 어떻게 그럴 수가 있겠어? 지금 우리가 느끼는 걸 감안하면 말이야."

롤랜드는 대답하는 대신 어깨만 으쓱했다. 무슨 일이 벌어져도 이상할 것이 없다는 듯이.

"뭐가 어떻게 되든, 우리한테 선택의 여지가 있기는 해?"

"없다." 롤랜드의 목소리는 음울했다. "만물은 빔을 섬기는 법이므로."

노래하는 거대한 힘의 정체가 무엇이건 간에 그 힘은 쇼핑센터 서쪽으로 난 길, 즉 다시 숲으로 이어지는 길에서 뻗어 나오는 듯했다. 표지판에 따르면 그 길 이름은 캔자스 로드였고, 이 때문에 에디는 도로시와 토토와 모노레일 블레인이 떠올랐다.

에디는 빌린 포드 차의 변속기를 주행으로 바꾸고 차를 전진시켰다. 가슴 속에서 심장이 느리고 힘 있게 쿵쿵거렸다. 에디는 성서에 나오는 모세가 타오르는 떨기나무 속의 하느님에게 다가갈 때 이런 기분을 느꼈을지 궁금했다. 야곱이 자기 무리 가운데 잠에서 깨어 환한 빛이 나는 늠름한 이방인을 발견했을 때 이런 기분이었을지 궁금했다. 그 이방인은 밤새 야곱과 씨름을 한 천사였다. 에디 생각에는 그들도 느꼈을 터였다. 이제 여정의 또 한 부분이 끝을 맞는 기분이었다. 또 하나의 해답이 눈앞에 놓여 있었다.

메인 주 브리지턴의 캔자스 로드에 신이 살고 있을까? 정신 나간 소리로 들려야 마땅했지만, 그렇지 않았다.

죽이지만 말아 달라고. 에디는 속으로 생각하며 서쪽으로 차를 돌렸다. 난 내 사랑한테 돌아가야 해, 그러니까 죽이지만 말아 줘. 당신이 누구든, 뭐든 간에.

"어휴, 무서워 죽겠다고, 진짜."

에디가 말했다. 롤랜드는 손을 뻗어 에디의 손을 꽉 쥐었다가 놓았다.

2

쇼핑센터에서 출발하여 5킬로미터쯤 달린 차는 도로 왼편의 솔숲으로 꺾어져 들어가는 흙길 앞에 도착했다. 샛길은 전에도 본 적이 있었고 그때마다 에디는 시속 50킬로미터를 유지하며 그냥 지나쳤지만, 이번에는 차를 세웠다.

차의 앞좌석 창문은 양쪽 다 내려가 있었다. 나무를 스치는 바람 소리와 퉁명스레 깍깍거리는 까마귀 소리, 그리 멀지 않은 곳에서 부릉거리는 모터보트 소리, 그르렁대는 포드 차의 엔진 소리가 두 사람의 귀에 들려왔다. 거친 화음을 이루며 노래하는 수십만의 목소리를 빼면 들리는 것은 그 소리들뿐이었다. 도로 입구의 표지판에는 그저 사유지 진입로라고만 적혀 있었다. 그럼에도 에디는 고개를 끄덕였다.

"여기군."

"그래, 나도 안다. 다리는 좀 어떠냐?"

"아파. 하지만 걱정 안 해도 돼. 우리, 이대로 가는 거야?"

"가는 수밖에 없다. 여기까지 오자고 한 네가 옳았다. 이것의 절반이 여기에 있으니까."

롤랜드가 주머니에 든 종이를 톡톡 두드렸다. 공터의 소유권을 텟 코퍼레이션에 양도하는 내용의 계약서였다.

"당신이 보기엔 그 킹이라는 남자가 장미의 쌍둥이로군."

"아무렴, 네 말이 옳다."

롤랜드는 자신이 내뱉은 말을 곱씹으며 빙그레 웃었다. 에디는 그토록 슬퍼 보이는 미소를 본 적이 없는 것 같았다.

"칼라 마을의 방언이 우리 입에 붙은 것 같구나, 안 그러냐? 처음에는 제이크가 그러더니, 이제는 우리 모두 마찬가지다. 허나 그것도 나중에는 희미해지겠지."

"그때까진 아직 한참 남은 것 같은데."

에디의 말은 질문이 아니었다.

"그래, 그리고 그 앞날은 위험한 길이 될 거다. 그래도…… 지금 이곳보다 더 위험하진 않겠지. 이만 출발하는 게 어떠냐?"

"잠깐만. 롤랜드, 혹시 수재나가 얘기했던 모지스 카버라는 사람 기억나?"

"일꾼…… 사무를 처리하는 사람이라고 했지. 수재나의 아버지인 사이 홈스가 타계하고 나서 그가 사업을 이어받았다고 들었다. 내 기억이 옳으냐?"

"그래. 그 사람은 수재나의 대부이기도 해. 전적으로 믿을 수 있는 사람이라고 했어. 나랑 제이크가 그 사람이 회삿돈을 슬쩍할지도 모른다고 했을 때 수재나가 얼마나 발끈했는지 기억나?"

그 말에 롤랜드가 고개를 끄덕였다.

"난 수재나의 판단을 믿어. 당신은 어때?"

"나도 믿는다."

"만약 카버가 정직한 사람이라면, 우리가 이쪽 세계에서 손에 넣어야 하는 걸 그 사람한테 맡겨도 좋을 것 같아."

지금 자신들을 둘러싸고 사방에서 증폭되는 힘에 비하면 방금 말한 어떤 것도 전혀 중요하지 않아 보였지만, 에디 생각은 달랐다. 지금 당장 공터의 장미를 지키고 나중에 장미의 생존을 보장할 기회는 오로지 한 번뿐일지도 몰랐다. 그들은 그 기회를 제대로 살려야 했고, 그러려면 운명의 의지를 따라야 한다는 것을 에디는 알고 있었다.

다른 말로 하면, *카*를 따라야 했다.

"롤랜드, 수재나는 당신이 뉴욕에서 자길 납치했을 당시에 홈스

덴탈의 가치가 800만 달러에서 1000만 달러는 될 거라고 했어. 만약 카버가 내 생각만큼 유능한 사람이라면, 지금쯤 그 회사의 가치는 1200만 달러에서 1400만 달러는 될 거야."

"그 정도면 큰돈이냐?"

"더럽게 크지." 에디가 그렇게 말하며 활짝 편 손을 지평선 위로 휙 들어올리자 롤랜드는 고개를 끄덕였다. "치과 용품을 팔아서 번 돈으로 우주를 지킨다고 하면 우습게 들리겠지만, 내가 지금 하는 말이 바로 그거야. 게다가 이빨 요정이 수재나한테 남긴 돈은 시작에 불과해. 예를 들자면, 마이크로소프트가 있지. 내가 타워한테 그 회사 이야기한 거 기억나?"

롤랜드가 다시금 고개를 끄덕였다.

"천천히 얘기해라, 에디. 진정해라, 부탁이다."

"미안." 에디는 숨을 깊이 들이쉬었다. "이곳 때문이야. 노랫소리. 얼굴들…… 나무 사이의 저 얼굴들 보여? 그늘 속에?"

"아주 잘 보인다."

"난 저것들 때문에 살짝 돌아 버린 것 같아. 그러니까 조바심을 내도 좀 참아 줘. 내가 하고 싶은 말은 홈스 덴탈하고 텟 코퍼레이션을 합병한 다음, 우리가 아는 미래의 지식을 이용해서 그 회사를 사상 최고로 부유한 기업으로 만들자는 거야. 자산 규모가 솜브라 코퍼레이션하고 맞먹을 만큼…… 아예 노스 센트럴 양자공학하고 맞먹을 만큼."

롤랜드가 어깨를 으쓱하더니 한 손을 쓱 들었다. 그 몸짓은 에디에게 어떻게 지금 같은 때에 돈 이야기를 꺼낼 수가 있냐고 묻는 듯했다. 거대한 힘이 빔의 길을 따라 흘러와서 그들을 통과하는, 그리하여 목덜미의 털이 바짝 서고 콧속이 시큰하고 나무그늘 하나하나가 유심히 지켜보는 얼굴로 변한 지금…… 마치 저마다의 드라마에서 결정적인 순간을 연기하는 그들을 지켜보기 위해 거대한 관중이 모여든 것만 같은, 지금 이 순간에.

"당신 기분이 어떨지는 나도 알아, 하지만 중요한 문제야." 에디는 꿋꿋이 말을 이었다. "내 말 믿어, 진짜 중요한 거야. 예를 들어, 이쪽 세계에서 우리 회사가 엄청 빨리 성장해서 노스 센트럴 양자공학이 큰손이 되기 전에 사들여 버린다면? 롤랜드, 우린 그 회사를 바꿔 버릴 수도 있어, 아무리 큰 강이라도 처음 졸졸 흐르기 시작하는 수원지에서 삽질 한 번만 하면 흐름을 완전히 바꿔 버릴 수 있는 것처럼."

그 말에 롤랜드의 눈이 희미하게 반짝였다.

"접수하자는 거구나. 그 집단의 목적을 크림슨 킹의 것에서 우리 것으로 바꿔 버리자는. 그래, 그건 가능할지도 모른다."

"가능하든 불가능하든 명심해야 해, 우리가 단지 1977년의 세계를 위해 이 짓을 하는 게 아니란 걸. 그리고 내가 떠나온 1987년을 위해서도, 수재나가 지금 가 있는 1999년을 위해서도 아니야."

에디는 문득 깨달았다. 자신이 그리는 세계에서 캘빈 타워는 이미 죽었을지도 모르고 에런 디프노는 확실히 죽었을 것이며, 암흑의 탑이라는 드라마에서 그 둘이 펼치는 마지막 연기, 즉 히틀러 형제의 손에서 도널드 캘러핸을 구하는 일은, 이미 오래전에 끝났으리라는 것을. 무대에서 퇴장당한 것이다. 두 사람 다. 삶의 길 끝에 있는 공터로 먼저 떠난 개셔와 후트, 베니 슬라이트먼, 수전 델가도,

(칼라, 캘러핸, 수전, 수재나)

똑딱맨과 함께. 심지어 블레인과 퍼트리샤도 함께. 롤랜드와 그의 카텟도 조만간에 그 공터로 들어설 터였다. 결국에는, 그들 카텟이 환상적으로 운이 좋고 죽음을 불사할 만큼 용맹하다면, 오직 암흑의 탑만이 홀로 우뚝 서 있을 터였다. 만약 그들이 노스 센트럴 양자공학을 새싹 단계에서 꺾어 버린다면 이미 부러진 빔을 모조리 도로 세울 수 있을지도 몰랐다. 설령 그 일에 실패한다 할지라도 빔 두 개가 너끈히 탑을 떠받칠지도 몰랐다. 뉴욕의 장미와 메인주의 스티븐 킹이라는 남자가. 에디는 그 생각이 옳다는 증거를 머리로는 전혀 찾을 수 없었지만…… 가슴으로는 그럴 거라고 믿었다.

"롤랜드, 지금 우리가 하려는 건 몇 세대에 걸친 일이야."

롤랜드가 주먹을 쥐더니 존 컬럼이 빌려준 낡은 포드 차의 먼지 낀 대시 보드를 가볍게 쿵 두드렸다.

"그 공터에는 뭐든지 들어설 수 있어, 무슨 말인지 알아? 뭐든지. 빌딩, 공원, 기념비, 국립 축음기 박물관 같은 것도. 그 장미가 무사히 있기만 하면. 아까 말한 카버라는 남자는 텟 코퍼레이션을 합법 기업으로 만들어 줄 거야, 어쩌면 에런 디프노하고 같이……"

"그래, 나는 디프노가 마음에 든다. 진실된 얼굴을 한 사람이라."

그 점은 에디도 동감이었다.

"아무튼, 장미를 지키는 데 필요한 법률 서류는 그 둘이 만들어 줄 거야. 그럼 장미는 영원히 남겠지, 무슨 일이 있어도. 난 그럴 거라는 예감이 들어. 2007년, 2057년, 2525년, 3700년…… 웬걸, 19000년까지도…… 영원토록 거길 지킬 거야. 연약할지도 모르지만, 왠지 불멸의 존재 같기도 하니까. 다만 기회가 있는 동안에 우리가 일을 제대로 해치워야 해. 왜냐면 여기가 열쇠가 되는 세계니까.

이 세계에서는 열쇠가 돌아가지 않으면 더 깎고 자시고 할 기회 자체가 없어. 내가 보기에 이 세계에는 재도전 같은 게 아예 없는 모양이야."

롤랜드는 에디의 말을 곰곰이 생각하다가, 숲으로 이어지는 흙길을 가리켰다. 지켜보는 얼굴들과 노래하는 목소리들로 이루어진 숲 쪽을. 삶을 가치와 의미로 채우는 모든 것, 진실을 떠받치는 모든 것, 백(白)의 힘을 인정하는 모든 것이 어우러져 노래하는 그쪽을.

"그런데 이 길이 끝나는 곳에 사는 남자는 어떨 것 같으냐, 에디? 만약 그 사람이 남자라면 말이다."

"남자일 거야, 꼭 존 컬럼이 그렇다고 해서 하는 말은 아니야. 내가 여기서 받은 느낌 때문이야."

에디가 심장이 있는 쪽의 가슴을 두드리며 말했다.

"나도 마찬가지다."

"진심이야, 롤랜드?"

"그래, 진심이다. 네 생각엔 어떠냐, 그가 불로불사일 것 같으냐? 왜냐면 내가 이때껏 그런 괴물을 여럿 목격했고 소문으로 들은 것은 더 많지만, 인간 남자나 여자가 영원토록 사는 경우는 듣지도 보지도 못했기 때문에 묻는 거다."

"그 사람이 불로불사까지 할 필요는 없을 것 같은데. 내 생각에 그 사람은, 제대로 된 이야기를 쓰기만 하면 될 것 같아. 왜냐면 어떤 이야기는 정말로 영원히 살아남으니까."

롤랜드의 눈에 이해의 빛이 번득였다. 드디어. 에디는 속으로 생각했다. 드디어 이 양반도 감을 잡았군.

그러나 정작 에디 본인이 깨닫고 또 받아들이기까지 걸린 시간은 얼마나 길었던가? 기이한 일을 그토록 많이 겪었으니 당연히 진작 알아차려야 했건만, 마지막 한 걸음이 그를 혼돈 속에 붙잡아 두고 있었다. 심지어 캘러핸 신부가 『살렘스 롯』이라는 소설 속에서 산 채로 튀어나와 돌아다니기 시작한 것 같다는 점을 알아차린 후에도, 에디는 결정적인 마지막 한 걸음을 내딛지 못했다. 마침내 그 한 걸음을 내디딘 계기는 코옵 시티가 브루클린이 아니라 브롱크스에 있다는 것을 안 일이었다. 적어도 지금 이 세계에서는. 단 하나의 중요한 세계인 이곳에서는.

"집에 없을지도 모른다." 온 세상이 그들을 기다리는 가운데, 롤랜드가 말했다. "우리의 창조주인 그는 집에 없을 수도 있다."

"있다는 거 당신도 알잖아."

에디의 말에 롤랜드가 고개를 끄덕였다. 오래된 빛이 그의 눈 속에서 반짝였다. 결코 꺼진 적이 없는 불빛, 길르앗에서 이곳까지 빔을 따라오는 동안 그의 앞길을 밝혀 준 빛이었다.

"그럼 차를 출발시켜라!" 롤랜드가 걸걸한 목소리로 외쳤다. "어서 출발해라, 네 아버지의 명예를 위해! 만약 그가 신이라면…… 우리가 섬기는 신이라면, 나는 그의 눈을 똑바로 보며 그에게 탑으로 가는 길을 물을 것이다!"

"수재나한테 가는 길부터 물어야 하는 거 아니야, 우선은?"

그 질문이 입 밖에 나오기가 무섭게 에디는 후회했고, 총잡이가 부디 답하지 않기를 간절히 바랐다.

롤랜드는 대답하지 않았다. 그저 오른손에 남은 손가락을 휘휘 내저을 뿐이었다. 가라, 어서.

에디는 컬럼이 빌려준 포드 차의 변속기를 주행으로 바꾸고 흙길로 들어섰다. 노래하던 거대한 힘은 차가 자신을 뚫고 나아가는 동안 바람인 양 두 사람을 통과하며 그들을 실체가 없는 어떤 것으로 바꾸어 놓았다. 하나의 생각 같은 것으로, 또는 어느 잠든 신의 머릿속에 깃든 꿈 같은 것으로.

3

길은 500미터쯤 들어간 곳에서 갈라졌다. 에디는 왼쪽 갈림길을 택했다. 그쪽 길을 가리키는 표지판에는 킹이 아니라 로든이라고 적혀 있는데도 그랬다. 차가 달리면서 일으킨 흙먼지가 뒷거울에 비쳐 보였다. 노랫소리는 쾌적한 소음이었다. 그들에게 퍼부어져 몸을 뚫고 흘러가는 술 같았다. 머리카락은 여전히 뿌리 쪽이 바짝 서 있었고 근육은 바들바들 떨렸다. 총을 뽑으라는 명령을 받으면 십중팔구 그 망할 물건을 그냥 떨어뜨릴 것만 같았다. 설령 가까스로 총을 쥐고 버틴다고 해도 조준은 꿈도 못 꿀 일이었다. 에디는 자신들이 찾는 사람이 저 노랫소리로부터 이토록 가까운 곳에 살면서 소설 쓰기는 말할 것도 없고 어떻게 밥을 먹고 잠을 자는지조차 알 수가 없었다. 그러나 당연하게도, 스티븐 킹은 단지 그 소리에 가까이 사는 데에 그치지 않았다. 에디가 제대로 봤다면 킹은 그 소리의 원천이었다.

하지만 같이 사는 식구들이 있다면, 그 사람들은? 만약 혼자 산다고 해도 그 이웃들은 또 어떡하고?

오른편에 차고 진입로가 보였고……

"에디, 멈춰라."

롤랜드가 한 말이었지만, 목소리가 전혀 그 같지 않았다. 칼라 마을에 머무는 동안 볕에 그을렸던 롤랜드의 피부가 지금은 온통 창백해진 얼굴 위의 얄따란 막 같았다.

에디가 차를 세웠다. 롤랜드는 조수석 쪽 문손잡이를 더듬거리다가 끝내 문을 열지 못하고 차창 밖으로 상반신만 내민 다음(허리띠 버클이 창틀의 크롬 장식을 긁는 철컹 소리가 에디의 귀에 들려왔다.), 흙길의 노면에 속을 게웠다. 다시 조수석에 털썩 앉았을 때, 그는 기진맥진한 동시에 의기양양해 보였다. 옆으로 휙 돌아서 에디의 눈과 마주친 그의 두 눈은 파랬고, 원숙해 보였고, 찬란하게 반짝였다.

"계속 가라."

"롤랜드, 진짜 그래도 괜찮……."

롤랜드는 손만 휘휘 내저었다. 포드 차의 먼지 낀 앞유리창 너머를 똑바로 바라보며. 가라, 어서. 네 아버지의 명예를 위해!

에디는 차를 출발시켰다.

4

그 집은 부동산 중개업자들이 '랜치 하우스'라고 부르는, 옆으로 기다랗고 지붕이 나지막한 단층집이었다. 에디는 그 점에 놀라지 않았다. 그가 놀란 이유는 그 집이 너무나 단출해서였다. 에디는 이내 작가라고 해서 꼭 부자라는 법은 없으며 젊은 작가라면 더욱 그렇다는 점을 떠올렸다. 두 번째로 발표한 소설이 표지의 오탈자 비슷한 실수 때문에 서적 수집광들 사이에서 꽤 화제가 되기는 했지만, 이 스티븐 킹이라는 소설가가 그런 식의 희귀본 거래에서까지 수수료를 받을 것 같지는 않았다. 또는, 그쪽 업계 용어로 '로열티'라고 하는 것을.

그럼에도 집 앞의 티(T) 자형 진입로에 주차된 차는 새것으로 보이는 지프 체로키 왜건으로, 옆면에는 아메리카 원주민의 전통 문양이 정교한 띠 모양으로 그려져 있었다. 이를 보면 스티븐 킹이 딱히 직업 때문에 배를 곯는 것 같지도 않았다. 앞마당에는 나무로 만든 정글짐이 보였는데 주위가 온통 플라스틱 장난감 천지였다. 에디는 그 장난감들을 보고 가슴이 철렁했다. 칼라 마을에서 뼈저리게 배운 교훈 하나는, 아이들이 있으면 일이 복잡해진다는 것이었다. 장난감을 보아하니 이 집에 사는 아이들은 심지어 꼬맹이였다. 그런 아이들에게 큼지막한 총을 찬 남자들이 찾아온 판국이었다. 게다가 지금 이 시점에서는 엄밀히 말해 제정신이라고 하기도 힘든 남자들이.

에디가 포드 차의 엔진을 껐다. 까마귀가 깍깍거렸다. 모터보트가, 소리로 짐작건대 앞서 들었던 것보다 더 큰 보트가 부르릉거렸다. 집 뒤편의 파란 수면에 비친 해가 환하게 반짝였다. 그리고 목소리들은 노래했다. 컴, 컴, 컴 컴 코말라.

롤랜드가 차문을 열고 나오면서 철컹 소리가 났다. 차에서 내려서는 동안 롤랜드는 살짝 비틀거렸다. 골반의 통증, 마른 회오리 때문이었다. 에디는 막대기처럼 뻣뻣하게 느껴지는 다리를 딛고 차에서 내려섰다.

"태비? 당신이야?"

집 오른쪽 모퉁이 너머에서 들려온 목소리였다. 그리고 이제, 그 목소리와 그 목소리의 주인보다 앞서서, 사람 그림자 하나가 달려왔다. 에디는 자신을 그토록 두려움과 매혹으로 가득 채우는 그림자를 그때껏 본 적이 없었다. 에디는 생각했다, 그것도 완전한 확신을 품고서. 저기 내 창조주가 오는구나. 저기에 그가 있어, 그래, 정말이야. 그리고 목소리들은 노래했다. 코말라 컴 셋, 그는 나를 만든 이로다.

"뭐 놓고 간 거 있어, 자기?"

맨 마지막 단어만 메인주 특유의 느릿느릿 끄는 억양으로 들려왔다. 존 컬럼이 쓸 법한 억양이었다. 뒤이어 그 집의 주인이, 바로 그 남자가 나타났다. 그는 두 사람을 보고 우뚝 멈춰 섰다. 롤랜드를 보고 멈춰 섰다. 노래하던 목소리들은 그와 함께 뚝 그쳤고, 부릉거리던 모터보트 소리도 함께 그친 듯했다. 잠깐 동안 온 세상이 경첩 하나에 매달려 있었다. 뒤이어 그 남자는 돌아서서 달아났다. 그러나 에디는 남자의 얼굴이 끔찍이도 놀란 표정으로 바뀐 것을 놓치지 않았다.

롤랜드가 번개처럼 남자의 뒤를 쫓았다. 새의 뒤를 쫓는 고양이처럼.

5

그러나 *사이* 킹은 사람이지 새가 아니었다. 그는 날지 못했고, 사실 달아날 곳도 없었다. 집 옆쪽 잔디밭은 과거 우물이었거나 하수펌프였을 법한 콘크리트 부분을 빼면 완만하게 경사져 있었다. 잔디밭 너머는 우표 크기나 될까 말까 한 호숫가 모래밭이었고, 이곳 역시 장난감이 널려 있었다. 그 너머는 호수였다. 물가에 도착한 남자는 텀벙거리며 물로 뛰어들었다가 너무 엉거주춤하게 돌아선 탓에 하마터면 물속으로 자빠질 뻔했다.

롤랜드는 미끄러지다가 모래밭에 멈춰 섰다. 그와 스티븐 킹이 서로를 마주 보았다. 에디는 롤랜드 뒤쪽으로 10미터쯤 떨어진 곳에 서서 두 사람을 지켜보았다. 노랫소리가 다시 시작되었고, 모터보트의 왱왱거리는 소리도 다시 들려왔다. 어쩌면 그 소리는 멈춘 적이 없는지도 몰랐지만, 에디는 자신이 그 정도로 정신이 나가지는 않았다고 믿었다.

물속에 선 남자가 아이처럼 두 손으로 자기 눈을 가렸다.

"당신들은 거기 없는 거야."

"나는 여기 있소, 사이." 롤랜드의 목소리는 부드러우면서도 외경심에 차 있었다. "눈을 가린 그 손을 치우시오, 브리지턴의 스티븐이여. 손을 내리고 나를 잘 보시오."

"난 지금 신경 쇠약 때문에 헛것을 보는 거야."

물속의 남자는 그렇게 말하면서도 천천히 손을 아래로 내렸다. 그는 수수한 검은 테에 렌즈가 두꺼운 안경을 끼고 있었다. 한쪽 렌즈 테두리에 테이프로 수선한 자국이 보였다. 머리카락은 검은색이거나 아주 짙은 갈색이었다. 수염은 틀림없이 검은색이었고, 이제 막 자란 흰 털 몇 가닥이 눈에 띄게 반짝거렸다. 청바지 위의 티셔츠에는 라몬스와 로켓 투 러시아, 가바 가바 헤이 같은 말들이 적혀 있었다. 슬슬 중년의 나잇살이 붙기 시작한 모양이었지만, 아직 뚱뚱하지는 않았다. 키는 컸고 낯빛은 롤랜드와 마찬가지로 흙처럼 해쓱했다. 에디는 스티븐 킹이라는 작가가 롤랜드와 닮은 것을 알고도 그리 놀라지 않았다. 나이차를 감안하면 쌍둥이로 보일 일은 결코 없었지만, 부자지간이라면? 그럴 법도 했다. 너끈히.

롤랜드는 경의를 담은 인사의 의미로 자기 목 아래쪽을 손으로 세 번 두드리더니, 뒤이어 고개를 저었다. 그 정도로는 부족하다는 뜻이었다. 에디는 총잡이가 색색의 플라스틱 장난감 사이로 무릎을 꿇고서 주먹 쥔 손으로 자기 이마를 두드리는 모습을 지켜보며 홀린 듯 멍해지는 동시에 더럭 겁이 났다.

"하일, 이야기를 짓는 분이시여." 롤랜드가 말했다. "당신을 만나러 온 저는 길르앗의 롤랜드 디셰인, 이쪽은 뉴욕의 에디 딘입니다. 저희가 당신께 마음을 열면 당신도 저희에게 마음을 열어 주시겠습니까?"

그 말에 스티븐 킹이 웃음을 터뜨렸다. 롤랜드의 말에 어떤 힘이 깃들었는지 아는 에디는 그 웃음소리에 겁이 더럭 났다.

"나는…… 맙소사, 이건 있을 수 없는 일이야." 혼잣말처럼 중얼거리는 소리가 뒤를 이었다. "있을 수도 있나?"

롤랜드는 무릎 꿇은 자세 그대로 계속 말했다. 물속에 서 있는 남자가 방금 웃지도, 뭐라고 말하지도 않았다는 듯이.

"저희를 있는 그대로 보시고, 저희가 하는 일을 받아들이시겠습니까?"

"당신들은 총잡이잖아, 만약 진짜라면." 킹이 두꺼운 안경알 너머로 롤랜드를 유심히 바라보았다. "암흑의 탑을 찾는 총잡이들."

됐어. 에디가 그렇게 생각하는 사이에 노래하는 목소리들은 점점 커졌고 푸른 수면에는 햇빛이 일렁거렸다. 성공이야.

"그 말씀이 옳습니다, 사이. 저희는 도움을 구하러 왔습니다, 브리지턴의 스티븐이여. 저희를 도와주시겠습니까?"

"선생, 저기 계신 친구 분은 잘 모르겠지만, 선생은…… 아이고, 당신은 내가 만든 인물이야. 거기 그렇게 서 있으면 안 된다고, 왜냐면 당신이 있을 곳은 여기니까."

스티븐 킹이 주먹 쥔 손으로 이마 한복판을 툭 쳤다. 마치 롤랜드의 흉내를 내는 것처럼. 그러고는 자기 집을 손으로 가리켰다. 자신의 랜치 하우스풍 집을.

"그리고 저기에도. 아마 저기에도 있을걸. 책상 서랍 속이나, 차고에 있는 상자 속에. 당신 이야기는 아직 다 안 썼거든. 난 당신 생각을 안 한 지가 벌써…… 한……."

킹의 목소리가 점점 작아졌다. 뒤이어 킹은 나지막하고 감미로운 음악 소리에 몸을 맡긴 사람처럼 흐느적거리다가, 이내 무릎이 풀렸다. 그리하여 물속으로 쓰러졌다.

"롤랜드!" 에디가 외치며 앞으로 달려나갔다. "그 사람 심장 마비야!"

그렇지 않다는 것은 이미 아는 바였다(어쩌면 그냥 소망이었는지도.). 왜냐하면 노래하는 목소리가 어느 때보다 더 강하게 들렸으므로. 나뭇잎 사이와 그늘 속의 얼굴들이 어느 때보다 더 또렷하게 보였으므로.

총잡이는 허리를 숙이고 이미 약하게 허우적거리던 킹의 양 겨드랑이에 팔을 넣어 꽉 붙잡았다.

"그냥 기절한 거다. 그게 어디 이 사람 잘못이겠느냐? 집까지 옮기게 도와다오."

6

부부 침실은 창밖으로 운치 있는 호수의 경관이 내다보였고 바닥에 끔찍하게 못생긴 자주색 양탄자가 깔려 있었다. 에디는 침대에 앉아 욕실 문을 통해 스티븐 킹이 젖은 운동화와 겉옷을 벗는 광경을 지켜보았고, 이 때문에 킹은 문과 타일 벽 사이로 잠시 들어가 젖은 속옷을 새것으로 갈아입어야 했다. 킹은 앞서 에디가 침실까지 따라 들어오는데도 막지 않았다. 정신을 차리고 나서부터, 어차피 기절한 시간은 고작 30초 정도였지만, 킹은 거의 으스스할 정도로 말이 없었다.

욕실에서 나온 킹이 방을 가로질러 서랍장 쪽으로 갔다.

"이거 무슨 깜짝쇼 같은 거예요?"

킹은 마른 청바지와 새 티셔츠를 찾아 서랍 속을 뒤적거리며 물었다. 에디가 보기에 킹의 집에서는 여유로운 분위기가 풍겼다. 적어도 조금은. 반면에 그가 입은 옷에서 풍기는 분위기는 도무지 정체를 알 수가 없었다.

"혹시 맥 매커천하고 플로이드 캘더우드가 꾸민 장난인가요?"

"난 모르는 사람들이에요, 장난하는 것도 아니고."

"그럴지도. 하지만 저 사람이 진짜라는 건 말도 안 돼요."

킹이 새 청바지에 다리를 꿰며 말했다. 에디에게 말하는 목소리를 보면 정신은 멀쩡한 듯했다.

"그러니까 내 말은, 저 사람은 내가 지어낸 인물이라고요!"

그 말에 에디가 고개를 끄덕였다.

"무슨 얘긴지 알 것 같아요. 하지만 그래 봤자 저 사람은 진짜예요. 난 저 사람하고 같이 다닌 지가……"

얼마나 됐을까? 에디는 알 수가 없었다.

"……좀 됐어요." 에디는 그렇게만 끝맺었다. "책에 저 사람 얘기만 쓰고 내 얘기는 안 쓴 거예요?"

"왜, 소외감이라도 느껴요?"

에디는 그 말에 웃고 말았지만, 실은 정말로 소외된 기분이 들었다. 어쨌거나 조금은. 어쩌면 스티븐 킹은 아직 에디라는 인물을 떠올리지 못했는지도 몰랐다. 그렇다면 에디는 지금 전적으로 안전하다고 할 수는 없는 상태가 아닐까?

"아무래도 내가 신경 쇠약에 걸린 것 같진 않아요. 하지만 자기가 신경 쇠약인지 아닌지 느낌으로 알기는 힘들 텐데."

"신경 쇠약은 아니지만, 그래도 어떤 심정일지는 이해가 가요, 사이. 저 사람은……"

"롤랜드죠. 길르앗……의 롤랜드."

"맞아요."

"전에 길르앗 부분을 다 썼는지 안 썼는지 모르겠는데. 원고를 확인해 봐야겠군, 찾을 수만 있다면. 그래도 느낌은 괜찮네요. 「길르앗에 유향 있지 아니한가」라는 찬송가도 생각나고."

"무슨 말인지 모르겠는데요."

"신경 쓰지 마요, 나도 모르니까." 킹은 서랍장 위에서 팰맬 담뱃갑을 찾아 한 개비 물고 불을 붙였다. "방금 하려던 말이나 마저 해 봐요."

"저 사람은 이 세계하고 자기네 세계 사이의 문을 통해 나를 끌고 갔어요. 그땐 나도 신경 쇠약을 일으킨 줄 알았죠."

에디가 끌려갈 때 살던 곳은 정확히 말하면 지금 이 세계는 아니었고 당시 에디는 헤로인에 중독된, 그것도 아주 단단히 중독된 상태였지만, 지금 상황은 그런 곁가지를 붙이지 않아도 충분히 복잡했다. 그럼에도 롤랜드와 다시 합류하여 진짜 대화를 시작하기 전에, 에디가 반드시 물어봐야 할 것이 있었다.

"있잖아요, 사이 킹…… 코옵 시티가 어디 있는지 아세요?"

그때 킹은 입가에 문 담배에서 올라오는 연기 때문에 오른쪽 눈을 질끈 감고서, 젖은 바지에서 동전과 열쇠를 꺼내 마른 바지로 옮기는 중이었다. 그러던 그가 손을 멈추더니 눈을 동그랗게 뜨고 에디를 돌아보았다.

"지금 나 골탕 먹이려고 일부러 그러는 건가요?"

"아니요."

"내가 틀려도 허리에 찬 그 총으로 쏘지는 않겠죠?"

에디가 빙그레 웃었다. 킹은 상종하기 힘든 인간쓰레기는 아니었다, 하느님이 보우하사. 뒤이어 에디는 그 하느님이 일찍이 음주 운전자를 도구로 삼아 여동생을 죽이고 나중에는 헨리 형까지 죽인 것을 새삼 떠올렸다. 하느님은 엔리코 발라자르를 태어나게 했고 수전 델가도를 화형대에 묶어 불태웠다. 입가에 걸렸던 미소가 사라졌다. 그럼에도 에디는 이렇게 말했다.

"아무도 총 맞을 일은 없을 거예요, 사이."

"그렇다면, 내가 알기로 코옵 시티는 브루클린에 있어요. 말씨를 보아하니 그쪽 출신 같은데. 그럼 이제 축제날의 거위는 내 차지인가요?"

에디는 누구한테 핀으로 찔리기라도 한 것처럼 움찔했다.

"방금 뭐랬어요?"

"우리 어머니가 입버릇처럼 하시던 말씀이에요. 데이브 형하고 내가 맡은 일을 단번에 다 끝내면 어머니가 그러셨죠, '축제날의 거위는 너희 차지구나'라고. 그냥 농담한 거예요. 그래서, 내가 제대로 맞혔나요?"

"예, 당연히."

에디의 말에 킹은 고개를 끄덕이고 담배를 비벼 껐다.

"당신은 괜찮은 사람 같네요. 마음에 영 안 드는 건 당신 친구 쪽이고. 원래부터 그랬어요. 아마 그것도 내가 그 이야기를 접은 이유 중에 하나일 거예요."

그 말에 에디는 또다시 화들짝 놀랐고, 그 기색을 감추려고 침대에서 일어섰다.

"이야기를 접었다고요?"

"예. '다크 타워'라는 이야기였죠. 그건 나의 『반지의 제왕』이자, 『고멘개스트』 3부작이자, 아무튼 그런 대작이 될 이야기였어요. 스물두 살이라는 나이의 특징이란 게 야심 하나는 마를 줄을 모른다는 거니까요. 난 얼마 안 가서 그게 내 조그만 뇌에 담기에는 너무 큰 이야기라는 걸 깨달았어요. 너무…… 뭐랄까…… 터무니없달까? 그것도 썩 어울리는 표현 같네요. 게다가." 킹은 덤덤하게 덧붙였다. "줄거리를 그만 잃어버렸지 뭐예요."

"뭐를 어쨌다고요?"

"정신 나간 소리 같죠? 그런데 글쓰기란 게 정신 나간 짓이 될 때도 있어요. 혹시 어니스트 헤밍웨이가 단편집 한 권짜리 원고를 기차에서 통째로 잃어버린 적이 있다는 거 알아요?"

"진짜요?"

"진짜요. 예비 원고도, 복사본도 없었어요. 그냥 휙, 사라져 버린 거예요. 나한테 일어난 일도 비슷했어요. 어느 날 밤 술에 취한 상태에서, 아니면 메스칼린을 했던가? 이젠 기억도 잘 안 나네. 그때 난 5000쪽에서 1만 쪽 분량이 될 대하 판타지 소설의 줄거리를 완벽하게 완성했다고요. 내 생각엔 꽤 괜찮은 줄거리였어요. 형식도 웬만큼 갖췄고. 글도 꽤 공들여 썼고. 그랬는데 그만 잃어버렸어요. 십중팔구 어느 망할 술집에서 돌아오는 길에 오토바이 뒤 짐칸에서 훨훨 날아가 버렸겠죠. 전에는 그런 적이 한 번도 없었는데. 평소에 다른 건 몰라도 원고는 조심해서 다루거든요."

"저런."

에디는 그 말을 하고 나서 이렇게 물을까 생각했다. 혹시 원고를 잃어버릴 때 근처에 튀는 옷을 입은 놈들 없었어요? 으리으리한 차를 몰고 다니는 놈들요. 톡 까놓고 말하면 '하인'이라는 놈들인데요. 남자든 여자든 이마에 빨간 표식이 있는 사람 못 봤어요? 동그란 피 웅덩이처럼 생긴 표식인데? 간단히 말해서, 누가 그 줄거리 원고를 훔쳐 갔다는 증거 같은 거 없어요? '다크 타워'가 완결되지 않게 확실히 손을 쓰고 싶어서 안달할 놈이라든가?

"부엌으로 가죠. 우린 할 얘기가 있으니까."

에디는 그렇게 말하면서 도대체 무슨 얘기를 해야 할지 알 수만 있으면 더 바랄 게 없겠다고 생각했다. 무슨 얘기이든 간에 제대로 해야 했다. 왜냐하면 이 세계는 진짜였고, 이곳에 재도전 같은 것은 없었으므로.

7

롤랜드는 부엌 카운터 위의 멋지게 생긴 커피메이커가 어떻게 작동하는 물건인지 도무지 알 길이 없었지만, 선반 한쪽에 놓인 찌그러진 커피포트는 오래전 알레인 존스가 짐 가방에 넣고 다니던 물건과 그리 다르지 않다는 것을 알아보았다. 롤랜드가 알레인과 커스버트와 함께 셋이서 메지스로 말을 세러 갔을 때의 일이었다. 사이 킹 댁의 화덕은 전기로 작동하는 물건이었지만 화구에 불을 지피는 요령은 어린애도 알 만큼 간단했다. 에디와 스티븐 킹이 부엌에 들어섰을 때 커피포트는 이미 슬슬 뜨거워지는 중이었다.

"나는 커피 안 마셔요." 킹이 그렇게 말하고는 (롤랜드를 피해 멀찍이 돌아서) 냉장고 쪽으로 향했다. "보통 다섯 시 전에는 맥주도 안 마시지만, 오늘은 예외를 허용해야겠군요. 딘 씨도 맥주 드실래요?"

"저는 커피면 돼요."

"길르앗 선생은?"

"디셰인이오, 사이 킹. 고맙지만 나도 커피가 좋소."

소설가가 캔 뚜껑에 붙어 있는 고리를 당겨 캔을 땄다(롤랜드가 보기에 그 고리는 얕은 지혜와 미련할 정도의 낭비가 낳은 장치였다.). 치익 소리에 이어 효모와 홉의 구수한 향이

(코말라 컴 컴)

맴돌았다. 킹은 맥주의 절반을 단숨에 마시고 콧수염에 묻은 거품을 닦은 다음, 캔을 카운터에 내려놓았다. 낯빛은 여전히 창백했지만 그래도 안정을 되찾은 모양이었다. 총잡이가 보기에는 잘 버티는 중이었다. 적어도 아직까지는. 어쩌면 킹이, 정신과 마음의 가장

깊숙한 곳에서, 그들이 올 것을 알았다고 볼 수는 없을까? 그들을 기다렸던 것은 아닐까?

"부인과 자녀가 있을 텐데. 다들 어디 있소?"

"아내 태비의 친정이 북쪽이에요, 뱅고어 근처. 우리 딸은 지난주에 먼저 거기 가서 외할아버지랑 외할머니랑 지내는 중이에요. 막내 오언은 아직 아기인데, 태비가 한 시간쯤 전에 데리고 친정으로 갔어요. 둘째 아들 조는 내가……." 킹이 손목시계를 내려다보았다. "한 시간 전에 애 봐 주는 집으로 데리러 갈 예정이었고. 지금 쓰던 글을 마무리하고 싶어서, 이번에는 내가 나중에 출발하기로 했던 거예요."

롤랜드는 킹의 말을 곱씹었다. 사실일 수도 있었지만, 그보다는 십중팔구 자신에게 무슨 일이 생기면 금방이라도 사람들이 찾아 나설 거라는 이야기를 킹이 자기 식대로 돌려 말한 것이었다.

"이게 진짜라니 믿을 수가 없군. 이 말 아직 짜증날 만큼 많이 듣진 않았죠? 아무튼, 지금 이건 아무리 봐도 내가 쓰는 이야기가 현실에서 벌어지는 것 같아서 말이죠."

"『살렘스 롯』처럼요. 예를 들면." 에디가 거들었다.

킹의 눈썹이 쑥 올라갔다.

"그 책을 아는군. 당신들이 살던 곳에도 작가 조합 같은 게 있나요?"

킹은 남은 맥주를 다 비웠다. 롤랜드는 킹이 타고난 술꾼처럼 들이붓는다고 생각했다.

"두어 시간 전에 저 호수 건너편 멀리서 사이렌 소리가 나더군요. 굵직한 연기 기둥도 피어오르고. 내 서재에서도 다 보였어요. 그때는 그냥 들불이겠지, 해리슨이나 스토넘에서 일어난 건가 했는데, 이제는 슬슬 궁금해지는군요. 혹시 당신들하고 관련된 사건 아닌가요? 맞죠, 그렇죠?"

"이 사람은 우리 이야기를 쓰고 있어, 롤랜드. 아니면 전에 썼거나. 자기 말로는 쓰다가 그만뒀대. 하지만 제목이 '다크 타워'야. 그러니까 이 사람은 알아."

에디의 말에 스티븐 킹이 씩 웃었지만, 롤랜드는 그가 뼛속까지 겁에 질린 모습을 이제야 처음으로 드러냈다는 생각이 들었다. 집 모퉁이를 돌아서 롤랜드와 에디의 모습을 처음 보았던 순간을 빼면, 처음이었다. 자신의 피조물들을 현실에서 목격한 그 순간을 빼면.

그게 나의 정체인가? 이 사람의 피조물?

거짓이라는 느낌과 참이라는 느낌이 똑같이 들었다. 그 생각에 롤랜드는 머리가 지끈거리고 또다시 뱃속이 울렁거렸다.

"'이 사람은 알아'라니, 왠지 느낌이 안 좋군요. 책 속에서 누가 '이 사람은 알아' 같은 말을 하면 보통은 다음 줄에 '죽이는 수밖에 없겠군' 같은 말이 나오던데."

"내가 하는 말을 믿으시오." 롤랜드가 한 자 한 자 강조하며 말했다. "당신을 죽이는 건 우리가 무슨 수를 써서든 피하고 싶은 일이오, 사이 킹. 당신의 적은 우리 적이고, 당신의 앞날에 도움을 주는 사람은 우리 친구요."

"아멘." 에디가 말했다.

스티븐 킹은 냉장고를 열고 캔 맥주를 한 개 더 꺼냈다. 롤랜드가 본 냉장고 안쪽에는 수많은 캔 맥주가 차갑게 식은 채 차렷 자세로 늘어서 있었다. 먹을 것은 없고 맥주뿐이었다.

"그렇다면." 킹이 말했다. "이제부터 나를 스티브라고 불러요."

8

"내가 나오는 이야기를 들려주시오."

롤랜드가 말을 꺼냈다. 킹은 부엌 카운터에 기대어 있었고, 정수리가 햇빛으로 물들어 있었다. 킹은 맥주를 한 모금 마시고는 롤랜드가 한 말을 곰곰이 생각했다. 그때 에디의 눈에 처음으로 무언가 보였다. 아주 희미하게. 어쩌면 햇빛 때문에 일어난 빛의 대비인지도 몰랐다. 컴컴한 잿빛 그늘 같은 것이 킹을 단단히 둘러싸고 있었다. 희끄무레하게. 간신히 보일 만큼만. 그러나 분명히 있었다. 토대시 상태에 들어갔을 때 사물 뒤편에 도사린 어둠을 보는 느낌이었다. 그 어둠일까? 에디 생각에는 아닌 것 같았다.

보일락 말락 했다.

그러나 있었다.

"그게 말이죠, 난 이야기를 들려주는 쪽으로는 소질이 없어요. 앞뒤가 안 맞는 소리 같겠지만 사실이에요. 그래서 글을 쓰는 거예요."

저 사람 말하는 게 꼭 롤랜드 같은데? 아니, 나 같은가? 에디는 그 점이 궁금했다. 확신이 서지 않았다. 오랜 시간이 흐른 후에 에디는 깨달았다. 스티븐 킹의 말투는 그들 모두와 비슷했다. 심지어 칼라 마을에서 캘러핸 신부의 집안일을 하던 로잘리타 무노스하고도 비슷했다.

이내 소설가의 표정이 밝아졌다.

"저기요, 내가 가서 그 원고를 찾을 수 있는지 한번 확인해 보는 건 어떨까요? 쓰다가 망한 원고가 지하실에 너덧 상자 분량이나 있거든요. 「다크 타워」도 분명 그 속에 있을 거예요."

망한 원고. 망했단 말이지. 에디는 그 말이 너무나 거슬렸다.

"내가 가서 우리 아들을 데려오는 동안 두 분은 여기서 그걸 읽고 계세요." 킹이 큼지막하고 비뚤배뚤한 이를 드러내며 씩 웃었다. "돌아왔을 땐 두 분 다 안 계시고 나는 지금 이게 다 없었던 일이라고 생각할지도 모르겠네요."

에디가 롤랜드를 흘깃 돌아보았고, 롤랜드는 고개를 살짝 가로저었다. 스토브에 올려놓은 커피포트에서는 유리 표시창을 통해 부글거리는 커피 거품이 보이기 시작한 참이었다.

"사이 킹……." 에디가 입을 열었다.

"스티브라니까요."

"그래요, 스티브. 우린 당장 처리해야 되는 일이 있어요. 신뢰 문제는 일단 제쳐 놓고, 서둘러 처리해야 되는 일이에요."

"그럼요, 그렇겠죠, 알아요, 시간과의 경쟁."

킹이 그렇게 말하고는 껄껄 웃었다. 웃음소리가 얼빠진 것 같으면서도 듣기 좋았다. 에디는 맥주가 슬슬 효력을 발휘하는 게 아닌가 하는 생각이 들었고, 이 남자가 혹시 알코올 의존자일까 하는 궁금증도 들었다. 이제 막 통성명을 한 처지이다 보니 확신할 수는 없었지만, 몇 가지 징후는 뚜렷해 보였다. 고등학교 시절 영어 시간에 배운 것은 다 까먹은 지 오래였어도 선생님, 아니면 다른 누가 작가란 술이라면 사족을 못 쓰는 족속이라고 말했던 것은 확실히 기억이 났다. 헤밍웨이, 포크너, 피츠제럴드, '까마귀'가 나오는 시를 쓴 그 작가도. 작가들은 술이라면 사족을 못 썼다.

"두 분 때문에 웃는 거 아니에요. 사실 총을 든 사람을 비웃는 건 내 종교적 신념에도 어긋나는 짓이죠. 그냥, 내가 쓰는 책이 다 그런 식이에요. 내 책에 나오는 사람들은 다들 시간과 경쟁을 벌인다, 이거죠. 혹시 「다크 타워」 시리즈의 첫 문장 듣고 싶어요?"

"그럼요. 아직 기억하신다면."

에디가 말했다. 롤랜드는 말이 없었지만, 이제는 흰 털이 듬성듬성 섞인 눈썹 아래의 두 눈이 쨍하게 반짝였다.

"아, 기억하고말고요. 아마도 내가 쓴 최고의 첫 문장일 텐데."

킹은 맥주 캔을 한쪽에 내려놓은 다음, 양손의 엄지와 검지를 펴서 위로 들고 구부렸다. 마치 따옴표를 그리듯이.

"'검은 옷의 남자는 사막을 가로질러 달아났고, 총잡이는 그의 뒤를 쫓았다.' 그 뒤는 다 헐떡헐떡 써 갈긴 문장일지 몰라도, 봐요, 첫 문장만큼은 깔끔하다고요." 킹은 두 손을 내리고 다시 맥주를 들었다. "한 마흔세 번째로 물어보는 것 같은데, 지금 이거 진짜 맞아요?"

"그 검은 옷의 남자, 이름이 혹시 월터요?"

롤랜드가 물었다. 킹이 들고 있던 맥주 캔을 입술에 대기도 전에 기울였고, 흘러내린 맥주가 셔츠 앞섶을 적셨다. 롤랜드는 고개를 끄덕였다. 방금 그 동작이 곧 자신이 원하던 대답인 양.

"또 기절하고 그러진 마요." 에디의 목소리에 살짝 날이 서 있었다. "첫인상을 잡치는 건 기절 한 번이면 족하니까."

스티븐 킹은 고개를 끄덕이고 맥주를 한 모금 더 마셨다. 맥주를 마시는 동시에 정신을 가다듬으려는 모양이었다. 킹의 시선이 시계

쪽으로 향했다.

"당신들, 정말로 내가 아들 데리러 가게 허락할 건가요?"

"그렇소."

"당신……." 킹은 잠시 입을 다물었다가 빙그레 웃으며 말했다. "당신 아버지의 얼굴을 걸고?"

롤랜드는 웃음으로 화답하는 대신 덤덤하게 말했다.

"그렇소."

"알았어요, 그럼. 「다크 타워」 시리즈, 《리더스 다이제스트》처럼 축약한 판본으로. 말로 이야기하는 건 내 장기가 아니라는 거 감안하고 들어요, 최선을 다하긴 하겠지만."

9

롤랜드는 모든 세계의 운명이 걸린 일인 것처럼 귀 기울여 이야기를 들었다. 실제로 그럴 거라고 확신했기 때문이었다. 스티븐 킹이 들려준 롤랜드의 삶은 모닥불 앞에서 월터와 이야기를 나누던 장면부터 시작했는데, 총잡이는 그 점이 마음에 들었다. 월터가 기본적으로 인간이라고 인정한다는 의미이기 때문이었다. 킹이 말하길, 모닥불 부분은 롤랜드가 사막 가장자리에서 초라하게 살아가는 농부를 만나는 부분으로 이어졌다. 브라운. 그것이 그 남자의 이름이었다.

그대의 작물에 생명을. 롤랜드의 귀에 오랜 세월을 넘어온 메아리가 들렸다. 그리고 자신의 목소리도. 그대에게도 생명을. 롤랜드는 브라운도, 브라운이 기르던 까마귀 졸탄도 잊어버렸지만, 처음 만나는 이 킹이라는 남자는 그들을 기억했다.

"내가 그 이야기에서 좋아했던 점은, 이야기가 거꾸로 진행되는 것처럼 보이는 거였어요. 순전히 기술적인 관점에서 그 점이 꽤 흥미로웠거든요. 난 당신이 사막에 있는 장면에서 이야기를 시작해서, 브라운하고 졸탄을 만나는 장면으로 살짝 거슬러 올라갔어요. 참, 졸탄은 내가 메인 주립 대학교에 다닐 때 알던 포크송 가수 겸 기타 연주자의 이름이에요. 아무튼, 이야기는 그 변방 거주자의 오두막에서 다시 거슬러 올라가 당신이 툴이라는 마을에 도착하는 장면으로 이어지는데⋯⋯ 툴이라는 이름은 어디서 따왔냐면 록 밴드⋯⋯"

"제스로 툴. 젠장, 그럴 줄 알았어! 어디서 들어 본 이름 같더라니! 스티브, 그럼 지지톱은요? 그 밴드 알아요?" 에디는 무슨 말인지 몰라 어리둥절해진 킹의 표정을 보고 빙그레 웃었다. "지지톱 노래가 나오는 부분은 아직 안 썼나 보군요. 아니면 이미 썼는데 그 사람들 노래를 아직 못 들어 봤거나."

롤랜드가 킹 쪽으로 손을 휘휘 내저었다. 계속 이야기하시오, 계속. 그러고는 에디에게 끼어들지 말라는 뜻의 눈짓을 보냈다.

"아무튼, 롤랜드가 툴에 들어서는 장면에서 이야기는 다시 앞으로 돌아가고, 풀쟁이 노트가 죽었다가 월터의 손에 되살아난 사연이 나와요. 내가 어떤 점에 끌렸는지 알겠죠, 안 그래요? 이야기의 도입부가 전부 다 후진 기어로 진행되잖아요. 거꾸로 펼쳐진단 말이죠."

롤랜드는 킹이 매료된 글쓰기의 기술적 측면에는 전혀 관심이 없었다. 어쨌거나 그들이 이야기하는 것은 롤랜드의 삶, 롤랜드의 인생이었고, 그가 아는 인생은 오로지 앞을 향하여 펼쳐졌다. 적어도 서쪽 바닷가에 도착할 때까지는, 그리하여 바닷가에 서 있는 문을 통해 함께 여행할 동료들을 데려올 때까지는.

그러나 스티븐 킹은 바닷가의 문에 관해 아무것도 모르는 모양이었다. 중간역에서 롤랜드와 제이크 체임버스가 만나는 장면은 이미 써 놓은 후였다. 그 둘이 산속으로 들어가 지하 동굴을 통과하는 부분도 씌어 있었다. 그리고 제이크가 믿고 사랑하게 된 사람에게 배신당하는 부분도.

킹은 그 부분을 이야기하는 동안 고개를 푹 숙인 롤랜드의 모습을 가만히 지켜보다가, 묘하게 부드러운 목소리로 말했다.

"그렇게 부끄러워할 거 없어요, 디셰인 씨. 어쨌거나 당신한테 그런 짓을 시킨 건 나였으니까."

그럼에도, 롤랜드는 선뜻 이해가 가지 않았다.

스티븐 킹은 롤랜드와 월터가 해골이 널린 흙투성이 무덤가에서 나눈 대화 부분, 즉 타로카드 점괘와 롤랜드가 목격한 우주의 지붕을 뚫고 점점 커지는 끔찍한 환상을 글로 적었다. 그 기나긴 점치기의 밤이 끝나고 나서 잠에서 깬 롤랜드가 몹시도 늙어 버린 자신을, 또 해골로 변해 버린 월터를 발견한 장면도 썼다. 끝으로 킹은 롤랜드가 바닷가 끝자락으로 걸어가 그곳에 앉아 있는 장면을 썼다는 말도 했다.

"당신은 이렇게 말했어요. '너를 사랑했다, 제이크.'"

롤랜드는 덤덤하게 고개를 끄덕였다.

"나는 지금도 그 아이를 아끼고 사랑하오."

"꼭 실제로 존재하는 아이인 것처럼 말하는군요."

그 말에 롤랜드가 킹을 똑바로 마주 보았다.

"그럼 나는 실제로 존재하는 사람이오? 당신은?"

킹은 말이 없었다.

"그다음엔 어떻게 됐어요?" 에디가 물었다.

"그다음엔 이야깃감이 다 떨어져서 그만뒀어요, *세뇨르*. 겁을 먹어서 그만뒀다고 해도 좋아요. 그쪽이 마음에 든다면."

에디 역시 그만두고 싶었다. 부엌의 그늘이 점점 짙어지는 것을 보며 에디는 너무 늦기 전에 수재나를 찾으러 가고 싶어졌다. 이 세계를 벗어나는 방법은 자신과 롤랜드 둘 다 잘 안다는 생각이 들었고, 러벨에 있는 터틀백 레인으로 가는 길은 스티븐 킹이 직접 가르쳐 주지 않을까 하는 생각도 들었다. 그곳은 현실의 기운이 희박한 곳, 적어도 존 컬럼의 말에 따르면 최근 들어 방문자들이 자주 출몰하는 곳이었다. 킹이라면 기꺼이 가르쳐 줄 듯싶었다. 두 사람을 빨리 내보내고 싶을 테니. 그러나 아직은 갈 때가 아니라는 것을, 조바심이 나는 와중에도 에디는 똑똑히 알았다.

"이야기의 개관을 잃어버려서 그만둔 거로군."

"개요라고 해야겠죠. 그런데 아니에요, 실은."

스티븐 킹은 세 번째 맥주를 가지러 냉장고로 갔고, 에디는 킹의 뱃살이 두둑한 것도 당연하다는 생각이 들었다. 킹은 이미 식빵 한 장 분량의 칼로리를 섭취했고, 이제 식빵 두 장째를 우물거릴 참이었다.

"난 개요를 염두에 두고 글을 쓴 적이 거의 없어요. 실은…… 확실히 장담할 순 없지만, 그런 식으로 쓴 글은 아마 「다크 타워」 시리즈가 유일할 거예요. 그런데 이야기가 감당을 못할 수준으로 커져 버렸어요. 너무 이상해졌고. 게다가 당신도 문제였어요, 성 앞에 서(sir)를 붙여야 할지 사이(sai)를 붙여야 할지 알 수 없는 당신." 킹은 인상을 찌푸리며 말을 이었다. "그게 어디서 쓰는 경칭인지는 모르겠지만, 내가 만든 건 아니에요."

"어쨌거나 아직은 아니라는 뜻이겠지." 롤랜드가 말했다.

"당신은 원래 세르조 레오네 감독의 「황야의 무법자」에 나오는 '무명의 사나이'를 변형시켜서 만든 인물이라고요."

"마카로니웨스턴의 주인공이었군요. 젠장, 어쩐지! 마카로니웨스턴이라면 머제스틱 극장에서 헨리 형이랑 같이 수백 편은 봤어요, 헨리 형이랑 같이 살던 시절에요. 형이 베트남으로 끌려간 후에는 혼자 보러 가든가, 내 친구 처기 코터랑 같이 갔고. 그건 정말 사나이들을 위한 영화죠."

스티븐 킹이 씩 웃었다.

"누가 아니래요. 그런데 내 아내 태비도 마카로니웨스턴이라면 사족을 못 써요, 그러니까 태비 앞에선 말조심하는 게 좋을걸요."

"사모님 참 멋진 분이시네요!" 에디가 외쳤다.

"아, 태비가 좀 멋지긴 하죠." 킹이 다시 롤랜드 쪽을 돌아보았다. "무명의 사나이…… 그러니까 판타지 소설판 클린트 이스트우드치고는, 당신도 꽤 괜찮은 인물이었어요. 같이 다니면 재미있는 일이 끊이질 않으니까."

"그렇게 생각하시오?"

"그럼요. 그랬는데 나중에 변해 버린 거예요. 바로 내 손끝에서. 당신이 주인공인지, 악역인지, 이도 저도 아닌 피라미인지 알 수가 없는 지경까지 가 버렸어요. 그 어린애가 추락하는 걸 방관하는 장면은 그중에서도 결정적이었고."

"내가 그렇게 하도록 만든 건 당신이라고 하지 않았소."

롤랜드의 눈을 똑바로 마주 보며, 끊임없이 이어지는 목소리들의 합창 소리 속에서 파란 눈 두 쌍이 서로를 응시하는 동안, 스티븐 킹이 말했다.

"방금 그 말은 거짓말이었어요, 형씨."

10

모두가 그 말을 곱씹느라 잠시 침묵이 흘렀다. 이윽고 스티븐 킹이 입을 열었다.

"난 당신 때문에 슬슬 겁이 났어요, 그래서 당신 이야기를 쓰는 걸 그만둔 거예요. 당신을 상자에 담아서 서랍에 처박아 놓은 후에는 단편 소설을 줄줄이 써서 이런저런 남성 잡지에 팔아먹었고요." 킹은 무언가 곰곰이 생각하다가 고개를 끄덕였다. "당신을 치워 버리고 나서 상황이 변했어요, 그것도 좋은 쪽으로. 글이 점점 더 팔리기 시작한 거예요. 태비한테 청혼도 했고. 그 얼마 후에 쓰기 시작한 게 『캐리』라는 소설이에요. 처음 완성한 장편은 아니지만 그래도 돈을 받고 출판한 건 그게 처음이었는데, 그 책 덕분에 베스트셀러 작가가 됐죠. 그게 다 '안녕, 롤랜드, 잘 가시게, 여행길에 행복이 가득하길' 한 다음의 일이에요. 그랬는데 이게 웬일이람? 그로부터 6년, 아니면 7년이 지나고 나서 오늘 우리 집 모퉁이를 돌아 걸어가는데 염병할, 차고 앞 진입로에 당신이 서 있는 거예요. 우리 어머니가 자주 쓰던 말을 빌리면, 마귀처럼 떡하니 서 있었다고요. 그런 마당에 내가 할 말이라곤 이게 다예요, '제일 낙관적인 결론은 과로 때문에 헛것을 본다고 믿는 거겠지.' 어차피 그렇게 믿지도 않아요. 어떻게 믿겠어요?"

킹의 목소리는 점점 커졌고, 점점 떨렸다. 에디는 그 감정을 두려움으로 착각하지 않았다. 그것은 분노였다.

"어떻게 헛것으로 여길 수가 있냐고요, 당신이 드리운 그림자를 보면서, 당신 다리의 피를 보면서……." 킹은 에디를 가리키며 말하다가 다시 롤랜드를 가리켰다. "그리고 당신 얼굴에 묻은 흙먼지를 보면서. 당신들은 의심할 여지고 뭐고 없이 진짜예요, 그래서 난 지금 정신이…… 뭐라고 해야 되나…… 뒤집혔다? 그게 말이 되려나? 되겠네. 난 지금 정신이 뒤집힌 것 같아요."

"당신은 글쓰기만 그만둔 게 아니오."

롤랜드는 킹의 마지막 말을 무슨 되는 대로 지껄인 헛소리인 양 깨끗이 무시하고 말했다. 어쩌면 그가 제대로 본 것일 수도 있었다.

"아니라고요?"

"내 생각에 이야기를 짓는 일은 어떤 것을 미는 일과 비슷하오. 아마도 창조 이전의 상태, 그 자체를 밀어내는 일이겠지. 그리고 그 일을 하던 어느 날, 당신은 반대쪽에서 밀어 대는 어떤 힘을 느꼈을 거요."

에디가 느끼기에 아주 오랜 시간 동안, 킹은 롤랜드의 말을 곰곰이 생각했다. 그러고는 고개를 끄덕였다.

"당신 말이 맞을지도 몰라요. 글거리가 바닥났을 때의 익숙한 느낌보다는 강했으니까요, 분명히. 글거리가 바닥난 느낌은 잘 알거든요, 요즘은 자주 느끼지 않지만. 그 느낌은…… 뭐랄까, 어느 날 타자기 앞에 앉아 자판을 두드리는데, 점점 재미가 시들해지는 거예요. 눈앞에 떠오르는 전개도 흐릿해지고. 나 자신한테 이야기를 들려주는 게 전처럼 신나지가 않아요. 그러다가 엎친 데 덮친 격으로, 새로운 글감이 떠올라요. 눈부시게 반짝이는, 전시장에서 막 가져온, 긁힌 자국 하나 없는 신상품 같은 글감이. 내가 망친 구석이 눈곱만큼도 없는, 적어도 아직은. 그런데…… 그때……."

"그때 반대쪽에서 밀어 대는 힘을 느낀 게로군."

롤랜드의 말투는 시종 무덤덤하기 짝이 없었다.

"맞아요." 킹의 목소리가 에디의 귀에 들릴락 말락 할 정도로 작아졌다. "무슨 표지판처럼. 통행금지. 진입 불가. 고압 전류."

킹이 잠시 입을 다물었다가 말을 이었다.

"아마도 사망 위험까지."

당신 주위에서 빙빙 도는 희미한 그림자가 마음에 안 들겠군요. 에디는 속으로 중얼거렸다. 검은 비구름 같은 저 그림자가. 그래요, 사이, 저걸 보면 당신은 꽤나 질색할 거예요, 그런데 지금 내 눈앞에 보이는 것들은 뭐죠? 담배? 맥주? 저거 말고 중독된 게 또 있어요? 어느 날 밤 술에 취해 자동차 사고라도 당하는 거 아니에요? 그날까지 얼마나 남았을까요? 몇 년이나?

에디는 킹네 집 부엌 식탁 위의 시계를 흘긋 보았다가 오후 3시 45분인 것을 알고 낙담했다.

"롤랜드, 시간이 없어. 이 사람은 아이를 데리러 가야 해." 그리고 우린 수재나를 구하러 가야 해, 미아가 수재나하고 같이 밴 것처럼 보이는 아기를 낳기 전에. 크림슨 킹이 내 아내를 미아의 일부로 살려 둘 필요가 없어지기 전에.

"조금만 더 기다려라."

롤랜드는 그 말을 끝으로 입을 다물고 고개를 숙였다. 그는 생각하는 중이었다. 어떤 질문이 올바른 질문인지 판단하려 애쓰고 있었다. 어쩌면 단 하나의 올바른 질문을 가려내려고. 이는 중요한 일이었고, 에디도 그 사실을 알았다. 왜냐하면 그들이 두 번 다시 1977년 7월 9일로 돌아올 수 없기 때문이었다. 다른 세계에서라면 그날을 다시 찾아갈 수 있을지 몰라도 이 세계에서는 그럴 수 없었다. 그런데 스티븐 킹이 이곳 말고 다른 세계에도 존재할까? 에디 생각에는 그럴 것 같지 않았다. 십중팔구 그렇지 않았다.

롤랜드가 고민하는 동안 에디는 킹에게 혹시 '블레인'이라는 이름에서 특별한 의미를 느끼는지 물었다.

"아뇨. 별로."

"그럼 '러드'는요?"

"러다이트 운동의 그 러드요? 기계를 증오하는 극렬분자 같은 사람들, 맞죠? 19세기였던가, 그보다 더 전에 일어난 걸 수도 있겠네. 내 기억이 맞다면 19세기의 러다이트 운동가들은 공장에 쳐들어가서 기계를 산산이 때려 부쉈어요." 킹이 비뚤배뚤한 이가 드러나도록 헤벌쭉 웃었다. "그 시대의 그린피스 같은 사람들이죠."

"베릴 에번스는요? 뭐 떠오르는 거 없어요?"

"없는데요."

"헨칙은요? 마니 교단의 헨칙."

"없어요. 마니 교단은 또 뭐예요?"

"설명하기 시작하면 너무 길어져요. 그럼 클로디아 이 이네스 바크먼은요? 뭐 생각나는 거……"

킹은 갑자기 웃음을 터뜨려 에디를 놀라게 했다. 표정을 보아하니 스스로도 놀란 모양이었다.

"그 사람은 디키의 아낸데! 도대체 어떻게 알아냈어요?"

"알아낸 거 아닌데요. 디키가 누구예요?"

"디키는 리처드 바크먼의 애칭이에요. 내 초창기 소설들은 처음부터 페이퍼백으로 출간했는데, 그때 필명을 썼어요. 리처드 바크먼이라는 필명을. 어느 날 밤 술에 진탕 취해서 바크먼의 작가 약력을 통째로 지어냈죠, 성인기에 발병한 백혈병 환자라는 것까지. 불쌍한 디키. 아무튼, 클로디아는 리처드 바크먼의 아내예요. 클로디아 이네스 바크먼. 그런데 이네스 앞의 이(y)는…… 그건 나도 몰라요."

에디는 가슴을 짓누르고 있던 커다란 투명 바윗돌이 느닷없이 굴러떨어져 삶에서 영영 사라져 버린 기분이 들었다. '클로디아 이네스 바크먼(Claudia Inez Bachman)'의 철자는 다 합쳐서 열여덟 자였다. 그래서 누가 이(y)를 붙인 것이었다. 그런데 무엇 때문에? 당연히 열아홉 자로 만들려고. 클로디아 바크먼은 단지 이름에 지나지 않았다. 하지만 클로디아 이 이네스 바크먼은…… 그 이름의 주인은 카텟이었다.

에디는 이곳에 온 목적 하나를 방금 달성한 느낌이 들었다. 그랬다, 스티븐 킹은 그들의 창조주였다. 적어도 롤랜드와 제이크, 캘러핸 신부는 킹의 손에서 태어났다. 나머지는 아직 킹의 머릿속에 떠오르기 전이었다. 그리고 킹은 롤랜드를 체스 판 위의 말처럼 움직였다. 툴로 가라, 롤랜드. 앨리스와 동침해라, 롤랜드. 월터의 뒤를 쫓아 사막을 건너라, 롤랜드. 그러나 체스 판 위에서 주인공을 움직이는 동안, 킹 본인도 함께 변해 갔다. 킹이 필명으로 삼은 리처드 바크먼의 아내 이름에 붙은 글자 하나가 생생한 증거였다. 무언가 클로디아 바크먼을 19로 만들려 했던 것이다. 그래서……

"스티브."

"예, 뉴욕의 에디."

스티븐 킹이 보란 듯이 씩 웃었다. 에디는 가슴 속에서 심장이 거세게 두근거리는 느낌이 들었다.

"19라는 숫자가 당신한테는 어떤 의미가 있나요?"

킹은 그 질문을 곰곰이 생각했다. 바깥에서는 바람이 나무 사이를 지나며 한숨을 쉬었고, 모터보트가 울부짖었으며, 까마귀인지 뭔지 모를 새들이 깍깍거렸다. 이제 곧 호숫가에 바비큐 불판이 펼쳐지고 사람들이 시내로 외출을 나가거나 광장에서 열리는 음악회를 찾을 시간이었다. 그 모든 일이 벌어지는 이곳은 존재할 수 있는 모든 세계 가운데 최상의 세계였다. 아니면 단지 어느 곳보다 현실적인 세계이거나.

마침내 킹이 고개를 가로젓자 에디는 낙담한 표정으로 참았던 숨을 토했다.

"미안해요. 소수(素數)라는 건 알겠는데, 그것 말고는 생각나는 게 없네요. 난 왠지 소수가 좋았어요. 리스본 고등학교에서 소이체크 선생님한테 수학을 배우던 시절부터. 아내를 만난 것도 그 나이 때였지 싶은데, 태비는 아마 아니라고 할걸요. 뭐든 아니라고 하는 게 천성이라."

"그럼 99는요?"

킹은 잠시 생각하다가 손가락을 차례로 꼽으며 대답했다.

"일단 엄청 많은 나이네요. '형무소 돌담 아래 99년형.' 그런 노래가 있었죠. 「99번 열차 탈선 사고」라는 노래도 있었고. 다만 내 머릿속에 먼저 떠오르는 건 롱펠로의 시 「헤스페로스 호의 난파」지만요. '벽에 늘어선 맥주 99병, 한 병 내려서 다 같이 돌려 마셨더니, 이제 남은 병 98병.' 이런 식으로 한 병씩 빼는 돌림 노래도 있고. 그런 거 말고는 떠오르는 게 하나도 없어요."

이번에는 스티븐 킹이 시계를 돌아볼 차례였다.

"슬슬 출발하지 않으면 베티 존스가 우리 집에 전화해서 혹시 아들 있는 거 까먹었냐고 물어볼걸요. 게다가 우리 아들 조를 차에 태우고 나면 시속 200킬로미터로 운전해서 북쪽으로 가야 된다고요. 맥주를 그만 마시면 멀쩡한 정신으로 운전하는 데에 도움이 되겠죠. 그리고 맥주를 그만 마시려면, 총을 찬 유령 둘이 우리 집 부엌에서 사라져 주는 게 도움이 될 테고."

롤랜드가 고개를 끄덕였다. 그러고는 허리에 찬 권총띠로 손을 내려 총탄 한 개를 꺼낸 다음, 멍한 표정을 한 채 왼손 엄지와 검지로 빙글빙글 돌리기 시작했다.

"괜찮다면 하나만 더 물어봅시다. 그다음엔 우리는 우리 갈 길로 가고 당신은 당신 갈 길로 가는 거요."

"그래요, 물어봐요."

킹이 고개를 끄덕였다. 그러고는 손에 쥔 세 번째 맥주 캔을 보다가 아쉬운 표정으로 개수대에 맥주를 쏟아 버렸다.

"「다크 타워」라는 책을 쓴 사람이 당신이오?"

에디가 보기에는 얼토당토않은 질문이었지만, 스티븐 킹은 눈을 반짝이며 환하게 웃었다.

"아니오! 혹시라도 내가 글쓰기에 관한 책을 쓴다면, 아니라고 대답할 거예요. 그런데 아무래도 나중에 그런 책을 쓸 것 같군요. 작가가 되려고 그만두기 전까진 글쓰기를 가르치는 게 내 직업이었으니까. 아무튼 아니에요. 「다크 타워」 시리즈의 어떤 책도 실은 내가 쓴 게 아니에요. 실제로 책을 쓰는 작가들도 있긴 하지만 난 그런 작가가 아니라서요. 실은 영감이 다 떨어져서 플롯에 기댈 때면, 내가 만드는 이야기는 여지없이 쓰레기가 돼 버려요."

"도대체 무슨 소린지 하나도 모르겠군요." 에디가 말했다.

"그건 말하자면…… 와, 멋진데요!"

총잡이의 엄지와 검지 사이에서 빙글빙글 돌던 총탄이 손등 쪽으로 휙 날아오르는가 싶더니, 물결치듯 움직이는 손가락 관절을 타고 마치 걷는 것처럼 움직이기 시작했다.

"음." 롤랜드도 동의했다. "볼만하지. 안 그렇소?"

"중간역에서 제이크한테 최면을 걸 때 써먹은 방법이죠. 아이가 어쩌다 죽었는지 떠올리게 하려고."

그리고 수전한테도. 에디가 속으로 중얼거렸다. 이 양반은 수전한테도 똑같은 수법으로 최면을 걸었어. 사이 킹, 당신은 아직 그걸 모르겠지. 어쩌면 머릿속 한구석에서는 다 알고 있을지도.

"나도 최면술에 도전한 적이 있어요. 실은 어릴 적에 톱스햄 축제에서 어떤 남자가 나를 무대 위로 불러서는, 닭처럼 꼬꼬댁 울게 하려고 최면을 걸었죠. 안 통했지만. 그 무렵이었을 거예요, 버디 홀리가 비행기 추락 사고로 죽은 게. 빅 바퍼도 같이 타고 있었고. 리치 밸런스도. 토다나! 아아, 디스코디아!"

킹은 생각을 떨쳐 버리려는 듯이 갑자기 고개를 가로젓더니, 춤추는 총탄으로부터 눈길을 들어 롤랜드의 얼굴을 보았다.

"내가 방금 뭐라고 했나요?"

"별 얘기 안 했소, 사이."

롤랜드는 춤추는 총탄으로 눈길을 내렸다. 이쪽에서 저쪽으로, 저쪽에서 이쪽으로 춤추는 총탄을 향해. 그러자 킹 또한 자연스레 다시 총탄을 내려다보았다.

"당신이 이야기를 쓸 때 무슨 일이 벌어지는 거요?" 롤랜드가 물었다. "예컨대 내 이야기를 쓸 때?"

"이야기가 그냥 찾아와요." 무언가에 홀린 듯이, 킹의 목소리가 작아졌다. "내 안으로 불어 들어와요. 그게 멋진 부분이죠. 그러고 나서 내가 손가락을 움직이면, 바깥으로 흘러나오는 거예요. 머리에서 나오는 게 절대 아니에요. 배꼽, 아니면 다른 어디서 흘러나와요. 예전에 어떤 편집자가 있었어요, 내 기억에 맥스웰 퍼킨스라는 편집자였는데…… 그 사람이 토머스 울프라는 작가를……."

에디는 롤랜드가 무슨 짓을 하는 중인지 알았고 거기에 끼어들지 않는 편이 나으리란 것 또한 알았지만, 그래도 가만히 있을 수가 없었다.

"장미." 에디가 말했다. "장미, 돌, 찾지 못한 문."

스티븐 킹의 표정은 기쁨으로 환하게 물들었지만, 눈길은 총잡이의 손가락 관절 위를 베틀처럼 오가는 총탄에 못 박혀 있었다.

"원래는 돌, 잎사귀, 문이에요. 하지만 장미 쪽이 훨씬 마음에 드는군요."

킹은 완전히 홀린 상태였다. 에디는 킹의 의식이 머리 바깥으로 빨려 나가는 소리가 귀에 들릴 것만 같았다. 지금 같은 절체절명의 순간에는 전화벨 소리처럼 하찮은 것조차도 만물의 경로 자체를 바꿔 버릴지 모른다는 생각이 들었다. 에디는 의자에서 일어섰다. 뻣뻣해진 다리가 욱신거리는데도 소리 없이 일어서서, 전화기가 걸려 있는 벽 쪽으로 걸어갔다. 그런 다음 전화선의 접속부를 쥐고 '딸깍' 소리가 날 때까지 눌렀다.

"장미, 돌, 찾지 못한 문." 킹이 맞장구치듯 중얼거렸다. "맞아요, 토머스 울프가 쓴 글에서 인용했을 거예요. 맥스웰 퍼킨스는 울프를 '성스러운 풍경(風磬)'이라고 했어요. 아아, 탄식하는 바람을 타고, 방황하는 유령이여! 잊어버린 그 모든 얼굴들이여! 아아, 디스코디아!"

"이야기가 어떻게 당신을 찾아온다는 거요, 사이?" 롤랜드가 나지막이 물었다.

"난 뉴에이지 운동 같은 건 안 좋아해요…… 수정 구슬을 보고 점을 치는…… 이래도 좋고 저래도 좋은, 새로 시작하면 그만이라는 사람들…… 하지만 그런 부류가 쓰는 말 중에 '채널링'이라는 게 있는데, 그게…… 바로 글이 찾아올 때의 느낌이에요…… 꼭 어떤 채널을 통해서……"

"또는 빔을 통해서?" 롤랜드가 물었다.

"만물은 빔을 섬기나니."

소설가는 그렇게 말하고 나서 한숨을 쉬었다. 한숨 소리가 슬프다 못해 섬뜩했다. 에디는 걷잡을 수 없이 소름이 돋으면서 목덜미의 털이 바짝 서는 느낌이 들었다.

11

스티븐 킹은 먼지가 아른대는 오후의 햇살 한 줄기 속에 우두커니 서 있었다. 햇살이 킹의 뺨과 왼쪽 눈두덩과 입가의 오목한 볼우물을 환하게 물들였다. 턱수염의 왼쪽 절반에 박힌 흰 털 한 올 한 올이 빛의 선으로 바뀌었다. 그렇게 빛 속에 서 있으니 주위를 둘러싼 희미한 어둠이 더 또렷해졌다. 호흡은 1분에 서너 번 정도로 느려졌다.

"스티븐 킹. 그대는 나를 보고 있소?" 롤랜드가 물었다.

"하일, 총잡이여, 똑똑히 보고 있나이다."

"나를 언제 처음 보았소?"

"오늘에야 비로소 보았습니다."

롤랜드는 그 말에 놀란 눈치였고, 조금은 낙담한 듯도 했다. 분명 그가 기대했던 답은 아니었다. 뒤이어 킹이 이야기를 계속했다.

"커스버트는 봤지만, 당신은 못 봤습니다." 잠시 침묵. "당신과 커스버트는 빵을 부숴서 교수대 아래에 흩뿌렸습니다. 그 장면은 제가 이미 써 놓은 부분에 나옵니다."

"그렇소, 우리 둘이 그렇게 했소. 주방장 핵스가 매달렸을 때. 그땐 둘 다 어렸지. 당신한테 그 얘기를 들려준 게 커스버트요?"

킹은 그 질문에 대답하지 않았다.

"저는 에디를 봤습니다. 아주 똑똑히 봤습니다." 잠시 침묵. "커스버트와 에디는 쌍둥입니다."

"롤랜드……."

에디가 나지막한 목소리로 말을 꺼냈다. 롤랜드는 고개를 사납게 한 번 저어 에디의 입을 막고는, 킹에게 최면을 거느라 사용했던 총탄을 식탁에 내려놓았다. 킹은 그 총탄이 움직이던 곳을 계속 보고 있었다. 마치 아직도 총알이 보이는 것처럼. 필시 그런 모양이었다. 까맣고 덥수룩한 그의 머리카락 주위로 먼지가 춤추듯 어른거렸다.

"커스버트와 에디를 봤을 때 당신은 어디 있었소?"

"창고에 있었어요." 킹은 목소리가 부쩍 작아졌고, 입술이 떨리기 시작했다. "이모가 나를 창고에 가뒀어요, 우리가 가출을 하려고 해서."

"우리라니?"

"나랑 우리 형 데이브요. 어른들이 우릴 찾아서 집으로 데려왔어요. 우리가 나쁜 애들이라고, 문제아라고 했어요."

"그래서 창고에 갇혀야 했던 게로군."

"예, 거기서 장작을 팼어요."

"그게 당신 형제가 받은 벌이었군."

"예."

킹의 오른쪽 눈꼬리에 눈물이 맺혔다. 눈물방울이 뺨을 타고 턱수염 끄트머리까지 흘러내렸다.

"닭들이 죽었어요."

"창고에 있던 닭 말이오?"

"예, 그 닭들이요."

첫 번째 눈물방울의 뒤를 이어 눈물이 줄줄 흐르기 시작했다.

"닭이 왜 죽은 거요?"

"오런 이모부 말로는 조류 독감이라고 했어요. 닭들은 눈을 뜬 채로 죽었어요. 그래서…… 조금 무서웠어요."

어쩌면 조금 무서운 정도가 아니었을 거라고 에디는 생각했다. 눈물과 창백해진 뺨이 그 증거였다.

"창고에서 나갈 수가 없었던 거요?"

"제 몫의 장작을 다 패기 전에는요. 데이브 형은 자기 몫을 다 팼어요. 다음은 제 차례였고요. 닭 속에 거미가 있었어요. 내장 속에, 조그맣고 빨간 거미들이. 잘게 다진 빨간 피망 조각 같았어요. 그 거미들한테 물리면 저도 독감에 걸려서 죽을 판국이었어요. 그래도 다시 살아났겠지만요."

"어째서?"

"흡혈귀가 됐을 테니까요. 그의 노예가 됐겠죠. 어쩌면 서기가 됐을지도. 그의 애완 작가."

"그가 누구요?"

"거미들의 왕. 크림슨 킹이오, 타워펜트."

"맙소사, 롤랜드."

에디가 소곤거렸다. 에디는 덜덜 떨고 있었다. 그들은 무엇을 찾은 걸까? 그들이 들춘 둥우리는 누구의 것일까?

"사이 킹, 스티브, 당신 그때 몇 살이었…… 지금 몇 살이죠?"

"일곱 살이오." 잠시 침묵. "저는 바지에 오줌을 지리고 말았어요. 거미한테 물릴까 봐 너무 무서워서요. 그 빨간 거미들한테요. 그런데 그때 당신이 나타났어요, 에디, 그래서 전 자유로워졌어요."

스티븐 킹의 얼굴에 미소가 번졌다. 눈물에 젖은 뺨이 환하게 빛났다.

"스티븐, 당신 지금 잠들어 있소?"

"예."

"더 푹 잠드시오."

"그럴게요."

"내가 셋까지 셀 거요. 셋을 세는 순간 할 수 있는 데까지 깊이 잠드는 거요."

"알았어요."

"하나…… 둘…… 셋."

셋에서 스티븐 킹이 머리를 앞으로 푹 숙였다. 턱이 가슴에 닿을 정도였다. 반짝이는 침 한 줄기가 입가에서 흘러내려 진자처럼 흔들렸다.

"에디, 이제 뭔가 밝혀졌구나. 아마도 중요한 것일 게다. 이 사람은 어릴 적에 크림슨 킹의 손길에 닿은 적이 있지만, 아무래도 우리가 이 사람을 아군으로 끌어들인 것 같다. 어쩌면 네가 한 일인지도 모른다, 에디. 너와 내 오랜 친구 커스버트가. 어쨌거나 이로써 이 사람은 중요한 인물이 됐다."

"내가 이룬 업적이 기억나면 나도 기분이 좀 좋아질 텐데." 에디가 그렇게 말하고는 한마디 덧붙였다. "이 양반이 일곱 살이었을 때 나는 태어나지도 않았던 거, 알아?"

에디의 말에 롤랜드는 씩 웃었다.

"카는 바퀴다. 너는 여러 다른 이름으로 오랫동안 그 바퀴를 돌렸던 거다. 아마도 한때는, 커스버트라는 이름으로."

"그게 크림슨 킹이 타워펜트인 거랑 무슨 상관인데?"

"나도 모른다."

롤랜드가 다시 스티븐 킹을 돌아보았다.

"스티븐, 디스코디아의 지배자가 당신을 죽이려고 한 게 몇 번이나 되는 것 같소? 당신을 죽여서 글을 못 쓰게 하려고. 당신의 그 골칫덩이 입을 막으려고 말이오. 이모님 댁의 창고에서 처음 시도했던 이후로."

스티븐 킹이 횟수를 세어 보는가 싶더니, 이내 고개를 저었다.

"딜라."

킹이 말했다. 많다라는 뜻이었다.

"그때마다 누군가 개입했소?"

"아니에요, 사이, 그건 절대 아니에요. 나는 완전히 무력한 사람은 아니니까요. 내 힘으로 피할 때도 있었어요."

그 말에 롤랜드가 웃음을 터뜨렸다. 웃음소리가 나뭇가지를 무릎에 대고 꺾을 때 나는 소리처럼 거칠었다.

"당신은 스스로가 누구인지 아시오?"

킹이 고개를 가로저었다. 토라진 아이처럼 아랫입술을 삐죽 내민 채로.

"당신은 스스로가 누구인지 아시오?"

"첫째로 아버지. 둘째로 남편. 셋째로 작가. 그다음으로는 형의 동생. 형제 이상의 관계는 밝히지 않을 거예요. 됐어요?"

"아니. 아직 멀었소. 당신은 스스로가 누구인지 아시오?"

한참 동안 침묵이 흘렀다.

"아니오. 내가 아는 건 다 말했어요. 이제 그만 물어봐요."

"당신이 진실을 말하면 그만하겠소. 당신은 스스로가……"

"그래요, 무슨 속셈인지 알겠어요. 이제 속이 후련해요?"

"아직 멀었소. 당신이 누구인지 나한테 말해야……"

"나는 간이에요, 아니면 간에 씌었거나. 어느 쪽인지는 나도 몰라요, 아마 그게 그거겠지만."

킹이 울기 시작했다. 소리 없이 흐르는 눈물이 섬뜩했다.

"하지만 디스는 아니에요, 난 디스에서 벗어났어요. 디스를 거부한다고요. 그거면 충분해야 하는데 그렇지가 않죠, 카는 만족할 줄을 모르니까. 탐욕스러운 카, 그게 수전 델가도가 한 말이잖아요, 안 그래요? 당신이 그 여자를 죽이기 전에, 또는 내가 죽이기 전에, 아니면 간이. '카는 그렇게 탐욕스러운 거야, 끔찍한 거란 말이야!' 수전을 죽인 게 누구든 간에 그 말을 내뱉게 한 사람은 나예요, 왜냐면 난 카를 미워하니까요, 정말로. 나는 카에 맞서 싸우는 중이에요. 그리고 앞으로도 싸울 거예요, 내 길의 끄트머리에 있는 공터에 도착하는 그날까지."

롤랜드는 식탁 앞의 의자에 앉았다. 수전이라는 이름을 듣고 얼굴이 하얗게 질린 채로.

"그런데도 카는 나를 찾아와요, 내 안에서 솟아나고, 나는 그걸 번역해요, 그걸 번역하는 게 내 운명이에요, 내 배꼽에서 리본처럼 흘러나오는 카를. 나는 카가 아니고 리본도 아닌데, 그건 그냥 나를 통해 솟아나는 건데 나는 그게 싫어요 너무 싫다고요! 그 닭들의 배 속에는 거미가 들끓었어요, 무슨 말인지 알아요, 거미가 가득했다고요!"

"우는소리는 집어치우시오."

롤랜드가 말했고(에디에게는 놀랄 만큼 매정하게 들렸다.), 킹은 입을 다물었다.

총잡이는 앉은 채로 가만히 생각하다가 이내 고개를 들었다.

"내가 서쪽 바닷가에 이르렀을 때 왜 글쓰기를 그만뒀소?"

"당신 바보예요? 왜기는요, 간이 되기 싫어서 그런 거죠! 디스에서 벗어났으니까 간에서도 벗어나야 해요. 난 사랑하는 아내가 있어요. 사랑하는 자식들도 있고. 글쓰기도 사랑하지만, 당신의 이야기는 쓰고 싶지 않아요. 난 언제나 두려웠어요. 그가 나를 찾고 있으니까. 크림슨 킹의 눈이."

"하지만 내 이야기를 포기하면서 그 눈도 사라졌군."

"맞아요, 그 후로는 그 눈이 나를 찾지 않아요, 보지도 않고."

"허나 당신은 계속 써야 하오."

스티븐 킹의 표정이 일그러졌다. 고통스러운 듯이. 그러다가 차츰 펴져서 앞서처럼 잠든 사람의 평온한 표정으로 바뀌었다.

롤랜드가 손가락이 부족한 오른손을 위로 들었다.

"다시 이야기를 쓸 때, 당신은 내가 손가락을 잃는 부분부터 시작할 거요. 기억할 수 있겠소?"

"가재 괴물 말이군요. 그놈들이 손가락을 잘라 먹었죠."

"그걸 어떻게 아시오?"

킹은 빙그레 웃고는 입으로 조그맣게 휘이잉 소리를 냈다.

"답은 바람 속에 있으니까요."

"간은 세계를 낳고 나서 변질해 버렸다." 롤랜드는 그렇게 대꾸했다. "당신이 하고 싶은 말이 그거요?"

"맞아요, 그리고 거대한 거북이가 없었다면 세계는 나락으로 무너져 내렸을 거예요. 그런데 무너지지 않고 거북이의 등에 내려앉았어요."

"우리도 그렇게 들었소, 고맙게도. 다음 책은 가재 괴물 떼가 내 손가락을 물어뜯는 장면에서 쓰기 시작하시오."

"대드 어 점, 대드 어 징어스, 망할 놈의 가재들이 당신 손가락을 뜯어먹는 장면부터."

킹은 그렇게 말하고는 실제로 웃음을 터뜨리기까지 했다.

"그렇소."

"당신이 죽었다면 내가 글을 쓰기가 훨씬 더 편해졌을 거예요, 스티븐의 아들 롤랜드."

"알고 있소. 에디와 다른 친구들도 마찬가지겠지." 총잡이의 입가에 웃음 비슷한 것이 떠올랐다가 사라졌다. "그리고 가재 괴물 떼가 사라진 다음에는……"

"에디가 등장할 차례죠, 에디가 나와요."

스티븐 킹은 롤랜드의 말을 끊고 몽롱한 표정으로 손을 살짝 내저었다. 다 아는 내용이니 시간을 낭비할 것 없다는 듯이.

"사로잡힌 남자, 떠미는 남자, 그늘 속의 여인. '정육점 주인, 빵집 주인, 양초를 잘못 든 사람.'" 킹이 씩 웃었다. "내 아들 조는 그렇게 불러요. 그런데 그게 언제죠?"

롤랜드는 뜻밖의 질문에 놀라 눈을 껌벅거렸다.

"언제냐고요, 언제, 언제?"

킹이 손을 쳐들자 에디는 깜짝 놀랐다. 토스터와 와플 굽는 팬, 깨끗한 접시로 가득한 식기 건조대가 햇빛 속에서 위로 휙 솟아 허공에 둥둥 떠 있었기 때문이었다.

"글쓰기를 다시 시작할 때가 언제냐고 묻는 거요?"

"맞아요, 맞아요, 맞아요!"

허공에 떠 있는 식기 건조대에서 식칼이 튀어나와 주방을 가로질러 날아갔다. 날아간 식칼은 벽에 꽂혔고, 그 자리에서 부르르 흔들렸다. 뒤이어 모든 것이 다시 제자리로 내려앉았다.

롤랜드가 입을 열었다.

"거북이의 노래, 그리고 곰의 포효가 들리는지 잘 살펴보시오."

"거북이의 노래, 곰의 포효. 거북이의 이름 머투린, 그건 패트릭 오브라이언의 소설에 나오는데. 곰의 이름인 샤딕은 리처드 애덤스의 소설에 나오고."

"그렇소. 당신이 그렇게 말한다면."

"빔의 지킴이들이죠."

"그렇소."

"내가 만든 빔의."

롤랜드는 홀린 듯이 킹을 바라보았다.

"그렇소?"

"예."

"그럼 그렇다고 해 둡시다. 거북이의 노래나 곰의 포효가 들릴 때, 그때 글쓰기를 다시 시작해야 하오."

"내가 당신의 세계를 향해 눈을 뜰 때, 그가 나를 보는데요." 잠시 침묵. "그것이오."

"알고 있소. 그럴 때면 우리가 당신을 지킬 거요, 장미를 지키려 애쓸 때와 마찬가지로."

그 말에 킹이 빙그레 웃었다.

"저는 그 장미가 참 좋아요."

"장미를 본 적 있어요?" 에디가 물었다.

"그럼요, 뉴욕에서 봤어요. 유엔 플라자 호텔 맞은편에서. 예전에는 식료품 가게에 있었어요. 톰과 제리의 식료품 가게. 지금은 그 가게가 있던 자리의 공터에 있고요."

"당신은 지쳐서 나가떨어질 때까지 우리 이야기를 쓸 거요. 더는 못 쓸 때가 되면, 거북이의 노래와 곰의 포효가 당신 귓속에서 희미해지는 때가 오면, 그러면 쉬도록 하시오. 그러다가 다시 시작할 힘이 생기면 다시 써야 하오. 당신은……"

"저기, 롤랜드?"

"왜 그러시오, 사이 킹?"

"당신 말대로 할게요. 거북이의 노래가 들리는지 잘 살피다가, 들릴 때마다 이야기를 써 나갈게요. 내 목숨이 붙어 있다면요. 하지만 당신도 주의 깊게 들어야 해요. 그녀의 노래를."

"그녀가 누구요?"

"수재나요. 서두르지 않으면 아기가 수재나를 죽일 거예요. 당신들은 귀를 쫑긋 세우고 잘 들어야 해요."

에디가 겁에 질린 표정으로 롤랜드를 돌아보았다. 롤랜드가 고개를 끄덕였다. 이제 출발할 시간이었다.

"내 말 잘 들으시오, 사이 킹. 우리는 브리지턴에서 복된 만남을 이루었소, 허나 이제는 당신을 두고 떠나야 하오."

"좋아요."

킹이 안도감을 숨기지 못한 목소리로 냉큼 말하는 바람에 에디는 하마터면 소리 내어 웃을 뻔했다.

"당신은 여기 그대로 계시오, 바로 이 자리에, 10분 동안. 내 말 알아들었소?"

"예."

"그런 다음 잠에서 깨어나시오. 기분이 무척 상쾌할 거요. 우리가 여기 왔던 것은 전혀 기억하지 못할 거요, 당신 의식 속의 가장 깊숙한 곳에 남은 기억을 제외하면."

"진흙 구렁 속의 기억 말이죠."

"그렇소, 그 진흙 구렁이오. 의식의 표면에서는 낮잠을 잤다고 기억할 거요. 기분 좋은, 개운한 낮잠을 말이오. 아들을 데리러 출발한 후에 그 길로 오늘의 목적지까지 가시오. 당신은 기분이 상쾌할 거요. 그렇게 계속 살아가시오. 앞으로 당신은 많은 이야기를 쓸 테지만, 모든 이야기는 멀든 가깝든 내 이야기와 관련됐을 거요. 내 말 알아들었소?"

"예."

그렇게 대답하는 스티븐 킹의 목소리가 지쳐서 퉁명스러워졌을 때의 롤랜드의 목소리와 어찌나 비슷했던지, 에디는 등의 털이 쭈뼛서는 느낌이 들었다.

"한번 본 것을 못 본 것으로 할 수는 없으니까요. 한번 알아 버린 것을 모르는 것으로 할 수도 없고." 킹이 잠시 입을 다물었다가 덧붙였다. "죽는다면 또 모를까."

"그렇소, 아마도. 거북이의 노래가 들릴 때마다, 당신이 듣기에 그 비슷한 소리가 들릴 때마다, 우리 이야기를 다시 쓰시오. 당신이 써야 할 하나뿐인 진짜 이야기를. 그리고 우리는 당신을 지키기 위해 애쓸 거요."

"저는 겁이 나요."

"이해하오, 하지만 우리가 있는 힘껏……"

"그것 때문이 아니에요. 이야기를 끝마치지 못할까 봐 겁이 난다는 말이에요." 스티븐 킹의 목소리가 작아졌다. "탑이 무너질까 봐,

그게 제 탓이라고 비난받을까 봐 겁이 나요."

"그건 당신이 아니라 카한테 달린 일이오. 아니면 나한테 달렸든가. 나는 그 점에서는 여한이 없소. 그럼 이만……."

롤랜드는 에디에게 고개를 끄덕이고 의자에서 일어섰다.

"잠깐만요."

킹이 부르는 소리에 롤랜드가 그를 돌아보았다. 눈을 동그랗게 뜨고서.

"나는 서신을 보낼 권리가 있어요. 딱 한 번뿐이지만."

무슨 포로수용소에 갇힌 사람처럼 말하네. 에디는 속으로 중얼거렸다. 그러고는 이내 소리 내어 말했다.

"편지를 보낼 권리를 누가 줬는데요, 스티브?"

그 말은 들은 킹이 눈살을 찌푸렸다.

"간? 간인가?"

뒤이어 안개 낀 아침에 햇살이 비쳐 들 때처럼, 킹의 미간이 스르르 펴지고 얼굴에 미소가 번졌다.

"내가 준 것 같아요! 내가 나한테 편지를…… 또는 작은 소포를 보낼 수 있게끔…… 하지만 딱 한 번만." 킹의 미소가 보기 좋은 함박웃음으로 커졌다. "이 모든 게 일종의…… 동화 같네요, 안 그래요?"

"그렇고말고요." 에디는 그렇게 대꾸하며 캔자스주의 고속도로를 지날 때 마주쳤던 유리 궁전을 떠올렸다.

"그래서 어떡할 거요? 누구한테 편지를 보낼 생각이오?"

"제이크한테요." 킹이 제꺼덕 대답했다.

"그 아이한테 전할 말이 뭐요?"

뒤이어 킹의 목소리가 에디 딘의 목소리로 변했다. 성대모사 같은 것이 아니었다. 완전히 똑같은 목소리였다. 에디는 그 목소리를 듣고 가슴이 철렁했다.

"대드 어 첨, 대드 어 치." 킹이 리듬에 맞춰 말했다. "걱정할 것 없어, 너한텐 열쇠가 있어!"

두 사람은 조금 더 기다렸지만 더 전할 내용은 없는 모양이었다. 에디가 롤랜드를 돌아보았고, 이번에는 젊은 총잡이가 '그만 됐다'라는 뜻으로 손을 내저을 차례였다. 롤랜드가 고개를 끄덕이고 나서 둘은 현관문 쪽으로 걸음을 옮겼다.

"방금 무서워서 죽는 줄 알았어."

에디가 말했다. 롤랜드는 아무 대꾸도 하지 않았다.

에디가 롤랜드의 팔을 건드려 멈춰 세웠다.

"나 생각난 게 또 하나 있어, 롤랜드. 스티븐 킹이 아직 최면에 걸려 있는 동안, 술하고 담배를 끊으라고 당신이 말해 두는 게 좋을 것 같아. 특히 담배를. 저 양반 아주 골초야. 집 안이 어떤지 봤어? 온 사방에 재떨이가 널려 있다고."

롤랜드는 에디의 말에 흥미가 동한 표정을 지었다.

"에디, 일단 폐가 성숙한 다음에 피우기 시작하면 담배는 수명을 줄이는 것이 아니라 오히려 늘려 준다. 그래서 길르앗에서는 가장 가난한 이들을 제외하면 누구나 담배를 피운다. 찢어지게 가난한 이들은 분명 옥수수껍질이라도 말려서 피울 게다. 담배는 무엇보다 병든 생각을 몰아낸다. 다음으로는 갖가지 위험한 해충을 내쫓아 주지. 그건 누구나 아는 사실이다."

"길르앗 사람들이 다 아는 사실을 이 나라 보건복지부 장관이 들으면 참 좋아하겠군." 에디의 말투는 심드렁했다. "그럼 술은 어때? 밤에 술을 마시고 운전하다가 차가 뒤집혀서 구른다고 생각해 봐, 아니면 고속도로를 역주행하다가 다른 차를 정면으로 받기라도 하면?"

롤랜드는 그 말을 곰곰이 생각하다가 고개를 가로저었다.

"나는 저 사람의 정신을 마음껏 간섭했다, 저 사람의 카 자체도. 내가 감히 할 수 있는 한도까지. 혹시 모르니 앞으로 오랫동안 저 사람한테 무슨 일이 있는지 확인해야…… 너 왜 나를 보며 고개를 절레절레 흔드는 거냐? 이야기를 짓는 것은 저 사람인데!"

"어쩌면 그럴지도 모르지, 하지만 우린 앞으로 22년 동안 저 사람의 안부를 챙기지 못할 거야, 그게 싫다면 수재나를 버리기로 작정해야 하는데…… 난 죽어도 그렇게는 못 해. 일단 1999년으로 건너가면 우린 두 번 다시 못 돌아와. 지금 이 세계로는."

롤랜드는 에디의 말에 대꾸하지 않고서 잠시 스티븐 킹을 바라보았다. 자기 집 부엌의 카운터에 등을 기대고 서서 눈을 뜬 채로 잠들어 있는, 이마에 앞머리가 흘러내린 스티븐 킹을. 이제 7분, 또는 8분이 흐른 후에 잠에서 깨어난 킹은 롤랜드와 에디가 한 말을 전혀 기억하지 못할 터였고…… 그 둘은 영영 사라진 존재, 그것으로 끝이었다. 에디는 총잡이가 위기에 빠진 수재나를 그냥 버려둘 거라고 진심으로 믿지는 않았지만…… 그는 제이크가 추락하도록 놔두지 않았던가? 옛날 옛날 한옛날에, 그는 제이크가 심연으로 추락하도록 놔둔 인간이었다.

"그렇다면 저 사람 혼자 알아서 헤쳐나가야겠지."

롤랜드의 말에 에디는 안도의 한숨을 내쉬었다.

"사이 킹."

"예, 롤랜드."

"명심하시오. 거북이의 노래가 들리면, 다른 일은 모두 제쳐 놓고 우리 이야기를 써야 하오."

"그럴게요. 적어도 시도는 해 볼게요."

"좋소."

뒤이어 소설가가 입을 열었다.

"그 구슬은 판 위에서 떨어져 박살 나야 해요."

그 말을 들은 롤랜드가 눈살을 찌푸렸다.

"구슬이라니? '검은 13' 말이오?"

"잠에서 깨면 그 구슬은 온 우주에서 가장 무시무시한 존재가 될 거예요. 그런데 지금 슬슬 깨어나는 중이에요. 어딘가 다른 곳에서. 다른 시대, 다른 장소에서."

"예언 고맙소, 사이 킹."

"대드 어 심, 대드 어 샤워. 구슬을 두 개의 탑으로 가져가요."

영문을 모르는 롤랜드는 말없이 고개만 절레절레 흔들었다. 『반지의 제왕』 이야기라는 것을 눈치챈 에디는 주먹을 이마에 대고 살짝 고개를 숙였다.

"감사합니다, 글잡이여."

킹은 그 인사가 우스운 듯 씩 웃었지만, 말은 하지 않았다.

"기나긴 낮과 즐거운 밤을 누리시길." 롤랜드가 말했다. "이제 더는 그 닭들이 떠오르지 않을 거요."

수염으로 뒤덮인 스티븐 킹의 얼굴은 가슴이 터질 듯 희망찬 표정으로 물들었다.

"그 말 진짠가요?"

"진짜요. 그럼 언젠가 삶 끝의 공터에서 만나기 전, 우리 길이 다시 한번 겹치기를 바라겠소."

총잡이는 장화 뒷굽을 바닥에 디딘 채로 빙그르르 돌아서서 그 길로 소설가의 집을 나섰다.

에디는 자기 집 부엌 카운터에 납작한 엉덩이를 대고 구부정하니 서 있는 키가 훌쭉한 남자를 마지막으로 돌아보았다. 그러면서 생각했다. 스티비, 다음번에 우리가 만나면…… 그럴 수만 있다면…… 당신은 턱수염이 하얗게 세고 얼굴에 주름이 자글자글하겠죠…… 나는 그때도 지금처럼 젊겠지만. 혈압은 좀 어때요, 사이? 앞으로 22년은 버틸 만해요? 그러면 좋겠는데. 심장은요? 혹시 집안에 암 환자 있어요? 있다면 몇 명이나?

그런 것을 물어볼 시간은 당연히 없었다. 다른 어떤 질문도 마찬가지였다. 소설가는 금방이라도 잠에서 깨어나 자기 삶을 살아갈 터였다. 에디는 자기 딘의 뒤를 따라 저물어 가는 오후 햇살 속으로 나선 다음, 등 뒤의 현관문을 닫았다. 에디의 머릿속에 슬슬 떠오르는 생각은 이러했다. 카가 그들을 뉴욕시가 아니라 이곳으로 보냈다면, 어떤 식으로든 이유가 있어서 그렇게 했으리라.

12

에디는 존 컬럼에게서 받은 차의 운전석 문 앞에 서서 차 지붕 너머로 총잡이를 바라보았다.

"저 사람 주위에 있는 거 봤어? 검은 안개 같은 그거."

"토다나 말이구나, 나도 봤다. 그래도 아직 희미한 단계라서 천만 다행이다."

"토다나가 뭐야? 토대시하고 비슷하게 들리는데."

에디의 말에 롤랜드가 고개를 끄덕였다.

"토대시를 변형시킨 말이다. '죽음의 주머니'라는 뜻이지. 저 사람은 표적이 됐다."

"맙소사."

"말했다시피 아직은 희미하다."

"하지만 분명히 있었잖아."

에디가 말하는 사이에 롤랜드가 조수석 문을 열었다.

"우리 힘으로 어떻게 할 수 있는 일이 아니다. 무릇 사람의 수명은 카가 결정하는 법이니. 출발하자, 에디."

그러나 막상 출발할 준비가 다 되자 에디는 이상하게도 떠나기가 망설여졌다. 사이 킹과 마무리하지 못한 일이 남은 것 같다는 느낌이 들었다. 그리고 그 검은 기운도 영 께름칙했다.

"터틀백 레인은, 그 방문자들은? 킹한테 물어봐야……"

"우리가 직접 찾으면 된다."

"진심이야? 내 생각엔 우리가 그쪽으로 가야 할 것 같아서 물어보는 거야."

"동감이다. 자, 서둘러라. 이제부터 할 일이 많다."

13

스티븐 킹은 낡은 포드 차의 미등이 차고 앞 진입로를 다 빠져나가기도 전에 눈을 떴다. 맨 먼저 한 일은 시계를 보는 것이었다. 네 시가 다 된 참이었다. 벌써 10분 전에 아들 조를 데리러 출발해야 했지만, 방금 전의 낮잠은 꿀맛이었다. 기분이 상쾌했다. 다시 생기가 솟았다. 무언가 기묘한 방식으로 정화된 느낌이었다. 그는 생각했다. 남들도 다 이렇다면 낮잠 자기를 아예 법으로 정해야겠는데.

어쩌면 그 생각이 옳을지도 몰랐지만, 베티 존스는 4시 반까지 자기 집 마당 앞에 지프 체로키 SUV가 나타나지 않으면 걱정이 돼서 안절부절못할 터였다. 킹은 베티에게 연락하려고 전화기 쪽으로 손을 뻗었다가 책상 위의 전화기 대신 그 앞에 놓인 메모장에 눈길이 멈추었다. 종이 윗부분에는 온 세상 떠버리들이 말하길이라고 적혀 있었다. 동서들 가운데 한 명이 준 작은 선물이었다.

다시 멍한 표정을 한 채로, 킹은 메모장과 그 옆에 놓인 펜을 향해 손을 뻗었다. 그러고는 몸을 숙여 이렇게 적었다.

대드 어 첨, 대드 어 치, 걱정할 것 없어, 너한텐 열쇠가 있어.

킹은 손을 멈추고 홀린 듯이 그 문장을 보다가, 다시 적었다.

대드 어 처드, 대드 어 체드, 봐, 제이크! 열쇠는 붉은색이야!

킹은 또다시 손을 멈추었다가, 이렇게 적었다.

대드 어 첨, 대드 어 치, 이 아이한테 플라스틱 열쇠를 주도록.

킹은 자기가 적은 글을 무척이나 흐뭇한 표정으로 내려다보았다. 거의 애정에 가까운 표정이었다. 하느님 맙소사, 이렇게 흐뭇할 수가! 아무 뜻도 없는 문장 몇 줄이었지만, 그것을 쓰는 동안 느낀 만족감은 거의 희열에 가까웠다.

킹은 메모지를 찢었다.

그 메모지를 공 모양으로 구겼다.

그리고는 먹었다.

종이는 목구멍에 걸려 있다가 '꿀꺽!' 소리와 함께 내려갔다. 성공! 킹은 나무로 만든 열쇠 걸이(걸이 자체도 열쇠 모양이었다.)의 고리에서 자동차 열쇠를 휙 낚아채

(대드 어 치)

손에 쥐고 서둘러 집을 나섰다. 조를 차에 태우고, 함께 집으로 돌아와 짐을 싼 다음, 저녁은 사우스 패리스에 있는 미키 키 식당에서 먹을 생각이었다. 정정. 미키 키가 아니라 미키 디, 그러니까 맥도날드에서. 혼자서 쿼터 파운더 버거 두 개 정도는 먹어 치울 수 있을 것 같았다. 프렌치프라이도 곁들여서. 젠장, 그래도 기분은 정말 최고였다!

캔자스 로드 길에 접어들어 시내 쪽으로 차를 돌린 킹이 라디오를 틀자 마침 매코이스가 부르는 「행 온, 슬루피」가 흘러나왔다. 언제 들어도 멋진 노래였다. 라디오를 들을 때면 자주 그랬듯이 이런저런 상념이 스쳐 갔고, 어느새 킹은 오래된 이야기인 「다크 타워」 시리즈의 등장인물들을 떠올리고 있었다. 남은 사람은 그리 많지 않

았다. 생각해 보면 킹은 그들 중 태반을, 심지어 어린아이까지 이미 죽였으므로. 십중팔구 그 아이를 달리 어떻게 해야 좋을지 몰라서였을 것이다. 보통은 그 이유 때문에 등장인물을 제거하곤 했다. 달리 어떻게 해야 좋을지 몰라서. 그 아이의 이름이 뭐였더라? 잭? 아니, 잭은 『샤이닝』에 나오는 귀신 들린 아버지의 이름이었다. 「다크 타워」 시리즈에 나오는 아이는 제이크였다. 서부극에서 영감을 얻어 쓴 이야기에 나오는 이름으로는 탁월한 선택이었다. 웨인 D. 오버홀저나 레이 호건의 소설에서 그대로 갖다 쓴 것처럼. 그 이야기 속에서 제이크가 다시 살아나는 것도 가능할까, 어쩌면 유령이 되어서라도? 물론 그럴 수도 있었다. 킹이 생각하기에 초자연적인 내용의 이야기에서 멋진 점은 누구도 실제로 죽을 필요가 없다는 것이었다. 등장인물은 언제든 살아 돌아올 수 있었다. 드라마 「다크 섀도우」에 나오는 바나바스라는 남자가 그랬던 것처럼. 바나바스 콜린스는 흡혈귀였다.

"그 아이가 흡혈귀로 변해서 돌아올지도 모르지." 킹은 그렇게 말하고는 껄껄 웃었다. "조심해, 롤랜드, 저녁 준비 다 됐는데 메뉴가 바로 당신이야!"

하지만 그래서는 안 될 것 같았다. 그럼 어떡한다? 아무 생각도 떠오르지 않았지만, 그래도 상관없었다. 시간이 흐르면 무언가 떠오를 테니까. 필시 가장 무방비할 때에. 고양이한테 밥을 줄 때나 아기 기저귀를 갈아 줄 때, 아니면 W. H. 오든이 쓴 시에 나오듯이, 그저 멍하니 산책할 때.

이날은 조금도 괴롭지 않았다. 이날 킹의 기분은 최고였다.

그래, 콘플레이크를 먹은 토니처럼 호랑이 기운이 솟아나.

라디오에서는 매코이스의 노래가 끝나고 트로이 숀델이 부르는 「디스 타임」이 흘러나왔다.

사실, 그 「다크 타워」라는 이야기는 꽤 재미있었다. 킹은 생각했다. 북쪽에서 돌아오면 원고 더미를 파헤쳐 봐야겠다. 찾아서 한번 훑어봐야지.

괜찮은 생각이었다.

선창: 코말라 컴 콜
우리 모두의 창조주께 경배를,
남자와 여자를 만드신 그분께,
크고 작은 이들을 만드신 그분께.

합창: 코말라 컴 콜!
그분께선 크고 작은 이들을 만드셨지!
하지만 운명의 손은 어찌나 커다란지
우리 모두를 똑같은 법으로 다스리지.

제12연

제이크와 캘러핸

1

일찍이 도널드 캘러핸 신부는 갖가지 방식으로 미국에 돌아가는 꿈을 꾸었다. 그런 꿈은 보통 야구 선수들이 '천사 구름'이라 부르는 포슬포슬한 구름이 가득한 맑은 하늘 아래의 사막에서 잠이 깨는 장면, 또는 메인주 예루살렘스 롯의 사제관에 있는 자기 침대에 누운 채로 눈을 뜨는 장면에서 시작했다. 그런 꿈을 꾼 장소가 어디이든 간에 캘러핸은 안도감에 거의 압도되다시피 했고, 맨 처음 반응한 본능은 기도였다. 아아, 하느님, 감사합니다. 감사합니다, 하느님, 그게 다 꿈이었군요, 제가 드디어 꿈에서 깼군요.

캘러핸은 이제 깨어 있었다. 이는 분명한 사실이었다.

캘러핸은 허공에서 한 바퀴를 완전히 회전했고, 눈앞에 보이는 제이크 역시 똑같이 움직였다. 샌들 한 짝은 어디로 가고 없었다. 오이가 짖는 소리가 들렸고 에디가 소리치며 버둥거리는 소리도 들렸다. 거기다 택시의 경적 소리, 뉴욕 길거리의 그 멋진 배경 음악과 함께 들려오는 소리가 또 있었다. 노상에서 전도하는 목회자의 설교 소리였다. 목소리로 미루어보아 한창 열이 오른 듯했다. 변속기로 치면 적어도 3단이었다. 어쩌면 과속하는 중인지도 몰랐다.

캘러핸은 찾지 못한 문을 통과하며 문틀에 한쪽 발목을 찧었고, 이제 그 자리에서 찌릿찌릿한 통증이 치솟았다. 발목(과 그 주변)은 이내 마비되었다. 토대시 상태의 차임벨 소리가 빠르게, 마치 33회전 레코드판을 분당 45회전으로 재생할 때처럼 빠르게 흘러갔다. 서로 충돌하는 공기의 흐름이 몸을 때리는가 싶더니, 문득 통로 동굴의 쿰쿰한 공기가 아니라 자동차 배기가스 냄새가 코를 찔렀다.

잠깐 동안 목회자가 두 명으로 늘었다. 뒤쪽에서는 헨칙이 '보시오, 문이 열렸소!'라고 외쳤고 앞쪽에서는 다른 목회자가 이렇게 외쳤다. '하느님의 이름을 부르십시오, 형제여, 그렇습니다, 2번 대로에서 하느님의 이름을 부르십시오!'

또 쌍둥이인가. 캘러핸은 생각했다. 그 생각을 할 짬은 있었다. 그리고 이내 등 뒤의 문이 쾅 소리와 함께 닫히자 신을 찾는 목회자는 2번 대로에 있는 목사 한 명뿐이었다. 다시 짬이 난 캘러핸은 속으로 중얼거렸다. 집에 온 걸 환영한다, 캘러핸, 이 개자식아, 미국에 돌아온 걸 환영한다고. 그러고는 땅바닥과 만났다.

2

대책 없이 추락하기는 했지만, 다행히 캘러핸은 두 손과 무릎을 땅에 세게 부딪치며 착지했다. 무릎은 청바지 덕분에 크게 다치지 않았으나(비록 청바지는 찢어졌어도) 양쪽 손바닥은 인도 표면에 긁혀 홀라당 벗겨진 느낌이 들었다. 장미의 노래가 들렸다. 거침없이 힘차게 울려 퍼지는 노랫소리가.

캘러핸은 벌러덩 드러누워 하늘을 올려다보며 고통에 찬 신음을 흘리면서, 피가 흐르고 욱신거리는 손을 얼굴 앞으로 들어 올렸다. 왼쪽 손바닥에서 뺨으로 떨어진 피 한 방울이 눈물처럼 흘러내렸다.

"이봐요, 당신 도대체 어디서 온 거예요?"

회색 작업복 차림인 흑인 남자가 어안이 벙벙한 표정으로 물었다. 도널드 캘러핸이 극적인 방식으로 미국에 재입국하는 광경을 목격한 사람은 그 남자뿐인 모양이었다. 남자는 인도에 드러누운 캘러핸을 휘둥그레진 눈으로 내려다보았다.

"환상의 나라 오즈에서."

캘러핸은 그렇게 말하고는 몸을 일으켜 앉았다. 손바닥이 몹시 얼얼했고, 다시 돌아온 발목의 통증은 빨라진 심장 박동과 완벽한 화음을 이루며 거칠게 불평하듯 욱신 욱신 욱신거렸다.

"가 보시오. 얼른. 난 괜찮소, 그러니 빨리 가 보시오."'

"본인이 괜찮다면 괜찮은 거겠죠. 그럼 이만."

회색 작업복 차림의 남자, 캘러핸이 보기에 방금 근무를 마치고 퇴근하는 듯한 그 남자가 돌아서서 걸음을 옮겼다. 남자는 친절하게도 마지막으로 캘러핸을 한 번 더 돌아보았다. 여전히 놀란 표정이었지만, 이미 자신이 잘못 보았다고 의심하기 시작하는 눈치였다. 남자는 길거리 목사의 설교를 듣는 사람들을 빙 돌아서 걸어갔다. 다음 순간 그의 모습은 보이지 않았다.

똑바로 일어선 캘러핸은 함마르셸드 플라자 빌딩으로 올라가는 계단 위에 서서, 제이크가 어디 있는지 찾아보았다. 보이지 않았다. 반대편으로 돌아서서 '찾지 못한 문'을 찾아보았지만, 역시 사라지고 없었다.

"제 말을 들으십시오, 여러분! 잘 들으십시오, 제가 하느님의 말씀을 전할 것입니다, 하느님은 사랑이십니다, 다 함께 할렐루야!"

"할렐루야."

목사의 설교를 듣던 무리 가운데 한 명이 말했지만, 딱히 감동한 목소리는 아니었다.

"아멘, 감사합니다, 형제여! 이제 잘 들으십시오, 왜냐하면 지금 미국은 **시험**에 들었는데 그 **시험**을 이겨내지 **못할** 것이기 때문입니다! 이 나라에는 **폭탄**이 필요합니다, 원자 폭탄 같은 것이 아니라 **하느님 폭탄**이! 함께 할렐루야 하시겠습니까?"

"제이크!" 캘러핸이 외쳤다. "제이크, 어디 있는거냐? 제이크!"

"오이!" 제이크의 목소리, 목청껏 악을 지르는 소리였다. "오이, 조심해!"

신이 나서 짖는 소리, 캘러핸이 어디서 들어도 금세 알아차릴 소리가 들려왔다. 뒤이어 급정차하는 자동차의 타이어 소리가 날카롭게 울려 퍼졌다.

경적 소리가 요란하게 터져 나왔다.

그리고 '쿵' 소리도.

3

캘러핸은 욱신거리는 발목과 화끈거리는 손바닥을 까맣게 잊어버렸다. 그가 목사의 몇 안 되는 회중을(사람들이 일제히 차도 쪽으로 돌아서자 목사는 설교 도중에 고함지르기를 그만두었다.) 빙 돌아서 달려가 보니 2번 대로 차도에 제이크가 서 있었고, 아이의 다리에서 손가락 한 개도 안 되는 거리에 노란 택시 한 대가 비뚜름하니 멈춰 서 있었다. 뒤쪽 타이어에서 아직도 파란 연기가 피어올랐다. 놀란 택시 운전사는 얼굴이 하얗게 질린 채 입 모양이 오(O) 자로 변해 있었다. 오이는 제이크의 두 발 사이에 웅크리고 있었다. 캘러핸이 보기에 그 개너구리는 놀라기만 했을 뿐 다치지는 않은 듯했다.

'쿵' 소리가 다시, 또다시 들려왔다. 제이크가 낸 소리였다. 꽉 쥔 주먹으로 택시 보닛을 두들겨서.

"멍청아!"

차의 앞 유리 너머에서 창백해진 얼굴로 입을 동그랗게 벌린 운전사를 향해 제이크가 악을 썼다. 쿵!

"앞을 (쿵) 똑바로 보고 (쿵) 운전하란 말이야(쿵 쿵)!"

"잘한다, 꼬맹이!" 차도 건너편에서 누군가 외쳤다. 그쪽에 모인 구경꾼은 서른 명가량이었다.

택시의 문이 열렸다. 운전석에서 내린 남자는 덩치가 헬리콥터 같았고 캘러핸이 기억하기에 '다시키'라고 하는 색깔이 화려한 셔츠와 청바지 차림이었으며, 기묘하게 생긴 운동화 옆면에는 부메랑을 닮은 로고가 붙어 있었다. 아랍계 남자들이 쓰는 '페즈'라는 짤따란 원통 모양 모자를 쓰고 있어서 키가 더욱 커 보이는 듯했지만, 꼭 그 모자 때문만은 아니었다. 캘러핸이 짐작하기에 남자는 키가 적어도 2미터는 돼 보였고, 턱수염이 빽빽했으며, 제이크를 사납게 쏘아보고 있었다. 긴장이 점점 고조되는 이 현장을 향해 다가가는 동안 캘러핸은 가슴이 철렁 내려앉은 나머지 자신의 한쪽 발이 맨발이 된 것도, 두 걸음에 한 걸음은 맨발로 인도를 밟는 것도 알아차리지 못했다. 노상에서 설교하던 목사 또한 점차 심각해지는 이 현장을 향해 다가왔다. 교차로에 멈춰 선 택시 뒤편에서는 오로지 자신의 저녁 일정에만 정신이 팔린 다른 차의 운전자가 양손으로 경적을 누르다가(빠아아아앙!), 차창 바깥으로 고개를 내밀더니 '차 빼, 압둘, 길 막지 말고!'라고 외쳤다.

그러거나 말거나 제이크는 아랑곳하지 않았다. 화가 뻗쳐 아무것도 보이지 않았으므로. 이제 제이크는 양 주먹을 불끈 쥐고 택시의 보닛을, 꼭 영화 「미드나이트 카우보이」에서 더스틴 호프먼이 연기한 랫소 리조처럼 두들겨 댔다. 쾅!

"너 때문에 내 친구가 차에 치일 뻔했잖아, 멍청아! 도대체 앞을……" 쾅! "……보기는 하는 거야?"

제이크의 주먹이 또다시 택시 보닛에 닿기 직전에(분명 직성이 풀릴 때까지 보닛을 두들겨 댈 작정이었는데), 택시 운전사가 제이크의 오른쪽 손목을 잡았다.

"그만해, 이 미친 꼬맹아!" 운전사의 화난 목소리는 묘하게도 가늘었다. "내 말 안 들리……."

제이크가 뒤로 물러서며 키다리 택시 운전사의 손을 뿌리쳤다. 뒤이어 캘러핸의 눈으로는 미처 쫓아가지도 못할 만큼 빠르고 능숙한 동작으로, 제이크가 겨드랑이에 찬 총집에서 루거 권총을 뽑아

들고 운전사의 코를 겨누었다.

"뭐라고 했는데?" 운전사를 보는 제이크의 눈이 이글거렸다. "뭐라고 했냐고. 차를 너무 빨리 몰다가 그만 내 친구를 칠 뻔했다고? 그래도 대가리에 구멍이 뚫린 채 길바닥에서 죽기는 싫다고? 아니면 뭐라고 했는데?"

2번 대로 건너편에 있던 여성이 권총을 보았거나, 아니면 제이크의 살기등등한 분노 때문에 겁을 먹은 모양이었다. 그녀는 비명을 지르며 허겁지겁 달아났다. 구경꾼 몇 명이 그 뒤를 따랐다. 다른 사람들은 피를 보리라는 생각에 인도 연석으로 모여들었다. 놀랍게도 그들 가운데 한 명, 야구 모자를 뒤로 돌려쓴 젊은 남자가 이렇게 외쳤다.

"쏴, 꼬마야! 낙타나 타고 다닐 놈 대가리에 구멍을 내 버려!"

택시 운전사가 뒤로 두 걸음 물러섰다. 놀라서 눈이 동그래진 채로. 두 손은 어깨 위로 든 채로.

"얘야, 쏘지 마라! 제발!"

"그럼 미안하다고 사과해!" 제이크가 으르렁댔다. "살고 싶거든 나한테 용서를 빌어! 저 애한테도! 내 친구한테도!"

제이크의 얼굴은 빨갛게 물든 양쪽 광대뼈만 빼고 죽은 사람처럼 창백했다. 희번덕거리는 눈에는 물기가 어려 있었다. 캘러핸의 눈에 가장 또렷하면서도 가장 위태롭게 보인 것은 흔들리는 루거 권총의 총구였다.

"운전을 그 따위로 해서 미안하다고 사과하란 말이야, 이 조심성 없는 망할 자식아! 당장 사과해! 지금 당장!"

"에이크!"

불안한 듯 낑낑거리던 오이가 말했다. 제이크는 발치에 있는 오이를 내려다보았다. 그러자 택시 운전사가 권총을 노리고 달려들었다. 그 순간 캘러핸이 오른손으로 날린 카운터펀치가 멋들어지게 명중하는 바람에 운전사는 자기 택시의 보닛 위로 벌러덩 나자빠졌고, 그가 쓴 페즈도 머리에서 벗겨져 날아갔다. 택시 뒤에 있던 차의 운전자는 양편 차로가 훤히 트여 있는데도 옆으로 차를 돌려 지나가는 대신 경적만 울려대며 '차 빼, 이 양반아, 차 빼라고!'를 외쳤다. 2번 대로 건너편의 구경꾼들 가운데 몇몇은 매디슨 스퀘어 가든에서 벌어지는 권투 시합의 관중인 양 실제로 박수까지 쳤고, 그 광경을 보며 캘러핸은 생각했다. 맙소사, 이 뉴욕이란 곳은 그야말로 정신병원이구나. 전에도 이랬는데 내가 잊어버렸던 걸까? 아니면 방금 막 깨달은 사실일까?

거리의 목사, 즉 어깨까지 늘어진 하얀 머리카락에 턱수염까지 기른 그 남자는 이제 제이크 옆에 서서, 제이크가 루거 권총을 다시 쳐들려 하자 제이크의 손목을 천천히, 부드럽게 잡았다.

"얘야, 총집에 넣어 두렴. 총은 치우자, 주님의 이름으로."

목사를 올려다본 제이크는 그리 오래지 않은 과거에 수재나가 본 것을 똑같이 보았다. 마니 일족의 헨칙과 으스스할 정도로 닮은 남자의 얼굴이었다. 제이크는 권총을 총집에 꽂은 다음, 몸을 숙여 오이를 안아 들었다. 개너구리가 낑낑대며 제이크의 얼굴 쪽으로 기다란 목을 뻗더니 제이크의 뺨을 핥기 시작했다.

한편 캘러핸은 택시 운전사의 팔을 잡고 그를 택시로 데려갔다. 그러는 동안 주머니를 뒤져 이날의 모험을 위해 간신히 마련한 여비 가운데 거의 절반에 해당하는 10달러짜리 지폐를 찾아서 손에 쥐었다. 캘러핸은 부드러운 목소리로 들리기를 바라며 운전사에게 말했다.

"다 끝났습니다. 다친 사람도 없고, 험한 꼴도 안 벌어졌어요, 그러니 가던 길 가십시오, 저 애도……." 그러다가 택시 뒤편에서 쉬지 않고 경적을 누르던 운전자에게 외쳤다. "경적 소리 잘 들려, 이 멍청아, 그러니 빵빵 소리 그만 내고 전조등을 켜 보든가!"

"저 콩알만 한 후레자식이 나한테 총을 들이댔다고."

택시 운전사가 말했다. 그러고는 페즈를 고쳐 쓰려고 머리에 손을 댔지만 모자는 그곳에 없었다.

"그냥 장난감 총입니다." 캘러핸의 목소리는 점잖았다. "조립식 모형이에요, 플라스틱 총알도 안 나갑니다. 그러니 걱정 말고……"

"어이, 여기!"

목사가 외쳤다. 그는 택시 운전사가 자기 쪽을 돌아보자 낡은 빨간색 페즈를 언더스로 투구법으로 휙 던졌다. 페즈를 다시 머리에 쓴 운전사는 그제야 비로소 이성적으로 행동할 마음이 생긴 듯했다. 캘러핸이 손에 10달러 지폐를 쥐여 주자 그는 한층 더 이성적으로 행동했다.

택시 뒤편의 차는 터무니없이 커다란 구형 링컨 세단이었다. 이제 그 차 운전자가 또다시 경적을 눌러 댔다.

"내 방망이 빨고 싶어서 환장했냐, 몸이 달아서 빵빵 대게!"

택시 운전사가 고함을 지르자 캘러핸은 하마터면 웃음이 터질 뻔했다. 캘러핸은 링컨 세단의 운전자 쪽으로 향했다. 택시 운전사가 함께 나서려고 하자 캘러핸이 그의 양어깨를 잡고 막아 세웠다.

"여긴 나한테 맡기세요. 난 성직자입니다. 사자가 양들과 함께 눕게 하는 것이 제 일이지요."

마침 그들 곁에 다가온 거리의 목사가 그 말을 들었다. 제이크는 이미 뒤로 물러나 있었다. 목사의 밴 옆에 서서 혹시 다치지 않았는지 오이의 다리를 살펴보는 중이었다.

"형제님!" 목사는 캘러핸을 그렇게 불렀다. "어느 교파에 계신 분인지 여쭤도 되겠습니까? 전능하신 하느님을 어떻게 보시는지, 할렐루야?"

"가톨릭입니다. 말하자면, 하느님을 남자로 보는 관점이지요."

목사가 내민 손은 큼지막하고 마디가 굵었다. 손을 거의 으깰 기세로 힘껏 쥐고 흔드는 악수법이 캘러핸의 짐작 그대로였다. 남부 억양이 희미하게 섞인 목사의 말투 때문에 캘러핸은 만화영화「말괄량이 뱁스」에 나오는 수탉 포그혼 레그혼이 떠올랐다.

"얼 해리건이라고 합니다." 목사가 캘러핸의 손을 계속 조이며 말했다. "브루클린에 본부를 둔 '하느님 폭탄' 교회 소속이지요. 만나서 반갑습니다, 신부님."

"저는 반쯤 은퇴한 몸입니다. 부를 이름이 필요하면 영감님이라고 하시면 됩니다. 아니면 그냥 도널드라고 하시든가요. 도널드 캘러핸입니다."

"예수님 찬양, 도널드 신부님!"

캘러핸은 도널드 신부로 결정됐다는 생각에 한숨을 내쉬었다. 그러고는 링컨 세단 쪽으로 향했다. 한편 택시 운전사는 비번 표시등을 켠 채 택시를 몰고 떠났다.

캘러핸이 무슨 말을 꺼내기도 전에 링컨 운전자가 차에서 내렸다. 캘러핸에게 이날은 덩치들과 파티를 벌이는 날이었다. 이번 덩치는 키가 190센티미터 정도에 배까지 산처럼 불룩했다.

"다 끝났습니다." 캘러핸이 말했다. "차에 타서 출발하시지요."

"내가 끝났다고 해야 끝난 거지." 미스터 링컨이 어깃장을 놓았다. "아까 그 아랍 놈이 모는 택시의 영업 면허 번호는 적어 놨어. 당신한테 듣고 싶은 건 저 개를 데리고 다니는 꼬맹이의 이름하고 주소야, 영감님. 저 녀석이 꺼낸 권총도 자세히 좀 봐야겠…… 아, 아악! 으아아! 아아아악! 그만해!"

얼 해리건 목사가 미스터 링컨의 양손을 잡아 등 뒤로 비틀면서 터져 나온 소리였다. 이제 목사는 그 남자의 엄지손가락에 뭔가 기발한 짓을 하는 중이었다. 캘러핸의 눈에는 그 광경이 잘 보이지 않았다. 그가 서 있는 위치에서는 보기가 힘들었다.

"하느님은 선생님을 너무도 사랑하십니다." 해리건 목사가 미스터 링컨의 귀에 대고 나직이 말했다. "그래서 하느님이 그 대가로 원하시는 게 뭐냐면, 머리에 똥만 든 주제에 시끄럽기까지 한 선생님께서, 저랑 같이 할렐루야 하시고 갈 길을 가시는 겁니다. 할렐루야 하시겠습니까?"

"아악, 으아아악, 이거 놔! 경찰! 경차아알!"

"이 시간에 이 블록에서 순찰 중인 경찰은 벤직 경관 한 명뿐인데 말이지요, 그 사람은 이미 저한테 오늘치 딱지를 끊어 주고 다른 데로 갔습니다. 지금은 데니스에서 피칸 와플에 베이컨을 곱빼기로 추가해서 먹고 있겠지요, 예수님 찬양. 그러니까 잘 생각해 보세요."

미스터 링컨의 등 뒤에서 무언가 부러지는 소리가 나자 캘러핸은 이를 악물었다. 미스터 링컨의 엄지손가락이 내는 소리가 아니라고 믿고 싶었지만, 소리의 출처는 그것밖에 떠오르지 않았다. 미스터 링컨은 굵다란 목 위의 머리를 젖혀 하늘을 보며 순수한 고통의 함성을 길게 내질렀다. 으아아아악!

"함께 할렐루야 하시는 게 좋지 않겠습니까, 형제님." 해리건 목사가 충고했다. "아니면 가슴 주머니에 엄지손가락 뼈를 넣고 집에 가셔야 할 텐데요, 하느님 찬양."

"할렐루야."

미스터 링컨이 조그맣게 중얼거렸다. 안색이 흙빛으로 변해 있었다. 캘러핸이 보기에는 자신이 살던 예전 뉴욕의 형광 램프 가로등을 어느 시점엔가 대체한 주황색 가로등의 불빛 때문이기도 했다. 꼭 그래서만은 아닐 터였지만.

"좋습니다! 이제 아멘 하십시오. 그럼 기분이 좋아질 겁니다."

"아, 아멘."

"하느님 찬양! 예수님 차아안야아아앙!"

"놔요…… 제발 내 손가락……!"

"놓으면 교차로를 막은 이 차를 몰고 당장 떠나시겠습니까?"

"예!"

"사람들 귀찮게 하는 짓은 더 안 하실 거지요, 예수님 찬양?"

"예!"

해리건 목사가 미스터 링컨의 얼굴에 입을 더욱 가까이 디밀었다. 이제 샛노란 귓밥이 낀 미스터 링컨의 귀에서 목사의 입까지 남은 거리는 손가락 한 마디도 되지 않았다. 캘러핸은 이 광경을 그야말로 홀린 듯이, 아직 해결 못 한 사건과 이루지 못한 목표도 당장은 까맣게 잊은 채로, 멍하니 지켜보았다. 그러는 사이에 신부는 만약 그리스도의 열두 사도 가운데 얼 해리건이 끼어 있었다면 십자가 위에서 최후를 맞은 장본인은 본디오 빌라도였으리라는 확신이 거의 굳어졌다.

"형제님, 이제 곧 폭탄이 떨어집니다. 하느님 폭탄이요. 그러니 선택해야 합니다, 저 하늘 위에서 폭탄을 떨어뜨리는 쪽에 설지, 아니면 이 지상에 거하며 산산조각 나는 쪽에 설지를요, 예수님 찬양. 지금 이곳은 그리스도를 위한 선택을 내리기에 적당한 때와 장소가 아닌 것 같습니다만, 그래도 방금 그 이야기를 한번 생각이라도 해 보시지 않겠습니까, 형제님?"

해리건 목사는 미스터 링컨의 반응이 아무래도 성에 차지 않은 모양이었다. 등 뒤로 고정된 미스터 링컨의 양손에 다시금 모종의 조치가 취해졌기 때문이었다. 미스터 링컨의 입에서 또다시 날카롭고 다급한 비명이 터져 나왔다.

"그러니까, 방금 그 얘기를 한번 생각해 보시겠습니까?"

"예! 예! 예!"

"그럼 차에 타서 출발하십시오, 하느님께서 보우하시기를."

해리건이 미스터 링컨을 풀어 주었다. 미스터 링컨은 눈이 동그래진 채 뒷걸음을 치다가 자기 차에 올랐다. 잠시 후, 그의 차는 2번 대로 저 멀리서 달려가고 있었다.

해리건 목사가 캘러핸 쪽으로 돌아섰다.

"가톨릭 신자들은 지옥행입니다, 도널드 신부님. 한 명도 빠짐없이 우상 숭배자니까요. 마리아 숭배를 맹세한 사람들이지요. 그리고 교황도! 교황 얘기는 꺼내고 싶지도 않습니다! 하지만 제가 아는 가톨릭 신자 중에는 좋은 사람들도 있습니다. 신부님도 분명 그런 분이시겠지요. 혹시 신부님께서 믿음의 방향을 바꾸시겠다면 제가 기도의 힘으로 도와 드릴 수도 있을 겁니다. 그럴 생각이 없으시다면, 지옥불 속을 무사히 걸으시도록 기도할 수도 있겠지요." 해리건 목사는 이제 함마르셸드 플라자라는 이름으로 바뀐 빌딩 앞쪽의 인도를 돌아보았다. "제 신도들이 다 돌아가 버린 모양입니다."

"안됐군요."

캘러핸의 말에 해리건이 별일 아니라는 듯 어깨를 으쓱했다.

"어차피 여름철에는 예수님을 찾는 사람이 별로 없어요." 목사의 말투는 사실을 나열하듯 건조했다. "길에서 슬쩍 구경만 하고 죄 짓기로 돌아가지요. 진짜 전도의 계절은 겨울이에요…… 추운 밤에 따뜻한 수프 한 그릇하고 따뜻한 말씀 한 줄을 제공하는 처마 밑이 간절하니까 말이지요."

해리건이 캘러핸의 발을 힐끗 내려다보았다.

"샌들 한 짝은 잃어버리셨나 보군요, 가톨릭 형제님."

아까와 다른 경적 소리가 들리는가 싶더니, 캘러핸이 보기에 구형 폭스바겐 마이크로버스의 신형 모델처럼 보이는 멋지게 생긴 택시 한 대가 두 사람 옆을 지나쳐 갔다. 택시 승객이 그들에게 외치는 소리가 아무래도 생일 축하 인사 같지는 않았다.

"아무튼, 차도에서 벗어나지 않으면 믿음만으로 목숨을 부지하기는 힘들 것 같습니다, 가톨릭 형제님."

4

"얘는 괜찮아요." 제이크가 오이를 인도에 내려놓으며 해리건 목사에게 말했다. "제가 너무 흥분했죠? 죄송해요."

"다 이해한다. 개가 참 재미있게 생겼구나! 이렇게 생긴 개는 난 생처음 보는데, 예수님 찬양!"

목사가 오이를 향해 몸을 숙이자 제이크가 냉큼 말했다.

"잡종이라서 그래요. 모르는 사람이 만지는 것도 싫어하고요."

오이는 해리건의 손 쪽으로 머리를 들고 쓰다듬기 편하도록 귀를 납작하게 붙이는 것으로 자신이 모르는 사람을 얼마나 싫어하고 불신하는지 보여 주었다. 목사를 올려다보며 씩 웃는 오이의 표정은 그야말로 죽마고우를 만난 듯했다. 한편 캘러핸은 주위를 두리번거렸다. 이곳은 뉴욕이었고 뉴욕 시민들은 보통 자기 일에만 신경을 쓸 뿐 남의 일에는 무관심했지만, 그렇다 하더라도 방금 제이크는 총을 뽑았다. 그 총을 몇 명이 봤는지는 몰라도 신고는 한 명만 해도 충분했고 그 신고는 아마도 해리건이 말한 그 벤직이라는 경관이 받을 텐데, 지금 그들은 말썽에 휘말려 미적거릴 여유가 조금도 없었다.

캘러핸은 오이를 보며 속으로 중얼거렸다. 부탁이니까 제발 아무 말도 하지 마라, 알았지? 제이크는 네가 코기나 보더콜리의 잡종이라고 둘러댈 수 있을 거야, 하지만 네가 말을 하면 다 들통난다. 그러니 제발 아무 말도 하지 마.

"착한 강아지구나." 해리건의 칭찬에 제이크의 친구는 기적처럼 '오이!'라는 말로 대꾸하지 않았고, 이에 해리건은 곧장 몸을 일으켰다. "드릴 물건이 있습니다, 도널드 신부님. 잠깐이면 됩니다."

"목사님, 저희가 지금 많이 바빠서……"

"어린 친구, 자네한테도 줄 게 있어. 예수님 찬양, 주님께 영광!

하지만 그 전에 먼저…… 오래 걸리진 않을 겁니다……."

해리건이 불법으로 주차해 둔 자신의 낡은 닷지 밴으로 서둘러 다가가 문을 열더니, 몸을 숙이고 짐칸을 뒤지기 시작했다.

캘러핸은 잠깐 동안은 참고 기다릴 수 있었지만, 흐르는 시간의 무게는 매 순간 묵직해지기만 했다.

"목사님, 죄송하지만 저희가 지금……"

"찾았다!" 이렇게 외치며 밴에서 모습을 드러낸 해리건은 낡아 빠진 갈색 로퍼 한 켤레의 뒤꿈치 부분을 오른손 엄지와 검지로 집어서 들고 있었다. "발 크기가 280밀리미터가 안 되면 신문지를 좀 구겨 넣으면 될 겁니다. 그보다 더 크다면, 운이 없으신 거고요."

"딱 280입니다."

캘러핸은 '고맙습니다' 뒤에 조심스레 '하느님 찬양'을 붙여 감사를 표했다. 원래는 275밀리미터가 가장 편했지만 한 치수는 큰 차이가 아니었기에 그는 진심으로 감사하며 구두를 신었다.

"그럼 저희는 이만……."

캘러핸이 작별 인사를 꺼내려 했지만 해리건은 제이크를 돌아보며 말했다.

"네가 찾는 그 여자 분은 아까 말다툼이 벌어진 그 자리에서 택시에 탔단다. 아직 30분도 안 지났을 거야." 처음에는 놀라움이었다가 곧바로 기쁨으로 바뀐 제이크의 표정을 보며 해리건이 씩 웃었다. "그분이 말하길, 지금은 다른 사람이 주도권을 잡았다고 하더구나. 그게 누군지, 또 그 사람이 자길 어디로 데려가는지는 네가 알 거라던데."

"맞아요, 딕시 피그로 갔을 거예요. 렉싱턴 대로하고 61번가 교차점에 있는. 신부님, 아직 따라잡을 수 있을지도 몰라요, 그러려면 지금 당장 출발해야 해요. 수재나가……"

"아니." 해리건이 끼어들었다. "나한테 말을 건 그 여자 분은 네가 호텔에 먼저 들러야 한다고 하셨어. 내 머릿속에서 종소리처럼 또렷하게 말했지, 예수님 찬양."

"어느 호텔 말씀입니까?"

캘러핸이 묻자 해리건은 46번가 저편의 플라자 파크 하얏트 호텔을 가리켰다.

"이 근방에 호텔은 저기뿐인데…… 그 여자 분은 저쪽에서 걸어왔습니다."

"감사합니다. 저희가 왜 호텔에 가야 하는지도 얘기하던가요?"

"아니오." 해리건의 말투는 차분했다. "아마 얘기하려던 참에 다른 사람이 눈치채고 입을 막았을 겁니다. 그러더니 택시에 타서 사라져 버렸지요!"

"저희는 이제 슬슬……."

제이크가 작별인사를 꺼내려 하자 해리건은 고개를 끄덕였지만, 그러면서도 뭔가 경고하려는 듯이 손가락을 펴 들었다.

"당연히 서둘러 출발해야지, 하지만 하느님 폭탄이 떨어진다는 걸 명심하렴. 축복 어쩌고 하는 헛소리 세례는 무시해라. 그건 감리교 겁쟁이들하고 성공회 쓰레기들의 몫이니까! 폭탄이 떨어질 거야! 그런데 신사 여러분?"

그 말에 제이크와 캘러핸이 나란히 해리건을 돌아보았다.

"두 분께서 저처럼 하느님의 인간 자녀라는 건 확실히 알겠습니다. 저는 두 분의 땀 냄새를 직접 맡았으니까요, 예수님 찬양. 그런데 그 여자분은 어떤가요? 그 여자분들 말입니다, 실은 두 사람이라는 게 분명하니까요. 그분들은 어떻습니까?"

"목사님이 본 사람은 저희 편입니다." 캘러핸은 잠시 뜸을 들이다가 덧붙였다. "그 사람은 괜찮습니다."

"글쎄요. 성서에 이르기를 낯선 곳에서 온 여자를 조심하라고 했지요. 그 여자의 입술에서는 꿀이 떨어지지만 발은 죽을 곳으로 내려가고, 걸음마다 지옥이 펼쳐지느니라. 그런 여자를 멀리할 것이며 그 여자의 집에 가까이 가지도 말지어다."

그 말을 하는 동안 목사는 설교할 때처럼 우락부락한 손을 위로 쳐들고 있었다. 그 손을 내린 목사가 어깨를 으쓱했다.

"정확한 말씀은 아닐 겁니다, 어릴 적에 아버지를 따라 남부를 돌며 전도할 때만큼 성서를 또박또박 기억하진 못하니까요. 그래도 무슨 말인지는 아시겠지요."

"잠언에 나오는 말씀이지요."

캘러핸이 대꾸하자 목사가 고개를 끄덕였다.

"잠언 5장 말씀입니다, 하느님 찬양."

그렇게 말한 해리건 목사는 뒤로 돌아서서 밤하늘 높이 솟아오른 빌딩을 가만히 올려다보았다. 제이크는 그 자리를 떠나려 했지만 캘러핸 신부가 제이크를 살짝 건드려 멈춰 세웠고…… 아이가 눈을 동그랗게 뜨고 올려다보는데도, 신부는 말없이 고개만 가로저었다. 왜 그랬는지는 스스로도 알 수 없었다. 단지 아직은 해리건 목사와 헤어질 때가 아니라는 것만 알 뿐이었다.

"이 도시는 죄가 가득하고 악행으로 신음하는 곳입니다." 목사가 마침내 입을 열었다. "굴 껍데기 위에 놓인 소돔, 크래커 위에 얹힌

고모라, 하늘에서 틀림없이 퍼부어질 하느님 폭탄을 기다리는 표적이지요. 할렐루야, 은혜의 예수님, 아멘. 하지만 이곳은 괜찮습니다. 선한 장소이니까요. 여러분도 느끼십니까?"

"예." 제이크가 말했다.

"여러분한테도 들립니까?"

"예." 제이크와 캘러핸이 함께 대답했다.

"아멘! 저는 오래전 이곳에 서 있던 조그만 식료품점이 허물어졌을 때 모든 게 끝난 줄 알았습니다. 하지만 그렇지 않았지요. 그 천사들의 목소리는……"

"빔의 길을 따라 간이 말했어요."

제이크의 목소리에 캘러핸이 그쪽을 돌아보았다. 아이는 고개를 한쪽으로 틀고 있었고, 표정은 무아지경에 빠진 듯 차분했다. 제이크의 말이 이어졌다.

"간이 말했어요, 어떤 이들은 천사라고 하는 칸 칼라의 목소리를 통해서. 간은 칸 토이를 부정한다. 죄 없는 이의 즐거운 마음으로 크림슨 킹과 디스코디아 자체를 부정한다."

캘러핸은 휘둥그레진 눈으로, 겁에 질린 눈으로 제이크를 보았지만, 해리건은 덤덤하게 고개를 끄덕였다. 마치 전에 다 들어 본 말이라는 듯이. 아마도 그랬을 것이었다.

"어쨌거나, 식료품점이 없어진 후에 이곳은 공터였는데, 이 빌딩이 들어섰습니다. 함마르셸드 플라자 2 빌딩. 그래서 저는 생각했지요. '음, 이걸로 다 끝났으니 나는 내 길을 가야겠군. 사탄의 권세는 강력하고 그 발굽은 땅에 깊은 자국을 남기는 법. 이곳에 다시 꽃이 피고 곡식이 영그는 일은 없겠구나.' 함께 셀라 하시겠습니까?"

해리건이 두 팔을 높이 들었다. 주름지고 울퉁불퉁한 두 손은 파킨슨병의 전조인 양 덜덜 떨렸고, 태곳적부터 내려오는 찬양과 투항의 자세로 하늘을 향해 활짝 펼쳐져 있었다.

"그런데 지금도 그 노랫소리가 들리는군요."

그렇게 말하며 목사는 두 손을 아래로 내렸다.

"셀라." 캘러핸은 구약 성서 「시편」에 나오는 '셀라'의 뜻, 즉 '그 말을 묵상하라'를 음미하며 중얼거렸다. "목사님 말씀이 옳습니다, 감사합니다."

"그 노래는 꽃이 부르는 겁니다." 해리건의 말이 이어졌다. "한번은 저 안에 들어가서 본 적이 있습니다. 로비에, 할렐루야, 길 쪽으로 난 정문하고 얼마나 큰 액수의 협잡질이 벌어지는지 모를 저 위층으로 이어지는 승강기 사이의 로비에, 세로로 기다란 창문을 통해 볕이 들어오는 조그만 정원이 있습니다. 정원 앞에는 벨벳으로 감싼 밧줄이 걸려 있는데 거기에 이런 팻말이 붙어 있지요. 빔의 가족과 길르앗의 추억을 기리며, 텟 코퍼레이션 증정."

"정말요?" 제이크가 기뻐서 헤벌쭉 웃는 얼굴로 물었다. "그 말씀이 사실인가요, 사이 해리건?"

"얘야, 거짓말이면 내 목숨도 내놓을 수 있단다. 하느님 폭탄에 직격당할 거야! 그리고 그 많은 꽃들 한복판에 들장미 한 송이가 자라는데 어찌나 아름답던지, 난 그걸 보고 그만 울어 버렸단다. 바빌론강 기슭에 앉아 시온을 생각하며 운 사람들처럼 말이야. 그리고 그곳에 드나드는 사람들, 서류 가방에 사탄의 삯일거리를 가득 담고 다니는 그 사람들 중에도 여럿이 울었단다. 울고 나서는 아무것도 모른다는 듯이 곧바로 타락을 행하러 갔지."

"그 사람들도 알아요." 제이크의 목소리는 부드러웠다. "제가 무슨 생각을 하는지 아세요, 해리건 씨? 그 장미는요, 그 사람들이 마음속에 감춘 비밀이에요. 그래서 누가 장미를 해치려고 하면 다들 그걸 지키려고 싸울 거예요. 어쩌면 죽을 각오까지 하고서."

제이크가 캘러핸을 올려다보았다.

"신부님, 우리 이제 가야 돼요."

"그래."

"그거 좋은 생각이군요." 해리건도 맞장구를 쳤다. "왜냐면 이리로 돌아오는 벤직 경관이 저 멀리 보이기 때문이지요. 저 사람이 도착하기 전에 가시는 게 좋을 겁니다. 얘야, 네 털북숭이 친구가 안 다쳐서 다행이다."

"고맙습니다, 해리건 씨."

"하느님 찬양. 그런데 네 친구, 개는 절대 아니야. 맞지?"

"맞아요." 제이크는 그렇게 대답하고 함박웃음을 지었다.

"그 여성을 조심하십시오, 신사 여러분. 제 머릿속에 어떤 생각을 박아 넣은 여성이니까요. 제가 볼 때 그건 마법입니다. 그리고 한 명이 아니라 두 명이었고요."

"그렇습니다. 쌍둥이, 제 말이 그 말입니다."

캘러핸은 그렇게 말하고 나서 (무슨 짓을 하는지 스스로도 모르는 채) 노상 설교자의 코앞에 성호를 그었다.

"축복 감사합니다, 우상 숭배이든 아니든 간에."

얼 해리건 목사의 목소리는 감동한 기색이 뚜렷했다. 뒤이어 목사는 이쪽으로 다가오는 뉴욕 경찰 소속 순찰 경관을 향해 돌아서서는 유쾌하게 소리쳤다.

"벤직 경관님! 만나서 반갑습니다, 그런데 제복 목깃에 잼이 묻어 있군요, 하느님 찬양!"

그리하여 벤직 경관이 자신의 제복 목깃을 확인하는 사이에 제이크와 캘러헨은 그 자리를 빠져나갔다.

5

"어휴."

제이크는 간접 조명이 환하게 켜진 호텔 입구를 향해 걸어가며 나직이 중얼거렸다. 제이크가 그때껏 본 리무진의 두 배는 너끈히 될 만큼 기다랗고 하얀 리무진(제이크가 본 리무진은 한두 대가 아니었다, 한번은 아버지를 따라 에미상 시상식에 간 적도 있었으므로)에서 껄껄 웃는 턱시도 차림의 남자와 이브닝드레스 차림의 여자가 내리고 있었다. 리무진에서 내리는 사람의 행렬은 도무지 끝나지 않을 것처럼 길었다.

"그래, 아주 난리판이었지. 꼭 롤러코스터에 탄 것 같지 않던?"

"우린 여기 오지 말았어야 했어요. 이건 롤랜드하고 에디가 할 일이라고요. 우린 그냥 캘빈 타워를 만나러 갔어야 했는데."

"아무래도 그렇게 생각하지 않는 존재가 있는 것 같구나."

"글쎄요, 그 존재라는 게 조금 더 고민했더라면 좋았을 텐데 말이죠." 제이크의 목소리는 우울했다. "어린애 한 명이랑 신부님 한 명, 거기다 총은 달랑 한 정? 웃기지도 않네요. 만약 그 딕시 피그라는 곳에 흡혈귀가 득시글거리고 하인들이 쉬는 날을 즐기러 몰려와 있으면 어떡하죠?"

캘러핸은 그 질문에 답하지 않았지만, 딕시 피그에서 수재나를 구출할 일을 생각해 보니 가슴이 철렁했다.

"네가 말한 그 간 어쩌고 하는 얘기는 뭐냐?"

캘러핸의 말에 제이크가 고개를 가로저었다.

"모르겠어요…… 그냥 제가 무슨 말을 했는지만 간신히 기억나요. 신부님, 제 생각엔 그것도 터치 능력의 일종 같아요. 근데요, 제가 그 얘기를 누구한테서 들었는지 한번 맞혀 보실래요?"

"혹시 미아?"

제이크가 고개를 끄덕였다. 오이는 제이크의 발치에서 종종거리며 따라오는 중이었다. 기다란 주둥이가 아이의 종아리에 닿을락 말락 했다.

"그런데 그게 다가 아니에요. 유치장에 갇힌 흑인 남자의 모습이 자꾸 눈앞에 떠올라요. 라디오 소리가 들리는데요, 누가 죽었다는 얘기가 계속 나와요. 케네디 일가, 메릴린 먼로, 조지 해리슨, 피터 셀러스, 누군지는 모르지만 이츠하크 라빈이라는 사람도요. 미시시피주 옥스퍼드에 있는 유치장 같아요. 오데타 홈스가 한동안 갇혀 있었던 거기요."

"하지만 남자가 보인다면서. 수재나가 아니라 웬 남자가."

"예. 콧수염이 칫솔처럼 빽빽한 남잔데요, 웃기게 생긴 금테 안경을 썼어요. 동화에 나오는 마법사처럼요."

두 사람은 환한 빛이 비치는 호텔 입구 바로 앞에서 멈춰 섰다. 초록색 모닝코트를 입은 도어맨이 조그마한 은색 호루라기를 고막이 찢어질 것처럼 날카롭게 불어 대며 택시를 세웠다.

“네 생각은 어떠냐, 그 남자가 간일까? 유치장에 갇힌 그 흑인 남자가?”

“모르겠어요.” 제이크가 풀 죽은 표정으로 고개를 가로저었다. “도건도 무슨 상관이 있을 것 같은데, 다 뒤죽박죽이에요.”

“그런데 그게 터치 능력 때문인 것 같단 말이지.”

“예. 하지만 그게 미아나 수재나, 또 신부님이나 저한테서 오는 것 같지는 않아요. 제 생각엔…….” 제이크의 목소리가 나지막해졌다. “제 생각엔 그 흑인 남자가 누군지, 또 우리한테 어떤 존재인지부터 알아내는 게 좋겠어요. 왜냐면 저한테 보이는 게 암흑의 탑, 그 자체에서 오는 것 같아서요.”

캘러핸을 올려다보는 제이크의 표정은 엄숙했다.

“어떤 의미에서는요, 우린 그 탑에 굉장히 가까이 있어요. 그래서 우리 카텟이 그 탑처럼 부서질 위험이 엄청 커진 거예요.

어떤 의미에서는요, 우린 그 탑에 거의 다 도착한 셈이에요.”

6

제이크는 오이를 안고 호텔 입구의 회전문을 통과하여 로비의 타일 바닥에 내려놓은 다음, 곧바로 자연스럽게 앞장서서 일행을 이끌었다. 캘러핸이 보기에 아이는 자신의 행동을 의식조차 못하는 눈치였고, 그래서 더욱 다행이었다. 만약 알고서 하는 행동이었다면 당당함을 잃을지도 몰라서였다.

오이는 호텔 로비의 초록색 유리벽에 비친 자기 모습을 조심스레 킁킁대다가 제이크의 뒤를 따라 안내 데스크로 향했다. 검은색과 흰색 대리석 타일에 개너구리의 발톱이 부딪혀 희미하게 찰캉거리는 소리가 났다. 캘러핸은 오이 뒤를 따라가며 지금 눈앞의 광경은 미래라고, 따라서 너무 티 나게 두리번거리면 안 된다고 속으로 되뇌었다.

"수재나는 여기 있었어요. 신부님, 거의 눈앞에 보일 것처럼 선명해요. 둘 다 여기 있었어요, 수재나랑 미아요."

캘러핸이 뭐라고 대꾸하기도 전에 제이크는 이미 안내 데스크 앞에 가 있었다.

"실례합니다, 제 이름은 제이크 체임버스인데요. 혹시 제 앞으로 맡겨 놓은 편지나 소포 같은 게 있을까요? 수재나 딘, 아니면 미아라는 사람이 맡겨 뒀을 텐데요."

데스크의 여성 접수원은 무언가 미심쩍은 듯이 잠깐 동안 오이를 내려다보았다. 신이 나서 웃는 표정으로 올려다보는 오이의 주둥이 사이로 이빨이 잔뜩 드러나 있었다. 아마도 그 이빨 때문에 불안해졌는지, 접수원은 오이에게서 시선을 돌려 찌푸린 표정으로 컴퓨터 화면을 살폈다.

"성이 체임버스라고 했니?"

"예."

제이크는 어른한테 최대한 공손하게 들리는 목소리로 대답했다. 사용할 필요를 못 느끼며 지낸 지가 꽤 됐는데도, 알고 보니 그 목소리는 멀쩡히 살아 있었다. 그것도 퍽 가까운 곳에.

"네 앞으로 맡아 둔 게 있긴 한데, 여자 분이 맡긴 건 아니야. 스티븐 킹이라는 분이 맡기셨어." 접수원이 빙그레 웃으며 물었다. "설마 그 유명한 소설가 킹 씨는 아니겠지? 혹시 그분이랑 아는 사이니?"

"아니오, 모르는 분이에요."

제이크는 그렇게 대답하고는 옆에 있는 캘러핸을 곁눈으로 흘끗 보았다. 두 사람 다 얼마 전까지만 해도 스티븐 킹이라는 이름을 모르고 살았지만, 제이크는 자신의 길동무가 그 이름을 듣고 가슴이 철렁 내려앉은 이유를 짐작할 수 있었다. 캘러핸은 겁먹은 기색이 확연하지는 않았으나 입은 한일자로 굳게 다물고 있었다.

"그래, 흔한 이름이긴 하지. 그렇지? 아마 온 미국을 통틀어 보면 정상적으로 사는 스티븐 킹도 있을 거야. 그냥…… 뭐랄까…… 적당히 할 줄 아는 스티븐 킹 말이지."

접수원은 살짝 불안해 보이는 웃음을 터뜨렸고, 캘러핸은 그녀가 무엇 때문에 긴장했는지가 궁금했다. 오이 때문이었을까, 보면 볼수록 개처럼 보이지 않는 개너구리 때문에? 어쩌면 그럴지도 몰랐지만, 캘러핸이 보기에는 제이크 때문일 공산이 더 컸다. 제이크의 어떤 점이 위험을 암시했을 것이다. 어쩌면 총잡이라는 점을 암시했을지도. 제이크에게는 분명 다른 남자애들과 다른 구석이 있었다. 달라도 아주 달랐다. 겨드랑이 총집에서 루거 권총을 뽑아 운수 나쁜 택시 운전사의 코앞에 들이대던 제이크의 모습이 캘러핸의 머릿속에 떠올랐다. 말해 봐, 차를 너무 빨리 몰다가 그만 내 친구를 칠 뻔했다고! 제이크가 악을 쓰는 모습이 눈에 선했다. 말해 보란 말이야, 대가리에 구멍이 뚫린 채 길바닥에서 죽기는 싫다고!

그것이 하마터면 차에 치일 뻔한 상황에서 열두 살짜리 아이가 할 말일까? 캘러핸이 보기에는 아니었다. 접수원이 긴장하는 것도 당연하다는 생각이 들었다. 캘러핸은 문득 깨달았다. 다른 곳이 아니라 딕시 피그에서라면, 제이크 덕분에 조금은 안심해도 좋으리란 것을. 많이는 아니고 조금은.

7

접수원의 기색이 조금 이상해진 것을 눈치챘는지 제이크가 어른한테 가장 공손해 보이는 미소를 지었지만, 캘러핸이 보기에는 오이의 웃음과 비슷했다. 이가 너무 많이 보였던 것이다.

"잠깐만."

접수원은 그렇게 말하며 제이크에게서 멀어졌다.

제이크는 왜 그러는지 모르겠다는 표정으로 캘러핸을 돌아보았다. 캘러핸은 난들 아냐는 듯이 두 손을 편 채 어깨를 으쓱했다.

접수원은 데스크 뒤편의 캐비닛으로 가서 문을 열고 안쪽에 있는 상자 속을 살펴보다가, 플라자 파크 호텔의 로고가 찍힌 봉투 하나를 들고 돌아왔다. 봉투 앞면에는 제이크의 이름 말고도 다른 글자들이 절반은 손글씨로, 절반은 타자기 서체로 적혀 있었다.

제이크 체임버스에게

<u>이것이 진실이다</u>

접수원은 데스크 위에 봉투를 놓고 제이크 쪽으로 밀었다. 제이크의 손가락에 자기 손이 닿지 않도록 조심하면서.

제이크는 그 봉투를 집어 들고 기다란 면을 따라 손끝으로 만져 보았다. 속에 종이가 한 장 들어 있었다. 그것 말고 다른 것도. 단단하고 얄따란 물건이었다. 제이크는 봉투를 열고 종이를 꺼냈다. 접힌 종이 속에 들어 있는 것은 하얀 직사각형 플라스틱으로 된 호텔의 자기 카드 열쇠였다. 편지지는 메모장에서 찢은 종이였고 위쪽에 온 세상 떠버리들이 말하길이라는 장난스러운 문구가 적혀 있었다. 편지의 내용 자체는 딱 세 줄이었다.

대드 어 첨, 대드 어 치, 걱정할 것 없어, 너한텐 열쇠가 있어.

대드 어 처드, 대드 어 체드, 봐, 제이크! 열쇠는 붉은색이야!

제이크는 자기 카드 열쇠 쪽으로 눈을 돌렸고, 그 순간 카드의 색깔이 순식간에 핏빛으로 변하는 것을 목격했다.

틀림없이 편지를 읽는 사이에 빨간색으로 변한 거야. 제이크는 무언가 수수께끼 같다는 생각에 슬며시 웃음이 나왔다. 뒤이어 다른 이들도 카드 열쇠의 색이 변한 것을 눈치챘는지 확인하려고 고개를 들었지만, 접수원은 데스크 반대편에서 업무에 열중한 상태였다. 그리고 캘러핸은 방금 막 거리에서 호텔로 들어선 두 여성에게 정신이 팔려 있었다. 제이크가 생각하기에 캘러핸은 신부인지는 몰라도 여자를 보는 눈은 아직 제대로 작동하는 모양이었다.

제이크가 편지로 시선을 돌렸을 때, 마침 마지막 줄이 눈에 들어왔다.

대드 어 첨, 대드 어 치, 이 아이한테 플라스틱 열쇠를 주도록.

몇 년 전, 제이크의 어머니와 아버지는 아들에게 크리스마스 선물로 화학 실험 키트를 사 주었다. 제이크는 키트의 설명서를 읽고 투명 잉크를 제조했다. 그 투명 잉크로 쓴 글씨는 지금 눈앞에 있는 편지 셋째 줄의 글씨만큼이나 빠른 속도로 투명해졌는데, 투명 잉크로 쓴 글씨는 자세히 보면 자국을 읽을 수 있다는 점이 달랐다. 그러나 이 편지의 글씨는 흔적도 없이 사라져 버렸고, 제이크는 그 이유가 짐작이 갔다. 목적을 이루었기 때문이었다. 이제 글씨는 더 존재할 필요가 없었다. 열쇠가 붉은색이라고 말하는 둘째 줄 역시 마찬가지였기에 함께 사라지는 중이었다. 오로지 첫째 줄만이 아직 남아 있었다. 제이크에게 명심하라고 말하는 것처럼.

대드 어 첨, 대드 어 치, 걱정할 것 없어, 너한텐 열쇠가 있어.

스티븐 킹이 보낸 편지일까? 제이크가 보기에는 미심쩍었다. 그보다는 게임에 참가하는 다른 사람, 어쩌면 롤랜드나 에디가 제이크의 주의를 끌려고 그 이름을 사용했을 공산이 더 컸다. 그럼에도, 제이크는 호텔에 도착한 후로 자신에게 잔뜩 용기를 불어넣어 주는 두 가지에 사로잡혀 있었다. 첫째는 쉬지 않고 이어지는 장미의 노랫소리였다. 실제로 그 노랫소리는 전에 없이 강하게 들려왔다. 공터에 까마득히 높은 고층 빌딩이 들어섰는데도 그러했다. 둘째는 스티븐 킹이 제이크의 길동무를 창조하고 나서 24년이 지난 지금도 멀쩡하게 살아 있다는 사실이었다. 그것도 그냥 작가가 아니라 유명 작가가 되어서.

환상적이었다. 이제 만물이 다시금 제대로 된 경로 위를 달리며 위태롭게 덜커덩거리고 있었으므로.

제이크는 캘러핸 신부의 팔을 잡고 기념품 가게와 잔잔한 음악을 연주하는 피아노가 있는 쪽으로 이끌었다. 오이는 제이크의 발치에서 조용히 따라왔다. 벽을 따라 내선 전화용 전화기가 줄줄이 부착되어 있었다.

"호텔 교환원이 전화를 받으면요, 친구인 수재나 딘을 연결해 달라고 하세요. 아니면 수재나의 친구인 미아를요."

"나한테 수재나의 방 번호를 물어볼 텐데."

"잊어버렸다고 하세요. 번호는 잊었지만 19층이라고."

"네가 그걸 어떻게……"

"19층이에요. 그냥 절 믿으세요."

"알았다."

전화기는 연결음이 두 번 울리고 나서 '무엇을 도와 드릴까요'라고 묻는 교환원의 목소리를 들려주었다. 캘러핸은 제이크의 말대로 했다. 회선이 연결되었고, 19층에 있는 어느 객실의 전화기에서 벨소리가 울리기 시작했다.

제이크는 신부가 뭐라고 말하는 모습을, 그러다가 이내 멍해진 표정으로 희미하게 웃으며 듣기에만 열중하는 모습을 가만히 지켜보았다. 잠시 후에 신부가 전화를 끊었다.

"응답 기계라니! 손님의 전화를 받아서 테이프에 녹음하는 기계라니! 세상에 이런 멋진 발명품이 다 있구나!"

"그러게 말이에요. 아무튼, 이제 수재나가 호텔에서 나갔고 그

방을 지키는 사람이 없다는 건 확실해졌어요. 그래도 혹시 모르니까…….”

제이크는 루거 권총이 감춰진 셔츠 한쪽을 툭툭 두드렸다.

로비를 가로질러 승강기 쪽으로 향하는 동안 캘러핸이 물었다.

“수재나의 객실에는 무슨 일로 가는 거냐?”

“저도 몰라요.”

캘러핸이 제이크의 어깨에 손을 얹었다.

“내 생각엔 알 것 같은데.”

가운데 승강기의 문이 열리자 제이크와 발치의 오이가 함께 안으로 들어섰다. 캘러핸도 그 뒤를 따랐지만, 제이크는 캘러핸이 난데없이 꾸물거린다는 느낌을 받았다.

“알지도 모르죠.” 승강기를 타고 위로 올라가는 동안 제이크가 말했다. “그런데 신부님도 아실 거예요, 아마도.”

캘러핸은 문득 뱃속이 출렁하는 느낌이, 방금 막 거한 식사를 끝마친 듯한 느낌이 들었다. 더해진 무게만큼이 곧 두려움이라는 생각이 들었다.

“없애 버린 줄 알았는데. 롤랜드가 교회에서 가지고 나왔을 때, 분명 없애 버렸다고 생각했는데.”

“있잖아요, 왜. 보기 싫어 죽겠는데도 자꾸 나타나는 녀석들.”

8

꼭 해야 한다면 19층의 모든 객실 문에 특이하게 생긴 붉은 카드 열쇠를 꽂아 볼 작정이었지만, 제이크는 1919호실 문 앞에 도착하기도 전에 바로 그 방이라는 것을 알았다. 캘러핸 역시 이를 알았기에, 이마에 땀이 맺혀 반짝거렸다. 땀이 묽고 뜨겁게 느껴졌다. 열병에 걸렸을 때처럼.

오이조차도 알고 있었다. 개너구리는 불안한 듯 낑낑거렸다.

"제이크, 이건 찬찬히 생각해 볼 일이다. 위험한 물건이야. 위험한 정도가 아니라, 사악한 물건이야."

"그러니까 우리가 챙겨야 하는 거예요."

제이크가 화를 참는 말투로 대꾸했다. 이제 1919호실 앞에 서서, 제이크는 손에 쥔 카드 열쇠를 손가락으로 톡톡 두드렸다. 문 건너편에서 그리고 문 아래쪽에서, 또 문을 통해서, 세상의 종말이 왔다고 떠벌리는 얼간이의 노랫소리처럼 귀에 거슬리게 웅얼거리는 소리가 들려왔다. 거기에 섞인 것은 불협화음을 내며 짤랑거리는 차임벨 소리였다. 검은 13의 힘은 제이크도 잘 알았다. 사람을 토대시 속으로 보내는 것도, 또 그 캄캄하고 좀처럼 벗어날 수 없는 공간에서 영원토록 표류시키는 것도 얼마든지 가능했다. 설령 다른 시공간의 지구로 가는 길을 찾는다 해도 도착한 곳에는 기이한 어둠이 감돌았다. 마치 태양이 늘 개기일식 직전의 상태에 있는 것처럼.

"그걸 본 적이 있느냐?"

캘러핸이 묻자 제이크는 고개를 가로저었다.

"나는 있단다."

캘러핸은 느릿느릿 말하며 팔로 이마의 땀을 훔쳤다. 그의 뺨은 납처럼 창백하게 변해 있었다.

"그 구슬에는 눈이 있어. 아마 크림슨 킹의 눈이겠지. 내 생각엔 그자의 일부가 그 속에 영원히 갇힌 것 같다, 그것도 미쳐 버린 채로. 제이크, 그 구슬을 흡혈귀와 하인 무리가 있는 곳으로, 크림슨 킹의 하수인들 소굴로 가져가는 건, 아돌프 히틀러한테 원자 폭탄을 생일 선물로 주는 거나 마찬가지야."

제이크는 검은 13이 가공할 피해를, 어쩌면 헤아릴 수조차 없는 피해를 입힐 수도 있다는 것을 더없이 잘 알았다. 그러나 제이크가 아는 것은 또 있었다.

"신부님, 만약 미아가 검은 13을 이 방에 둔 채로 지금 그자들이 있는 곳으로 가는 중이라면, 그자들은 이제 곧 검은 13이 어딨는지 알게 될 거예요. 그럼 자기들이 타는 으리으리한 차를 몰고 부리나케 이리로 쳐들어오겠죠."

"롤랜드한테 맡기는 게 좋지 않을까?"

캘러핸의 표정은 딱하기까지 했다.

"예, 그거 좋은 생각이네요. 딕시 피그로 가져가는 게 나쁜 생각이라는 거랑 마찬가지로요. 그렇다고 해도 그냥 여기에 놔둘 수는 없어요."

뒤이어 캘러핸이 뭐라고 말하기도 전에 제이크가 새빨간 카드 열쇠를 문손잡이 위의 가느다란 틈에 꽂았다. 요란한 철컥 소리와 함께 문이 활짝 열렸다.

"오이, 여기 꼼짝 말고 있어. 문 바로 바깥에."

"에이크!"

오이는 바닥에 앉아서 만화에 나오는 것처럼 구불구불한 꼬리로 앞발을 감싼 다음, 불안한 눈으로 제이크를 올려다보았다.

방에 들어서기 전, 제이크는 서늘한 자기 손으로 캘러핸의 손목을 잡고 섬뜩한 말을 했다.

"정신 잃어버리지 않게 조심하세요."

9

미아가 불을 켜 놓고 나갔는데도, 주인이 떠나고 텅 빈 1919호실은 기이한 어둠으로 물들어 있었다. 제이크는 그 이유가 짐작이 갔다. 토대시의 어둠이었다. 얼간이의 노랫소리처럼 웅얼대는 소리와 나직이 짤랑거리는 차임벨 소리가 옷장에서 들려오고 있었다.

눈을 뜬 거야. 제이크는 경악했다. 전에는 잠들어 있었어. 아니면 적어도 졸고 있었어. 그런데 주변이 이렇게 웅성거리니까 깨어난 거야. 어떡하지? 상자하고 볼링 가방만 있으면 안전할까? 도움이 될 만한 게 또 있을까? 부적, 인장 같은 거라도?

제이크가 옷장 문을 여는 동안 캘러핸은 어느새 자신의 의지력을 모조리 끌어모아(어마어마한 힘이었다.) 오로지 달아나지 않는 데에만 집중했다. 화음을 이루지 못하고 웅얼거리는 소리와 그 아래에서 이따금 짤랑거리는 차임벨 소리가 귀와 정신과 마음을 들쑤셨다. 자꾸만 중간역이 떠올랐고, 머리에 후드를 쓴 그 남자가 상자를 열었을 때 비명을 지르던 자신의 모습도 떠올랐다. 상자 속의 그 물건은 얼마나 반들거렸던가! 빨간 벨벳 천 위에 놓인 그 구슬은…… 빙그르르 돌고 있었다. 캘러핸을 보고 있었다. 그리고 몸통에서 분리된 그 음흉한 눈 속에 우주의 사악한 광기가 모조리 들어차 있었다.

달아나진 않을 거다. 그럴 순 없어. 이 아이가 남는다면, 나도 남아서 버틸 거야.

아아, 그러나 그 아이는 총잡이였기에, 둘의 처지는 다를 수밖에 없었다. 제이크는 카의 아이였다. 한편으로는 길르앗의 롤랜드가 받아들인 아이, 그의 양아들이기도 했다

애 얼굴이 새파래진 거 안 보여? 저 애도 나처럼 겁을 먹었다고, 젠장! 그러니까 정신 똑바로 차려!

어쩌면 비뚤어진 마음일 수도 있었지만, 극도로 창백해진 제이크를 보며 캘러핸은 오히려 마음이 가라앉았다. 까마득히 오래전에 들은 동요의 한 소절이 떠올랐고, 그 노래를 나지막이 흥얼거리자 마음이 더욱 가라앉았다.

"뽕나무 덤불을 빙빙 돌아." 캘러핸이 나직이 노래했다. "원숭이가 족제비를 쫓네…… 원숭이 너무 너무 신이 나서……."

제이크가 천천히 옷장 문을 열었다. 안에 객실 금고가 있었다. 비밀번호로 1919를 눌러 보았지만 아무 일도 일어나지 않았다. 제이크는 금고의 회로가 자동으로 초기화되도록 기다리며 (덜덜 떨리는) 양손으로 이마의 땀을 닦은 다음, 다시 번호판을 눌러 보았다. 이번에는 1999를 누르자 금고 문이 활짝 열렸다.

검은 13의 윙윙대는 노랫소리와 이에 대응하듯 짤랑거리는 토대시 차임벨 소리가 함께 커졌다. 그 소리는 꼭 두 사람의 머릿속을 뒤지고 돌아다니는 차가운 손가락 같았다.

그리고 저 소리는 너를 어디로든 데려갈 수 있어. 캘러핸은 생각했다. 넌 경계심을 살짝 늦추기만 하면 돼…… 볼링 가방을 열고…… 상자를 열고…… 그다음엔…… 아, 네가 가고 싶은 그 많은 곳들을 떠올려 봐! 깡충, 족제비가 뛰는 그곳!

그것이 사실인 줄 알면서도, 캘러핸의 머릿속 한구석에는 상자를 열고 싶다는 생각이 있었다. 열고 싶어서 못 견딜 정도였다. 캘러핸만 그런 것도 아니었다. 그가 지켜보는 사이에 제이크는 제단 앞에서 기도를 드리는 사람처럼 금고 앞에 무릎을 꿇었다. 캘러핸은 제이크가 볼링 가방을 들지 못하게 막으려고 거짓말처럼 무겁게 느껴지는 자신의 팔을 뻗었다.

네가 막든 안 막든 상관없어. 머릿속에서 웬 목소리가 중얼거렸다. 졸음을 불러일으키는 목소리, 또한 믿기 힘들 정도로 설득력이 있는 목소리였다. 그럼에도 캘러핸은 멈추지 않고 팔을 뻗었다. 감각이 모조리 사라져 버린 듯한 손끝으로 제이크의 셔츠 목깃을 붙잡았다.

"안 돼. 그러면 안 돼."

캘러핸의 목소리는 어눌했고, 무기력했고, 침울했다. 그가 제이크를 한쪽으로 잡아당겼을 때, 아이는 꼭 슬로모션으로 움직이는 사람처럼 보였다. 또는 물속에서 허우적대는 사람처럼. 이제 호텔 방의 조명은 파멸적인 태풍이 불어 닥치기 전에 풍경을 물들이는 불길한 노란빛 같았다. 캘러핸이 열린 금고 앞에 무릎을 꿇는 동안(바닥에 무릎이 닿기까지 1분이 꼬박 걸리는 듯했다.), 검은 13의 목소리가 전에 없이 커다랗게 들려왔다. 그 구슬은 캘러핸에게 말했다. 아이를 죽이라고, 아이의 목을 따서 생명이 깃든 따뜻하고 신선한 피를 구슬에 뿌리라고. 그런 다음 캘러핸 본인은 객실 창문 바깥으로 뛰어내려도 좋다고.

46번가 길바닥에 닿는 순간까지 너는 나를 찬양할 것이다. 검은 13은 명쾌하고 또렷한 목소리로 캘러핸을 설득했다.

"해버려요." 제이크가 탄식하듯 중얼거렸다. "그래요, 저질러 버려요, 알 게 뭐예요."

"에이크!" 객실 문간에서 오이가 짖었다. "에이크!"

캘러핸과 제이크 둘 다 그 소리를 무시했다.

볼링 가방을 향해 손을 뻗는 동안, 캘러핸은 저도 모르게 일찍이 조그만 시골 마을 살렘스 롯에 찾아왔던 흡혈귀 왕 발로(그가 쓰는 용어로는 제1형 흡혈귀)와 마지막으로 대면했을 때가 떠올랐다. 어느새 마크 페트리의 집에서 발로에 맞서 싸우던 자신의 모습이 떠올랐다. 숨이 끊어진 마크의 부모가 흡혈귀의 발치에 널브러져 있던, 두 사람의 두개골이 박살 나고 뇌가 젤리로 변해 있던 그때가.

지상으로 추락하는 동안 우리 왕의 이름을 되뇌어도 좋다고 허락해 주마. 검은 13이 소곤거렸다. 크림슨 킹이라는 이름을.

가방을 붙잡는 자신의 손을 지켜보는 동안(전에는 가방 옆면에 뭐라고 적혀 있었는지 몰라도 이제는 중간 세계 볼링장에는 언제나 스트라이크뿐이라고 적혀 있었다.), 캘러핸은 오래전 자신이 쓰던 십자가를 떠올렸다. 그 십자가는 처음에는 비현실적으로 환한 빛을 내뿜어 발로를 뒤로 물러나게 했다가…… 이내 다시 빛을 잃고 캄캄해졌다.

"열어요!" 제이크가 간절한 목소리로 말했다. "열어요, 난 그걸 봐야겠어요!"

이제 오이는 쉬지 않고 짖어 댔다. 복도 저편에서 누군가 '개 좀 조용히 시키세요!'라고 외쳤지만 둘은 이 또한 아랑곳하지 않았다.

캘러핸은 고스트우드로 만든 상자를 볼링 가방에서 꺼냈다. 칼라 브린 스터지스 마을에 있는 캘러핸의 교회 제단 아래에서 오랫동안 숨어 지내며 복되고 평온한 시간을 보낸 상자였다. 이제 캘러핸은 그 상자를 열 작정이었다. 이제 검은 13의 역겨운 아름다움을 한껏 감상할 작정이었다.

그리고 죽을 작정이었다. 기꺼이.

10

인간의 믿음이 무너지는 꼴을 보는 건 슬픈 일이야. 흡혈귀 커트 발로는 그렇게 말하고는, 이제 빛을 잃어 쓸모가 없어진 십자가를 캘러핸 신부의 손에서 빼앗았다. 어떻게 그럴 수 있었을까? 그 모순을 보면, 그 수수께끼를 곰곰이 생각해 보면, 이유는 다름이 아니라 캘러핸 신부가 스스로 십자가를 던지지 못했기 때문이었다. 십자가란 단지 더 커다란 힘의 한 가지 상징일 뿐인 것을 신부가 차마 받아들이지 못했기 때문이었다. 그 힘은 우주의, 어쩌면 수없이 많은 여러 우주의 저 아래에서 강처럼 흐르고 있었다.

나한테 상징 같은 건 필요 없어. 캘러핸은 생각했다. 그리고 이내. 하느님께서 나를 살려 두신 이유가 그걸까? 그 진리를 깨닫도록 내게 두 번째 기회를 주신 걸까?

그럴지도 모른다고, 캘러핸은 상자의 뚜껑에 손을 올리며 생각했다. 두 번째 기회를 주는 것이 하느님의 특기였으므로.

"저기요, 개 좀 조용히 시키세요."

호텔 청소부의 짜증 섞인 목소리가 들려왔지만 아득히 멀게 느껴졌다. 뒤이어 같은 목소리로 말하는 소리가 이어졌다. "마드레 데 디오스(성모 마리아님), 방 안이 왜 이리 어둡지? 뭐야, 저게…… 저게 무슨…… 소…… 소……."

아마도 소리라고 말하고 싶은 모양이었다. 그랬다고 한들, 청소부는 그 말을 결코 끝맺지 못했다. 이제는 오이마저도 허밍 소리로 노래하는 구슬의 마력에 굴복하고 말았는지, 짖어 대기를 포기하고(문간의 자기 자리도 함께 버리고) 방 안으로 사뿐사뿐 걸어 들어왔다. 캘러핸은 그 짐승이 마지막 순간에 제이크 곁에 있고 싶었으리라 짐작했다.

신부는 죽고 싶어 안달이 난 자신의 손을 진정시키려 애썼다. 상자 속에 든 물건이 얼간이처럼 웅얼거리는 노랫소리를 더욱 키우자 이에 반응하듯 신부의 손끝이 움찔거렸다. 그러다가 이내 잠잠해졌다. 그래도 이 정도는 이겨 내는군.

"됐어요, 그냥 내가 할게요." 청소부의 목소리, 느릿하고 간절한 목소리였다. "난 그걸 봐야겠어요. 디오스(하느님)! 내 두 손으로 꽉 붙들어야겠어요!"

제이크는 팔이 천근만근 무겁게 느껴졌지만, 그럼에도 억지로 양팔을 뻗어 청소부를 붙들었다. 남아메리카계 중년 여성인 청소부는 몸무게가 50킬로그램도 안 나갈 것처럼 보였다.

앞서 두 손을 진정시키려 안간힘을 썼던 것처럼, 이제 캘러핸은 기도를 올리려고 안간힘을 썼다.

하느님, 제 뜻대로 마시고 아버지의 뜻대로 하소서. 저는 지은 자가 아니라 지음 받은 물건이나이다. 지금 다른 길이 모두 막혔다면, 부디 제가 저 상자를 끌어안고 창문에서 몸을 던져 그 속의 저주받은 물건을 영영 박살 내도록 보살피소서. 그러나 만약 저로 하여금 저 물건을 침묵시키는 것이 당신의 뜻이라면, 저것을 다시 재우는 것이 당신의 뜻이라면, 그렇다면 제게 당신의 힘을 보내 주소서. 그리고 부디 잊지 않도록 도와주소서, 저에게…….

제이크는 검은 13의 힘에 취했는지는 몰라도 터치 능력은 아직 유지하고 있었다. 이제 제이크가 신부의 머릿속에 남은 생각을 끌어내어 크게 외쳤다. 바뀐 점은 캘러핸이 사용한 단어를 롤랜드에게서 배운 단어로 고친 것뿐이었다.

"저에게 인장 같은 것은 필요 없나이다." 제이크가 말했다. "지은 자가 아니라 지음 받은 물건이나이다, 저에게 인장 같은 것은 필요 없나이다!"

"하느님." 돌처럼 무거운 말이었지만, 일단 그 말이 캘러핸의 입 밖에 나오자 다음 말은 한결 더 쉽게 흘러나왔다. "하느님, 지금도 거기 계시나이까, 지금도 저의 말을 들으시나이까, 저 캘러핸입니다. 부디 이 물건을 침묵케 하소서, 주님. 다시 잠들게 하소서. 그리스도의 이름으로 기도 드리나이다."

"백(白)의 이름으로." 제이크가 말했다.

"배그!" 오이가 목청껏 짖었다.

"아멘." 영문을 모르는 청소부가 몽롱한 목소리로 말했다.

얼간이의 노래처럼 웅얼거리는 상자의 노랫소리가 한순간 부쩍 커졌고, 캘러핸은 깨달았다. 다 틀렸다는 것을. 전능하신 하느님조차도 검은 13 앞에서는 버티지 못한다는 것을.

그러다 노랫소리가 뚝 그쳤다.

"하느님, 감사합니다."

그렇게 중얼거린 캘러핸은 온몸이 땀에 흠뻑 젖은 것을 그제야 알아차렸다.

제이크는 울음을 터뜨리고 오이를 안아 들었다. 청소부도 흐느끼기 시작했지만 끌어안고 위안을 얻을 친구는 없었다. 캘러핸 신부가 망사 같은 소재로 만든(그런데도 묘하게 묵직한) 볼링 가방으로 고스트우드 상자를 다시 덮는 사이에 제이크가 청소부에게 말했다.

"잠깐 낮잠 좀 주무세요, 사이."

떠오른 말은 오로지 그것뿐이었고, 그 말에는 효력이 있었다. 청소부는 돌아서서 침대 쪽으로 걸어갔다. 침대 위로 기어 올라간 다음, 치마를 무릎 아래로 당기고, 그대로 깊은 잠에 빠져든 것처럼 보였다.

"저 구슬, 계속 잠들어 있을까요?" 제이크가 캘러핸에게 나지막이 물었다. "왜냐면…… 신부님, 방금은…… 안심하기엔 너무 아슬아슬했잖아요."

어쩌면 그럴지도 몰랐지만, 캘러핸은 문득 정신이 홀가분해진 기분이 들었다. 이토록 홀가분하기는 오랜만이었다. 어쩌면 홀가분해진 것은 마음이었는지도 몰랐다. 어느 쪽이든, 금고 위에 차곡차곡 접힌 세탁물 주머니 더미에 볼링 가방을 내려놓는 동안 캘러핸은 머릿속이 몹시도 또렷해진 기분이 들었다.

노숙인 쉼터 '홈'에 머물던 시절, 그곳의 뒷골목에서 나누었던 대화가 떠올랐다. 캘러핸과 프랭키 체이스, 로언 매그루더가 함께 담배를 피우러 나왔을 때였다. 대화의 주제는 '뉴욕에서 귀중품을 잘 보관하려면 어떻게 해야 할까, 특히 한동안 집을 떠날 경우에는?'으로 흘러갔고, 매그루더가 말하길 뉴욕에서 가장 안전한 보관 장소는…… 100퍼센트 안전한 곳은 어디냐면…….

"제이크, 금고 속에 접시가 든 가방도 같이 있구나."

"오리자 자매단의 접시요?"

"그래. 저걸 챙겨라."

제이크가 가방을 챙기는 사이에 캘러핸은 침대에 누운 청소부에게 다가가 제복 치마의 왼쪽 호주머니에 손을 넣었다. 그가 꺼낸 것은 카드 열쇠 몇 장과 평범한 열쇠 몇 개, 처음 보는 박하사탕 한 갑이었다. 사탕 상자에 적힌 상표명은 '알토이드'였다.

캘러핸이 청소부를 한쪽으로 돌려 눕혔다. 마치 시신을 돌려 눕히는 사람처럼.

"뭐 하세요?"

제이크가 소곤거리듯 물었다. 비단으로 안감을 댄 갈대 가방을 어깨에 메려고 오이를 바닥에 내려놓은 참이었다. 가방은 묵직했지만 그 무게 덕분에 오히려 안도감이 들었다.

"도둑질. 네가 보기엔 뭐 하는 것 같은데?" 캘러핸의 목소리에 성난 기색이 배어 있었다. "로마 가톨릭교회 소속 캘러핸 신부가 호텔 청소부를 터는 중이다, 이거야. 절도 미수에 그칠지도 모르지, 혹시 이 사람이 빈털터리라면…… 옳지!"

캘러핸이 기대했던 꼬깃꼬깃 접은 지폐 몇 장은 반대편 호주머니에서 나왔다. 청소부는 앞서 오이가 짖는 소리에 짜증이 났을 때 객실 청소를 하던 중이었다. 거기에는 변기를 닦고 커튼을 열고 침대를 정리하고, 청소부들끼리는 '베개 사탕'이라고 부르는 초콜릿을 침대 베개에 올려놓고 나오는 일 등이 포함되었다. 이따금 손님이 팁을 남기는 경우도 있었다. 이 사람이 모은 팁은 10달러짜리 두 장과 5달러짜리 세 장, 1달러짜리 네 장이었다.

"혹시 다음에 또 만나면 갚겠습니다." 캘러핸이 잠든 청소부에게 말했다. "못 만나면 그냥 하느님께 헌금했다 치세요."

"백(白)의 일족……."

청소부가 잠꼬대하는 사람 특유의 말투로 웅얼거렸다.

캘러핸과 제이크는 서로를 마주 보았다.

11

아래층으로 내려가는 승강기 안에서 캘러핸은 검은 13이 든 가방을 어깨에 멨고, 제이크는 오리자 접시가 든 가방을 손에 들었다. 그들의 돈 역시 제이크가 지니고 있었다. 이제 모두 합쳐 48달러였다.

"그걸로 충분할까요?"

구슬을 어떻게 처리할지를 신부에게 듣고 나서 제이크가 던진 질문은 그것뿐이었다. 그 계획을 실행하려면 한 군데 더 들를 곳이 있었다.

"모르겠다. 될 대로 되겠지."

캘러핸이 대답했다. 승강기 안에 다른 투숙객은 한 명도 없었지만, 둘은 음모를 꾸미는 사람들답게 나직한 목소리로 대화했다.

"잠자는 호텔 청소부의 주머니까지 털었는데, 택시 운전사 팁 떼어먹는 것 정도야 식은 죽 먹기지."

"그러게요."

제이크는 롤랜드가 탑을 찾는 여정에서 죄 없는 사람 몇 명의 주머니를 터는 것보다 더 심한 짓을 했으리라는 생각이 들었다. 죽인 사람 또한 수두룩했으리라는 생각도.

"빨리 끝내고 딕시 피그라는 곳을 찾아봐야겠어요."

“너무 걱정할 것 없다. 만약 탑이 무너지면 네가 제일 먼저 알아차릴 테니까.”

제이크는 캘러핸의 얼굴을 찬찬히 뜯어보았다. 잠시 후에 캘러핸이 빙그레 웃었다. 웃음을 참을 길이 없었다.

“그렇게 웃을 일이 아니에요, 사이.”

제이크가 말했다. 뒤이어 두 사람은 1999년 초여름의 어둑한 저녁 속으로 들어섰다.

12

목적지 두 곳 가운데 첫 번째 장소에 도착했을 때는 9시 15분 전, 허드슨강 수면 위에 아직 노을의 잔광이 남아 있었다. 택시의 미터기에 표시된 요금은 9달러 50센트였다. 캘러핸은 청소부 호주머니에서 훔친 10달러 지폐를 운전사에게 건넸다.

“손님, 밤길 조심하쇼.” 운전사는 자메이카 출신 특유의 억양이 강했다. “팁을 이 따위로 주고 다니면 총 맞는 수가 있어.”

“아예 못 받는 것보다야 낫잖소.” 캘러핸이 부드럽게 말했다. “관광하러 뉴욕에 왔는데, 예산이 빠듯해서 그래요.”

“빠듯하긴 우리 집 살림도 마찬가지요.”

운전사는 그 말을 남기고 쌩하니 가 버렸다. 그러는 동안 제이크는 하늘을 올려다보고 있었다.

“우와.” 제이크의 입에서 나지막한 탄성이 흘러나왔다. “여기가 얼마나 높았는지 이제야 기억이 나는 것 같아요.”

캘러핸은 잠시 제이크의 시선을 눈으로 좇았다.

"자, 어서 해치우자." 캘러핸은 그렇게 말하고는 서둘러 빌딩 안으로 들어서다가 제이크에게 물었다. "수재나가 터치로 뭔가 전해주지 않던? 아무거나."

"기타를 든 남자가 보여요. 그 남자가 노래를 하는데…… 잘 모르겠어요. 분명히 아는 노랜데. 이것도 우연 같지만 우연이 아닌 경우예요. 헌책방 주인 이름이 타워인 거나, 발라자르의 본거지 이름이 '사탑'인 것처럼요. 그 노래…… 분명히 아는 노랜데."

"그것 말고 다른 건?"

제이크가 고개를 가로저었다.

"그게 마지막으로 받은 거예요, 호텔 앞에서 택시에 탈 때요. 아마 수재나가 딕시 피그로 들어선 후에 '터치'가 '닫힌' 것 같아요."

제이크는 의도치 않은 자신의 말장난에 힘없이 웃었다. 캘러핸은 널따란 로비 한복판에 있는 층별 안내도 쪽으로 향했다.

"오이 잘 챙기렴."

"걱정 마세요."

캘러핸은 자신이 찾던 것을 금세 발견했다.

13

이용 사항 안내판에 적힌 내용은 이러했다.

장기 물품 보관 서비스

10-36개월

토큰을 이용해 주십시오

열쇠를 잊지 말고 가져가십시오

보관품이 분실될 경우

관리자는 어떠한 책임도 지지 않습니다!

그 아래쪽에는 네모난 표 안에 각종 규정이 적혀 있었고, 둘은 그것을 자세히 읽었다. 발밑에서 지하철이 우르릉거리며 지나가는 진동이 느껴졌다. 거의 20년 동안 뉴욕을 떠나 있었던 캘러핸은 그 지하철이 어떤 노선인지, 어디로 가는지, 도시의 지하를 얼마나 깊은 곳에서 누비는지 알 길이 없었다. 그들은 승강기를 타고 지하로 두 층을 내려와 먼저 사무실에 들렀다가 이제 이곳에 도착한 참이었다. 지하철역은 그보다 훨씬 더 깊은 곳에 있었다.

제이크는 오리자 접시가 든 가방을 반대쪽 어깨로 고쳐 멘 다음, 규정의 마지막 줄을 가리켰다.

"이 빌딩에 입주한 사람은 할인을 받을 수 있대요."

"애요!" 오이가 진지한 목소리로 외쳤다.

"음, 그렇겠지." 캘러핸도 맞장구를 쳤다. "그런 혜택은 꿈속에서 누리면 되고, 일단은 현실적으로 생각하자. 우린 할인 같은 거 안 받아도 된다."

실제로 할인을 받을 필요가 없었다. 금속 탐지기를 지나(오리자 접시는 문제없이 통과했다.) 등받이 없는 의자에 앉아서 졸고 있는 경비원 앞을 통과한 후에, 제이크는 가장 작은 보관함이면 중간 세계 볼링장 가방과 그 속에 든 상자를 넣기에 충분하리라고 판단했다.

가장 작은 보관함은 기다란 직사각형 모양 보관실의 왼쪽 끄트머리에 줄지어 설치되어 있었다. 그 보관함을 최장 한도까지 대여하려면 27달러를 내야 했다. 캘러핸 신부는 갖가지 크기의 투입구가 달린 토큰 자동판매기에 지폐를 조심스레 집어넣었다. 혹시라도 고장이 날까 싶어서였다. 이 도시에 돌아오고 나서 얼마 안 되는 시간 동안 온갖 신기하고 엽기적인 광경을 목격했건만(후자의 경우에는 한 번에 2달러씩 올라가는 택시미터기도 포함되었다.), 어떤 의미에서는 이 기계야말로 가장 받아들이기 힘든 물건이었다. 종이돈을 집어삼키는 자동판매기라고? 탁한 갈색 페인트를 칠한 표면에 지폐는 초상화가 위쪽으로 오게 넣으세요!라는 안내문이 적힌 이 기계 속에는 분명 정교한 기술이 잔뜩 들어 있었다. 안내문 옆에는 1달러 지폐의 주인인 조지 워싱턴의 초상이 왼쪽을 보도록 그려져 있었지만, 막상 돈을 넣어 보니 지폐의 방향하고는 상관없이 작동했다. 초상이 위쪽으로 향하도록 넣기만 하면 그만이었다. 기계가 낡고 구깃구깃한 지폐를 삼키지 않고 다시 토했을 때, 캘러핸은 거의 안도할 뻔했다. 비교적 빳빳한 5달러 지폐는 군말 없이 쏙 들어갔고, 뒤이어 투입구 아래의 우묵한 접시에 토큰이 우수수 쏟아졌다. 캘러핸은 27달러어치 토큰을 모아들고 제이크가 기다리는 곳으로 돌아가다가, 문득 호기심에 이끌려 다시 뒤로 돌아섰다. 시선이 향한 곳은 기상천외한(적어도 그의 눈에는 기상천외한) 종이돈 먹는 자동판매기의 옆면이었다. 캘러핸이 찾던 것은 바닥에 가까운 아래쪽에 줄줄이 붙어 있는 조그마한 명판이었다. 기계의 이름은 '체인지메이커 2000'이었고 만들어진 곳은 오하이오주 클리블랜드였지만, 제작에 참여한 회사는 한두 곳이 아니었다. 제너럴 일렉트릭, 디월트 전자, 쇼리 전자, 파나소닉,

그리고 맨 밑에 가장 작지만 또렷하게 새겨진 이름은, 노스 센트럴 양자공학이었다.

낙원의 뱀 같은 존재로구나. 캘러핸은 생각했다. 나를 창조했다는 그 스티븐 킹이라는 남자는 하나의 세계에만 존재하는지도 모르지만, 노스 센트럴 양자공학은 모든 세계에 다 존재하는 게 아닐까? 당연히 그렇겠지, 왜냐면 놈들은 크림슨 킹의 도구이니까, 솜브라 코퍼레이션이 크림슨 킹의 도구인 것처럼. 그리고 그자는 유사 이래 권력에 미친 폭군들이 모두 원했던 것을 원할 뿐이야. 모든 곳에 존재하고, 모든 것을 소유하고, 우주 자체를 조종하는 것.

"아니면 어둠으로 뒤덮거나." 캘러핸이 중얼거렸다.

"신부님!" 제이크가 조급하게 외쳤다. "신부님!"

"지금 간다."

캘러핸은 그렇게 대답하고는 금빛으로 반짝이는 토큰을 양손 가득 쥔 채 제이크가 있는 쪽으로 서둘러 걸어갔다.

14

883번 보관함의 열쇠는 토큰 아홉 개를 넣었을 때 이미 튀어나왔지만, 제이크는 토큰 스물일곱 개가 모조리 투입구 속으로 사라질 때까지 손을 멈추지 않았다. 다 넣고 보니 보관함 번호 아래쪽의 조그마한 원형 표시창이 빨간색으로 변해 있었다.

"만땅이네요."

제이크의 목소리에서 뿌듯한 기색이 느껴졌다. 둘은 여전히 잠든 아기가 깰세라 소곤소곤 말하는 사람들처럼 조그마한 목소리로 얘기했고, 동굴처럼 안이 깊은 보관소는 몹시도 조용했다. 제이크가 보기에 이곳은 평일 오전 9시와 오후 5시 무렵에 지하철역으로 오르내리는 승객들로 난장판이 될 법한 장소였다. 그중 일부는 동전으로 작동하는 보관함에 짐을 넣고 찾으려는 사람일 터였다. 지금은 상가 쪽에 아직 문을 연 가게 몇 곳에서 두런거리는 대화 소리가 에스컬레이터 통로를 타고 흘러들고, 역으로 들어서는 지하철이 우르릉거리는 소리가 희미하게 전해질 뿐이었다.

캘러핸이 좁다란 보관함 입구로 볼링 가방을 집어넣었다. 가방을 안쪽 끝까지 깊숙이 밀어 넣는 동안 제이크는 조마조마한 표정으로 지켜보았다. 뒤이어 캘러핸이 보관함 문을 닫자 제이크가 열쇠를 돌려 잠갔다.

"빙고." 열쇠를 호주머니에 집어넣은 제이크의 목소리에서 불안한 기색이 느껴졌다. "조용히 잠들어 있을까요?"

"내 생각엔 그럴 것 같다. 우리 교회에서 그랬던 것처럼. 만약 빔이 또 하나 파괴되면 깨어나서 무슨 말썽을 부릴지도 모르지만, 빔이 또 하나 파괴된다면 그때는……."

"빔이 또 하나 파괴되면 검은 13이 부리는 말썽 같은 건 문제도 아니겠죠."

제이크가 대신 말을 끝맺었다. 캘러핸은 고개를 끄덕였다.

"유일한 문제는…… 그래, 우리가 가는 곳이 어딘지는 너도 알겠지. 그리고 그곳에서 뭐가 기다리고 있는지도."

흡혈귀들. 하인들. 아마도 크림슨 킹의 다른 부하들까지. 어쩌면 월터도, 검은 옷에 후드를 뒤집어쓰고 이따금 모습을 바꾸며 스스로

랜들 플랙이라고 칭하는 그자도. 아예 크림슨 킹까지도.

물론 제이크도 잘 알았다.

"너한테 터치 능력이 있는 걸 보면." 캘러핸이 말을 이었다. "적들 중에도 같은 능력을 지닌 자가 있다고 생각해야 할 거다. 놈들이 우리 머릿속을 들여다보고 이곳을 알아낼지도 몰라. 보관함 번호까지도. 우리는 딕시 피그에 들어가서 수재나를 구해야 하지만, 실패할 위험이 크다는 것도 명심해야 해. 난 평생 총을 쏴 본 적이 한 번도 없고, 너도…… 미안하지만 제이크 너도 역전의 용사라고 하기는 힘드니까."

"저도 한두 번은 싸워 본 적 있어요."

제이크는 러드에서 개셔와 대결했을 때를 떠올렸다. 그리고 물론 칼라에서 늑대들을 상대했을 때도.

"이번엔 다를 거다. 그냥, 놈들한테 산 채로 붙잡히는 게 좋은 방법이 아닐지도 모른다는 말이야. 그럴 수밖에 없는 상황이 되면. 무슨 말인지 알지?"

"걱정 마세요." 제이크의 목소리는 섬뜩하면서도 든든하게 들렸다. "그런 걱정은 안 하셔도 돼요, 신부님. 우리가 산 채로 잡히는 일은 없을 거니까요."

15

이윽고 둘은 다시 거리로 나와서 택시를 잡으려 했다. 제이크 생각에는 청소부가 모은 팁 덕분에 딕시 피그까지 택시를 타고 갈 돈은 간신히 남은 듯했다. 그리고 일단 딕시 피그에 들어가면 더는 필요할 일이 없으리라는 생각이 들었다. 현금뿐 아니라 무엇이든.

"저기 빈 차가 오는구나."

캘러핸이 팔을 흔들며 말했다. 한편 제이크는 방금 빠져나온 빌딩을 돌아보고 있었다.

"저 안에 놔둬도 정말 괜찮을까요?"

제이크가 캘러핸에게 묻는 사이에 택시 한 대가 그들을 향해 방향을 꺾더니, 승객과 자신 사이에서 꾸물거리는 다른 차에 대고 사납게 경적을 울렸다.

"내 옛 친구인 사이 매그루더에 따르면, 저기는 맨해튼에서 가장 안전한 보관 장소야. 그 친구는 여기가 펜 스테이션 역이나 그랜드 센트럴 터미널에 있는 코인 로커보다 50배는 더 안전하다고 했지…… 게다가 장기로 보관할 수도 있고. 뉴욕에 보관소는 여기 말고도 많겠지만, 어차피 우린 다른 곳이 문을 열기 전에 떠나야 하니까."

택시가 그들 앞에 도착했다. 캘러핸은 제이크가 타도록 문을 잡아 주었고, 오이는 제이크의 뒤에 바짝 따라붙어 조용히 올라탔다. 캘러핸은 택시에 오르기 전에 쌍둥이 탑처럼 생긴 세계 무역 센터 빌딩을 마지막으로 돌아보았다.

"2002년 6월까지는 무사할 거다. 누가 쳐들어와서 훔쳐 가지만 않으면."

"아니면 빌딩이 무너져서 그 밑에 깔리든가요."

제이크의 말투는 딱히 농담을 하는 것 같지 않았지만, 캘러핸은 껄껄 웃었다.

“그런 일은 절대 없을 거다. 만에 하나 그렇게 된다고 해도…… 수정 구슬 한 개가 110층 분량의 콘크리트와 철근 밑에 깔리면 어떻게 될까? 제아무리 강력한 마법이 깃든 수정 구슬이라고 해도 말이다. 내 생각엔 그것도 저 고약한 물건에 어울리는 보관법 같구나.”

16

제이크는 만일의 사태에 대비하여 택시 운전사에게 렉싱턴 대로와 59번가 교차점에 내려 달라고 부탁했고, 캘러핸에게 눈빛으로 허락을 구한 다음 그들에게 남은 전 재산인 2달러를 팁으로 건넸다.

렉싱턴 대로와 60번가 교차점에 도착했을 때, 제이크가 인도에 짓이겨진 담배꽁초 몇 개를 손으로 가리켰다.

“여기가 그 남자가 있던 자리예요. 제가 얘기했던 그 기타 치는 남자요.”

제이크는 몸을 숙여 꽁초 한 개를 집은 다음, 손바닥에 올려놓고 잠시 쥐고 있었다. 그러다가 힘없이 웃으며 고개를 끄덕이고는 가방을 고쳐 멨다. 갈대 가방에 든 오리자 접시가 살짝 쨍그랑거렸다. 제이크는 앞서 택시 뒷자리에서 접시 개수를 세어 보고 정확히 열아홉 개인 것을 알고 나서도 놀라지 않았다.

“수재나가 여기서 멈춰 선 것도 당연해요.”

제이크는 꽁초를 버리고 셔츠에 손을 닦았다. 그러고는 갑자기 노래를 부르기 시작했다. 낮지만 정확한 음정으로.

“나는 언제나…… 슬픔에 잠긴 사나이…… 평생을 풍파 속에 살왔지…… 이제는 떠나리…… 북부로 가는 철로를 따라…… 어쩌면 바로 다음번 열차…… 그 열차에 올라."

이미 긴장해 있던 캘러핸은 신경이 더욱 곤두서는 느낌이 들었다. 당연히 캘러핸도 아는 노래였다. 다만 칼라 마을의 환영 잔치에서 그 노래를 불렀을 때 수재나는 '사나이'를 '여자'로 바꿔서 노래했다. 롤랜드가 웬만한 사람은 본 적도 없을 만큼 격렬한 코말라 춤으로 칼라 주민들의 마음을 사로잡았던 바로 그날 밤에.

"수재나는 그 기타 치는 남자한테 돈을 줬어요." 제이크가 몽롱한 표정으로 말했다. '그러고 나서 뭐라고 했냐면……."

제이크가 고개를 숙인 채 일어섰다. 입술을 깨물고서, 골똘히 생각하며. 오이는 넋을 잃은 표정으로 올려다보았다. 캘러핸 또한 방해하지 않았다. 이미 깨달았기 때문이었다. 그와 제이크는 딕시 피그에서 죽으리라는 것을. 끝까지 싸울 테지만, 그곳에서 죽으리라는 것을.

그리고 죽어도 괜찮다는 생각이 들었다. 아이를 잃으면 롤랜드는 가슴이 미어질 테지만…… 그래도 그는 앞으로 나아갈 터였다. 암흑의 탑이 서 있는 한, 롤랜드는 앞으로 나아갈 터였다.

제이크가 고개를 들었다.

"수재나가 말했어요. '그 사람들의 투쟁을 잊지 마'라고."

"수재나가 그랬단 말이지."

"예. 수재나가 앞으로 나섰어요. 미아가 허락해서. 그리고 미아도 그 노래에 감동을 받았어요. 눈물을 흘릴 만큼."

"정말이냐?"

"정말이에요. 누구의 딸도 아닌, 오직 한 아이의 어머니인 미아가요. 그리고 미아가 정신이 흐트러진 사이에…… 눈물로 앞이 흐려진 틈을 타서…….”

제이크가 주위를 두리번거렸다. 오이도 덩달아 두리번거렸지만 찾는 것이 있어서가 아니라 그저 사랑하는 에이크를 흉내 내는 모양새였다. 캘러핸은 칼라 마을 정자 앞에서 환영 잔치가 열렸던 밤을 떠올렸다. 환한 불빛. 뒷다리로 서서 주민들 앞에 고개를 조아리던 오이. 수재나, 노래를 부르던 그녀. 환한 불빛. 춤, 불빛 속에서 코말라 춤을 추던 롤랜드, 색색의 불빛. 하얗게 빛나며 춤추던 롤랜드. 언제나 롤랜드였다. 그리고 결국에는, 다른 이들이 쓰러진 후에도, 이 피투성이 싸움의 와중에 한 명 한 명 살해당한 후에도, 롤랜드는 남을 터였다.

난 그거면 충분해. 캘러핸은 담담히 생각했다. 그거면 내 목숨도 아깝지 않아.

“수재나가 두고 간 게 있어요, 그런데 없어져 버렸어요!” 제이크는 낙담하다 못해 울 것 같았다. “누가 그걸 봤나 봐요…… 아니면 수재나가 떨어뜨리는 걸 보고 기타 치던 남자가 주워 갔든가…… 여긴 정말 재수 없는 도시예요! 다들 훔칠 궁리만 하고! 어휴, 젠장!”

“그만 잊어버려라.”

제이크는 지치고 겁먹어서 해쓱해진 얼굴로 캘러핸의 얼굴을 올려다보았다.

“수재나가 남긴 물건이 있어요, 우린 그게 있어야 해요! 지금 우리가 얼마나 위태로운지 모르세요?”

“안다. 제이크, 혹시 물러서고 싶다면 지금이 기회다.”

아이는 의심도, 눈곱만큼의 망설임도 없는 표정으로 고개를 가로

저었고, 캘러핸은 그런 아이가 가슴이 벅차도록 자랑스러웠다.

"가요, 신부님." 제이크가 말했다.

17

다시 렉싱턴 대로와 61번가 교차점이 나왔다. 제이크가 차도 건너편을 가리켰다. 캘러핸은 초록색 차양을 보고 고개를 끄덕였다. 그 차양에는 만화풍으로 그린 돼지 한 마리가 연기 속에서 발갛게 구워지는 와중에도 행복에 겨워 웃고 있었다. 차양 위쪽 간판에 딕시 피그라는 이름이 보였다. 가게 앞에 한 줄로 주차된 검은 리무진 다섯 대는 옆면의 장식용 라이트가 어둠 속에서 살짝 흐릿한 노란색으로 빛나고 있었다. 캘러핸은 렉싱턴 대로에 스멀거리는 안개를 그제야 알아차렸다.

"여기예요."

제이크가 그렇게 말하며 캘러핸에게 루거 권총을 건넸다. 그러고는 호주머니를 뒤져 두 손 가득 총탄을 꺼냈다. 사방을 물들인 가로등의 주황색 불빛 속에서 총탄이 희끄무레하게 번득였다.

"이거 다 가슴 주머니에 넣으세요. 그래야 꺼내기가 쉬울 거예요, 아시겠죠?"

캘러핸이 고개를 끄덕였다.

"총 쏴 본 적 있으세요?"

"아니. 너는 그 접시 던져 본 적 있느냐?"

제이크가 씩 웃자 입이 살짝 벌어졌다.

"연습용 접시는 베니 슬라이트먼이랑 같이 강둑에 나가서 잔뜩 던졌어요, 밤에 시합을 벌인 적도 있고요. 그 애는 솜씨가 별로였지만……."

"내가 맞혀 볼까. 너는 솜씨가 훌륭했지?"

제이크는 대단찮다는 듯 어깨를 으쓱하고는, 고개를 끄덕였다. 아이는 그 접시를 손에 쥐었을 때의 황홀한 느낌, 무서울 정도로 손에 딱 맞는 그 느낌을 표현할 말이 떠오르지 않았다. 수재나 또한 오리자 접시를 어떻게 던지는지를 빠르고 자연스럽게 파악했다. 이는 캘러핸 신부가 자기 눈으로 목격한 사실이었다.

"그래, 작전 계획은?"

캘러핸이 물었다. 이제 끝까지 가기로 마음먹은 이상, 캘러핸은 조금도 망설이지 않고 지휘권을 아이에게 양보했다. 어쨌거나 제이크는 총잡이였으므로.

아이가 고개를 가로저었다.

"실은 계획 같은 거 없어요. 제가 먼저 들어갈게요. 신부님은 제 뒤에 바짝 붙으세요. 일단 문을 통과하면 갈라지는 거예요. 3미터 이상 떨어질 공간이 있으면, 최소 간격은 3미터로 유지하세요. 아시겠어요, 신부님? 그렇게 하면 적의 머릿수가 얼마나 많든, 얼마나 가까이 들이닥치든, 우리 둘을 한꺼번에 해치우진 못할 거예요."

이는 롤랜드에게서 배운 전술이었다. 캘러핸도 그러한 사정을 알았기에 고개를 끄덕였다.

"저는 터치로 수재나의 흔적을 따라갈 수 있을 테고, 오이는 냄새로 따라갈 거예요. 저희랑 같이 이동하세요. 덤비는 놈이 있으면 무조건 쏘세요, 망설이지 마시고. 아시겠어요?"

"그래."

"해치운 놈한테 쓸 만한 무기가 있으면 챙기세요. 이동하는 도중에 챙길 여유가 있으면요. 멈추지 말고 계속 움직여야 해요. 적을 쉬지 않고 밀어붙이는 거예요. 꾸물거리면 절대 안 돼요. 죽어라 악쓰는 거 하실 수 있겠어요?"

캘러핸은 곰곰이 생각하다가 고개를 끄덕였다.

"그럼 적들을 향해서 악을 쓰세요. 저도 똑같이 할게요. 그러면서 이동할 거예요. 달릴 수도 있겠지만, 그보다는 속보로 걷는 거에 가까울 거예요. 명심하세요, 제가 오른쪽을 보면 언제든 신부님 옆얼굴이 보이도록 위치를 잡으세요."

"보게 될 거다." 적어도 내가 놈들의 총에 쓰러질 때까지는. "제이크, 우리가 수재나를 구출해서 저곳을 무사히 빠져나오면, 나도 총잡이가 되는 거냐?"

씩 웃는 아이의 표정은 늑대처럼 잔인해 보였다. 망설임도 두려움도 모조리 잊어버린 늑대였다.

"그때는 신부님도 케프, 카, 카텟이에요. 보세요, 신호가 건너세요로 바뀌었어요. 어서 가요."

18

맨 앞에 서 있는 리무진의 운전석은 비어 있었다. 두 번째 리무진의 운전석에는 모자와 제복을 입은 운전사가 앉아 있었지만, 캘러핸이 보기에 잠든 듯했다. 모자와 제복 차림의 다른 남자 한 명이 세 번째 리무진의 인도 쪽 차체에 몸을 기대고 서 있었다. 발갛게 빛나는 담배 끄트머리가 남자의 옆구리에서 입으로 호를 그리며 올라갔다가 다시 내려왔다. 남자는 캘러핸 일행 쪽을 흘긋 보았지만 주의를 기울이는 기색은 전혀 없었다. 볼 만한 게 있기는 했을까? 나이 지긋한 노인 한 명과 이제 막 십대가 된 남자애 한 명, 종종거리며 걷는 개 한 마리뿐이었는데. 대수롭지 않은 광경이었다.

횡단보도를 건너 61번가 맞은편 인도에 올라섰을 때, 식당 앞의 크롬 받침대 위에 놓인 팻말이 캘러핸의 눈에 들어왔다.

대관 행사 관계로 영업을 마칩니다

이날 밤 딕시 피그에서 열리는 행사의 정확한 명칭은 무엇일까? 캘러핸은 그것이 궁금했다. 순산 기원 파티? 생일 축하 파티?

"오이는 어떡할 거냐?" 캘러핸이 제이크에게 나직이 물었다.

"저랑 같이 갈 거예요."

짤막한 대답이었지만, 캘러핸이 제이크의 각오를 파악하기에는 그것만으로도 충분했다. 그들은 이날 밤에 죽을 운명이었다. 승리를 거두고 의기양양하게 걸어 나올 수 있을지 어떨지는 알 수 없었지만, 어쨌거나 그들은 이곳에서 나갈 운명이었다. 셋 모두. 그들 인생의 길 끝에 자리잡은 공터는 이제 모퉁이 한 번만 돌면 보이는 곳에 있었다. 셋이서 나란히 그 공터에 들어설 판국이었다. 캘러핸은 아직 허파도 깨끗하고 눈도 잘 보이는 나이에 죽고 싶은 마음이 눈곱만큼도 없었지만, 하마터면 아까 호텔에서 이보다 더 지독한 최후를 맞을 뻔했다는 것을 잘 알았다. 검은 13은 다시 캄캄한 곳에 숨겨져 지금은 잠들어 있는지도 몰랐다. 이 난리법석이 끝나고 전투의 승패가 결판 난 후에도 롤랜드가 살아 있다면, 그렇다면 그는 검은 13을 찾아내어 자기가 보기에 적당한 때에 그 구슬을 꺼낼 터였다. 그런데 당장은…….

"제이크, 너한테 잠깐 할 말이 있다. 중요한 일이야."

제이크가 고개를 끄덕였지만 표정은 조급해 보였다.

"네가 지금 죽음의 위험에 처해 있는 걸 아느냐? 너의 죄를 사함받고 싶으냐?"

아이는 자신이 지금 병자 성사를 받고 있는 것을 알아차렸다.

"예."

"그 죄를 지은 것을 진심으로 후회하느냐?"

"예."

"그 죄를 회개하느냐?"

"예, 신부님."

캘러핸이 제이크의 몸 앞에 성호를 그었다.

"인 노미네 파트리스, 에트 필리, 에트 스피리투스(성부와 성자와 성령의 이름으로)……."

오이가 짖었다. 딱 한 번이었지만 흥분한 기색이 느껴지는 소리였다. 게다가 살짝 불분명하게 들렸는데, 하수구에서 무언가 찾아 입에 문 채로 제이크를 올려다보며 짖었기 때문이었다. 제이크가 몸을 숙여 그 물건을 받아 들었다.

"뭐냐? 그게 뭔데 그래?"

"수재나가 우리한테 남긴 게 바로 이거예요." 제이크의 목소리는 거의 희망을 되찾은 것처럼 들릴 만큼 안도감이 넘쳤다. "수재나는 미아가 노래에 정신이 팔려 우는 사이에 이걸 떨어뜨렸어요. 세상에…… 신부님, 어쩌면 가망이 있을지도 몰라요. 드디어 기회가 생긴 건지도 몰라요."

제이크가 캘러핸의 손에 그 물건을 내려놓았다. 신부는 그 물건의 가벼운 무게에 깜짝 놀랐고, 그 물건의 아름다움에 숨이 막힐 것만 같았다. 제이크가 느낀 희망의 서광을 신부도 느꼈다. 십중팔구 헛된 희망이었지만, 그래도 분명히 느낄 수 있었다.

캘러핸은 조그마한 거북이 조각상을 얼굴 높이로 들고서, 거북이의 등껍데기에 새겨진 물음표 모양 흠집을 집게손가락 끝으로 만져보았다. 거북이의 현명하고 온화한 눈을 들여다보았다.

"어떻게 이렇게 예쁠 수가." 신부가 참았던 숨을 토했다. "이게 거북이 머투린이냐? 그렇지, 맞지?"

"잘은 모르지만, 아마 그럴 거예요. 수재나는 이걸 쑬드파다라고 불렀어요. 이건 우리한테 도움이 될지는 몰라도 저 안에서 기다리는 사냥개들을 죽이진 못해요." 제이크가 딕시 피그 쪽을 고갯짓으로 가리켰다. "그건 우리만 할 수 있는 일이에요, 신부님. 하실 수 있겠어요?"

"그럼, 할 수 있고말고." 캘러핸은 담담하게 대답하고는 거북이를, 즉 쑬드파다를 가슴 주머니에 집어넣었다. "총알이 떨어질 때까지 아니면 내가 죽을 때까지, 쉬지 않고 쏠 거다. 놈들 손에 죽기 전에 총알이 다 떨어지면, 총 손잡이로 놈들을 두들겨 패 주마."

"좋아요. 이제 그놈들한테도 병자 성사를 해 줄 시간이에요."

둘은 크롬 받침대 위에 놓인 영업을 마칩니다 팻말을 지나 걸어갔다. 오이는 두 사람 사이에서 고개를 들고 이빨이 다 보이도록 씩 웃으며 종종걸음으로 걸었다. 출입구의 쌍닫이문으로 이어진 계단 세 단을, 그들 셋은 망설이지 않고 올라갔다. 계단을 다 올라간 제이크가 가방에서 오리자 접시 두 개를 꺼냈다. 접시를 맞부딪혀 둔중하게 울리는 소리를 확인한 제이크가 말했다.

"신부님 무기도 확인해 봐요."

캘러핸은 꼭 결투에 나서는 사람처럼 총구가 위로 가도록 루거 권총을 오른뺨 옆으로 들어 올렸다. 뒤이어 총탄으로 불룩해진 가슴주머니를 손으로 확인했다.

제이크가 흡족한 표정으로 고개를 끄덕였다.

"일단 들어가면 한 몸처럼 움직여야 해요. 항상 함께, 오이는 우리 중간에. 셋을 세면 들어가요. 그리고 일단 시작하면, 죽기 전에는 멈추면 안 돼요."

"멈추면 안 되지."

"맞아요. 준비되셨어요?"

"그래. 하느님의 사랑이 너와 함께할 거다."

"신부님도요. 하나…… 둘…… 셋."

제이크가 문을 열었고, 그들은 어둑한 조명과 달콤하고 톡 쏘는 돼지 바비큐 냄새 속으로 다 함께 들어섰다.

선창: 코말라 컴 키,

살아갈 때와 죽을 때가 있지.

마지막에 도착한 벽에 등을 기대고

너는 총알을 날려야 한다.

합창: 코말라 컴 키!

총알을 날려야 해!

나를 위해 애도하지 마라, 아이들아

내가 죽을 날이 이르렀을 때.

제13연

'하일, 미아, 하일, 어머니여'

1

미아를 태운 택시가 멈춰 섰을 때 그곳에 있었던 버스는 카가 준비해 둔 것일 수도 있었고, 아니면 그저 우연의 일치일 수도 있었다. 이는 분명 가장 초라한 거리의 목사('함께 할렐루야 하시겠습니까?')부터 가장 권위 있는 신학자('스스로 무지를 깨닫고 아멘 하겠습니까?')까지 다 함께 논쟁할 만한 주제였다. 어떤 사람은 사소한 일로 치부할 법도 했다. 그러나 그 문제의 배후에 도사린 거대한 문제는 결코 사소하지 않았다.

시내버스 한 대였다. 좌석이 반쯤 찬.

그러나 만약 그 버스가 렉싱턴 대로와 61번가 교차점에 서 있지 않았다면, 미아는 그 기타 치는 남자를 결코 발견하지 못했을 것이다. 그리고 만약 미아가 그 남자의 기타 연주를 들으려고 멈춰 서지 않았다면 그 후에 벌어진 일들이 얼마나 달라졌을지, 과연 누가 짐작이나 했을까?

2

"아이고오, 진짜, 뭐 하는 짓이야, 저게!"

택시 운전사가 그렇게 외치며 연극배우처럼 손을 차 앞 유리 쪽으로 들어 올렸다. 렉싱턴 대로와 61번가 교차점에 버스 한 대가 서 있었다. 디젤 엔진이 털털거리며 돌아갔고, 깜박거리는 미등은 미아의 눈에 구조 요청 신호처럼 보였다. 그 버스의 운전사는 한쪽 뒷바퀴 옆에 서서 버스 후미의 배기관으로 뿜어 나오는 시커먼 디젤 연기를 내려다보는 중이었다.

"손님, 60번가 교차점에서 내리시는 건 어떨까요? 그래도 괜찮으시겠어요?"

괜찮아? 미아가 물었다. 그래도 돼?

되고말고. 수재나가 멍하니 대답했다. 60번가도 상관없어.

미아가 던진 질문 덕분에 수재나는 자기가 만든 도건에서 빠져나왔다. 그곳에서 수재나는 에디와 연락을 취하려고 애썼다. 이는 헛수고로 끝났고, 도건의 상태는 으스스할 정도로 엉망이었다. 금이 간 바닥은 이제 깊이 패었고 천장의 마감재 한 장이 부서져 떨어진 탓에 형광등과 기다란 전선 다발이 바닥으로 늘어져 있었다. 계기판의 화면 몇 개는 불이 꺼져서 캄캄했다. 몇몇 화면에서는 가느다란 연기가 피어올랐다. 수재나 미오라고 적힌 표시창의 바늘은 빨간 눈금 쪽으로 넘어간 상태였다. 수재나의 발밑에서 바닥이 우르릉거리며 진동했고 기계들은 시끄러운 소리를 냈다. 그런데 이 모든 것이 현실이 아니라고 한다면, 단지 눈속임 기술이라고 한다면, 완전히 헛짚은 것이 아닐까? 수재나는 가공할 위력이 깃든 공정을 중단시켰고, 이제 그녀의 몸이 그 대가를 치르는 중이었다. 앞서 도건의 목소리는 수재나에게 지금 위험한 짓을 하는 중이라고 경고했다. 대자연을 속이는 것은 (텔레비전 광고식으로 말하면) 현명한 행동이 아니라고 했다. 수재나는 자기 몸의 어떤 부위가 가장 큰 손상을 입었는지 짐작도 가지 않았지만, 그 몸이 자기 것이라는 사실은 잘 알았다. 미아의 몸이 아니었다. 지금은 모든 것이 걷잡을 수 없는 지경으로 과열되기 전에 이 광기를 멈춰야 할 때였다.

하지만 수재나는 먼저 에디와 연락하려 애썼다. 노스 센트럴 양자공학이라는 이름이 찍힌 마이크에 대고 에디의 이름을 외치면서. 아무 답도 돌아오지 않았다. 롤랜드의 이름을 불러 봐도 대답이 없었다. 그들이 죽었다면 수재나도 알았을 것이다. 수재나는 그럴 거라고 확신했다. 그런데 그들과 아예 연락할 수가 없다면…… 이는 어떤 의미일까?

이번에도 제대로 엿을 먹었다는 뜻이야, 아가씨. 데타가 킬킬 웃었다. 흰둥이 놈들하고 어울리면 이런 꼴이 되는 거지.

나 여기서 나가도 돼? 미아가 물었다. 댄스파티에 처음 나온 소녀처럼 수줍게. 정말로?

수재나는 자기 이마라도 한 대 때리고 싶은 심정이었다. 때릴 이마가 있기만 하면. 맙소사, 저 사나운 미아도 자기 아기가 관련된 일이라면 징그러울 만큼 소심해지지 않는가!

그래, 나와. 이제 한 블록 남았어. 대로 쪽은 블록 길이도 짧아.

운전사…… 저 사람한테 돈을 얼마나 줘야 돼?

10달러를 주고 잔돈은 가지라고 해. 자, 나 대신 이걸……

수재나는 미아가 머뭇거리는 것을 눈치채고 짜증으로 반응했다. 그 짜증에 즐거운 구석이 전혀 없지는 않았다.

잘 들어, 아가씨, 난 너한테서 손을 떼겠어. 알았어? 저 남자한테 아무 돈이나 네 마음에 드는 걸로 줘 버려.

아니, 아니야, 알았어. 이제 겸손해진 기색이 느껴졌다. 겁먹은 기색이. 난 널 믿어, 수재나. 미아는 매츠가 준 돈 가운데 남은 지폐를 눈앞에 들고 카드처럼 펼쳤다.

수재나는 모른 척하고 싶은 마음이 굴뚝같았지만, 그래 봐야 무슨 소용일까? 그리하여 수재나는 전면으로 나서서 돈을 쥔 손의 통제권을 넘겨받은 다음, 10달러짜리 지폐 한 장을 골라 운전사에게 건넸다.

"잔돈은 가져요."

"감사합니다, 손님!"

수재나가 인도 쪽 차문을 열었다. 문을 열기가 무섭게 로봇의 목소리 같은 녹음된 음성이 들려오자 수재나는 흠칫 놀랐다. 수재나와 미아, 둘 다 놀랐다. 스피커에서 나오는 녹음된 음성의 주인은 자기 이름이 우피 골드버그라고 밝히고 나서 가방을 잊지 말고 가져가라고 했다. 수재나-미아에게 짐 따위는 문제가 아니었다. 지금 두 사람에게 가장 중요한 짐은 단 하나였고, 그 짐은 이제 곧 미아가 세상으로 내놓을 참이었다.

기타 소리가 수재나의 귀에 들려왔다. 이와 동시에 남은 돈을 주머니에 넣는 손과 택시 문 바깥으로 뻗어 나간 다리의 통제권이 다시 빠져나가는 느낌이 들었다. 미아였다. 뉴욕에서 마주친 또 한 번의 곤경을 수재나가 해결해 주자 미아가 또다시 몸의 통제권을 차지했다. 수재나는 이 강탈 행위에 저항하다가

(이 몸은 내 거야, 망할 것아, 내 거, 적어도 허리 위쪽은 내 거라고, 그러니까 머리하고 그 속에 든 뇌도 내 거야!)

이내 포기했다. 저항해 봐야 무슨 소용일까? 미아가 더 강했다. 수재나는 그 이유가 짐작조차 가지 않았지만, 그렇다는 것만은 잘 알았다.

이 시점에는 이미 일종의 무사도 같은 체념이 수재나 딘을 압도했다. 그 체념은 사람을 압도하는 차분함과 비슷했는데, 주로 엔진이 정지된 상황에서 육교 기둥을 향해 속수무책으로 미끄러지는 자동차의 운전자나 기수를 틀어 마지막 급강하에 접어든 비행기의 조종사…… 그리고 막다른 동굴이나 골짜기로 몰린 총잡이에게서 나타났다. 나중에 수재나는 싸울지도 몰랐다. 만약 보람이 있거나 명예로운 싸움처럼 보인다면. 수재나 스스로를 위해, 또는 아기를 위해 싸울 터였지만…… 미아를 지키기 위해서는 아니었다. 미아의 결정 때문에 벌어진 일이기 때문이었다. 수재나가 보기에 미아는 한때는 구원받을 자격이 있었다 하더라도 지금은 그 자격을 박탈당한 상태였다.

당장은 할 일이 아무것도 없었다. 진통력 다이얼의 눈금을 다시 10으로 돌려놓는 정도는 가능할 것도 같았다. 수재나가 생각하기에 그 정도 통제권은 행사해도 좋을 것 같았다.

하지만 그 전에…… 음악이 들렸다. 기타 소리가. 수재나도 아는 노래, 그것도 잘 아는 노래였다. 칼라 브린 스터지스 마을에 도착한

날 밤, 그곳 주민들 앞에서 가사가 바뀐 형태로 불렀던 노래였다.

롤랜드를 만난 후에 겪은 온갖 일들을 생각하면 뉴욕의 이 길모퉁이에서 「슬픔이 마르지 않는 사나이」를 들은 것은 조금도 우연처럼 보이지 않았다. 게다가 무척이나 멋진 노래가 아닌가? 어쩌면 수재나가 어릴 적에 사랑해 마지않은 여러 포크송 중에서도 최고로 멋진 노래였다. 수재나는 그 노래들에 이끌려 한 걸음 또 한 걸음 민권 운동에 참여했고, 결국에는 미시시피주 옥스퍼드의 감방에 갇히기까지 했다. 그 시절은 이미 지나갔고 수재나는 그 어느 때보다 더 늙어 버린 느낌이 들었지만, 이 노래의 우수 어린 간결함에는 아직도 마음이 울렸다. 딕시 피그까지 남은 거리는 한 블록이 되지 않았다. 일단 미아가 모두를 데리고 그곳의 문을 들어서면 수재나가 있는 곳은 크림슨 킹의 영토였다. 그 점은 의심도 환상도 품을 여지가 없었다. 수재나는 그곳에서 살아 돌아올 거라 기대하지 않았고, 친구들이나 연인을 다시 볼 거라 기대하지도 않았으며, 아마도 길동무를 애도하는 척하는 미아의 탄식을 들으며 죽을 거라는 생각이 들었지만…… 그런 것들은 지금 이 노래를 들으며 느끼는 즐거움을 조금도 방해하지 못했다. 이 노래는 수재나의 장송곡일까? 그렇다면 다행이었다.

댄의 딸 수재나는 이보다 훨씬 더 끔찍한 마지막이 될 수도 있었으리라 생각했다.

3

거리의 기타 연주자는 '흑당 시럽 카페'라는 가게 앞에 자리를 펴고 있었다. 그의 앞에 열린 채 놓여 있는 기타 케이스는 안쪽에 댄 자주색 벨벳(브리지턴에 있는 사이 킹의 침실 양탄자와 정확히 똑같은 색이었다, 아멘.) 위에 동전과 지폐가 널려 있었다. 이곳을 지나가는 드물게 순진한 보행자들에게 무슨 일을 해야 할지 가르쳐 주기 위해서였다. 남자가 앉아 있는 튼튼한 나무 상자는 해리건 목사가 올라서서 설교를 하던 나무 상자와 쌍둥이처럼 똑같았다.

남자가 이날의 거리 공연을 마치려 하는 낌새가 곳곳에 보였다. 그는 소매 위쪽에 뉴욕 양키스 패치가 붙은 재킷을 입고 챙 위쪽에 존 레넌 라이브 공연이라고 적힌 야구 모자를 쓰고 있었다. 분명 앞쪽에 세워 두었을 팻말은 이제 글씨가 적힌 면을 아래쪽으로 한 채 기타 케이스 안에 들어가 있었다. 어차피 미아는 팻말에 뭐라고 적혀 있는지 알 도리가 없었지만.

남자가 미아를 보며 빙그레 웃더니 현을 퉁기던 손가락을 멈췄다. 미아는 남은 지폐 가운데 한 장을 들고 말했다.

"방금 그 노래를 한 번 더 연주하면 이걸 주겠어. 이번엔 처음부터 끝까지 쳐야 해."

남자는 스무 살쯤으로 보였고 여드름이 난 창백한 얼굴이나 코 한쪽에 낀 금색 고리, 입 한쪽에 문 담배 등을 보면 잘생겼다고 할 구석은 전혀 없었지만, 어딘가 호감이 가는 분위기를 풍겼다. 남자는 미아가 든 지폐를 보고 눈이 동그래졌다.

"50달러라니, 그거면 내가 아는 랠프 스탠리 노래를 다 부를 수도 있는데요. 한두 곡으로 끝나진 않을 거예요."

"방금 그 노래 한 곡이면 돼."

미아가 그렇게 말하고는 지폐를 던졌다. 돈은 거리 연주자의 기타 케이스 안으로 팔랑거리며 떨어졌다. 남자는 장난치듯 팔랑거리며 떨어지는 돈을 믿기 힘들다는 눈빛으로 지켜보았다.

"빨리 해." 수재나는 말이 없었지만, 미아는 수재나 역시 귀를 기울이고 있는 것을 느꼈다. "난 시간이 없어. 연주해."

그리하여 기타 연주자는 카페 앞의 나무 상자에 앉아, 수재나가 샌프란시스코의 나이트클럽인 '헝그리 아이'에서 처음 들었던 곡을 연주하기 시작했다. 수재나가 수많은 연주 모임에서 기억도 못할 만큼 여러 번 부른 노래, 한번은 미시시피주 옥스퍼드의 어느 모텔 뒤편에서 부르기도 한 노래였다. 동료들과 다 함께 옥스퍼드 유치장에 갇히기 전날 밤이었다. 그때는 흑인 투표권 운동을 벌이던 청년 셋이 실종되어 미시시피주 필라델피아시 인근의 검은 흙 속에 파묻힌 지 거의 한 달째 되던 무렵이었다(결국 그 셋의 시신은 롱데일 근처에서 발견되었다, 함께 할렐루야 하시겠습니까, 아멘.). 백인 무지렁이들이 또다시 하얀 해머를 신나게 휘두르기 시작했지만, 그들은 이에 아랑곳하지 않고 노래했다. 그 시절 친구들 사이에서 '데트'라고 불렸던 오데타 홈스가 그 노래를 시작하면 동료들은 한목소리로 따라 불렀다. 남자들은 '슬픔이 마르지 않는 사나이'로, 여자들은 '슬픔이 마르지 않는 여자'로. 이제 수용소가 되어 버린 도건에서 넋이 나간 상태로, 수재나는 그 끔찍하던 시절에 아직 태어나지도 않았던 눈앞의 젊은 남자가 부르는 노래에 귀를 기울였다. 수재나의 기억을 가두었던 어설픈 물막이가 무너져 내리면서 미아는 쏟아져 나오는 기억의 물살에 휩쓸려 떠내려갔다. 그 기억이 얼마나 폭력으로 얼룩졌는지 짐작조차 못 했으므로.

4

기억의 영토에서 시간은 늘 현재이다.

과거의 왕국에서도 시계는 똑딱거리지만…… 시곗바늘은 결코 움직이지 않는다.

그곳에는 찾지 못한 문이 있고

(아아, 잃어버린)

그 문을 여는 열쇠는 기억이다.

5

세 청년의 이름은 제임스 체니, 앤드루 굿먼, 마이클 슈워너였다. 그들이 바로 1964년 6월 9일에 크게 휘두른 하얀 해머에 맞아 쓰러진 이들이었다.

아아, 디스코디아!

6

그들은 미시시피주 옥스퍼드의 흑인 거주 구역에 위치한 블루문 모텔이라는 곳에 묵고 있다. 블루문 모텔의 소유주는 레스터 뱀브리이고 그의 형제 존은 옥스퍼드 제일 아프리카계 미국인 감리교 교회의 목사이다. 함께 할렐루야 하시겠습니까, 아멘.

이날은 1964년 7월 19일. 체니와 굿먼, 슈워너가 실종된 날로부터 한 달이 지났을 무렵이다. 그들 셋이 필라델피아시 인근에서 사라진 날로부터 사흘 후에 존 뱀브리의 교회에서 모임이 열렸고, 이 자리에서 흑인 활동가들은 북부에서 온 서른 명 남짓 되는 백인 활동가에게 지금 어떤 사태가 벌어지는지 보았으니 이제 당신들은 그만 집으로 돌아가도 좋다고 말했다. 그리하여 그중 일부는 집으로 돌아갔지만, 하느님 찬양, 오데타 홈스와 활동가 열여덟 명은 그곳에 남아 있다. 그렇다. 그들은 블루문 모텔에 묵고 있다. 그리고 밤이면 가끔 모텔 뒤 바깥에 나와서 델버트 앤더슨이 치는 기타의 선율에 맞추어 함께 노래를 부른다.

「나는 풀려나리라」를 부르고

「존 헨리」, 피트 시거의 그 노래, 쇳덩이를 쾅쾅 내리치자는 노래를 부르고(크신 하느님, 하느님 폭탄이여), 그리고 다시

「불어오는 바람 속에」를 부르고

「망설이는 블루스」, 개리 데이비스 목사의 그 노래를 부르며 밉지 않게 야한 가사에 다 함께 깔깔 웃는다. '1달러는 1달러, 10센트는 10센트, 아이가 한가득인 우리 집에 내 아이는 한 명도 없네.' 그리고 다시

「나 더는 행진하지 않으리」를 부르고

기억의 영토와 과거의 왕국에서 그들은 노래하고

청춘의 뜨거운 피로, 육신의 기운으로, 마음속의 자신감으로 노래하며
디스코디아를 부정하고
칸 토이를 부정하고
창조주 간, 악을 멸하는 자 간을 찬양하지만
그들은 이 이름들을 알지 못하고
모든 이름들을 알고
마음은 마음이 불러야 하는 노래를 부르고
피는 피가 아는 것을 알고
빔의 길 위에서 우리 마음은 모든 비밀을 알고
그래서 그들은 노래하고
노래하고

오데타가 노래를 시작하자 델버트 앤더슨이 기타를 친다. 오데타가 노래하길

"나는 언제나…… 슬픔에 잠긴 여자…… 평생을 풍파 속에 살았지…… 이제는 떠나리…… 정든 켄터키를……."

7

그렇게 미아는 '찾지 못한 문'을 통과하여 기억의 영토로, 레스터 밤브리가 소유한 블루문 모텔의 잡초가 무성한 뒷마당으로 들어섰고, 그리하여 무엇을 들었냐면……

(듣느냐면)

8

미아는 나중에 수재나가 될 여성이 부르는 노래를 듣는다. 다른 사람들도 한 명 한 명 노래를 따라 부르기 시작하고, 마침내 모두의 노랫소리는 합창이 되고, 머리 위의 하늘에 떠 있는 미시시피의 달이 환한 빛으로 모두의 얼굴을, 검은 얼굴과 하얀 얼굴 모두를, 또 모텔 뒤쪽으로 놓인 철도의 차가운 선로마저 물들이는데 그 선로는 이곳에서 남쪽으로 뻗어 롱데일까지, 1964년 8월 5일에 심하게 부패한 그들 친구 세 명의 시신이 발견될 그곳까지 이어진다. 제임스 체니, 21세. 앤드루 굿먼, 21세. 마이클 슈워너, 24세. 아아, 디스코디아! 그리고 어둠을 좋아하는 이여, 당신께 그곳에서 빛나는 붉은 눈의 기쁨을 드리나이다.

미아는 그들의 노래를 듣는다.

땅이 끝나는 곳까지 나는 떠돌 운명…… 폭풍과 바람을 뚫고, 진눈깨비와 비를 뚫고…… 북부로 가는 저 열차에 오를 운명……

기억이 눈을 뜨게 하는 데에는 노래만 한 것이 없기에, 젊디젊은 '데트'가 자신의 카 동료들과 함께 은빛 달 아래서 노래하는 사이, 오데타의 기억은 미아를 싣고 날아오른다. 그리하여 미아가 내려다보는 가운데 행진하는 그들은 함께 팔짱을 끼고 다른 노래를, 자신들을 가장 잘 드러내는 것처럼 느껴지는 노래를

(우리 승리하리라, 나 마음속 깊이 믿어 의심치 않네)

부른다. 길에 늘어서서 그들을 지켜보는 이들의 얼굴은 증오로 뒤틀려 있다. 이 사람들이 행진 대오를 향해 흔드는 주먹은 못이 박여 울퉁불퉁하다. 그 가운데 여성들이 입술이 하얘지도록 입을 힘껏

오므리고 뱉은 침은 행진하는 이들의 뺨에 지저분하게 들러붙고 머리카락을 더럽히고 셔츠에 얼룩을 남기는데 침을 뱉은 여성들은 스타킹을 신지 않은 맨다리에 신발은 닳아 헤진 누더기에 지나지 않는다. 너덜너덜한 멜빵바지(아아, 주여, 할렐루야)를 입은 남자들도 보인다. 깨끗한 흰색 스웨트셔츠 차림에 상고머리를 한 십 대 남자애들 중 한 명이 오데타를 향해 한 단어 한 단어 고심해서 고른 말을 외친다. 죽여 버릴 거다! 깜둥이 새끼들! 한 놈도! 안 남기고! 우리 학교에 한 발짝만 들어와 봐라!

그러나 공포에 굴하지 않는 동지들. 공포 때문에 생긴 동지애. 자신들이 놀랍도록 중요한 일을 하고 있다는 느낌. 역사에 길이 남을 어떤 일을. 그들은 미국을 바꿀 것이고 만약 이를 위한 대가가 피라면 기꺼이 피를 흘릴 것이다. 그렇다, 할렐루야, 하느님 찬양, 큰 소리로 아멘.

이윽고 이름이 대릴인 백인 청년이 다가온다. 처음에는 다가오지 못한다, 그는 다리에 장애가 있기에 그렇게 하지 못한다. 그러나 나중에는 곁에 다가오고 이로써 오데타의 숨겨진 자아, 악을 쓰고 미친 듯이 웃는 그 추한 자아는 그들 곁에 얼씬도 하지 못한다. 대릴과 오데타는 아침까지 함께 누워 있다. 미시시피의 달 아래 서로 끌어안고 옹송그린 채 잠들어 아침을 맞는다. 귀뚜라미 소리를 들으며. 부엉이 울음소리를 들으며. 지구가 회전축 위에서 돌고 또 돌아 20세기 저편으로 나아가면서 내는 나직한 윙윙 소리를 들으며. 그들은 젊었고, 피가 뜨거웠고, 자신들의 힘으로 모든 것을 바꿀 수 있으리라 믿어 의심치 않는다.

안녕히, 나의 충실한 연인이여……

이것이 블루문 모텔 뒤편의 풀밭에서 오데타가 부른 노래이다. 이것이 달빛 아래서 그녀가 부른 노래이다.

다시는 그대 얼굴 보지 못하리……

이때가 오데타 홈스 인생의 절정기이다. 그런데 미아가 바로 그곳에 있지 않은가! 미아는 그 시절을 보고, 느끼고, 눈부시게 아름답지만 어떤 이는 어리석다고 할 그들의 희망(그럼에도 할렐루야, 모두 함께 하느님 폭탄)에 매료된다. 미아는 이해한다. 늘 두려움에 시달리는 상황에서 친구들이 더욱 소중해지는 까닭을, 매끼 식사의 한 입 한 입이 더욱 맛있어지는 까닭을, 하루하루가 영원히 끝나지 않을 것처럼 길게 느껴지다가 벨벳처럼 부드러운 밤으로 이어지는 까닭을. 그리고 그들은 제임스 체니가 죽은 것을 알게 되고

(정말로)

앤드루 굿먼이 죽은 것을 알게 되고

(할렐루야)

마이클 슈워너, 셋 중 가장 나이가 많지만 그래 봐야 아직 스물네 살밖에 안 된 그가 죽은 것을 알게 된다.

(가장 큰 소리로 아멘!)

그들은 셋 중 누구도 미시시피주 필라델피아나 롱데일의 진흙 속에 파묻힌 채 발견되어서는 안 된다는 것을 안다. 지금이 어떤 시대라 하더라도. 이날 밤 블루문 모텔 뒤편에서 벌어진 이 흥겨운 자리가 끝나면 오데타를 포함하여 그들 대부분은 유치장에 갇히고, 오데타가 겪는 굴욕의 시간이 시작될 것이다. 그러나 이날 밤 오데타는 친구들과, 연인과 함께이고, 그들은 하나이며, 디스코디아는 설 자리를 잃었다. 이날 밤 그들은 서로의 어깨를 안고 천천히 흔들리며 노

래를 부른다.

여자들은 여자로, 남자들은 사나이로.

미아는 서로를 향한 그들의 사랑에 압도된다. 그들의 순박한 믿음에 고무된다.

처음에는 너무 망연자실해서 웃지도 울지도 못한 채, 미아는 그저 귀를 기울일 뿐이다. 넋이 나간 듯이.

9

거리의 연주자가 4절을 시작하자 수재나가 함께 노래하기 시작했다. 처음에는 머뭇거리다가 이내 남자의 웃음에 격려를 받아 적극적으로, 젊은 남자의 목소리보다 더 높은 음으로 화음을 맞추었다.

아침 식사는 꿀꿀이죽을 먹었고
저녁 식사는 콩과 빵을 먹었지
광부들은 만찬 따위 구경도 못하고
지푸라기 한 가닥을 침대 삼아 잠드네.

10

거리의 연주자는 그 절을 다 부르고 나서 노래를 멈추고는, 놀라움과 반가움이 섞인 표정으로 수재나-미아를 보았다.

"이 가사를 아는 사람은 나밖에 없을 줄 알았어요. 이건 원래 프리덤 라이더스가 바꿔서 부른……"

"아니." 수재나가 나직이 말했다. "그 사람들이 아니야. 가사를 꿀꿀이죽으로 바꿔 부른 건 투표자 등록 운동을 하던 사람들이야. 1964년 여름에 미시시피주 옥스퍼드를 찾아간 사람들. 그 청년 셋이 살해당한 그때."

"슈워너하고 굿먼이었죠. 또 한 사람은 이름이……"

"제임스 체니." 수재나의 목소리는 차분했다. "머릿결이 참 고운 청년이었어."

"꼭 아는 사이처럼 말하시네요. 근데 나이가 아직…… 삼십대 초반 같으신데요?"

수재나는 자신이 서른을 훌쩍 넘긴 나이로 보이리라는, 이날 저녁에는 특히 그러리라는 생각이 들었지만, 이 젊은이는 노래 한 곡을 부르기 전과 비교하면 기타 케이스에 50달러가 더 들어 있었고 아마도 이 사실이 시력에 영향을 미친 듯했다.

"우리 어머니가 1964년 여름에 네쇼바 카운티에 계셨어."

수재나가 말했고, 자연스럽게 고른 두 단어(우리 어머니)가 수재나를 가둬 놓은 여성에게 생각지도 못한 충격을 안겼다. 그 두 단어는 미아의 마음을 찢어발겼다.

"어머님 멋지시네요!"

젊은 남자가 감탄하며 빙그레 웃었다. 그 웃음은 이내 사그라졌다. 남자는 기타 케이스 안쪽을 뒤적여 50달러 지폐를 찾아서 수재나에게 내밀었다.

"이거 받으세요. 같이 노래한 것만으로도 즐거웠어요."

"그럴 순 없어." 수재나가 웃으며 말했다. "그 사람들의 투쟁을 잊지 마, 난 그거면 돼. 그리고 기억해 줘. 지미, 앤디, 마이클을. 난 그거면 충분해."

"부탁이에요, 받으세요."

젊은 남자는 뜻을 굽히지 않았다. 얼굴은 다시 웃고 있었지만 웃음 속에 슬픔이 보이는 그 젊은 남자는 어쩌면 과거의 왕국에서 온 청년들 가운데 한 명인지도 몰랐다. 블루문 모텔의 허름하고 좁아터진 객실 구역과 단단하고 차갑게 빛나는 기찻길 사이의 달빛 속에서 노래하던 그 청년들. 그 청년들 가운데 누구일 수도 있는, 무심하게 핀 꽃처럼 아름다운 이 젊은 남자가 이 순간 미아는 너무나 사랑스러웠다. 그 젊음의 빛 앞에서는 배 속의 어린것도 중요하지 않게 느껴졌다. 그 빛이 여러 면에서 가짜일 수도 있다는 것, 그저 몸 주인의 기억에서 전해진 빛인 것을 알면서도, 미아는 다른 면에서 그 빛이 진짜인지도 모른다고 생각했다. 한 가지는 분명했다. 오로지 미아 자신 같은 존재만이, 영생을 지녔으면서도 그것을 포기한 존재만이 디스코디아의 힘에 맞서 일어선 그 빛의 원초적인 용기를 알아볼 수 있었다. 제 한 몸의 안위보다 신념을 지키기 위해 젊음이라는 연약한 아름다움을 내던지는 용기를.

그 사람을 기쁘게 해 줘. 돈을 받아. 미아가 수재나에게 말했다. 그러나 앞으로 나서지는 않고 수재나에게 시켰다. 수재나가 선택하도록.

수재나가 뭐라고 대답하기도 전에 도건의 경보가 울렸다. 둘이 공유한 정신이 소음과 붉은 빛으로 가득 찼다.

수재나는 경보가 울리는 쪽으로 돌아섰지만, 미처 움직이기도 전에 미아가 갈고리 같은 손으로 수재나의 어깨를 움켜잡았다.

어떻게 된 거야? 뭐가 문제지?

이거 봐!

수재나는 몸부림을 치며 벗어났다. 그리고 미아가 다시 붙잡기도 전에, 수재나는 사라지고 없었다.

11

수재나의 도건에는 깜박이는 경고등 불빛이 빨갛게 넘실거렸다. 천장의 스피커에서 망치처럼 두들겨 대는 경적소리가 온 사방에 소리의 문신을 새겼다. 텔레비전 화면은 모두 꺼지고 두 대만 켜져 있었다. 하나는 아직도 렉싱턴 대로와 60번가 교차점의 거리 연주자를, 다른 하나는 잠든 아기를 보여 주었다. 갈라진 바닥은 수재나가 걸음을 옮길 때마다 바스락거리며 먼지가 피어올랐다. 계기판 한 곳은 불이 모두 꺼진 상태였고, 다른 곳은 불타고 있었다.

상황이 좋지 않았다.

수재나의 판단에 힘을 싣기라도 하듯, 모노레일 블레인의 목소리와 비슷한 도건의 안내 음성이 다시 들리기 시작했다.

"경고! 시스템 과부하! 알파 구역의 출력을 줄이지 않으면 40초 후에 시스템 전체가 종료됩니다!"

앞서 도건에 왔을 때 알파 구역을 본 기억은 떠오르지 않았지만, 수재나는 이제 그렇게 적힌 표지판이 있는 것을 보고도 놀라지 않았다. 표지판 주위의 계기판에서 갑자기 샛노란 불꽃이 샤워 물줄기처럼 솟아올라 의자의 앉는 부분에 불이 붙었다. 천장의 판자가 하나둘 떨어지면서 전선이 치렁치렁 늘어졌다.

“알파 구역의 출력을 줄이지 않으면 30초 후에 시스템 전체가 종료됩니다!”

감정 온도 다이얼은 어떻게 됐을까?

“그건 신경 쓰지 마.” 수재나가 혼잣말을 중얼거렸다.

좋아, 그럼 어린것은? 그쪽은 어떻게 됐을까?

잠깐 동안 생각한 후에 수재나가 토글스위치를 수면중에서 각성으로 젖혔다. 그러자 섬뜩한 파란 눈 한 쌍이 번쩍 나타나더니, 몹시도 신기한 듯이 수재나의 눈을 바라보았다.

롤랜드의 아이야. 그 생각에 낯설고 고통스러운 감정이 뒤섞여 밀려왔다. 그리고 내 아이이기도 해. 미아? 넌 ‘카마이’일 뿐이야, 이 여자야. 딱하게도.

그랬다, 카마이였다. 그냥 바보가 아니라 카의 바보…… 운명에 농락당한 바보였다.

“알파 구역의 출력을 줄이지 않으면 25초 후에 시스템 전체가 종료됩니다!”

그렇다면 아기를 깨운 것이 헛수고라는 뜻이었다. 적어도 시스템 전체가 망가지지 않게 막는 일에서는. 이제 대안을 궁리할 때였다.

수재나는 진통력이라는 바보 같은 이름이 붙은 다이얼로 손을 뻗었다. 그것은 어머니가 쓰던 오븐의 온도 조절 다이얼과 너무나 비슷했다. 다이얼을 다시 2로 돌리는 일은 쉽지 않았고, 끔찍이도 아팠다. 반대쪽으로 돌리기는 훨씬 쉬웠고 통증도 전혀 느껴지지 않았다. 수재나가 느낀 것은 머릿속 어딘가 깊은 곳이 느슨해지는 기분이었다. 마치 몇 시간 동안 단단히 수축해 있던 근육이 마침내 안도의 탄성을 나직이 흘리며 이완하는 것처럼.

요란하게 울리던 경적 소리가 멈췄다.

수재나는 진통력 다이얼을 8까지 돌리고 그대로 둔 채 어깨를 으쓱했다. 어찌 되든 알 바 아니었다. 이제는 이판사판, 결판을 지을 때였다. 수재나가 다이얼을 맨 끝의 10까지 돌렸다. 다이얼의 바늘이 눈금에 닿는 순간 눈앞이 아찔할 정도로 어마어마한 통증이 배를 딱딱하게 굳히더니, 아래로 흘러내려 골반을 틀어잡았다. 수재나는 비명을 참으려고 입술을 꾹 다물었다.

"알파 구역의 출력이 감소되었습니다." 안내 음성은 그렇게 말하고 나서 음역을 낮추어 존 웨인처럼 질질 끄는 목소리로, 수재나의 귀에 너무도 익숙한 그 목소리로 바뀌었다. "수고 많았어, 젖소 아가씨."

수재나는 또다시 터져 나오는 비명을 참으려고 입술을 꾹 다물었다. 이번에는 통증 때문이 아니라 노골적인 위협 때문이었다. 모노레일 블레인은 이미 죽었고 지금 이 목소리의 주인은 자신의 잠재의식 속에 도사린 비열한 장난꾼이라는 것은 명명백백했지만, 그렇다고 해서 두려움이 사그라지지는 않았다.

"분만을…… 시작합니다." 증폭기를 거친 안내 음성이 존 웨인 흉내를 그만두고 말했다. "분만을…… 시작합니다."

뒤이어 밥 딜런을 흉내 낸 느릿느릿한(콧소리까지 섞인) 목소리가 소름끼치도록 섬뜩한 노래를 시작했다.

"생일 축하합니다…… 아가! ……생일 축하…… 합니다! 사랑하는 모드레드의…… 생일 축하…… 합니다!"

수재나는 등 뒤쪽 벽에 걸린 소화기를 머릿속으로 시각화했고, 수재나가 벽을 향해 돌아섰을 때, 그곳에는 당연히 소화기가 걸려 있었다(다만 조종실 화재 예방은 오로지 당신과 솜브라 코퍼레이션의 책임입니다라고 적힌 조그마한 표지판이 있을 줄은 예상치 못했다. 빔의 지킴이 샤딕이 방화모를 쓴 화재 예방 캠페인 마스코트로 묘사된 그림 또한 다른 장난꾼의 작품이었다.). 수재나는 소화기를 챙기러 갈라지고 울퉁불퉁한 바닥을 서둘러 달려갔다. 떨어져 있는 천장 판자를 빙 돌아가는 사이에 또다시 진통이 엄습하여 배와 허벅지가 불타듯이 뜨거워지자 수재나는 몸을 숙이고 자궁 속에 들어 있는 그 터무니없는 돌덩이를 쏟아내고 싶었다.

오래 걸리진 않을 거야. 수재나는 절반은 자신의 것이고 절반은 데타의 것인 목소리로 소리없이 중얼거렸다. 그렇고말고. 이 어린것은 급행열차를 타고 달려오는 중이니까!

이내 진통이 살짝 더 심해졌다. 그 순간 수재나는 소화기를 벽에서 휙 낚아채 검고 가느다란 노즐을 불타는 계기판 쪽으로 향한 다음, 손잡이를 쥐었다. 포말이 뿜어져 나와 불길을 뒤덮었다. 섬뜩하게 쉭쉭거리는 소리와 함께 머리카락이 타는 냄새가 풍겼다.

"불이…… 꺼졌습니다." 도건의 안내 음성이 선포했다. "불이…… 꺼졌습니다."

뒤이어 목소리가 번개처럼 빠르게 바뀌었다. 2차 대전 당시 영국을 상대로 선전 방송을 하던 독일군 아나운서처럼 영국 상류층의 억양을 모방한 목소리였다. "거 참, 아주 멋진 쇼야, 수자나, 아주 후울륭해!"

수재나는 도건의 지뢰밭 같은 바닥을 다시 한번 휘청휘청 가로질러 계기판의 마이크를 붙잡은 다음, 송신 스위치를 눌렀다. 머리 위쪽의 텔레비전 화면 한 개는 아직 작동하는 중이었고, 그 화면 속에서는 다시 이동을 시작한 미아가 60번가 차도를 건너는 중이었다.

"에디!" 수재나는 마이크에 대고 외쳤다. "에디, 롤랜드!"

어차피 이판사판, 모두 다 불러 보는 편이 더 나았다.

"제이크! 캘러핸 신부님! 우리 딕시 피그에 도착했어요, 이제 이 망할 아기가 태어날 거예요! 올 수 있으면 빨리 와 줘요, 하지만 조심해야 해요!"

수재나는 다시 화면을 올려다보았다. 이제 미아는 딕시 피그가 있는 차도 건너편에 도착하여 초록색 차양을 바라보는 중이었다. 망설이는 중이었다. 딕시 피그라는 이름을 읽을 수는 있을까? 못 읽을 것이 뻔했지만, 만화풍 그림은 틀림없이 알아볼 터였다. 불에 구워지면서 웃는 돼지 그림은. 어차피 오래 망설일 리가 없었다. 이미 진통이 시작되었으므로.

"에디, 나 이제 가야 해요. 사랑해요! 무슨 일이 일어나든 그것만은 기억해요! 절대 잊지 마요! 사랑해요! 여기는……."

수재나의 시선이 마이크 뒤쪽의 계기판에 붙어 있는 반원형 표시창으로 향했다. 바늘이 붉은색 경고 구역에서 벗어나 있었다. 분만이 진행되는 동안에는 노란색 구역에 머물다가, 끝나면 초록색 구역으로 떨어질 듯싶었다.

뭔가 잘못되지 않는 한은.

정신을 차려 보니 아직도 마이크가 손에 쥐어져 있었다.

"여기는 수재나-미오, 오버. 여러분께 신의 가호가 있기를. 신과 카의 가호가."

수재나는 마이크를 내려놓고 눈을 감았다.

12

수재나는 미아의 달라진 구석을 즉시 감지했다. 딕시 피그에 도착했을 뿐 아니라 진통이 강하게 시작되었는데도 불구하고, 미아의 정신은 지금 당장은 다른 곳에 가 있었다. 사실 미아는 오데타 홈스에게, 그리고 마이클 슈워너(옥스퍼드의 백인 무지렁이들이 '유대인 꼬맹이'라고 불렀던 그 젊은이)가 '미시시피 여름 프로젝트'라고 명명한 일에 정신이 팔려 있었다. 돌아온 수재나를 맞이한 미아의 감정 상태는 근심, 사나운 가을 태풍이 몰려오기 전의 고요한 대기 같은 상태였다.

수재나! 수재나, 댄의 딸!

그래, 미아.

나는 일찍이 죽음이 예정된 삶을 받아들였어.

그렇게 말했지.

그리고 페딕에서 미아는 분명히 유한한 존재로 보였다. 유한하고 명명백백히 임신한 존재였다.

하지만 나는 짧은 생에 가치를 부여하는 것들을 대부분 놓치고 말았어. 안 그래? 그 목소리에 깃든 슬픔은 참담했다. 그보다 더 지독한 것은 당황한 기색이었다. 그리고 넌 지금 그게 뭔지 나한테 가르쳐 줄 시간이 없어. 지금은.

다른 곳으로 가. 수재나가 말했다. 일말의 희망도 없이. 택시를 잡아, 병원으로 가는 거야. 나랑 같이 낳으면 돼, 미아. 아예 우리 둘이서 같이 키울 수도……

여기 말고 다른 곳에서 낳으면 어린것은 죽고 말아, 우리도 같이 죽을 거고. 미아의 말투에 철저한 확신이 깃들어 있었다. 나는 무슨 일이 있어도 낳을 거야. 오로지 속기만 했던 내 삶에서 유일한 예외는 이 어린것이야, 그러니까 나는 낳을 거야. 하지만…… 수재나…… 우리가 이곳에 들어가기 전에…… 너는 네 어머니 이야기를 했어.

거짓말이었어. 옥스퍼드에 있었던 건 나야. 시간 여행이나 평행 세계를 설명하려고 낑낑대느니 거짓말하는 게 더 편하니까.

진실을 보여 줘. 네 어머니를. 나한테 보여 줘, 제발!

그 요구를 놓고 실랑이를 벌일 시간은 없었다. 들어주거나 단박에 거절하거나 둘 중 하나였다. 수재나는 들어주기로 했다.

잘 봐.

13

기억의 영토에서 시간은 늘 현재이다.
그곳에는 '찾지 못한 문'이 있고
(아아, 잃어버린)

수재나가 그 문을 찾아 열었을 때, 미아는 한 여성을 보았다. 검은 머리는 모아서 뒤로 묶었고 눈은 아름다운 회색인 여성을. 목에는 카메오 브로치가 있다. 그 여성은 부엌 식탁 앞에, 영원토록 빛나는 햇살 속에 앉아 있다. 이 기억 속에서 시간은 늘 1946년 10월의 오후 2시 10분, 세계 대전이 끝나고 라디오에서는 아이린 데이의 노래가 나오고, 실내에는 언제나 생강 쿠키의 냄새가 감돈다.

"오데타, 와서 내 옆에 앉으렴." 식탁 앞에 앉은 여성, 어머니인 그 여성이 말한다. "와서 과자 좀 먹어. 오늘 참 예쁘구나, 우리 딸."

그러고는 빙그레 웃는다.

아아, 탄식하는 바람을 타고, 방황하는 유령이여, 돌아오라!

14

흔해 빠진 정경이라 할 수도 있고, 아마도 그럴 것이다. 학교가 파하고 여자아이가 집에 돌아온다. 한 손에는 책가방을 들고 다른 손에는 운동용 가방을 들었고, 하얀 블라우스에 세인트앤 타탄체크 치마 차림, 무릎길이 양말 옆쪽에는 나비매듭(학교의 상징색인 주황과 검정)이 붙어 있다. 식탁 앞에 앉은 어머니가 딸을 올려다보며 방금 막 오븐에서 꺼낸 생강 쿠키를 한 개 건넨다. 이렇다 할 것 없는 아득히 많은 순간들 가운데 한 순간, 그들의 평생에서 하나의 원자 같은 사건에 지나지 않는다. 그러나 그 한 순간은 미아를 숨 쉬는 것도 잊어버릴 만큼 매료시키고

(참 예쁘구나, 우리 딸)

전에는 이해하지 못했던 사실, 바로 모성애가 얼마나 풍요로울 수 있는지를 생생하게 보여 주는데…… 다만 이는 모성애가 방해받지 않고 자라났을 때의 이야기이다.

그렇다면 그 보상은?

헤아릴 수 없이 커다랗다.

결국에는 내가 햇살 속에 앉아 있는 그 여성이 될지도 모른다. 훗날 유년기라는 항구에서 늠름하게 출항하는 아이의 뒷모습을 바라

볼지도 모른다. 아이가 펼친 돛을 밀어주는 바람이 될지도 모른다.

바로 내가.

오데타, 와서 내 옆에 앉으렴.

미아는 가슴이 먹먹해서 숨쉬기가 힘들다.

와서 과자 좀 먹어.

눈앞이 뿌옇게 흐려지고, 식당 차양에서 웃고 있는 만화풍 돼지 그림이 처음에는 두 개로 보이다가, 나중에는 네 개로 보인다.

참 예쁘구나, *우리 딸.*

약간의 시간이라도 아예 없는 것보다는 나았다. 고작 5년, 아니면 3년이라도 아예 없는 것보다는 나았다. 미아는 까막눈이었고 모어하우스 대학은커녕 어떤 대학도 다닌 적이 없었지만, 그 정도 셈은 거뜬히 할 줄 알았다. 3년은 0년보다는 더 컸다. 고작 1년이라 해도 0년보다는 더 컸다.

아아…….

아아, 하지만…….

미아는 눈이 파란 남자아이가 문을 열고 들어서는 광경을 상상했다. 잃어버린 아이가 아니라 찾은 아이였다. 그 아이에게 이렇게 말하는 자신을 상상했다. 참 예쁘구나, 우리 아들!

미아는 흐느끼기 시작했다.

내가 무슨 짓을 한 걸까는 끔찍한 질문이었다. 내가 달리 뭘 할 수 있었을까는 더욱 지독했다.

아아, 디스코디아!

15

이때가 수재나에게는 무언가 할 수 있는 유일한 기회였다. 지금, 미아가 자신의 숙명으로 이어지는 계단의 발치에 서 있는 이 순간이. 수재나는 청바지 호주머니에 손을 넣어 거북이를, 숄드파다를 만져 보았다. 고작 호주머니 안감을 사이에 두고 미아의 하얀 다리와 떨어져 있는 갈색 손가락이 거북이 조각상을 감싸 쥐었다.

수재나는 조각상을 꺼내어 뒤로 휙 던져서 하수구에 떨어뜨렸다. 자신의 손에서 카의 무릎 위로.

그런 다음 도둑맞은 몸에 실린 채로, 수재나는 딕시 피그의 출입문으로 이어지는 계단 세 단을 올라갔다.

16

안은 무척이나 컴컴해서, 처음에 미아는 붉은 끼가 도는 탁한 주황색 불빛밖에 보이지 않았다. 디스코디아 성의 몇몇 방을 지금도 밝히고 있는 것과 똑같이 생긴 전기 촛불이었다. 그러나 후각은 따로 적응할 필요가 없었기에, 또다시 엄습한 진통 때문에 배가 저릿한 와중에도 돼지고기를 굽는 냄새에 식욕이 돌아 견디기가 힘들었다. 배 속의 어린것이 먹고 싶다고 아우성을 쳤다.

미아, 저건 돼지고기가 아니야. 수재나가 말했지만 무시당했다.

등 뒤에서 양쪽 문이 닫히자 시야가 차츰 또렷해졌다. 문 앞에는 각각 남자(또는 남자처럼 생긴 존재)가 한 명씩 서 있었다. 미아가 서 있는 곳은 안쪽이 깊고 폭이 좁은 식당의 입구 쪽이었다. 새하얀 테이블보에서 빛이 났다. 테이블마다 주황빛이 도는 촛대가 놓여 있고 촛불이 한 개씩 밝혀져 있었다. 촛불이 꼭 여우 눈처럼 빛났다. 입구의 바닥은 검은 대리석이었지만 접수대를 지나서부터는 한없이 검붉은 양탄자였다.

접수대 옆에 서 있는 남자는 예순 살쯤으로 보였는데 백발을 뒤로 빗어 넘겼고 야윈 얼굴은 육식 동물 같은 인상을 풍겼다. 얼굴은 영리해 보였지만 옷차림은 중고차 세일즈맨 아니면 시골뜨기 등쳐먹기가 특기인 도박사나 입을 법한 샛노란 블레이저에 붉은 셔츠, 검은 넥타이였다. 남자의 이마 정중앙에는 지름이 2센티미터 정도 되는 빨간 구멍이 뚫려 있어서 마치 코앞에서 총을 맞은 사람 같았다. 그 구멍에 피가 찰랑거렸지만 결코 남자의 창백한 피부로 흘러내리지는 않았다.

식당 안의 여러 테이블 앞에 서 있는 사람들 중 남자는 쉰 명가량, 여자는 그 절반가량이었다. 대개는 옷차림이 앞서 본 백발 신사만큼, 또는 그보다 더욱 요란했다. 살이 통통한 손가락에 낀 굵직한 반지가 반짝였고 다이아몬드 귀걸이가 전기 촛불의 주황색 불빛을 되비쳤다.

개중에는 점잖게 입은 이들도 있었다. 그 소수자 집단이 택한 이날의 의상은 청바지에 수수한 흰색 셔츠인 모양이었다. 이들은 안색이 파리하고 경계심이 강해 보였고, 눈은 검은자위밖에 없는 듯했다. 그들의 몸 주위로 아주 희미하게 일렁거리며 이따금 몸을 가리기도 하는 것의 정체는 파르스름한 오라였다. 미아가 보기에는 안색이 창백하고 오라에 둘러싸인 이 존재들이 앞서 본 남녀 '하인'들보다는 훨씬 더 사람 같았다. 이들은 흡혈귀였다. 빙그레 웃는 입에서 드러난 뾰족한 송곳니를 보지 않아도 그 정도는 알 수 있었지만, 그럼에도 이들은 세이어의 졸개들보다는 더 사람처럼 보였다. 어쩌면 한때 인간이었기 때문인지도 몰랐다. 그러나 다른 놈들은…….

저놈들의 얼굴은 가면에 지나지 않아. 그들을 관찰하는 동안 미아의 절망감은 점점 더 커졌다. 칼라의 늑대들이 쓴 가면 밑에는 기계 얼굴이 있었지. 로봇의 얼굴이. 그런데 저놈들의 가면 밑에는 뭐가 있을까?

식당 안은 숨소리도 안 들릴 만큼 고요했지만, 어딘가 가까이서 쉬지 않고 대화하는 소리와 웃음소리, 유리잔이 짤랑거리는 소리, 포크와 나이프가 접시에 부딪히는 소리 등이 들려왔다. 무슨 액체를 따르는 '꼴꼴' 소리도 들렸다. 와인이나 물 같았다. 아까보다 더 크게 웃는 소리도 들렸다.

남자 하인 한 명과 여자 하인 한 명이 방금 그 소리가 들린 쪽을 향해 (불쾌감을 숨기지 않은 표정으로) 돌아섰다. 남자는 라펠이 격자무늬인 턱시도에 빨간 벨벳 나비넥타이를 맸고 여자 쪽은 은실이 섞인 천 소재의 어깨 없는 이브닝드레스 차림이었는데, 둘 다 눈에 띄게 살집이 푸짐했다. 앞서 그 소리는 만찬장의 기사와 귀부인을 묘사한 태피스트리 뒤편에서 들려오는 듯했다. 두 하인이 그쪽으로 돌아섰을 때 미아는 그들의 뺨이 꼭 피부에 달라붙은 천처럼 위쪽으로 주름지는 것을 보았고, 아주 짧은 순간이었지만, 두툼한 턱살 아래로 검붉은 색에 털이 북슬북슬한 어떤 것을 보았다.

수재나, 저거 가죽이야? 미아가 물었다. 맙소사, 저게 놈들의 가죽이란 말이야?

수재나는 대답커녕 내가 뭐랬어나 그러게 경고했잖아 같은 말도 하지 않았다. 이제는 그런 소리나 하고 있을 때가 아니었다. 분통을 터뜨려 봤자(또는 그보다 약한 감정을 아무거나 표현해 봤자) 이미 엎질러진 물이었고, 수재나는 자신을 이리로 데려온 여자가 진심으로 가여웠다. 미아가 거짓말을 하고 배신을 저지른 것은 사실이었다. 에디와 롤랜드를 죽음으로 몰아넣으려고 안간힘을 쓴 것 또한 사실이었다. 하지만 미아에게 다른 선택지가 있었을까? 점점 더 씁쓸해지는 기분을 느끼며, 수재나는 이제 카마이의 뜻을 더없이 정확하게 이해했다. 희망은 얻었으되 선택의 여지는 얻지 못한 사람이었다.

맹인한테 오토바이를 주는 것처럼. 수재나는 생각했다.

리처드 세이어, 마른 몸에 입술이 두툼하고 이마가 넓은데도 잘생긴 편인 그가 박수를 치기 시작했다. 손가락에 낀 반지들이 반짝였다. 노란 블레이저가 희미한 불빛 속에 환하게 빛났다.

"하일, 미아!" 세이어가 외쳤다.

"하일, 미아!" 다른 이들이 따라 외쳤다.

"하일, 어머니여!"

"하일, 어머니여!"

흡혈귀와 하인 무리가 외쳤고, 그들도 함께 박수를 치기 시작했다. 분명 열띤 소리였는데도 식당의 내부 구조 탓에 둔중하게 바뀌어 마치 용수철 문이 삐걱거리는 소리처럼 들렸다. 굶주린 소리, 수재나로 하여금 구역질을 느끼게 하는 소리였다. 이와 동시에 새로운 진통이 엄습하여 다리가 후들거렸다. 수재나는 비틀거리며 앞으로 나아갔지만 그 통증이 반갑기까지 했다. 두려움을 조금이나마 줄여 주었으므로. 세이어가 앞으로 나서더니 수재나의 팔을 잡아 고꾸라지지 않도록 부축했다. 수재나는 세이어의 손아귀가 차가울 거라 예상했지만, 콜레라 환자의 손처럼 뜨거웠다.

저 뒤편의 그늘 속에 우뚝 서 있는 키가 큰 사람의 형상이 눈에 띄었다. 하인도 흡혈귀도 아닌 존재였다. 청바지에 하얀 셔츠 차림이었지만 셔츠 목깃 위로 솟은 것은 새의 대가리였다. 그 대가리는 반지르르한 암황색 깃털로 덮여 있었다. 눈은 검은색이었다. 공손한 자세로 박수를 치는 그 괴물의 손에 손가락이 아니라 커다란 새 발톱이 달린 것을 보고 수재나의 절망감은 더욱 커졌다.

한쪽 테이블 아래에서 벌레 대여섯 마리가 날쌔게 튀어나오더니, 자루 끄트머리에 붙은 눈으로 수재나를 올려다보았다. 섬뜩하게 영리해 보이는 눈이었다. 벌레들은 턱을 움직여 박수 소리와 비슷한 '딱딱' 소리를 냈다.

하일, 미아! 미아는 머릿속에서 나는 소리를 들었다. 벌레가 윙윙대는 것과 비슷한 소리를. 하일, 어머니여! 이윽고 벌레들이 사라졌다. 다시 어둠 속으로.

미아가 문 쪽으로 돌아서자 문을 지키고 서 있는 하인 두 명이 보였다. 물론, 그 둘의 얼굴은 가면이었다. 이렇게 지척에 서 있는 이상 문지기들의 반질거리는 검은 머리가 실은 칠해 놓은 물감이라는 것을 못 알아보기란 불가능했다. 미아는 철렁 내려앉은 가슴을 안고 돌아서서 세이어를 마주 보았다.

이미 엎질러진 물이었다.

이제는 헤쳐나가는 수밖에 없었다.

17

미아가 돌아서자 세이어의 손아귀가 풀어졌다. 세이어는 다시 미아의 왼손을 잡았다. 이와 동시에 오른손도 잡혔다. 미아가 오른쪽을 돌아보니 은색 드레스를 입은 그 뚱뚱한 여자가 서 있었다. 거대한 가슴이 드레스 위로 불룩 솟은 모습이 마치 드레스가 가슴을 붙잡으려고 분투하는 듯했다. 팔꿈치 위쪽의 살이 푸들푸들 떨리면서 베이비파우더 냄새가 아찔하게 풍겼다. 이마의 동그란 상처를 채운 피는 출렁거릴 뿐 결코 넘쳐흐르지 않았다.

저걸로 숨을 쉬는구나. 미아는 속으로 생각했다. 가면을 쓰고 있는데도 숨을 쉴 수 있는 건 바로……

점점 커져 가는 절망감 속에서 미아는 수재나 딘을 거의 잊다시피 했고, 데타 워커는 아예 까맣게 잊고 말았다. 그래서 데타 워커가 앞으로 나섰을 때, 아니, 앞으로 뛰쳐나왔을 때, 미아는 데타를 막을 방법이 없었다. 그래서 자기가 깃든 몸의 양팔이 독립된 생물처럼 휙 뻗어 나가 은색 드레스 여자의 투실투실한 뺨에 손끝을 박아 넣는데도 가만히 지켜보았다. 여자가 비명을 질렀지만, 이상하게도 세이어와 나머지 패거리는 떠들썩하게 웃었다. 이렇게 우스운 광경은 평생 처음이라는 듯이.

경악한 여자 하인의 눈 밑에서 인간의 탈이 벗겨져 찢어졌다. 수재나는 나락 위에 서 있는 성의 성벽 위에서 본 마지막 순간을 떠올렸다. 세상이 멈춰 서고 하늘이 종이처럼 찢어져 열리던 그때를.

데타는 그 하인의 가면을 찢어발기다시피 했다. 손끝에 라텍스 같은 것이 붙어서 덜렁거렸다. 가면 밑에 숨어 있었던 것은 거대한 붉은 쥐의 대가리였다. 노란 이빨이 빰 바깥쪽을 뒤덮은 모양으로 자라 있고 콧구멍에는 하얀 벌레 같은 것이 대롱거리는 돌연변이 쥐였다.

"못된 아이네."

쥐가 수재나-미오를 향해 손가락을 장난스럽게 흔들며 말했다. 다른 손은 아직도 수재나-미오의 손을 잡고 있었다. 그 괴물의 짝인 야한 턱시도를 입은 남자 하인은 허리까지 굽힌 채 웃느라 정신이 없었고, 이 때문에 그의 바지 뒤에서 비죽 튀어나온 것이 수재나의 눈에 띄었다. 꼬리라기에는 너무 가느다랬지만 어쨌거나 꼬리 같았다.

"이쪽으로 와, 미아."

세이어가 미아를 앞쪽으로 이끌었다. 그러고는 무슨 연인이라도 되는 양 미아의 눈을 뚫어지게 들여다보았다.

"아니면 오데타인가? 그렇군, 안 그래? 너였어, 이 성가시고, 가방끈만 긴, 골칫덩이 검둥이 년."

"아니, 나다, 이 쥐 대가리 흰둥이 새끼야!"

데타가 악을 쓰더니 세이어의 얼굴에 침을 뱉었다. 세이어는 놀라서 입이 떡 벌어졌다. 곧바로 딱 다물어진 그 입은 무섭게 쏘아보는 눈 아래에서 흉하게 뒤틀렸다. 실내가 다시금 고요해졌다. 세이어는 얼굴에, 실은 얼굴을 덮은 가면에 묻은 침을 닦고 도저히 믿을 수 없다는 표정으로 손에 묻은 침을 내려다보았다.

"미아, 그 여자가 나한테 이런 짓을 하게 놔뒀단 말이야? 나한테, 네 아기의 대부가 될 나한테?"

"대부 같은 소리 하고 있네!" 데타가 악을 썼다. "제 아비 거시기

빨면서 뒷구멍에 손가락이나 쑤셔 댈 놈이! 너는……"

"없애 버려!" 세이어의 목소리가 천둥처럼 울려 퍼졌다.

뒤이어 딕시 피그의 앞쪽 공간에 모인 흡혈귀와 하인 무리가 지켜보는 가운데, 미아가 그 명령을 따랐다. 결과는 기묘했다. 데타의 목소리는 차츰 작아졌다. 식당 바깥으로 끌려 나가기라도 하듯이(그것도 경비원에게 뒷덜미를 붙잡힌 채로.). 데타는 말하기를 포기하고 낄낄 웃기만 했지만, 얼마 지나지 않아 그 웃음소리도 그치고 말았다.

세이어는 손을 몸 앞에 포갠 채 서서 엄숙한 표정으로 미아를 바라보았다. 나머지 패거리도 그쪽을 보고 있었다. 만찬장의 기사와 귀부인 무리를 묘사한 태피스트리 뒤쪽에서 다른 패거리가 웃고 떠드는 소리가 아직도 조그맣게 들려왔다.

"그 여자는 갔어요." 마침내 미아가 입을 열었다. "그 못된 여자는 이제 없어요."

실내가 고요한데도 미아의 목소리는 잘 들리지 않았다. 속삭임보다 살짝 큰 소리로 말했기 때문이었다. 눈은 소심하게 내리깔았고, 뺨은 죽은 사람처럼 파리했다.

"부탁이에요, 세이어 씨…… 아니, 사이 세이어…… 분부대로 했어요, 그러니까 전에 하셨던 말씀이 진실이라고 얘기해 주세요. 제가 이 어린것을 키워도 좋다고 말씀해 주세요. 제발 부탁이에요! 그렇게만 해 주시면 아까 그 여자의 목소리는 두 번 다시 안 들릴 거예요, 제 아버지의 얼굴과 제 어머니의 이름을 걸고 맹세할게요, 정말이에요."

"너한테는 둘 다 없잖아."

세이어가 말했다. 야멸치게 무시하는 말투였다. 미아가 간원한

동정과 자비는 세이어의 두 눈에 눈곱만큼의 자리도 얻지 못했다. 그리고 그 위에, 이마 정중앙의 빨간 구멍에는 피가 차오르고 또 차오를 뿐 넘치지는 않았다.

새로운 진통이, 이때껏 겪은 것 가운데 가장 심한 통증이 미아의 몸을 덥석 물었다. 미아가 휘청거렸으나 이번에는 세이어도 부축해 주지 않았다. 세이어 앞에 무릎을 꿇은 미아는 거칠거칠하고 반들거리는 타조 가죽 구두를 붙잡은 채 세이어의 얼굴을 올려다보았다. 샛노란 재킷 위의 얼굴도 미아를 내려다보았다.

"제발. 부탁이에요, 제발. 약속을 지켜 주세요."

"그럴 수도 있고, 안 그럴 수도 있지. 난 말이야, 누구한테 구두를 핥으라고 시켜 본 적이 없어. 상상이 가나? 나처럼 오랜 세월을 살아온 존재가 한 번도 작정하고 누구한테 구두를 핥으라고 시켜 본 적이 없다니."

어디서 여자가 킥킥 웃는 소리가 들려왔다.

미아가 몸을 숙였다.

안 돼, 미아, 그러면 안 돼. 수재나가 신음하듯 간청했지만, 미아는 대꾸하지 않았다. 몸속 깊숙한 곳을 마비시키는 듯한 진통 또한 미아를 막지 못했다. 입술 사이로 혀를 내밀고서, 미아는 리처드 세이어가 신은 구두의 거친 표면을 핥기 시작했다. 그 맛은 수재나에게도 아스라이 느껴졌다. 까끌까끌하고, 텁텁하고, 딱딱한, 후회와 모멸감이 가득한 맛이었다.

가만히 보고만 있던 세이어가 입을 열었다.

"그만. 그 정도면 됐어."

세이어는 미아를 우악스럽게 일으켜 세운 다음, 웃음기 없는 자신의 얼굴을 미아의 얼굴에 반 뼘도 안 될 만큼 가까이 들이밀었다. 이미 그들 패거리의 정체를 알아 버린 미아는 세이어와 부하들이 쓴 가면을 의식하지 않을 도리가 없었다. 팽팽한 뺨 부분은 속이 다 비치다시피 했고, 그 밑에 소용돌이 같은 진홍색 털이 희미하게 보였다.

얼굴 전체를 다 뒤덮었다면 털가죽이라고 해도 좋을 정도였다.

"거지 행세로 점수를 딸 생각은 버려. 하긴, 기분이 아주 각별했다는 건 인정해야겠지만."

"약속했잖아!"

미아는 그렇게 외치며 세이어의 손아귀에서 벗어나려 했다. 그러다가 또다시 엄습한 진통에 허리를 굽혔다. 안간힘을 써 봤자 비명을 참는 것이 고작이었다. 진통이 조금 가라앉자 미아는 꿋꿋이 말을 이었다.

"5년 준다고 했잖아…… 잘하면 7년이라고…… 그래, 7년…… 내 어린것을 위한 최고의 선물이라고, 그렇게 말해 놓고……."

"그랬지. 그건 나도 잊지 않았어, 미아."

세이어는 그때껏 있는 줄도 몰랐던 치명적인 문제와 마주친 사람처럼 인상을 찌푸렸다가, 이내 표정이 밝아졌다. 뒤이어 씩 웃자 입 한쪽을 덮은 가면이 위로 주름지면서 두툼한 입술 사이로 누렇고 날카로운 이빨이 드러났다. 세이어는 미아의 팔을 잡은 한쪽 손을 놓고 학생에게 훈계하는 교사처럼 손가락 한 개를 펴 들었다.

"맞아, 최고의 선물이지. 문제는 이거야. '너한테 그걸 받을 자격이 있을까?'"

그 뼈 있는 농담에 수긍하듯, 여기저기서 수군거리는 소리가 들렸다. 미아는 그들 패거리가 자신을 '어머니'라고 부르며 하일이라고 찬양했던 기억이 떠올랐지만 이제는 아득한 옛일 같았다. 의미 없는 꿈의 편린처럼.

그래도 아기를 배는 건 성공했잖아, 안 그래? 몸속 어딘가 깊숙이서 데타가 물었다. 실은 감금실 안에서. 암! 넌 아기를 뱄어, 그렇고말고!

"난 적어도 이 아기를 배 속에 품는 건 해냈어, 안 그래?" 미아가 내뱉다시피 말했다. "이 몸의 주인이 늪에 뛰어들어 개구리를 잡아먹게 조종하기도 했고. 그 여잔 그게 캐비아인 줄 알았지…… 난 그 정도는 거뜬히 해냈어, 안 그래?"

세이어가 눈을 깜박거렸다. 너무나 똑 부러진 대답에 놀란 기색이 역력했다. 미아의 태도가 다시 부드러워졌다.

"사이, 제가 얼마나 많은 것들을 포기했는지 생각해 보세요!"

"흥, 넌 아무것도 포기하지 않았어! 원래부터 고작 떠돌이들이나 덮치고 살던 하찮은 정령 아니었나? 바람의 매춘부, 롤랜드는 너 같은 부류를 그렇게 부르지 않았나?"

"그럼 다른 여자를 떠올려 봐, 수재나라고 자칭하는 그 여자를. 나는 그 여자의 삶과 사명을 통째로 훔쳤어. 내 어린 것을 위해서, 또 너의 명령을 따르기 위해서."

세이어는 집어치우라는 듯이 손을 내저었다.

"그 따위 말주변으로는 점수를 딸 수가 없어, 미아. 그러므로 협상은 여기까지."

세이어가 왼쪽을 보며 고갯짓을 했다. 얼굴이 불도그처럼 넙데데하고 숱 많은 백발이 곱슬곱슬한 남자 하인 하나가 앞으로 나섰다. 그의 이마에 난 붉은 구멍은 기묘하게도 사선으로 기다랬다. 그 뒤편에 머리 대신 새 대가리가 달린 또 다른 하인이 따라왔다. 듀크 대학교 블루 데블스라고 적힌 라운드 티셔츠의 목 부분 위로 사납게 생긴 암갈색 매의 대가리가 솟아 있었다. 두 하인이 미아를 붙들었다. 매 대가리의 손아귀에서 느껴지는 감촉은 역겨웠다. 비늘로 뒤덮인, 이 세상의 것이 아닌 느낌이었다.

"너는 아주 훌륭한 보호자였어. 적어도 그 점은 모두가 동의할 거야. 하지만 그 아기를 실제로 밴 어미는 길르앗의 롤랜드가 데리고 다니는 여자라는 걸 잊으면 안 되지, 안 그래?"

"거짓말! 아아, 그건 더러운…… 거짓말이야!"

세이어는 미아의 절규를 못 들은 척 말을 이었다.

"그리고 맡은 일이 다르면 필요한 기술도 다르게 마련이지. 소 잡는 칼을 닭 잡는 데 쓰지 마라, 그런 말도 있으니까."

"제발!" 미아가 외쳤다.

그 소리에 귀가 먹기라도 한 듯, 매 대가리 하인이 발톱 달린 손으로 대가리 양옆을 감싸고 도리질을 했다. 그 재치 있는 팬터마임에 동료들은 폭소로 답했고 몇몇은 환호성까지 질렀다.

수재나는 따뜻한 기운이 자신의 다리(미아의 다리)를 타고 흘러내리는 느낌이 들었고, 아래를 보니 청바지 가랑이가 짙은 색으로 변해 있었다. 마침내 양수가 터졌다.

"자, 그럼…… 아기를 받아 볼까!"

세이어가 예능 프로그램 진행자처럼 과장된 목소리로 외쳤다. 헤벌쭉 웃는 입 속에는 이빨이 너무나 많았다. 위아래 모두 두 줄씩나 있었으므로.

"그다음은, 그때 가서 결정하면 돼. 네 요청을 검토해 보겠다고 약속하지. 그럼 그 사이에…… 하일, 미아! 하일, 어머니여!”

“하일, 미아! 하일, 어머니여!”

나머지 패거리가 외쳤고, 문득 정신을 차린 미아는 어느새 식당 안쪽으로 실려 가고 있었다. 불도그처럼 생긴 하인에게 왼팔을, 매 대가리 하인에게 오른팔을 붙들린 채로. 매 대가리는 숨을 내쉴 때마다 목구멍에서 불쾌한 소리가 나지막이 흘러나왔다. 미아는 두 발이 양탄자 위로 둥둥 뜨다시피 한 채 노란 깃털로 덮인 하인이 있는 곳으로 실려 갔다. ‘카나리아 남자.’ 미아의 머릿속에 떠오른 생각이었다.

세이어는 손짓 한 번으로 미아를 멈춰 세우고 카나리아 남자에게 뭐라고 지시했고, 그러는 동안 딕시 피그의 정문 쪽을 손가락으로 가리켰다. 미아의 귀에 롤랜드의 이름, 그리고 제이크의 이름이 들려왔다. 카나리아 남자가 고개를 끄덕였다. 세이어는 다시금 단호하게 정문을 가리키며 고개를 가로저었다. 아무도 못 들어오게 해라. 그 고갯짓의 의미였다. 아무도!

카나리아 남자가 또다시 고개를 끄덕이고서 낸 짹짹거리는 소리에 미아는 비명이 터질 것 같았다. 그래서 고개를 돌렸지만, 시선이 닿은 곳은 하필 기사와 귀부인 무리가 그려진 태피스트리였다. 미아는 그들이 모여 앉은 테이블을 알아보았다. 디스코디아 성의 연회장에 있던 것이었으므로. 상석에 앉은 아서 엘드는 머리에 왕관을 쓰고 오른팔로 아내를 안고 있었다. 그의 눈은 미아가 꿈에서 본 파란색이었다.

어쩌면 카는 바로 이 순간을 택하여 길 잃은 돌풍을 딕시 피그 실내에 끌어들인 다음, 그 태피스트리를 한쪽으로 홱 젖혔는지도 몰랐다. 1초 아니면 2초쯤 되는 짧은 시간이었지만 미아가 태피스트리 뒤에 또 하나의 공간, 즉 별실이 있는 것을 알아보기에는 충분했다.

눈부시게 빛나는 크리스털 샹들리에 아래의 기다란 나무 탁자 앞에 남녀 여남은 명이 앉아 있었다. 인형 몸통에 머리 대신 달아 놓은 말린 사과 같은 그들의 얼굴은 세월과 독기에 찌들어 뒤틀리고 쭈글쭈글했다. 귀밑까지 벌어진 입술 아래로 수많은 이빨이 흉측한 꽃다발처럼 튀어나와 있었다. 그 괴물 무리 가운데 누구 하나라도 입을 다문 적이 있다면 까마득히 오래전일 듯싶었다. 눈은 새까맸고 눈가에서는 질척질척한 것이 역겹게 흘러내렸다. 살갗은 노란색, 이빨과 같은 색이었고, 군데군데 병에 걸린 듯한 털가죽으로 덮여 있었다.

저것들은 뭐야? 미아가 악을 썼다. 도대체 뭐냐고?

돌연변이야. 수재나가 대답했다. 아니면 '혼종'이라고 해야 할지도. 그건 아무래도 상관없어, 미아. 지금 중요한 게 뭔지는 너도 알잖아, 안 그래?

미아는 그 질문의 답을 알았고, 수재나도 미아가 안다는 것을 알았다. 벨벳 태피스트리가 젖혀진 시간은 아주 잠깐이었지만, 둘 다 그 틈을 놓치지 않고 목격했기 때문이었다. 테이블 한복판에 놓인 꼬치구이 화덕을, 그 위의 쇠꼬챙이에 꿰인 채 빙빙 돌아가며 갈색으로 노릇하게 구워진, 군침 도는 냄새를 피우는, 기름이 지글거리는, 머리 없는 주검을. 아니, 그 냄새는 돼지고기 굽는 냄새가 아니었다. 쇠꼬챙이에 꿰여 돌아가는, 털도 안 난 병아리처럼 생긴 갈색 덩어리는, 인간 아기였다. 테이블에 둘러앉은 괴물들은 불 위로 뚝뚝 떨어지는 육즙을 세련된 도자기 잔에 받아 서로 잔을 부딪힌 후에…… 마셨다.

바람이 잦아들었다. 태피스트리가 다시 제자리로 돌아왔다. 그리고 진통을 겪는 여인은 또다시 양팔을 붙들린 채 식당을 떠나 빔 위의 여러 세계를 아우르는 이 건물 내부로 더 깊이 끌려가기 전에, 태피스트리 그림에 숨겨진 고약한 장난을 발견했다. 별 생각 없이 언뜻 봐서는 알기 힘들었지만, 아서 엘드가 자기 입으로 가져가는 것은 북채가 아니었다. 아기의 다리였다. 로웨나 왕비가 축배를 들고자 높이 쳐든 잔에는 와인이 아니라 피가 차 있었다.

"하일, 미아!"

세이어가 다시 외쳤다. 아아, 그보다 더 의기양양할 수 있을까, 전 서구가 다시 새장으로 돌아온 지금.

하일, 미아! 나머지 패거리가 화답하듯 외쳤다. 풋볼 경기의 열광적인 응원단처럼. 태피스트리 뒤에 있던 무리도 여기에 가담했지만 그들의 목소리는 으르렁대는 소리나 다름없이 조그마했다. 물론 그들의 입에 음식이 가득했기 때문이었다.

"하일, 어머니여!"

조롱 섞인 예우가 특기인 세이어답게, 이번에는 미아를 향해 허리 굽혀 조롱 섞인 절을 했다.

하일, 어머니여! 흡혈귀와 하인 무리가 화답했고, 미아는 비웃음이나 다름없는 박수 소리에 실려 흘러갔다. 먼저 주방으로, 뒤이어 식료품 창고로, 다시 그 뒤의 계단을 따라 아래쪽으로.

그 끝에는, 당연히, 문이 있었다.

18

수재나는 요리에서 풍기는 끔찍한 냄새 때문에 그곳이 딕시 피그의 주방인 것을 알아차렸다. 돼지고기는 당연히 아니었다. 18세기 해적들이 '기다란 돼지'라고 부른 짐승의 고기, 즉 인육이었다.

이 전초 기지는 얼마나 오랫동안 뉴욕시의 흡혈귀와 하인 무리를 위해 영업을 했을까? 캘러핸이 살던 시절, 그러니까 1970년대 아니면 1980년대부터? 수재나가 젊었던 시절, 1960년대부터일까? 분명 그보다 훨씬 오래됐을 터였다. 수재나는 네덜란드인들이 이 땅에 정착할 당시에도 모습만 다른 딕시 피그가 이 자리에 있었으리라 짐작했다. 그들이 북아메리카 원주민에게 유리구슬이 든 자루 몇 개를 주고 사들인 땅에다 깃발을 꽂고, 자기네의 잔혹한 기독교 신앙은 그 깃발보다 몇 배 더 깊숙이 꽂았던 그 시절에도. 네덜란드인은 실용적인 족속이라 돼지갈비 바비큐는 좋아했지만, 마법을 부리는 사람은 좀처럼 봐주는 법이 없었다. 그것이 백마술이든 흑마술이든.

이 주방은 수재나가 디스코디아 성 지하에서 들렀던 주방을 금세 떠올릴 만큼 그곳과 쌍둥이처럼 똑같았다. 미아가 그 성에 남은 마지막 음식, 즉 오븐 속의 돼지고기 로스트를 차지하려던 쥐를 죽인 곳이었다.

하지만 그곳에는 오븐도, 돼지 로스트도 없었어. 수재나는 속으로 생각했다. 젠장, 아예 주방 자체가 없었다고. 축사 뒤편에 새끼 돼지 한 마리가 있었을 뿐이야. 티안과 잘리아 재퍼즈가 키우던 돼지. 그 돼지를 죽여서 뜨거운 피를 마신 건 나였어, 미아가 아니라. 그때쯤엔 미아가 내 몸을 거의 다 차지했지만 난 그런 줄도 몰랐지. 혹시 에디는 그걸 알았……

미아에게 마지막으로 끌려가면서, 자신의 생각으로부터 분리되어 어둠 속으로 데굴데굴 굴러 떨어지는 동안, 수재나는 궁지에 몰려 독이 오른 이 못된 여자가 자신의 삶을 얼마나 철저히 차지했는지를 절감했다. 미아가 그렇게 한 이유 또한 이해가 갔다. 어린것 때문이었다. 문제는 어째서 자신이, 수재나 딘이, 그런 미아를 가만히 두었는가 하는 것이었다. 전에도 다른 존재에게 차지당한 적이 있기 때문일까? 에디가 헤로인에 중독되었던 것만큼이나 자기 안의 타인에게 중독되었기 때문에?

수재나는 그것이 진실일까 봐 두려웠다.

소용돌이치는 어둠 속. 수재나가 다시 눈을 떴을 때 저 아래쪽에 디스코디아의 하늘에 걸린 달이 보였고, 그 아래 지평선에는

(크림슨 킹의 대장간)

붉게 빛나는 포물선이 보였다.

"이쪽이야!" 여성의 목소리, 전에 들었을 때와 똑같이 외치는 목소리였다. "이쪽이야, 바람을 벗어나서 이쪽으로!"

수재나가 아래를 내려다보니 두 다리는 달아나고 없었고, 앉아 있는 곳은 전에 성벽 위를 거닐 때와 마찬가지로 조그마한 수레였다. 그때 보았던 그 여인, 키가 훌쭉하고 아름다운, 검은 머리가 바람에 나부끼는 그 여인이 이쪽을 보며 손짓하고 있었다. 미아와 이 모든 것은, 당연히, 수재나의 꿈속 기억에 남은 연회장과 다를 바 없이 흐릿했다.

수재나는 생각했다. 하지만 페딕은 진짜였어. 미아의 몸은 저기에 있어, 지금 이 순간 딕시 피그 뒤편의 주방으로 끌려가는 내 몸이 틀림없이 그곳에 있는 것처럼. 사람이 아닌 손님들을 위해 입에 담지도 못할 요리를

준비하는 그곳에. 성벽 위의 회랑은 미아의 꿈속에 있는 장소야. 미아의 은신처, 미아의 도건이야.

"나한테 와, 중간 세계의 수재나, 붉은 왕의 불빛에서 떨어져! 바람을 벗어나서 이 고요한 벽 뒤로 와!"

수재나는 고개를 가로저었다.

"하고 싶은 말만 하고 끝내, 미아. 우린 아기를 낳아야 해. 그래, 어떻게든 우리 둘이서. 그리고 그 일이 끝나면 우린 그걸로 끝이야. 넌 내 삶에 독을 풀었어. 그게 네가 한 짓이야."

미아는 절박하고 진지한 표정으로 수재나를 바라보았다. 어깨 담요 밑으로 불룩 솟은 배가 보였고, 머리카락은 거센 바람에 밀려 등 뒤로 나부꼈다.

"그 독을 받아 든 건 너였어, 수재나! 그걸 삼킨 것도 너야! 그래, 이 아기가 아직 네 배 속의 덜 여문 씨앗이었을 때!"

그 말이 사실일까? 만약 그렇다면 누가 나서서 미아를 불러들였을까, 마치 미아의 진짜 정체인 흡혈귀를 초대하듯이? 수재나였을까, 아니면 데타?

수재나 생각에는 둘 다 아니었다.

실은 오데타 홈스였을지도 모른다는 생각이 들었다. 일찍이 파란 노부인의 특별한 접시를 깬 적이 한 번도 없는 오데타. 인형을 몹시도 좋아하던 오데타. 그중 대부분은 오데타 자신의 순면 팬티처럼 새하얀 백인 인형이었는데도.

"누구의 딸도 아닌 미아, 네가 나한테 바라는 게 뭐야? 어서 말해, 말하고 끝내!"

"우린 이제 곧 함께할 거야…… 그래, 실제로 그리고 진실로, 함께 분만대에 누울 거야. 그리고 너한테 바라는 건 단 하나, 만약 내가 내 어린것과 함께 빠져나갈 기회가 생기면, 네가 날 도와주는 거야."

수재나는 그 말을 곰곰이 생각해 보았다. 바위와 쩍 벌어진 구덩이가 곳곳에 널린 황야에서 하이에나 떼가 킬킬거리듯 짖었다. 바람이 몸을 마비시킬 정도로 강하게 불었지만, 느닷없이 배를 물어뜯는 진통은 그보다 훨씬 더 강했다. 수재나는 미아의 얼굴 역시 똑같은 고통으로 물든 것을 보고 어쩌다 자신의 삶 전체가 거울이 가득한 황야로 바뀌어 버렸는지 다시금 생각했다. 어쨌거나, 그런 약속을 한다고 손해 볼 일이 있을까? 십중팔구 그런 기회는 오지 않을 테지만 만약 온다면, 그때 수재나는 미아가 모드레드라고 부르는 그 아기가 크림슨 킹을 섬기는 무리의 수중에 떨어지도록 구경만 할 작정일까?

"그래, 알았어. 네가 아기를 데리고 빠져나갈 기회가 생기면, 내가 도와줄게."

"어디든 상관없어!" 미아가 거칠게 속삭였다. "하다못해……."

미아는 입을 다물었다. 침을 삼켰다. 힘을 쥐어짜 말을 이었다.

"하다못해 토대시의 어둠 속이라도. 영원토록 떠도는 신세라고 해도 내 아들이 곁에 있으면, 그건 저주가 아니니까."

너한테는 아닐지도 모르지, 자매님. 수재나는 속으로만 그렇게 생각할 뿐, 소리 내어 말하지는 않았다. 실은 미아의 변덕에 질렸기 때문이었다.

"그리고 만약 우리가 벗어날 가망이 아예 없으면, 그땐 우릴 죽여줘."

위쪽에 들리는 것은 바람 소리와 킬킬대는 하이에나 소리뿐이었지만 수재나는 자신의 진짜 몸이 아직도 이동 중인 것을, 이제 계단 아래로 실려 가는 중인 것을 느꼈다. 실제 세계의 모든 것이 얇디얇은 막에 가려져 있었다. 수재나를 이쪽 세계로 이동시킨 것을 보면, 그것도 분만의 고통이 절정에 이르렀을 때 그렇게 한 것을 보면, 미아는 거대한 힘을 지닌 존재였다. 어째선지 그 힘을 제어하지 못하는 것이 너무도 안타까웠다.

미아는 수재나의 긴 침묵을 망설임으로 받아들인 기색이 역력했다. 튼튼한 가죽끈 샌들을 신은 발로 성벽 위의 곡선형 회랑을 냅다 질주한 끝에, 얼기설기 만든 수레에 앉아 있는 수재나에게 거의 달려들다시피 했으므로. 미아가 수재나의 양어깨를 꽉 붙잡고 흔들어 댔다.

"그래!" 미아가 사납게 외쳤다. "우리를 죽여! 차라리 함께 죽는 게 나아, 떨어져서 사는 것보다 차라리……."

미아는 말끝을 흐리다가, 이내 독기 서린 목소리로 끝맺었다.

"난 이때껏 내내 속았어. 안 그래?"

기다리던 순간이 막상 닥치자 수재나는 둘러대고 싶은 기분도, 연민도, 슬픔도 느끼지 않았다. 그저 고개만 끄덕였다.

"저놈들, 내 아기를 잡아먹을 작정이야? 그 끔찍한 늙은이들한테 내 아기의 주검을 바치려고 그러는 거야?"

"아무래도 그럴 것 같지는 않아."

대답은 그렇게 했지만, '식인 행위'라는 말은 어딘가 남아 있었다. 수재나의 마음이 그렇게 속삭였다.

"저놈들은 내가 안중에도 없어. 난 그저 이 아기의 유모야, 너도 날 그렇게 불렀지? 그런데 저놈들은 나한테 유모 노릇도 안 시켜 줄 거야, 안 그래?"

"그럴 것 같진 않아. 반년은 아기를 돌볼 수 있을지도 몰라. 하지만……."

수재나는 고개를 가로젓고는 또다시 몸속을 휩쓰는 진통에 입술을 깨물었다. 배와 허벅지의 모든 근육이 유리로 변해 버린 기분이었다. 그 통증이 가라앉고 나서 수재나가 말을 맺었다.

"나도 확신할 순 없어."

"그럼 우릴 죽여, 네 말대로 된다면. 그러겠다고 말해, 수재나, 제발, 부탁이야!"

"미아, 내가 널 위해 그렇게 해 주면, 넌 날 위해 뭘 해 줄 건데? 너의 그 거짓말쟁이 입에서 나온 말을 내가 믿는다는 전제하에?"

"널 풀어줄게. 그렇게 할 수만 있으면."

수재나는 잠시 생각한 끝에 대단찮은 거래라도 아예 안 하는 것보다는 낫다고 결론지었다. 그래서 손을 위로 뻗어 자신의 어깨를 붙잡은 손을 감쌌다.

"알았어. 네 말대로 할게."

뒤이어 지난번에 이곳에서 나누었던 대화의 끝이 그러했듯이, 먼저 하늘이 찢어져 열렸다. 다음은 두 사람 등 뒤의 성벽이었고, 그 다음은 두 사람 사이의 허공이었다. 그 틈새를 통해 수재나는 움직이는 복도를 보았다. 시야가 어둡고 흐릿했다. 수재나는 그것이 스스로의 눈을 통해, 거의 감기다시피 한 자신의 눈을 통해 보는 광경인 것을 알아차렸다. 불도그 얼굴을 한 하인과 매 대가리 하인이 아직도 수재나를 붙들고 있었다. 복도 끝의 문을 향해 끌고 가는 중이었다. 언제나, 롤랜드가 수재나의 삶에 들어온 이후 줄곧, 수재나 앞에는 또 다른 문이 있었다. 두 하인은 수재나가 기절했거나 의식이 흐려진 상태인 줄 아는 모양이었다. 어찌 보면 그런 상태인 것도 같았다.

이윽고 수재나는 하얀 다리가 달린 자신의 혼종 몸으로 추락하듯 돌아왔는데…… 과연 얼마나 넓은 부위가 전에는 갈색이었다가 지금은 하얗게 변했을까? 이제는 그런 신세도 곧 끝날 판국이었고, 수재나는 그래서 기뻤다. 마음의 조그마한 평화를 얻을 수만 있다면 수재나는 아무리 튼튼한 다리라고 한들 그 하얀 다리를 기꺼이 내놓을 수 있었다.

마음의 조그마한 평화를 얻을 수만 있다면.

19

"슬슬 정신이 드나 봅니다."

누군가 으르렁대듯 말했다. 불도그 얼굴을 한 하인일 거라고, 수재나는 생각했다. 누구든 상관없었다. 가면을 벗기면 놈들은 하나같이 딱딱한 살에 털가죽이 덮인 인간형 쥐처럼 보였으므로.

"좋아."

세이어의 목소리, 하인 무리 뒤에서 걸어오는 중이었다. 수재나가 주위를 둘러보니 그녀를 수행하는 무리는 하인 여섯과 매 대가리 남자, 흡혈귀 셋이었다. 하인들은 은닉형 총집을 차고 있었는데…… 이쪽 세계에 왔으니 그 물건을 '겨드랑이 총집'이라고 불러야 할 듯싶었다. 로마에 가면 로마법을 따르라는 말도 있으므로. 흡혈귀 둘은 칼라 마을 사람들이 쓰던 석궁인 '바'를 들고 있었다. 남은 한 놈의 무기는 늑대들이 휘두르던 검과 비슷하게 시끄러운 윙윙 소리를 내는 전기 검이었다.

10 대 10이라. 수재나는 침착하게 생각했다. 양호하진 않군…… 하지만 이 정도도 감지덕지니까.

너 혹시…… 미아의 목소리였다. 몸속 어딘가에서.

입 다물어. 수재나가 말했다. 대화할 시간은 끝났어.

앞쪽, 그들이 다가가는 문 위에, 이렇게 적힌 명판이 보였다.

노스 센트럴 양자공학

뉴욕/ 페딕

최고 보안 구역

출입 암호 음성 입력

눈에 익은 문구였고, 수재나는 그 이유를 대번에 알아차렸다. 페딕에 잠깐 머무는 동안 이와 비슷한 표지판을 보았기 때문이었다. 페딕은 진짜 미아가 갇혀 있었던 곳이었다. 아마도 역사상 가장 밑지는 거래에서 유한한 삶을 택한 미아가.

일행이 문 앞에 도착하자 세이어가 수재나를 매 대가리 쪽으로 밀었다. 문 쪽으로 몸을 기울인 그가 목구멍 깊숙이 으르렁거리는 소리로 무언가 말했다. 수재나는 흉내도 못 낼 낯선 언어였다. 별거 아니야. 미아가 소곤거렸다. 난 할 줄 아는 말이야, 혹시 필요하면 네가 할 수 있게 가르쳐 줄게. 하지만 지금은…… 수재나, 너한테는 미안한 마음 뿐이야. 잘 있어.

페딕에 위치한 '아크 16 실험 기지'의 문이 열렸다. 거칠게 윙윙대는 소리가 수재나의 귀에 들려왔고, 오존 냄새가 풍겼다. 두 세계 사이의 문은 마법으로 작동하지 않았다. 이 문은 옛사람들의 유물이었고, 망가져 가는 중이었다. 그것을 만든 이들은 마법에 대한 신념을 잃고 탑에 대한 믿음을 저버렸다. 마법이 있던 자리는 윙윙대며 죽어가는 이 물건의 차지였다. 이 멍청하고 유한한 물건의 차지. 그리고 그 너머는 침대가 가득 널린 널따란 방이었다. 수백 개나 되는 침대가.

여기서 아이들한테 수술을 한 거야. 뭔지는 모르지만 브레이커들한테 필요한 걸 빼앗으려고.

지금은 환자가 누운 침대가 한 개뿐이었다. 그 침대의 발치에 서 있는 여자의 머리는 징그럽게 생긴 쥐의 대가리였다. 아마도 간호사 같았다. 여자 옆에는 인간이 서 있었다. 수재나가 보기에 흡혈귀 같지는 않았지만 확신은 없었다. 문을 통해 보이는 광경이 소각로 위의 대기처럼 일렁거렸기 때문이었다. 인간 남자가 고개를 들고 수재나 일행을 보았다.

"서둘러!" 남자가 소리쳤다. "화물을 옮기란 말이야! 둘을 연결해서 빨리 끝내야 해, 안 그럼 그 여잔 죽어! 둘 다 죽는다고!"

의사가 성마른 손짓을 했다. 리처드 P. 세이어의 면전에서 그토록 화를 내며 거만을 떠는 것을 보면 틀림없이 의사였다.

"여자를 이리 데려와! 늦었잖아, 이 망할 놈들아!"

세이어가 수재나를 문 너머로 우악스럽게 밀었다. 수재나는 머릿속 깊숙이서 나는 허밍 소리를, 또 짧게 짤랑거리는 토대시 차임벨 소리를 들었다. 그 소리에 아래를 내려다보았지만 헛수고였다. 미아에게서 빌려온 다리는 사라지고 없었고, 수재나는 매 대가리와 불도그가 뒤에서 달려와 잡아 줄 틈도 없이 바닥에 털퍼덕 엎어졌다.

수재나는 팔꿈치로 몸을 지탱한 채 고개를 들었고, 얼마 만인지도 모를 만큼 까마득히 오랜만에, 필시 스톤서클의 악마에게 겁탈당한 이후 처음으로, 자기 안에 자기뿐인 것을 깨달았다. 미아는 사라지고 없었다.

뒤이어 그렇지 않다고 증명이라도 하듯, 방금 떠난 수재나의 말썽꾼 손님이 비명을 내질렀다. 이제 참기에는 너무나 극심한 진통 때문에 수재나도 함께 비명을 질렀고, 잠깐 동안 둘의 목소리는 완벽한 화음을 이루며 임박한 아기의 탄생을 노래했다.

"젠장." 수재나의 경호원 중 한 명, 흡혈귀인지 하인인지 알 수 없는 그가 말했다. "내 귀에서 피 나? 꼭 피 나는 거 같……"

"여자를 일으켜 세워, 하버!" 세이어가 으르렁거렸다. "제이! 어서 잡아! 바닥에서 일으켜 세우란 말이다, 네 아버지의 명예를 위해!"

불도그와 매 대가리, 또는 하버와 제이가 수재나의 팔을 붙잡고 줄지어 놓인 침대 사이의 통로를 지나 안쪽으로 서둘러 데려갔다.

침대에 누운 미아가 수재나 쪽으로 고개를 돌려 가녀린, 기진맥진한 웃음을 지었다. 얼굴은 땀이 흥건했고 머리카락은 상기된 피부에 들러붙어 있었다.

"복된 만남이었어…… 흉한 만남이었고."

미아가 가까스로 남긴 말이었다.

"옆 침대를 이쪽으로 밀어!" 의사가 외쳤다. "서둘러, 젠장! 도대체 왜 그렇게 느려 터진 거야?"

수재나를 딕시 피그에서 데려온 무리 가운데 하인 둘이 몸을 숙여 바로 옆의 빈 침대를 미아의 침대 옆에 붙이는 사이, 하버와 제이는 수재나가 똑바로 서도록 양옆에서 부축했다. 침대 위에는 헤어드라이어와 오래된 에스에프 드라마인 「플래시 고든」 시리즈에서 본 우주 비행사 헬멧을 합친 것처럼 생긴 장치가 있었다. 수재나는 그 장치의 외양이 마음에 들지 않았다. 뇌를 빨아먹을 것처럼 생긴 장치였으므로.

한편 쥐 대가리가 달린 간호사는 미아가 벌린 다리 사이로 몸을 숙이고 위로 젖혀진 환자복 가운 아래를 들여다보는 중이었다. 간호사가 미아의 오른쪽 무릎을 두툼한 손으로 토닥이더니 가냘프게 우는 소리를 냈다. 분명 환자를 안심시키려고 낸 소리였지만, 수재나는 등골이 오싹했다.

"거기 그렇게 멍하니 서 있지 마, 이 멍청이들아!"

의사가 악을 썼다. 갈색 눈에 몸집이 뚱뚱한 그는 볼이 벌겠고, 뒤로 빗어서 딱 붙인 머리카락은 빗질 자국이 지붕 홈통만큼이나 넓게 패어 있었다. 하얀 나일론 실험 가운 아래로 트위드 슈트가 보였다. 목에 맨 진홍색 스카프에 붙은 장식은 눈 모양이었다. 수재나는 그 인장을 보고도 조금도 놀라지 않았다.

"선생님의 지시를 기다리는 중입니다."

이름이 제이인 매 대가리가 말했다. 묘하게 사람 같지 않은, 높낮이가 없는 목소리였고 쥐 대가리 간호사의 울음소리처럼 거슬렸지만, 그래도 고스란히 알아들을 수 있었다.

"지시 같은 소리 하고 있네!" 의사가 꽥 소리를 지르고는 과장되게 손을 흔들어 진저리난다는 뜻을 표했다. "너희 어머니가 낳은 자식들 중에 제대로 된 놈은 하나도 없는 거야?"

"제가……"

하버가 말을 꺼내려 했지만, 의사가 이번에는 그를 다짜고짜 다그쳤다. 기세가 올라 멈추지 못하는 모양이었다.

"우리가 이 순간을 얼마나 기다려 왔냐고, 응? 예행연습은 또 얼마나 많이 했는데? 도대체 왜 그렇게 멍청하냔 말이야, 왜 그렇게 굼떠? 그 여자를 빨리 침대에 눕……"

세이어가 움직인 속도는 수재나가 보기에 롤랜드조차도 흉내 내기 힘들 만큼 빨랐다. 한순간 그는 하버, 즉 불도그 얼굴을 한 하인 곁에 서 있었다. 다음 순간 그는 의사에게 달라붙은 채로 의사의 어깨에 턱을 박고 팔을 붙잡아 등 뒤로 꺾어 올렸다.

의사의 얼굴에서 심통을 부리는 표정이 순식간에 사라지더니 어린아이처럼 날카로운 비명이 터져 나왔다. 아랫입술을 타고 침이 질질 흘렀고 트위드 바지의 가랑이도 짙은 색으로 물들었다.

"그만! 팔이 부러지면 나는 아무 쓸모도 없잖아! 그만해, 아프다고오!"

"스카우더, 만약 네 팔이 부러지면 나는 길거리에서 아무 의사나 잡아다가 일을 끝마치게 시킬 수도 있어. 그러고는 나중에 죽여 버리면 그만이니까. 안 될 게 뭐야? 무슨 뇌수술을 하는 것도 아니고, 여자한테서 애 하나 받는 건데!"

말은 그렇게 하면서도 세이어는 손의 힘을 조금 늦췄다. 스카우더는 버둥거리며 흐느끼는 한편으로 찜통같이 더운 날씨에 섹스를 하는 사람처럼 숨을 헐떡이고 신음했다.

"그리고 네가 아무 도움도 안 된 채로 일이 다 끝나면." 세이어가 말을 이었다. “저놈들한테 먹이로 던져 줄 거다.”

세이어가 턱짓으로 한쪽을 가리켰다. 수재나가 그쪽을 보니 문에서 미아가 누워 있는 침대까지의 통로가 딕시 피그에서 언뜻 보았던 벌레들로 까맣게 뒤덮여 있었다. 사정을 다 안다는 듯이 탐욕스레 번들거리는 놈들의 눈은 일제히 뚱뚱한 의사에게 향해 있었다. 벌레들의 위아래 턱이 딱딱 소리를 내며 부딪쳤다.

“제…… 제가 어떻게 하면 되겠습니까, 사이?”

“용서를 빌어라.”

“요, 용서를 비나이다!”

“저 녀석들한테도. 넌 저 녀석들도 모욕했으니까, 사과해야지.”

“나리들, 죄…… 죄…… 죄송……”

“선생님! 아기 머리가 보여요!”

쥐 대가리 간호사가 끼어들었다. 말할 때의 목소리는 탁하기는 해도 알아듣기 쉬웠다. 간호사는 여전히 미아의 다리 사이로 몸을 숙인 채였다.

세이어가 스카우더의 팔을 놓아주었다.

“가 봐, 스카우더 박사. 가서 할 일을 해. 아기를 받아.” 세이어는 허리를 숙이고 미아의 뺨을 몹시도 다정하게 쓰다듬었다. “기운 내서 희망을 품도록 해, 레이디 사이. 네가 꾸는 꿈 중에 아직 실현되지 않은 것도 있으니까.”

기진맥진한 채 세이어를 올려다보는 미아의 감사하는 표정 때문에 수재나는 가슴이 미어지는 듯했다. 그 말 믿지 마, 그놈의 거짓말에는 끝이 없어. 수재나는 메시지를 보내려 했지만, 이때 둘은 연결이 끊어진 상태였다.

수재나는 미아의 침대 옆에 붙여진 침대에 곡식이 든 자루처럼 내던져졌다. 앞서 보았던 장치의 헬멧이 머리에 씌워지는데도 반항할 기운조차 없었다. 또 한 차례 진통이 수재나의 몸을 휘감았고, 두 여인은 또 한 차례 한목소리로 비명을 질렀다.

세이어와 다른 패거리가 두런거리는 소리가 수재나의 귀에 들려왔다. 침대 아래와 뒤편에서 벌레들이 바스락거리는 섬뜩한 소리도 들려왔다. 헬멧 안쪽에서는 동그란 금속 돌기가 수재나의 양쪽 관자놀이를 아프다 싶을 정도로 세게 눌렀다.

느닷없이 상냥한 여성의 목소리가 울려 퍼졌다.

"솜브라 그룹 산하 회사, 노스 센트럴 양자공학의 세계에 잘 오셨습니다! '솜브라, 진보의 걸음이 멈추지 않는 곳!' 업 링크 작업을 위해 대기 중입니다."

허밍 소리가 커다랗게 나기 시작했다. 처음에는 수재나의 양쪽 귀속에서 나는 소리였지만, 이내 좌우에서 중앙을 향해 밀고 들어오는 느낌이 들었다. 수재나는 빛나는 총알 한 쌍이 서로 마주보며 가까워지는 광경을 머릿속으로 그려 보았다.

희미하게, 바로 옆이 아니라 방 반대쪽에서 들려오는 것처럼, 미아의 비명 소리가 들렸다. '안 돼, 하지 마, 아프단 말이야!'

왼편의 허밍 소리와 오른편의 허밍 소리가 수재나의 뇌 한복판에서 만났고, 이로써 발생한 텔레파시 신호음은 오래 지속되었다가는 생각할 능력 자체가 파괴될 것처럼 강렬했다. 고통이 극심했지만 수재나는 입을 꾹 다물고 참았다. 비명은 지르지 않을 작정이었다. 감은 눈에서 흘러내리는 눈물은 감추지 못했으나 수재나는 총잡이였고, 그래서 적의 손에 비명을 지를 수는 없었다.

영원처럼 긴 시간이 흐른 후에 허밍 소리가 멈췄다.

수재나가 머릿속의 평화로운 정적을 음미한 시간도 잠시뿐, 또다시 진통이 엄습했다. 이번에는 아랫배 끄트머리에, 태풍처럼 강력하게 휘몰아쳤다. 이번 진통에는 비명을 지르는 수밖에 도리가 없었다. 이번에는 달랐기 때문이었다. 아기가 세상에 나오는 순간에 맞추어 비명을 지르는 것은 명예로운 일이었으므로.

수재나가 고개를 옆으로 돌려 보니 땀에 젖은 미아의 검은 머리 위에도 자신의 것과 비슷하게 생긴 철제 덮개가 씌워져 있었다. 두 헬멧에서 마디진 철제 호스 여러 개가 뻗어 나와 침대 사이 한복판에서 연결되어 있었다. 놈들이 칼라 마을에서 납치한 쌍둥이들에게 사용한 장치였지만, 지금은 다른 용도로 쓰이고 있었다. 무엇을 위해?

세이어가 수재나 위로 몸을 숙였다. 향수 냄새가 느껴질 만큼 가까이. 수재나 생각에는 잉글리시 레더 향수 같았다.

"마지막 진통을 완료하고 아기를 실제로 분만하려면 이 신체 연결 장치가 필요해. 너를 이곳 페딕으로 데려오는 건 작전의 핵심이었어." 세이어가 수재나의 어깨를 다독였다. "행운을 빌어 주마. 오래 걸리진 않을 거야."

세이어가 수재나를 보며 활짝 웃었다. 얼굴을 가린 가면이 위쪽으로 주름지면서 그 밑의 섬뜩한 붉은색이 살짝 드러났다.

"다 끝나면 우린 널 죽여도 돼." 세이어의 웃는 입이 더욱 커졌다. "그다음엔 당연히 먹어야지. 딕시 피그에서는 재료를 낭비하는 법이 없거든. 너처럼 건방진 계집조차도."

수재나가 뭐라고 대답하기도 전에 머릿속에서 여성의 목소리가 다시 들렸다.

“성함을 말씀해 주십시오. 천천히, 또박또박 발음하세요.”

“꺼져!” 수재나가 험악하게 쏘아붙였다.

“꺼, 져, 는 아프리카계 미국인 여성의 유효한 이름으로 등록되어 있지 않습니다.” 듣기 좋은 여성의 목소리가 말했다. “적대적 감정이 감지되었습니다. 다음 절차를 시작하기에 앞서 미리 사과드립니다.”

잠시 아무 일도 일어나지 않다가, 이내 수재나는 이때껏 감내해야 했던 어떤 고통보다 더 극심한 통증에 정신이 번쩍 들었다. 그런 것이 있으리라고는 의심조차 못 해 본 통증이었다. 그러나 그 통증이 몸속에 휘몰아치는 동안에도 입은 꾹 다물고 있었다. 수재나는 머릿속에 노래를 떠올렸고, 천둥 같은 통증 속에서도 실제로 그 노래를 들었다. 나는 언제나…… 슬픔에 잠긴 여자…… 평생을 풍파 속에 살았지…….

마침내 천둥이 멈추었다.

“성함을 말씀해 주십시오. 천천히, 또박또박 발음하세요.” 듣기 좋은 여성의 목소리가 머릿속 한가운데서 들렸다. “응답하시지 않으면 방금 그 절차가 열 배 더 강하게 반복됩니다.”

안 그래도 돼. 수재나는 그 여성의 목소리에게 메시지를 보냈다. 내가 졌어.

“수…… 재…… 나.” 수재나가 말했다. “수…… 재…… 나.”

모두가 우두커니 서서 수재나를 지켜보는 가운데 오로지 미스 쥐대가리만이, 미아의 다리 사이로 다시금 드러난, 잔털로 뒤덮인 아기의 머리를 황홀한 표정으로 내려다보고 있었다.

“미이이아아아……”

"수우우재애애……"

"미이이이……"

"재애나아아……."

다음번 진통이 시작되었을 때, 스카우더 박사는 이미 손에 겸자를 들고 기다리고 있었다. 두 여인의 목소리가 하나가 되어 어떤 단어를, 이름을 말했고, 그 이름은 수재나도 미아도 아닌, 둘을 합친 이름이었다.

"링크가." 아까 그 여성의 목소리였다. "완성되었습니다."

희미하게 '찰칵' 소리가 났다.

"반복합니다, 링크가 완성되었습니다. 협조에 감사드립니다."

"다 됐습니다, 여러분."

스카우더 박사가 말했다. 고통과 공포는 까맣게 잊은 모양이었다. 목소리에 흥분한 기색이 느껴졌다. 박사가 간호사 쪽을 돌아보았다.

"알리아, 아기가 울음을 터뜨릴 거야. 울면 그냥 가만히 둬, 네 아버지의 명예를 위해! 만약 안 울면 즉시 입속을 닦아 줘!"

"예, 선생님."

쥐 대가리 괴물의 입술이 바르르 떨며 올라가자 송곳니 두 쌍이 드러났다. 찡그린 표정이었을까, 아니면 웃는 표정?

패거리를 둘러보는 스카우더의 모습은 앞서 보였던 거만한 태도를 조금 되찾은 듯했다.

"내가 움직여도 좋다고 할 때까지 가만히 계십시오. 우리 앞에 나타난 것의 정체가 정확히 뭔지는 아무도 모릅니다. 그저 이 아이가 크림슨 킹, 그분의 소유라는 것만 알 뿐……."

그 말에 미아가 비명을 질렀다. 고통과 저항을 담아서.

“맙소사, 이 멍청한 놈이.”

세이어가 한 손을 뒤로 휘둘렀다가 스카우더를 얼마나 세게 후려쳤던지, 머리카락이 춤을 추고 피가 솟구쳐 하얀 벽에 자잘한 핏방울 무늬가 그려졌다.

“안 돼!”

미아는 악을 지르며 팔꿈치를 짚고 몸을 일으키려 했지만, 힘이 빠져서 다시 쓰러지고 말았다.

“안 돼, 내가 기르게 해 준댔잖아! 아아, 제발…… 잠깐만이라도 좋아, 제발…….”

뒤이어 최악의 고통이 수재나를 엄습했다. 수재나와 미아, 둘 모두를 덮쳐 파묻어 버렸다. 둘은 한목소리로 비명을 질렀지만 수재나는 스카우더의 지시를 들을 필요가 없었다. 의사는 이렇게 소리쳤다. 힘 줘, 더, 더!

“선생님, 아기가 나와요!”

외치는 간호사의 목소리는 불안한 환희에 젖어 있었다.

수재나는 두 눈을 감고 힘을 주었고, 시커먼 하수구 아래로 소용돌이치며 빠져나가는 물처럼 몸속에서 빠져나가는 고통을 느끼는 한편으로, 이제껏 알지 못했던 깊디깊은 슬픔을 느꼈다. 아기가 흘러 들어가는 곳이 미아의 몸속이기 때문이었다. 수재나의 몸에 깃들었던 살아 있는 메시지의 마지막 몇 줄이, 알 수 없는 방법으로 송신되었다. 이제 끝이 눈앞이었다. 그다음에 무슨 일이 일어나든 이번 단계는 끝이었고, 그래서 수재나 딘은 안도감과 후회감이 뒤섞인 울음을 터뜨렸다. 그 자체로 노래 같은 울음을.

그리고 그 노래의 날개를 타고, 롤랜드(그리고 또 한 명, 아아, 디스코디아)의 아들, 모드레드 디셰인이, 세상에 태어났다.

선창: 코말라 컴 카스!
마침내 아기가 태어났도다!
노래하라, 오오, 아름다운 노래를,
아기가 태어났도다.

합창: 코말라 컴 카스,
가장 끔찍한 것이 도래했도다.
탑은 서 있는 땅 위에서 흔들리고
마침내 아기가 태어났도다.

코다

어느 작가의 일기장에서

1977년 7월 12일

세상에, 브리지턴에 돌아오니 이렇게 좋을 수가. 조가 지금도 '할무니 마을'이라고 하는 처갓집 동네 사람들이 언제나처럼 우리를 따뜻이 대해 주었지만, 오언은 거의 쉴 틈도 없이 칭얼거렸다. 집에 돌아온 후에는 조금 잠잠해졌다. 중간에 딱 한 번, 워터빌에서 차를 세우고 '사일런트 우먼' 식당에서 식사를 했다(전에는 음식 맛이 더 좋았다는 말을 꼭 덧붙이고 싶다.).

아무튼, 집에 돌아오기가 무섭게 나 자신과 한 약속을 지키려고 다크 타워 원고를 찾는 대모험에 착수했다. 다 포기하기 직전에 차고 맨 안쪽 구석, 아내 태비의 오래된 카탈로그 상자 아래에서 원고를 찾았다. 물기가 얼었다 녹은 얼룩이 한두 군데가 아니었고 묘하게 푸르스름해진 종이에서 곰팡내가 진동했지만, 읽기에는 전혀 문제가 없었다. 나는 원고를 다 훑어보고 나서 자리에 앉아 '중간역' 장면(총잡이가 소년 제이크를 만나는 부분)에 짧게 한 자락을 덧붙였다. 원자력 전지로 작동하는 물 펌프를 집어넣으면 재미있겠다는 생각이 들어서 냉큼 적어 넣은 것이다. 오래된 이야기를 손보는 작업은 곰팡이 핀 빵으로 만든 샌드위치를 먹는 것만큼이나 입맛이 도는 일이지만, 이번 작업은…… 더없이 자연스럽게 느껴졌다. 낡아서 편한 신발에 발을 집어넣을 때만큼이나.

이 원고는 도대체 어떤 이야기가 되려고 했던 걸까?

기억나지 않는다. 다만 아주 오래전에 나를 처음 찾아왔던 이야기라는 것만 알 뿐. 북쪽에서 집으로 돌아오는 차 안, 다른 식구들은 모두 잠든 사이에, 나는 에설린 이모네 집에서 지내던 시절 데이비드 형과 함께 가출했을 때의 일을 생각했다. 아마도 코네티컷주로 돌아갈 작정이었던 것 같다. 우리는 당연히 꼰대들(어른들)에게 붙잡혔고, 창고에 갇혀 장작을 패는 신세가 됐다. 오런 이모부는 그 일을 징벌적 노동이라고 했다. 거기서 나한테 뭔가 무서운 일이 일어났던 것 같은데 도무지 기억이 나질 않는다. 그저 붉은색이었다는 것만 기억난다. 그리고 나는 상상 속에서 영웅을 만들어 냈다, 신비한 힘을 지닌 총잡이를. 그 붉은색으로부터 나 스스로를 지키려고. 자석 비슷한 힘도 있었는데 '힘의 빔' 같은 거였다. 틀림없이 그게 이 '다크 타워'라는 이야기의 시작이었을 텐데 하나같이 흐릿하기만 하니, 괴상하기도 하지. 하긴, 어린 시절의 지저분한 기억을 누가 시시콜콜 다 기억하겠는가? 그러고 싶은 사람이 있기는 할까?

그것 말고는 특별한 일이 없었다. 조와 나오미는 장난감 놀이터를 조립하며 놀았고, 태비는 영국 여행 계획을 거의 마무리했다. 어휴, 그놈의 총잡이 이야기가 머릿속을 떠나질 않으니, 원!

우리 롤랜드한테 충고해 주고 싶다. 친구를 좀 사귀어 봐!

1977년 7월 19일

저녁에 오토바이를 타고 「스타 워즈」를 보러 갔는데, 아무래도 날씨가 좀 선선해질 때까지는 타지 말아야겠다. 벌레를 왕창 먹었다. 훌륭한 단백질 공급원!

오토바이를 타는 동안 로버트 브라우닝의 시에서 따온 나의 총잡이 롤랜드가 자꾸만 생각났다(물론 세르조 레오네 감독한테도 고맙다고 한마디 해야겠지.). 그 원고는 두 번 볼 것도 없이 장편 소설이다. 아니면 장편 소설의 일부이거나. 그런데 한편으로, 각 장이 독립된 이야기라는 생각도 들었다. 거의 그렇다는 생각이. 그걸 어디 판타지 소설 잡지에 팔 수도 있지 않을까? 잘하면 《판타지 앤드 사이언스 픽션》에다 팔 수 있을지도 모르겠다. 물론 거기는 이쪽 장르 작가들한테 성배 같은 잡지이긴 하지만.

십중팔구 백일몽이겠지.

그런 상상을 한 걸 빼면 야구 올스타전이나 보면서 빈둥거렸다(내셔널 리그 대표팀이 7점, 아메리칸 리그 대표팀이 5점을 냈다.). 경기가 다 끝나기도 전에 진탕 취해 버렸다. 태비 표정이 영 안 좋았다…….

1978년 8월 9일

전에 썼던 그 다크 타워 원고의 제1장을 내 출판 에이전트인 커비 매컬리가 《판타지 앤드 사이언스 픽션》에 팔았다! 와, 세상에 이런 일이! 정말 끝내주는군! 커비는 (그 잡지 편집장인) 에드 퍼먼이 「다크 타워」 시리즈 전체를 다 연재해 줄 모양이라고 했다. 퍼먼은 원고의 1장('검은 옷의 남자는 사막을 가로질러 달아났고, 총잡이는 그의 뒤를 쫓았다' 어쩌고저쩌고로 시작하는 부분)에다 「총잡이」라는 제목을 붙일 거라는데, 잘 어울리는 것 같다.

작년에 축축한 차고 한구석에서 찾은 곰팡이 낀 원고치고는 썩 훌륭한 결말이다. 퍼먼은 커비한테 원고의 주인공 롤랜드에게는 여느 판타지 소설에서 찾기 힘든 '현실감'이 있다고, 또 앞으로 더 많은 모험이 펼쳐질 예정인지 알고 싶다고 했다. 당연히 더욱 많은 모험담이 기다리고 있지만(또는 있었겠지만, 아니면 있을 테지만…… 아직 완성을 못 한 이야기일 경우에는 어떤 시제를 써야 할까?), 앞으로 어떻게 될지는 나도 도무지 알 수가 없다. 존 '제이크' 체임버스를 이야기 속에 다시 등장시켜야 한다는 것만 빼고.

비 내리고 후텁지근한 호숫가의 하루. 아이들은 집 안에서만 놀았다. 저녁에는 앤디 펄커한테 큰 애들을 봐 달라고 부탁해 놓고 태비랑 오언이랑 같이 브리지턴 드라이브 인 극장에 갔다. 태비는 영화(「깊은 밤 깊은 곳에」라고…… 실은 작년 개봉작인데)가 거지 같다면서도 집에 가자는 말은 안 했다. 나로 말할 것 같으면, 정신을 차려 보니 또 그 롤랜드라는 남자 생각에 빠져 있었다. 이번에는 그의 잃어버린 연인이 문제였다. '수전, 창가의 아름다운 소녀.'

그 여자는 또 누굴까?

1978년 9월 9일

「총잡이」가 실린 10월호 잡지의 증정본을 처음으로 받았다. 어휴, 멋지기도 하지.

오늘 버트 해틀런한테서 전화가 왔다. 메인 주립 대학교의 작가 지원 프로그램에 나를 1년간 등록시켜 줄 수 있을 거라고 한다. 그런 자리에 나 같은 글쟁이를 추천할 생각은 버트 말고는 아무도 못

할 것이다. 재미있어 보이기는 하지만.

1979년 10월 29일

음, 젠장, 또 진탕 퍼마셔 버렸다. 글자도 똑바로 안 보일 지경이지만, 침대까지 비틀비틀 걸어가기 전까지 뭐라도 좀 써야 할 것 같은데. 낮에 《판타지 앤드 사이언스 픽션》의 에드 퍼먼이 전화를 했다. 「다크 타워」의 제2장, 그러니까 롤랜드가 아이를 만나는 부분에 '중간역'이라는 제목을 붙여서 잡지에 실을 예정이라고 한다. 전체를 다 연재하고 싶은 마음이 굴뚝같다는데, 나도 전적으로 동감이다. 써 놓은 원고가 더 있으면 좋으련만. 그거 말고 장편 소설인 『스탠드』도 어떻게 할지 생각해 봐야 한다. 그리고 물론 『데드 존』도.

그런 건 지금 당장은 하나도 중요해 보이지 않는다. 지금 사는 이 오링턴이라는 곳이 아주 지긋지긋해서 말이지. 차들이 쌩쌩 달리는 도로만 봐도 그렇다. 오늘 하마터면 오언이 대형 트럭에 치일 뻔했다. 한 이십 년은 감수한 것 같다. 그래도 그 덕분에 글감이 하나 떠오르긴 했다. 집 뒤편의 괴상한 반려동물 묘지에 관한 이야기이다. 팻말에 애완동물 공동묘지라고 적혀 있는데, 느낌이 묘하지 않나? 웃기면서도 섬뜩하다. 거의 「납골당의 미스터리」 급으로.

1980년 6월 19일

방금 커비 매컬리하고 통화를 끝냈다. 도널드 그랜트한테서 전화를 받았다는데, 도널드로 말하자면 자기 이름을 따서 출판사를 차리고 거기서 판타지 소설을 잔뜩 낸 사람이다(커비는 '『야만인 코난』의 작가 로버트 E. 하워드에게 악명을 안겨 준 장본인'이 바로 도널드 그랜트라는 농담을 자주 한다.). 아무튼, 도널드가 내 총잡이 이야기를, 그것도 원래 제목인 『다크 타워』(부제는 '총잡이')로 출판하고 싶다고 한다. 멋진 제안 아닌가? 심지어 '한정판'으로. 출판 부수는 1만 부, 거기다 일련번호가 적힌 작가 서명본 500부. 커비한테 당장 계약하라고 얘기했다.

그건 그거고, 애들 가르치는 일은 이제 다 끝난 것 같아서 축하 파티라도 하고 싶은 심정이다. 『애완동물 공동묘지』 원고를 꺼내 쭉 훑어봤다. 하느님 맙소사, 아주 개판이군! 이걸 책으로 냈다가는 독자들한테 구타당할지도. 세상 구경을 영영 못 할 원고를 하나만 꼽으라면 이게 아닐까…….

1983년 7월 27일

《퍼블리셔스 위클리》(우리 아들 오언은 '퍼블리셔스 쭈구리'라고 하는데 사실 이게 정확한 이름 같기도)에 리처드 바크먼 이름으로 출판한 내 신간 소설의 서평이 실렸는데…… 이번에도, 아주, 잘근잘근 씹혔다. 책이 재미없다는 말을 빙빙 돌려서 써 놨는데 말이지, 있잖아, 실은 그렇지 않아. 아아, 그 서평 생각만 하면 노스 윈덤에 가서 맥주를 큰 통으로 두 개 사다가 술 파티를 열고 싶어 몸이 근질거린다. 주류 할인점에서 사면 되는데. 요즘은 담배도 다시 피운다. 그래서 뭐, 어쩌라고. 마흔 살 생일에 딱 금연 시작할 거다. 맹세.

참, 오늘로부터 딱 두 달 후에 『애완동물 공동묘지』가 출간된다. 그럼 내 작가 경력은 정말로 끝장이겠지(농담이다…… 적어도 나는 농담이라고 생각하고 싶다.). 생각을 좀 해 본 끝에 책 앞쪽의 광고 페이지에다 『다크 타워』를 넣기로 했다. 어차피, 뭐, 그 정도는 해도 되잖아? 그래, 책이 다 팔린 건 나도 안다. 애초에 딱 1만 부만 찍었으니까 말이지, 젠장. 그래도 진짜 책으로 나온 거고, 나는 그 책이 자랑스럽다. 총을 휘두르며 모험하는 기사 롤랜드의 이야기를 다시 쓸 것 같지는 않지만, 그래, 나는 그 책이 자랑스럽다.

맥주 사러 가는 걸 까먹지 않아서 다행이다.

1984년 2월 21일

어휴, 아까 낮에 더블데이 출판사의 샘 본한테서 전화가 왔는데 황당한 소리를 들었다(참고로 샘은 『애완 · 공동』의 담당 편집자다.). 『다크 타워』를 사고 싶은데 못 구해서 화가 난 팬들이 있는 줄은 나도 안다. 왜냐면 나도 팬레터라는 걸 받으니까. 그런데 샘이 말하길, 출판사로 온 항의 편지가 무려 3000통(!!)이 넘는다고 한다. 왜냐고? 왜긴, 내가 『애완동물 공동묘지』의 책 속 광고 페이지에다 『다크 타워』를 넣는 멍청한 짓을 해 버렸으니까 그렇지. 아무래도 샘이 조금 화가 난 것 같은데, 내가 봐도 그럴 만하다. 샘이 말하길, 읽고 싶은데 살 수 없는 책을 광고 페이지에 넣는 건 배고픈 개한테 고기를 주는 척하다가 홱 뺏으면서 '안 돼, 안 돼, 안 줄 거야, 하하' 하고 놀리는 거랑 비슷한 짓이라고 한다. 그런데 또 한편으로는, 하느님 그리고 예수님 쌍으로 맙소사, 사람들이 아주 버릇이 없어, 버릇이! 세상 어딘가 갖고 싶은 책이 존재하면 그 책을 손에 넣을 권리가 자기한테 무조건 있는 줄 알고 말이야. 책이라는 건 소문으로만 듣고 실제로는 한 권도 못 보고 죽은 중세 시대 사람들은 이 말을 들으면 놀라서 기절하겠지. 그 시절에는 종이가 귀해서(이건 '총잡이/ 다크 타워'의 다음 권에서 써먹으면 좋겠다, 만약 다시 쓰게 되면), 중세 사람들에게 책이란 목숨을 걸고 지키는 보물이었다. 나는 이야기를 지어서 먹고살 수 있는 게 너무 좋지만, 그런 삶에 어두운 면이 한 점도 없다느니 하는 건 다 헛소리다. 언젠가는 정신이 이상한 희귀본 거래상을 주인공으로 장편 소설을 하나 쓸 거다(농담)!

그건 그렇고 오늘이 오언의 생일이었다. 일곱 살이라니! 사리를 깨우칠 나이가 됐다니! 어느새 우리 막내가 일곱 살이고 우리 딸은 너무너무 예쁜 열세 살 소녀라니, 믿을 수가 없다.

1984년 8월 14일(뉴욕 출장)

페이퍼백 전문 출판사인 뉴 아메리칸 라이브러리의 일레인 코스터와 내 정든 에이전트 커비와 함께 회의를 하고 방금 막 돌아왔다. 두 사람 다 『총잡이』를 큰 판형의 페이퍼백으로 출간하자고 바람을 넣었지만, 나는 거절했다. 언젠가 그럴 날이 올지도 모르지만 이야기를 다시 붙잡고 제대로 손보면, 또는 손볼 시간이 있다면 또 모를까, 그렇게 많은 사람들한테 그렇게 되다 만 이야기를 읽히고 싶지는 않다.

어차피 그럴 날은 안 올 것 같지만. 그건 그렇고 엄청 긴 소설의 아이디어가 하나 떠올랐는데, 세상에서 제일 흉악한 괴물인 어릿광대가 주인공이다. 괜찮은 아이디어 같다. 광대는 무서우니까. 적어도 내가 보기에는(광대와 닭을 무서워하다니, 이상도 하지.).

1984년 11월 18일

간밤에 꿈을 하나 꿨는데 그 덕분에 꽉 막혔던 『그것』의 전개가 풀릴 것 같다. 지구를(또는 다양한 버전의 지구 여러 개를) 제자리에 고정시키는 빔 같은 게 있다면 어떨까? 그리고 그 빔을 생성하는 장치가 거북이의 등딱지 위에 얹혀 있다면? 그걸 소설의 클라이맥스로 만들 수 있을 것 같다. 황당무계한 소리라는 건 나도 안다. 하지만 힌두 신화에 따르면 온 세상을 등딱지 위에 짊어진 거북이가 있고, 그 거북이가 전능한 창조주 '간'을 섬긴다는 내용의 글을 분명히 읽은 기억이 난다. 기억나는 일화가 또 있는데, 어떤 여성이 유명한 과학자한테 이렇게 물었다고 한다. '진화론 어쩌고 하는 소리는 정말이지 말도 안 돼요. 거북이가 우주를 떠받치는 건 누구나 아는 사실이니까요.' 그 말에 과학자가 대답하길(이름이 생각나면 좋겠는데 도무지 떠오르질 않는다.), '그럴지도 모르지요, 부인, 그런데 그 거북이는 뭐가 떠받치고 있나요?'라고 했다. 여성은 가소롭다는 듯이 웃으며 말했다. '어머, 누굴 바보로 아시나 봐! 지구 밑으로는 다 거북이잖아요.'

하! 맛이 어떠냐, 따지기 좋아하는 과학자들아!

아무튼, 나는 침대 머리맡에다 늘 양장본 공책을 놔두는데, 그 덕분에 잠이 다 깨기도 전에 꿈의 내용을 잔뜩 적어서 쟁여 놓는다. 오늘 아침에는 거북이를 기억하라!라고 적었다. 그리고 이런 말도. 보라, 거북이의 거대한 몸통을! 등딱지에 지고 있네, 이 대지를. 머리는 느려도 항상 친절해, 모두를 품고 있어 그 마음속에. 그래, 대단한 시는 아니지, 그건 나도 아는데, 그래도 잠이 반의반밖에 안 깬 사람이 쓴 시치고는 그럴듯하잖아!

태비는 내가 술을 너무 많이 마신다고 또 화가 났다. 그 말이 맞다, 맞지만…….

1986년 6월 10일(러벨의 터틀백 레인에 있는 집에서)

어휴, 이 집은 진짜 사길 잘했다니까! 처음에는 집값이 너무 비싸서 불안했는데, 이렇게 글이 잘 써지는 집은 평생 처음이다. 게다가 심지어, 으스스하지만 진짜로, '다크 타워' 시리즈를 다시 쓰고 싶다는 생각마저 든다. 이런 일이 일어날 거라고는 생각도 못했건만, 어젯밤 센터 제너럴에 맥주를 사러 가는데 머릿속에서 롤랜드가 이렇게 말하는 게 들리는 것만 같았다. '많은 세계와 많은 이야기가 있지만, 시간은 그리 많지 않다.'

결국에는 돌아서서 그냥 집으로 와 버렸다. 마지막으로 술을 안 마시고 맨 정신으로 밤을 지새운 게 언젠지 기억도 안 나는데, 어젯밤이 바로 그 드문 경우였다. 정신이 엉망이 아닌 상태로 깨어 있으려니 기분이 엉망이었다. 이것도 참 슬픈 일이군.

1986년 6월 13일

한밤중에 눈을 떴다. 숙취에 시달리며 소변을 보러 갔다. 변기 앞에 서 있는데 길르앗의 롤랜드가 정말이지 눈앞에 보이는 기분이었다. 나한테 가재 괴물 이야기를 시작하라고 했다. 그렇게 할 것이다.

그게 뭔지는 다 아니까.

1986년 6월 15일

오늘 새 책을 쓰기 시작했다. 그 늙은 꺽다리 못난이의 이야기를 다시 쓸 거라곤 생각도 못 했는데, 첫 쪽부터 잘될 거라는 예감이 들었다. 웬걸, 첫 단어부터 그랬다. 이야기의 구조는 고전 동화하고 거의 비슷하게 가기로 마음먹었다. 롤랜드가 서쪽 바다의 해변을 따라 걷는데 가면 갈수록 병이 깊어지고, 우리 세계로 이어지는 문이 줄줄이 등장한다. 문이 나올 때마다 롤랜드는 그 문을 통해 새 등장인물을 데려온다. 1번 타자는 에디 딘이라는 상태가 심각한 약쟁이일 것이다…….

1986년 7월 16일

도저히 믿을 수가 없다. 아니, 내 앞 책상 위에 원고가 떡하니 놓여 있으니 믿을 수밖에 없지만, 그래도 믿을 수가 없다. 지난 한 달 동안 무려 !!300쪽!!을 썼는데, 원고가 어찌나 깨끗한지 기쁨의 비명이 터질 것만 같다. 나는 자기 글을 오로지 자기 실력으로 썼다고 자부하는 작가들, 전개와 사건을 시시콜콜하게 직접 설계한다고 자랑하는 작가들의 기분을 이해한 적이 한 번도 없지만, 이번처럼 내 안에서 우러나온 느낌이 드는 책을 써 본 적 또한 없기는 마찬가지이다. 이 책은 집필을 시작한 첫날부터 내 삶을 송두리째 차지하다시피 했다. 게다가 말이지, 내가 이때껏 쓴 다른 여러 이야기들(특히 『그것』)은 이 이야기를 쓰기 위한 '예행연습'이었다는 기분마저 든다. 15년이나 묵혀 뒀다가 새로 시작한 이야기는 정말이지 이거 하나밖에 없잖은가! 물론 에드 퍼먼이 《판타지 앤드 사이언스 픽션》에 실어 준 부분을 살짝 손보기는 했고 도널드 그랜트가 『총잡이』를 출간할 때 조금 더 다듬기는 했지만, 그래도 그때는 지금처럼 열심히 매달리지 않았다. 요즘은 이 이야기가 꿈에 다 나올 지경이다. 한때는 술을 간절히 끊고 싶었지만 솔직히, 지금은 끊을까 봐 겁이 난다. 술병에서 영감이 쏟아져 나오는 게 아닌 줄은 나도 안다. 아는데, 그래도 거기에는 뭔가……

그래, 난 겁에 질렸다. 뭔가, 뭔가 있다는 느낌이 든다, 내가 이 책을 끝내길 바라지 않는 어떤 것이. 그건 애초에 내가 시작하는 것도 바라지 않았다. 황당무계한 생각이라는 걸 알면서도('스티븐 킹 소설에서 본 것 같네', 하하) 너무 생생하게 느껴진다. 이 일기는 아무도 못 읽게 하는 것이 좋겠다. 누가 봤다가는 나를 정신 병원에 넣으려고 할 테니까. 돌아 버린 공포소설 작가를 예쁘게 봐줄 사람이 있을까?

새 책의 제목은 『세 개의 문』이라고 지어야겠다.

1986년 9월 19일

다 썼다. 『세 개의 문』을 탈고했다. 축하주를 진탕 퍼마셨다. 약도 좀 했고. 그럼 다음은? 그러니까, 한 달쯤 있으면 『그것』이 출간되고, 이틀이 지나면 나는 서른아홉 살이 된다. 세상에, 믿을 수가 없군. 일주일 전까지도 브리지턴이 우리 동네이고 애들은 아기였던 것만 같은데.

에이, 염병. 그만해야지. 술 취한 작가의 넋두리 따위.

1987년 6월 19일

오늘 도널드 그랜트 출판사에서 보낸 『세 개의 문』의 저자 증정본이 도착했다. 디자인이 아주 멋지다. 뉴 아메리칸 라이브러리 출판사하고도 얘기해서 「다크 타워」 시리즈의 두 권을 같이 페이퍼백으로 내기로 했다. 사람들이 원하면 주면 그만이니까. 왜 안 되는데?

당연히 축하주를 진탕 마셨는데…… 술 마실 이유 같은 게 필요한가, 요즘 같은 세상에?

『세 개의 문』은 훌륭한 책이지만 여러모로 내가 쓴 책 같지가 않다. 그냥 내 안에서 흘러나온 이야기 같다. 아기의 배꼽에 연결된 탯줄 같은 걸 통해서. 그러니까 무슨 얘기냐면, 바람은 불고, 요람은 흔들거리고, 가끔은 내 글이 <u>전혀</u> 내가 쓴 것 같지가 않고 내가 그냥 길르앗의 롤랜드의 염병할 비서가 된 것 같다는 말이다. 바보 같은 소리인 줄은 나도 알지만, 마음 한구석에서 나는 그 말이 사실이라고 믿는다. 다만 어쩌면, 롤랜드한테도 그 나름의 보스가 있을지 모른다. 혹시 '카'일까?

내 삶을 돌이켜볼 때면 우울해지곤 한다. 술, 마약, 담배. 내 손으로 내 목숨을 끊으려고 환장한 사람 같다. 아니면 내가 아니라 다른 어떤 것이…….

<u>1987년 10월 19일</u>

오늘 밤은 러벨의 터틀백 레인에 있는 집에서 보내는 중이다. 이렇게 살아도 좋은지 생각해 보려고 이 집을 찾았다. 변화가 필요해, 이 양반아, 안 그러면 내 손으로 내 머리를 쏴서 다 끝내 버릴지도 모른다고.

변화가 필요하다.

다음은 (뉴햄프셔주의 지방 신문인) 《노스 콘웨이 마운틴 이어》에서 오려 일기장에 붙여 놓은 기사로서, '1988년 4월 12일'이라는 날짜가 적혀 있다.

지역 사회학자, '방문자' 괴담의 허구성 입증

지난 10년간 화이트마운틴스 지역에는 '방문자' 이야기가 널리 퍼졌다. 이들은 외계에서 왔을지도 모르는 생명체, 시간 여행자, 심지어 '다른 차원에서 온 존재'로 여겨졌다. 이 지역에 거주하는 사회학자이자 『동료 집단과 괴담 형성』의 저자인 헨리 K. 버든은 어제저녁 노스 콘웨이 공공 도서관이 성황리에 개최한 강의에서 방문자 현상을 예로 들어 괴담이 생성되고 발전하는 과정을 설명했다. 버든 씨에 따르면 '방문자' 괴담은 원래 메인주와 뉴햄프셔주 경계에 사는 십대 청소년들이 지어냈을 가능성이 크다. 버든 씨는 불법 이민자들이 캐나다에서 북쪽 국경을 넘어 뉴잉글랜드 지역으로 들어오는 광경을 목격한 것 또한 그 괴담이 널리 퍼진 데에 일조했으리라 추측한다.

버든 교수는 말한다. '제 생각에 우리는 이미 압니다. 산타클로스도, 이빨 요정도, 이른바 방문자도 실제로는 존재하지 않는 걸 말입니다. 그럼에도 이 괴담은(8면에 계속)'

기사의 나머지 부분은 남아 있지 않다. 스티븐 킹이 일기장에 이 기사를 붙여 둔 이유 또한 설명되어 있지 않다.

1989년 6월 19일

알코올 의존자 생성 모임의 '갱생 첫돌' 축하 행사에서 방금 막 돌아왔다. 약도 술도 끊고 1년을 꼬박 버텼다니! 도저히 믿을 수가 없다. 후회는 안 한다. 술을 끊은 덕분에 목숨을(내 결혼 생활도 같이) 건졌다는 건 의심할 여지가 없으니까. 그래도 후유증 때문에 글쓰기가 그렇게 힘들지 않았더라면 더 좋았을 것이다. '갱생 프로그램' 운영진은 곧 편해질 테니 무리하지 말라고 하지만, 다른 목소리(아마도 '거북이의 목소리')는 내게 서둘러 시작하라고, 시간이 없으니 어서 연장을 갈고닦으라고 한다. 무엇을 위해서? 당연히 「다크 타워」 시리즈다. 게다가 『세 개의 문』을 읽은 사람들이 자꾸만 팬레터를 보내 다음 편 내용이 궁금하다고 성화를 부려서 그런 것만도 아니다. 내 안에 있는 어떤 것이 그 이야기로 다시 돌아가고 싶어 안달하기 때문이다. 하지만 돌아갈 방법을 모르니 미치고 환장할 밖에.

1989년 7월 12일

이곳 러벨의 서점에서는 굉장한 보물이 눈에 띄곤 한다. 오늘 아침에 읽을거리를 찾으러 거기 갔다가 뭘 발견했는지 아는가? 리처드 애덤스의 소설 『샤딕』이다. 토끼가 잔뜩 나오는 그 유명한 책 말고, 전설 속의 거대한 곰 이야기. 이 책을 다시 읽어 봐야겠다.

뭔가 재미난 걸 쓰려면 더 기다려야 할 듯…….

1989년 9월 21일

자, 여기서부터 좀 이상해지니까 마음 단단히 먹도록.

오전 10시경, 글을 쓰고 있었는데(다시 말해 워드 프로세서를 뚫어져라 보면서 머리가 쨍해지게 시원한 버드와이저 맥주가 큰 통으로 하나만 있으면 얼마나 좋을까 상상하고 있었는데), 집 초인종이 울렸다. 뱅고어에 있는 '하우스 오브 플라워' 꽃집에서 배달 온 남자가 장미 열두 송이를 들고 있었다. 태비가 아니라 내 앞으로 온 꽃이었다. 꽃 속의 카드에 이렇게 적혀 있었다. '생일 축하합니다—맨스필드에서 데이브, 샌디, 미건 보냄.'

까맣게 잊고 있었는데, 오늘이 내 마흔두 살 생일이었다. 아무튼, 장미를 한 송이 뽑아 들고 아주 홀린 듯이 들여다보았다. 이상하게 들리는 줄은 나도 알지만, 진짜다. 정말로 그랬다. 무슨 감미로운 허밍 소리 같은 게 들렸고, 장미 꽃잎의 곡선을 따라 아래로, 아래로 내려가는 기분이 들었고, 연못만큼이나 거대해 보이는 이슬방울 속으로 뛰어드는 것도 같았다. 그러는 동안 내내 그 허밍 소리가 더욱 커지고 감미로워졌고, 장미는…… 더 장밋빛을 띠었다. 그러다 나도 모르는 새에 「다크 타워」 시리즈 첫 권에 나오는 제이크와 에디 딘, 헌책방이 떠올랐다. 심지어 그 책방 이름까지 기억났다. '맨해튼 마음의 양식 레스토랑.'

그러다가 콰광! 누가 내 어깨를 짚는 느낌이 나서 돌아보니 태비였다. 누가 보낸 장미인지 궁금하다면서. 또 내가 방금 깜박 잠이 들었는지도 알고 싶다고 했다. 나는 아니라고 했지만 실은 아내 말이 옳았다. 부엌에서 깜박 잠이 들었던 것이다.

기분이 어땠을 것 같은가? 『총잡이』에 나오는 중간역 장면 같았다. 롤랜드가 총탄으로 제이크한테 최면을 걸었을 때. 나는 최면에 안 걸리는 사람인데. 어릴 적에 톱스햄 축제에서 어떤 남자가 나를 무대로 불러 최면을 걸려고 했는데, 안 통했다. 내가 기억하기로 그때 데이브 형은 꽤 실망했던 것 같다. 내가 닭처럼 꼬꼬댁거리는 꼴을 보고 싶어 했으니까.

어쨌든, 아무래도 나는 「다크 타워」 시리즈를 다시 쓰고 싶은 것 같다. 그렇게 복잡한 이야기를 쓸 준비가 됐는지 어떤지는 모르겠지만…… 뭐, 지난 이삼 년간 몇 차례 실패한 끝에 회의적으로 변했다고 할 수 있지만, 그래도 한번 도전해 보고 싶다. 내가 만든 가상의 인물들이 나를 부르는 소리가 들린다. 혹시 또 모르잖아? 이번 책에 거대한 곰을 등장시킬 자리가 있을지도. 리처드 애덤스 소설에 나오는 샤딕 같은!

1989년 10월 7일

오늘 「다크 타워」 시리즈의 다음 권을 시작했는데, 『세 개의 문』을 쓸 때 그랬던 것처럼 첫 번째 휴식 시간을 보내면서 도대체 왜 이렇게 오래 기다렸는지 모르겠다는 생각이 들었다. 롤랜드와 에디, 수재나와 함께 있으면 시원한 물을 마실 때처럼 상쾌하다. 또는 오랫동안 못 본 친구들을 다시 만날 때처럼. 그리고 이번에도, 나는 이 이야기를 지어내는 사람이 아니라 단지 전달하는 통로일 뿐이라는 느낌이 든다. 그런데 그거 아나? 나는 그런 건 전혀 개의치 않는다. 오전에 워드 프로세서 앞에 네 시간 동안 앉아 있었는데 그 동안 술이나 정신에 영향을 끼치는 약물 생각이 한 번도 안 났다. 지금 쓰는 책의 제목은 '황야'로 정해야겠다.

1989년 10월 9일

아니, 황무지. T. S. 엘리엇이 쓴 유명한 시의 제목처럼.

1990년 1월 19일

오늘 밤 다섯 시간에 걸친 마라톤 집필 끝에 『황무지』를 마침내 완성했다. 사람들은 수수께끼 시합의 승패가 안 난 채로 끝나 버리는 이 책의 결말을 싫어할 테고 나 역시 쓸 이야기가 더 있다고 생각하지만, 그래도 어쩔 수 없다. 내 머릿속에서 이렇게 말하는 (늘 그렇듯이 롤랜드의) 목소리를 똑똑히 들었으니까. '일단은 이걸로 끝이다. 책을 덮어라, 글잡이(wordslinger)여.'

절체절명의 순간에서 딱 끝내 버린 것만 빼면 이야기 자체는 괜찮아 보이는데, 이 시리즈가 다 그렇듯이 이 책도 내가 쓴 다른 책들하고는 영 다르다. 원고 두께가 벽돌 수준, 800쪽이 넘는 길이인데도, 이 벽돌을 굽는 데 걸린 시간은 고작 석 달이 조금 넘는다.

말. 도. 안. 된. 다.

이번 책도 쓰다가 막히거나 수정한 부분이 한 군데도 없다. 통일성 면에서 자잘한 문제가 있기는 했지만, 책의 두께를 생각하면 믿기 힘들 정도로 적은 수준이다. 게다가 영감이 절실히 필요했던 순간에 딱 맞는 책이 내 수중에 날아들듯이 나타난 것 또한 믿기 힘들기는 마찬가지다. 찰스 팰리서의 소설 『오엽 장미 문장』, 환상적으로 신랄한 17세기 말투가 잔뜩 나오는 그 책 말이다. '아무렴 그렇지 그렇고말고'나 '여부가 있겠습니까'나 '우리 귀염둥이 꼬맹이' 같은 말들. 개셔의 입에서 그런 말이 나오면 그보다 더 잘 어울릴 수가 없었다(적어도 내가 보기에는). 제이크를 그런 식으로 이야기에 다시 등장시켰을 때에는 또 얼마나 통쾌하던지!

마음에 걸리는 건 딱 하나, 수재나 딘(데타/오데타를 오가는 그 여성)한테 무슨 일이 일어나느냐 하는 거다. 수재나는 아기를 가졌는데 아기 아버지가 누굴지, 또는 무엇일지가 나는 두렵다. 악마일까? 꼭 그럴 것 같진 않다. 어쩌면 그 문제는 시리즈를 한두 권 더 쓰고 나서 해결해야 할지도 모르겠다. 어쨌거나 내 독서 경험에 비추어보면, 두꺼운 책에서 여성이 임신을 했는데 아버지가 누군지 아무도 모르면 이야기에 망조가 든다. 이유는 잘 모르겠지만 플롯을 보충하려고 집어넣은 임신은 최악의 소재다!

뭐, 별 상관은 없을지도. 당장은 롤랜드 카텟이라면 지긋지긋하다. 내가 그 친구들을 다시 찾을 때까지 한참은 걸릴 것 같다. 하지만 팬들은 러드를 탈출하는 열차에서 벌어진 아슬아슬한 시합이 결말에서 딱 끊긴 걸 보고 목이 터져라 내 욕을 하겠지. 보나마나 그러겠지.

그래도 그 책을 쓰면서 즐거웠고, 결말도 이야기에 딱 맞는 것 같다. 『황무지』는 여러 면에서 내 '허풍쟁이 인생'의 정점 같다.

심지어는 『스탠드』보다도 더.

1991년 11월 27일

전에 내가 『황무지』의 결말 때문에 욕을 먹을 거라고 했던 말, 기억나는지? 여기를 보시라!

캔자스주 로런스에 사는 존 T. 스피어의 편지에서 발췌.

1991년 11월 16일

킹 작가님 귀하

아니면 그냥 '망할 놈아 봐라'를 인사말로 쓸 걸 그랬나?

네놈이 쓴 총잡이 시리즈의 『황무지』를 도널드 그랜트 출판사의 한정판으로 사느라 그 큰돈을 썼는데 이런 책이었다니, 믿을 수가 없다. 그래도 제목은 잘 지었네. '재미가 다 말라 뒈져서' 황무지 같으니까.

오해할까 봐 하는 말인데 스토리 자체는 좋아, 실은 훌륭해. 근데 무슨 결말을 이 따위로 '싸지르고' 지랄이세요? 이건 결말도 뭣도 아니고 그냥 네놈이 글 쓰다 싫증 나서 '아, 몰라 씨발, 결말 같은 거 쓰느라 골 빠개질 거 뭐 있냐, 내 책 사는 지질이들은 아무거나 넙죽넙죽 받아먹을 텐데'라고 휘갈겨 놓은 거잖아.

원래는 반품하려고 했는데 그나마 그림이(특히 오이 그림이) 마음에 들어서 갖고 있기로 했다. 그래도 스토리가 이게 뭐냐고, 사기꾼아.

'사기꾼'을 네 글자로 쓰면 뭔지 아세요, 스티븐 킹 작가님? '네 어머니'다.

네놈의 충실한 비평가

존 T. 스피어
캔자스주, 로런스에서

<u>1992년 3월 23일</u>
어찌 보면 지난번 편지보다 이 편지가 훨씬 더 가슴 아프다.

버몬트주 스토에 사는 코레타 벨레 부인의 편지에서 발췌.

1992년 3월 6일

스티븐 킹 선생님께

이 편지가 정말로 선생님 손에 닿을지는 모르겠습니다만, 그래도 희망은 누구나 품을 수 있는 거니까요. 저는 선생님께서 쓰신 책들을 거의 다 읽었고 모두 아껴 마지않습니다. 일흔여섯 꽃띠 할머니인 저는 선생님께서 거주하시는 메인주의 '자매 주'인 버몬트주에 살고 있고, 특히 선생님의 「다크 타워」 시리즈를 가장 좋아한답니다. 그럼 본론으로 들어갈게요. 저번 달에 매사추세츠 종합병원에 가서 암 전문가들한테 진찰을 받았는데요. 결국에는 저의 뇌종양이 악성으로 보인다는 말을 들었어요(처음에는 '걱정 마세요 코레타 그냥 양성이에요'라고 했는데.). 킹 선생님, 선생님께도 선생님 나름의 사정이 있다는 건 저도 알아요, 글은 '영감이 이끄는 대로' 써야 한다는 것도 알고요. 하지만 의사들 말이, 제가 올해 7월까지 살아서 독립기념일을 넘기면 운이 좋은 거라지 뭐예요. 아무래도 세 번째 권인 『황무지』가 저한테는 「다크 타워」 시리즈의 마지막이 될 것 같아요. 그래서 여쭤보는 건데요, 「다크 타워」 시리즈가 어떻게 완결되는지 좀 가르쳐 주시면 안 될까요? 적어도 롤랜드 '카텟'이 암흑의 탑에 도착하는지 어떤지라도요. 만약 도착한다면, 거기서 뭘 찾게 되나요? 맹세하는데 아무한테도 얘기 안 할게요. 가르쳐 주시면 저는 참으로 행복하게 이 세상을 떠날 거예요.

진심을 담아서,

코레타 벨레 올림
버몬트주, 스토에서

내가 『황무지』의 결말을 쓸 때 얼마나 태평했는지 생각해 보면 정말이지 인간쓰레기가 된 기분이 든다. 코레타 벨레 씨의 편지에 답장을 해야 하는데, 뭐라고 써야 좋을지. 롤랜드의 이야기가 어떻게 끝나는지는 나도 당신만큼이나 모른다고 하면 믿어 줄까? 글쎄. 그래도 제이크의 기말 작문 숙제에 나오는 문장처럼, '그것이 진실이다.' 그 망할 놈의 탑 안에 뭐가 기다리고 있는지는 나도…… 그래, 개너구리 오이만큼이나 까맣게 모른다! 내 손가락이 자판을 쳐서 새로 산 매킨토시 컴퓨터의 모니터에 글자가 뜨기 전까지는 그 탑이 장미 들판에 서 있었던 것도 몰랐다고! 코레타 씨가 그 말을 믿어 줄까? 내가 편지에 이렇게 쓰면 뭐라고 할까? '코레타 씨, 잘 들으세요. 바람이 불면 이야기가 떠오릅니다. 그러다 바람이 그치면, 저는 그냥 기다리는 수밖에 없어요. 코레타 씨처럼요.'

사람들은 내가 이야기의 고삐를 단단히 쥐고 쓰는 줄 안다. 가장 똑똑한 비평가부터 가장 정신적으로 힘든 독자까지, 모두가. 그리고 그게 진짜 웃기는 점이다.

왜냐면 나도 이야기가 어디로 가는지 모르거든.

1992년 9월 22일

그랜트 출판사에서 펴낸 『황무지』의 한정판은 매진됐고, 페이퍼백판도 불티나게 팔리는 중이다. 나야 당연히 기쁠 수밖에 없고 기쁜 것 같기도 한데, 조마조마한 상태로 끝나 버린 결말에 대해 항의하는 독자 편지가 요즘도 해일처럼 밀려온다. 항의 편지를 보내는 독자는 크게 세 부류로 나뉜다. 기분을 잡친 독자들, 시리즈의 다음 권이 언제 나오는지 알고 싶은 독자들, 기분을 잡쳤고 시리즈의 다음 권이 언제 나오는지 알고 싶은 독자들.

그러나 나는 슬럼프에 빠졌다. 탑 쪽에서 불어오던 바람이 딱 그치고 말았다. 어쨌거나 지금은, 불지 않는다.

그건 그렇고 장편 소설의 아이디어가 하나 떠올랐는데, 전당포에서 그림을 산 여성이 어쩌다 그 그림 속으로 들어가 버리는 이야기다. 음, 어쩌면 그렇게 해서 도착한 세계가 중간 세계이고 그 여성이 롤랜드를 만날 수도 있겠군!

1994년 7월 9일

술을 끊고 나서는 태비하고 싸운 적이 별로 없지만 세상에, 오늘 아침에는 아주 전쟁이었다. 요즘 지내는 곳도 당연히 글이 잘 써지는 러벨 집인데, 아침 산책을 나가려는 참에 태비가 오늘자 《루이스턴 선》을 나한테 보여 줬다. 스토넘에 사는 찰스 '칩' 매커스랜드라는 남자가 7번 국도를 따라 산책하다가 뺑소니차에 치여 사망한 모양이었다. 물론 그 길은 내 산책로이기도 하다. 태비가 터틀백 레인 너머까지는 가지 말라고 나를 구슬렸는데 내가 다른 사람들과 마찬가지로 나 역시 7번 국도를 이용할 권리가 있다고(게다가 하늘에 맹세코 아스팔트 위로는 1킬로미터도 안 걷는다고) 대꾸하는 바람에 분위기가 점점 험악해졌다. 그러다 결국에는 태비 입에서 하다못해 슬랩 시티 언덕만은 가지 말라는 말이 나왔다. 거기는 보이는 범위가 너무 좁고 혹시 차도를 벗어나 길가로 오는 차가 있을 때 피할 곳도 마땅치 않다면서. 말로는 생각해 보겠다고 했지만(계속 얘기했다간 점심때가 돼서야 집을 나설 수 있을 것 같아서), 솔직히 그렇게 겁먹은 채로 사느니 차라리 죽는 게 낫지. 게다가 스토넘의 그 딱한 양반이 먼저 가신 덕분에 내가 산책하다가 차에 치일 확률은 약 100만 분의 1로 줄었다. 태비한테 이 얘기를 했더니 그러더군. '당신이 지금처럼 작가로 성공할 확률은 그보다 훨씬 더 낮았어. 이건 당신 입으

로 직접 한 말이야.'

여기에는 나도 말문이 막힐 수밖에 없었다.

1995년 6월 19일(뱅고어 집에서)

우리 막내 오언이(동창생 약 400명과 함께) 드디어 고등학교 졸업장을 받는 날이라, 태비랑 같이 뱅고어 다목적 홀에 다녀왔다. 이제 오언은 공식적으로 고등학교 졸업 학력 소지자가 되었다. 뱅고어 고등학교와 뱅고어 램스 풋볼 팀을 뒤로 하고서. 가을이면 오언은 대학 신입생이 되고 태비와 나는 그 유명한 빈 둥우리 증후군과 싸울 것이다. 사람들은 그것도 금방 지나갈 거라고 말하고 나는 그저 예 그럼요 어련하겠어요 하고 마는데…… 그런데 그게 진짜로 찾아올 줄이야.

염병, 슬프다.

상실감이 엄습한다. 산다는 게 다 뭘까(디온 워릭의 노래였나, '그게 다 무슨 소용이야, 알피'? 하하)? 그냥 요람에서 무덤으로 향하는 한바탕 전력 질주? '길 끝에 있는 공터'? 젠장, 그건 너무 끔찍하잖아.

그건 그렇고, 오늘 오후에 아내랑 같이 러벨의 터틀백 레인에 있는 집으로 향했다. 오언은 한 이틀 있다가 오겠다고 했다. 태비는 호숫가에서 글을 쓰고 싶은 내 마음을 훤히 들여다보는데 이거 참, 통찰력이 섬뜩한 수준이다. 졸업식 예행연습을 보고 돌아오는 길에는 나더러 바람이 다시 부냐고 묻기까지 했다.

실은 다시 불기 시작했다. 그것도 돌풍이. 「다크 타워」 시리즈의 다음 권을 시작하고 싶어서 손이 근질거릴 지경이다. 수수께끼 시합이 어떻게 됐는지 알아볼 때가 됐지만(에디가 수수께끼랍시고 '바보 같은 문제'를 내서 블레인의 전산화된 정신을 날려 버리는 건 이미 몇 달 전에 알았지만), 내 생각에 이번 책의 뼈대는 따로 있을 것 같다. 나는 수전에 관해, 롤랜드의 첫사랑인 그 소녀에 관해 쓰고 싶다. 그리고 중간 세계에 있는 가상의 지역인 메지스(다시 말해 멕시코)를 배경으로 그 둘의 '카우보이 로맨스'를 쓰고 싶다.

이제 「와일드 번치」 패거리와 함께 또 한 번 말을 달릴 시간이다.

그러나 저러나 다른 애들은 잘 지내는 것 같은데, 나오미가 무슨 알레르기가 있다고 한다. 조개류 알레르기일까…….

1995년 7월 19일(러벨의 터틀백 레인 집)

앞서 중간 세계를 탐험할 때 그랬듯이, 이번에도 무슨 제트 엔진이 달린 로켓 썰매 위에서 한 달 동안 생활한 기분이 든다. 심지어 환각 성분이 있는 웃음 가스를 마시고 취한 채로. 이번 책은 도입부를 쓰기가 전보다 훨씬 더 힘들 줄 알았는데, 실은 이번에도 낡아서 편한 신발에 발을 넣는 것만큼이나 쉬웠다. 또는 삼사 년 전에 뉴욕의 발리 매장에서 산 웨스턴 스타일 반장화, 내가 죽어도 못 버리는 그 신발을 신을 때처럼.

원고를 벌써 200쪽이나 썼다. 그리고 롤랜드 일행이 슈퍼 독감의 흔적을 조사하는 부분에서는 기뻐서 어쩔 줄을 몰랐다. 『스탠드』의 랜들 플래과 마더 에버게일, 그 둘이 모두 존재했다는 증거를 내 눈으로 확인했으니까.

플랙의 정체는 나중에 롤랜드의 숙적 월터로 밝혀질 것 같다. 본명은 월터 오딤, 원래는 그냥 시골에 사는 남자아이였다. 어찌 보면 완벽하게 말이 되는 설정이다. 이제는 알 것 같다. 내가 이제껏 써

온 모든 이야기는, 멀든 가깝든 간에, 「다크 타워」 시리즈에 관한 것이었다. 그런데 실은, 그래도 괜찮다. 이 이야기를 쓰고 있으면 언제나 집에 돌아온 기분이 드니까.

그런데 한편으로 위험한 느낌이 드는 까닭은 뭘까? 혹시라도 내가 책상에 엎드려 꼼짝도 안 하는 채로 발견되거나 심장마비로 꼴까닥하는 일이 벌어지면(또는 내 할리 데이비슨 오토바이를 타다가 아마도 7번 국도에서 비명횡사하면), 다른 책이 아니라 바로 이 '변종 웨스턴'을 쓰는 도중에 그럴 거라는 확신이 이토록 강하게 드는 이유는 뭘까? 아마도 내가 이 시리즈를 완결하기를 바라는 사람이 그토록 많다는 걸 나 스스로도 알기 때문이겠지. 실은 나도 완결하고 싶다! 완결하고 싶어 죽겠다고! 할 수만 있으면 『캔터베리 이야기』나 『에드윈 드루드의 비밀』처럼 미완으로 끝나는 책은 내 작품 목록에 남기고 싶지 않다. 부디, 제발. 그런데도 무슨 창작을 방해하는 힘 같은 게 늘 주위를 맴도는 느낌이 드는데, 이 시리즈를 쓰고 있을 때 특히 더 그렇다.

뭐, 으스스한 생각은 이 정도면 됐다. 산책하러 나가자.

1995년 9월 2일

이제 5주만 있으면 책이 나온다. 이번 권은 유독 쓰기가 힘들었지만 그래도 스토리는 아주 생생하게 떠올랐다. 어젯밤에 구로사와 아키라 감독이 만든 「7인의 사무라이」를 봤는데, 다크 타워 시리즈의 제5부가 될 『최종계의 늑대들』(대강 그런 가제)에서 이 영화의 줄거리를 써먹을 수 있겠다는 생각이 들었다. 이 동네 도로변의 비디오 가게에 「황야의 7인」이 있는지 한번 봐야겠다. 그게 구로사와 감독 영화의 미국판이니까.

도로변 얘기가 나와서 말인데, 오늘 낮에 웬 남자가 운전하는 밴을 피하느라 길가 도랑에 뛰어들다시피 했다. 차가 갈지자로 달리는 게 딱 봐도 음주운전이었다. 내가 7번 국도 끄트머리에서 그래도 조금 안전한 터틀백 레인 쪽으로 돌아서기 직전에 일어난 일이었다. 태비한테는 말 안 할 생각이다. 화가 나서 난리를 칠 테니까. 아무튼 '보행자 불안 증후군'이 뭔지는 나도 이제 알 것 같고, 슬랩 시티 언덕 쪽에서 일어난 일이 아니라 다행이라는 생각뿐이다.

1995년 10월 19일

예상보다 조금 더 걸리긴 했지만, 그래도 오늘밤에 『마법사와 수정 구슬』을 탈고했다…….

1997년 8월 19일

태비와 함께 우리 아들 조 부부를 배웅했다. 그 애들은 뉴욕으로 돌아갔다. 애들한테 『마법사와 수정 구슬』을 줄 수 있어서 기뻤다. 막 제작이 끝난 저자 증정본 한 보따리가 오늘 도착했다. 새 책보다 더 예쁘고 냄새도 좋은 것이 있을까? 특히 속표지에 내 이름이 적힌 새 책보다? 내가 하는 일은 세상에서 제일 멋진 직업이다. 현실의 사람들이 현실의 화폐를 지불하고 내가 지어낸 상상 속에 들어가 시간을 보내니까. 내가 보기에 그곳에서 온전히 현실감을 지닌 사람들은 롤랜드 카텟뿐이라는 말을 꼭 덧붙이고 싶다.

우리 변애*들은 이번 책을 진짜 좋아할 텐데, 그게 꼭 모노레일 블레인의 이야기가 이번에 끝나기 때문만은 아닐 것이다. 버몬트주의 그 뇌종양 할머니는 지금도 살아 계실까? 그럴 것 같진 않지만 혹시 살아 계시면 기꺼이 한 부 보내 드리고 싶다…….

1998년 7월 6일

저녁에 태비하고 오언, 조랑 같이 옥스퍼드에 가서 「아마겟돈」이라는 영화를 봤다. 기대 이상으로 재미있었는데 식구들이랑 같이 본 것도 한몫했다. 영화는 특수 효과로 힘을 준 지구 종말 이야기였다. 보고 있자니 암흑의 탑과 크림슨 킹이 생각났다. 놀랄 일은 아니다.

오늘 오전에는 베트남 전쟁 시절이 배경인 『내 영혼의 아틀란티스』에 들어갈 단편을 조금 썼다. 손으로 쓰다가 매킨토시 파워북으로 옮겨서 계속 쓴 걸 보면 본격적으로 쓰려는 모양이다. 베트남 전쟁 참전 용사 존 설리번이 다시 등장하는 점이 마음에 든다. 여기서 문제. 롤랜드 디셰인 일행은 바비 가필드의 친구인 테드 브로티건을 만나게 될까? 그리고 늙은 테드의 뒤를 쫓는 '하인'들은 정체가 뭘까? 내가 쓰는 글은 기울어진 여물통 같아서 결국에는 모든 것이 중간 세계와 최종계로 흘러 들어간다는 느낌이 갈수록 강해진다.

「다크 타워」 시리즈가 내 일생일대의 역작이라는 점은 의심할 여지가 없다. 이 시리즈가 끝나면 좀 쉬어야겠다. 어쩌면 아예 은퇴할지도.

* '변치 않는 애독자'의 줄임말.

1998년 8월 7일

낮에는 여느 때처럼 산책을 했고, 저녁에는 프레드 하우저를 데리고 프라이버그에 있는 알코올 의존자 갱생 모임에 갔다. 가는 길에 프레드가 나한테 자기 후견인이 되어 달라기에 그러겠다고 했다. 그 친구가 드디어 술을 끊기로 작정했나 보다. 축하할 일이다. 이런저런 얘기 끝에 프레드가 이른바 '방문자' 이야기를 꺼냈다. 주변 일곱 마을에서 방문자가 전에 없이 많이 목격되는 바람에 요즘은 다들 그 얘기밖에 안 한다고 했다.

'그런데 나는 왜 한 번도 못 들어 봤지?' 내가 물었다. 프레드는 대답하는 대신 너무나 괴상한 표정으로 나를 볼 뿐이었다. 내가 캐묻자 결국 프레드가 입을 열었다.

'스티브, 사람들은 자네 있는 데서 그런 이야기 하는 거 안 좋아해. 지난 8개월 동안 터틀백 레인에서만 방문자 신고 건수가 스무 건이 넘는데, 정작 자네는 한 놈도 못 봤다고 하잖아.'

내가 보기에는 근거 없는 추론이었지만 대꾸는 하지 않았다. 모임이 끝나고 나서야, 그리고 모임에 새로 가입한 우리 호구 프레드를 집 앞에 내려 주고 나서야, 나는 그가 무슨 말을 하고 싶었는지 비로소 깨달았다. 사람들이 내가 있는 데서 '방문자' 이야기를 안 하는 까닭은, 뭔가 말도 안 되는 방법을 사용하여 그것들을 불러낸 장본인이 바로 나라고 생각하기 때문이다. '미국의 국가 대표 망태 할아범'으로 불리는 건 이제 익숙하지만 그래도 이건 진짜 너무하지 않냐…….

1999년 1월 2일(보스턴에서)

오늘은 오언하고 같이 하버사이드 하얏트 호텔에 묵고 내일 플로리다주로 떠난다(태비하고 플로리다에 집을 사려고 의논하는 중인데 애들한테는 아직 안 밝혔다. 걔들은 나이가 아직 스물일곱, 스물다섯, 스물하나밖에 안 됐으니까. 북부의 추위를 못 견딜 나이가 되면 그 애들도 우리를 이해하겠지, 흐흐.). 낮에 조를 만나서 데이비드 레이브의 희곡을 각색한 영화 「헐리벌리」를 같이 봤다. 엄청 이상한 영화였다. 이상하기로 말하자면, 메인주의 집을 떠나기 전날인 어젯밤에 새해 첫날 기념 악몽을 꿨다. 정확한 내용은 기억이 안 나지만, 오늘 아침에 눈을 떠서 꿈 기록장에 두 가지를 적었다. 하나는 아기 모드레드, 만화 「애덤스 가족」에 나오는 아기처럼 생겼음이다. 이건 짐작가는 바가 있다. 분명 「다크 타워」 시리즈에서 수재나가 가진 아기를 가리킬 것이다. 도무지 알 수가 없는 건 나머지 하나다. 6/19/99, 아아, 디스코디아라고 적혀 있다.

디스코디아도 「다크 타워」 시리즈에 나오는 뭔가 같은데, 내가 만든 말은 절대 아니다. '6/19/99'로 말하자면, 날짜 아닐까? 무슨 의미일까? 올해 6월 19일인데. 태비하고 나는 그 전에 터틀백 레인에 있는 집으로 돌아갈 텐데, 내가 기억하는 한 누구 생일은 아니다.

어쩌면 내가 처음으로 '방문자'를 만나는 날일지도!

1999년 6월 12일

호숫가로 돌아오니 참으로 좋구나!

열흘 동안은 쉬기로 마음먹었다. 그다음에 드디어 글쓰기 책을 다시 시작할 것이다. 『내 마음의 아틀란티스』는 반응이 어떨지 궁금하다. 바비 가필드의 친구인 테드 브로티건이 「다크 타워」 시리즈에서도 한몫할지 어떨지, 독자들이 알고 싶어 할까? 실은 나도 그 답을 모른다. 어쨌거나 요즘 들어 탑 이야기를 찾는 독자가 부쩍 줄었다. 내 다른 책들하고 비교하면 판매 실적이 아주 실망스럽다(예외는 『로즈 매더』인데 이건 실패가 예정된 책이었다, 적어도 판매 면에서는.). 그래도 괜찮다. 적어도 나한테는. 그리고 시리즈가 완결되면 판매 실적도 좋아지겠지.

내 산책 코스 때문에 태비하고 또 다퉜다. 태비는 큰길로 다니지 말라는 얘기를 또 꺼냈다. 그리고 이런 말도 했다. '아직 바람 안 불어?' 그 말은 곧 「다크 타워」 시리즈의 다음 권을 생각하는 중이냐는 뜻이다. 나는 안 분다고 했다. 코말라 컴 컴, 이야기는 아직 시작되지 않았노라. 하지만 시작될 것이다. 그리고 그 책에는 코말라 춤이라는 춤이 등장할 것이다. 이거 하나만은 분명히 보인다. 롤랜드가 춤추는 광경. 왜 추는지, 누구를 위해 추는지는 나도 모른다.

아무튼, 「다크 타워」 시리즈가 왜 궁금하냐고 태비한테 물었더니 이런 대답이 돌아왔다. '당신은 총잡이들이랑 같이 있을 때가 더 안전하니까.'

농담이겠지. 그런데 태비가 한 것치고는 묘한 농담이다. 평소답지 않다.

1999년 6월 17일

저녁에 랜드 홀스턴, 마크 칼리너하고 이야기를 나눴다. 내가 『세기의 폭풍』을 끝내고 『로즈 레드』(또는 드라마 「스티븐 킹의 킹덤」의 원작) 집필을 시작한다고 하자 두 사람 다 굉장히 좋아했지만, 그래

봤자 나만 바빠질 뿐이다.

간밤에 산책하는 꿈을 꾸고 일어나서 울었다. 탑이 무너질 거야. 그런 생각이 들었다. 아아, 디스코디아, 세상은 점점 캄캄해진다. ???

메인주의 지방 신문인 《포틀랜드 프레스 헤럴드》의 1999년 6월 18일자 1면 머리기사 제목.

메인주 서부의 '방문자' 목격 건수
당국 해명에도 불구하고 계속 증가

1999년 6월 19일

오늘은 태양계의 행성들이 모조리 한 줄로 늘어선 날 같았다. 다른 구석이 있다면 딱 하나, 터틀백 레인에 한 줄로 늘어선 것이 우리 식구들이라는 점뿐. 우리 둘째 조네 가족은 정오 무렵에 도착했다. 그 애 아들은 정말로 귀엽다. 진짜로! 가끔 나는 거울을 보며 말한다. '너도 이제 할아버지구나.' 그러면 거울 속의 스티브는 웃기만 한다. 너무 황당무계한 소리니까. 거울 속의 스티브는 안다. 내가 아직 대학교 2학년이라는 걸, 낮이면 강의를 듣고 베트남 전쟁 반대 시위에 나갔다가 밤이면 팻츠 피자에 가서 플립 톰슨이랑 조지 매클로드랑 같이 맥주를 마시는 걸. 우리 손자 이선은 그 말을 들으면 뭐라고 할까? 뭐라고 하긴, 발가락에 묶어 준 풍선을 당기면서 까르르 웃기만 하지.

맏이인 나오미와 막내 오언은 어젯밤 늦게 도착했다. 함께 아버지날을 축하하며 거한 저녁을 먹었다. 다들 어찌나 덕담을 해 주는지, 내가 죽어서 이미 천국에 있는 건 아닌지 확인을 다 해 봤지 뭔가! 세상에, 나는 진짜 행운아다. 가족이 있어서, 쓰고 싶은 이야기가 있어서, 그리고 아직 살아 있어서. 이번 주에 일어난 최악의 참사는 우리 아들하고 며느리 때문에 아내의 침대가 주저앉은 일이었으면 좋겠다. 바보들, 왜 남의 침대에서 레슬링을 하고 그래.

좋은 소식 하나. 드디어 롤랜드의 이야기를 다시 쓰기로 마음먹었다. 글쓰기 책을 끝내자마자 시작할 것이다(글쓰기 책 제목은 『유혹하는 글쓰기』인데 꽤 그럴듯하다. 단순하면서도 요점이 드러나니까.). 하지만 지금 당장은 햇살이 눈부시게 반짝이고, 날씨는 환상적이고, 나는 산책하러 나갈 거다.

일기는 나중에 더 쓸지도 모르겠다.

《포틀랜드 선데이 텔레그램》 1999년 6월 20일자.

스티븐 킹 사망
러벨의 자택 인근에서 사고

메인주의 유명 작가, 오후 산책 도중에 사망

수사 관계자에 따르면 가해 차량 운전자는

7번 국도에서 킹에게 접근 당시

'전방 주시 않고 한눈을 팔았다'

취재=레이 루시어 기자

메인주 러벨. 【단독】 어제 오후 메인주에서 가장 유명한 소설가가 자신의 여름 별장 근처에서 산책을 하다가 밴에 치여 사망했다. 운전자는 프라이버그에 사는 브라이언 스미스이다. 수사 핵심 관계자에 따르면 스미스는 자신의 로트바일러종 반려견이 짐칸에서 뛰쳐나와 운전석 뒤의 냉장고를 킁킁거리는 바람에 '도로에서 잠시 눈을 뗐다'고 인정했다.

'길에 사람이 있는 줄도 몰랐다.' 사고 직후에 스미스가 한 말이라고 전해진다. 현장은 인근 주민들이 슬랩 시티 언덕이라고 부르는 곳이다.

『그것』, 『살렘스 롯』, 『샤이닝』, 『스탠드』 등 여러 인기 소설을 쓴 스티븐 킹은 브리지턴에 있는 노던 컴벌랜드 기념 병원으로 이송되었으나 토요일 오후 6시 02분에 사망이 선고되었다. 향년 52세.

병원 관계자에 따르면 사인은 중증 두부 외상이다. 아버지날을 축하하러 한자리에 모였던 고인의 가족은 오늘 밤 대외 연락을 삼가고 있다…….

코말라 컴 컴,
이제 전투는 시작되었다!
인간과 장미의 모든 적들이
저무는 해와 함께 솟아오르리.

글잡이의 말

헤아릴 수 없이 큰 도움을 준 로빈 퍼스에게 다시금 고맙다는 말을 전한다. 로빈은 이 책의 원고뿐 아니라 앞 권의 원고들까지도 크나큰 열정을 품고 구석구석 자세히 읽어 주었다. 갈수록 복잡해지는 이 이야기가 일관성을 유지한다면, 그 공은 거의 모두 로빈의 것이다. 믿기 힘들거든 그녀가 쓴 『다크 타워 용어 색인집』을 읽어 보라. 그 자체로 재미있는 책이므로.

「다크 타워」 시리즈의 뒤쪽 다섯 권을 편집해 준 척 베릴, 그리고 이 방대한 계획이 실현되도록 힘을 모아 준 대형 출판사 두 곳과 소형 출판사 한 곳에도 감사의 말을 전한다. 그곳에서 일하는 로버트 위너(도널드 M. 그랜트 출판사 대표), 수전 피터센 케네디와 파멜라 도먼(바이킹 출판사), 수전 몰도와 낸 그레이엄(스크리브너 출판사)에게도. 특히 헛수고할 뻔한 시간을 재치와 배짱으로 절약해 주신 에이전트 몰도 씨에게 감사드린다. 그밖에도 감사드릴 분은 하늘의 별처럼 많지만 그 이름을 다 적어서 짜증을 유발하고 싶지는 않다. 어차피 아카데미상 시상식도 아니지 않은가?

이 책과 「다크 타워」 시리즈의 마지막 권이 될 다음 책에 나오는 여러 지명은 허구의 산물이다. 책에서 실존 인물들을 언급한 맥락 또한 허구의 설정을 따랐다. 그리고 내가 아는 한, 세계 무역 센터에 동전으로 작동하는 무인 보관함 시설이 있었던 적은 한 번도 없다.

그리고 당신, 변함없는 애독자께 한 말씀 드리자면……

이제 모퉁이를 한 번만 더 돌면, 우리는 이 길 끝의 공터에 도착합니다.

저와 함께 끝까지 가 보시겠습니까?

2003년 5월 28일

스티븐 킹

(하느님께 감사하며.)

〈끝〉

다크타워 6

1판 1쇄 찍음 2019년 12월 19일
1판 1쇄 펴냄 2019년 12월 26일

지은이 | 스티븐 킹
옮긴이 | 장성주
발행인 | 박근섭
편집인 | 김준혁
펴낸곳 | 황금가지

출판등록 | 2009. 10. 8 (제2009-000273호)
주소 | 06027 서울 강남구 도산대로 1길 62 강남출판문화센터 5층
전화 | **영업부** 515-2000 **편집부** 3446-8774 **팩시밀리** 515-2007
홈페이지 | www.goldenbough.co.kr

도서 파본 등의 이유로 반송이 필요할 경우에는 구매처에서 교환하시고
출판사 교환이 필요할 경우에는 아래 주소로 반송 사유를 적어 도서와 함께 보내주세요.
06027 서울 강남구 도산대로 1길 62 강남출판문화센터 6층 민음인 마케팅부

ISBN 979-11-5888-610-3 04840
ISBN 978-89-6017-210-4 04840 (세트)

㈜민음인은 민음사 출판 그룹의 자회사입니다.
황금가지는 ㈜민음인의 픽션 전문 출간 브랜드입니다.